KATIE PAIN

NEW PASSION

Verführung in eine andere Welt

Autobiografischer Erotikroman

Katharina Günther
Rosmarinheide 2
22417 Hamburg

katharina_guenther@hotmail.de

Druck: epubli, ein Service der neopubli GmbH, Berlin

Internet:

www.katiepain.com
www.facebook.com/katiepain2
Instagram: katie.pain

Vorwort

Ich bin gerade ziemlich aufgeregt, weil ich nun zum ersten Mal ein Vorwort schreiben werde. Und es kann sein, dass es länger wird, als geplant. Darin bin ich nämlich sehr gut.

Im März 2016 begann ich naiv diese Geschichte niederzuschreiben. Geplant waren um die 200 Taschenbuchseiten und druckfertig sollte alles im Juli sein. Der Juli rückte näher und mir wurde immer bewusster, dass ich mich vollkommen verschätzt habe. Aus Juli wurde August und so verschob sich die Veröffentlichung von Monat zu Monat. Die 200 Taschenbuchseiten hatte ich mittlerweile auch um Weiten überschritten. Soweit, dass ich im Dezember 2016 beschloß, die Geschichte in zwei Bänden herauszubringen. An dieser Stelle könnte ich nun ein Erscheinungsdatum für den zweiten Band nennen, aber ich lasse es lieber sein. ;)

Ich bin dankbar, dass ich vor einem Jahr so naiv an dieses Projekt herangegangen bin. Denn hätte ich gewusst, wie viel Arbeit dahintersteckt, hätte ich wohlmöglich gar nicht erst angefangen. Geduld, in Bezug auf einen längeren Zeitraum, ist nicht eine meiner Stärken. Aufgeben aber auch nicht. Jedenfalls nicht, so lange ich einen Sinn darin sehe.

Diese Geschichte ist nämlich meine Geschichte.

Während meines Schreibprozesses wurde ich oft gefragt, warum ich einen autobiografischen Erotikroman schreibe.

Erstens: Fehlen mir persönlich authentische Bücher in diesem Genre auf dem Markt

Zweitens: Wünsche ich mir, dass offener und toleranter mit dem Thema Sexualität, insbesondere BDSM, umgegangen wird. Dementsprechend sollte ich als Vorbild vorangehen und nicht von anderen erwarten, dass sie es tun.

Drittens: Möchte ich natürlich auch gerne ein wenig aufklären, was den BDSM betrifft und deutlich machen, wie vielfältig dieser ist und wie individuell er gelebt wird. Und natürlich auch, welche Gefahren sich dahinter verbergen.

Viertens: Habe ich einen Fetisch. Ich stehe darauf, dunkle Geheimnisse von mir ans Licht zu holen, um damit mein Umfeld zu überraschen. Ich denke, dass die wenigsten, die mich persönlich oder einfach nur von YouTube Videos kennen, auf die Idee kommen würden, dass ich das, was ich in den beiden Büchern beschreibe, wirklich erlebt habe.

Der letzte Punkt ist mit einem Lächeln zu lesen.

Es kostet mich selbstverständlich Mut, dieses Buch beziehungsweise diese Geschichte für jeden zugänglich zu machen. Daher möchte ich an dieser Stelle deutlich betonen, dass solltest du mich persönlich kennen, du dir wirklich sicher sein solltest, ob du es lesen willst. Es ist deine Verantwortung. Entweder du bewahrst das Bild, welches du jetzt von mir hast oder du gehst das Risiko ein, Dinge von mir zu erfahren, die du gar nicht wissen willst. Ich bin jedenfalls nicht böse, wenn du es jetzt doch lieber im Bücherregal verschwinden lässt oder den eBook-Reader aus der Hand legst.

Solltest du mich nicht persönlich kennen, möchte ich nun ein paar direkte Worte an dich richten. Ich freue mich sehr, über dein Interesse an meiner Geschichte! Ich duze dich jetzt auch einfach, weil ich das Gefühl habe, dass wir uns in den nächsten Seiten näherkommen werden.

Ich möchte dich in keine Schublade stecken, wir Menschen sind nun mal so. Wir bewerten und verurteilen gerne. Da es sich hier um meine persönlichen Erfahrungen handelt und um keine Fiktion (mit kleinen Ausnahmen, dazu äußere ich mich noch), bitte ich dich, respektvoll mit diesen umzugehen. Natürlich darfst du denken, was du willst. Worauf ich hinaus will, ist das Feedback. Dir muss nichts gefallen und du darfst mir deine Enttäuschung hinterher auch gerne mitteilen, wenn es dir dadurch besser geht. Aber bitte ohne abwertende Bemerkungen. In einem höflichen, respektvollen Ton.

Positive Meinungen dürfen selbstverständlich auch gerne an mich herangetragen werden. Wie auch konstruktive Kritik (Bitte vorher googeln, sollte man sich der Definition nicht ganz im Klaren sein).

Auch, wenn ich in diesem Buch viel über mich preisgebe und du hinterher vielleicht meinst, mich gut zu kennen, sei dir bitte bewusst, dass du nur einen Teil kennst. Einen Lebensabschnitt. Der von März 2015 bis Januar/Februar 2016 geht (dieser Teil endet im August 2016). Mir ist es teilweise sehr schwer gefallen, manche Gedankengänge niederzuschreiben, weil ich aus heutiger Sicht ganz anders denke und gehandelt hätte. Ich befinde mich in einem ständigen Wandel. Dementsprechend wirst du mein altes Ich gut kennen, aber nicht mein jetziges.

Zum Thema Fiktion. Ein sehr kleiner Anteil ist fiktiv. Einige werden es auch merken, da sie wissen, dass ich in dem Zeitraum definitiv nicht mit einer Frau intim geworden bin. *winkmitdem-zaunpfahl*

Ich werde in dem Leserbereich auf meiner Website aber auch noch einiges zu dieser Geschichte erzählen. Das Passwort findest du am Ende des Buches.

Da ich selbst gerne Bücher lese und hinterher auch schon mal dachte, dass das ja nun nicht so pralle war: Sorry, falls du hinter meinst, dass dein Geld diese Geschichte nicht wert war und du deine Zeit verschwendet hast.

Ich fühle mit dir. Aber vielleicht tröstet es dich ein wenig, dass du mich mit diesem Kauf unterstützt hast und mir somit eine Freude bereitet hast. Und wie bei jedem Buch, kauft man die Katze im Sack. Dennoch hoffe ich, dass du dich gut unterhalten fühlen wirst.

So, wahrscheinlich habe ich wiedermal die Hälfte vergessen. Aber ich will dich nun auch nicht noch mehr langweilen. Ich wünsche dir, dass du beim Lesen ein wenig deinen Alltag vergessen kannst, emotionale Momente und natürlich ausreichend reizvolles Kopfkino.

Deine Katie

P.S.: Die gesamte Geschichte ist aus meiner Perspektive geschrieben. Es ist meine Wahrheit, was nicht der Wahrheit von „Liam“ oder anderen Protagonisten entsprechen muss. Die Erfahrung, dass Menschen unterschiedliche Wahrnehmungen haben, wirst du bestimmt auch schon gemacht haben. War mir dennoch wichtig, es zu erwähnen. Nach der Danksagung geht's dann auch endlich los :D

Danksagung

Ja, die Danksagung kommt eigentlich ans Ende eines Romans. Ich möchte mich aber gerne im Voraus bedanken.

Zuerst möchte ich „Liam“ danken. Den ich hier nicht beim Namen nennen werde, weil der Gute nichts von seinem Glück weiß.

Danke dafür, dass du so bist, wie du bist. Dass du mir meinen Spiegel vorgehalten hast. Dass ich mich dank dir, mit meiner Sexualität auseinandergesetzt habe. Dass ich dank dir, so viel mehr über mich gelernt habe. Ohne unsere Begegnung, gäbe es nun diesen Roman nicht. Danke!

Und ohne meine Mrs. Foxy, gäbe es diese Begegnung nicht. Daher möchte ich mich an dieser Stelle von Herzen bei dir bedanken! Auch, wenn das gemeinsame Treffen damals etwas unschön im Gebüsch vor der verschlossenen Haustür für dich geendet ist ... Aber es hat sich gelohnt :D Ich denke, dass wir darüber noch reden und lachen werden, wenn wir mit unseren elektronischen Rollatoren über den Kiez cruisen.

Natürlich dürfen meine Eltern auch nicht fehlen. Ohne die, gäbe es mich nicht.

Ich danke euch, für eure Unterstützung, dass ihr mir so viel Freiheit ermöglicht habt, damit ich mich entfalten kann. Trotz Gegenwind von Freunden und Bekannten. Ihr habt mich nicht vor die Tür gesetzt, mich nie gezwungen, eine Ausbildung oder ein Studium zu machen, was ich gar nicht machen wollte. Ihr habt es ertragen, dass ich vor dem Abi von der Schule abgegangen bin, dass ich auch mein Grafik Design Studium nicht beendet habe. Ihr habt so viel Vertrauen in mich gesetzt und tut dies hoffentlich auch immer noch.

Ihr seid unglaublich tolerant. Dafür bin ich euch unsagbar dankbar. Vor allem für eure Liebe. Ohne diese Liebe, wäre ich nicht der Mensch, der ich jetzt bin. Ich liebe euch! Ich weiß ... jeder hat die besten Eltern der Welt ... Aber meine sind die allerbesten!

Ich danke meiner ganzen Familie! Ich weiß, dass ihr immer hinter mir stehen werdet, so wie ich hinter euch! Ich liebe euch und bin so glücklich, dass wir eine Familie sind! Wenn auch mittlerweile eine sehr kleine, aber dafür feine :)

Meinen beiden Mädels möchte ich auch danken. Ich danke euch, dass ihr mich so nehmt, wie ich bin. Und auch, wenn ich ein Schlumpf bin und mich wenig melde, sollt ihr wissen, dass ich euch beide wirklich liebe und ich unsere Freundschaften sehr schätze. Mittlerweile seid nur ihr beiden über geblieben und ich wünsche mir, dass egal wohin uns unsere Wege führen, diese Freundschaft ewig halten wird.

Ich danke mir selbst. Danke an mich, dass ich es durchgezogen habe.

Danke an meine gewachsene Geduld. Danke, dass ich an dem ganzen Schmerz der Vergangenheit gewachsen bin, statt daran zu zerbrechen. Danke, an das Vertrauen in mir. Danke an meinen inneren Zweifler und Kritiker, der auch immer noch nicht zufrieden mit diesem Roman ist.

Danke an mein Bewusstsein, dass es sich bewusst ist, dass der Kritiker auch nie zufrieden sein wird. Danke an mein Ego, dass du es immer häufiger schaffst, deinen Stolz nach hinten zu stellen. Danke an meine Seele, dass dein Ruf so laut war, dass ich den Impuls bekam, wieder mit dem Schreiben anzufangen.
Danke Kaddi!

Ja, jetzt darfst du dich geschmeichelt fühlen ... Denn bekanntlich kommt das Beste ja zum Schluss.

Am Ende meiner Danksagung möchte ich dir danken! Danke, dass du dich für diesen Roman entschieden hast und dein Geld gegen meine niedergeschriebenen Worte getauscht hast. Ohne dein Interesse und deine Aufmerksamkeit, würde dieser Roman ganz schnell in Vergessenheit geraten. Durch dein Lesen meiner Worte, erhältst du ihn am Leben. Danke dir!

DANKE!

Kapitel 1

März 2015

„Melina, du musst mich unbedingt begleiten! Ohne dich bin ich viel zu unsicher und werde wahrscheinlich keinen einzigen Ton herausbekommen. Er ist so unglaublich heiß!“, schreit Amber mir durch das Handy ins Ohr.

„Amb ... es sollte doch ein Date sein oder nicht? Da wäre es doch wirklich merkwürdig, wenn du deine beste Freundin mitnimmst.“, versuche ich, mich aus der Sache auszuklinken.

„Ja ... Na ja ... Wenn es aber kein Date ist, sondern einfach ein Treffen in einer Bar mit einem gut aussehenden Kerl?“

„Du wirst nicht nachgeben oder?“, antworte ich hoffnungslos.

„Das hast du gut erkannt, Mel.“

Ich sage Amber das Treffen zu. Eigentlich weiß ich gar nicht, weshalb ich mich so dagegen gesträubt habe. Ehrlich gesagt, bin ich ziemlich neugierig, diesen ach so heißen Typen live und in Farbe kennen zu lernen. Auf Fotos, die Amb mir gezeigt hat, hat er mir nicht sonderlich zugesagt und auch ansonsten war ich nicht gerade begeistert von dem, was sie über ihn erzählt hat. Er ist Stripper beziehungsweise Gogo-Tänzer in einem ziemlich angesagten Club und war noch nie in einer Beziehung. Amber hatte mit ihren 23 Jahren schon fünf Beziehungen und immer war es die große Liebe. Aber ich möchte darüber natürlich nicht urteilen. Ich bin 24 Jahre alt und hatte bisher erst eine Beziehung, die allerdings fast sechs Jahre lang hielt. Ambers Beziehungen hielten wenn überhaupt sechs Monate. Er soll wohl einen Monat jünger sein als ich. Andernfalls hätte sie mich nicht gebeten, sie zu dem Treffen zu begleiten. Amb weiß ganz genau, dass ich von jüngeren Männern die Nase voll habe.

Es ist Samstagabend. Meine beste Freundin hat mich jeden Tag an das Treffen erinnert und ist mega aufgeregt. Es gefällt mir nicht, dass ihre Vorfreude dermaßen groß ist. Sie wurde schon viel zu oft enttäuscht. So langsam sollte sie doch mal aus ihren bisherigen Erfahrungen gelernt haben. Aber sie ist leider, im wahrsten Sinne des Wortes, blauäugig. Mit ihrer langen, blonden, lockigen Mähne, ihren strahlenden, blauen Augen, ihrem puppenartigen Gesicht und ihrer zarten Porzellanhaut, hat sie schon so manchem Mann den Verstand geraubt. Wir sehen uns nicht sehr ähnlich. Meine Haare sind wesentlich länger als ihre. Statt lockig und blond, glatt und dunkelblond. Meine Augen erscheinen in einem Kastanienbraun. Auf Ambs reine Haut bin ich ab und zu neidisch. Den Kampf gegen die Hautunreinheiten habe ich bislang nicht gewonnen. In der Pubertät hatte ich überhaupt keine Hautprobleme. Erst mit Anfang 20 bekam ich plötzlich Pickelchen. Mittlerweile lebe ich damit und denke, dass es an der hormonellen Verhütung liegt. Natürlich könnte ich die Pille absetzen, da ich Single bin, aber dank dieser kleinen Dragees bekomme ich meine Tage nicht mehr. Auf diesen Luxus möchte ich nicht verzichten. Für spontane One-Night-Stands ist das definitiv vorteilhaft. Jedoch hatte ich bisher noch nie einen und möchte auch zukünftig davon Abstand halten.

Amber spiegelt das totale Gegenteil von mir wider. Fünf Beziehungen und zahlreiche One-Night-Stands. Ein Männer fressendes Biest. Obwohl es meist eher so ist, dass sie das Opfer ist und von den Männern gefressen wird.

Sie gleicht einfach dem perfekten Jagdobjekt.

Auch jetzt steht sie vor meinem Spiegel und brezelt sich für den heutigen Abend auf.

„Amb, du solltest es nicht so übertreiben. Männer interpretieren da gerne zu viel hinein.“, rate ich ihr liebevoll.

„Boah Mel, du kennst meine Absichten doch gar nicht. Ich will den Kerl nicht gleich heiraten, sondern will mich erstmal von seinen körperlichen Qualitäten überzeugen.“

„Auch in einer Großstadt wie Hamburg kann man sich einen Ruf machen. Ich warne dich nur vor und mache mir langsam Sorgen um dich. Du verkaufst dich unter deinem Wert. Du hast es gar nicht nötig, dich so billig zu geben.“

„Willst du jetzt mit mir streiten oder einen tollen Abend mit mir verbringen? Du bist viel zu prüde und verschlossen. Seitdem mit David Schluss ist, bist du gar nicht mehr in der Lage dazu, Nähe zuzulassen. Darüber solltest du dir mal Gedanken machen, statt dir Sorgen um mich zu machen. Mir geht es hervorragend. Ich lebe und genieße mein Leben.“, zickt sie mich an.

„Wow. Danke für deine ehrlichen Worte. Vielleicht sollte ich mit meinem Arsch dann besser hier auf der Couch sitzen bleiben und mir überlegen, ob ich nicht vielleicht genauso herumhuren sollte wie du. Vielleicht vergeude ich mein Leben und verpasse tatsächlich eine Menge Spaß.“, entgegne ich ihr ironisch, wobei der Teil mit der Couch ernst gemeint ist.

„Ja, vielleicht solltest du das wirklich mal, aber nicht heute Abend. Du hast versprochen, dass du mich begleitest und stell dir vor ... vielleicht ist der Typ ein Serienmörder, mit dem du mich hast alleine ausgehen lassen. Das sollte dann mein letztes Treffen mit einem Mann gewesen sein. Die Schuldgefühle werden dich dein Leben lang begleiten."

„Meine Motivation dich zu begleiten, ist gerade im Untergrund eines Kellers versunken. Ich werde aber bestimmt nicht dabei sein, wenn er dich abschleppt. Er wird also noch genügend Zeit haben, dich umzubringen. Daher ist meine Begleitung überflüssig."

„Mel, sei keine Spaßbremse. Leg dir lieber etwas Make-up auf. Wir sollten uns gleich auf den Weg machen. Wir kommen eh schon zu spät."

Sie ist meine beste Freundin. Ich kann sie einfach nicht im Stich lassen.

Ich habe mir ein wenig meine Augen geschminkt, damit Amber sich neben mir nicht komplett unwohl fühlt. Im Taxi, auf dem Weg zur Bar, zieht sie ihren Lippenstift noch einmal nach und pudert ihre reine Haut ab. Ich verdrehe die Augen.

„Oh mein Gott! Wir sind da! Es geht los! It's showtime!", Amber hüpft aus dem Taxi und zieht mich mit sich mit. Ich lasse dem Taxifahrer zwanzig Euro auf dem Rücksitz liegen. In ihrer Aufregung hat sie vergessen, dass wir noch bezahlen müssen.

Ich gehe mit der Erwartung in die Bar, dass ich nach einem netten Gespräch, welches ungefähr in einer Stunde vorbei sein sollte, wieder zu Hause sein werde, um es mir mit einem guten Buch alleine in meinem Bett gemütlich machen zu können.

Amber geht voran und da steht er an der Bar, mit einem Glas Rotwein in der Hand, auf uns wartend. Wäre meine Freundin nicht zielsicher auf ihn zugegangen, hätte ich ihn nicht erkannt. Nie und nimmer ist er jünger als ich.

Er sieht mindestens vier Jahre älter aus. Amber nimmt er gar nicht wahr. Sein Blick durchdringt mich. So wurde ich noch nie in meinem Leben von einem Mann angesehen. Amber bleibt verdutzt vor ihm stehen und erst als ich direkt hinter ihr stehe, bemerkt er sie und schenkt ihr zur Begrüßung eine Umarmung.

„Hi, ich bin Liam.", stellt er sich mir vor und nimmt mich ebenfalls in den Arm. Nachdem ich mich aus seiner Umarmung gelöst habe, teile ich ihm mit, wie ich heiße.

„Melina. Schöner Name. Was wollt ihr trinken?"

Amber schließt sich seinem Rotwein an. Ich bleibe bei einem stillen Wasser. Wir begeben uns in eine gemütliche Ecke mit drei Sesseln. Liam zieht für mich den Sessel zurück, sodass ich mich bequem setzen kann.

So probiert er also, Eindruck zu schinden. Ganz der Gentleman. Amber bemerkt gar nicht, dass er mir mehr Aufmerksamkeit schenkt als ihr. Sie scheint total geblendet von ihm zu sein. Hängt an seinen Lippen, als sie anfängt, ihn auszufragen und er höflich antwortet.

Er ist erst seit einigen Monaten in Hamburg, erfahre ich.

„Gefällt dir Hamburg?“, versuche ich, mich wenigstens ein bisschen in das Gespräch einzubringen. Sofort dreht er sich zu mir und sieht mir in die Augen, als er beginnt, mir zu antworten.

„Hm ... Ist wie jede andere Stadt auch. Städte beeindrucken mich nicht sonderlich. Das Einzige, was man hier gut unternehmen kann, ist, Kaffee trinken zu gehen.“

„Wie jede andere Stadt auch?“ Ich lache laut auf.

„Bist also ganz der Landmensch? Ansonsten würde dir nämlich auffallen, wie unterschiedlich Städte sind. Warst du schon einmal in Berlin?“

„Ja, dort war ich schon häufiger. Sieht aus wie in Hamburg.“ Will er mich provozieren?

„Oh ja, das finde ich auch. Städte bestehen doch nur aus vielen hohen Häusern.“, kriecht Amb ihm in den Arsch. Mädchen, wo ist deine eigene Meinung geblieben?

„Ihr solltet mal aufhören, mit geschlossenen Augen durch die Städte zu laufen. Ihr seid wohl beide blind.“

„Ich bevorzuge die Berge oder das Meer. Am liebsten würde ich in einer kleinen Holzhütte in den Bergen leben oder auf einer einsamen Insel. Abseits der Zivilisation.“

Liam scheint also wirklich durch und durch verbunden mit der Natur zu sein. Irgendwie kaufe ich ihm das nur nicht ab. Ich habe das Gefühl, dass er sich selbst bloß gut darstellen will. Dass er anders als die Typen sein will, die Amber zuvor gedatet hat. Dass er nicht das Klischee des Strippers erfüllen möchte.

„Oh, eine Berghütte mit Kamin stelle ich mir unheimlich romantisch vor.“, bringt Amber ein, um die Aufmerksamkeit wieder auf sich zu ziehen.

Ich glaube sie interessiert sich eigentlich überhaupt nicht dafür, was für ein Typ Mann er ist. Sie ist unglaublich oberflächlich.

Ich spüre jedenfalls keinerlei Verbindung zwischen Liam und mir. Auch wenn ich gerne wissen wollen würde, ob er eben nur versucht anders zu sein und in Wahrheit aber doch das volle Klischee erfüllt oder ob er tatsächlich anders ist. Wird sich zeigen. Wenn er Amber heute Nacht flachlegt und sich danach nicht mehr bei ihr meldet, werde ich weiser sein.

Nach Ambers dritten Wein schlägt Liam vor, die Bar zu wechseln. Amber verabschiedet sich kurz von uns und verschwindet auf dem WC. Liam starrt mich an. Ich frage mich schon die ganze Zeit über, ob er mit mir flirtet. Falls ja, war das ein einseitiger Versuch. Plötzlich steht er auf. Er stellt sich hinter den Sessel, in dem ich sitze und fängt an, meine Schultern zu massieren.

Was wird das denn jetzt?, schießt es mir durch den Kopf. Mir wird schlagartig heiß. Mein Puls erhöht sich. Dann reicht er mir seine Hand. Ich weiß nicht wieso, aber ich ergreife sie und ohne, dass ich reagieren kann, hat er mich zu sich in seine Arme gezogen. Ich spüre seinen harten, durchtrainierten Oberkörper.

Er nimmt meinen Kopf zwischen seine Hände und hebt ihn an, sodass er mich wieder mit seinen blauen, großen Augen durchdringen kann.

„Ich verliere mich in deinen wunderschönen Rehaugen, Melina."

Er zieht meinen Kopf zu sich heran und schenkt mir den heißesten Kuss, den ich je bekommen habe und vermutlich bekommen werde. Seine Zunge berührt meine erst sanft und zurückhaltend. Der süßliche Geschmack lässt meinen gesamten Körper mit Hitze erfüllen.

Dann nimmt seine Zunge immer mehr Raum in meinem Mund ein. Das Zungenspiel wird gröber und intensiver. Ich blende alles um mich herum komplett aus. Verliere mich in diesem Augenblick. Spüre die Wärme seines Körpers an meinem. Fühle mich wohl und geborgen und zum ersten Mal empfinde ich einen Anflug von Leidenschaft. Solch ein Augenblick existierte bisher nur in meinen Träumen und in meiner Fantasie. Dachte, es sei unrealistisch so etwas jemals zu erleben und derartig zu empfinden. Dachte, solch eine Situation gibt es bloß in irgendwelchen kitschigen und unrealistischen Hollywoodstreifen.

Ich dringe in seinen Mund ein. Möchte auch ihn erkunden. Er lässt mich gewähren. Meine Hände halten sich an seiner ausgeprägten Rückenmuskulatur fest. Brauche den Halt, um mich nicht komplett zu verlieren.

Ein Räuspern reißt mich zurück in die Realität. Ins Hier und Jetzt. Amber steht neben uns. Und das wahrscheinlich schon eine ganze Weile. Ihr steht die Enttäuschung förmlich ins Gesicht geschrieben.

„Fertig? Dann können wir ja weiterziehen.“, ergreift Liam das Wort und tut so, als sei nichts gewesen.

Ich weiß nicht, ob ihm Ambers Laune entgangen ist oder ob er es schlichtweg ignoriert.

Er hilft mir in meine Jacke. Amber wollte er auch helfen, aber sie hat seine Geste abgeblockt und sich ihre Jacke selbst angezogen.

Amb würdigt mich keines Blickes. Auf dem Weg in die nächste Bar geht Liam zwischen uns. Er hat seinen Arm um meine Taille gelegt. Ich genieße es, denn es ist mittlerweile schon acht Monate her, dass ich Körperkontakt zu einem Mann hatte.

Der Abend scheint ein anderes Ende zu nehmen, als ich es erwartet habe. Mit solch einer Wendung hätte ich nie im Leben gerechnet. Amber tut mir etwas leid. Immerhin unterhält sie sich noch mit Liam. Ansonsten würde der restliche Abend äußerst unangenehm verlaufen. Mir ist die ganze Sache eh schon unangenehm genug. Sie wird das mit Sicherheit unglaublich bereuen, dass sie mich mitgeschleppt hat, obwohl ich es noch nicht einmal wollte.

Und wahrscheinlich darf ich mir später, wenn wir unter uns sind, anhören, was für eine Bitch und schlechte Freundin ich sei. Aber daran will ich jetzt nicht denken. Wer weiß, ob ich eine Begegnung in der Art jemals wieder erleben werde? Daher muss ich es jetzt voll und ganz genießen und gut in mein Gedächtnis einbrennen.

Angekommen in der nächsten Bar, setzen wir drei uns in eine Sitzecke auf eine gepolsterte Bank. Liam bleibt zwischen mir und Amber. Bestimmt fühlt er sich gerade wie King Lui zwischen uns jungen, recht attraktiven Frauen. Mit Sicherheit ist er das gewohnt von schönen Frauen umringt zu sein, die ihn anhimmeln.

Das bringt der Beruf eines Strippers mit sich. Dafür wirkt er auf mich noch ziemlich bodenständig und nicht arrogant.

Amber bestellt sich gleich zwei große Cocktails. Liam bestellt für mich einen alkoholhaltigen Drink. Er selbst bestellt sich bloß eine Trinkschokolade. Wir stoßen an beziehungsweise Liam und Amber stoßen an und Liam und ich. Mich schüttelt es. So wie Liam mich angrinst, muss ich einen äußerst komischen Gesichtsausdruck gemacht haben, als ich einen Schluck meines von ihm persönlich bestellten Drinks genommen habe.

Immerhin verfällt er nicht in lautes Gelächter.

„Wieso hast du mir puren Spiritus bestellt? Das schmeckt grauenvoll!“, blaffe ich ihn an. Er lehnt sich zu mir und flüstert mir ins Ohr.

„Damit du lockerer wirst.“ Ich ziehe mich von ihm zurück und schaue ihn fragend an. Amber bekommt von dem Ganzen nichts mit. Sie kippt einen Schluck nach dem anderen herunter.

Er schaut mich ernst an, doch dann bewegt sich sein rechter Mundwinkel leicht nach oben, seine Augen verengen sich und wirken auf einmal finster. Aber auf eine verruchte und anziehende Art.

Plötzlich merke ich, wie seine Hand mir von hinten in den Rock gleitet. Automatisch hebe ich meinen Po an. Seine Hand wandert genau unter mich. Ein Finger dringt tief in meine Vagina ein.

Ich öffne leicht den Mund. Muss aufpassen, dass mir kein Stöhnen entweicht. Er stimuliert mich.

Ich werde schlagartig feucht. Viel zu früh zieht er seinen Finger aus mir zurück. Ich gucke ihn enttäuscht an. Er lässt seinen Blick auf mir ruhen. Dann berührt sein Mund leicht mein Ohr. Ich höre und spüre den Rhythmus seines Atems, der sich seit seinen letzten direkten Worten in mein Ohr deutlich beschleunigt hat. Ich werfe einen kurzen Blick auf seinen Schritt. Dort zeichnet sich eindeutig eine Abhebung seines harten Schwanzes ab.

„Willst du mehr, Melina?“ Ich nicke.

„Dann sag Bitte.“

Wieso sollte ich Bitte sagen?

Ich schweige. Er kneift mir in meine rechte Pobacke. Ich muss mir ein Quieken verkneifen. Böse blicke ich ihn an.

„Wenn du willst, dass ich gänzlich aufhöre, musst du es bloß sagen. Dann lasse ich die Finger von dir. Auch, wenn es mir nicht leicht fallen wird.“, flüstert er mir mit seiner unglaublich männlichen Stimme in mein Ohr. Ich wende mich an eines seiner Ohren.

„Hör nicht auf. Bitte.“, kaum ausgesprochen, kann ich es nicht glauben, dass ich diese Worte tatsächlich gesagt habe.

Aber es stimmt. Ich will, dass er weitermacht. Außerdem macht mich diese Situation unglaublich an. Mit David hätte ich in der Öffentlichkeit nie solche verbotenen, sexuellen Dinge erleben können. Ich will mehr moralisch verwerfliche Erfahrungen machen.

Liam steckt voller Überraschungen und ich bin neugierig, was er noch zu bieten hat. Und schon erfahre ich es. Er dringt nach meinem Bitten sofort wieder in mich ein. Mit einem Finger vaginal und mit einem weiteren Finger entjungfert er mich anal. Es schmerzt und ist mir unangenehm, aber durch die gleichzeitige vaginale Stimulation macht mich das unglaublich an. Meine Geilheit wächst ins Unermessliche.

„Mhhh ... Melina, du fühlst dich gut an. Vorne wie auch hinten. Ich will wissen wie du schmeckst.“, haucht Liam mir ins Ohr.

Mir fällt das ruhige atmen immer schwerer. Ich muss mich konzentrieren und es kostet mich alle Kraft, nicht die Kontrolle zu verlieren. Vor all den Menschen einen Orgasmus zu bekommen, wäre mir unglaublich peinlich. Ich muss der Situation entfliehen.

Amber schlürft mittlerweile schon an ihrem vierten Cocktail. Sie blickt apathisch in eine Richtung. Ums genau zu sagen: sie ist total besoffen. Ihre Umgebung scheint sie überhaupt nicht mehr wahrzunehmen.

Ich sage Liam, dass ich eben auf das WC müsste. Ich will aufstehen und mich von seinen Fingern lösen, doch er zieht mich mit seiner freien Hand zurück.

„Bist du sicher, dass du jetzt aufs WC willst?“

„Ja, ich muss wirklich. Der Alkohol schlägt mir auf die Blase.“, versuche ich mich herauszureden.

„Nun gut. Sag' danke und ich lasse dich gehen.“ *Was soll dieses Spielchen?* Ich verstehe es nicht.

Als ich ihm ein flüchtiges „Danke“ ins Ohr flüstere, zieht er seine Finger aus mir zurück und lässt mich aufs Klo gehen.

Ich torkle in Richtung WC. Mein Poloch brennt. Mein Verstand wird von unzähligen Gedanken besucht. Ich ziehe meinen Rock hoch und meine Strumpfhose gleichzeitig mit meinem Slip herunter, der völlig durchnässt ist. Ich setze mich auf die Kloschüssel und atme erst einmal tief durch und versuche, einen klaren Gedanken zu fassen. Doch es gelingt mir nicht. Ich bin immer noch unglaublich geil und würde mir am liebsten selbst Erlösung verschaffen.

Doch irgendwas hemmt mich. Ich möchte lieber wieder zu Liam. Eben wollte ich noch möglichst schnell weg von ihm und jetzt, nach drei Minuten, fange ich schon an, ihn zu vermissen. Vielleicht vermisse ich auch nur seine Finger in mir. Was ist nur los mit mir? Meine Erregung muss mir meinen Verstand total vernebelt haben. Vielleicht ist es auch der Schluck an Alkohol. Ich weiß es nicht.

Als ich meinen Slip wieder hochziehe, sehe ich, dass dieser verfärbt ist. Leicht rötlich. Ich mache mir Sorgen, weil ich nicht weiß, was genau das ist. Kommt das daher, dass Liam meinen Po mit seinem Finger entjungfert hat? Oder ist es vaginale Flüssigkeit?

Meine Tage kann ich nicht bekommen haben, da meine Pille dies verhindert. Ich hatte nun schon einige Monate keinen Sex mehr. Vielleicht ist mein Jungfernhäutchen wieder zusammengewachsen. *Boah, Mel! Höre auf mit deinen albernen, naiven Gedanken. Sei nicht so dumm!*

Ich höre auf meine innere Stimme. Sie hat Recht. Jetzt fange ich an, zu übertreiben. Ich zupfe meinen Rock zurecht und betrachte mich noch einen Moment im Spiegel. Dann fasse ich all meinen Mut zusammen und gehe wieder zurück zu den anderen Beiden.

Als ich mich hinsetze, tut mir mein Po weh. Amber hat es glaube ich gar nicht wahrgenommen, dass ich weg war. Liam wirft mir ein charmantes Lächeln zu.

„Na, du warst aber lange weg.“, sagt er mit einem leichten Vorwurf in seiner Stimme liegend.

„Ich habe nichts zu Ende gebracht, falls du das denkst.“, entgegne ich ihm selbstsicher. Ich bin selbst von mir überrascht, dass mir diese Antwort soeben einfach aus dem Mund gefallen ist. Das muss am Alkohol liegen. Der macht mich mutig. Liam sagt nichts. Er lächelt mich nur an. Er hat wirklich schöne, große, blaue Augen. Stundenlang könnte ich in sie hineinschauen.

Könnte mich in ihrer Tiefe verlieren. Ich weiß, dass dieser Mann hochinteressant ist und irgendein Geheimnis hinter diesen Augen versteckt liegt. Ich möchte es unbedingt lüften. Meine Neugierde ist geweckt. Ich habe einen Hang dazu, alles und jeden zu analysieren. Die meisten Menschen machen es mir nur leider viel zu leicht. Die durchschaue ich innerhalb weniger Minuten. Bei ihm ist es anders.

Er wendet seinen Blick ab von mir, dreht sich zu Amber hin und versucht, Smalltalk mit ihr zu halten. So gut wie es eben noch möglich ist. Sie grinst ihn willenlos an und nickt. Eigentlich führt er ein Selbstgespräch. Aber dennoch macht es ihn sympathisch. Er scheint sich um sie zu sorgen. Was wohl meine Aufgabe sein sollte. Immerhin bin ich ihre beste Freundin.

Ich habe kaum einen Gedanken an sie verschwendet. Irgendwie ist es mir komplett egal, wie es ihr gerade geht. Ihre Verantwortung, wenn sie sich abschießt und es ist auch ihr zu verdanken, dass ich nun hier neben Liam sitze. Meinen Samstagabend hatte ich anders geplant. Mein Po hätte auf der mittelmäßig weichen Matratze meines Bettes liegen sollen. Ganz entspannt. Ohne Strapazen. Stattdessen steckte nun ein Finger in ihm. Außerdem ist es ja nicht so, dass sie keine anderen Männer abbekommen wird. Sie ist nie alleine. Übermorgen wird sie mich mit Sicherheit anrufen und mir aufgeregt von irgendeinem Kerl erzählen, den sie in der Bahn kennengelernt hat.

Das ist Amber. Einen Tag trauert sie, wenn es nicht geklappt hat und am darauf folgenden Tag sieht die Welt schon wieder ganz anders aus und alles ist vergessen. Als eine sehr gute Freundin sollte sie es mir doch eigentlich gönnen, dass sich ein Mann nun auch mal für mich interessiert. Gut, er ist schon ein außergewöhnlich interessantes Exemplar von Mann. Etwas kann ich ihre Missgunst nachvollziehen, dennoch gibt es genügend andere gut aussehende Kerle, die nur auf sie warten.

Langsam fange ich an, seine Berührungen zu vermissen. Ich lege meine Hand auf seinen Oberschenkel. Daraufhin legt er seinen Arm um meine Schulter, dreht sich kurz zu mir, um mir ein Lächeln zu schenken. Ein Kellner kommt und fragt uns, ob wir noch etwas trinken möchten. Ich schüttle den Kopf. Ich habe auf jeden Fall genug getrunken. Liam schließt sich meinem Kopfschütteln an. Amber öffnet den Mund und bestellt noch einen weiteren Cocktail. Liam und ich wechseln einen besorgten Blick miteinander aus.

„Ich denke, wir sollten deine Freundin in ein Taxi stecken. Wenn sie noch einen Cocktail trinkt, wird der Abend auf jeden Fall sehr unschön enden."

„In so kurzer Zeit hat sie noch nie so viel getrunken. Wir sollten wirklich gehen."

Liam greift Amber unter die Arme und zieht sie hoch. Ich versuche, ihr die Jacke anzuziehen, was eine wirkliche Herausforderung darstellt, da sie noch bleiben möchte. Aber Liam verführt sie mit seinem Charme. Ich habe keine Ahnung, was er ihr eben ins Ohr geflüstert hat, aber es zeigt Wirkung.

Wir bezahlen unsere Getränke. Ich nehme Ambers Portemonnaie zur Hand und bezahle für sie.

Ohne unsere Hilfe kann sie nicht mehr stehen. Liam und ich nehmen sie in unsere Mitte und führen sie aus der Bar.

Frische Hamburger Märzluft pustet uns entgegen. Es ist ziemlich kalt und ich fange zu zittern an.

Gott sei Dank, steht direkt vor der Tür ein freies Taxi. Liam setzt Amber hinein, während ich dem Taxifahrer ihre Adresse nenne und ihm mitteile, wo er bitte klingeln soll, damit ihr Bruder sie in Empfang nehmen kann. Der wird mit Sicherheit nicht begeistert sein, nachts vom Klingeln eines Taxifahrers geweckt zu werden, der seine besoffene, jüngere Schwester abliefert.

Liam schließt die hintere Tür des Taxis. Wir beide winken Amber zu, bis sich das Taxi in Bewegung setzt. Sie guckt uns leicht verdutzt an.

„Was hast du zu ihr gesagt? Plötzlich war sie ja ganz heiß darauf, die Bar zu verlassen.“, frage ich Liam, als das Taxi außer Sichtweite ist.

„Ich meinte nur zu ihr, dass wenn sie Spaß haben will, sie mit uns beiden mitkommen sollte.“

„Was? Oh man. Ich glaube, dass sie dir das selbst in ihrem besoffenen Zustand nicht vergessen wird. Sie hasst es, wenn man sie anlügt und verarscht.“

„Na ja ... Ich glaube kaum, dass wir uns wiedersehen werden.“

„Mh. Wahrscheinlich nicht.“

Nun stehen wir beide in der Kälte und schweigen uns an. Soll ich mich jetzt von ihm verabschieden und Richtung U-Bahn gehen? Ich wünschte, diese Nacht wäre nun noch nicht vorbei. In diesem Augenblick nimmt Liam meine Hand.

„Wo wohnst du?“

„Ziemlich weit im Norden von Hamburg. Zirka eine Dreiviertelstunde Fahrt von hier.“

„Hmm ... Möchtest du vielleicht mit zu mir kommen?“ Kaum sind seine Worte ausgesprochen, macht sich Vorfreude in meinem gesamten Körper breit und mir wird schlagartig warm.

„Ja, das würde ich sehr gerne.“

„Dann komm. Mein Wagen steht in der Tiefgarage.“

Händchen haltend gehen wir zu seinem Auto. Wir reden nicht. Was mir gefällt. Ich würde gerade eh kaum ein Wort herausbekommen.

In der Tiefgarage lässt er meine Hand los, um seinen Schlüssel aus seiner Hosentasche zu fummeln. Er bleibt vor einem Smart stehen. Ich muss schmunzeln. Jedes Auto hätte ich erwartet, aber keinen Smart. Nach dieser Nacht werde ich ihn wahrscheinlich auch nicht wiedersehen. Somit sollte ich jeden Augenblick genießen. Vor allem meine erste Autofahrt in einem Smart.

Mit Sicherheit ist Liam nur an einem One-Night-Stand interessiert.

Es ist aufregend und prickelnd eine unbekannte Frau zu erobern und ihren Körper zu erkunden. Nach einmal gehabt, ist man dann leider schon nicht mehr unbekannt und somit uninteressant geworden.

Als ich auf dem Beifahrersitz in seinem Smart sitze, gehen mir Gedanken durch den Kopf, die ich gerade nicht haben möchte. *Du findest ihn interessant. Würdest ihn gerne näher kennenlernen und dann gehst du sofort mit ihm mit? So leicht machst du es ihm? Wie naiv bist du? Wenn du ihn wiedersehen willst, dann musst du versuchen, aus dieser Situation herauszukommen.*

„Öffne meine Hose.", reißt Liam mich mit seinem Befehl aus meinen verzwickten Gedanken. Ich schaue ihn entgeistert an.

„So schüchtern auf einmal, Melina?" Boah, will er mich provozieren? Ich antworte nicht und öffne seine Hose.

„Hole ihn raus und nimm ihn in den Mund." Meine Vagina beginnt, zu pulsieren. Wieso macht mich das jetzt dermaßen an?

Weil du noch nie einem Mann in einem Smart, sprich überhaupt in einem Auto, während der Fahrt einen geblasen hast, du dumme Nuss!

Ich muss unbedingt lernen, meinen Verstand unter Kontrolle zu bekommen. Ich befreie seinen Penis aus seiner Boxershorts. Er ist noch nicht bereit für mich. Ich nehme seinen Schwanz zwischen Daumen und Zeigefinger und fange an, seine Vorhaut vor- und zurückzuschieben. Langsam regt er sich. Ich nehme ihn sofort in den Mund, denn ich liebe es zu spüren, wie der Penis eines Mannes nach und nach an Größe und Härte gewinnt. Ich sauge erst zaghaft und dann immer fester. Sein Schwanz pulsiert an meiner Zunge.

„Mhhh. Du stellst dich gut an."

Mein Herz macht einen Sprung. Freue ich mich gerade über sein Kompliment? Normalerweise gebe ich nicht viel auf die Meinung der Männer.

Ich sauge und sauge. Durch die ganzen Kurven und seinen sportlichen Fahrstil, wird mir leicht schlecht. Ich löse meinen Mund von seinem Glied.

„Kannst nicht mehr?"

„Doch, schon. Aber ich habe noch nie während des Fahrens einen Schwanz geblasen und mir ist etwas unwohl geworden."

„Okay. Dann nimm ihn einfach in deine Hand." Ich tue, was er sagt und massiere seinen Schwanz, während er uns hoffentlich heil zu sich nach Hause bringt.

Nach einer zwanzigminütigen Fahrt sind wir endlich angekommen. Ich lasse seinen Phallus los, als er einparkt.

„Zieh dir deine Strumpfhose aus und auch deinen Slip!" Ich zögere kurz. Schlüpfe dann aber aus meinen Stiefeln und streife die Strumpfhose über meine, Gott sei Dank, rasierten und eingecremten Beine. Er beobachtet mich, was mich aus einem unerklärlichen Grund echt nervös macht.

„Eine derartige Situation ist neu für dich, richtig?" Ich wende meinen Blick von meiner Handlung ab und sehe ihm direkt in seine feurigen Augen.

„Ja, richtig.", gebe ich ehrlich zu und grinse ihn gleichzeitig frech an.
Ich schiebe meinen Rock hoch und entferne meinen String.

„Wunderbar."

Er öffnet die Fahrertür, während ich mir noch schnell meine Stiefel wieder anziehe. Ich folge ihm über die Straße, Strumpfhose und String in meiner rechten Hand haltend.

Die kühle Morgenluft streichelt meine nackten Beine. Nicht mehr lange und die Sonne geht auf.

Die Eingangstür ist zum Glück nur wenige Meter vom geparkten Auto entfernt. Im Treppenhaus habe ich Probleme mit ihm Schritt zu halten. Seine Wohnung befindet sich im obersten Stockwerk, was klar war, weil wirklich jeder, den ich kenne, im obersten Stockwerk wohnen muss.

Als ich oben ankomme, steht Liam bereits schon im Flur der Wohnung und zieht sich seine Schuhe aus. Eine Jacke hatte er nicht dabei.

Als ich mir meine Stiefel erneut ausziehe, erblicke ich andere Frauenschuhe.

„Ich wohne hier in einer WG mit zwei Frauen, die sind über das Wochenende aber meist unterwegs. Wie ich eigentlich auch.", klärt er mich auf. Die Fragezeichen müssen mir wohl offensichtlich im Gesicht gestanden haben.

Ich folge ihm barfuss in sein Zimmer und bin erstaunt. Liam hat es auf jeden Fall nicht geplant, heute Abend eine Frau hierher mitzubringen. Er räumt schnell unzählige Zettel und ungeöffnete Briefe von dem Bett, was kein Bett ist. Ich glaube, es ist noch nicht mal ein richtiges Schlafsofa. Der Raum ist unglaublich winzig. Nur das Sofa, ein zweitüriger Kleiderschrank und ein kleiner

Couchtisch befinden sich in diesem Zimmer. Klamotten, und einiges an anderem Kram, liegen verstreut auf dem Boden herum. Auf dem Tisch häuft sich dreckiges Geschirr, an dem teilweise Essensreste kleben. Also entweder hat er echt kaum Zeit oder er hat null Gespür für Reinlichkeit und Ordnung. Ich scheine eine Ausnahme zu sein. Würde er häufig Frauen mitnehmen, würde es hier definitiv anders aussehen. Schlagartig fühle ich mich wohler.

„Ziehe dich aus!“, klingt auf einmal seine Stimme in meinem Ohr wider. Er steht vor mir und betrachtet mich. Ich fange an, mich auszuziehen, mit der Erwartung, dass er sich auch entblößt. Aber nein, er bleibt angezogen.

Das ist nicht fair!

Ich ziehe mein Oberteil aus und streife mir den BH ab. Zum Vorschein kommen meine kleinen Brüste. Ich beobachte seine Reaktion, doch er verzieht keine Miene.

Ich öffne den Reißverschluss meines Rocks und stehe nun komplett nackt vor ihm, was mich aber nicht stört, da ich mich sehr wohl in meiner Haut fühle und es mir generell egal ist, was andere Menschen von meinem Körper halten. Er kann mich immer noch nach Hause schicken, wenn ihm dieser Anblick nicht zusagt.

Selbstsicher starre ich ihn an. Dann lösen sich seine Augen von meinen und sein Blick wandert meinen Körper hoch und runter, als würde er seine Beute begutachten. Sollte ich mich doof dabei fühlen? Wenn es ihm gefällt, mich entblößt vor sich stehen zu lassen, dann Bitteschön! Dabei würde ich ihn auch zu gerne in seiner gesamten Pracht vor mir stehen haben. Ich möchte seine nackte, warme Haut an meiner spüren. Ich will ihn in mir haben. Will wissen, wie es sich anfühlt, wenn wir eins werden.

Meine Vagina füllt sich mit Feuchtigkeit. Es passiert einfach nichts. Er löchert mich immer noch mit seinen geheimnisvollen Augen. Ich hole einmal tief Luft und atme lange aus.

Das scheint ihm nicht entgangen zu sein. Er grinst mich finster an. Dann zieht er sich den Pulli über seinen Kopf und die Socken aus. Nun steht er, nur mit einer Jeans bekleidet, vor mir. Ich glaube, ich habe gerade die komplette Kontrolle über mein Gesicht verloren.

„Mund zu, Melina. Sonst stecke ich dir dort etwas rein und das muss nicht unbedingt mein Schwanz sein. Sabbern wirst du heute noch genug.“

Ich verstehe nicht, was genau er damit meint, aber schließe lieber meinen Mund.

Dieser Anblick hat mich völlig aus der Fassung gebracht. Liam ist unglaublich gut trainiert. Ausgeprägte Schulter- und Brustmuskulatur, ein starker Bizeps und ein perfektes Sixpack verschlagen mir komplett die Sprache. Seine linke Brust schmückt eine Art Trivaltattoo, welches sich bis auf seinen Rücken ausbreitet. Allerdings scheint es, als sei es noch nicht komplett fertig. Unter seinem Pullover konnte man schon eine gute Figur erahnen, allerdings hat er doch einiges an Muskulatur versteckt.

Ich stehe steif da. Mir ist heiß und kalt zugleich. Ich habe das Gefühl, dass mein Herz vor Aufregung und Spannung, was heute noch passieren wird, wenn überhaupt noch etwas passieren wird, stehen bleiben könnte.

Mein Körper fängt zu zittern an und leider kann ich es nicht unter Kontrolle bekommen.

„Ist dir kalt?“, fragt er mit sanfterer Stimme.

„Ja, ein bisschen.“, flüstere ich, weil selbst mein Kiefer schon anfängt zu klappern. Eigentlich friere ich nicht. Das Zittern kommt durch die Anspannung. Warum muss er meine Nerven dermaßen auf Spannung bringen und meine Geduld strapazieren? Gehört das zu seiner Verführungsstrategie oder ist er planlos? Obwohl er ganz und gar nicht wirkt, als hätte er keinen Plan davon, was er tut.

Er nimmt mich fest in den Arm. Ich verschränke meine Arme vor meiner Brust. Es tut gut, seine Wärme zu spüren und ich merke, wie die Anspannung von mir abfällt.

„Du fühlst dich aber alles andere als unterkühlt an.“, stellt Liam fest.

„Vielleicht bin ich auch einfach nur nervös.“

Ich bin überrascht über meine eigene Ehrlichkeit. Normalerweise kann ich meine Nervosität ganz gut überspielen und selbst wenn man es mir anmerken würde, würde ich es nie offen zugeben, dass ich Angst vor etwas oder jemandem verspüre.

Er löst seine Arme von mir und nimmt stattdessen mein Gesicht zwischen seine männlichen Hände. Ich explodiere innerlich, als unsere Blicke sich treffen. Wir schauen uns gefühlte Stunden tief in die Augen und dennoch geht dieser Moment viel zu schnell vorbei.

Seine Augen wandern zu meinen Lippen. Ich lecke mir einmal über diese und fange an, an meiner Unterlippe zu kauen und beobachte, welche Reaktion dies bei ihm auslöst. Seine Lippen formen sich zu einem frechen Lächeln und dann greift er mit seinen Zähnen nach meiner Unterlippe und zieht an ihr.

Diese Reaktion wirft mich aus der Bahn. Ich will ihn! Will ihn jetzt sofort, so intensiv wie möglich, spüren. Ich ziehe meinen Kopf zurück. Er lässt meine Unterlippe allerdings nicht direkt los, was ziemlich schmerzt. Ich lecke mir über meine leicht geschwollene Lippe und ergreife dann Eigeninitiative. Bin dabei aber nicht so fordernd wie er.

Ich küsse seine geschlossenen Lippen erst einmal sanft, bis ich langsam mit meiner Zungenspitze seine Lippen öffne und dann in seinen Mund vordringe, um seine Zunge zu treffen. Als unsere Zungenspitzen aufeinandertreffen und sich zart umschlingen, spüre ich, wie meine Vagina sehr stark zu pulsieren anfängt und sich dieses kitzelnde, erregende Gefühl in meinem gesamten nackten Körper von unten nach oben ausbreitet.

Ich glaube es geht ihm ähnlich, denn seine Hände landen auf meinem prallen Arsch und drücken meinen Unterleib an den seinen. Durch die Jeans hindurch merke ich seine Erregung. Unser Kuss wird intensiver. Er hebt mich hoch und wirft mich auf das harte Etwas, welches er seine Schlafstelle nennt. Ich hätte ihn noch stundenlang küssen können.

„Spreize deine Beine, Melina.“, fordert er.

Ich gehorche und frage mich gleichzeitig, was er nun vorhat. Er öffnet den Reißverschluss seiner Jeans und Vorfreude kommt in mir auf. Mein Kurzzeitgedächtnis ruft den Moment im Smart ab, als ich seinen Penis zum ersten Mal zu sehen bekam und ich weiß, wie erleichtert ich war. Ich habe eine Phobie gegen hässliche Penisse und seiner ist ein unglaublich schönes Exemplar, welches ich jetzt nun zu gerne in mir spüren würde.

Doch kommt er nicht auf mich zu, sondern bleibt stehen und streift sich seine Jeans nur ein wenig herunter. Dann nimmt er seinen harten Schwanz in die Hand und fängt an, diesen zu reiben, während sein Blick auf meiner feuchten Vagina liegt.

Ich habe das Bedürfnis, mich auch zu berühren, aber ich traue mich nicht und beobachte ihn einfach nur. Der Anblick macht mich an, sodass ich schlagartig noch feuchter werde und mir die Flüssigkeit langsam zwischen meinen Pobacken herunterläuft, direkt auf seine Decke.

„Ich möchte, dass du dich anfasst. Reibe deinen Kitzler und steck dir zwei Finger in deine Fotze und fingere dich.“

Endlich! Ich beginne meinen Venushügel mit Zeige- und Mittelfinger zu massieren und mir entgleitet sofort ein unaufhaltsames Stöhnen. Ich wende meinen Blick nicht von ihm ab. Sehe, dass mein Stöhnen ihm zu gefallen scheint und lasse mich vollkommen gehen.

Ich schiebe zwei Finger in meine klitschnasse Vagina, die nur darauf wartet, endlich ausgefüllt zu werden.

„Ohhh ... Mein Gott! Ich will nicht von meinen Fingern gefickt werden. Ich will deinen verdammten harten Schwanz in mir spüren. Komm her und fick mich endlich!", entfährt es mir und ich bin zu geil, um geschockt über meine eigenen Worte zu sein.

Noch nie hat ein Mann von mir solch eine Äußerung zu hören bekommen. Normalerweise bin ich relativ still beim Sex. Es ist schon äußerst selten, dass ich mal zu stöhnen anfange.

Ich habe mittlerweile die Augen geschlossen und lasse mich somit überraschen, ob er mir meinen Wunsch erfüllt.

„Fuck ey!", höre ich nur aus seinem Mund und auf einmal spüre ich seine Hände an meinen Oberschenkeln. Der Moment, in dem er zum ersten Mal in mich eindringt, steht kurz bevor.

Mein Atmen wird immer langsamer und schwerer. Er schiebt mich in die richtige Position.

Und dann ... dann spüre ich, wie sich sein breiter, steifer Schwanz durch meine Schamlippen drängt, tief in mich eindringt und mich vollkommen ausfüllt.

Genau in diesem Augenblick reiße ich die Augen auf, werfe meinen Kopf in den Nacken und stöhne sehr laut auf. Direkt nach meinem Aufstöhnen zieht er sich aus mir zurück. Ich gucke ihn entsetzt an.

„Das scheint dir ja sehr gut zu gefallen. Nicht wahr?" Ich sage nichts. Warum quält er mich?

„Ich habe dir eine Frage gestellt! Antworte gefälligst, wenn du willst, dass ich dich heute noch richtig durchnehme!", fährt er mich an.

„Ja, man!", zicke ich ihn ungeduldig an.

„An dem Ton werden wir noch stark arbeiten müssen." Er kneift mir ziemlich brutal in meinen Oberschenkel.

„Autsch!"

„Ja, was?", fragt er. Ich weiß nicht, was er von mir hören will.

„Ja, bitte.", rate ich, in der Hoffnung, dass es nun die richtige Antwort ist und er mich nicht wieder kneift.

Die Hoffnung war vergebens. Wieder spüre ich einen kurzen, intensiven Schmerz durch meinen Oberschenkel fahren, aber diesmal jammere ich nicht.

„Was willst du von mir hören?“, frage ich, denn ich habe keine Lust auf ein Ratespiel. Ich will nur, dass er endlich weitermacht.

„Ich möchte deine schöne Haut später noch mit etwas Anderem verzieren, daher gebe ich dir die Antwort. In Zukunft wirst du gefälligst immer mit „Ja, Sir“ antworten. Verstanden?“

Ich weiß zwar nicht, was das soll, aber antworte brav mit

„Ja, Sir“.

Und schon dringt er mit einem harten Stoß wieder in mich ein. Er hat einen langsamen Rhythmus eingenommen, aber es gefällt mir. Er schaut mir dabei direkt in die Augen und dieses Feuer zwischen uns entfacht immer mehr. Noch nie zuvor habe ich solch eine Leidenschaft verspürt.

„Ich will, dass diese Nacht etwas ganz Besonderes für dich wird.“ Als er diese Worte ausspricht, tanzt mein Herz vor Freude und ich wünschte, er würde sich endlich mit seinem Mund zu meinem begeben. Ich würde so gerne seinen mit Muskeln durchzogenen Oberkörper auf meiner nackten Haut spüren. Doch er zieht sich schon wieder aus mir zurück. Leichte Enttäuschung durchfährt mich.

„Geh auf alle Vieren und strecke mir deinen Arsch entgegen.“, befiehlt er.

„Ja, Sir.“, antworte ich mit leicht zittriger Stimme. Ich habe Angst, weil ich keine Ahnung habe, welche Fantasien und Ideen seine Gedanken durchströmen.

Eine Hand greift in eine meiner Pobacken und dann führt er mir sehr sanft seinen Penis vaginal von hinten ein. Er steckt ihn nicht bis zum Anschlag hinein, sondern scheint eher mit seiner Eichel eine bestimmte Stelle in mir zu stimulieren. Er drückt ihn beim Einführen genau gegen diesen einen Punkt.

Ich bin noch nie vaginal gekommen und fühle auf einmal, wie die Geilheit in mir wächst. Wie sie in Brand gesetzt wird mit dieser langsamen, gefühlvollen und gezielten Bewegung seines Schwanzes. Ich habe das Gefühl, den Verstand zu verlieren.

„Oh mein Gott! Ich weiß nicht, wie lange ich das noch ertragen kann!“

„So lange, wie ich es will.“, entgegnet er mir. Ich kralle meine Finger in ein Kissen.

„Ahhhhh!“ Es ist dermaßen reizend, dass es kaum auszuhalten ist.

Er stoppt seine Handlung und ich höre, wie er etwas aus dem Schrank holt. Ich nutze die Zeit, um kräftig durchzuatmen und Luft zu holen, die mir weggeblieben ist, während ich in den Genuss seiner unbeschreiblichen Fähigkeit gekommen bin.

„Das wird dir gefallen.“

„Mir hat das eben schon sehr gut gefallen.“

„Das war nur die Vorbereitung.“ Plötzlich dringt etwas Kaltes, Breites und sehr Bewegliches in mich ein.

„Ich werde dich jetzt mit einem Dildo stimulieren. Er ist 30 cm lang und 5 cm breit.“, klärt Liam mich netterweise auf.

„Entspanne dich.“ Was mir dank dieser Information nicht leicht fällt. Ich atme einmal tief aus und dann fängt er auch schon an, mich mit dem Gummidildo zu ficken.

Er steigert die Intensität ziemlich gnadenlos.

„Ooohhh Gott!!! Das halte ich nicht aus!!!“

„Das wirst du! Und du wirst für mich kommen, wie du noch nie zuvor gekommen bist, meine kleine Schlampe!“

Dass er mich kleine Schlampe genannt hat, nehme ich kaum wahr. Ich versuche ruhig zu atmen, aber es ist mir nicht möglich. Ich möchte am liebsten laut schreien, vergrabe mein Gesicht in dem Kissen und stöhne dort hinein. Mein ganzer Körper fängt zu zittern an.

„Hör bitte auf! Bitte, Sir. Es ist zu intensiv! Das halte ich wirklich nicht aus!“

Er ignoriert mein Betteln und Flehen. Er macht weiter und erhöht sogar noch die Geschwindigkeit.

„Lass einfach los. Lass dich fallen.“

Und dann folge ich seinen Worten und ich explodiere innerlich. Ein Feuerwerk geht in die Luft.

„Fuuuuck!!!“ Ruckartig zieht er den Dildo aus mir heraus und ich fühle nur, dass mir ziemlich viel Flüssigkeit an den Beinen herunterläuft.

Dann drehe ich mich um und lasse mich erschöpft auf den Rücken fallen. Bis ich bemerke, dass das gesamte Bett nass ist und sogar ein Teil seines Fußbodens, verfliegen einige Sekunden.

„Ach du scheiße! War ich das etwa?

Hab ich mich eingenässt???“ Ich bin total schockiert und mir schießt die Röte in die Wangen.

„Hahaha! Quatsch! Du hast gesquirtet, Melina.“

„Ernsthaft? Ich dachte, ich könnte das nicht.“

„Tja, siehst du doch. Das kannst du sehr wohl und ziemlich gut sogar."

Ich spüre, wie ein gewisser Stolz in mir hochkommt. Wenn David das wüsste, dass ich es doch kann. Er nur zu unfähig war, mich dahin zu bringen.

Liam nimmt ein Handtuch, welches unter seinem Wäschehaufen liegt und versucht den Stoff des Sofas, oder was auch immer das nun für ein Möbelstück sein mag, wieder trocken zu bekommen. Danach wischt er die Spuren meines intensiven Orgasmus auf dem Boden auf.

„Wird da nun ein Fleck auf dem Stoff bleiben?"

„Ich glaube nicht. Und wenn, dann würde dieser mich an dich erinnern. Ist doch auch nicht schlecht."

Ich kann mir ein Grinsen nicht verkneifen.

„Brauchst du eine Pause? Wir sind hier noch nicht fertig."

Ich bin total platt und frage mich, was er denn noch vorhat. Ich fühle mich jedenfalls befriedigt und befreit.

„Ja, ich brauche eine Pause."

Er legt sich neben mich, nimmt mich in den Arm und drückt mich an sich. Dieses Gefühl von Geborgenheit ist mir neu. Ich möchte am liebsten für immer so mit ihm hier liegen bleiben.

Ich atme seinen Schweißgeruch, der nach Männlichkeit und purem Sex riecht, tief ein. Dieser Duft löst ein Kribbeln in meiner unteren Bauchgegend aus.

„Das war erst der Anfang. Ich habe mich um deine Lust und Befriedigung gekümmert. Jetzt bin ich an der Reihe."

„Okay." Er blickt mich von der Seite an.

„Okay. Sir."

„So ist es brav." Er drückt mir einen Kuss auf meine Schläfe.

Was er jetzt wohl von mir erwarten mag? Soll ich ihm bis zum Orgasmus einen blasen oder möchte er vielleicht, dass ich ihn reite? Mir gefällt es nicht, wenn ich das Gefühl habe, unvorbereitet zu sein.

„Wollen wir weitermachen?"

„Ja, Sir.", antworte ich ihm, obwohl ich das Gefühl habe, dass ich dem, was jetzt kommt, nicht gewappnet bin und wieder löst diese Ungewissheit Angst und Aufregung in mir aus. Mein Körper hatte, nach dieser Explosion gerade, aufgehört zu zittern, nun sind meine Muskeln schon wieder unter Spannung. Allerdings sind sie so erschöpft, dass sie eben nur noch zittern können, anstatt sich wirklich anzuspannen.

Er löst seine Arme von mir und steht auf.

„Knie dich vor das Bett.“ Ich folge seinen Worten.

Der Boden ist noch feucht von eben. Meine Knie schmerzen schon nach wenigen Sekunden. Er sollte sich definitiv einen Teppich anschaffen.

Liam steht hinter mir, streicht meine Haare hinter meine Ohren und nimmt mir dann meinen Sehsinn. Er legt mir eine Augenbinde um und knotet sie ziemlich fest zu. Mein Puls erhöht sich schlagartig. Ich höre nur, wie er den Raum verlässt. Stille umgibt mich. Ich bin alleine mit meiner Angst und meinen dazugehörigen Gedanken.

Was passiert jetzt? Was wird er mit mir anstellen? Kommt er überhaupt zurück? Vielleicht muss er nur mal kurz aufs Klo.

Minuten vergehen. Wie viele es genau sind, weiß ich nicht. Und dann höre ich auf einmal die Schritte seiner nackten Füße.

„Knie dich auf.“, unterbricht seine strenge und doch sanfte Stimme die Stille.

Ich zucke zusammen, als ich etwas Nasses und Eiskaltes an meinen Brustwarzen spüre. Sie werden sofort hart.

„So gefällt es mir.“ Nach den Eiswürfeln folgt die Wärme seiner Zunge. Er saugt an den aufrecht stehenden Nippeln. Ich dachte, es sei nicht möglich, nach solch einer Erlösung, erneut geil zu werden. Doch meine Vagina pulsiert heftig.

„Au!“ Statt zu saugen, beißt er zu, aber ich muss mir eingestehen, dass es mir gefällt.

Er spielt weiter mit meinen Mamillen. Saugt, beißt und knetet meine kleinen Brüste. Ich genieße es.

Dann hält er einen der Eiswürfel an meine Vagina, welcher sich ziemlich schnell in Wasser auflösen wird, denn meine Vulva kocht förmlich.

Die Abkühlung tut gut. Es fühlt sich unbeschreiblich erotisch an, wie er mit diesem nassen, eiskalten Würfel über meine Klitoris fährt und ihn mir dann einführt. Ich werfe den Kopf in den Nacken und stöhne auf.

Seine Hand löst sich von meiner Vagina und plötzlich verspüre ich einen ziehenden, kneifenden Schmerz an meinen Knospen, der gleichzeitig ein Pochen in meiner Pussy auslöst. Meine Nippel werden Richtung Bauchnabel gezogen. Er muss irgendetwas Schweres an meinen Brustwarzen befestigt haben.

Ich konzentriere mich auf meine Atmung und versuche, den Schmerz wegzuatmen.

Liam scheint Spaß zu haben. Immer wieder erleichtert er meine Brüste, in dem er das Gewicht in seine Hand legt, doch dann lässt er es schlagartig wieder los und ich beuge mich instinktiv nach vorne. „Du jammerst gar nicht.“, stellt er, mit einer leichten Enttäuschung in seiner Stimme liegend, fest.

„Hm ... Dann muss ich wohl härtere Geschütze auffahren. Strecke deinen Arm aus.“

Er führt mich aufs Bett zurück und darf sofort wieder auf die Knie gehen. Diesmal allerdings nicht aufrecht, sondern in Doggy-Position. Ich habe das Gefühl, dass meine Nippel bald abfallen werden. Die Gewichte ziehen mächtig an ihnen. Hoffentlich habe ich nach dieser Tortur keine ausgeleierten Brustwarzen. Ich versuche, diese absurde bildliche Vorstellung auf der Stelle wieder loszuwerden.

Liam fummelt in einer Plastiktüte herum. Sicher bin ich mir nicht, aber es klingt danach. Dadurch, dass ich nichts sehen kann, sind alle anderen Sinne geschärft.

Er scheint das, was er gesucht hat, gefunden zu haben. Außerdem höre ich ein pupsendes Geräusch. Irgendetwas drückt er aus einer Tube heraus. Einen Dildo hatte ich nur schon in mir. Was könnte denn jetzt noch kommen? Diese Ungewissheit, was er als nächstes mit mir anstellt, ist kaum zu ertragen und dennoch unsagbar prickelnd.

Ich sehne mich nach seiner Berührung. Diese Sehnsucht wird durch einen weiteren, fast unerträglichen, Schmerz unterbrochen. *Na super ... Das war's dann. Das, was du nie wolltest, ist nun passiert und kann nie wieder rückgängig gemacht werden. Herzlichen Glückwunsch, Melina.* Mir schießen Tränen in die Augen und ein lautes Wimmern entfährt mir.

„Aaaahhhh. Was hast du getan???“

„Ich habe soeben einen Analplug in deinen süßen Arsch eingeführt. Gefällt es dir nicht?“ Liam scheint total stolz auf seine Tat zu sein. Seine Frage klingt jedenfalls nicht gerade unsicher und mitfühlend, wie es der Fall sein sollte.

„Ich wollte nicht, dass mir jemals etwas anal eingeführt wird! Nimm es raus. Es tut weh!“, schreie ich ihn fast an. Meine Erregung ist mit einem Schlag verflogen.

„Der Anblick gefällt mir aber und endlich konnte ich dich mal aus der Fassung bringen. Außerdem hattest du doch schon einen meiner Finger in dir drin.“

Am liebsten würde ich ihm etwas einführen und zwar meine geballte Faust! Allerdings mag ich mich nicht bewegen. Nicht mal ein kleines Stückchen. Ich bleibe stocksteif in der Doggy-Position und gewähre ihm somit den direkten Anblick auf meinen Allerwertesten, in dem ein Analplug steckt. Ich weiß nicht mal, wie ein Analplug aussieht.

„Der Finger hat schon eine Grenze überschritten, aber damit konnte ich noch leben. Aber das hier, ist einfach zu viel. Einfach zu groß.“, jammere ich.

„Mach dir keine Sorgen. Ich habe die kleine Variante gewählt. Jedoch wirst du davon trotzdem ein paar Tage etwas haben.“ Und dann entfernt er das Teil endlich aus meinem Hintereingang. Es schmerzt fast noch mehr als das Einführen, aber die Erleichterung, als der Plug draußen ist, ist groß. Ich sinke zusammen und versuche, den Schmerz zu ignorieren. Liam umarmt mich und küsst mich.

„Ich bin stolz auf dich. Das hast du gut gemacht.“, redet er mir positiv zu und tatsächlich fühle ich mich dank seiner Worte besser. Das Schlimmste habe ich wohl überstanden.

„Ich denke, was jetzt kommt, könnte dir besser gefallen. Und wenn nicht, dann habe wenigstens ich meinen Spaß dabei.“, mit den Worten löst er seine Umarmung und drückt mir noch einen Kuss auf meinen Kopf. Die letzten Funken meiner Erregung wurden soeben ausgelöscht. Wieso ist er so egoistisch? Sollte man beim Sex nicht gemeinsam Spaß haben? Ich bin doch nicht sein Spielzeug!

Sagen tue ich allerdings nichts. Ausnahmsweise bin ich einfach mal ruhig und verkneife mir jeglichen Kommentar. Mein Respekt ihm gegenüber, ist zu groß. Ich kenne ihn kaum und weiß nicht, wozu er fähig ist. Und wahrscheinlich hätte ich dann sowieso keine Wahl. Obwohl das ja schon an Vergewaltigung grenzen würde, aber ich bin freiwillig mitgegangen. Also Augen zu, sind sie ja eh, und durch.

Und von einer auf die andere Sekunde sind meine ganzen negativen Gedanken wie weggeblasen. Er schiebt mir zwei glitschige Finger in meine beinahe trockene Vagina und massiert diese nun von innen. Ich bin wieder geil.

„Ohh jaa. So gefällt mir deine Fotze. Schön nass und geil.“ Er zieht seine Finger aus mir heraus und schiebt sie mir dafür in den Mund. Ich lutsche sie ab, finde das echt pervers, doch absolut erregend.

„Na, wie schmeckst du?“ Am liebsten würde ich mit „Probiere es doch selbst“ antworten, aber ich bringe nur ein kurzes „Gut, Sir“ hervor.

Irgendwas scheint er abermals aus dieser Wundertüte zu kramen. Dann höre ich das vertraute Geräusch der fast leeren

Tube. Ich nehme meine schmerzenden Brustwarzen wieder wahr, da keine seiner Berührungen mich ablenkt. Doch dieses unangenehme Gefühl wird sehr schnell durch ein noch unangenehmeres überdeckt. Der Analplug hatte wohl einen tieferen Sinn.

Schwupps, ist sein harter, mit Gleitgel eingeschmierter Schwanz in mir drin. Leider nur im falschen Loch. Immerhin glitt sein Glied problemloser hinein als der Plug.

Ich weiß gar nicht, worauf ich mich konzentrieren soll. Auf die Klemmen mit den Gewichten, die an meinen Nippeln herumbaumeln oder auf seinen Penis, der immer wieder in meinen Arsch marschiert. Mir dringt der Schweiß aus jeglichen Poren. Mein Körper wehrt sich gegen diese Sexpraktik.

Mein Po ist nun richtig entjungfert worden.

Ich verkrampfe, da die Ängste in mir hochkommen, die mich jeher von Analsex abgehalten haben. Was ist, wenn in mir irgendwas einreißt? Wenn mein Poloch überdehnt und der Muskel nicht mehr schließen kann? Ich will mit meinen 24 Jahren noch keine Windel tragen müssen!

Umso mehr ich diesen Gedanken nachgehe, umso mehr schmerzt das, was Liam da gerade mit mir anstellt. Mir bleibt nichts anderes übrig, als es hinzunehmen wie es ist. Und vielleicht gefällt es mir doch, wenn ich versuche mich darauf einzulassen. Daher stelle ich meinen Gedankenfluss auf stand by und konzentriere mich auf meinen Körper. Ich spüre seine Hände an meiner Hüfte. Er versucht, uns in den richtigen Rhythmus zu bringen. Wir bewegen uns gegeneinander, statt miteinander. Ich spüre, wie seine weiche Haut seines steifen Glieds an meinem empfindlichen After entlang gleitet, es streichelt. Langsam beginne ich, es zu genießen. Ich habe losgelassen. Gebe die Kontrolle an Liam ab.

„Endlich bist du nicht mehr steif wie ein Brett und lässt mich die Führung übernehmen. Jetzt kann ich dich richtig ficken!“

Und dann merke ich, wie wir eins werden, im Einklang sind. Ich schwebe und bin gleichzeitig vollkommen ausgefüllt. Er wird immer schneller und brutaler.

„Dein Loch fühlt sich unglaublich gut an. Schön eng.“ Ich nehme seine Worte wie durch eine Blase gesprochen wahr. Mein ganzer Körper ist in Bewegung, so hart nimmt er mich. Ich merke, wie die Gewichte an meinen Brustwarzen stark hin und her schwingen.

Ich fühle mich wie ein Ballon, der immer weiter aufgeblasen wird und jeden Moment zu platzen droht, aber er platzt einfach nicht. Als würde meine Lust durch den Schmerz im Zaum gehalten werden. Ich komme nicht über den Punkt.

„Bitteeee!“

„Bitte, was?“, man hört Liam die Anstrengung an.

„Ich kann nicht mehr!“ Und dann legt er noch eine Schippe drauf. Meine Hände greifen in die Decke, um Halt zu finden, weil ich Angst habe, sonst wohlmöglich noch mit meinen Kopf gegen den Heizkörper zu knallen. Doch dazu kommt es nicht, denn kurz nach meinem Flehen, ergießt er sich in mir. Er sinkt auf mir zusammen und da ich sein Gewicht mit meinen kleinen Armen nicht halten kann, sinken wir gemeinsam auf die Matratze.

Er liegt nun – sein Schwanz steckt immer noch in mir – mit seinem mit Muskeln durchzogenen, verschwitzten, klebrigen Oberkörper auf meinem genauso nassen Rücken. Wir kleben förmlich zusammen. In meiner Lendengegend sammelt sich eine kleine Pfütze. Ich spüre Liams schnellen, heißen Atem an meinem Ohr.

„Wow, das war unglaublich. Hatte vergessen, wie gut sich ein jungfräuliches Arschloch anfühlt.“ Erschüttert über seine Wortwahl, lasse ich dies unkommentiert stehen.

„Bist du gekommen?“

„Nein ... Sir.“

„Eigentlich hattest du deinen Orgasmus auch schon, aber da du mir eine Freude bereitet hast und ich noch wissen möchte, wie du schmeckst ...“, er beendet den Satz nicht. Meine Vagina fängt an, zu kribbeln.

Er nimmt mir die Nippelklemmen ab und ich atme erleichtert auf. Brustwarzen sind noch dran. Danach nimmt er mir die Augenbinde ab. Ich muss aussehen wie ein Panda. Ich hatte kein wasserfestes Make-up aufgelegt. Meine Augen müssen sich erstmal an die neue Dunkelheit gewöhnen, doch dann sehe ich seine Umrisse vor mir. Die eines richtigen Mannes.

Liam hält die Klemmen in der Hand und schaut mich dabei finster an. Das gefällt mir nicht. Sein Blick suggeriert mir, dass ihm eine sehr schlechte Idee durch den Kopf schießt.

„Knie dich vor mich und halte dich an meinen Schultern fest.“

Die Anweisung, Halt an seinen Schultern zu finden, gefällt mir sehr. Sein Körper fühlt sich so sexy an, wie er aussieht.

„Beine weiter auseinander.“ Ich gehorche, obwohl ich nicht gehorchen will, weil ich mich vor dem fürchte, was jetzt kommt. Die Befürchtung ist mehr als berechtigt. Er beugt sich zu meiner Pussy hin und befestigt die zackigen Klemmen an meinen geschwollenen und äußerst empfindsamen Schamlippen. Ich ziehe scharf Luft ein.

„Halte drei Minuten für mich aus.“, sagt er mit sanfter Stimme. Ich schüttle mit dem Kopf. Bekomme kein Wort heraus, weil ich die Luft anhalte.

„Nicht mal eine Minute?“ Ich werfe meinen Kopf stark nach links und rechts, um ihn deutlich zu machen, dass er mir diese Teufelsklemmen endlich abnehmen soll.

„Na komm. Eine Minute schaffst du.“, versucht er mich zu motivieren.

„Mir wird schlecht.“, bringe ich zaghaft hervor. In mir steigt tatsächlich Übelkeit hoch. Meine Fingernägel vergrabe ich seinen starken Schultern. Versuche den Schmerz abzuleiten.

Gott sei Dank, reagiert er sofort. Als er die Klemmen löst, rinnt mir eine Träne die Wange hinunter. Der Schmerz an den Brustwarzen war schon unangenehm, über den Schmerz in meinem Po will ich gar nicht nachdenken, aber das jetzt. Das macht mein Körper nicht mit. Mein System ist unglaublich gestresst. Die Übelkeit wird heimgejagt von einem weiteren Schweißausbruch.

Ich falle gegen ihn und er nimmt mich direkt in den Arm und drückt mir einen Kuss auf die Stirn.

„War das so schlimm?“

„Ja, war es. Selbst wenn ich wollte, könnte ich das nicht aushalten. Mein Kreislauf macht das nicht mit.“

„Ach, du bist stärker, als du glaubst.“

Ein wenig mehr Mitgefühl wünschte ich mir in diesem Moment schon von ihm.

„Leg dich auf den Rücken und entspann dich.“ *Hinlegen ist eine super Idee.* Direkt nachdem ich mich hingelegt habe, spreizt er meine Beine und vergräbt seinen Mund in meiner Pussy. Mit seiner Zunge verführt er meinen Kitzler, der unglaublich empfindlich ist. Schon bei der kleinsten Berührung zucke ich zusammen.

Er blickt kurz zu mir auf.

„Nun werde ich selbst probieren, wie du schmeckst. Darauf freue ich mich schon den gesamten Abend.“

Und schon dringt seine Zunge tief in mich ein. Es ist unheimlich intim und gerade dieser Gedanke sorgt dafür, dass ich mich anspanne, statt mich zu entspannen. Es wäre mir unangenehm, wenn er mich eklig finden würde. Ich kann zwar nichts daran ändern, weil ich nun mal schmecke wie ich schmecke, aber ich möchte, dass es ihm gefällt und sich nicht denkt „Das hätte ich mal besser sein lassen“. *Ist doch vollkommen egal. Du wirst ihn sowieso nicht wiedersehen. Es ist doch nur ein One-Night-Stand*, spricht mein Verstand zu mir.

Und daher konzentriere ich mich wieder auf das, was Liam zwischen meinen Beinen anstellt. Er liebkost meine Vulva. Saugt zärtlich an ihr. Mir gefällt der Anblick seines Kopfes zwischen meinen Beinen. Sowie der Augenkontakt, den er zwischendurch zu mir aufnimmt.

Er hebt den Kopf.

„Du schmeckst wirklich hervorragend, Melina.“ Dann kommt er auf mich zu, zwischen meine Beine hindurch und beugt sich mit seinem Oberkörper über den meinen und steckt mir seine Zunge, die eben in mir war, in meinen Mund. Mich zu schmecken durch seine Zunge, ist vertraut und dennoch äußerst makaber. Er küsst mich mit voller Leidenschaft, sodass ich alles um mich herum vergesse.

Als er sich von meinen Lippen löst, schauen wir uns mehrere Minuten einfach nur an.

Wahnsinn, was ein Blick in seine Augen alles in mir auslöst. Meine Gedanken sind still. Ich fühle. Ich empfinde Emotionen, die nicht in Worten zu beschreiben sind.

„Ich habe jetzt richtig Lust, dir den Arsch auszupeitschen. Damit du auch etwas von mir hast, was du mit nach Hause nimmst, um dich an mich und diesen Abend wenigstens für ein paar Tage zu erinnern. Sitzen wird wahrscheinlich eh schon unangenehm werden, aber ich will, dass du dich auch beim Blick in den Spiegel an mich erinnerst.“, mit diesen Worten unterbricht Liam die Magie zwischen uns.

Nach und nach verschwinden die eben gefühlten Emotionen. Werden verdrängt von der Angst.

„Wie doll willst du mich denn auspeitschen, wenn man es noch einige Tage danach sehen wird?“, frage ich eingeschüchtert.

Für meinen Geschmack habe ich heute genug Schmerzen ertragen müssen.

„Das wirst du gleich merken. Komm. Steh auf.“ Ich stelle mich vor das „Bett“ und er stellt sich hinter mich. Ich fange das Zittern an. Seine Arme umschlingen mich von hinten. Er nimmt mich fest in den Arm. Bedeckt meinen Nacken und meine Schultern mit Küssen.

Diese Momente der Geborgenheit gefallen mir unfassbar gut. Ich fühle mich wohl und sicher in seinen Armen. Diese Wärme möchte ich am liebsten immer spüren. Ich kann mir vorstellen, für dieses Gefühl sogar bereit zu sein, Schmerz in Kauf zu nehmen.

Dann beuge ich mich vor, stütze mich auf der Couch ab und zum ersten Mal in meinen Leben wird mir der Arsch versohlt. Was das mit Erotik zu tun haben soll, kann ich mir in diesem Moment noch nicht erklären. Seine Haut klatscht auf meine. Immerhin wird seine Hand danach genauso brennen, wie mein Arsch. Es ist erträglich.

„Gut, das war das Aufwärmen. Deine Haut ist nun genügend durchblutet. Wir wollen ja nicht, dass sie schon nach den ersten Schlägen aufplatzt.“, sagt Liam und seine Schadenfreude ist kaum zu überhören. In mir kommt Panik auf.

Ganz ruhig bleiben. Ein und wieder ausatmen. So viel schlimmer wird es schon nicht werden.

Ich höre, dass Liam schon wieder am Schrank zu Gange ist, aber ich möchte nicht nachsehen, was er da tut.

„Stell dich auf. Ich will deine Schreie gleich nicht hören müssen, daher lege ich dir einen Knebel um.“

Er steht neben mir, mit einem merkwürdigen schwarzen Teil aus Leder in der Hand. Ich muss auf ein Mundstück, in Form eines Rohrs, beißen. Dann fixiert er das Lederband an meinem Hinterkopf.

„Gut siehst du aus.“ Frech grinst er mich an. Er schiebt einen Finger durch die Öffnung.

„Dieser Knebel bietet einige Möglichkeiten.“ Mit einem festen Griff in mein Haar, zieht er meinen Kopf zurück und dann spuckt mir dieser Bastard durch die Öffnung, direkt in meinen Mund.

Da merke ich, dass ich derartig geknebelt, nicht nur nichts sagen kann, sondern mir das Schlucken unglaublich schwer fällt und ich die Flüssigkeitsaufnahme nicht verweigern kann. Er lässt meinen Kopf los.

„In Position mit dir. Mein Flogger freut sich schon auf das Treffen mit deinem heißen Arsch.“

Ich strecke ihm meinen Po entgegen und lasse den Kopf hängen, damit mein Speichel besser ablaufen kann. *Dann sabbere ich eben seine Matratze voll. Mir doch egal.*

Ich höre ein Zischen und spüre direkt danach die Stränge der Peitsche auf meiner Haut. Es zwiebelt. Ich denke, dass er noch zaghaft ist und Rücksicht auf mich nimmt. Dann folgen weitere sanftere Schläge, abwechselnd auf die rechte und linke Pobacke.

Ich bewege mich nicht und hoffe, dass es nicht viel schlimmer wird.

Das zwiebelnde Gefühl nimmt zu und ich spüre, wie Hitze in mir aufsteigt. Ich kralle mich mit meinen Händen in der Decke fest, um der angestauten Energie und Spannung in meinem Körper Luft zu machen. Ich habe vor jedem Schlag Angst. Jeden Augenblick könnte er die Intensität seines Schlages erhöhen und es könnte unerträglich werden. Ich will auf gar keinen Fall vor ihm weinen müssen. Dann stoppt er und ich atme erleichtert durch die Nase aus. Vorsichtig streichelt er über meine empfindlichen Pobacken und schenkt jeder einen Kuss. Diese kleine Geste bewegt mich innerlich.

„Melina. Ich will, dass du jetzt jeden einzelnen Schlag mitzählst."

Wie denn, wenn ich nicht sprechen kann??? Und schon pfeffert der nächste Schlag auf meinen Arsch und die Stränge der Peitsche umschlingen einen Teil meines Oberschenkels.

„Ich höre nichts! Ich werde dich noch zehnmal schlagen, aber nur die mitgezählten Schläge zählen."

„Eins.", nuschle ich kaum hörbar hervor. Daraufhin folgt der zweite Schlag. Es brennt so unglaublich, dass ich nicht weiß, wie ich die weiteren Schläge aushalten soll.

„Zwei." Er peitscht wenigstens jede Arschbacke abwechselnd aus.

„Drei." Ich halte die Luft an. Jedoch spüre ich den Schmerz nur noch intensiver.

„Vier!" *Reiße dich zusammen, Mel! Du bist stärker als du denkst. Sei tapfer! Wehe du weinst!* Der Stolz meines Egos ist dermaßen groß, dass schon einiges dazu gehört, um mich zum Weinen zu bringen.

„Fünf.", wimmere ich leise.

„Ich konnte dich nicht hören!" Liam will mich provozieren oder er versucht mich zu demütigen.

„Fünf!", bringe ich, so laut es geht, hervor, aber ich höre mich einfach nur lächerlich an und sabbere dabei wie ein kleines Kind vor mich hin. Beim nächsten Aufprall verkrampft sich mein Griff in die Decke. Ich habe das Gefühl, dass ich blute, weil meine Haut ungeheuerlich brennt.

„Sechs!", zähle ich quälend mit. Meine Antworten kommen nach jedem Schlag schleppender.

„Sieben!“ Mir wird langsam schlecht und ich wünsche mir, dass er endlich aufhört. Beim achten Schlag kann ich mich nicht mehr halten und falle in mich zusammen.

„Los! Steh wieder auf! Noch zwei Schläge!“, befiehlt Liam eiskalt. Ich merke, wie eine einzelne Träne mir über meine Wange kullert. Ich wische mir diese sofort aus meinem Gesicht und begebe mich wieder in Position.

„Acht.“, flüstere ich. Er lässt es gelten, denn schon im nächsten Moment prallt der Flogger auf meinem Arsch auf. Und wieder zucke ich heftig zusammen, aber ich kann mich halten.

„Neun.“ Nur noch ein einziger Schlag, dann ist der Alptraum vorbei. Warum tue ich mir das eigentlich an? Ich bin doch total bescheuert. Ich hätte gehen können. Aber ich wollte es wissen. Die Neugierde und die Sehnsucht nach Geborgenheit waren stärker. Nur so eiskalt, wie Liam eben war, weiß ich nicht, ob er mich nicht gleich nach Hause schicken wird.

Die Spuren auf meinem Hintern wären dann allerdings keine schöne Erinnerung.

Der letzte Schlag trifft auf meiner Haut auf. Ich lasse mich wie ein Häufchen Elend auf den Boden sinken. Mein gesamter Körper zittert. Ich habe schlichtweg keine Kraft mehr.

Um meinen Mund ist die Haut vom vielen Speichel aufgeweicht und mein Po scheint komplett wund zu sein.

Liam ergreift mein Handgelenk und führt meine Hand zu meinem Hintern. Ich erschaudere. Total angeschwollen. Es fühlt sich an, als berühre ich tote Haut. Dann befreit er mich von dem Knebel. Mit meinem Handrücken wische ich mir meinen Mund trocken.

„Hoch mit dir! Ich möchte dich betrachten.“ Er hilft mir nicht auf, wie ich es eigentlich erwartet hätte. Meine Beine zittern ganz fein, aber ich stehe.

„Dreh dich. Die Farbe steht dir außerordentlich gut. Könntest du gerne häufiger tragen.“, gibt er sarkastisch von sich.

„Stopp.“ Nun kann er in mein Gesicht blicken, welches völlig fertig aussehen muss.

„Deine Augen strahlen gar nicht mehr. Du siehst traurig aus. Ist alles in Ordnung?“ Von eiskalt zu besorgt. Keine Ahnung, was davon nun ehrlich ist und was gespielt oder ist es möglich von einer auf die andere Sekunde das Gefühl zu haben, dass mir mein Gegenüber komplett egal ist und dann plötzlich liegt mir sein Wohl wieder am Herzen?

Ich verstehe ihn nicht. Kann ihn irgendwie nicht durchschauen. *Deshalb bist du doch mit ihm mitgegangen. Er tickt anders. Das macht ihn unheimlich interessant.*

„Alles gut. Ich bin nur müde." Was natürlich nicht die ganze Wahrheit ist.

„Sicher?", hakt er nach. Ich bin eine gute Lügnerin. Beziehungsweise gut darin, nicht alles von mir preiszugeben ohne, dass derjenige merkt, dass ich ihm etwas von mir vorenthalte.

„Ja, ich bin wirklich nur kaputt."

„Okay." Er steht vor mir und begutachtet mich fragend. Wenn er derartig reagiert, dann wird er mich doch nicht nach Hause schicken oder?

„Und jetzt?", frage ich, weil ich keine Lust mehr habe, mit meinem glühenden Arsch, frierend in der Gegend herumzustehen. Ein Lächeln umspielt seinen Mund.

„Bleibst du hier stehen." Liam dreht sich um und verlässt den Raum. *Das kann doch nicht angehen!? Ist das sein ernst?* Ich bin kurz davor mich anzuziehen und zu gehen. Jedoch ist es Mitten in der Nacht und ich habe keine Ahnung, in welchem Teil Hamburgs ich mich befinde und ob hier überhaupt öffentliche Verkehrsmittel zugänglich sind.

Ich bleibe und warte also. Lange lässt er auch gar nicht auf sich warten. Mit einer Bodylotion in der Hand, schließt er die Tür hinter sich.

„Leg dich aufs Bett. Auf deinen Bauch.", weist er mich an. Will er mir jetzt auch noch die Flasche einer Bodylotion anal einführen? Wird ja immer besser! Doch es wird tatsächlich besser. Mein feuriger Hintern wird liebevoll mit der kühlen Lotion eingecremt. Seine Hände auf meiner Haut. Göttlich. Ich genieße jede Berührung. Es tut zwar weh, aber gleichzeitig fühlt es sich wohltuend an. Ich könnte glatt einschlafen. Als er fertig ist, legt er sich zu mir. Ich schmiege meinen wunden Po an sein Glied. Er nimmt mich in seine Arme und drückt mich an sich.

„Das war wirklich eine schöne Nacht.", haucht er mir ins Ohr. Ich drehe mich zu ihm. Ich will ihn sehen. Das Mondlicht, welches kräftig durch das Fenster scheint, blendet mich und leider befindet sich sein Gesicht im Gegenlicht, sodass ich seinen Gesichtsausdruck nicht detailliert erkennen kann. Aber sein Gesicht wirkt auf mich sanfter. Nicht mehr so hart und verbissen wie noch vor einigen Stunden. Ich schenke ihm ein Lächeln, statt mit Worten zu antworten. Daraufhin zieht er mich zu sich und beginnt, mich zu küssen. In mir explodieren die Glückshormone.

Ich fühle mich unheimlich wohl und bin dankbar, dass er mit mir die restliche Nacht verbringen möchte, anstatt mich wie ein benutztes Stück Fleisch vor die Tür zu setzen. Und das Beste ist, dass er körperliche Nähe wohl genauso dringend nötig hat, wie ich.

Auch dieser Kuss dauert wieder einige Minuten an. Noch nie zuvor hat ein Kuss solche Emotionen in mir ausgelöst. Pure Leidenschaft wird entfacht. Am liebsten würde ich ihn mit Haut und Haar in mir aufsaugen.

Liam löst sich von meinen Lippen.

„Lass uns schlafen. Bald geht die Sonne nämlich auf. Schlaf schön, meine kleine Sklavin." *Sklavin?* Ich bin zu müde, um darüber nachzudenken. Ich lege meinen Kopf auf seiner Brust ab, während er seinen Arm um mich legt.

„Schlaf gut. Sir." Auch wenn ich es nicht sehen kann, spüre ich, dass er lächelt. Ich habe mir immer gewünscht, mal so innig mit jemandem einzuschlafen. Dass es nun bei einem One-Night-Stand passieren wird, hätte ich nicht erwartet. Aber diese ganze Nacht war einfach anders. Besonders und unfassbar. Das muss ich erst mal verarbeiten. Ich schließe die Augen. Liam schnarcht schon und ich brauche keine fünf Minuten, um mich ihm anzuschließen.

Ich fühle, wie sich etwas Warmes, Fleischiges, Hartes zwischen meine Beine drängt und in mich eindringt. Träume ich? Oder bin ich wach? Ich lasse die Augen geschlossen, denn wenn es ein Traum ist, möchte ich nicht, dass er endet. Ich liege auf der Seite. Wenn Liam Teil dieses Traums ist, dann müsste er nun hinter mir liegen und mich mit seinem Schwanz verwöhnen. Durch meine geschlossenen Augen nehme ich wahr, dass es keine Nacht mehr ist. M*hhh* ... Mittlerweile glaube ich, dass das die Realität ist und Liams Art, mich zu wecken. Er muss an mir gespielt haben, als ich noch geschlafen habe, da ich ziemlich feucht bin. Mich erregt diese Situation unheimlich. Morgendlichen Sex hatte ich schon einige Male, aber mit einem Schwanz in meiner Vagina, bin ich noch nie zuvor erwacht.

Noch eine Premiere. Er ist die dunkle Leidenschaft in Person. Mr. Erotik durch und durch. Diese Stellung hat mit David nie gut funktioniert. Schade, denn es fühlt sich sehr intensiv an. Liam beginnt, meine Klitoris zu massieren und gleichzeitig entweicht mir ein unaufhaltsames Stöhnen.

„Na. Guten Morgen. Sind wir nun endlich wach?"

„Mh ... noch nicht ganz.“, antworte ich verschlafen. Das hätte ich wohl besser nicht gesagt. Schwupp, schiebt er mir einen Finger in mein Poloch.

„Massiere deine Fotze selbst. Ich kümmere mich um dein kleines, süßes Arschloch.“ Ich gehorche. Halb schlafend, halb wach, massiere ich meine Klit. So viele Reize zur selben Zeit. Diese Intensität kann ich kaum verarbeiten. Mein After ist ziemlich wund nach letzter Nacht. Es schmerzt, aber ich bin gerade dermaßen entspannt, dass es meiner Erregung nicht schadet.

Ich habe das Gefühl, kurz vor meinem Höhepunkt zu stehen, da zieht er Schwanz und Finger einfach aus mir zurück.

„Leg dich auf den Rücken. Ich will dir in die Augen sehen, wenn ich mich in dir ergieße.“

Oh. Wow! Diese Worte lösen ein Kribbeln in mir aus. In Missonarsstellung dringt er wieder in mich ein. Meine Augen müssen sich erstmal an das Tageslicht gewöhnen. Doch der Anblick, der sich mir dann offenbart, raubt mir fast den Atem. Einen Mann als schön zu bezeichnen, mag einem komisch vorkommen. Und eigentlich ist er auch überhaupt nicht mein Typ. Doch irgendwas ist passiert. Ich finde ihn plötzlich wirklich schön anzusehen. Die Tiefe seiner blauen Augen. Sie gleichen einem Ozean, dessen Tiefe noch nicht erkundet wurde. Ich fühle mich in diesem Augenblick nicht nur ausgefüllt, sondern auch erfüllt. Sein Mund öffnet sich. Er legt den Kopf in den Nacken, lässt seine Augen auf meinen ruhen. Dass ein Blick solch eine Anziehungskraft entwickeln könnte, hätte ich nie für möglich gehalten. Das Feuer zwischen uns ist kaum nachvollziehbar. So unrealistisch. Als sei dies eine Szene aus einem Hollywoodfilm. Ich schätze, er steht kurz vor seinem Orgasmus. Der Gedanke daran, dass sein Sperma meine Fotze gleich ausfüllen wird, lässt mich noch geiler werden.

„Ohhh ... Liaaam. Komm in mir!!!“ Er stößt fester zu. Daraufhin ergießt er sich in mir. Er lässt sein Glied in mir und legt sich auf mich, doch stützt sich mit seinen Armen ab, damit ich genügend Luft bekomme. Er küsst mich, obwohl wir keine Zähne geputzt haben. Normalerweise finde ich das super eklig, aber es stört mich gerade überhaupt nicht, weil seine Küsse ein Geschenk sind. Er grinst mich an.

„Jetzt wach?“

„Jetzt ja, obwohl ich auch gut und gerne weiterschlafen könnte. Das war ein außerordentlich angenehmer Weckdienst.“

„Haha. Das glaube ich gerne. Freut mich, dass es dir gefallen hat. Bist du gekommen?“

„Nein, das macht auch nichts. Mir hat es auch ohne Orgasmus sehr gefallen.“

„In Ordnung.“ Er zieht sich aus mir zurück. Steht auf und geht ins Bad. Ich höre, wie die Dusche angeht und überlege, ob ich ihm Gesellschaft leisten soll. Aber leider fehlt mir der Mut. Ich bleibe liegen und warte.

Mein Magen knurrt und ich habe Durst. Und das Klo müsste ich auch mal besuchen. Meine Blase habe ich viel zu lange nicht entleert. Ich bin sehr anfällig für Blasenentzündungen. Das würde mir jetzt noch fehlen. Mir tut mein Arsch schon genug weh und meine Brustwarzen sind auch ziemlich wund. Das wird witzig, wenn nachher der Stoff meines BHs mit ihnen in Berührung kommen wird.

Ich schaue aus dem Fenster und blicke in ein kaltes Blau. Die Sonne scheint. Immer mehr merke ich, wie fertig ich bin. Die Nacht war zu anstrengend, zu lang und der Schlaf kam viel zu kurz. *Scheiße! Ich habe meinen Eltern keine Nachricht hinterlassen!* Mein Herz rast.

Ich war noch nie über Nacht weg. Es ist nämlich nicht meine Art mit fremden Männern mitzugehen. Sie machen sich bestimmt unglaubliche Sorgen. Ich stehe auf, um mein Handy zu holen. Mein Kreislauf macht mir leichte Probleme. Mir ist schwindelig und ein wenig übel. Gott sei Dank, ist mein Akku noch nicht völlig leer.

Ich entsperre mein Handy und sehe, dass ich keine Nachricht von meinen Eltern erhalten habe. Allerdings hat mir Josh, mein jüngerer Bruder, geschrieben.

Mel? Ist alles in Ordnung bei dir?

Ich schreibe ihm, dass sie sich keine Sorgen machen brauchen und es mir gut geht. Das ist ein Nachteil, wenn man mit seiner Familie zusammenlebt. Ihnen fällt sofort auf, wenn man die Nacht woanders verbringt. Keine Nachricht von Amber. Ich überlege, ob ich ihrem Bruder schreiben soll, um ihn zu fragen, ob Amb gut heimgekommen ist. Aber in dem Moment kommt Liam, nur mit einem Handtuch um die Hüfte gebunden, ins Zimmer.

„Möchtest du auch duschen?“

„Ne, ich dusche später zu Hause. Das geht schon klar. Hast du vielleicht ein Ladekabel hier irgendwo herumliegen?“

„Sicher.“ Liam zeigt auf den vollgemüllten Couchtisch und tatsächlich liegt dort eines.

„Danke.“

Mich durchkommt ein Gefühl der Enttäuschung, als er das Handtuch fallen lässt und sich ankleidet. Dann geht er wortlos aus dem Raum. Vermutlich in die Küche.

Ich habe Recht, denn er kommt mit einer Schale Cornflakes in der Hand zurück ins Zimmer, setzt sich zu mir auf das Bett und isst mir etwas vor. Mir ist so schlecht vor Hunger, dass ich eh keinen Appetit habe. Trotzdem habe ich erwartet, dass er mir wenigstens Frühstück anbietet.

„Würdest du mir ein Glas Wasser bringen?“, bitte ich ihn höflich, mit der Erwartung, dass er mich selbst in die Küche schickt. Aber nein, er steht auf und holt mir tatsächlich ein Glas Leitungswasser.

„Danke.“

„Kein Ding.“ Dann schaufelt er weiter die Cornflakes in sich rein.

Nachdem ich das Glas entleert habe, wird es Zeit, meine Blase zu entleeren.

Ich stehe auf und gehe aufs Klo.

„Hübscher Arsch!“, ruft Liam mir hinterher, aber ich ignoriere es. Im Bad hängt kein Ganzkörperspiegel, sodass ich mein Hinterteil leider, vielleicht auch glücklicherweise, nicht betrachten kann. Dafür sehe ich aber, wie mir die Augenringe bis zum Kinn ragen und wie meine Haare zu Berge stehen. Nachdem ich meine Blase entleert habe, klatsche ich mir erst mal eiskaltes Wasser ins Gesicht und versuche, die verlaufenen Mascaraspuren zu entfernen. Allerdings verteile ich es nur noch mehr in meinem Gesicht. *Hier müssen doch irgendwo Abschminktücher liegen, wenn in dieser WG Frauen leben*, geht es mir durch den Kopf und ich bin so frech und schaue in den Schränken nach. Ich werde fündig. Nun bin ich zwar ungeschminkt, sehe aber auf jeden Fall annehmbarer aus als vorher. Eine Haarbürste habe ich mir auch noch geborgt. Nach dem Kämmen, entferne ich ein Büschel meiner Haare aus der Bürste. Bloß keine offensichtlichen DNA-Spuren hinterlassen.

Als ich zurück ins Zimmer komme, sitzt er an der Heizung angelehnt auf seinem Bett, mit seinem Handy in der Hand. Er blickt auf und legt es auf die Fensterbank.

„Komm zu mir." Er streckt seine Arme nach mir aus und ich lasse mich in sie fallen. Es fühlt sich merkwürdig an, nackt in seinen Armen zu liegen, während er angezogen ist.

Dennoch fühle ich mich geborgen und wohl. Wir reden nicht und er hält mich einige Minuten einfach nur im Arm.

„Knie dich an die Kante des Bettes." Ich tue es und als er vor mir steht, sich sein Schritt auf meiner Augenhöhe befindet, sehe ich, dass sich in seiner Jeans eine kleine Beule abzeichnet. Anscheinend hat es ihn erregt, mich nackt im Arm zu halten. Daraufhin öffnet er seine Hose und holt sein hartes Glied zum Vorschein.

„Nimm ihn in den Mund!" Ich werfe ihm einen kurzen, frechen Blick zu und gehorche ihm dann. Unglaublich, dass er schon wieder kann. Mit meinen Lippen küsse ich seine Eichel. Ich befeuchte meine Lippen und führe dann seinen steifen Schwanz zwischen ihnen entlang. Ohne zu saugen, ohne mit meiner Zunge zu spielen. Liam greift in mein frisch gekämmtes Haar und probiert, die Führung zu übernehmen. Doch mein Hals versteift sich und ich versuche, mich gegen seine dominante Handlung zu Wehr zu setzen. Ich bin jetzt an der Reihe, Mr. Ungeduldig. Überraschenderweise gibt er nach. Um dies wertzuschätzen, beginne ich, mit meiner Zunge seine Eichel liebevoll zu umspielen und sauge leicht an ihr.

„Härter, Melina!"

„Wie bitte, Sir?" Ich blicke zu ihm auf, um seine Reaktion sehen zu können und tatsächlich sehe ich, dass er zwar leicht angesäuert ist, aber anscheinend macht ihn diese Situation an.

„Oh, Gott! Härter! Bitte!"

Wow. Geht doch. Ich sauge schneller und sehr intensiv an seinem pulsierenden Penis, der sich jede Sekunde in meinem Mund ergießen wird.

Will ich das? Will ich sein Sperma in meinem Mund? Ein leichter Anflug von Panik überkommt mich, dass mir vielleicht schlecht werden wird und ich würgen muss. *Du kannst es doch ausspucken gehen*. Dieser Gedanke lässt mich entspannen. Ich fürchte, dass ihn das vielleicht kränken würde. Immerhin hat er auch meine Körperflüssigkeit in sich aufgenommen.

Meine eine Hand packt seine Eier. Auf einmal will ich, dass er mir tief in den Mund spritzt. Es macht mich an. Ich möchte ihm zeigen, dass ich ihn will und ich alles an ihm mag und er sich nicht unwohl fühlen braucht.

„Oh jaaa. Pack meine Eier fester zu.“ *Noch fester?* Nun zerquetsche ich seine Hoden gefühlt beinahe und ihm entgleitet ein lautes Stöhnen. Hätte nicht erwartet, dass ihm das gefällt. Ich festige meinen Griff noch ein wenig, worauf er in meinem Mund explodiert. Ich schlucke brav die ganze Masse herunter und lecke dann noch seinen Schwanz mit meiner Zunge sauber, um ihm meine Zuneigung ihm gegenüber zu zeigen.

„Ich muss gleich weg. Wenn du willst, kannst du hier bleiben oder ich nehme dich mit und werfe dich am Hauptbahnhof raus.“, zerstört er die erotische Atmosphäre. Er packt seinen sauber geleckten Penis wieder in seiner Hose ein.

„Ich komme mit.“

„Gut, dann ziehe dir deine Sachen an.“ Warum sollte ich alleine in der Wohnung bleiben? Er hat nicht mal einen Fernseher. Irgendwie bin ich traurig. Ich hätte gerne noch den Tag mit ihm verbracht. Vor allem fühle ich mich leicht benutzt nach dieser Nummer eben. Dennoch hat es mir gefallen.

„Was hast du noch vor?“, platzt die Frage aus mir heraus.

„Ich treffe mich mit Amber.“, antwortet er trocken. *Was??? Wieso???*

„Oh. Okay.“, mehr bringe ich nicht hervor.

„Bock hab ich auch nicht darauf. Sie will nur mit mir Mittagessen gehen. Das war’s.“

„Sie will dich ausfragen! Sie will wissen, ob ich mit dir die Nacht verbracht habe.“ Typisch Amb. Anstatt sich bei mir zu melden, zieht sie jetzt so eine Nummer ab. Mrs. Dramaqueen in Aktion.

„Das kann sie doch gerne wissen.“

„Sag ihr bitte nichts. Ich will es ihr selbst sagen.“

„Ich soll also für dich lügen?“

„Bitte!“

„Ja, geht klar.“ „Danke.“ Verstehen tue ich nicht, wieso er sich mit ihr trifft, obwohl er nicht mal Lust auf sie hat. Braucht er dringend Aufmerksamkeit? Schade, dass er lieber zu diesem überflüssigen Treffen geht, als mit mir Zeit zu verbringen. Das bestärkt mich in dem Gefühl, dass es wirklich nur ein One-Night-Stand war. Auch wenn ich tief in mir drin die Hoffnung hege, dass es irgendwie doch mehr als das war. Andererseits muss ich meine Gedanken eh erst einmal sammeln. Diese Erfahrung überfordert mich leicht und ich weiß nicht, ob ich es nun gut fand, was letzte Nacht passiert ist, oder nicht.

Als wir die Wohnung verlassen, checke ich die Umgebung ab. Die Gegend ist mir fremd. Hier war ich zuvor noch nie gewesen.

Es ist auf jeden Fall kein schlechter Stadtteil. So viel kann ich sagen.

Liam öffnet das Dach des Smarts. Perfektes Cabriowetter, trotz dass es noch etwas kühl ist. Aber man spürt, dass der Duft, der in der Luft liegt, beginnt, nach Frühling zu riechen. Der Wind umspielt meine Haare, als Liam viel zu schnell die Schnellstraße Richtung Hauptbahnhof entlang fährt. Ich war doch schon bei ihm in der Gegend. Zwei Autominuten von seiner Wohnung entfernt, liegt eine S-Bahn Station. In diesem Stadtteil gibt es ein cooles Restaurant, in dem das Essen per Mini-Achterbahn an den Tisch geliefert wird. Dort war ich vor zwei Jahren mit ein paar Freunden.

Die Sonne blendet mich, dennoch genieße ich die warmen Strahlen auf meiner Haut. Trotz seines rasanten Fahrstils, macht es mir Spaß, mit ihm mitzufahren. Man spürt, dass er mit seinem kleinen Smart eins ist.

Er legt seine rechte Hand auf meinen Oberschenkel. Sofort breitet sich ein angenehmes Gefühl in mir aus, jedoch verdrängt es nicht das mulmige, welches tief in meiner Magengegend liegt. Diesen Moment genieße ich ausgiebig. Solche kleinen, liebevollen Gesten, habe ich bei David immer vermisst. Liam dreht seinen Kopf zu mir und schenkt mir ein süßes Lächeln. Ich erwidere es.

„Ich hätte gerne den Tag mit dir verbracht. Mir hat die letzte Nacht wirklich sehr gefallen.“, unterbricht er das Schweigen zwischen uns. *Warum tust du es dann nicht und setzt falsche Prioritäten?!*

„Ich fand es auch cool.“, antworte ich stattdessen.

„Auch cool. Das klingt nach purer Begeisterung.“

„Was hast du für eine Antwort erwartet? Möchtest du hören, dass du ein Sexgott bist und mich vollkommen vom Hocker gehauen hast?“, antworte ich leicht zickig, in der Hoffnung, dass er nicht merkt, dass ich wegen des Treffens mit Amber angepisst bin.

„Haha. Ne, alles gut.“ Tolle Antwort. Ich schweige und erfreue mich weiterhin an der Cabriofahrt. Solch ein Freiheitsgefühl hab ich nicht alle Tage.

Wir nähern uns dem Hauptbahnhof und das mulmige Gefühl nimmt an Intensität zu.

Er hält an einer Bushaltestelle an.

„So, da wären wir.“

„Jup. Danke fürs Herbringen und natürlich auch für die Nacht."

„Gerne und die Freude lag ganz auf meiner Seite." Unsere Blicke treffen sich und wieder tritt ein Schweigen ein. *Mel, steig aus!* Meine Hand ergreift den Türgriff, als Liam doch noch das Wort ergreift.

„Warte! Hier." Er reicht mir einen kleinen, weißen Zettel.

„Da steht meine Handynummer drauf. Ich würde mich freuen, wenn du dich bei mir meldest. Vielleicht ist SM ja etwas für dich." Das mulmige Gefühl hat sich von einer auf die andere Sekunde aufgelöst.

Aber dennoch schaltet sich bei meiner Antwort mein Verstand ein.

„Danke, ich weiß allerdings noch nicht, ob das, was letzte Nacht zwischen uns passiert ist, etwas ist, was mir gefällt. Also nicht, dass es mir nicht gefallen hat! Verstehe das bitte nicht falsch. Aber ich weiß eben nicht, ob das wirklich meine Welt ist oder ob es eben nur für eine Nacht interessant war. Ich brauche Bedenkzeit." Ich glaube, mit dieser Antwort hat Liam nicht gerechnet. Ich sehe plötzlich leichte Unsicherheit in seinen Augen aufblitzen.

„Okay, das verstehe ich natürlich. Dann gib mir bitte trotzdem Bescheid, wie du dich entscheidest, anstatt dich gar nicht zu melden.", entgegnet er mir mit einer etwas kühleren Art als eben.

„Selbstverständlich." Dann beugt er sich zu mir und küsst mich mit voller Leidenschaft. Wahrscheinlich, um mir noch einmal klarzumachen, was mir entgehen würde.

Der Kuss hatte es in sich und verwirrt mich nur noch mehr.

„Viel Spaß mit Amber und bis dann. Vielleicht."

„Werde ich wohl eher nicht haben. Ich hoffe auf ein Wiedersehen." Ich steige aus und gehe Richtung U-Bahn. Im letzten Moment drehe ich mich doch noch um, da ist er jedoch schon weg.

Meine Bahn kommt erst in zehn Minuten. Da ich noch nichts im Magen habe, außer Wasser und Liams Sperma, kaufe ich mir einen Donut und eine Flasche stilles Wasser bei einem Bäcker. Mein Kreislauf ist noch nicht wieder auf dem Damm.

Ich muss mir auf die Lippe beißen, als ich mich auf einen Sitzplatz in der U-Bahn setze. Mein Po tut nicht nur außen weh, sondern auch innen. Nicht nur der Schmerz an sich ist unangenehm, sondern auch die Erinnerung, die in dem Moment in mir hoch kommt. Ich nehme mein ungesundes Frühstück zu mir, um meine Gedanken auf die Nahrungsaufnahme zu fokussieren. Der Zucker tut mir gut und gibt mir Energie. Trotzdem fühle ich mich noch zittrig. Die Flasche Wasser wollte ich mir eigentlich einteilen, aber ich habe sie in einem Zug geleert und spüre nun nicht nur meinen Arsch, auf dem ich sitze, sondern auch meine Blase. Ich werde erst in circa vierzig Minuten zu Hause sein. Um mich von dem Pipigefühl abzulenken, nehme ich den kleinen Zettel mit Liams Handynummer aus meiner Jackentasche und speichere seine Nummer in mein Handy ein. Sicher ist sicher.

Amber hat mir immer noch nicht geschrieben. Ich frage mich, was die beiden nun gerade tun. Essen sie wirklich nur Mittag zusammen? Flirtet Liam vielleicht sogar mit ihr und versucht sie zu verführen, wie es ihm gestern bei mir gelungen ist? All diese Frage brauche ich mir nicht stellen, da ich jetzt eh keine Antwort auf sie bekommen werde.

Ich schaue aus dem Fenster und beobachte, wie alles an mir vorbei rauscht. Ich atme tief ein und beim Ausatmen entgleitet mir ein Seufzer. Ich sehe gerade nur mich, nehme die anderen Fahrgäste nicht wahr. Gleich werde ich Rede und Antwort stehen müssen. Das Problem ist, dass ich meine Familie nicht anlügen kann. Des Weiteren gehe ich einmal die Woche mit meiner Mom in die Sauna. Mit den Spuren auf meinem Hintern möchte ich nicht in die Sauna gehen. Nicht mal ins Fitnessstudio. Ich müsste mir schon zu Hause die Sportkleidung anziehen und in den verschwitzten Klamotten wieder nach Hause gehen, damit niemand meinen entstellten Po zu Gesicht bekommt und mich wohlmöglich noch darauf ansprechen würde.

„Nächster Halt: Sengelmannstraße." Puh, bald daheim. Mich einzunässen, würde mir jetzt noch fehlen. Meine Gedanken schweifen wieder zu letzter Nacht ab. *Wenn David das wüsste, was du da letzte Nacht erlebt hast ... mit einem Stripper und Gogo-Tänzer.* Dieser Gedanke entlockt mir ein Lächeln. Jahrelang langweiliger Sex. Ich hatte dennoch nie den Impuls, ihm fremdzugehen, weil ich nicht der Meinung war, dass es an ihm lag, dass mir der Sex nicht gefällt. Ich dachte, dass es an mir liegt.

Dabei hatte ich mich damals sehr auf mein erstes Mal gefreut. Unterbewusst hatte ich wohl eine zu hohe Erwartungshaltung aufgebaut. Mein erstes Mal war schön, aber eben nicht so geil, wie erwartet. Mit der Zeit wurde es besser. Aber die Gefühle, die ich erwartet habe zu empfinden, sind ausgeblieben. Und letzte Nacht waren sie auf einmal da! Pure Leidenschaft! Nur der Schmerz hat mich abgeschreckt. Vielleicht muss ich das eben in

Kauf nehmen. Ich werde noch einige Tage und Nächte brauchen, bis ich mir darüber im Klaren bin, ob ich das mit Liam wiederholen möchte oder nicht.

Noch zwei Stationen, dann muss ich in den Bus umsteigen. Ich werde erst meinen Eltern von dieser Story erzählen und danach entscheiden, ob ich Liam überhaupt anschreiben werde. Kann gut möglich sein, dass sie es schaffen, mir die ganze Sache auszureden. Die Nummer mit Amber liegt mir auch schwer im Magen. Vor allem finde ich es echt total uncool, dass Liam mit ihr Zeit verbringt, anstatt mit mir.

Wenn ich jetzt schon derartig empfinde, dann sollte ich es besser bleiben lassen. Eine emotionale Bindung mit einem Mann einzugehen, passt mir momentan eigentlich gar nicht. Ich bin super zufrieden mit mir alleine. Bin glücklich, dass ich keine emotionalen Probleme habe und wenn ich eine Beziehung, in welcher Form auch immer, zu einem Menschen eingehe, sind Emotionen damit verknüpft. Natürlich kann es eine Bereicherung sein, aber ein Risiko, dass auch negative Gefühle durch diese Beziehung ausgelöst werden, ist immer vorhanden. Warum mein jetziges Glück zerstören? Nur, weil da noch mehr geht?

Ich habe fast meine Station verpasst, in der ich aussteigen muss, weil ich so mit meinen Gedanken beschäftigt bin.

Zum Bus muss ich laufen. Schnell atmend, suche ich mir einen Platz am Fenster. Durch das Laufen wurde die Flüssigkeit in meiner Blase hin und her geschüttelt, sodass ich das Gefühl habe, dass ich mich jeden Moment einnässen werde. Gott sei Dank, hält der Bus nicht an jeder Haltestelle. Die Fahrt dauert statt zehn Minuten, nur fünf Minuten. Schnellen Fußes schreite ich über das Krankenhausgelände, durch den kleinen Park mit der Lücke im Zaun, nach Hause.

Statt den Fahrstuhl zu nehmen, laufe ich die Treppen in den zweiten Stock hoch, reiße die Tür zum Laubengang auf, suche verzweifelt den Schlüssel in meiner Handtasche und bekomme die Haustür im letzten Moment geöffnet. Der Architekt der Wohnung ist ein Genie, denn direkt neben unserer Haustür befindet sich unser Gästeklo. Ich knalle die Haustür zu. Meine Familie weiß jetzt auf jeden Fall, dass ich zurück bin. Ich reiße die WC-Tür auf, schließe nicht mal ab. Rock hoch, Strumpfhose runter, Klodeckel auf und laufen lassen. *Jesus Christus!* Das ist noch einmal gut gegangen. Nach gefühlten Minuten verlässt der letzte Tropfen meine Blase.

Nach dem Händewaschen, betrete ich das Wohnzimmer. Welche Überraschung! Dort sitzen meine Eltern und schauen mich erwartungsvoll und neugierig an. Mein Bruder scheint entweder noch in seinem Zimmer zu zocken oder er ist trainieren. Joshi – sein Name ist Josh, aber da er mein jüngerer, zwar größerer Bruder ist, musste ich seinen Namen verniedlichen, er kommt damit klar – würde das eh nicht wissen wollen. Ich setze mich zu ihnen an den Esstisch und versuche, dabei keine Miene zu verziehen. Immerhin schmücken Sitzkissen unsere Stühle, die den Schmerz ein wenig abdämpfen.

„Na, wo warst du letzte Nacht?“, beginnt meine Mom das Verhör.

Ich habe wirklich keine Ahnung, was ich erzählen soll. Ich kann echt gut lügen, aber nicht vor meinen Eltern. Die kennen mich viel zu gut und außerdem sind es meine Eltern, die lügt man nicht an.

„Ich habe bei einem Kerl übernachtet.“

„Und?“, stochert meine Mom nach.

Mein Dad schweigt und lauscht.

„Ja, was und?“ „Und noch weiter? Du warst doch mit Amber unterwegs.“

„Das ist richtig. Amber war ziemlich besoffen und da haben ihr Date und ich sie in ein Taxi gesteckt.“

„Und dann bist du mit zu Ambers Date?“

„Ja, ich bin dann mit zu Liam.“

„Hübscher Name. Ist er ein Aufreißertyp, der nimmt, was er kriegen kann?“

„Weiß ich nicht. Er hat sich jedenfalls von Anfang an eher für mich interessiert als für Amb. Ich denke, dass das auch der Grund war, weshalb sie sich abgeschossen hat Anscheinend konnte sie das nicht gut wegstecken, dass sich ein Mann mal für mich interessiert und nicht für sie. Sie hat sich auch immer noch nicht bei mir gemeldet. Liam trifft sich gerade mit ihr zum Mittagessen.“

„Tatsächlich?“

Und dann erzähle ich die Geschichte von Anfang an, die Details lasse ich weg.

Mein Dad schweigt immer noch, was mich langsam verunsichert.

„Okay. Mel, das ist wirklich krass. Muss ich mir Sorgen machen?“

„Nein, Mom! Es ist alles gut. Ich muss das selbst erst mal verarbeiten. Ich fand es total aufregend, aber ob dieses SM-Zeug etwas für mich ist ... Ich glaube eher nicht."

„Das ist nicht deine Welt und mit dieser Szene willst du besser auch nichts zu tun haben. Diese merkwürdigen Menschen, mit ihren fragwürdigen Latexklamotten. Lass die Finger davon.", meldet sich mein Vater zu Wort.

„Ich muss darüber nachdenken. Liam machte nun nicht den Eindruck, als wenn er irgendwelche komischen Latexoutfits trägt. Polizei- und Cowboykostüme sind dann wohl eher sein Ding."

Meine Eltern lachen. Immerhin haben sie doch cooler reagiert als ich erwartet habe.

Mein Vater geht hoch in unser kleines Dachterrassenzimmerbüro, um weiterzuarbeiten.

Meine Mom halte ich auf.

„Ich will dir was zeigen."

„Will ich es sehen?", fragt sie besorgt.

„Ich glaube nicht, aber bevor du es zufällig siehst, wenn wir in die Sauna gehen wollen ..." Ich ziehe meinen Rock aus und schiebe die Strumpfhose nur ein bisschen herunter. Das gesamte Ausmaß muss ihr nun nicht zumuten.

„Ach du heiliger Himmel! Und das gefällt dir?"

„Ich weiß es nicht. Es sieht schlimmer aus als es war."

„Na gut. Es ist dein Körper. Damit kannst du machen und machen lassen, was du willst. Gib trotzdem auf dich Acht."

Sie gibt mir einen Kuss auf die Stirn und schließt sich meinem Dad an.

Meine Eltern sind selbstständig im Bereich Buchhaltung und seit einem Jahr unterstütze ich sie bei ihrer Arbeit. Es ist total angenehm, damit sein Geld zu verdienen. Man braucht nicht das Haus zu verlassen, um zu arbeiten und unser Verhältnis ist so gut, dass es keinen Stress zwischen uns gibt. Ich kann entscheiden, wann ich arbeite. Hauptsache die Arbeit ist zum 10. eines Monats fertig. Nebenbei kann ich mich wunderbar um meine Fotografie kümmern. Besser geht es kaum.

Ich gehe hoch. Joshis Zimmertür steht offen. Er ist nicht zu Hause. In meinem Zimmer sammle ich mir frische Kleidung zusammen. Ich muss dringend unter die Dusche, um den nach Sex duftenden Schweiß von mir zu waschen.

Mit den frischen Klamotten im Gepäck, gehe ich ins Badezimmer.

Ein heißes Bad würde meinem Körper jetzt auch gut tun. Ich streife meine Kleidung von meinem Körper. Als ich nackt bin, nehme ich den kleinen Spiegel, der auf dem Vorsprung vor dem Waschbecken steht, in die Hand und versuche somit, einen Blick auf meinen Arsch zu werfen. Ich muss meinen Oberkörper ziemlich verrenken, um den passenden Winkel zu finden.

Vor Schreck lasse ich fast den Spiegel fallen. Mein Hintern sieht echt übel aus. Kein Wunder, dass meine Mom so reagiert hat.

Ein paar rote Striemen sind zu sehen und ansonsten sieht es aus, als wäre ich viel zu oft mit meinem Allerwertesten auf hartes Eis gefallen, beim vergeblichen Versuch eine kunstvolle Ausführung von Pirouetten und Sprüngen darzubieten. Die Farben Blau, Grün und Lila zieren meinen Arsch. Der Anblick sagt mir nicht sehr zu und deshalb stelle ich den Spiegel zurück. Danach schaue ich in den Spiegel, der direkt über dem Waschbecken an der Wand angebracht ist. Irgendwie sehe ich anders aus. Was im Grunde genommen nicht sein kann.

Nach meiner Entjungferung hatte ich mich auch im Spiegel angeschaut und gehofft, anders auszusehen, aber ich hatte mich nicht verändert. Nun habe ich das Gefühl, eine andere zu sein. Als hätte ich letzte Nacht meine Entjungferung erlebt. Da ist ja auch etwas dran. Anal wurde ich entjungfert und mit SM bin ich zuvor auch noch nie in Berührung gekommen. Nie im Leben bin ich davon ausgegangen, dass ich, Melina Stevens, die sechs Jahre komplett monogam war und ausschließlich Blümchensex mit ihrem Partner hatte, eine derartige Nacht, mit einem heißen, dominanten Typen, der auf den ersten Blick gar nicht heiß erschien, erleben werde. Der Gedanke daran, dass ich leibhaftig mit einem mir komplett fremden Kerl mitgegangen bin, um mit ihm die Nacht zu verbringen, lässt mir einen Schauer über den Rücken laufen.

Ich lasse von dem Blick in meine Augen ab und wende mich meinen Brüsten zu. Meine Nippel haben Spuren davon getragen. Da die Entfernung des Spiegelbildes zu weit entfernt ist, senke ich den Kopf und werfe live einen Blick auf meine geschundenen Nippel. Es hat sich Kruste gebildet. Mit meinem Zeigefinger fahre ich darüber. Schön fühlt sich das nicht an. Da mir die ganze Zeit ein müffelnder Duft in der Nase hängt, der wahrscheinlich von meinen Achselhöhlen entstammt, beschließe ich, endlich unter die Dusche zu gehen. Die Uhr zeigt an, dass ich mindestens zwanzig Minuten damit verbracht habe, mich einfach nur anzugucken.

Das heiße Wasser tut gut. Ich halte die Luft an und schiebe mein Gesicht unter den heißen Strahl. Dann wasche ich mir ordentlich die Haare. Der Duft von Vanille erfüllt die Luft. Ich lasse das Wasser laufen. Normalerweise bin ich sehr sparsam und stelle das Wasser ab, während ich mich einseife. Aber irgendwie tut diese Wärme gerade unendlich gut. Ich klatsche mir eine große Portion Duschgel auf die Hand und seife meinen Körper ein. Bei den empfindlichen Stellen bin ich vorsichtig. Ich habe Angst, dass es anfängt, zu brennen und ich möchte nicht, dass die Kruste an meinen Brustwarzen aufweicht. Nachdem ich den ganzen Schmutz und die moralische Schande von mir gespült habe, steige ich aus der Dusche, die eigentlich eine Badewanne ist und wickle mich in ein großes, weiches Handtuch ein. Ich schlinge die Arme um mich, schließe die Augen, atme den Duft von Vanille ein und verharre einige Minuten so.

Die Ruhe in meinem Kopf tut gut.

Ich ziehe mich an, föhne meine Haare und lege ein wenig Make-up auf, um die Spuren der schlaflosen Nacht zu verstecken.

Mein Magen meldet sich mit einem lautstarken Knurren zu Wort. Ich muss dringend etwas essen. Mein Kreislauf ist immer noch nicht stabil.

Die Treppenstufen schreite ich einen Schritt nach dem anderen hinunter, da meine Beine total zittrig sind und schwanken.

Heil in der Küche angekommen, durchsuche ich die Schränke und den Kühlschrank nach etwas Essbarem, was schnell zuzubereiten ist.

Ich habe solch einen Hunger, dass mir schlecht ist und ich eigentlich gar keinen Appetit habe. Aber ich muss essen. Mein Körper schreit förmlich nach Nährstoffen.

Im Kühlschrank werde ich fündig. Ein Pott lactosefreier Joghurt. Ganz hinten in einem der Schränke befindet sich eine halb volle Packung zarte Haferflocken. Perfekt. Die 500 Gramm Joghurt kommen in eine kleine Schüssel. Dann streue ich einen fetten Haufen Haferflocken auf die weiße Masse und vermische das Ganze mit einem Löffel. Lecker sieht das nicht aus, aber es wird seinen Zweck erfüllen.

Ich pflanze mich aufs Sofa und lege meine Beine auf dem Couchtisch ab.

Dabei frage ich mich, wie bescheuert ich gewesen sein muss, es zuzulassen, mir den Arsch versohlen zu lassen. Das Drücken im Arschloch ist schon schlimm genug.

Mir graut es schon davor, aufzustehen. Und in dem Moment fällt mir ein, dass ich mein Handy oben in meinem Zimmer habe liegen lassen.

Ich wollte nach der Dusche nachsehen, ob Amb sich bei mir gemeldet hat. Das muss jetzt warten. Mein leerer Magen hat Vorrang und ich bin auch nicht heiß darauf, wieder den Schmerz ertragen zu müssen, der gerade etwas abgeklungen ist.

Einen Löffel nach dem anderen schiebe ich in meinen Mund. Mentale Hochkonzentration wird mir abverlangt. Lasse ich mich gedanklich auf die Übelkeit ein, muss ich würgen. *Mhh ... Das schmeckt lecker*. Ich atme tief ein und schlucke dann. So geht es irgendwie und die Übelkeit verschwindet mit jeder kleinen Portion, die in meinem Magen landet. Als ich aufgegessen habe, stehe ich sehr vorsichtig auf und bringe meine leere Schüssel in die Küche und weil ich eine brave Tochter bin, stelle ich das dreckige Geschirr und Besteck auch noch in den Geschirrspüler.

Danach schreite ich die Treppenstufen in mein Zimmer hinauf. Mein Kreislauf ist endlich wieder stabil. Ich sehe, dass mein Handy, welches auf meinem Bett liegt, blinkt.

Und siehe da. Amber hat mir bei WhatsApp geschrieben.

Ich merke, wie meine Hände leicht anfangen zu zittern, als ich unseren Chatverlauf öffne.

Irgendwie ist mir gerade gar nicht danach, mich in irgendeiner Weise rechtfertigen zu müssen. Und ich weiß, dass jetzt ein schlimmer Vorwurf ihrerseits auf mich wartet.

Es ist besser, es sofort hinter mich zu bringen.

Ich pflanze mich auf mein Bett und lese ihre Zeilen.

Hey Mel!
Ich weiß gar nicht, wo ich anfangen soll. Wie du sicherlich weißt, habe ich mich gerade mit Liam getroffen.

Ich werfe einen Blick in die obere rechte Ecke meines Handys. Sie haben mindestens drei Stunden miteinander verbracht. Ihre Nachricht bekam ich vor etwa zwanzig Minuten. Das war durchaus ein langes Mittagessen. Selbst mit Nachtisch ...

Er ist wirklich ein Gentleman. Wir haben uns total gut verstanden. Ich habe ihn eingeladen, als Entschuldigung für gestern

Abend. Er hat die Hälfte seines Steaks liegen lassen, obwohl er mir geschrieben hatte, dass er großen Hunger mitbringt.

Aber das war wohl nicht auf das Essen bezogen. Er hat mir versichert, dass zwischen euch nichts lief. Und somit haben wir das Essen schnell hinter uns gebracht und den verpassten Spaß von gestern nachgeholt.

Wir haben uns ein Hotelzimmer genommen. Es war der Wahnsinn! Er ist eine Bombe im Bett. Das war der beste Sex, den ich je hatte.

Immerhin durftest du in den Genuss seiner Kusskünste kommen. Es tut mir echt Leid für dich, dass er doch nichts von dir wollte. Es machte ja erst den Eindruck, dass er sich für dich interessiert.

Aber deine mit Spinnweben bedeckte Vagina schreckt Männer eben ab. Macht dir nichts draus. Irgendwann findest du bestimmt jemanden, der auf unerfahrene Frauen steht. Wenn du Glück hast, dann schwängert er dich gleich. Ich wollte dir nur eben mitteilen, dass es mir gut geht und zwischen uns alles cool ist.

Mein Gesicht muss die Farbe einer Tomate tragen. Ich bin stinksauer! Was fällt ihr ein!? Und was fällt Liam ein!? So eine Bitch und so ein mieses Arschloch! Mir kommt die Joghurt-Haferflockenmasse fast wieder hoch.

Die passen zusammen wie die Faust aufs Auge. Ich hatte ihn wirklich anders eingeschätzt. Die Enttäuschung treibt mir Tränen in die Augen. Ich will deswegen aber nicht weinen, wische mir die Tränen sofort aus meinem Gesicht und schlucke meinen Schmerz herunter.

Der Schmerz wird durch rachsüchtige Gedanken ersetzt. *Ich könnte ihn anzeigen! Könnte erzählen, dass er mich missbraucht hat. So, wie mein Körper aussieht, wird mir das jeder glauben.* Ich erhebe mich von meinem Bett und laufe die zweieinhalb Meter freie Fläche meines Zimmers auf und ab. Ich würde meine Entrüstung gerne mit jemandem teilen, um mir Luft zu machen. Allerdings ist Amber meine einzige Freundin, mit der ich über Probleme spreche und jetzt ist sie selbst zu einem Problem geworden.

Meiner Mom kann ich auch alles erzählen, aber die jetzige Situation ist mir zu unangenehm. Eben noch habe ich meinen Eltern erzählt, dass Liam sich für mich interessiert und nicht für

Amb und dann ergreift er die nächste Möglichkeit, um mit ihr in die Kiste zu steigen.

Ich schäme mich, dass ich mit ihm mitgegangen bin. Mein Stolz ist angeknackst.

In meiner Kehle bildet sich ein fetter Kloß. Er nimmt mir die Luft zum Atmen. Ich muss diese angestaute Wut loswerden. David könnte ich anrufen. Aber wir haben noch nicht allzu lange wieder Kontakt. Und auch da meldet sich der Stolz meines Egos zu Wort. *Willst du deinen Ex jetzt wirklich mit einer gescheiterten Männergeschichte volljammern, während vielleicht seine Neue daneben sitzt und wohlmöglich auch noch mithört?* Nein, das will ich ganz und gar nicht. Heute Mittag hätte ich ihm am liebsten von dieser Nacht erzählt und nun würde ich die ganze Sache gerne aus meinem Gedächtnis löschen. Mir ist nach Schreien zumute.

Ich könnte alleine in den Wald gehen, der bei uns um die Ecke liegt. Jedoch sind dort viele Menschen mit Hunden unterwegs und auch Jogger. Nicht, dass jemand die Polizei ruft, wenn ich alles aus mir herausbrülle.

Ich finde keine Lösung. Ich schmeiße mich auf mein Bett. Die körperlichen Schmerzen, die ich dabei empfinde, nehme ich nicht wahr. Im Moment überwiegt der seelische Schmerz. Da ich mit niemanden reden kann, nicht schreien kann, entscheide ich mich doch dazu, zu weinen. Es kostet mich echt Überwindung, loszulassen, doch dann läuft und läuft es. Ich schluchze so laut, dass ich befürchte, dass meine Eltern mich hören könnten.

Mein Kopfkissen ist durchnässt, so viele Tränen kullerten aus meinen Augen.

Ich merke, wie der Kloß in meinem Hals kleiner wird.

Mel, jetzt ist aber gut! Reiß dich zusammen und sei keine Pussy! Ich löse mein Gesicht von dem Kissen und setze mich auf. Meine Nase läuft. Da ich keine Taschentücher in meinem Zimmer habe, muss der Ärmel meines Cardigans herhalten.

In mir kommt die Frage hoch, ob ich Liam überhaupt anschreiben soll. Amber antworte ich besser nicht. Der Vulkan ist zwar ausgebrochen, aber die Lava glüht noch vor sich hin.

Wahrscheinlich werde ich ihr gar nicht antworten und ihre dämliche Nachricht einfach ignorieren. Das wird die Bitch bestimmt richtig auf die Palme bringen. Der Gedanke zaubert mir ein Lächeln ins Gesicht.

Ich brauche Sauerstoff. Frische Luft, um klar denken zu können. Ich gehe ins Badezimmer und beseitige die Pandaspuren.

Meine Augen sind zwar trotzdem noch geschwollen und rot, aber immerhin nicht mehr schwarz verschmiert.

Ich greife nach meiner Kunstlederjacke, die hinter meiner Zimmertür hängt und rufe ein „Ich bin mal eben weg" zu meinen Eltern ins Büro hoch.

Sneakers schnell angezogen und raus in die Märzabendsonne. Als ein frischer Wind aufkommt, fällt mir auf, dass ich meinen Schal habe liegen lassen. Ohne Schal friere ich sofort.

Der einzige Grund, weshalb ich mich auf die kalte Jahreszeit freue, ist, dass ich meine heiß geliebte Mütze und kuschelige Schals tragen kann. Ansonsten bevorzuge ich definitiv den Sommer. Ich verschränke meine Arme und spanne die wenigen Muskeln, die ich besitze, an, damit mir etwas wärmer wird.

Die Sonne verschwindet schon hinter den Häusern und bietet somit kaum noch Wärme.

Ich entscheide mich, eine Runde um das große Feld spazieren zu gehen.

Der Frühling liegt in der Luft. Ich nehme einen tiefen Atemzug und beim Ausatmen versuche ich die ganze Anspannung in mir aufzulösen. Es funktioniert. Mein Körper entspannt sich und mein Gehirn wird mit frischem Sauerstoff versorgt, sodass ich wieder klar denken kann.

Ein paar Jogger kommen mir entgegen und wirbeln den sandigen Boden auf.

Sollten die Menschen an einem Sonntagabend nicht auf dem Sofa sitzen und Tatort schauen? Immerhin haben sie mich kaum wahrgenommen. Mich, die frierend mit verheulten Augen, alleine, ohne Hund, ein Feld entlang spaziert. Oder sind verheulte, junge Mädchen gar keine Seltenheit mehr? Es tut gut, sich Fragen zu stellen, die keine Antworten benötigen. Trotzdem stelle ich mir die Frage, um die es bei diesem Spaziergang gehen sollte, bevor ich die Feldrunde mit unwichtigen Fragen beende.

Soll ich Liam schreiben oder nicht? Wenn ja, soll ich so tun, als hätte ich Ambers Nachricht nie erhalten, um zu sehen, wie er reagiert? Um zu testen, wie ehrlich er ist?

Oder soll ich ihm einfach sagen, wie scheiße ich ihn finde und wie sehr ich mich in ihm getäuscht habe? Hm ... Wenn ich ihm schreibe, dann werde ich ihm auf jeden Fall nicht schreiben, dass ich verletzt und enttäuscht bin. Das ist peinlich. Ich selbst habe das Ganze doch als einen One-Night-Stand abgetan. Da kann ich nicht erwarten, dass Liam nicht mit anderen schläft. Warum hat mich das überhaupt verletzt? Wenn ich ihm nicht schreibe, dann werde ich nie wieder in den Genuss kommen, Nähe mit ihm zu teilen. Nur liebe ich meine emotionale Freiheit. Man sieht ja, wohin es mich jetzt schon geführt hat. Erst fühle ich mich sau gut und hätte vor Freude heulen können und nun heule ich, weil ich so enttäuscht bin. Wofür eher Amber verantwortlich ist. Liam und ich kennen uns nicht. Bis auf eine kurzeitige, intime Bindung, haben wir nichts miteinander zu tun gehabt. Also kann und darf ich keine Erwartungen an ihn stellen. Von Amb hätte ich mehr Feingefühl erwartet. Eine Freundin, die mit einem in den Konkurrenzkampf geht ... Darauf kann ich getrost verzichten.

Ich habe das Feld umrundet und gehe langsam zurück nach Hause. Mittlerweile bin ich total durchgefroren. Ich werde das Grübeln fortsetzen, wenn ich mit einer heißen Tasse Tee in der Hand, auf meinem Bett liege.

Als ich die Wohnungstür öffne, sehe ich Joshis Schuhe. Meine Eltern scheinen noch zu arbeiten. Ich betrete die Küche, um den Wasserkocher einzuschalten. Josh macht sich gerade sein Abendbrot.

„Hey, Mel!“, begrüßt er mich gut gelaunt. Als er sich jedoch zu mir umdreht, wechselt seine fröhliche Miene zu einer besorgten.

„Hey, Joshi.“, sage ich so positiv, wie es mir nur gelingt.

„Was ist los? Deine Augen sehen geschwollen aus.“

„Allergie. War gerade draußen spazieren. Müssen die Pollen sein.“, lüge ich und das offensichtlich ziemlich schlecht, denn Josh zieht eine Augenbraue hoch und schaut mich fragwürdig an.

„Pollenallergie? Ernsthaft?“

„Ja, wenn man älter wird, dann wird man anfälliger für so was.“ Anstatt einfach die Wahrheit zu sagen, halte ich an meiner Lüge fest.

„Okay, okay. Du willst nicht darüber reden. Ist in Ordnung.“

Er wendet sich wieder der Zubereitung seines Abendbrots zu und erzählt mir, wie sein Tag war, während ich mir einen Tee mache. Er war beim Sport und danach hatte er noch Bandprobe. Lag ich also nicht gänzlich falsch. Josh spielt zusammen mit David in einer Band. Daher war es nur vernünftig, mit der Vergangenheit abzuschließen und sich wieder zusammenzuraufen. Ich fotografiere nämlich deren Konzerte und kümmere mich um den ganzen Grafikkram.

Da die Jungs eh eine zeitlang ausschließlich mit den Aufnahmen ihres neuen Albums beschäftigt waren, passte es ganz gut.

Somit konnte ich genügend Abstand von David bekommen, um mit der ganzen Sache abzuschließen. Er hat mit uns abgeschlossen, indem er sich sofort, nachdem ich unsere Beziehung beendet habe, eine Neue ans Bein genagelt hat. Meiner Meinung nach ist er vollkommen beziehungsunfähig.

Jeder knapp bekleideten Frau wird hinterher gegafft. Das ist mehr als ätzend. Am Anfang konnte ich damit noch umgehen, aber irgendwann fängt es an, am eigenen Ego zu kratzen, wenn der Partner jeder Frau, die Haut zeigt, hinterher glotzt. Egal, ob hübsch oder nicht hübsch. Hauptsache fremdes Fleisch. Generell wurde Sexualität zu einem viel zu großen Thema in unserer Beziehung. Er wollte sich ausleben, ich nicht. Er wollte mich nicht verlassen, ich ihn auch nicht. Aber so wie es war, ging es nicht weiter. Filme, in denen Sex vorkam, konnten wir nicht mehr zusammen gucken, weil er jedes Mal ein Drama anfing. Ich suchte und suchte nach einer Lösung. Heute weiß ich, dass die Lösung die Trennung gewesen wäre. Aber stattdessen ging ich einen Kompromiss ein. Der Unterschied zwischen einer Lösung und einem Kompromiss ist, dass sich mit einer Lösung beide gut fühlen. Geht man einen Kompromiss ein, steckt mindestens einer von beiden zurück. Und das war in dem Fall ich.

Ich unterdrückte mein Ego, welches sich nach Wertschätzung und Loyalität sehnte und ging eine offene Beziehung ein, um unsere Beziehung zu retten. Ich machte den Vorschlag, nach einer Frau zu suchen, mit der wir gemeinsam neue Erfahrungen hätten machen können, aber in dem Gespräch wurde mir klar, dass das an mir hängen bleiben würde. Ich müsste alleine diese Frau organisieren, obwohl es um sein unerfülltes Bedürfnis ging. Also wurde diese Lösung unrealistisch. Des Weiteren zählte die offene Beziehung nur für ihn und nicht für mich. Erstens, bin ich monogam. Ich habe kein Verlangen nach anderen Männern, wenn ich einen Partner habe. Zweitens, habe ich ihn einmal verarscht, was natürlich mega uncool von mir war, aber zu meiner Verteidigung: Ich habe mich nicht mehr geliebt gefühlt und wollte so herausfinden, ob er noch Gefühle für mich hat. Allerdings bin ich der Meinung, dass seine Reaktion dem Stolz seines Egos zuzuschreiben war und nicht seiner Liebe zu mir.

An dem Abend war er mit einem Kumpel und meiner damaligen Freundin Cocktails trinken. Wir schrieben über WhatsApp. Ich habe keine Ahnung, wie genau ich alles eingefädelt habe. Jedenfalls schrieb ich ihm, dass ich einem anderen einen geblasen habe. Daraufhin ist er vollkommen ausgerastet. Von meiner

Freundin erfuhr ich später, dass er aufs WC gerannt ist. Er war anscheinend kurz davor, einen Spiegel einzuschlagen. Dank meiner Lüge wussten wir nun also, dass ich definitiv nicht mit anderen Männern verkehren durfte. Wenn, hätte ich es für mich behalten müssen und das wäre gegen den Wert der Ehrlichkeit gegangen, den ich in einer Beziehung pflege. Dementsprechend habe ich von ihm verlangt, dass er mir erzählt, wenn er mit einer anderen schläft und vereinbart war, dass es eine einmalige Sache bleibt. Nur ein One-Night-Stand, mehr nicht. Kein weiterer Kontakt. Ich weiß, dass ich damit klargekommen wäre. Aber was tut er. Er lernt ein Mädel auf einer Party kennen und statt sie flachzulegen, trifft er sich mit ihr und lernt sie richtig kennen, während er mit mir zusammen ist.

Ich saß in der Notaufnahme mit einer Blasenentzündung, die ich von dem Sex mit ihm bekommen habe, während er sich mit ihr in einem Café einen schönen Tag machte. Er wollte es wieder gutmachen, tat er aber nie. Eine seiner etlichen Versprechungen, die er nicht einhielt.

Das schönste Geburtstagsgeschenk, ein Wochenendtrip nach Düsseldorf in ein gutes Hotel inklusive Shopping auf seine Kosten, habe ich bis heute nicht erhalten. Die ganzen hohen Erwartungen, die er geschaffen hat, mit den darauffolgenden Enttäuschungen, kann ich gar nicht aufzählen. Es sind zu viele.

Ein Wochenende war er dann mit ihr und ihren Mädels feiern. David hat nur wenig von sich hören lassen. Montag rief er mich in seiner Mittagspause an. Man könnte von mir definitiv behaupten, dass ich naiv bin, weil ich Dinge durchgehen ließ, die meinen Wert in den Schatten gestellt haben und das tut eine selbstsichere und selbstbewusste Frau nicht – wenn man mich hätte überhaupt schon als Frau bezeichnen können ... Dennoch bin ich sehr feinfühlig und habe scharfe Sensoren. Ich habe sofort gespürt, dass etwas nicht stimmt. David versuchte so zu tun, als sei alles normal. Denn das, was ich dann erfuhr, wollte er mir eigentlich persönlich mitteilen. Ich frage mich bis heute, warum er mich anrief. Er ist nicht weniger naiv als ich es bin.

Als ich die Antwort auf meine Frage, die meinen Puls in die höhe schlagen ließ, als ich sie stellte, bekam, legte ich direkt auf, weil ich erwartete, mich übergeben zu müssen. Ich kannte die Antwort auf meine Frage schon vorher. Doch, in dem Moment, in dem es ausgesprochen wurde und somit real wurde, zog es mir den Boden unter den Füßen weg. Auf solche Emotionen kann man sich nicht vorbereiten. Das war einer der schlimmsten Momente und Gefühle in meinem bisherigen Leben. Das Gefühl der Enttäuschung wäre dagegen harmlos gewesen. Diese Übelkeit, die kann man nicht beschreiben. Ich wusste nun, dass er das Mädchen, welches er näher kennengelernt hat, gefickt hatte. Und es war nicht das erste Mal, dass er eine andere als mich gevögelt hat – das ist eine andere Geschichte –, daher dachte ich, dass ich meine Emotionen im Griff haben würde, aber die Situation war eine ganz andere.

Cool wäre es gewesen, hätte er direkt mit mir Schluss gemacht. Aber nein, er hielt weiter an mir fest. Er wollte zweigleisig fahren. Ich schäme mich bis heute dafür, dass ich es auch noch versucht habe. Gott sei Dank, ging es mir dann aber so schlecht, dass ich mit meinen Kräften und Nerven völlig am Ende war und Schluss machte. Über WhatsApp. Ich blockierte ihn direkt.

Statt es dabei zu belassen, schrieb er mir eine SMS, in der stand, dass er weiß, dass er mich liebt, er mich zum Essen ausführen möchte und ich mich schick anziehen solle. Ganz ehrlich, ich weiß nicht, was mich dazu geritten hat, mich mit ihm zu treffen. Ich kannte ihn zu gut, um zu wissen, dass sich nichts ändern würde, aber dieser Teufel in mir, dieses kleine Fünkchen Hoffnung, war stärker als meine Vernunft und wahrscheinlich war es auch der Teil in mir, der es als unehrenhaft empfand, über WhatsApp Schluss zu machen, obwohl ich damit nur mich selbst schützen wollte.

So trafen wir uns vor Planten un Blomen, um vor dem Essen eine Runde spazieren zu gehen. Die erste Frage, die ich ihm stellte, war, ob er noch Kontakt zu ihr hat. Hatte er. Am liebsten wäre ich gegangen. Hätte er mich zurückgewinnen wollen, wäre das die Voraussetzung gewesen. David wollte duschen, ohne nass zu werden. Er wollte alles. Mich nicht verlieren und das Neue voll ausschöpfen. Wahrscheinlich ritt ihn, wie mich, dieses kleine Fünkchen Hoffnung, dass ich es mir doch anders überlegen würde, obwohl er wusste, dass ich dies definitiv nicht tun würde. Er lud mich ins Block Haus ein und ich war froh, dass ich mich nicht schick angezogen habe. Er trug, nebenbei erwähnt, auch nur ein schwarzes, ausgewaschenes T-Shirt und eine Jeanshose. Nicht mal an unserem letzten Abend hat er es geschafft, der Erwartungshaltung, die er aufbaute, gerecht zu werden.

Nach dem Essen gingen wir im Dunkeln an der Alster spazieren und sprachen über die alten Zeiten. Ich glaube, der Abschied tat ihm mehr weh als mir. Er wollte den Kontakt nicht abbrechen, aber ich brauchte diesen endgültigen Cut, um wieder zu mir zu finden.

Danach fiel ich in eine viermonatige Depression, aus der ich alleine herauskam. Wie der Phönix aus der Asche. Ich bin eine völlig andere, als damals. Negative Erfahrungen prägen einen einfach mehr als positive. Ich bereue keine meiner Entscheidungen. Ich bin dankbar für den ganzen Schmerz und mittlerweile weiß ich, dass ich keinen Mann brauche, um ein glückliches und erfülltes Leben führen zu können. Ich brauche niemanden, der mich liebt, weil ich mich selbst liebe. Sollte irgendwann mal ein Mann in der Lage sein, hinter meine Fassade zu schauen und das zu lieben, was dahintersteckt, wäre ich natürlich dankbar für diese erste positive Erfahrung. Liam wird dieser Mann wohl eher nicht sein. Er scheint sich mit Oberflächlichkeit und Sex zufrieden zu geben. Sexy und fickbar muss sie sein. Reicht vollkommen. Deshalb war er wahrscheinlich auch noch nie in einer Beziehung.

Ich glaube, Joshi nimmt David das Verhalten, welches er in unserer Beziehung an den Tag gelegt hat, immer noch übel. Die einzige Genugtuung, die er hat, ist, dass David denselben Scheiß wieder an der Backe hat. Er ist direkt in die nächste Gefangenschaft des Mädels geraten, mit der er damals Sex hatte, obwohl er mir so oft das Ohr voll gejammert hat, dass er frei sein will. Ich bin mir sicher, dass seine neue Freundin die ganze Wahrheit bis heute nicht kennt. Er muss ihr eine Halbwahrheit erzählt haben. Ansonsten kann einem das Mädchen nur Leid tun, wenn sie trotz dem, was vorgefallen ist, mit ihm zusammenkommen wollte.

Als David und ich wieder Kontakt hatten, habe ich erst sechs Monate später erfahren, dass er mit ihr zusammen ist. Im Sommer hatten wir eine kurze Zeit wieder Kontakt – nach ein paar Wochen brach ich den Kontakt jedoch wieder ab – da schrieb er mir, dass andere Frauen ihm jetzt egal sind und es fiel sogar konkret ihr Name. Als ich dann erfuhr, dass er in der Zeit schon mit ihr zusammen war, hat mich das dennoch nicht sonderlich überrascht ...

Ich wünsche meinem Bruder einen guten Appetit und begebe mich, mit der Tasse Tee in der Hand, in mein Zimmer. Ich muss Klarheit für mich schaffen, was Liam angeht.

Was will ich? Ich will seinen Schwanz. Die Antwort schießt mir sofort durch den Kopf. Schockiert über meinen eigenen Gedanken, muss ich schmunzeln. Eben noch den Gedanken gehegt, wie oberflächlich Liam doch sei und jetzt denke ich selbst nur an

Sex. Aber ich will nicht nur seinen Schwanz, ich will wissen, wer er ist. *Mel, das weißt du doch schon. Ein Mann, der alles fickt, was bei Drei nicht auf den Bäumen ist.* Meine Intuition sagt aber, dass da mehr sein muss.

Ambers Nachricht werde ich ignorieren. Ich tue so, als hätten mich ihre Worte nie erreicht.

Die Sache mit dem SM will ich nicht. Als ich mich eben auf mein Bett gesetzt habe, schoss mir der Schmerz durch mein gesamtes Nervensystem. Darauf kann ich echt verzichten. Keine Schläge mehr, kein Analsex und auch sonst will ich, dass mein Körper mit Samthandschuhen angefasst wird. Der Sex an sich hat mir äußerst gut gefallen, aber so sehr ich seinen Schwanz auch begehre ... Ich möchte keine emotionale Bindung eingehen.

Das Risiko, wieder verletzt zu werden, ist zu groß. Sex, ohne jegliche Gefühle dem anderen gegenüber, brauche ich nicht und würde ich definitiv nicht wiederholen wollen. Reine Lust kann ich selbst in mir auslösen und diese auch ohne anderweitige Hilfe befriedigen. Dafür brauche ich keinen Mann. Würde ich die Leidenschaft, die letzte Nacht zwischen mir und Liam vorhanden war, häufiger verspüren, ist die Gefahr groß, doch mehr für ihn zu empfinden und dann hätte ich den Salat. Nein, danke. Dennoch melde ich mich auf jeden Fall bei ihm. Ich schnappe mir mein Handy, das neben mir auf dem Bett liegt und sehe, dass Amber mir wieder geschrieben hat. Ich kotze ab. Innerlich natürlich.

Hey, Mel. Alles in Ordnung zwischen uns? Hast du meine Nachricht bekommen?

Ich klicke ihre Nachricht weg. Liams Nummer hatte ich ja schon eingespeichert, somit muss ihn nur in meiner WhatsApp Kontaktliste finden. Sofort fällt mir sein sexy Profilbild ins Auge. Ein Bild von seinem perfekt trainierten Bauch. Ich muss aufpassen, dass mir der Sabber nicht aus meinem Mund läuft und schlucke mehrmals hintereinander meinen Speichel herunter.

Mein Herzschlag erhöht sich, als ich das jungfräuliche Chatfenster öffne.

Ich werde jetzt, in diesem Augenblick, einem Typen eine Absage schicken, der mich eigentlich ziemlich reizt, trotz der Tatsache, dass er mit meiner ehemals besten Freundin Sex hatte. Er wird nicht um mich kämpfen. Die Hoffnung sollte ich gar nicht erst haben.

Hey, Liam! Hier ist Mel. Tut mir leid, dass ich mich jetzt erst bei dir melde ...

Ich lösche den letzten Satz direkt wieder. Ich glaube, ich sollte doch noch eine Nacht über das Ganze schlafen und keine voreilige Entscheidung treffen. Ich belasse es bei den zwei Sätzen und warte einfach ab, was er so schreibt. Vielleicht beeinflusst das meine Entscheidung doch noch. Das war's mit der Klarheit. Der kleine Teil Unsicherheit in mir hat gesiegt. Ich lege mein Handy beiseite. Natürlich ist da diese Neugier, die auf eine Antwort von Liam hofft, aber ich bin ja keine vierzehn Jahre mehr alt und muss deshalb nicht ständig auf mein Telefon glotzen. Daher entschließe ich mich dazu, schlafen zu gehen.

Meine Hand tastet die leere Betthälfte ab. *Wo zur Hölle liegt mein Handy?* Ich befinde mich im Halbschlaf und bin noch nicht in der Lage, meine Augen komplett aufzuschlagen. Ich versuche, mein rechtes Auge einen Spalt zu öffnen, um mein Handy zu erblicken. Es liegt direkt neben mir. Definitiv wurde mir geschrieben, denn es blinkt. Ein blaues Licht, was bedeutet, dass es sich um eine WhatsApp Nachricht handelt. Schlagartig öffne ich beide Augen und bin aus meinem Halbschlaf erwacht.

Liam hat sich gemeldet. Gott sei Dank, war es nicht wieder eine Nachricht von Amber. Anscheinend hat sie gemerkt, dass ich nicht gut auf sie zu sprechen bin.

Hallo, Melina. Ich freue mich, dass du dich überhaupt gemeldet hast. Hast du dich entschieden?

Warum schreibt er meinen Namen aus? *Vielleicht, weil er ihn schön findet?*

Wie stellt er sich das vor? Will er Amb und mich dann abwechselnd vögeln? Beziehungsweise sie vögeln und mich foltern? Es ist ziemlich offensichtlich, dass er mit ihr nicht das angestellt hat, was er mit mir getan hat. Ansonsten hätte ihre Nachricht anders ausgesehen. Gewöhnlicher Sex war das jedenfalls nicht zwischen uns. Ich antworte ihm mit einem schlichten „Nein" und gehe dann ins Badezimmer, um mich für den Tag fertig zu machen.

Am Abend gehe ich mit meiner Mom auf ein Konzert von Tim Bendzko. Darauf freue ich mich schon total. Ich liebe seine Musik und vor allem seine Texte. Hoffentlich kann ich mich auf das Konzert einlassen und lasse mich nicht von den Gedanken um

Liam ablenken. Mit meiner Antwort habe ich mir auf jeden Fall Zeit verschafft.

Als ich in die Küche gehe, um mir mein Frühstück zu machen, stelle ich fest, dass ich alleine zu Hause bin. Es ist viel zu still. Meine Eltern sind mit Sicherheit mal wieder frühstücken gefahren und Joshi sitzt brav in der Schule. Ein ruhiger Montagmorgen. Gefällt mir. Während ich wieder Joghurt mit Haferflocken verdrücke, schaue ich mir eine Folge einer Serie an. Ohne Internet wäre man heutzutage wirklich aufgeschmissen. Nachdem ich mich vierzig Minuten mit einer Folge erfolgreich abgelenkt habe, gehe ich hinauf in mein Zimmer, um natürlich einen Blick auf mein Handy zu werfen.

Liam hat ziemlich direkt nach meinem „Nein“ geantwortet.

Wann kann ich denn mit einer Entscheidung rechnen? Kann ich etwas tun, um dich zu überzeugen?

Geduld ist wohl nicht sein zweiter Vorname. Auf beide Fragen habe ich keine genaue Antwort. Ich lege mir die Worte, die ich antworten will, erst mal perfekt in meinem Kopf zurecht, bevor ich sie eintippe. Mein Gefühl neigt immer mehr dazu, die Finger von Liam zu lassen.

Ich weiß es nicht. Ich brauche vielleicht noch ein paar Tage. Momentan habe ich kein gutes Gefühl. Was vermutlich an der Nachricht von Amber liegen mag, die sie mir gestern geschrieben hat.

Kaum gesendet, sehe ich, dass Liam schreibt.

Wieso? Was hat Amber denn geschrieben?

Na ja ... dass du nicht viel Appetit auf das Essen hattest, sondern nur auf sie. Und ihr euch ein Hotelzimmer genommen habt. Den Rest kannst du dir denken. Aber danke dafür, dass du dicht gehalten hast.

Wieso bedanke ich mich auch noch bei ihm?!

Nicht dafür. Wollte ja nicht, dass du in Schwierigkeiten kommst. Allerdings habe ich keine Ahnung, wovon du da sprichst. Amber scheint eine blühende Fantasie zu haben.

Ich hatte tatsächlich keinen Appetit. Das ist wahr. Das lag aber nicht an Amber, sondern an dir. Ich muss immer noch an unsere gemeinsame Nacht denken.

Diese verfickte Fotze!!! Ich werfe mein Handy mit voller Wucht neben mir aufs Bett.

Was soll dieses Kindergartenspiel von ihr? Das ist unglaublich unreif. Ich hasse es, wenn man mich anlügt! Wut, gepaart mit großer Enttäuschung, brodelt in mir. Ich bekomme Magenschmerzen. Mein Frühstück ist noch nicht verdaut. Ich sollte mich deshalb nicht zu sehr aufregen. Wenn eine angeblich beste Freundin einem nichts gönnt, dann darf das wehtun. Acht Jahre gute Freundschaft lösen sich in diesem Moment in Luft auf. Dass unsere Freundschaft wegen eines Kerls enden wird, hätte ich nie und nimmer gedacht. Dass eine von uns wegzieht, wäre realistischer gewesen. So kann man sich in Menschen täuschen. Man meint eine Person zu kennen, doch man kennt sie nicht.

David hatte mich damals auch angelogen. Angeblich, um mich zu schützen, aber letztendlich hat das Verheimlichen mir wesentlich größere Schmerzen zugefügt. Die Wahrheit kommt früher oder später immer ans Licht. Immer!

Da ich Angst vor dem Alleinsein hatte, habe ich diese Sache unter den Teppich gekehrt. Bei Amber ist es etwas anderes. Sie wollte mich vorsätzlich verletzen. Dieser Gedanke lässt mich innerlich explodieren. Ich greife zu meinem Handy, sehe zwar, dass Liam geantwortet hat, aber öffne das Chatfenster zwischen Amb und mir. Sie ist online.

Freut mich für dich, dass du ein schönes Mittagessen hattest. Allerdings hat Liam dich angelogen. Ich hatte ihn gestern Morgen darum gebeten, dir nichts zu erzählen, weil ich es dir selbst mitteilen wollte. Zwischen uns lief etwas. Während du deinen Rausch zu Hause ausgeschlafen hast, hatten wir unseren Spaß. Dann war ich die Hauptspeise und du halt der Nachtisch. Aber gute Freunde teilen doch alles. Nicht wahr?

Mein Mund ziert ein fieses Lächeln. *Nicht mit mir, Bitch.*
Ich sehe, dass sie dabei ist, eine Antwort zu tippen. Ich switche zu Liam um.

Ist alles in Ordnung?

Ja, Amber und ich waren dann wohl mal Freundinnen. Aber manchmal täuscht man sich eben in Menschen.

Das tut mir leid. Es war nicht meine Absicht, eure Freundschaft kaputt zu machen.

Das warst nicht du. Das war ihre missgönnende Ader.

Haha. Da hast du wohl Recht. Wie geht es dir sonst? Was macht dein Arsch? ;)

Er schmerzt, aber irgendwie habe ich mich einigermaßen daran gewöhnt. Den Blick in den Spiegel werde ich die nächsten Tage wohl vermeiden. Sport und Sauna fallen diese Woche auch aus.

So schlimm?

Das sieht total übel aus! Und ich habe Angst vor dem Schmerz, wenn ich trainiere. Ich mache Zirkeltraining. Vierzig Sekunden trainieren am Gerät, dann dreißig Sekunden Zeit, um das Gerät zu wechseln. Das drei Runden lang, an acht verschiedenen Geräte. Bedeutet aufstehen und wieder hinsetzen. Das tue ich mir nicht an. So kann ich mich nicht auf das Training konzentrieren.

Haha, du Weichei. Nächstes Mal sollte ich vielleicht etwas sanfter zu dir sein, wenn du so empfindlich bist. :P

Wenn es ein nächstes Mal geben wird. Gerade sammelst du Minuspunkte. ;)

Du hast nicht den Eindruck gemacht, dass es dir missfällt. Es tut mir leid, wenn ich zu weit gegangen bin. Du hättest etwas sagen müssen.

Ich war überfordert mir der gesamten Situation. Vor dir hatte ich kaum Männer und mit dem einen war ich sechs Jahre zusammen. Viel Erfahrung hab ich nicht und ich habe nicht damit gerechnet, dass du BDSM praktizierst. Das mein erstes One-Night-Stand andere Neigungen hat, als der Großteil unserer Gesellschaft ... Damit rechnet man doch nicht.

Hm ... Mag sein. Allerdings habe ich dir meinen Finger in den Po gesteckt, als wir in der Bar waren und ich habe dich gebeten, zu bitten und dich zu bedanken. Das war eine Anspielung darauf, dass ich auf das Spiel um Macht und Unterwerfung stehe.

Des Weiteren hoffe ich immer noch darauf, dass es nicht bei einem ONS bleibt.

Wie gesagt. Ich bin unerfahren und von SM Praktiken hatte ich keinerlei Ahnung. SM habe ich bisweilen nur mit Menschen in Verbindung gebracht, die sich irgendwelche gruseligen Masken aufsetzen und merkwürdige Kostüme anziehen. Nach der Nummer in der Bar, bin ich davon ausgegangen, dass du einfach etwas komisch bist und härteren Sex bevorzugst.

Übliche Vorurteile. Wärst du also nicht mitgegangen, wenn du gewusst hättest, was auf dich zukommt?

Gute Frage ... Ich denke aber schon.

Weil ich dir so gefallen habe?

Ziemlich eingebildete Frage, auf die ich erstmal nicht antworte. Rein aus Prinzip.

Amber müsste in Zwischenzeit meine Nachricht beantwortet haben.

Tja ... ist nur die Frage, wer ihm besser geschmeckt hat.

Mehr fällt ihr nicht ein? Wer ihm besser geschmeckt hat? Also meint sie, dass Liam sich zwischen uns entscheiden würde? Lebt sie auf dem Mond? Seit wann sind Singlemänner monogam? Und vor allem die Männer nicht, die in der Erotikszene arbeiten. Ich könnte natürlich alles aufklären, aber ich tue weiterhin so, als würde ich ihr glauben. Ich weiß ja, dass Liam nichts mit ihr anfangen wird. *Bist du dir da sicher, Mel?* Dieser scheiß Verstand.

Nein, ich kann mir nicht zu hundert Prozent sicher sein. Vielleicht hat Liam gelogen. Immerhin hat er es geschafft, ziemlich überzeugend für mich zu lügen. Aber mein Bauchgefühl glaubt ihm und da Ambs Nachricht offensichtlich verletzend sein sollte, ist sie für mich überhaupt nicht mehr glaubwürdig.

Das darf Liam gerne entscheiden. Bei mir hat er sich jedenfalls in der Zwischenzeit gemeldet.

Sie ist online, schreibt allerdings nicht. Das muss gesessen haben. Dieses Battle habe ich gewonnen. Etwas armselig, dass ich mich auf ihr Niveau begeben habe, aber sie versteht eine andere Sprache sowieso nicht. Diese Antwort wird unsere Freundschaft nun gänzlich beendet haben.

Mein schlechtes Gewissen meldet sich. Wahrscheinlich liegt Amb aufgelöst in ihrem Bett und um sie herum Berge voller verbrauchter Taschentücher. Aber den Salat hat sie sich wirklich selbst eingebrockt. Ich habe nichts falsch gemacht. Für sie war es doch kein richtiges Date. Es ging doch nur um Sex. Ich möchte mir keine Gedanken mehr über Amber machen. Sie ist Vergangenheit. Ein wenig traurig bin ich, aber auf manche Menschen kann man gut und sicher verzichten. Wenn ich ehrlich bin, dann war diese Freundschaft eine reine Lüge. Sie war nie ehrlich gewesen. Wir haben uns gut verstanden, hatten Spaß bei unseren gemeinsamen Unternehmungen. Jedoch konnte ich Amber niemals die Wahrheit sagen. Nie konnte ich ihr meine ehrliche Meinung nahe bringen, ohne, dass wir aneinander geraten sind.

Immer, wenn ich anderer Meinung war als sie oder etwas nicht gut fand, was sie betraf, wurde sie total zickig. Dabei hatte ich es zu keiner Zeit böse gemeint. Wenn ich ihr Outfit zu nuttig fand, gab es großen Streit und letztendlich hat sie es eh angezogen. In vielen Dingen habe ich sie deshalb angelogen. Ich habe angefangen, ihr nur noch Dinge zu sagen, die sie hören will, damit ich meine Ruhe habe.

Wenn eine Freundschaft keine Meinungsverschiedenheiten aushält, was ist das dann für eine Freundschaft? Es ist gut, dass es so gekommen ist. Alleine dafür bin ich Liam dankbar. Auch, wenn er nicht direkt etwas damit zu tun hat. Eine geht und einer kommt?

Vielleicht ist es Schicksal und Liam nimmt Ambs Platz ein? Na ja ... Klingt albern.

Ich werfe meinen iMac an und öffne das Musikstreamingprogramm. Um mich auf das Konzert einzustimmen, starte ich meine selbst zusammengestellte Playlist mit Songs von Tim Bendzko. Während das Lied *Sag einfach ja* läuft – welch Ironie – antworte ich Liam.

Nach seiner eingebildeten Frage, folgt eine weitere Frage.

Bist du noch da? Habe ich dir nicht gefallen?

So unsicher auf einmal? Hätte nicht gedacht, dass man ihn leicht verunsichern kann. Da lacht mein kleiner Teufel still und heimlich. Ich könnte ehrlich sein oder ich verunsichere ihn noch mehr.

Na ja ... so ganz irgendwie nicht. Ansonsten würde ich wohl nicht darüber nachdenken, es bei einem ONS zu belassen.

Das war definitiv gelogen. Sein Körper und sein Schwanz gefallen mir mehr als gut. Sein Gesicht hatte mich anfangs nicht sonderlich angesprochen. Ich stehe normalerweise nicht auf blond und blauäugig, obwohl David auch genau das war. Männer mit dunklen Augen, Haaren und 3-Tage-Bart finde ich wesentlich anziehender. Ich mag seine Mundpartie nicht, er hat kein Zahnpastalächeln. Allerdings macht ihn das irgendwie aus. Seine Ausstrahlung ist kraftvoll und männlich, trotz, dass er keinen Bartwuchs hat. Noch eine Gemeinsamkeit mit David, der auch keinen ordentlichen Bartwuchs hat, das sollte mir zu denken geben. Dennoch ist die Ausstrahlung für mich ausschlaggebend und die besitzt er. Was für jemanden in unserem Alter, meines Erachtens, außergewöhnlich ist. Muss an seiner Erfahrung liegen und wahrscheinlich auch daran, dass er aufgrund seines Jobs selbstsicher, sexy und dominant wirken muss. Man könnte diese Rolle sicherlich auch spielen. Unauthentisch wirkte er auf mich aber nicht. Eine derartige Selbstsicherheit, eine Frau einfach zu nehmen und zu küssen, obwohl sie ihm keinerlei Zeichen gegeben hat, muss man erstmal an den Tag legen. Wenn ich darüber nachdenke, dass er sich kurzerhand genommen hat, was er wollte, ohne mich vorher direkt zu fragen, ob ich will ... Das ist heiß. Ein Mann, der weiß was er will und es sich nimmt, ohne jegliche Selbstzweifel. Unwiderstehlich. Ich lasse den Moment noch einmal Revue passieren. Und die Gefühle, die dabei in mir hochkommen, verleiten mich fast dazu, ihm zuzusagen.

Umso mehr wundert es mich, dass er eben verunsichert reagiert hat. Oder ist das eine Masche? Mir entfährt ein lautes Lachen, als der nächste Song von Tim anfängt. *Auch wenn es gelogen ist.* Erwischt.

Trotzdem bist du mit mir mitgegangen.

Lag vielleicht auch am Alkohol. Der soll bekanntlich den Attraktivitätsgrad seines Gegenübers um hundert Prozent steigern. ;)

Ach komm ... Der kleine Schluck Alkohol? Kannst mir nicht erzählen, dass du davon angezecht warst.

Bitteschön. Du hast mich in deinen Bann gezogen.

Er antwortet nur mit diesem einen verruchten Smiley.

Ich lege das Handy aus der Hand und genieße Tims Musik, während ich auf meinem Bett liege und die Augen geschlossen halte, um mich besser auf die Töne einlassen zu können.

Ich schrecke hoch, als es an der Zimmertür klopft.

„Mel?“

„Ja?“

Die Tür geht auf und meine Mom betritt den Raum.

„Wir müssen in dreißig Minuten los. Bist du bereit?“

„Ähm ... Ja. Ich ziehe mir nur eben schnell was anderes an und esse noch eine Kleinigkeit. Das sollte ich schaffen.“

Ich bin eingenickt. Das passiert mir äußerst selten. Ich mache normalerweise keinen Mittagsschlaf.

Aus dem Kleiderschrank nehme ich mir eine meiner Lieblingsjeans und mein Lieblingsoberteil. Zu besonderen Ereignissen ziehe ich immer meine liebsten Kleidungsstücke an, damit ich diese dann mit dem Erlebten in Verbindung bringen kann. Und da ich weiß, dass es super werden wird, besteht auch kein Risiko, meine liebsten Stücke mit einer negativen Erfahrung in Zusammenhang zu bringen. Kleine Macke von mir. Amber, und auch David, haben jedes Mal mit dem Kopf geschüttelt, wenn ich mich vor einem Anlass, zu dem man sich nicht besonders schick anziehen musste, umgezogen habe.

In der Küche mache ich mir schnell eine Scheibe Brot und dann geht es auch schon los.

Das Konzert findet in der Laeiszhalle statt. Der Saal ist komplett ausverkauft. Seine Tour steht unter dem Motto „Wohnzimmerkonzert“ und tatsächlich ist die Atmosphäre eine ganz andere, als in einer großen Konzerthalle. Das Bühnenbild gleicht einem Wohnzimmer im 50er Jahre Stil.

Meine Mom sitzt eine Reihe hinter mir. Da wir nur noch Restkarten bekommen haben, mussten wir diesen Kompromiss eingehen.

Im Saal befinden sich 95 Prozent Frauen. Welch Überraschung. Die restlichen fünf Prozent bestehen aus mitgezogenen Ehemännern, Lebenspartnern und homosexuellen Männern. Zu der Prozentzahl zähle ich auch noch die Musiker, die auf der Bühne stehen.

Das Licht fährt herunter und die Band beginnt zu spielen. Endlich kann ich völlig abschalten. Als Tim Bendzko die Bühne betritt, hält sich keiner mehr auf den Plätzen. Statt eines eigentlichen Sitzplatz-Konzerts, wird es doch ein Steh-Konzert. Ich singe alle Texte mit. Klatsche in die Hände, bis sie tierisch brennen und jubele, so laut ich kann, der Band zu. Mich durchdringt ein Gefühl von Freiheit. Das Gefühl habe ich die letzten zwei Tage vermisst.

Meine Mom und ich verlassen das Konzertgebäude mit fröhlicher und ausgelassener Stimmung. Wir haben beide Hunger und da momentan der Hamburger Dom auf dem Heiligengeistfeld stattfindet, beschließen wir, uns dort eine Kleinigkeit zu essen zu holen. Da es zu regnen angefangen hat, speisen wir gemütlich im Auto.

„Und? Hast du Liam schon geschrieben?“

„Jup, habe ich.“, antworte ich mit vollem Mund.

„Vielleicht solltest du erst einmal aufessen, bevor wir eine Konversation starten.“, sagt sie lachend. Die halbvolle Schmalzkuchentüte legt sie beiseite. Sie startet den Motor und somit treten wir den Heimweg an. Während der Fahrt nutze ich die Chance, um meine Mom um Rat zu fragen.

„Mom?“ So beginne ich Gespräche immer, wenn ich ihre Hilfe brauche.

„Was ist los?“ Und mittlerweile weiß sie das.

„Ich bin unsicher, ob ich Liam noch mal treffen sollte. Mein Gefühl rät mir davon ab, aber mein Kopf sagt mir, dass ich vielleicht tolle Erfahrungen verpasse.“

„Hm ... Das ist auch keine einfache Entscheidung. Du kannst auf Nummer sicher gehen und belässt es bei einem One-Night-Stand oder du gehst das Risiko ein, dass es beim zweiten Mal vielleicht nicht mehr so toll ist wie bei ersten Mal. Oft ist das Neue aufregend und spannend und macht es zu etwas Besonderem. Eine Wiederholung fühlt sich meist nicht mehr so gut an. Die Erwartung ist groß und dann wird man bitterlich enttäuscht. Aber mit Liam ist es möglicherweise anders.“

„Danke, Mom. Wenn ich an diese SM Sache denke, dann bekomme ich irgendwie ein beklemmendes Gefühl.“

„Dann kennst du die Antwort doch schon."

Zu Hause angekommen, mache ich mich sofort bettfertig und lege mich schlafen. Ich habe den Drang auf mein Handy zu schauen, bevor ich die Augen schließe. Aber wahrscheinlich wird eh nur eine Nachricht von Liam, in der er mich fragt, ob ich mich bereits entschieden habe, angekommen sein. Und seit dem Konzert fühle ich mich leicht und frei. Mit dem Gefühl möchte einschlafen und lasse deshalb das Handy aus.

Am Morgen nehme ich eine heiße Dusche. Meine Brustwarzen sehen fast schon wieder normal aus. Im Gegensatz zu meinem Hintern. Schade, dass die Haut dort nicht schneller verheilt. An den Schmerz beim Hinsetzen habe ich mich gewöhnt. Ich freue mich aber schon darauf, mich wieder schmerzfrei hinsetzen zu können.

Schmerz ist definitiv nicht meins. Beim besten Willen kann ich nicht nachvollziehen, dass Menschen dadurch geil werden können. Ich bin dankbar für die Erfahrung. Die Nacht hat mir durchaus gefallen. Es war neu und aufregend und das hat für mich den Reiz ausgemacht. Nach jedem Treffen mit Liam mit Spuren auf der Haut und Schmerz nach Hause zu gehen ...

Nein, danke. Darauf kann ich getrost verzichten. Die Nähe und Geborgenheit werde ich vermissen. Wie auch seine Fähigkeit, die Kontrolle voll und ganz zu übernehmen. Dennoch würde ich jedes Mal mit einem flauen Gefühl im Magen zu ihm fahren. Vor allem möchte ich mein vollkommenes Freiheitsgefühl nicht aufgeben. Das ist mir gestern nach dem Konzert klargeworden.

Obwohl ich vor dem Duschen meine Blase entleert habe, habe ich das Bedürfnis, sie wieder zu entleeren. Ich befürchte das Schlimmste. Auf dem Klodeckel sitzend, versuche ich, meiner Blase freien Lauf zu lassen. Allerdings höre ich es nur dreimal plätschern. Drei verdammte Tropfen haben meine Blase verlassen und dabei habe ich dieses unangenehme Gefühl in der Blasengegend verspürt. Herzlichen Glückwunsch. Neben den ganzen Arschschmerzen, hat es jetzt auch noch meine Blase erwischt. Normalerweise bekomme ich spätestens zwei Tage nach dem Akt eine Blasenentzündung. Wieder eine Premiere. Ich hatte wohl doch zu lange mit dem Klogang gewartet, als ich bei ihm war. Jetzt habe ich den nächsten Salat. Nachher kaufe ich mir Blasentee und Cranberrysaft. Mit Glück bekomme ich diese Entzündung selbst in den Griff und muss beim Arzt nicht wieder in einen kleinen Plastikbecher pinkeln. Das hasse ich. Ich habe jedes

Mal Angst, dass ich mich anpinkle, wenn ich den Becher unter mich halte. Als Mann ist man da treffsicherer.

Nach einem guten Frühstück und einem Liter Tee, schalte ich mein Handy ein.

Liam habe ich lange genug zappeln lassen. Nun werde ich ihm meine Entscheidung verkünden.

Fünf ungelesene Nachrichten. Alle von Liam.

Melina? Hast du dich entschieden?
???
Guten Morgen. Ich hoffe du hast gut geschlafen.
Wie viel Zeit brauchst du denn noch?
Alles ok?

Ich freue mich darüber, dass er sich anscheinend für mich interessiert, aber auf der anderen Seite lösen seine Nachrichten Stress in mir aus. Leider negativen. Dann bringe ich es mal hinter mich.

Hey. Alles ok. Ich hatte gestern nach dem Konzert mein Handy direkt ausgelassen. Also ... ich habe mich jetzt entschieden. Es ist nicht meins. Diese Sache mit dem Schmerz. Ich möchte das nicht. Mein Körper ist mir heilig und ich will nicht, dass ihm Schaden zugefügt wird. Dafür achte ich ihn zu sehr. Es tut mir leid. Das war wirklich eine tolle, unvergessliche Nacht für mich. Danke, Liam.

Als ich auf senden drücke und meine Worte an Liam nicht mehr rückgängig zu machen sind, besucht mich wieder diese Unsicherheit. War das die richtige Entscheidung?

Die vernünftigste auf jeden Fall, pflichtet mir mein Engelchen bei. Am liebsten würde ich ihn blockieren und seine Nummer löschen. Irgendwie habe ich Angst, dass seine Worte auf meine Absage mich verletzen könnten. Deshalb muss es die richtige Entscheidung sein.

Ich lege mein Handy aus der Hand, als ich sehe, dass er online gekommen ist. Ich bin psychisch nicht bereit für seine Antwort.

Daher geselle ich mich zu meinen Eltern ins Büro, um zu arbeiten. Mit meiner Mom halte ich noch einen kurzen Smalltalk über das gestrige Konzert, bevor ich fleißig werde.
Das Buchen von Belegen ist tatsächlich eine äußerst gute Ablenkung. Meine Gedanken kreisen nur um die jeweiligen Konten.

Mein Tag verlief gut, bis auf die Tatsache, dass ich stündlich aufs Klo muss. Ich fühle mich befreit. Als sei mir eine Last von den Schultern gefallen. Erst, als ich mein Handy abends in die Hand nehme, spüre ich, wie sich meine Schultern anspannen und sich die Angst und die Unsicherheit wieder melden.

Ganz oben in meiner WhatsApp Liste erscheint Liam. Bevor ich seine Nachricht öffne, scrolle ich die Liste einmal runter und wieder hoch. Das ist ein Tick von mir. Ich vollziehe dieses kleine Ritual täglich. Eigentlich ist es nur die Neugierde, ob jemand ein neues Profilbild hochgeladen hat. Dabei fällt mir auf, dass Amb kein Profilbild mehr von sich drin hat, was wirklich ungewöhnlich ist, da sie sich immer von ihrer schönsten Seite präsentieren muss. Als ich unseren Chatverlauf öffne, kommt die Meldung auf, dass ich dieser Person keine Nachrichten mehr senden kann.

Haha. Krass, da hat die Alte mich tatsächlich einfach blockiert. Ich weiß, da ich Amber sehr gut kenne, dass es ihr spätestens in zwei Wochen leidtun wird und sie mich vermissen wird. Denn sie hat kaum Freunde und ist auf diese aber angewiesen. Ich komme auch gut ohne Freunde aus. Für Ratschläge habe ich meine Mom und wenn ich ins Kino oder feiern gehen will, gehe ich alleine oder ich frage Josh, ob er mich begleitet.

Amber steht nun auch auf meiner Ignore-Liste, damit ich sicher gehe, dass ich nichts mehr von ihr hören werde in Zukunft. Ihre Entschuldigung kann sie sich sonst wo hinstecken. Für mich ist das Thema durch. Nun da das geregelt ist, kann ich mich Liams Antwort widmen. Allerdings muss ich vorher noch einmal dringend auf die Toilette. Scheiß Blase. Es war wohl einfach zu krass, was Liam da mit mir angestellt hat. Aber dieses Thema ist nun auch durch. Alles aus und vorbei. Ich kann mich voll und ganz auf meine Arbeit konzentrieren.

Juhu!, ruft meine innere Stimme. Selbstverständlich mit einem ironischen Unterton.

Nachdem ich meine Blase unter Schmerzen entleert habe, lege ich mich gemütlich auf mein Bett, atme einmal tief durch und öffne dann seine Nachricht.

Hm ... Schade. Aber ich akzeptiere deine Entscheidung natürlich, auch wenn ich mich gefreut hätte, weiter mit dir zu spielen. Ich will dir aber anbieten, dass wir auch normalen Sex haben können, wenn du magst. Meine Nummer hast du ja. Kannst dich immer melden.

Scheiße! Hätte er mein Nein nicht einfach gänzlich akzeptieren können? Und peng! Da ist die Unsicherheit vollkommen in mir ausgebrochen. Was mache ich denn jetzt? Wenn ich sein Angebot annehme, bin ich inkonsequent. Wenn ich es ablehne, könnte ich es spätestens dann bereuen, wenn ich Lust auf einen Schwanz bekommen sollte und mir die Selbstbefriedigung keinen Spaß macht. Ja, solche Phasen habe ich leider. Die Sehnsucht schwindet nach ein paar Tagen wieder. Nerven tut sie trotzdem. Es wäre praktisch, einen Schwanz auf Abruf zu haben. Liam ist schon ein guter Liebhaber. Den findet man auch nicht so schnell irgendwo im Internet oder in irgendeinem Club.

Er ist der erste Mann, der Leidenschaft in mir ausgelöst hat. Wieso sollte ich ihn demnach gehen lassen. Liam, ohne Schmerz. Das Angebot ist äußert attraktiv. Ich springe von meinem Bett und laufe die Treppen ins Büro hoch.

„Mom!"

Sie schaut von ihrem Bildschirm zu mir auf und wirkt gerade leicht gestresst, sodass ich sie eigentlich nicht ablenken mag, aber es ist wirklich dringend. Finde ich.

„Was ist denn jetzt los?" Mein Dad arbeitet konzentriert weiter. Er weiß, dass er gar nicht wissen will, worum es geht.

„Ich habe Liam geschrieben, dass ich das Ganze nicht möchte und nun hat er mir angeboten, ganz gewöhnlichen Sex mit ihm zu haben. Soll ich das Angebot annehmen oder besser nicht? Praktisch wäre es doch schon oder wie siehst du das?"

„So euphorisch, wie du gerade auf mich wirkst, solltest du es wohl annehmen. So lange du dich nicht in ihn verliebst, hast du doch auch kein Risiko."

„Optisch ist er eigentlich auch überhaupt nicht mein Typ. Ich bin jedoch ziemlich neugierig, was für ein Mensch er ist. Normalerweise durchschaue ich die meisten Männer nach wenigen Minuten. Bei ihm war das nicht möglich."

„Und wieder hast du dir die Frage doch selbst beantwortet."

„Ja, Mom. Aber du bringst mich doch immer dahin. Dankeschön."

Ich werfe ihr einen Kuss zu und sie fängt ihn auf. Ich liebe meine Familie. Wir sind eine coole Truppe. Ansonsten wäre ich wohl schon ausgezogen. Ich habe meine Familie echt gerne um mich. Sie geben mir total viel Halt.

Ich stürme zurück in mein Zimmer und tippe zielsicher die Antwort auf Liams Angebot in mein Handy ein. Mit seiner Reaktion hat er mich total überrascht.

Wie könnte ich dieses Angebot ablehnen? Das nehme ich auf jeden Fall sehr gerne an.

Das freut mich natürlich. :)

Ich bin ein Mensch, der Klarheit braucht. Und ich hoffe, dass ich diese Entscheidung nicht bereuen werde, weil ich mich emotional momentan völlig frei fühle. Ich genieße es und brauche das auch. In der Vergangenheit sind einige unschöne Dinge passiert und ich habe mich echt oft richtig scheiße gefühlt. Daher wollte ich keinerlei zwischenmenschliche Beziehungen eingehen. Vor allem nicht intimer Natur, da es doch immer an Emotionen geknüpft ist. Ich will nur, dass du das weißt.

Abgeschickt, frage ich mich, was ich da eben geschrieben habe. Ohne darüber nachzudenken, habe ich diese Worte in mein Handy eingetippt.

Peinlich ... Das klingt, als wenn ich davon ausgehe, dass er an einer Beziehung mit mir interessiert wäre. Ich bin es jedenfalls nicht und das weiß er jetzt. Seine Sache, was er mit der Info macht. Sofort kommt eine Antwort. Er scheint echt viel am Handy zu hängen oder er hat es auf laut. Seit der Trennung von David, habe ich mein Handy auf lautlos. Höchstens auf Vibration. Handytöne lösen in mir negative Gefühle aus. Ich verbinde das mit unseren Streitereien über WhatsApp oder mit seinem ewigen Angerufe, weil er das per Telefonat klären wollte und ich aber dermaßen mucksch war, dass ich nicht mit ihm reden wollte. Daher antworte ich nur, wenn ich von mir aus an mein Handy gehe. Angerufen werde ich glücklicherweise so gut wie nie. David war der Einzige, mit dem ich telefoniert habe. Ich hasse telefonieren.

Alles klar.

Liams Antwort fällt knapper aus, als erwartet. Darauf antworte ich nicht. Meine Blase meldet sich wieder und ich weiß, dass es richtig schmerzhaft werden wird, da ich viel zu wenig getrunken habe. Ich presse, sage und schreibe, vier Tropfen aus meiner Blase, gefolgt von einem ziehenden Schmerz, der mich zusammenfahren lässt. Vorgebeugt sitze ich auf der Schüssel, bis der Schmerz langsam nachlässt.

Als ich die Tortur hinter mich gebracht habe, gehe ich in die Küche und schenke mir ein Glas Cranberrydirektsaft ein, den ich mir vorhin im Drogeriemarkt besorgt habe. Der ist so unglaublich sauer und bitter, dass sich alles in meinem Mund zusammenzieht.

Zukünftig werde ich den besser mit Wasser verdünnen. Ich mache mir noch einen Blasen-Nieren-Tee und gehe wieder auf mein Zimmer. Dort beschließe ich, etwas im Internet zu surfen. Schaue mir Bilder von Hochzeiten an, da ich im Sommer eine fotografieren werde. Etwas Inspiration kann nie schaden.

Bevor ich schlafen gehe, überprüfe ich mein Handy nach Nachrichten. Liam hat mir doch noch etwas geschrieben. Eine halbe Stunde nach seiner letzten Nachricht.

Willst du irgendwie darüber schreiben, was dir so passiert ist?

Als wenn dich das nun interessieren würde. Mit dem Lesen seiner Worte, höre ich förmlich den desinteressierten Unterton in seiner Stimme mitschwingen. Aus reiner Höflichkeit gefragt. Sein Mitleid brauche ich nicht.

Nicht wirklich. Meine letzte Beziehung war einfach für den Arsch. Mehr brauchst du auch gar nicht zu wissen. Das ist ein komplexes Thema.

Das kann ich mir vorstellen. Da finde ich es reizvoller, wie du an meinem Schwanz saugst.

What? Mit einem schlagartigen Themenwechsel, habe ich nicht gerechnet. Na dann: Lass das Spiel beginnen.

Sagst du das nicht auch nur so? Das hätte ich wahrscheinlich schon längst freiwillig getan. ;)

Nein, du kannst wirklich geil blasen. Wenn ich dich abholen würde, würde dein Kopf in meinem Schoß liegen, sobald du bei mir im Auto sitzt. Soll ich dich abholen kommen?

Will er mich jetzt ernsthaft um 23 Uhr noch abholen kommen? Aufregung macht sich in mir breit. Irgendwie geil, aber irgendwie merke ich, dass ich Angst vor unserem nächsten Aufeinandertreffen habe. Für eine Sache ist die Blasenentzündung gut. Sie verschafft mir eine glaubwürdige Ausrede.

Ich hätte auf jeden Fall Bock, aber ich habe mir eine Blasenentzündung eingefangen und muss alle zwanzig Minuten auf die Toilette.

Sehr, sehr schade. Dann ein anderes Mal. Gute Besserung!

Dankeschön.

Liam geht offline.

Ist er nun enttäuscht? Hm ... Hoffentlich nicht. Ich bin ja nicht seine persönliche Nutte, die immer für ihn abrufbereit sein muss. Das hatte ich mir eigentlich eher andersherum vorgestellt. Anstatt mir darüber Gedanken zu machen, gehe ich schlafen.

Die Nacht war grauenvoll. Schlaf kam zu kurz, da ich ständig aufs Klo musste. Die Schmerzen werden immer schlimmer und der Abstand zwischen den Klogängen immer kürzer. Daher beschließe ich, nach 15 Uhr in die Notaufnahme zu gehen. Zum Frauenarzt würde ich es gar nicht erst schaffen, weil ich wirklich ständig meine Blase entleeren muss. Ein Krankenhaus vor der Tür zu haben, hat seine Vorteile.

Gleich nach der Anmeldung wird mir dieser schöne Plastikbecher in die Hand gedrückt. Ich gehe zum Patienten-WC und hoffe, dass ich genügend Tropfen Urin aus meiner Blase gepresst bekommen werde und, dass diese dann auch im Becher landen und nicht im Klowasser oder wohlmöglich noch auf meiner Hand. Immerhin macht das WC einen sauberen Eindruck. Ein großer Fan von öffentlichen Toiletten bin ich ja nicht gerade. Aber meine Phobie hat sich in den letzten Jahren nach und nach gelegt.

Früher habe ich immer angehalten und gewartet, bis ich zu Hause bin. Vor allem das große Geschäft ging nur zu Hause. Als ich in der 9. Klasse auf Klassenfahrt war, habe ich eine Woche lang nicht gekackt. Meine Eltern holten mich nach den sieben Tagen vom Bahnhof ab. Ich bat meinen Dad schnell nach Hause zu fahren, weil ich natürlich dringend kacken musste und Bauchschmerzen hatte. Da gab es Ärger mit meinem Dad. Er hat eine hypochondrische Veranlagung. Nun weiß ich, dass es hätte zum Darmverschluss kommen können.

Das Thema Kacken und Frauen ist ja ein heikles Thema. Frauen kacken nicht. Bei uns landen Blümchen und Glitzer in der Schüssel. Stinken tut das natürlich auch nicht. Ich glaube, dass dieser gesellschaftliche Gedanke sich da total in mein Gehirn eingefressen hatte. Gut, dass ich den losgeworden bin. Obwohl es mir trotzdem unangenehm war, als Liam mir seinen Finger in den Po gesteckt hat. Da wurde eine Grenze gesprengt. Kacken auf öffentlichen Toiletten war der erste Schritt und der zweite, öffentlich den Finger eines fremden Mannes in den Po gesteckt zu bekommen.

Die geilsten öffentlichen Toiletten, um das große Geschäft zu erledigen, sind die im Club, sprich beim Feiern gehen. Auf dem Mädchenklo überdeckt der Duft von Deo und Parfüm jeglichen Kackgeruch und der Bass dröhnt dermaßen, dass man so laut furzen kann, wie man möchte. Keine Sau wird es hören. Man kann sich total entspannen und richtig gehen lassen. Die meisten Menschen müssen auf Grund des Alkohols nur pinkeln, aber wenn ich vorhabe zu trinken, esse ich vorher ausgiebig, um eine gute Grundlage zu schaffen. Keinen Alkohol auf leeren Magen. Regel Nummer Eins.

Seit fünf Minuten sitze ich auf der Kloschüssel. Nun müsste sich genügend Flüssigkeit in meiner Blase angesammelt haben. Ich hole tief Luft und lasse laufen. Unter unglaublichen Schmerzen treffe ich mit meinen Urin perfekt in den Becher. Ohne mich anzupinkeln! In diesem Moment bin ich echt ein wenig stolz auf mich. Gedanklich gebe ich mir selbst ein high-five darauf. Nachdem ich meine Hände gewaschen und desinfiziert habe, bringe ich den warmen Becher zur Anmeldung. Ohne dabei irgendjemandem in die Augen zu sehen. Beim Frauenarzt gibt es die Möglichkeit, den Becher in einen Schrank im WC abzustellen.

Na ja ... es gibt Peinlicheres. Ich werde gebeten Platz zu nehmen und zu warten.

Erstmal versuche ich, die Zeit mit einem Klatschblatt schnell verstreichen zu lassen. Nach dreißig Minuten blättern, bin ich dermaßen gelangweilt, dass ich doch zu meinem Handy greife. Eigentlich sind Handys nicht erwünscht, aber ich habe meins auf lautlos und Krankenzimmer mit irgendwelchen Geräten, die auf Strahlung reagieren, sind auch nicht in der Nähe.

Freude kommt in mir auf. Liam hat geschrieben.

Hey, wie geht's dir heute?

Sitze gerade in der Notaufnahme.

Er ist online. Juhu!

So schlimm?

Ja, es wurde leider nicht besser, sondern ganz im Gegenteil. Nun bekomme ich hoffentlich Antibiotikum verschrieben und dann sollte es besser werden. Aber ich hasse es, Tabletten einnehmen zu müssen.

Kann ich verstehen. Ich war vor Jahren das letzte Mal beim Arzt. Halte von Ärzten recht wenig. Wenn ich krank bin, was so gut wie nie vorkommt, lege ich mich hin, schlafe und trinke viel.

Sei froh, dass du bisher so gut davon gekommen bist.

Bin ich auch. Und musst du noch lange warten?

Hoffentlich nicht. Ich sitze bald eine Stunde hier rum, mit dem Gefühl, die ganze Zeit pinkeln zu müssen.

Das ist doof. Ich muss dann auch mal los. Habe noch einen Job. Kannst dich ja später melden.

Alles klar. Viel Spaß.

Danke.

Und weg ist er. Viel Zeit ist nicht umgegangen. Aber immerhin eine kleine Ablenkung.

In dem Moment sehe ich Joshi durch den Eingang kommen. Ich winke ihm zu.

„Hey, was machst du denn hier?“, frage ich ihn neugierig.

„Mama und Papa meinten, dass du hier bist und ich weiß ja, dass man hier gut einige Stunden sitzen kann und deshalb wollte ich dir Gesellschaft leisten.“

Ich nehme ihn in den Arm und drücke ihn einmal ganz doll zur Begrüßung.

„Das ist total lieb von dir! Ablenkung tut mir echt gut. Ansonsten treibt mich meine Blase noch in den Wahnsinn.“

„Sag mal ... wie hast du dir die Entzündung eigentlich mal wieder eingefangen?", fragt mich mein kleiner, lieber Bruder mit einem frechen Grinsen im Gesicht. Als schelmisch könnte man es auch beschreiben. Ich verdrehe die Augen.

„Als kennst du die Antwort nicht schon längst."

„Natürlich, aber wer ist dafür verantwortlich. Mama wollte nichts verraten und Papa hat auch dicht gehalten."

„Du kennst ihn nicht."

„Dass es nicht David ist, ist mir klar. Erzähl mal, wer er ist. Muss doch wissen, mit wem ich mich anlegen muss, wenn er meiner Schwester das Herz bricht."

„Kleiner Bruder plötzlich ganz groß.", ich lache herzhaft.

„Du wolltest doch immer einen älteren Bruder."

„Wann habe ich das denn gesagt? Ich bin mit dir mehr als zufrieden." Er quiekt kurz auf, als ihm liebevoll in den Arm zwicke.

„Los, erzähl."

„Du bist ganz schön neugierig, Josh."

„Hey, ich soll dich doch ablenken. Und wenn ich dabei die neuesten Infos erfahre, haben wir beide was davon." Wo er Recht hat ...

„Er ist Stripper." Josh lässt mich nicht weiterreden.

„Mel, du hast dir einen Stripper klargemacht? Haha, nein. Wie geil ist das denn? Das glaube ich nicht. Das hätte ich dir nie zugetraut."

Ich weiß, dass Josh David die Story gerne unter die Nase reiben würde. Er hat Joshi damals ein Geheimnis erzählt und ihn damit unglaublich belastet, weil dieses Geheimnis für mich unbeschreiblichen Schmerz bedeutete. Es handelt sich um die Wahrheit der Lüge, die er mir aufgetischt hatte. Letztendlich konnte mein kleiner Bruder es nicht mehr alleine tragen und vertraute sich meinen Eltern an. Allerdings habe ich auf eine andere unschöne Weise von der Wahrheit erfahren.

David war nämlich so klug – Achtung Ironie – und hat es einem Bekannten seinerseits erzählt, der gut mit einer meiner Freundinnen befreundet ist. Sie wohnt mittlerweile nicht mehr in Hamburg, daher sehen wir uns leider viel zu selten. Jedenfalls erzählte ihr dieser die Story und als wir alle gemeinsam, auch David, auf einer Hausparty von dem Bekannten waren, nahm mich meine Freundin zur Seite und erzählte mir das, was Joshi viel zu lange tragen musste. Eine Welt brach für mich zusammen. Ich bewundere mich immer noch dafür, dass ich die Fassung bewahren konnte. David spürte, dass irgendwas nicht stimmt und verließ vorzeitig die Party.

In der Zeit lief es eh nicht gut zwischen uns. Wir hatten eine kleine Beziehungspause eingelegt. Ich wollte dann natürlich auch schnellstmöglich nach Hause. Meine Freundin schloss sich mir an. Leider fuhr sie nur drei U-Bahn Stationen mit mir und konnte mich somit nicht weiterablenken. Ich kämpfte die ganze Fahrt über mit den Tränen. Als ich zu Hause war, schaffte ich es kaum in mein Zimmer.

Nachdem ich meine Zimmertür geschlossen hatte, warf ich mich aufs Bett und brach in ein hysterisches Heulen aus. Noch nie in meinem Leben habe ich so geweint. Ich war noch nie dermaßen enttäuscht von einem Menschen. Ich fing an, zu hyperventilieren. Bekam kaum Luft. Ich weiß noch, wie ich mir dann Kopfhörer in die Ohren steckte, von Limp Bizkit *Break Stuff* anmachte und den Text wutentbrannt mitsang. Singen konnte man das natürlich nicht nennen. Meine Eltern bekamen somit Wind davon, dass irgendwas nicht stimmte und kamen zu mir ins Zimmer. Sie waren leicht geschockt, als sie mich in einem derartigen Zustand sahen. Meine Mom nahm mich sofort in den Arm. Ich brauchte die Geschichte nicht erzählen, weil sie die schon längst kannten. Da brach nochmals eine Welt für mich zusammen. Ich war unsagbar sauer, dass David meinen Bruder damit belastet hat. Wenn ich daran denke, kommt es mir heute noch hoch. Um mich nicht auf diese Gedanken einzulassen, erzähle ich Josh mehr über Liam.

„Woah, cool, dass er auch fitnessbegeistert ist. Scheint ein guter Kerl zu sein."

„Ja, aber irgendwie ist er auch komisch. Mal sehen, was ich noch über ihn erfahren werde."

„Du machst das schon, Mel." Und dann wird endlich mein Name aufgerufen.

„Melina Stevens. Bitte in Behandlungsraum Nummer Zehn."

„Joshi, du kannst ruhig schon nach Hause gehen. Danke, dass du mit mir gewartet hast."

„Alles, klar. Wir sehen uns nachher. Es war mir eine Freude.", er zwinkert mir zu und begleitet mich bis zum Ausgang. Ich winke ihm noch einmal zu.

Im Behandlungsraum muss ich weiterhin warten. Gefühlte Stunden verbringe ich nun schon in diesem Krankenhaus. Und nur, um ein doofes Rezept zu bekommen.

Die „Behandlung“ dauert geschlagene drei Minuten. Mit einem Rezept für ein Antibiotikum in der Hand, mache ich mich auf den Weg zur Apotheke, die sich gegenüber von dem Krankenhaus befindet. Das Glück ist nicht auf meiner Seite. Sie haben das Medikament nicht vorrätig. Ich setze meinen Bitte-bemitleide-mich-Blick auf und da mich ein Apotheker bedient, hat er seine Wirkung. Er ruft bei der nächsten Apotheke an und fragt nach, ob es dort vorrätig ist. Glück im Unglück. Die nächste Apotheke hat es da. Ich bedanke mich mit einem zuckersüßen Lächeln und mache mich auf dem Weg zur nächsten Apotheke, die nur drei Busstationen entfernt liegt.

Langsam brauche ich eine Toilette, aber ich weiß, dass mich meine Blase verarscht und leer ist. Ich habe nämlich seit dem letzten Klogang nichts mehr getrunken.

Mit dem Antibiotikum in der Tasche, gehe ich zum Croqueladen um die Ecke. Wenn ich schon mal hier bin, kann ich mir auch gleich etwas zum Essen mitnehmen.

Zu Hause angekommen, werfe ich den Croque auf den Küchentisch und renne zur Toilette.

Fünf Tropfen. Da hätte ich mich auch einpinkeln können. Das wäre keine Katastrophe gewesen.

Ich nehme zuerst die Tablette ein und genieße dann den äußerst schmackhaften Hawaii Croque. Satt lege ich mich ins Bett und höre Musik.

Zwischendurch schreibe ich Liam noch, dass ich lange warten musste, aber meine Tabletten nun bekommen habe. Er antwortet leider nicht sofort.

Erst gegen 23 Uhr sehe ich, dass mein Handy blinkt und er mir geschrieben hat.

Das ist gut. Dann bist du hoffentlich schnell wieder fit. Würde dich schon gerne bald wiedersehen.

Da kommt doch tatsächlich schon wieder dieses Gefühl von Lampenfieber in mir auf. *Entspanne dich, Mel. Du brauchst doch eh noch ein paar Tage, bis du wieder fit bist.*

Das hoffe ich natürlich auch, aber ein paar Tage werde ich schon noch brauchen, um vollkommen genesen zu sein. Ich bin mir gar nicht sicher, ob ich dich sobald wiedersehen möchte. Vielleicht hältst du dein Wort nicht und lässt mich wieder leiden.

Körperlich bist du mir bei Weitem überlegen. Da hätte ich keine Chance.

Hm ... Stell dir vor, ich entscheide, wann du kommst. Ich bringe dich non stop auf heiße Gedanken. Spiele an dir, so, dass du kurz vor deinem Orgasmus bist. Und dann höre ich auf und wiederhole es. Dann entsteht richtig schnell Druck. Geistig und körperlich verlangt es dann nach Befriedigung. Aber die ist abhängig von mir und das passiert in wenigen Minuten bis Stunden. Klar, dass du ab und zu Erholung brauchst, um Sinne und Reize zu regenerieren, aber da bist du noch nicht.

Du brauchst momentan eher die fremde Bestimmung. Den Reiz benutzt zu werden. Gewollt, begehrt und verführt zu werden. Dass du hohen Wert entsprichst. Das befriedigt dich und steigert deine Lust.

Oh. Mein. Gott. Ich bin sprachlos. Wie kann Liam wissen, was mich anmacht, wenn ich mir selbst dessen vorher gar nicht bewusst war? Aber jetzt, wo er die Worte niedergeschrieben hat ... Er hat es voll auf den Punkt gebracht. Der erste Teil hat mich schon ziemlich angemacht. Aber der zweite Teil seiner Nachricht hat mich umgehauen. Das stimmt. Mich macht nichts mehr an, als ein Mann, der mir das Gefühl gibt, mich zu begehren, mich unbedingt zu wollen und mich dann auf Händen zu tragen. Aber nicht auf eine schnulzige Art und Weise. Er darf dabei seine Männlichkeit nicht verlieren. Das hat Liam mit der Fremdbestimmung schon gut zum Ausdruck gebracht. Ich will einen Mann, der mich will und die Ansagen macht. Der mich benutzt, weil er mich unbedingt benutzen will. Ich bin feucht. Na super. Am liebsten würde ich mich von ihm abholen lassen und jetzt habe ich diese verfickte Blasenentzündung. So schnell kann die Stimmung umschlagen. Eben noch dankbar, eine Ausrede zu haben und plötzlich wünscht man sich nichts anderes, als gesund und fickbar zu sein.

Das stimmt. Ich weiß gar nicht, was ich dazu schreiben soll. Das hat zuvor noch kein Mann erkannt. Wie kannst du das wissen?

Tja, ich beobachte dich genau. Ich konnte es in deinen Augen sehen.

Mel, bleib cool. Du bist nur erregt. Mach ihm jetzt bloß keinen Heiratsantrag, rede ich mir selbst zu.

Oh. War mir nicht bewusst, dass ich so ein offenes Buch bin. Dann müssen die anderen Männer ja Legastheniker gewesen sein.

Wie viele Männer hattest du denn schon?

Shit! Soll ich jetzt lügen. Aber es bringt nichts. Er wird eh gemerkt haben, dass ich ziemlich unerfahren bin und außerdem hatte ich das ja auch schon mal angedeutet.

Nach meinem Ex, hatte ich noch etwas mit einem anderen Kerl. Also zwei Männer.

Okay. Dann habe ich mit dir ja ein beinahe jungfräuliches Wesen abbekommen. ;)

Meinen Hintern hast du auf jeden Fall entjungfert. Ohne mich zu fragen!

Ich bin halt davon ausgegangen, dass es dir gefällt. In der Bar schien es jedenfalls der Fall zu sein.

Er entschuldigt sich nicht mal. Wo sind seine guten Manieren geblieben?

Tut dir das kein bisschen leid?

Nö, sollte es etwa? Ich hatte meinen Spaß mit deinem Arsch. Und ich weiß, dass es dir auch gefallen hat. Die Schmerzen klingen doch relativ schnell wieder ab. Beim nächsten Mal wird es nicht so schlimm. ;)

Beim nächsten Mal?!

Es wird kein nächstes Mal geben. Finger weg von meinem Arsch!

Wie werden sehen. ;)

Provoziere mich nicht!

Haha, wird Klein-Mel etwa böse. Da sollte ich wahrscheinlich Angst bekommen. :P

Lass das! Ich kann wirklich anders! Du kennst mich doch gar nicht.

Na ja, aber besser als so manch anderer Mann. Anscheinend sogar besser als dein Ex. Der konnte deine Lust wohl nicht entfachen.

Nur, weil du weißt, was mich erregt, heißt das noch lange nicht, dass du mich kennst.

Wir können es gerne darauf ankommen lassen. Was würdest du jetzt am liebsten mit mir anstellen wollen?

Das ist tatsächlich eine gute Frage. Ich habe keine Ahnung, worauf er hinaus will und somit auch keine Ahnung, wie ich darauf nun cool antworten kann. Mein Überlegen scheint ihm zu lange zu dauern, denn es erscheint eine neue Nachricht von ihm auf dem Display.

Bist du so leicht still zu bekommen? So nehme ich dich mit Sicherheit nicht ernst.

Was würdest du mit meinem harten Schwanz gerade machen wollen? Soll ich meine Eier abbinden?

Will er den Spieß jetzt umdrehen? Ich bin ein sehr kreativer Mensch, aber ich habe von derartigen Praktiken keine Ahnung. Ich weiß nicht, was möglich ist und was nicht. Macht ihn das wohlmöglich an? Noch immer fällt mir keine Antwort ein. Liam scheint das nicht sonderlich zu stören und fährtfort.

Soll ich dich mit Herrin anreden? Hm, Mel. Was wünschst du dir? Was soll ich für dich tun?

Keine Ahnung!!! Er schickt mir ein Bild. Als es fertig geladen ist, strahlt mich sein steifer Schwanz an. Er ist echt ein Perverser. Dennoch macht mich der Anblick an. Es macht einen großen Unterschied, ein Dick Pic eines Fremden zugesendet zu bekommen oder, ob es der Schwanz ist, den man schon mal in jeglichen Löchern hatte.

Außerdem ist sein Penis ein Prachtexemplar. Vielleicht ist es merkwürdig einen Phallus als schön zu bezeichnen. Ich finde ihn schlichtweg ästhetisch. Die Form, die Größe, die perfekte Haut. Sein Glied ist makellos.

Ich frage mich nur gerade, welche Gedanken ihn angemacht haben. Findet er es tatsächlich geil, wenn er mich Herrin nennen muss?

Sprachlos? Möchtest du mich beleidigen? Du hast in diesem Augenblick die Möglichkeit es mir richtig zu geben. Wo ist die böse Mel, die auch anders kann?

Jetzt reicht es!

Meine Geduld ist jetzt wirklich am Ende! Du willst wissen, was ich mit deinem Schwanz machen würde du kleiner Lauch?

Scheiße. Habe ich eben tatsächlich Lauch geschrieben? Wie heftig ... *Mel, das kannst du echt besser.*

Lauch? xD

Kleines Arschloch hätte es vielleicht besser getroffen. Hör auf mich auszulachen!

Haha, verzeih mir Herrin.

Binde dir erstmal schön fest die Eier ab, bevor du mit einer Entschuldigung ankommst!

Ha! Das war gut.

Möchten Sie ein Beweisbild, Herrin?

Soll er mir doch noch ein Bild seines Geschlechts schicken.

Selbstverständlich. Was fragst du so doof?

Verzeihen Sie.

Drei Minuten später halte ich ein Bild von seinen abgebundenen Eiern in meiner Hand. Er hat einen Schnürsenkel verwendet. Und es sieht danach aus, als wäre es nicht das erste Mal, dass er sich die Eier hat abgebunden. Ungewohnter Anblick, aber schlecht sieht das nicht aus. Etwas schmerzhaft. Steht er auf Schmerzen und fügt sie nicht nur gerne zu? Ich werde nicht umhin kommen ihn zu fragen.

Sieht gut aus.

Danke, Herrin.

Das ist nicht meine Welt. Wieso zieht er mich da schon wieder rein?

Stehst du auf Schmerzen?

Ja, ich bin nicht nur dominant und sadistisch. Ich bin auch devot und masochistisch. Allerdings lebe ich mit einer Frau nur eine Seite aus.

Und was sollte das dann gerade?

Es ist nicht leicht eine dominante Frau zu finden. Vielleicht bist du es ja.

Ich bin definitiv dominant. Aber wie du gemerkt hast, habe ich keine Ahnung von dem, was du da so praktizierst.

Noch nie schmutzige Fantasien in der Richtung gehabt?

Andere. Nicht in der Art und Weise.

Vielleicht findest du ja noch gefallen daran.

Vielleicht. Ich lasse dich mit deinem harten Schwanz dann mal alleine. Ich will schlafen.

Gute Nacht.

Liam ist vor mir offline gegangen. Ich fühle mich doof. Die Wendung, die unser Gespräch genommen hat, hat mir nicht zugesagt.

Es fing so gut an, als er mir aus der Seele gesprochen hat. Das hat mich wirklich angeturnt. Die Zügel beim Sex in die Hand zu nehmen und dem Mann Ansagen zu machen? Interessanter Gedanke. Traue ich mir nur nicht zu. Mir fiel es beim Schreiben eben schon schwer, ihm irgendwas entgegen zu bringen. Wie sollte das dann real funktionieren? Da gefällt mir die Vorstellung besser, wie er mich nackt auf Händen trägt und mich ins Bett legt. Geilheit flammt in meiner Pussy auf. Ich mache das Licht aus, lege mich unter die Decke und beginne, Hand an mir anzulegen.

Zärtlich berühre ich meinen Kitzler, während ich mir vorstelle, wie Liam sich langsam auszieht und ich ihn nackt auf seinem Bett liegend, dabei beobachte. Ich spreize meine Beine und tue dies auch unter meiner Decke.

Liam steht nackt vor mir am Bettrand und fängt an, seinen geilen Schwanz zu reiben, um ihn für meine feuchte Pussy bereit zu machen. Mit seinem Blick sagt er mir, dass ich selbst auch Hand anlegen soll. Wir beide besorgen es uns selbst. Zuerst schauen wir uns in die Augen, aber um die Erregung zu erhöhen, beobachte ich ihn dabei, wie er seinen Schwanz in seiner Hand bearbeitet und er mich, wie ich genüsslich meinen Kitzler reibe und mich fingere. Zur selben Zeit schiebe ich mir tatsächlich zwei Finger in mich und presse ihnen mein Becken entgegen. Mein Rücken wölbt sich, so unglaublich erregt bin ich. Um mich selbst dem Orgasmus näherzubringen, stelle ich mir vor, wie Liam aufhört, zu mir aufs Bett kommt, meine Beine noch weiter auseinanderspreizt und dann mit seiner Zunge in meine heiße Vagina eindringt, während ich weiterhin an meinem Kitzler reibe. Ich stöhne. Kann es kaum erwarten, den nächsten Gedanken zu visualisieren. Liam schiebt mir seinen großen, harten Schwanz ganz langsam tief in mich hinein. Ich muss mich zusammenreißen. Ich könnte vor Lust schon explodieren, möchte dieses Gefühl aber noch nicht verlieren. Daher lege ich eine kurze Pause ein.

Meine Fantasie erreicht ihren Höhepunkt. Liam steigert die Geschwindigkeit. Ich stöhne ihm laut zu. Flehe ihn an, mich richtig durchzuficken. Ich sehe sein finsteres Grinsen vor meinem inneren Auge und dann beginnt er, mich schnell und intensiv mit seinem heißen Glied zu penetrieren. Dieser Gedanke löst einen heftigen Orgasmus aus. Ich strecke meine Beine, meine Zehen krampfen sich zusammen und gleichzeitig fahre ich mit meinem Oberkörper hoch. Mit meinem Slip wische ich mir die Feuchtigkeit von den Schamlippen. Ich bin erschöpft, sodass ich sofort einschlafe.

Als ich aufwache, stelle ich überrascht fest, dass ich die Nacht über nicht auf die Toilette musste. Das Antibiotikum scheint zu wirken. Gerade gedacht, meldet sich allerdings meine Blase zu Wort. Mein Schlafoberteil ist komplett durchgeschwitzt, daher beschließe ich, nach dem Entleeren der Blase unter die Dusche zu springen.

Von Liam habe ich den halben Tag nichts gehört. Hoffentlich ist er nicht enttäuscht von mir und lässt mich fallen. Aber wenn das so wäre, dann wäre es halt so. Trotzdem wäre ich leicht traurig darüber. Den ganzen Tag schon, trage ich mein Handy bei mir in der hinteren Hosentasche. Normalerweise liegt es in meinem Zimmer. Ich versuche, die Kontrolle über meine Blase zurückzugewinnen. Halte so lange wie es nur geht auf, weil ich schlichtweg keine Lust mehr habe, alle fünf Minuten wegen ein paar Tropfen Urin das WC aufsuchen zu müssen. Doch dann muss ich dermaßen dringend, dass ich aufs Klo renne, nicht mal die Tür abschließe, den Deckel viel zu brutal hochklappe, mir die Hose herunterreiße und dann ... platsch! *Das ist jetzt nicht ernsthaft passiert?!*, schießt es mir durch den Kopf. Ich stehe auf, drehe mich um und sehe mein Handy im Klowasser untergehen. Gott sei Dank, ist es so groß, dass es in der Öffnung stecken bleibt. Ohne großartig zu überlegen, greife ich ins Klo, um mein Handy zu retten. Ich lege es in das Waschbecken und entleere erstmal meine Blase. Ich realisiere nicht, dass mir das wirklich passiert ist. Richtig peinlich wäre es gewesen, wenn ich auf mein Handy gepinkelt hätte. Das Pech lässt mich nicht los. Nachdem ich brav Hände gewaschen habe – und ja, natürlich habe ich das Handy vorher aus dem Waschbecken genommen – probiere ich es, trocken zu bekommen. Ich nehme den Fön und puste es mit kalter Luft an.

Nach einer Stunde liegen lassen, schalte ich es ein. Jedoch passiert einfach nichts. Mein Herz fängt zu rasen an. *Nein! Nein! Nein!* Den Zettel mit Liams Nummer habe ich weggeworfen. Und die Nummern der Kontakte sind alle auf dem Telefon gespeichert. Das würde bedeuten, dass Liam Geschichte ist, wenn mein Handy Geschichte ist. Ich könnte versuchen, seine Wohnung wiederzufinden, aber ich habe mir Straßenname und Hausnummer nicht gemerkt. Oder ich besuche den Club, in dem er arbeitet. Aber irgendwie wäre das total peinlich. Das lässt mein Stolz nicht zu.

Anstatt zu verzweifeln, beschließe ich, mein Problem bei Google einzugeben.

Ha! Und ich scheine nicht die Einzige zu sein, der das Handy ins Klo gefallen ist.

Google, dein Freund und Helfer. Perfekt. Ich habe die Lösung meines Problems gefunden. Ich schnappe mir mein Handy und gehe in die Küche. Dort hole ich eine Schüssel und zwei Packungen Reis aus dem Schrank. Den ungekochten Reis gebe ich in die Schüssel und lege mein ertrunkenes Smartphone hinein. Es soll ungefähr zwölf Stunden in dem Reis liegen. Danach sollte es wieder angehen. Der Reis entzieht dem Handy die Feuchtigkeit. Bei vielen hat es funktioniert. Hoffentlich auch bei meinem Smartphone. Ohne Handy, kein Liam. Kein Liam, keine Ablenkung und somit nutze ich die Zeit produktiv und gehe arbeiten.

Am nächsten Tag nehme ich mein Handy aus der Schüssel und betätige den An-Knopf. Ich bete. *Bitte, bitte gehe an!* Und dann erhellt das Display meines Samsungs S3 und mir fällt ein großer Stein vom Herzen. Es funktioniert noch. Trotzdem gehe ich auf Nummer sicher und sichere sofort all meine Bilder. Es kann ja gut sein, dass doch irgendwas kaputt gegangen ist und es sich jetzt nur noch nicht bemerkbar macht.

Danach schreibe ich natürlich sofort Liam. Von ihm sind, seit unserer letzten Unterhaltung, keine neuen Nachrichten eingegangen. Wird ihm also nicht aufgefallen sein, dass ich nicht erreichbar war.

Hey, wie geht es dir? Mein Handy ist mir gestern ins Klo gefallen, aber es geht wieder.

Er ist online und antwortet sofort. Gut, dann ist er also nicht beleidigt mit mir.

Mir geht es gut. Wie geht es deiner Blase? Hahaha! Mel, was machst du denn für Sachen?

Wow, er hat mich Mel genannt. Geht doch.

Das Antibiotikum hat gut geholfen. Ich habe keine Ahnung, wie mir das passieren konnte. Es ist einfach passiert.

Na ja. Hauptsache dein Handy funktioniert noch. Wäre ja schade gewesen, wenn wir deshalb den Kontakt verloren hätten. Ich freue mich nämlich schon auf unser nächstes Treffen.

Ohne Schmerzen.

Ja, ohne Schmerzen. Obwohl ... vielleicht möchtest du mir ja welchen zufügen?

Nein.

Sicher?

Ja.

Okay. Möchtest du mich denn etwas tun lassen?

Zack. Wieder landet ein Bild seines steifen Schwanzes auf meinem Handy.

Sag mal, bist du eigentlich dauergeil?

Wenn ich nichts zu tun habe und mir langweilig ist, dann ja. Soll ich mir die Nippelklemmen anlegen?

Ich will keine Spielverderberin sein und spiele deshalb mit. Außerdem möchte ich auch nicht, dass er denkt, dass ich uncool und verklemmt bin. Das bin ich nämlich ganz und gar nicht. Von solch einer Art von Sexting habe ich noch nie gehört. Ich bin komplett ahnungslos und weiß gar nicht, was er nun von mir erwartet. Aber wenn er mir indirekt mitteilt, was ich tun soll, dann ist es ja ein Kinderspiel.

Ja.

Ok. Möchten Sie ein Bild davon haben und wie lange soll ich sie tragen?

Ja, will ich und trag sie fünf Minuten.

Nur fünf Minuten?

Wenn du mir so kommst, dann zehn Minuten.

Ok.

Dann folgt ein Bild von seiner Brust. An seinen Nippeln hängen die fiesen Nippelklemmen mit den Zacken. Ich taufe sie Krokodilsklemmen. Der Name wird ihnen gerecht.

Ich warte darauf, dass er mir noch etwas schreibt, da ich nicht weiß, was ich darauf nun antworten soll. Als könne er meine Gedanken lesen ...

Darf ich es mir in den zehn Minuten selbst besorgen?

Ist mir egal. Da ich aber nicht die ganze Zeit allem zustimmen möchte, werde ich diese Frage verneinen.

Nein, darfst du erst danach.

Ok, Herrin. Wie Sie wünschen.

Ich muss lachen. Komme mir total albern dabei vor. Ich weiß gar nicht, ob ich ihn bei unserem nächsten Treffen noch ernst nehmen kann.

Nach zehn Minuten folgt erneut eine Frage von Liam.

Wo soll ich hinspritzen?

Wo du gewöhnlich auch hinspritzt.

Hm ... Ich könnte ja auch in einen Becher spritzen und ihn für dich aufbewahren.

Warum duzt er mich jetzt wieder? Konsequent ist das nicht.

Wieso solltest du das tun?

Es wäre doch eine Verschwendung, wenn es nicht in deinem Magen landen würde.

Ernsthaft? Dieser Gedanke ekelt mich an. Altes Sperma zu trinken, das ist erniedrigend und einfach abartig. Obwohl ich zugeben muss, dass ich den Gedanken theoretisch sexy finde. Diese Widersprüchlichkeit in mir besorgt mir Kopfschmerzen. Da ich nicht will, dass er auf dumme Gedanken kommt und sein Sperma tatsächlich aufbewahrt, werde ich ihm befehlen, Küchentücher holen zu gehen.

Du wirst auf deinen Bauch abspritzen und diesen dann schön brav mit Küchentüchern sauber machen.

Schade.

Damit ist unsere Konversation beendet. Ich fühle mich nicht mehr ganz wohl bei dem Gedanken, dass ich sein Angebot angenommen habe. Unsere Unterhaltungen gehen in eine Richtung, die mir nicht zusagt. Wahrscheinlich, weil diese Situation immer noch neu für mich ist und ich keinen Plan davon habe, wie ich auf seine Nachrichten reagieren soll. Normalerweise bin ich sehr schlagfertig und weiß mich klar auszudrücken. Unsere Unterhaltungen sind eben nicht 08/15. Würde er mich, wie alle anderen Männer auf den Social Media Plattformen, nach meinen Hobbies fragen oder was mein Lieblingsgericht ist, dann wäre er nicht interessant für mich. Ich will wissen, was in seinem Kopf vorgeht und woher diese Gedanken kommen. Es muss irgendeinen Grund für seine außergewöhnlichen Vorlieben geben.

Kapitel 2

April 2015

Heute gehe ich alleine ins Kino. Fast & Furious 7 läuft endlich. Ich liebe sportliche Fahrzeuge. Außerdem ist Vin Diesel natürlich auch nett anzusehen. Ich gehe an mein Handy, um mir über die Kino-App ein Kinoticket für die Abendvorstellung im großen Saal zu reservieren. 1001 Sitzplätze können schnell ausverkauft sein. Erledigt.

Gegen späten Nachmittag nehme ich mein Handy zur Hand und sehe, dass Liam mir geschrieben hat. Da er gerade online ist, antworte ich ihm schnell. Mit meiner Arbeit bin ich für heute fertig und somit kann ich mir mit ihm die Zeit, bis ich los ins Kino muss, vertreiben.

Hey, wie geht's dir?

Hi. Mir geht's gut und selbst?

Auch gut. Hab gerade Langeweile. Was machst du? Hast du noch was vor heute?

Gerade nichts, nur mit dir schreiben. Heute Abend gehe ich ins Kino.

Oh cool. Was guckt ihr?

Ihr? Ich will mir Fast & Furious 7 anschauen.

Ja, du und deine Freunde oder etwa nicht? Den Film kann man sich gut reinziehen.

Ich gehe alleine ins Kino.

Wieso das denn? Keiner Zeit?

Ich habe niemanden gefragt.

Oh. Ach so. Soll ich mitkommen?

Da ist es schon wieder. Dieses Kribbeln. Es sind allerdings keine Schmetterlinge. Es ist Angst. *Mel, ihr würdet nur einen Film zusammen gucken. Was soll passieren?* Im Kino kann er mir wohl kaum einen Analplug einführen. Von daher spricht wohl nichts dagegen. Außer, dass es emotional für mich auf jeden Fall entspannter wäre, wenn ich alleine gehen würde. Aber irgendwo freue ich mich, dass er mit mir ins Kino gehen möchte. Ist dann ja fast wie ein Date, nur, dass es keines ist.

Wenn du möchtest ...

Klar, hab heute eh nichts zu tun.

Aber wehe du lenkst mich ab! Ich freue mich schon ewig auf diesen Film.

Wieso sollte ich? Keine Sorge.

Hallo? Weil du die Finger nicht von mir lassen kannst. Mein Ego ist eine kleine, arrogante Ziege. Manchmal.

Gut. Ich muss dann nur eben die Reservierung stornieren und zwei neue Tickets reservieren.

Alles klar.

Das Stornieren und Reservieren der neuen Tickets hat ohne Weiteres über die Kino-App funktioniert.

Um 20:15 Uhr beginnt die Vorstellung. Und die Karten müssen spätestens um 20 Uhr abgeholt werden.

Okay, dann treffen wir uns 19:45 Uhr vor dem Kino.

Ich freue mich. Bis später.

Ich freue mich auch.

Ich teile meiner Mom, die sich gerade in der Küche etwas zu essen macht, mit, dass ich doch nicht alleine ins Kino gehen werde. Ich war vorher auch noch nie alleine im Kino, sollte wohl nicht sein.

„Oh, also habt ihr ein Date?“, fragt mich meine Mom.

„Nein. Ich glaube nicht. Bisher waren unsere Gesprächsthemen eher oberflächlicher Natur. So wirklich interessiert er sich glaube ich nicht für mich. Ich denke, dass mein Interesse an seiner Person größer ist als seines an meiner. Aber das ist mir egal. Ich möchte eh keine Beziehung. Ich will nur wissen, was für ein Typ Mann er ist.“

„Okay, aber manchmal geht das mit dem Verlieben schneller als du zu denken glaubst.“, sagt sie mir, während sie die Kartoffeln von der Herdplatte nimmt.

„Ich bin nicht der Typ Mensch, der sich schnell verliebt. Er hat schon wirklich tolle Gefühle in mir ausgelöst und ich bin nicht verknallt. Ich glaube, er ist mir viel zu unnormal und wie willst du mit jemanden, der komplett anders denkt als du, eine Beziehung führen?“

„Gegensätze ziehen sich an.“, entgegnet sie mir.

„Du machst das schon, Mel. Du bist alt genug und auch nicht auf den Kopf gefallen. Ich warne dich nur vor. Nicht alle Gefühle sind beeinflussbar. Manchmal überkommt es dich einfach und dann will ich nicht, dass du enttäuscht bist, dass er nur Sex von dir will.“

Ich gebe ihr einen Kuss auf die Wange.

„Ich weiß, Mom. Ich passe schon auf mich auf.“

Ich mache mir nur eine kleine Schüssel mit Cornflakes, da mir doch schon wieder schlecht ist und ich somit keinen Appetit habe. Dieses Lampenfieber nervt. Aber trotzdem freue ich mich, ihn wiederzusehen.

In der Bahn sitzend fällt mir ein, dass ich vergessen habe, einen Film zu programmieren, den ich unbedingt im TV sehen wollte. Ich rufe Joshi an, um ihn zu bitten, den Film für mich aufzunehmen. Gott sei Dank, geht er an sein Handy und ist so lieb und geht meiner Bitte nach. Als ich auflege, spricht mich ein Typ an, der mir schräg gegenüber sitzt.

„Und du guckst also gerne Filme?“

„Ja, tue ich.“, antworte ich selbstsicher, aber höflich.

Lust auf Smalltalk habe ich nicht. Der Kerl macht einen netten Eindruck, aber optisch ist er nicht ansprechend. Er trägt ein lockeres Hemd und eine schwarze Hose. Dazu einen Hut auf dem Kopf. Es sieht aus, als hätte er kaum Haare. Vielleicht deshalb der Hut. Sportlich ist er nicht. Sein Hemd wölbt sich in der Bauchgegend und sein Gesicht ist rundlich. Er ist definitiv älter als ich. Ein paar Fältchen im Bereich der Augen und der Stirn dringen deutlich hervor.

„Und welches Genre magst du?"

„Viele verschiedene. Bin da nicht festgefahren."

„Okay, cool. Hast du vielleicht Lust mit mir ins Kino zu gehen? Also hast du heute noch etwas vor?"

„Ja, ich fahre gerade ins Kino."

„Schade. Du bist mir sofort positiv aufgefallen, als ich die Bahn betreten habe. Ich heiße übrigens Markus und bin 33 Jahre alt."

Er reicht mir seine Hand und da ich jemand bin, die oft zu nett ist, erwidere ich seinen Handschlag.

„Ich bin Melina und 24 Jahre alt."

„Oh, doch so jung. Freut mich aber. Hoffe dich stört es nicht, dass ich älter bin als du."

„Wieso sollte mich das stören? Wir unterhalten uns doch nur nett."

„Vielleicht findest du es merkwürdig, dass ein Älterer dich anspricht."

„Och nö. Ich muss dich ja nicht heiraten. Außerdem werde ich nicht zum ersten Mal angesprochen", entgegne ich ihm frech.

„Ich mag dich. Mir gefällt es, dass du mir in die Augen siehst, wenn ich mit dir spreche und du wirkst auf mich interessant. Vielleicht hast du mal Lust mit mir etwas Trinken zu gehen. Darf ich dir meine Nummer geben?"

Eigentlich kann man mit ihm ganz locker reden, daher gebe ich ihm meine Nummer. Irgendwie ist er strange, aber komische Menschen scheine ich wohl anzuziehen.

„Klar, kannst sie gerne direkt in mein Handy einspeichern."

Vertrauensvoll reiche ich ihm mein Handy. Mein Motto lautet eigentlich „Vertraue niemandem!", aber eine Minute später gibt er es mir auch schon wieder zurück. Ansonsten würden wir uns auch nicht wiedersehen können.

Nur noch wenige U-Bahn Stationen trennen mich von Liam. Jetzt konnte ich mich mental gar nicht auf das Treffen vorbereiten, weil Markus mich abgelenkt hat.

Wir reden nicht mehr. Er starrt mich aber dennoch die ganze Zeit an. Ich starre zurück. Wahrscheinlich denkt er jetzt, dass ich heftig mit ihm flirte. Dabei mache ich ein Spiel daraus. Auch wenn er nicht bewusst mitspielt. Wer zuerst wegsieht, verliert.

Er ist ein wirklich harter Gegner. Ich versuche aber weiterhin neutral zu starren. Dann grinst er mich an und schaut weg. Ha! Gewonnen, Looser! Ich muss nun auch grinsen.

„Melina, du schreibst mir aber auch wirklich oder?“

„Klar. Ich versuche nach dem Kino daran zu denken. Ansonsten melde ich mich spätestens morgen bei dir.“

„Cool. Ich freue mich schon darauf, von dir zu lesen.“

Ich schenke ihm ein Lächeln und nicke ihm zu. Gott sei Dank, ist er nicht heiß. Sonst könnte er Liam noch Konkurrenz machen.

„Danke für das nette Gespräch. Ich muss jetzt aussteigen.“ Ich reiche ihm zum Abschied die Hand. Er packt sie fester zu, als bei der Begrüßung. Ich löse mich aus seinem Griff und lenke meine Gedanken zu Liam. Ich hoffe, dass er dort schon steht. Ich mag es lieber auf Menschen zu zugehen als umgekehrt.

Und tatsächlich. Da steht er. Er trägt ein enges, dunkelgraues Langarmshirt, in dem sich seine gute Statur verboten heiß abzeichnet. *Cool bleiben, Mel.* Auf der einen Seite würde ich gerne wieder umdrehen und andererseits würde ich mich am liebsten auf ihn stürzen.

Aber ich bleibe meinem Schritttempo treu. Als er mich mit seinen Augen einfängt, erwidere ich seinen Blick mit meinem charmanten Lächeln.

Ich weiß gar nicht, wie ich ihn begrüßen soll. Wohl kaum mit Handschlag. Ich um arme ihn einfach. Kurz bevor ich direkt vor ihm stehe, breitet er seine Arme aus. Ich will meinen Kopf zur Seite drehen, aber im letzten Moment merke ich, dass er das nicht tut und somit lasse ich meinen Kopf da, wo er ist. Er küsst mich zur Begrüßung. Ohne Zunge, aber dennoch mit Schmackes.

„Na, wie geht’s dir?“

„Gut und dir? Frierst du nicht in deinem dünnen Pulli?“

„Nein, habe eine gute Durchblutung.“ Tatsächlich hat er keine steifen Nippel. Die würden sich in dem engen Teil abzeichnen.

Ich habe meine weißen Adidas Sneaker an, trage eine enge, graue Jeans, ein lockeres weißes Top, darüber meine Lederimitatjacke, um meinen Hals einen großen, hellgrauen Schlauchschal und damit meine Haare nicht durch die Gegend fliegen, habe ich mir meine dünne, dunkelgraue Mütze aufgesetzt, die ich am liebsten auch im Sommer tragen würde. Da es noch frisch draußen ist und vor allem windig, bin ich dankbar, dass ich diesmal an meinen Schal gedacht habe. Ansonsten würden meine Glieder schon längst schlottern. Vielleicht hätte Liam mich dann aber wärmen wollen. Das war taktisch unklug.

Als wir ins Kino gehen, geht er dicht neben mir und legt seine Hand auf den unteren Teil meines Rückens. Eine kleine Schlange steht vor uns an der Kasse an. Er legt seinen Arm ganz um meine Taille. Ich habe nicht erwartet, dass er so schnell Körperkontakt zu mir suchen wird beziehungsweise, dass er es überhaupt tun würde. Jegliche Taktik ist überflüssig, da er von sich aus die Nähe zu mir zu suchen scheint. Meine Unsicherheit ist verschwunden.

Ich beobachte die Blicke der Leute um uns herum. Es fühlt sich gut an, einen richtigen Kerl neben sich stehen zu haben, der signalisiert, dass man zu ihm gehört. Das kenne ich nicht. Wieder mal eine Premiere. Es ist ein makaberes Gefühl, dass ein fremder Mann das schafft, was mein eigener Freund nie geschafft hat. Mich an seiner Seite willkommen zu fühlen. David hat sich in der Öffentlichkeit nie zu mir bekannt, bis auf das erste Jahr unserer Beziehung. Wenn wir irgendwas unternommen haben, fühlte ich mich wie eine gute Freundin an seiner Seite und nicht wie seine feste Freundin.

Der Frau an der Kasse nenne ich die Reservierungsnummer. Als ich bezahlen will, zückt Liam sein Portmonee.

„Ich übernehme das."

„Oh. Dankeschön. Das ist lieb von dir.", sage ich überrascht.

„Gerne doch.", lächelt Liam mich an und zwinkert mir zu.

„Möchtest du was essen? Popcorn?"

„Wenn du was möchtest, dann ja. Ansonsten nicht." Ich bin sehr genügsam. Das Popcorn im Kino ist echt übertrieben teuer.

„Okay, dann hole ich uns eine große Portion süßes Popcorn."

„Okay.", sage ich grinsend.

So hätte es sich damals mit David anfühlen müssen. Klar, ich kenne Liam noch kaum. Alles ist neu und aufregend und ich weiß nicht, ob er jemand ist, der wirklich zu einem steht oder ob er das nur tut, um mich in seinen Bann zu ziehen. Aber das ist jetzt auch egal. Ich will den Abend mit ihm einfach nur genießen.

Liam hat sich noch einen 1.5 Liter Becher mit Cola dazu bestellt. Ich habe mein Wasser dabei, da ich solche Süßgetränke nicht mehr trinke.

Der Kinosaal ist schon gut gefüllt. In ungefähr fünfzehn Minuten beginnt die Werbung.

Unsere Plätze sind oben in der Loge. Nicht ganz mittig, aber auch nicht ganz am Rand. Ich gehe zuerst durch und nehme Platz. Neben mir sitzt noch keiner. Ich ziehe meine Jacke aus und lege sie hinter mich. Mir ist ziemlich warm, aber Schal und Mütze lege ich trotzdem nicht ab.

„Der Film ist echt gut.“, fängt Liam eine Unterhaltung an.

„Hast ihn schon gesehen? Wann das denn? Der kam doch erst vor ein paar Tagen auf die Leinwand.“

„Hab da eine Website ...“, flüstert er mir ins Ohr.

„Okay, verstehe. Also pssst.“, flüstere ich ihm lachend zu.

Dann legt Liam seine Hand auf meine Wange und schaut mir intensivst in die Augen. Ich muss mich anstrengen, nicht zu krass zu lächeln. Ich möchte nicht wie ein irres, grinsendes Honigkuchenpferd aussehen. Es fällt mir sichtlich schwer, die coole Fassade aufrechtzuerhalten, denn sein Blick entfacht sofort das Feuer in mir. Ich sehe, wie sich mein Feuer in seinen Augen widerspiegelt.

Und dann zieht er meinen Kopf zu sich heran und presst seine weichen Lippen auf meine. Wir öffnen gleichzeitig unseren Mund und unsere Zungen treffen sich in der Mitte. Er schmeckt süß. Nach Cola. Und kühl. Das gefällt mir. Ich will mehr. Und ich bekomme mehr. Liam gewinnt mit seiner Zunge die Oberhand und dringt in meinen Mund ein.

Nach und nach rutscht die Leidenschaft in meine Pussy. Sie meldet sich zu Wort. Ich merke, dass es feucht in meinem String wird. Er löst sich von meinen Lippen und stopft sich eine Hand voll Popcorn in den Mund.

Ich schaue ihn grimmig an. Daraufhin greift er noch mal zu und stopft sie diesmal mir in den Mund. Ich muss lachen. Dabei fällt mir beinahe das gesamte Popcorn aus dem Mund. Reflexartig halte ich mir die Hand vor meinen Mund, damit es nicht auf meinem Schoß landet. Ich wollte kein Popcorn. Ich wollte, dass er nicht aufhört mich zu küssen.

Mittlerweile läuft schon die Werbung. Der Platz neben mir ist immer noch frei.

Eigentlich bin ich ganz froh, dass er sich von mir gelöst hat. Erst kam die Befürchtung in mir auf, dass ich den größten Teil des Films doch verpassen könnte. Er hatte mir ja zugesagt, dass er mich nicht ablenken wird. Gründe gebe es wohl einige, mich abzulenken. Aber nun gut.

Ich schaue mir die langweilige Werbung an und wünsche mir insgeheim, dass er wieder beginnt, mich zu küssen. Wenigstens bis zum Start des Films.

Ich schmiege mich an ihn, traue mich aber nicht, die Initiative zu ergreifen.

Er schaut mich an und lächelt.

„Alles gut mir dir? Willst du noch mehr Popcorn?“

„Ja, gerne.“, sage ich und öffne den Mund. Wieder stopft er mir viel zu viel Popcorn in meinen Mund, was er anscheinend ziemlich lustig findet, so laut, wie er lacht. Ich haue ihn auf die Brust. Sein lachen verstummt und plötzlich schaut er mich finster an. Er beugt sich zu mir und beißt mir in meine Unterlippe. So doll, dass ich Blut in meinem Mund schmecke. *Okay, Spaß versteht er also nicht. Schade.*

„Mach das nicht noch einmal.“, grummelt er mich an.

„Hab ich dir etwa wehgetan?“, frage ich mit leicht sarkastischem Ton in meiner Stimme.

„Nein, aber du hast mich zu respektieren.“

„Das war doch nur Spaß. Außerdem ... wer ist hier respektlos? Du hast mich doch ausgelacht. Dafür habe ich dich halt bestraft.“

„So so. Ist das so?“

„Finde ich schon.“

Seine Hand wandert in Richtung meines Hosenknopfes. Er öffnet ihn und ich packe seinen Arm und schaue ihn fragend an. Doch er fängt nur frech zu grinsen an, fährt mit seiner Hand von hinten in meine Hose und schiebt sie unter mich. Ich stütze mich auf der Armlehne ab und hebe meinen Po an. Wie kann er das jetzt nur tun, obwohl wir in einem vollen Kinosaal sitzen? Und wieso lasse ich es zu? Mit ein paar Verrenkungen, ist sein Finger auch schon in mir. Leider wieder in dem Loch, in dem ich es nicht gerne habe. Es ist unangenehm. Warum versteht er nicht, dass es mich nicht anmacht, wenn man mir den Finger in den Anus steckt.

„Deine Pussy ist ja schon feucht.“, haucht er mir ins Ohr. Nur deshalb flutschte sein Finger leicht in mich hinein, weil er meinen Saft als Gleitmittel missbrauchen konnte.

Ich schweige und schaue zur Leinwand. Die Filmvorschauen laufen.

„Gefällt es dir nicht?“

„Mich macht das nicht wirklich an, wenn dein Finger in meinem Po steckt.“, erwidere ich.

„Hm. Dabei liegen viele Nerven am Eingang des Afters. Aber gut.“ Und ich dachte, dass er das tut, um mich für meine Worte zu bestrafen. Dann führt er seinen Finger in meine Vagina ein und schiebt gleich noch einen zweiten hinzu. *Oh mein Gott!* Ich sauge tief Luft ein und kralle mich in seinem Arm fest. Schlagartig bin ich völlig nass. Ich schaue ihn an. Ihm muss mein Gesichtsausdruck gefallen, denn er beginnt, mich intensiv von innen zu massieren. Ich habe große Probleme, mich zu kontrollieren. Die Erregung wird mir jetzt definitiv jeder ansehen können. Ich bemühe mich, ruhig weiterzuatmen und meine Gesichtsmuskulatur unter Kontrolle zu bekommen.

Er schaut mich mit diesem verruchten Blick an, der mich nur noch mehr erregt. Er massiert mich total souverän weiter. Ich versuche, mich mit der Filmvorschau abzulenken, was nur wenig hilft. Bis auf das Squirten, bin ich noch nie zuvor vaginal zum Orgasmus gekommen. Ich denke, dass das auch nicht möglich ist, was mir die Angst nimmt, hier vor knapp tausend Menschen, einen Orgasmus zu bekommen. Trotzdem bin ich dermaßen geil, dass mein Unterleib beginnt zu schmerzen.

„Brauchst du eine Pause?" Ich nicke nur und Liam nimmt seine Finger aus mir heraus, lässt die Hand aber in der Hose. Dann macht er eine Geste mit seinem Kopf, dass ich mich näher zu ihm hin beugen soll. Ich folge und dann erfassen seine Lippen auch schon die meine. Wir küssen uns wild. Wild und leidenschaftlich. In dem Moment kommt ein kleiner Gedanke auf, was die anderen wohl von uns denken könnten. Aber ehrlich gesagt, bin ich so erregt, dass mich das überhaupt nicht interessiert. Ich selbst habe zwar schon Paare im Kino knutschen gesehen, aber ich glaube, die sahen dabei nicht so intensiv aus, wie wir gerade. Ich warte nur darauf, dass uns irgendjemand zuruft, dass wir uns doch bitte ein Zimmer nehmen sollen.

Liam schiebt seine beiden Finger erneut in mich. Die Glut fängt wieder Feuer. Mein Herzschlag beschleunigt sich und ich kann mich gar nicht mehr richtig auf das Küssen konzentrieren. Liam ist multitaskingfähig und übernimmt komplett die Führung. Ihm scheint es große Freude zu bereiten, mich in den Wahnsinn zu treiben. Er will wohl, dass ich hier vor all den Leuten explodiere. Ich will das aber unter gar keinen Umständen und daher löse ich mich von seinen Lippen und gleichzeitig hört er auf, mich zu stimulieren. Was zum richtigen Zeitpunkt geschieht, denn gerade in dem Augenblick drängen sich zwei Leute an uns vorbei, denen die beiden freien Plätze neben mir gehören.

Liam nimmt den Pott Popcorn und gibt ihn mir, um seine Hand in meiner Hose etwas besser verdecken zu können und dann macht er einfach weiter. Diese andauernde Stimulation, mit den Pausen zwischendurch, ist mehr als heftig und habe ich noch nie erlebt. Normalerweise pausiert man doch nicht, sondern tut alles dafür, um schnell den Höhepunkt zu erreichen. Diese Erkenntnis und neue Erfahrung wird meine Sexualität bereichern.

Der Film fängt an. Ich schaue Liam bittend an, aufzuhören. Aber er schüttelt nur den Kopf und hört natürlich nicht auf. Ich kann mich nicht wehren. Es wäre zu auffällig, wenn ich mich gegen seine Berührung sträuben würde. *Langsam ein- und ausatmen, Mel.* Mit aller Macht unterdrücke ich die Geilheit. Ich spanne meine Pussy an und lasse nicht los. Liam scheint dies zu spüren.

„Kommst du gleich?" Ich schüttle meinen Kopf.

Die ersten fünf Minuten des Films sind schon um. Ich habe kaum etwas mitbekommen, obwohl ich auf die Leinwand schaue. „Möchtest du, dass ich aufhöre?" Ich nicke. Liam nimmt seine Hand aus meiner Hose. Ich schaue ihn an, um zu sehen, ob er vielleicht enttäuscht ist. Aber er sieht ganz entspannt aus. Plötzlich hält er mir seine Hand vor den Mund. Er möchte mich wieder mit Popcorn füttern.

„Das ist aber nicht die Hand, mit der du in meinem Po warst oder?"

„Riech mal.", er hält mir seine Finger mit dem Popcorn unter die Nase und ich ziehe reflexartig meinen Kopf zurück. Er lacht. Okay, er ist nicht beleidigt mit mir.

„Nein, das war die andere Hand.", beruhigt er mich und zwinkert. Ich glaube ihm und lasse mir diesmal eine passende Portion Popcorn in den Mund schieben.

Der Rest des Films verläuft ruhig. Es fühlt sich merkwürdigerweise an, als gehöre ich zu ihm und er zu mir. Wie kann das sein? Wir kennen uns kaum. Wenn ich mit David im Kino war, hat es sich angefühlt, als säße ich neben einem guten Freund. Körperkontakt gab es kaum und Blicke wurden auch nicht ausgetauscht. Geknutscht wurde schon gar nicht.

Immer, wenn eine witzige Szene kommt, dreht Liam seinen Kopf zu mir und lacht mit mir gemeinsam. Das ist mit Abstand der beste Kinobesuch meines Lebens. Es ist einfach alles perfekt. Liam, sowie der Film. Als der Abspann läuft, überkommt mich eine Traurigkeit.

Szenen vom verstorbenen Paul Walker werden abgespielt, während der Song *I See You Again* läuft. Liam nimmt meine Hand und hält sie fest.

Wir verlassen Händchen haltend das Kino.

„Ich fahre dich nach Hause."

„Aber das ist doch total der Umweg für dich.“, antworte ich auf sein tolles Angebot, welches ich gar nicht abschlagen möchte.

„Macht nichts. Ich fahre gerne Auto und außerdem können wir dann noch etwas Zeit zusammen verbringen.“ Und da ist es wieder. Das verruchte Lächeln.

Der Smart steht nicht weit weg. Als wir im Auto sitzen, nenne ich ihm meine Adresse, die er in sein Handy eingibt, welches uns zu mir führen soll.

„Wir machen dort weiter, wo wir im Kino aufgehört haben.“, sagt Liam in einem leichten Befehlston, als er den Wagen in Bewegung setzt.

Ich weiß nicht, was er nun von mir erwartet und bleibe still sitzen.

„Los, öffne deine Hose.“ Ich öffne meine Hose. Währenddessen pocht meine Vagina.

„Zieh sie weiter runter. Deinen String auch.“ Ich folge seinen Worten und sitze nun mit meinem nackten Arsch auf dem Beifahrersitz.

„Mach's dir selbst.“ Meine Hand wandert zu meiner vor Lust tropfenden Pussy und ich beginne, zärtlich meinen Kitzler zu reiben.

Als wir an einer roten Ampel stehen bleiben, höre ich auf. Neben uns steht nämlich ein anderes Auto.

„Nicht aufhören. Steck dir zwei Finger in deine Pussy. Ich will dir zusehen.“

„Okay.“ Meine Finger gleiten in mich hinein. Ich fingere mich und beobachte Liam dabei, wie er mich beobachtet. Das macht mich unglaublich an. Ich wünschte, er würde mich berühren. Dann wird die Ampel grün und ich lege wieder Hand an meinem Kitzler an, weil ich so eher zum Orgasmus komme.

„An der nächsten Ampel probierst du, hinten an die weiße Tüte zu kommen.“

Und welch Zufall, ein paar Sekunden später stehen wir schon wieder an einer Ampel. Ich drehe mich zum Kofferraum um und versuche, die Tüte zu ergreifen, was mir auch gelingt. Liam nimmt sie mir ab. Hervor holt er den schwarzen, großen Gummidildo. Mir schießt die Frage durch den Kopf, was seine Wundertüte hier im Auto zu suchen hat, schenke ihr aber keine Bedeutung.

„Spreiz deine Beine.“ Ihm ist es völlig egal, dass uns jemand dabei sehen könnte.

„Ahhh!", stöhne ich laut hervor und presse meinen Kopf gegen die Kopflehne. Mein Rücken wölbt sich. Der Dildo ging problemlos rein. Er penetriert mich hart.

„Ich will, dass du deinen Kitzler gleichzeitig reibst." Das treibt mich fast in den Wahnsinn. Als ich kurz vor meinem Höhepunkt stehe, schaltet die Ampel um und Liam lässt den Dildo los und fährt weiter. Leichte Enttäuschung macht sich in mir breit und ich höre auch auf.

„Los! Mach weiter." Aus Angst, dass er mir weh tut, wenn ich es nicht tue, fasse ich mich wieder an. Aber ich komme einfach nicht über den Punkt.

Zehn Minuten vor Ankunft, wird Liam das wohl bewusst. Er öffnet mit einer Hand seine Hose und holt seinen halbschlaffen Schwanz hervor.

„Mach ihn hart." Ich höre auf, mich zu berühren und nehme seinen Schwanz vorfreudig in meinem Mund auf. Ich hoffe nur darauf, dass mir diesmal nicht schlecht wird.

Als wir wieder mal stehen, will ich mich von seinem Glied lösen, um kurz zu pausieren, doch Liam drückt meinen Kopf herunter. „

Bleib unten. Neben uns steht ein Polizeiwagen. Das wäre etwas zu auffällig, wenn ich plötzlich nicht mehr alleine im Auto sitze."

„Da hast du wohl Recht.", sage ich lachend und bleibe in Deckung. Ich massiere seinen Phallus weiter mit meiner Hand. Er ist mehr als bereit und ich wünschte, ich könnte ihn gleich in mir spüren. Leider wohne ich nicht alleine und kann ihn somit nicht mit zu mir nehmen. Ich habe die Befürchtung, dass er sich das aber erhofft. Mich nach Hause zu fahren, war mit Sicherheit keine bedingungslose Geste.

Als er Gas gibt, sauge ich weiter an seinem Schwanz.

Er pulsiert in meinem Mund. Ich höre auf zu blasen, da ich nicht möchte, dass er kommt. Er fährt eh schon in meine Straße ein. Er bleibt stehen, lässt den Motor aber laufen.

Dann schaut er mir in die Augen und löst damit ein Kribbeln in meinem gesamten Körper aus. Seine Lippen bewegen sich auf meine zu. Ich schmecke immer noch die Süße der Cola und die des Popcorns. Mein Mund war vor Erregung schon ganz trocken.

Seine Hand greift in mein Haar. Er drückt mich noch näher an sich. In dem Moment packe ich seinen harten Schwanz. Ich halte ihn aber nur in meiner Hand, ohne ihn zu penetrieren. Sein

Ständer ist dermaßen stark durchblutet, dass meine Hand heiß wird.

„Soll ich mit raufkommen?"

„Ich würde dich wirklich gerne mitnehmen. Allerdings wohne ich nicht alleine und ich habe noch nie jemand Fremdes mit nach Hause gebracht." Liam lacht.

„So fremd bin ich nun auch nicht mehr."

„Aber wirklich kennen tue ich dich auch nicht."

„Was machst du diesen Donnerstag? Da hätte ich am Abend Zeit. Nachts fahr ich mit Freunden nach Köln zur Fibo. Für einen Tag. Vorher schlafe ich eh nicht. Werde dann im Auto pennen. Muss mal nicht selbst fahren. "

„Oh. Cool! Aber da bin ich auf einer Uni-Party."

„Hm ... Wo kann man hier denn hinfahren? Gibt es eine Ecke, in der man ungestört wäre?"

Ich überlege kurz. Mir fällt ziemlich schnell eine Lösung ein.

„Höchstens fünf Minuten von hier ist ein kleiner Berg mit einem See. Dort ist auch ein Parkplatz. Da sollte sich um die Uhrzeit keiner mehr aufhalten." Im Dunklen geht dort wohl wirklich niemand spazieren.

„Klingt gut. Lotse mich hin."

Wir fahren den schottrigen Weg zum Parkplatz in völliger Dunkelheit entlang. Keine Straßenbeleuchtung. Der Parkplatz ist unbesucht. Kein einziges Auto ist vorzufinden. Wir scheinen alleine zu sein.

Er stellt den Motor ab und setzt den leidenschaftlichen Kuss von eben fort.

„Zieh deine Hose ganz runter und setz dich auf meinen Schoß." Ich ziehe meine Hose und meinen String bis zu meinen Knöcheln herunter und versuche, mich in diesem kleinen Wagen auf seinen Schoß zu setzen. Er stellt den Sitz, so weit es geht, zurück, damit wir mehr Platz haben. Ich muss mich ducken, damit ich mir nicht den Kopf stoße. Ich weiß nicht wie, aber irgendwie habe ich eine Position auf seinen Beinen gefunden. Er zieht sich seinen Pulli über den Kopf und ich kann nicht anders, als seine perfekt trainierte Brust mit meinen Handflächen zu bedecken.

Seine Hand wandert zu meinem Geschlecht. Er massiert mich. Ein leises „mhhh" entweicht mir.

„Sauge an meinen Nippeln, Melina." Macht das nicht normalerweise der Mann bei der Frau? Der Gedanke gefällt mir. Noch eine Premiere. Davids Nippel durfte ich nicht mal ansatzweise berühren, weil er das nicht mochte.

Ich küsse erst den einen und dann den anderen Nippel und dann beginne ich, beide abwechselnd mit meiner Zunge zu bespielen.

„Beiß rein!“ Ich beiße zaghaft in einen seiner Brustwarzen.

„Fester.“ Ich folge seiner Anweisung. Liam schiebt mein Top hoch und zieht meinen BH herunter und entblößt meine Brüste. Dann saugt er an ihnen. Das Kitzeln in den Nippeln reicht bis zu meiner Vagina.

Meine Brüste wurden in den letzten Jahren definitiv vernachlässigt. Dem Sex mit David fehlte jedes Fünkchen an Leidenschaft. Ab und zu wurde mal herumgeknutscht und es gab Oralssex, aber ansonsten wurde ich gerammelt wie ein Kaninchen und da David Angst davor hatte, dass ich trotz Pille schwanger werden könnte, zog er sich rechtzeitig aus mir zurück und machte mit der Hand weiter. Ich weiß nicht, wie oft er mir auf meinen Bauch gespritzt hat. Ich hab es mir dann zwar auch selbst gemacht, allerdings kam ich zu 95 Prozent nicht zum Höhepunkt. Was nicht tragisch gewesen wäre, wenn das Drumherum wenigstens gestimmt hätte. Oft hab ich es mir schnell besorgt, wenn er danach aufs Klo gegangen ist. Das hat mich angespornt und gereizt. Fertig zu werden, bevor er wiederkommt. Nicht immer hat es geklappt, da ich allgemein nicht erregt genug war. Häufig hat er sich auch aus mir zurückgezogen, weil ich zu trocken war. Ich glaube, er hat es nie mitbekommen, dass ich es mir in seiner Abwesenheit selbst gemacht habe.

Ein brennender Schmerz reißt mich aus meinen Gedanken. Liam hat mir heftig in meinen Nippel gebissen. Das lasse ich nicht auf mir sitzen und beiße ihm aus Rache, so doll ich kann, in seinen linken Nippel.

„Ahhh. Mhh. Geht doch, Fräulein.“

„Ich wollte dir nur nicht wehtun, aber wenn du so skrupellos bist ...“

„Schnucki, es geht doch darum. Es soll wehtun.“ Liam lacht mich aus, aber er drückt mir liebevoll einen Kuss auf meine Stirn und streichelt mit seiner Hand über mein Haar. Dann bedeckt er meinen Hals mit Küssen. An einer Stelle verharrt er etwas länger. Saugt an ihr und beißt mich leicht. Aber es ist kein unaushaltbarer Schmerz. Es gefällt mir sogar ein wenig.

Er öffnet die Fahrertür.

„Steig aus.“ Er hilft mir, denn ich bekomme mein eines Bein nicht über ihn herüber. Das war der komplizierteste Autoausstieg ever.

„Auf die andere Seite mit dir.“ Ich watschel, wie ein Pinguin, zur Beifahrertür. Liam folgt mir.

„Beuge dich vor und stütz dich auf der Motorhaube ab.“ Das ist unglaublich aufregend. Ich hatte noch nie draußen Sex. Er nimmt mich an der Hüfte und dringt mit seinem Glied in mich ein und beginnt, mich langsam zu vögeln. Mir fangen die Beine an zu schlottern, da es nur knapp über null Grad Celsius draußen sind. Liam versucht, die Geschwindigkeit zu steigern, was sich als schwierig erweist, da er immer wieder aus mir herausflutscht. Sein Penis fühlt sich auch nicht mehr so steif an, wie noch am Anfang. Richtig in Fahrt kommen wir nicht, aber er gibt nicht auf. Nach ein paar weiteren Minuten hört er doch auf.

„Ich glaube, es ist zu kalt. Wir sollten das wiederholen, wenn es wärmer draußen ist.“

„Gute Idee.“, stimme ich ihm mit klappernden Zähnen zu. Ich ziehe mir meine Hose an und setze mich auf meinen Platz.

Liam startet den Motor. Er beugt sich über mich und macht meine Sitzheizung an. Dann öffnet er das Verdeck des Smarts. Und über uns kommt ein unglaublich schöner Himmel voller Sterne zum Vorschein. Einige Minuten schweigen wir und starren bloß in den Himmel. Dann ergreift Liam das Wort.

„In Fuerte war der Himmel noch viel klarer als hier. Die Sterne haben wesentlich heller geleuchtet. Das war ein Anblick. Hättest du sehen müssen.“

„Das kann ich mir vorstellen. Die Lichter der Stadt lassen die Sterne leider immer etwas verblassen, aber ich finde es trotzdem wunderschön.“ Plötzlich hören wir ein weiteres Motorengeräusch und erblicken Autoscheinwerfer. Der Wagen hält direkt hinter uns und erhellt mit seinen Lampen den gesamten Smart. Ich schaue in den Rückspiegel und sehe, dass es sich bei dem Auto um ein Polizeiwagen handelt.

„Hat jemand die Polizei gerufen?“, frage ich Liam sichtlich nervös.

„Hier war doch niemand. Vielleicht ist das ein Ort, an dem sich Drogendealer gerne treffen oder ähnliches. Wer weiß. Aber wer sollte nachts um 1 Uhr die Bullen rufen, weil wir hier ein bisschen rumgemacht haben?“

„Da gebe ich dir Recht. Ich kann mir auch nicht vorstellen, dass das häufiger hier vorkommt. Merkwürdig ist es allerdings schon."

„Schau, sie drehen schon wieder um."

„Gut, dass sie nicht ein paar Minuten früher gekommen sind.", stelle ich erleichtert fest.

„Allerdings. Noch mal Glück gehabt. Aber das macht den Reiz ja aus. Die Gefahr erwischt zu werden. Das ist Nervenkitzel."

Dann schweigen wir wieder und genießen die Ruhe. Ich weiß auch nicht, was ich Liam erzählen könnte. Ich möchte ihn nicht mit irgendwelchen Fakten über mich langweilen, habe aber auch Hemmungen, ihn über sein Leben auszufragen. Doch dann beginnt er ein Gespräch. Ein langes. Er erzählt mir Dinge aus seiner Kindheit. Dass er in der Schule oft unterfordert war und einen hohen IQ hat. Er logischer denken konnte als die meisten seiner Lehrer. Er immer das große Ganze gesehen hat und nicht nur die einzelnen Puzzleteile. Vieles von dem, was er erzählt, verstehe ich nicht mal. Aber eines bleibt bei mir hängen. Sein Vater hat seine Intelligenz nicht anerkannt. Dabei wäre das für Liam wichtig gewesen. Was er natürlich nicht so darstellt, aber ich habe es gespürt.

Sein Vater sagte zu ihm, dass er sein Wissen doch bloß aus dem TV hat. Er wollte ihn klein halten, anstatt stolz auf seinen Sohn zu sein. Das stimmt mich traurig. Viel trage ich nicht zu dem Gespräch bei. Ich lasse Liam reden. Ich weiß, dass es gut tun kann, sich einfach mal aussprechen.

Zwei Stunden sind bereits vergangen, seitdem wir auf dem Parkplatz sind. Um die eineinhalb Stunden hat Liam nur geredet. Mich freut es, dass er sich mir geöffnet hat. Ein bisschen schlauer bin ich aus ihm geworden. Allerdings kann ich ihn immer noch nicht einschätzen. Irgendwas ist einfach anders an ihm.

Ich muss gähnen.

„Langweile ich dich?"

„Nein, überhaupt nicht! Ich bin nur total müde."

„Alles klar. Dann bringe ich dich mal nach Hause." „In Ordnung."

Dafür, dass er eben dermaßen viel geredet hat, ist er auf dem Rückweg ziemlich still.

Ich bin wirklich müde und freue mich total auf mein Bett.

„Danke für den schönen Abend. Habe es auf jeden Fall nicht bereut, dich mitgenommen zu haben.", teile ich ihm zum Abschied mit.

„Ich habe den Abend auch sehr genossen. Freue mich schon auf unser nächstes Zusammentreffen.“, kaum ausgesprochen, greift er nach meinem Kopf und gibt mir einen intensiven Gute-Nacht-Kuss.

„Schlaf gut.“ Ich sage nichts, lächle ihn nur an. Dann steige ich aus dem Auto und versuche, so selbstsicher wie es mir nur möglich ist, zur Haustür zu schreiten. Jedoch wartet er gar nicht, bis ich im Haus bin. Mit quietschenden Reifen fährt er davon.

Beim Blick in den Spiegel am nächsten Morgen, traue ich meinen Augen nicht. Ich trete näher an den kleinen Spiegel auf der Anrichte heran.

Ach du kacke! Meinen Hals schmückt ein ziemlich auffälliger Knutschfleck. Und morgen ist die Uni-Party. Da kann ich wohl schlecht mit einem Schal auftreten. Vorher treffe ich mich mit einer Freundin bei einer ihrer Uni-Kolleginnen, und ein paar anderen Leuten, zum Vortrinken. Ich hoffe darauf, dass es keinem auffällt. Als ich im Badezimmer fertig bin, schnappe ich mir mein Handy und mache ein Bild von meinem Hals. Ich schicke es Liam und schreibe darunter „Dankeschön.“.

Oh. War ich das?

Wer denn sonst?

Das war nicht meine Absicht.

Damit darf ich morgen auf die Party.

Hahaha. Ist doch gut.

Wieso?

Dann weiß jeder, dass er die Finger von dir zu lassen hat.

Also war es doch deine Absicht, um mich zu markieren? Ich bin doch nicht dein Eigentum!

Wenn du dich unbedingt von anderen Männern ficken lassen willst. Bitteschön ... Ist mir egal. Mach was du für richtig hälst.

Die Eifersucht steht ihm nicht. Auch wenn er jetzt meint, dass es ihm egal ist, kann ich zwischen den Zeilen lesen, dass es ihm nicht gefallen würde. Aber vielleicht ist es ihm ja auch wirklich egal und er macht nur eine Show.

Na ja … ich bin ein freier Mensch. Mit Knutschfleck. Der könnte natürlich auch falsch interpretiert werden. Dass ich leicht zu haben bin zum Beispiel. Aber keine Sorge, ich bin ein anständiges Mädchen. ;)

Ja ja. Wie anständig du bist, habe ich am eigenen Leib erfahren. Bist einfach mit einem völlig fremden Kerl mitgegangen und hast dir den Arsch versohlen lassen.

Du bist eine absolute Ausnahme. Außerdem wusste ich vorher nicht, was für ein brutaler Perverser du bist.

Aber es hat dir gefallen oder?

Ja, schon. Aber eher als einmalige Erfahrung. ;)

Vielleicht überlegst du es dir ja doch noch anders.

Die Hoffnung hast du also?

Die Hoffnung stirbt zuletzt. Mir würde es noch besser gefallen, wenn du eine dominante Sadistin wärest, aber meine Welt ist dir noch fremd. Von daher kann ich da nichts erwarten.

Deine Welt. So so. Es hat mich gefreut, in deine Welt reinschnuppern zu dürfen. ;)

Ich hätte dich gerne in meiner Welt behalten. Aber gut. Nur Sex. Mehr nicht. So ist es abgemacht.

Genau.

Liam ist offline gegangen. Da fällt mir auf einmal Markus ein. Den hab ich vollkommen vergessen. Ich gehe in die WhatsApp-Kontaktliste und wähle seinen Namen aus.

Hey Markus. Hier ist Melina. Wir haben uns gestern in der Bahn unterhalten und du hattest mir deine Nummer gegeben.

Er antwortet nicht.

Es ist Donnerstagabend und ich bereite mich auf die Party vor.

Meine Augen schminke ich verrucht sexy in einem Smokey-Eye-Look. Ich ziehe mir eine enge, schwarze Hose in Lederoptik an und dazu ein cooles, lockeres Top. Sportlich-sexy nenne ich dieses Outfit. Spiegelt mich perfekt wider.

Auf dem Weg zum Vortrinken, kaufe ich mir noch eine 0,75 Liter Flasche Desperados.

Kurz vor dem Ziel, muss ich zu meinem Handy greifen und die Adresse eingeben, weil ich mir nicht mehr sicher bin, in welche Richtung ich gehen muss. Liam hat mir geschrieben. Multitaskingmäßig gehe und schreibe ich ihm gleichzeitig. Dank GPS werde ich zu meinem Ziel gelotst.

Hey, schon auf der Party?

Bin gerade auf dem Weg dorthin. Ohne GPS hätte ich mich verlaufen.

Haha, dann komm mal gut an. Kannst mir ja schreiben, wie es so ist. :)

Hast du nichts vor?

Nein. Hätte dich ja gerne getroffen, aber du kannst ja nicht.

Hättest ja auch mitkommen können.

Danke für die Einladung. Bin aber nicht so der Partymensch.

Schade. Gut, bin jetzt da. Schreib dir später.

Ich betätige die Klingel und mir wird freudig die Tür geöffnet. Entweder haben alle gute Laune oder schon ohne mich angefangen. Ich geselle mich zu der kleinen, netten Runde. Ein Pärchen, ein Typ, meine Freundin, und zwei weitere Mädels sitzen bereits um einen Couchtisch und sind tatsächlich schon am Trinken.

„Mel, was hast du denn da am Hals?“, muss mich meine Freundin natürlich lauthals begrüßen.

Alle sind ganz Ohr.

„Einen Knutschfleck.“, antworte ich trocken, als sei es das Normalste der Welt. So besonders ist es nun wirklich nicht. Okay ... Knutschflecken sind etwas für Pubertierende. Aus dem Alter bin ich raus, aber ich konnte es mir nun mal nicht aussuchen.

„Oookay. Und von wem hast du den?“, stochert sie nach. Unglaublich neugierig. Wir kennen uns aus der Schulzeit. Also auch schon ein paar Jahre, aber sehen uns leider viel zu selten. Meistens nur, um feiern zu gehen.

„Von einem Typen.“ Ich versuche, die Informationen, so gut wie es geht, für mich zu behalten.

„Was für ein Typ?“, lässt sie nicht locker. „

Ein Stripper.“

„Waaaas? Du hast dir einen Stripper klargemacht? Heftig!“ Sie klopft mir anerkennend auf die Schulter.

„Mel ... ganz ehrlich. Das hätte ich dir nicht zugetraut.“

„Wie nett von dir.“, sage ich lachend.

„Zeig mal ein Foto.“, klinkt sich eine ihrer Uni-Kolleginnen ein. Ich öffne sein Profilbild in WhatsApp. Sein Gesicht erkennt man nicht, aber dafür seinen gut gebauten Oberkörper. Mein Handy wird herumgereicht. Die beiden Männer geben es sofort weiter, ohne einen Blick darauf zu werfen, was wohl verständlich ist.

„Also nicht schlecht. Einen guten Körper hat er auf jeden Fall. Ziemlich sexy.“, kommentiert eine das Bild.

„Das Gesicht spielt da eh keine Rolle.“, wirft meine Freundin ein. Wir Mädels lachen. Ich fühle mich etwas unwohl, aber irgendwie bin ich auch stolz. Ich weiß nicht wieso. Wahrscheinlich, weil ich endlich mal mitreden kann und was Cooles zu erzählen habe. Ansonsten ist man eben nur diejenige, die ewig in einer Beziehung festhängt. Obwohl man für eine lange Beziehung respektiert wird, aber es interessiert einfach kaum jemanden. Viel zu erzählen, außer negative Dinge, gab es auch nicht. Wenn es um spannende Sexstories ging, war ich die stille Zuhörerin.

Ja, ich bin stolz, dass ich mit Liam mitgegangen bin. Und ich denke nicht, dass es ihn sonderlich stören würde, dass ich mit ihm ein wenig angebe.

Die weiteren Gespräche interessieren mich nicht sonderlich. Die typischen Gespräche über Sex und Unikram. Ich schaue auf mein Handy, um mich geschickt aus den Gesprächen auszuklinken.

Und wie ist die Party?

Sind noch beim Vortrinken. Wollen gleich ein Trinkspiel spielen. Ansonsten ganz witzig, aber die Themen sind wie immer dieselben. Uni und Sex. Langweilt mich gerade ziemlich.

Kann ich verstehen. Die meisten Menschen sind einfach langweilig und haben nichts Spannendes zu erzählen, weil sie tagtäglich dasselbe tun.

Da gebe ich dir Recht. Kann nur noch besser werden.

Haha. Dann noch viel Spaß und trink nicht zu viel.

Danke. Werde ich nicht. ;)

Wir spielen das Trinkspiel „Ich hab noch nie ...". Jemand sagt etwas, was er noch nicht getan hat und alle, die es getan haben, müssen einen trinken. Natürlich geht es auch hierbei fast wieder nur um Sex. Ich habe mir etwas ausgedacht, um die beiden Männer zu dissen, sodass nur sie trinken müssen. Allerdings geht mein Plan nicht auf.

„Ich hab noch nie etwas mit einer Frau gehabt." Und zack. Eine der Mädels trinkt einen. Damit hat kaum einer gerechnet. Aber immerhin war ich diejenige, die es aufgedeckt hat. Hier und da werden noch ein paar Geheimnisse entlockt. Unser Alkoholpegel ist jedoch dann hoch genug, um auf die Party zu gehen. Ich habe gut einen im Tee. Mein Mundwerk ist ziemlich locker und ich bin gut drauf. Habe richtig Lust zu tanzen. Glücklicherweise liegt die Uni nur fünf Gehminuten entfernt.

Meine Freundin und ich stehen in der Schlange für die Garderobe an, da quatscht mich plötzlich ein Typ an.

„Hey! Was hast du denn da am Hals gemacht?" Angetrunken wie ich bin, fällt auch meine Antwort aus.

„Das ist eine lustige Geschichte! Ich bin ausgerutscht und mit meinem Hals gegen eine Tischkante geknallt. Hat echt wehgetan.", lüge ich den Typen voll. Er glaubt mir. Muss also überzeugt haben.

„Oh, autsch. Sieht auch echt übel aus.“, bemitleidet er mich und zieht dann weiter. *So schlimm sieht es nun auch wieder nicht aus. Vollidiot.*

Als wir nach einer gefühlten Stunde endlich unsere Jacken loswerden, geht es auf die improvisierte Tanzfläche, die gut besucht ist. Die Musik ist mir zu mainstream, daher wippe ich nur von einem Bein auf das andere. Dabei schweifen meine Gedanken zu Liam ab.

Der Gedanke, dass ich eine weitere Nacht hätte mit ihm verbringen können, lässt einen kleinen Funken von Reue aufkommen. Hätte ich absagen sollen, um bei Liam zu sein? Nein! Ich bin frei und nicht von ihm abhängig. Vielleicht ergibt sich heute Nacht noch eine tolle, neue Möglichkeit.

Der DJ, der bestimmt keiner ist, steigert langsam seine Leistung und die Musik bekommt mehr Pep. Mehr Beat. Ich passe meinen Tanzstil an.

Da tanzt mich plötzlich die Freundin, die vergeben ist, an. Ziemlich sexy. Ich lasse mich darauf ein. Es macht Spaß. Ihr Freund guckt verstohlen zu und reicht mir einen Schluck seines Bieres, als ich ihn dabei erwische. Dann löse ich mich von ihr, weil ich Wasser lassen muss. Sie tanzt mit ihrem Freund weiter.

Als ich mich durch die Menge zum Klo dränge, lasse ich meine Blicke schweifen. Kein einziger Typ ist heiß. Viele Nerds und Kerle mit Polo-Hemden. Mag ich gar nicht.

Zurück vom Klo, ist meine Gruppe immer noch fleißig am Tanzen. Meine Freundin reicht mir ihre Bierpulle. Super. So kann ich meinen Pegel halten, ohne selbst Geld ausgeben zu müssen. Ich will ihr ihre Flasche zurückgeben, nachdem ich einen großen Schluck genommen habe, doch sie winkt ab. Wahrscheinlich hat sie ihre Grenze erreicht. Durch das viele tanzen, bekomme ich gut Durst. Ich trinke die Flasche fast in einem Zug leer.

Die Musik wird besser, umso später es wird. Endlich wird elektronische Musik gespielt. Darin gehe ich voll auf und tanze mit inniger Leidenschaft. Dann spüre ich auf einmal links und rechts fremde Hände an meiner schwingenden Hüfte. Jemand tanzt mich von hinten an. *Bingo!* Ich gebe es zu ... ich bin eine Schwanzneckerin. Ich komme richtig in Fahrt, wenn ein Typ hinter mir tanzt. Voller Arscheinsatz! Seit einigen Minuten tanze ich nun schon sexy as hell mit einem Kerl, dessen Aussehen ich nicht mal kenne. Ich weiß, dass er größer als ich sein muss, denn er beugt sich zu mir und flüstert mir von hinten etwas ins Ohr.

„Du bist echt hot! Wollen wir zusammen nach hinten gehen?" Wo auch immer hinten sein mag. Ich bin geschmeichelt. Allerdings nicht mehr lange. Um ihm antworten zu können, drehe ich mich zu ihm um. *Jesus Christus!* Ein riesiger Nerd mit Babyface steht vor mir. Ich muss mich zusammenreißen, nicht loszulachen.

Die bildliche Vorstellung, die ich von ihm hatte, sah um einiges attraktiver aus. Ich schüttle einfach nur den Kopf, denn ich müsste mich auf Zehenspitzen stellen, um an sein Ohr zu gelangen. Der kann froh sein, dass er von hinten ankam. Ansonsten hätte ich mir weniger Mühe gegeben. Er will meine Hand nehmen, aber ich erwidere diese Geste nicht, daher greift er nach meinem Handgelenk. Er macht Anstalten mich Richtung WC zu ziehen. Ich lehne mich dagegen und muss dann leider doch anfangen über ihn zu lachen. Lachend schüttle ich intensiver meinen Kopf und versuche, ihm ein fettes „Nein!" zuzurufen. Dann lässt er mich los und tanzt mich weiter von hinten an. Sein Aussehen hat mir den Pfeffer aus dem Arsch genommen. Ich wippe wieder nur von einem auf das andere Bein. Deutlicher geht es kaum. Aber der Typ scheint echt aufgegeilt zu sein. Innerlich macht sich meine Schadenfreude breit. Er ist geil, aber er wird mich nicht bekommen. Er darf mit seinem Ständer gerne nach Hause gehen oder sucht sich eine neue Beute. Mit ihm und mir wird das nichts. Ich bin gemein. Das ist mir bewusst. Ein Fünkchen des schlechten Gewissens kommt in mir hoch.

Vielleicht ist er noch Jungfrau und hat sich gewünscht von einer hübschen, erfahrenen – ok, das mit der Erfahrung ist relativ – jungen Frau, entjungfert zu werden und nun weise ich ihn herzlos ab, obwohl ich ihm Hoffnung gemacht habe. Jedoch wird er schon im nächsten Moment dafür sorgen, dass meine Aktion von eben mehr als angemessen war. Er dreht mich zu sich um.

„Komm schon. Ich verspreche dir, dass du und ich viel Spaß haben werden." Ich schüttle weiter mit dem Kopf.

„Ey ... stell dich nicht so an." *Geht es noch?* Das ist Abtörn hoch Zehn. Wäre überhaupt ein Funke aufgekommen, wäre er spätestens jetzt verglüht. Ich zeige auf meinen Knutschfleck.

„Ich kann dir auch einen machen, wenn du willst." Wie dumm ist dieser Junge eigentlich?

„Bist du überhaupt schon achtzehn Jahre alt?", frage ich sichtlich angesäuert.

„Klar bin ich das. Wieso fragst du?"

„Weil du aussiehst wie ein riesiges Baby.“ Frau muss eben harte Geschütze auffahren, wenn jemand dermaßen schwer von Begriff ist.

„Ah. Danke. Na ja. Ich habe eh eine Freundin. Aber du verpasst was. Ich habe einen riesigen Penis.“ Bin äußerst beeindruckt. Von der Tatsache, dass er eine Freundin hat. Nicht von seinem angeblich großen Schwanz. Männer, die sich über ihre Schwanzlänge definieren, haben bei mir verloren. Diese Tatsache würde ein hübsches Gesicht oder ein gut gebauter Körper nicht wettmachen können.

„Was bist du denn für ein Arschloch? Steck dir deinen ach so großen Schwanz sonst wo hin. Deine Freundin kann einem nur leidtun.“ Ich lasse ihn stehen. Weiß zwar nicht wohin ich gehen soll, weil meine Freundin dort noch mit einer anderen getanzt hat, aber der Kerl wäre wahrscheinlich nicht gegangen und auf weitere Diskussionen habe ich keine Lust.

Ich merke, dass ich nüchtern geworden bin. Aber ich bin zu geizig, um mir Alkohol zu kaufen, daher hole ich mir nur ein Wasser. Meine Freundin kommt zu mir an die improvisierte Bar, die aus Getränkekisten besteht.

„Was war da denn eben los? Der kam ja gar nicht von dir los.“

„Der hat mega genervt! Vor allem hat der eine Freundin.“

„What? Hahaha. Der kann froh sein, dass er eine hat.“ Ich nicke ihr zustimmend zu. Dann gesellt sich ein Kerl zu uns, der offensichtlich an meiner Freundin interessiert ist. Sie zwinkert mir zu und verschwindet mit ihm auf der Tanzfläche. Ich beschließe, kurz rauszugehen, um frische Luft zu schnappen. Welche Ironie. Man geht raus, um frischen Sauerstoff einzuatmen und alles was man einatmet, ist Zigarettenrauch. Ich müsste zu weit weggehen, um eine Stelle zu finden, an der kein Raucher steht und ich habe keine Jacke an. Etwas frisch ist es schon. Daher beschließe ich, wieder reinzugehen.

Am Eingang stehen die beiden Jungs, die ich vom Vortrinken kenne. Ich geselle mich zu ihnen. Dann beginnt ein echt guter Song und ich fange an, zu tanzen. Hier ist immerhin auch mal genügend Platz und es ist nicht ganz so heiß, wie auf der Tanzfläche. Der vergebene Kerl tanzt mit mir. Er geht nicht ganz so schroff ran, wie das Riesenbaby, aber für meinen Geschmack ist es fast schon eine Stufe zu viel für jemanden, der vergeben ist. Er kommt meinem Gesicht ziemlich nahe. Ich bewege mich tanzend immer wieder ein paar Schritte von ihm weg.

„Hast du nach der Party noch was vor?“, fragt er mich mit einem merkwürdigen Unterton in seiner Stimme liegend.

„Ja, ich gehe nach Hause.“

„Schade.“ Er nimmt meine eine Hand und dreht mich herum. Es war schon eigenartig, wie er seine Freundin und mich vorhin angeschaut hat, als wir gemeinsam getanzt haben. Da geht mir ein Licht auf. Sie war es auch, die bei dem Trinkspiel einen trinken musste, als ich behauptet habe, dass ich noch nie etwas mit einer Frau hatte. Ich möchte definitiv nicht deren nächstes Opfer sein. Sind beide hübsche Menschen und auch echt sympathisch. Aber nein. Einfach nein.

Seine Freundin kommt auf uns zu. Er macht aber keine Anstalten sich von mir zu lösen. Sie bleibt nicht bei uns stehen, sondern geht direkt raus. Der andere Typ geht ihr hinterher. Ich glaube, dass die beiden gut befreundet sind. Es wundert mich aber, dass ihr Freund bei mir bleibt.

„Wollen wir nicht gehen?“, frage ich.

„Ich tanze gerne mit dir.“

„Freut mich, aber ich glaube deine Freundin ist auch schon gegangen.“

„Okay.“ Wir gehen raus. Und tatsächlich sieht man sie, wie sie dabei ist, das Unigelände alleine zu verlassen.

„Julia wollte unbedingt nach Hause und hatte keine Lust zu warten. Ich will noch bleiben. Du solltest ihr aber hinterher gehen.“, sagt der eine Kerl zu ihrem Freund. Ich bin schlecht darin, mir Namen zu merken. Jeder hatte sich mir zu Beginn des Abends vorgestellt, aber nach einer Minute hatte ich die Namen schon wieder vergessen.

„Alles klar.“ Er verabschiedet sich von seinem Kumpel, der zurück ins Gebäude geht. Er hat mich zum Abschied kurz umarmt. Sehr sympathisch. Nun stehe ich mit dem vergebenen Kerl alleine da.

„Melina. Hat mich sehr gefreut dich kennenzulernen. Schade, dass du nach Hause willst. Hättest sonst auch gerne mit zu uns kommen können.“

„Danke, für das Angebot. Aber ich denke, dass Julia wohl nicht so gut drauf ist. Hat mich auch gefreut.“ Ich umarme ihn zum Abschied. Er drückt mir einen Kuss auf die Wange.

„Tschau.“ Ich drehe mich um, hole meine Jacke, glücklicherweise ist an der Garderobe nichts los und gehe dann Richtung Bushaltestelle.

Das war mehr als merkwürdig. Wohl habe ich mich nicht gefühlt. Meiner Freundin schreibe ich eben eine WhatsApp Nachricht, damit sie weiß, dass ich los bin und dann schaue ich, wie ich nach Hause komme. Leider stelle ich fest, dass um drei Uhr morgens in der Woche nur Nachtbusse fahren und meine Linie nicht ansatzweise in der Nähe ist.

Ich gehe zu Fuß in Richtung U-Bahn. Ich könnte dort warten. Als ich die Hauptstraße entlang gehe, ruft mir irgendjemand hinterher. Ich drehe mich um und bleibe stehen. Ein Mann läuft auf mich zu. Sichtlich betrunken.

„Na, wo willst du denn alleine hin?"

„Nach Hause.", sage ich und gehe weiter. Er folgt mir.

„Wir können uns doch gemeinsam ein Taxi nehmen. Ich wohne in Wandsbek."

„Ich wohne ganz im Norden. Das kommt nicht hin und ist mir zu teuer."

„Du kannst mit zu mir. Ich übernehme das Taxi und ich habe ein Gästezimmer."

„Danke, aber ich komme schon gut nach Hause."

„Schade. So ein hübsches Ding sollte nicht alleine durch die Stadt laufen."

„Mach dir um mich keine Sorgen. Ich komm schon klar.

Du solltest dich besser um dich kümmern. Am Dammtor sind Taxen."

„Bringst du mich hin?"

„Ich geh daran vorbei. Und da du mir eh folgst, bringe ich dich automatisch dorthin."

„Du bist witzig." Ich schaue ihn nur schief an. Leider ist auch er nicht attraktiv. Und in seinen Augen spiegelt sich der Alkohol wider. Das reizt mich gar nicht. Ich vermisse Liam gerade. Seine Wärme und das Feuer in seinen Augen.

„Du musst die Straßenseite wechseln.", weise ich den Betrunkenen an.

„Bist du sicher, dass du nicht mitkommen willst?" Er kommt mir für meinen Geschmack etwas zu nahe.

„Du hast wirklich schöne Augen."

„Ich bin mir zu hundert Prozent sicher."

„Zu schade. Vielleicht fahre ich doch in die Schanze. Da steht irgendwo mein Wagen."

„Bist du bescheuert? Du bist total besoffen und willst Auto fahren?"

„Ach, das geht schon. Machst du dir etwa Sorgen um mich?"

„Um dich ganz bestimmt nicht. Eher um die anderen Menschen, denen du Schaden zufügen könntest. Wo ist dein Autoschlüssel?“

„Sag ich dir nicht.“

„Du steigst gefälligst in ein Taxi!“, brülle ich ihn beinahe an.

„Okay, okay. Schon gut, Miss.“

Dann torkelt er einfach über die Straße. Ein Glück, dass gerade keine Autos unterwegs sind.

Ich habe keine Lust in der U-Bahn Station zu warten und beschließe, zu Fuß zum Hauptbahnhof zu gehen. Ich nehme einen kleinen Umweg durch die Stadt, weil ich den Weg gemütlicher finde und somit noch etwas Zeit totschlagen kann.

Als ich den Jungfernstieg entlang gehe, fährt ein fetter Mercedes an mir vorbei und hupt. Irgendjemand ruft mir was zu, aber ich ignoriere es. Mein Ziel ist McDonalds. Dort kann ich in Ruhe, im Warmen warten und außerdem habe ich Hunger. Ich verabscheue eigentlich Fastfood, aber wenn ich richtig hungrig bin, dann gehe ich auch mal einen Kompromiss ein.

Langsam tun mir die Füße weh. Der Spaziergang war doch eine doofe Idee, nach dem ganzen Getanze. Aber vom Hbf fahren die U-Bahnen am frühsten los. Wenn ich richtig gerechnet habe, muss ich über eine Stunde bei Mecces sitzen. Ich hoffe nur, dass mein Handyakku reicht. Immerhin brauche ich ungefähr eine Stunde nach Hause.

In den Eingängen der Kaufhäuser liegen Obdachlose in ihren Schlafsäcken und schnarchen laut. Ich möchte mir nicht vorstellen, wie es ist, auf der Straße leben zu müssen. Langsam beginne ich, zu frieren und mir knurrt der Magen.

Als ich McDoof betrete, ist einiges los, sodass ich mich tatsächlich in eine Schlange stellen muss. Die verschafft mir allerdings Zeit, um zu überlegen, was ich mir von dem Fraß bestellen werde. Ich entscheide mich für eine mittlere Portion Pommes und eine Apfeltasche. Dann möchte ich noch ein stilles Wasser dazu bestellen.

„Stilles Wasser haben wir nicht. Darf es etwas anderes sein?“, fragt mich die Bedienung, als wäre ich nicht ganz dicht, auf die Idee zu kommen, ein Wasser bei Mecces zu bestellen und dann auch noch ohne Kohlensäure.

„Dann nehme ich eine Apfelschorle.“ Ich bleibe höflich. Das Einzige, was es ohne Kohlensäure gibt, ist Eistee und der ist mir viel zu süß. Oder Biomilch. Aber ein Happy Meal wollte ich mir nun nicht extra bestellen. Ich werde es überleben.

Alle Tische mit Stühlen und Sitzbänken sind besetzt. Daher muss ich mit einem der erhöhten Tische und einem Hocker vorliebnehmen. Ich setze mein Spreche-mich-besser-nicht-an-Gesicht auf. Es wirkt nicht immer. Meistens ziehe ich damit die Kerle an, die meinen einem sagen zu müssen, dass man doch mal lächeln solle. Damit erreichen sie allerdings nur das Gegenteil und mein Spreche-mich-nicht-an-Gesicht wird nur noch authentischer.

Die Pommes sind kalt und pappig. *Mhhh ... das ist so lecker.* Der Versuch, mir das einzureden, schlägt fehl. Die Apfelschorle schmeckt mir aber. Die Apfeltasche hingegen, auf die ich mich echt gefreut habe, muss ich herunterwürgen. Im Gegensatz zu den Pommes, ist sie wenigstens warm. Mehr Positives kann ich leider nicht über diesen Nachtisch sagen.

Ich habe immer noch fast eine Stunde Zeit, bis die erste Bahn fährt. Ich werfe einen Blick auf mein Handy. Es ist 3:30 Uhr. Keine Nachricht von Liam. Leichte Enttäuschung macht sich in mir breit. Jedoch muss er gegen fünf Uhr hoch, weil es nach Köln geht. Vielleicht schläft er doch ein paar Stunden. Ich schreibe ihm trotzdem.

Sitze gerade bei Mecces und quäle mir eine ekelhafte Apfeltasche rein.

Er kommt online. Hoffentlich habe ich ihn nicht geweckt.

Haha. Was machst du denn dort?

Bin gerade alleine durch die Stadt gelaufen von der Uni. Es gibt keine Verbindung nach Hause. Daher warte ich jetzt hier.

Oh. Müsste ich nicht bald los, hätte ich dich abgeholt und nach Hause gebracht. Nächstes Mal sagst du Bescheid.

Wie süß ist das denn!? David hat selbstverständlich immer gesagt, dass ich aufpassen soll, wenn ich unterwegs war, aber dass er mich irgendwo abholt ... Er hat zwar keinen Führerschein, genauso wie ich, aber er hätte mich nicht mal von der U-Bahn oder Busstation abgeholt. Wenn er geschlafen hat, hat er geschlafen. Zum Ende unserer Beziehung war es eh so, dass er jedes Wochenende weg war und ich alleine zu Hause saß, ständig auf die Uhr schaute und mir Sorgen um ihn machte. Ich hatte nie von ihm verlangt, mich abzuholen. Vielleicht hätte ich sein Angebot sogar abgelehnt, weil die große Mel natürlich auf sich alleine aufpassen kann. Aber es hätte mich berührt, wenn er darauf bestanden hätte. Derartig fürsorglich war er nie.

Bisher gefällt mir Liam, aber ich kratze an der Oberfläche. An der Spitze des Eisbergs. *Bevor du nicht herausgefunden hast, was sich in der Tiefe verbirgt, wird sich hier nicht verknallt, Mel! Ist das klar?*

Das ist lieb von dir. Könnte mir gerade auch Besseres vorstellen, als hier im stinkenden Fast Food Laden zu sitzen. Im Smart, mit Sitzheizung, neben dir, ist da schon wesentlich reizvoller. ;)

Haha. Das denke ich auch. Wie war denn die Party?

Bis auf den vergebenen Typen, der mich mit zu sich und seiner Freundin nehmen wollte und den Besoffenen, der mir sein Gästezimmer angeboten hat und der hässliche Typ, der mit mir aufs Klo wollte, obwohl er auch eine Freundin hat, war es eigentlich ganz cool.

Dann scheint der Knutschfleck wohl kaum Wirkung gezeigt zu haben. Klingt nach einem witzigen Abend.

Spaß hatte ich. Allerdings hätte ich mit dir wahrscheinlich mehr Spaß gehabt.

Davon kannst du ausgehen. Ich hab mir einen ruhigen Abend gemacht.

Auch nicht verkehrt.

*Ich werde mal unter die Dusche. Komm gut nach Hause. Pass auf dich auf und schreib mir, wenn du angekommen bist. :-**

*Mache ich. Komm gut auf der Fibo an. :-**

Danke.

Er ist offline.

Immerhin sind es jetzt nur noch zwanzig Minuten, bis ich mich auf den Weg zur U-Bahn machen kann. Da ich nur noch wenig Akkuleistung habe, stecke ich mein Handy weg und beobachte die anderen Fastfood-Gäste. Sind schon einige merkwürdige Gestalten um diese Uhrzeit unterwegs. Das Schwierige beim Beobachten ist, dass es keinem auffallen darf und man keinen Blickkontakt herstellen darf.

Diese Beschäftigung lässt die Zeit schnell verstreichen. Als ich mein Tablett nehme, werde ich doch noch von einem jungen Kerl dumm angemacht. Plumpe Anmache. Welche Frau steigt darauf ein? Das würde mich brennend interessieren. Ich lehne sein Angebot wenig geschmeichelt ab und stelle das Tablett weg. Der Wagen dafür steht glücklicherweise am Ausgang.

Der restliche Heimweg verläuft reibungslos. Leicht eigenartiges Gefühl, wenn man mit den ganzen fleißigen Menschen, die auf dem Weg zur Arbeit sind, in der Bahn sitzt. Ich habe versucht, mich unsichtbar zu machen. Mittlerweile ist es schon hell. Meine Füße sind eiskalt und ich bin komplett erschöpft. Fünf Prozent Akkuladung sind noch übrig geblieben und die nutze ich, um Liam mitzuteilen, dass ich gut angekommen bin. Ich gehe ins Bad. Putze Zähne und schminke mich ab. Dann falle ich ins Schlafkoma.

Den nächsten Tag verbringe ich ruhig. Morgen mache ich nämlich einen Ausflug nach Berlin. Dort findet ein klassisches Konzert mit Filmmusik von Hans Zimmer statt. Ich fahre ohne Begleitung, da niemand mitwollte. Das erste Mal, dass ich einen Ausflug in eine andere Stadt alleine mache. Damals wäre ich zu Hause geblieben, aber ich habe gelernt, Dinge, die ich machen möchte, nicht von anderen Menschen abhängig zu machen.

In den letzten Tagen habe ich mir einige Gedanken über das gemacht, was Liam mir erzählte, als wir uns gemeinsam die Sterne anschauten. In mir ist die Vermutung aufgekommen, dass er autistisch sein könnte. Daher werde ich mir heute etwas über Autismus ausdrucken. Beschäftigung für die Busfahrt ist somit gesichert.

Gegen späten Nachmittag frage ich Liam, wie es ihm geht und wie die Messe ist. Er ist schon auf dem Heimweg und schreibt nur, dass es gut war, aber die Autofahrten viel zu lang und öde sind und er die meiste Zeit schläft. Heute Abend hat er sich freigehalten, morgen hat er jedoch zwei Stripjobs. Ich erzähle ihm von meinem Wochenendplan.

Dann ist er so müde, dass er weiterschlafen möchte.

Ich gehe noch ein paar Snacks für die morgige Busfahrt einkaufen und den restlichen Tag verbringe ich mit Nichtstun.

Pünktlich um 10:30 Uhr bin ich am ZOB. Der Bus kommt fünf Minuten vor Abfahrt an. Gegen 14:15 Uhr sollte ich am Alexanderplatz in Berlin ankommen. Dann habe ich noch knapp zwei Stunden Zeit bis Konzertbeginn.

Mit mir fahren nicht viele andere nach Berlin. Somit habe ich einen Sitzplatz für mich alleine, welcher sich mittig auf der Fahrerseite befindet. In der Nähe der Toilette, um nicht durch den ganzen Bus laufen zu müssen, falls die Blase drücken sollte.

Die erste Hälfte der Fahrt beschäftige ich mich mit den Infos über Autismus und lese noch einiges im Internet darüber nach. Autisten haben anscheinend einen hohen IQ, aber sind dafür relativ emotionslos. Obwohl man das nicht pauschalisieren kann. Auf Liam könnte das zutreffen. Er macht auf mich einen intelligenten Eindruck, aber ich denke, dass sein EQ nicht wirklich hoch ist. Als er mir so viel von sich erzählt hat, hat er das ziemlich trocken erzählt. Emotionsgeladen ist er nicht. Auch in der Nacht mit ihm, gab es einige Momente, in denen ich ihn als kühl wahrnahm. Vielleicht hat er gelernt, jemandem Geborgenheit zu schenken? Er weiß, was für eine Handlung erforderlich ist, um in dem anderen solch ein Gefühl auszulösen. Viele Autisten sind asexuell, doch bei einigen ist die Sexualität normal ausgeprägt, bis hin zu extremen Fantasien. Fetische. Das könnte auf Liam zutreffen. Seine Sexualität empfinde ich jedenfalls nicht als gewöhnlich. Jemandem Schmerzen zufügen zu wollen und auch selber Schmerz empfinden zu wollen, ist in meinen Augen nicht normal. Menschen, die Schmerz brauchen, um etwas zu fühlen, sind psychisch krank und brauchen Hilfe. Allerdings widerspricht sich meine Theorie der niedrigen emotionalen Intelligenz mit der Tatsache, dass er mir genau beschrieben hat, was mich erregt. Ich entschließe mich dazu, Musik zu hören und den Gedanken, dass Liam ein Autist ist, zur Seite zu schieben.

Noch eineinhalb Stunden Fahrt. Ich gehe in WhatsApp online und schaue mal, wen ich nerven kann. Doch dazu kommt es nicht, denn Liam schreibt mir in diesem Moment.

Na, wie geht's?

Ganz gut. Sitze gerade im Bus und langweile mich

Ist das so?

Ja ... viel machen kann man während der Fahrt ja nicht und da ich alleine fahre, habe ich auch niemanden, mit dem ich mich unterhalten kann.

Dann fingerst du dich jetzt und schickst mir ein Video davon.

Was willst du? Ich bin hier nicht alleine.

Sitzt jemand neben dir?

Nein.

Na also. Dann Hand in die Hose, Jacke drüber und los geht es.

Und wie soll ich mich dabei filmen?

Das ist nicht mein Problem.

Dann mach ich es nicht.

Melina. Du wirst es machen. Ansonsten bekommst du zehn Schläge auf jede Pobacke, wenn wir uns wiedersehen.

In mir herrscht Panik. Bin ich jetzt doch schon so abhängig von ihm, dass ich das für ihn tun würde, damit er den Kontakt zu mir nicht abbricht? Zwiespalt. Die Situation versetzt mich in totalen Stress. Ich will ihn weiterhin treffen. Ich muss einen Kompromiss finden.

Darf ich das bitte auf dem WC machen?

Bitte, was?

Bitte, Sir.

Okay, du hast zehn Minuten, dann will ich ein Video von dir auf meinem Handy haben!

Irgendwie erregt mich diese Situation leicht. Allerdings ist es eher der Gedanke, dass er das von mir verlangt und es ihn erregen könnte. Ich möchte das nicht tun. Nervös sitze ich in meinem Sitz. Ich müsste mich losschnallen, aufstehen und mit dem Handy in der Hand zum Klo gehen. Ich trage eine schwarze Leggings und die hat keine Hosentaschen. Es wäre natürlich ein Leichtes, die Hand in den Schritt gleiten zu lassen, aber vor und hinter mir sitzt jemand und mir wäre das mehr als unangenehm, wenn ich dabei erwischt werden würde. Der Gedanke an sich, ist wirklich heiß. Würde Liam neben mir sitzen, hätte ich es wahrscheinlich sogar gemacht.

Ich schaue auf mein Handy. Nur noch fünf Minuten.

Jetzt oder nie, Mel! Es ist bescheuert, dass es mich so viel Mut kostet, auf das Klo zu gehen. Ich schnalle mich los und gehe die wenigen Schritte bis zur Toilette.

Wenn man stark übergewichtig ist, kann man hier nicht sein Geschäft verrichten. Ich bekomme leichte Platzangst. Neben dem Mini-Waschbecken finde ich etwas Platz, um mein Handy kurz abzulegen. Dann ziehe ich mir Leggings und String herunter. Ich habe keine Ahnung, wie ich es mir hier selbst machen soll und das Ganze filmen soll. Das ist technisch nicht möglich. Außerdem bin ich wirklich nicht in Stimmung. Bin viel zu gestresst. Ich berühre mich selbst und es lässt mich kalt. Da kann ich herumreiben, wie ich will. Um Liam nicht gänzlich zu verärgern und ihm zu zeigen, dass ich mich bemüht habe, mache ich ein Foto von meiner Vagina, wie ich sie berühre. Das muss reichen. Diese Aktion war schon eine Herausforderung. Kaum Bewegungsfreiraum und dann wackelt es auch noch wie Sau.

Ich bin mehr als erleichtert, als ich endlich wieder angeschnallt auf meinem Platz sitze. Keine Ahnung, ob jemand mitbekommen hat, dass ich mein Handy mitgenommen habe. Und falls doch, denkt derjenige mit Sicherheit, dass ich gerne beim Kacken was zu lesen habe.

Das Ganze hat mindestens fünf Minuten gedauert. Von Liam habe ich jedenfalls schon ein paar „?“ zu geschickt bekommen und ein „Ich warte!“.

Ich sende ihm das Foto und eine Rechtfertigung, wieso ich seine Aufgabe nicht erfüllen konnte.

Mel, das ist mir sichtlich egal. Deine Ausreden interessieren mich nicht. Fakt ist, dass du es nicht erledigt hast.

Meine Laune geht den Bach runter. Ich habe mich sehr auf den heutigen Tag gefreut.

Liam. Du kannst mich mal am Arsch lecken! Ich habe mich bemüht und wenn du das nicht anerkennen kannst, dann ist mir das auch egal. Ich fahre nach Berlin, um einen schönen Tag zu haben und nicht, um für dich irgendwas zu tun.

Dachte, du hast Langeweile ...

Ich gehe offline. Das ist mir zu doof. Ehrlich gesagt, lässt mich das nicht kalt, dass er meine Bemühungen nicht anerkennt. Mich hat das wirklich Überwindung gekostet. Da mir seit der Aktion ziemlich warm ist, mache ich die Klimaanlage an und lasse mir etwas kühle Luft ins Gesicht pusten.

Die restliche Zeit der Busfahrt schaue ich aus dem Fenster und versuche, an nichts zu denken und mich zu entspannen.

Pünktlich um 14:15 Uhr hält der Bus am Alexanderplatz in Berlin. Bis zur Konzerthalle sind es nur ungefähr drei bis vier U-Bahn Stationen. Bedeutet, dass ich jetzt noch einiges an Zeit habe.

Ich schlendere durch eines der Kaufhäuser und weiß eigentlich gar nicht, was ich in der Zwischenzeit machen soll. Auf dem Platz sind einige Fressbuden. Ich dränge mich durch die Menschenmenge und atme den Duft von gebrannten Mandeln, Zuckerwatte und Bratwurst ein. Eine äußerst leckere Duftkombination. Dennoch bekomme ich Hunger. Das Essen an den Ständen ist mir zu teuer, daher beschließe ich, schon zum Potsdamer Platz zu fahren. Von dort aus benötige ich circa zehn Gehminuten zum Konzertgelände. In der Nähe ist das Sony Center, in dem ich schon mal war. Dort werde ich mir etwas zu essen besorgen.

Die U-Bahn ist gut gefüllt und obwohl ich mich in Deutschland befinde, habe ich das Gefühl, in einem anderen Land zu sein. Die Menschen sehen irgendwie anders aus als in Hamburg. Berlin hat, wie Hamburg auch, unglaublich viele Touristen. Allerdings erkennt man die an ihren Spiegelreflexkameras und „I love Berlin“-T-Shirts.

Die Zeit schlage ich im Center mit der Suche nach Essen, dem Verspeisen des Funds und mit WhatsApp tot. Ich mache mich auf den Weg und starte Google Maps. GPS läuft.

Als ich an der großen Hauptstraße stehe und versuche herauszufinden, in welche Richtung ich nun gehen muss, vibriert mein Handy. Eine Nachricht von Liam.

Ich will, dass du deinen String ausziehst und ihn dir in deine Fotze steckst. Bis du wieder in Hamburg bist, behältst du ihn drin.

Das macht ihm anscheinend Spaß. Warum er nicht aufgibt, obwohl ich ihn vorhin enttäuscht habe, bleibt mir ein Rätsel.

Ich bin gerade auf dem Weg zur Konzerthalle. Hier ist kein Klo in der Nähe.

Kein Restaurant oder Ähnliches?

Nein, nur eine große Hauptstraße.

Ich schreibe ihm, während ich gehe. Ich habe keine Zeit, um mit ihm in Ruhe zu chatten. Ist natürlich klar, dass er sich jetzt meldet und nicht, als ich Zeit beim Essen hatte. Dort gab es allerdings auch kein Klo und so langsam schlägt der Smoothie, den ich eben getrunken habe, zu.

Dann machst du es, wenn du da bist.

Okay.

Den Sinn verstehe ich nicht, aber ich habe nun keine Lust auf eine Diskussion mit ihm. Ich schaue auf die Karte und sehe, dass ich in die falsche Richtung gegangen bin. Also laufe ich den ganzen Weg zurück. Mir ist warm. Meine schwarze Kunstlederjacke zieht die Hitze der Sonne an. Ohne Jacke ist es etwas frisch. Der viele Wind ist dafür verantwortlich. Aber mir ist lieber kalt als zu heiß.

Den Rest des Weges finde ich. Die Halle sieht von außen sehr modern aus. Etwas merkwürdig, da sie mittendrin, umringt von Wohnhäusern steht. Erinnert mich an die Sporthalle in Hamburg.

Vor der Halle steht eine Schlange, in der ich zehn Minuten warten muss. Diese Minuten ziehen sich in die Länge, da ich wirklich dringend meine Blase von diesem Smoothie befreien muss.

Meine Wasserflasche muss ich leider abgeben. Ärgerlich, da ich kaum aus ihr getrunken habe.

Sofort mache ich mich auf in Richtung WC. Wieder eine Schlange. Wieder warten. Das Konzert scheint vollkommen ausverkauft zu sein. Als vor mir nur noch zwei Frauen stehen, erklingt ein Läuten. Es wird gebeten, sich zu seinem Platz zu begeben. *Los, pisst zu!* Endlich bin ich dran. Ich denke an Liams letzte Nachricht. Ich weiß nicht warum, aber ich möchte das für ihn tun. Klingt auf jeden Fall einfacher als seine letzte Aufgabe.

Nachdem ich meine Blase entleert habe, ziehe ich meine Schuhe und meine Leggings aus. Ich bin wiedermal gestresst. *Wenn du wegen der Sache jetzt den Anfang des Konzerts verpasst ...* Ich möchte aber nicht, dass mir Liam bei unserem nächsten Treffen weh tut. Und ich will ihn unbedingt wiedersehen. Er bringt Spannung in mein Leben.

Als ich den Slip in der Hand halte, versuche ich, ihn in meine Vagina zu stopfen. Allerdings ist diese staubtrocken und total eng. Wenn ich gestresst bin, bin ich eben gestresst und nicht geil. Wie zur Hölle kommt er auf solche Ideen? Mit aller Macht probiere ich, ihn in mich hineinzuzwängen. Keine Chance. Um nicht mehr Zeit zu vergeuden, ziehe ich mich schnellstens wieder an und verlasse das WC. Meinen Platz finde ich sofort. Dieser befindet sich glücklicherweise ziemlich am Rand, sodass mir nur zwei Menschen Platz machen müssen.

Als ich sitze, wird die erste Note angespielt. Ich krame mein Handy heraus, um ein Erinnerungsfoto zu machen und lasse es dann aber auch sofort wieder in meiner Handtasche verschwinden.

Hinter dem Orchester hängt eine große Leinwand, auf der passend zur Musik Filmszenen abgespielt werden. Als die Musik von *Gladiator* gespielt wird und Gesang einer unheimlich schönen Frauenstimme einsetzt, bekomme ich am gesamten Körper Gänsehaut. Ich muss mir die Tränen verkneifen. Dieser Film zählt zu einen meiner Lieblingsfilme. Hans Zimmer hat wirklich wunderbare Filmmusik komponiert. Ein wahres Genie. So berührend und bewegend. Ich hätte nicht erwartet, dass es dermaßen gut wird und bin total ergriffen.

Nach ungefähr einer Stunde werde ich jedoch nervös. Mein Kopf dröhnt, meine Finger und Füße sind geschwollen. Ich habe einen Gendefekt. Thrombosegefahr. Bisher hatte ich keine Probleme damit, aber die Sorge schwingt dennoch mit, wenn meine Lymphen anschwellen, während ich lange sitze und dann noch nicht mal Flüssigkeit zu mir nehmen kann. Ich gebe mir größte Mühe, mich mit dem Zuhören der Musik von meinen Wehwehchen abzulenken. Leider beginnt dann auch noch ein Kratzen im Hals. Ich muss mir was eingefangen haben. *Na super!*

Die restliche halbe Stunde des Konzerts kann ich kaum genießen, was mich traurig stimmt.

Als ich das Tempodrom verlasse, ziehe ich mir meine Jacke über. Es ist abgekühlt, weil es in der Zwischenzeit geregnet hat. Ich mache mich wieder ins das Einkaufscenter auf, um mir dort Snacks für die Rückfahrt zu besorgen. Ich setze mich auf eine Bank und melde mich bei meiner Familie.

Ich sehe, dass Liam mir geschrieben hat, öffne aber das Chatfenster nicht. Mir ist gerade nicht danach, mich doof anmachen zu lassen, weil ich auch an der zweiten Aufgabe gescheitert bin. Auf der einen Seite ärgert es mich, weil es schlichtweg nicht ging, auf der anderen bin ich auch froh drum. Die Vorstellung, meinen Slip nun in mir, anstatt an mir zu tragen, ist irgendwie makaber. Vor allem hätte ich ihn spätesten beim nächsten Klogang aus mir herausziehen müssen. Alles andere wäre ziemlich ekelhaft. Das muss nicht sein.

Ich versuche, meine Zeit abzusitzen, aber schlendere dann noch ein bisschen durch die Geschäfte.

Es gab wohl einen weiteren starken Schauer in der Zeit, als ich in der U-Bahn saß. Die Straßen sind nass und am Himmel zeichnet sich ein wunderschöner, perfekter Regenbogen ab. Welch Glück, dass es aufgehört hat. Denn an der Bushaltestelle steht kein Häuschen zum Unterstellen.

Der Bus hat gute zehn Minuten Verspätung. Immerhin komme ich als erstes rein und kann mir wieder einen tollen Platz aussuchen. Ich will ganz schnell nach Hause, weil ich mich wirklich nicht gut fühle, aber in der Regel geht die Rückfahrt gefühlt schneller vorbei. Als wir auf der Autobahn sind, beschließe ich, Liams Nachricht von vorhin zu lesen.

Und? Steckt dein Slip in deiner Pussy?
Fräulein???
???

Oh man ... sehr ungeduldig. Er weiß doch, dass ich unterwegs bin.

Nein, er passte nicht rein.

Er kommt nicht online. Da ich wirklich fertig bin, stecke ich mir meine Kopfhörer in die Ohren, mache leise Musik an und versuche ein wenig zu schlafen. Ich glaube, dass die Aktion mit der Klimaanlage auf der Hinfahrt Schuld an meinen Halsschmerzen ist. Dass ich empfindlich darauf reagiere, kann ich mir kaum vorstellen, aber ich habe schon oft gehört, dass sich Menschen, die im Auto mit laufender Klimaanlage gefahren sind, eine Erkältung eingefangen haben.

Dreißig Minuten später werde ich wieder wach. Hoffentlich habe ich nicht geschnarcht. Aber der Kerl, der hinter mir sitzt, ist auch am Sägen. Interessiert wohl eh niemanden. Mein Handy blinkt. Liam hat mir in der Zwischenzeit geantwortet.

Okay. Was machst du gerade?

Okay? Ich hab mit einer anderen Reaktion gerechnet. Soll einer diesen Mann verstehen.

Ich sitze gerade im Bus auf dem Weg nach Hamburg.

Wann kommst du an?

Kurz nach 23 Uhr.

Wenn du ein paar Minuten warten kannst, hol ich dich ab und bring dich nach Hause. Bin vorher noch bei einem Job. Kommst du am Hauptbahnhof an?

Würdest du das ernsthaft tun? Ja, genau. Am Hbf.

Klar, du musst nachts ja nicht noch mit der Bahn zurück. Ist kein Problem für mich. Dann kommst du dahin, wo ich dich das letzte Mal rausgelassen habe.

Okay, cool. Das ist total lieb von dir! Vor allem bin ich echt fertig. Hab totale Halsschmerzen bekommen.

Gerne. Na dann passt das ja gut. Bis später. Muss zum Job. Meld dich, wenn du da bist.

Alles klar, mach ich. Viel Spaß!

Ich gebe meinen Eltern Bescheid, dass Liam mich nach Hause bringt. Im Notfall hätte mein Dad mich abgeholt. Für andere Mädels ist das vielleicht selbstverständlich von einem Kerl nach Hause gebracht zu werden. Für mich ist das komplett neu und ungewohnt.

Die restliche Busfahrt über schaue ich viel zu oft auf die Uhr und habe mit meiner Aufregung zu kämpfen. Er fährt mich bloß nach Hause und trotzdem bin ich merklich nervös. Unser letztes Treffen war unglaublich aufregend für mich. Er ist immer für eine Überraschung offen. Da ich gerne alles unter Kontrolle habe, ist es kein Wunder, dass ich aufgeregt bin. Lampenfieber.

Ich frage mich, ob es überhaupt möglich ist, ihn zu durchschauen. Vielleicht verrenne ich mich in etwas. Aber dieses Abenteuer kickt mich. Ich weiß nicht, wohin es mich führt. Ich weiß nur, dass ich endlich die Chance habe, neue Erfahrungen zu machen. Dafür, dass ich ihn erst zweimal getroffen habe, waren das übermäßig viele Erfahrungen für mich. Vollkommen unrealistisch. Mir fällt gerade zum wiederholten Male ein Stein vom Herzen.

Nach der Trennung von David, hatte ich solche Sorge, dass ich als alte Jungfer ende. Ich konnte mir schlichtweg nicht vorstellen, mit einem anderen Mann intim zu werden. Mir fehlte das nötige Selbstvertrauen und ich hatte dementsprechend auch viel zu viel Angst vor neuen Erfahrungen. Hatte Angst mich zu blamieren, Fehler zu machen, Angst abgelehnt zu werden. Nicht auszureichen, nicht genug zu sein. Auch wenn ich regelmäßig Sex hatte, es war ja doch immer das Gleiche und ich habe mich mehr oder weniger nur durchrammeln lassen. Als sexy Vamp nimmt man sich selbst dann nicht gerade wahr. Als eine heiße Verführerin würde ich mich bis dato nicht bezeichnen wollen. Ich bin immer noch zu unsicher, um mal die Initiative zu ergreifen. Aber irgendwas muss toll an mir sein, da Liam mich nicht von der Bettkante geschubst hat und weiterhin interessiert an mir ist. Jetzt holt er mich sogar ab und bringt mich nach Hause. Nimmt wieder einen Umweg in Kauf.

Nachdem ich das gefühlte erste Mal hatte – das erste Mal Sex mit einem anderen Mann als David – hatte ich ein wenig mehr Selbstvertrauen. Allerdings war der Kerl auch ein Vollidiot. Nach nur zwei bis drei Treffen hatten wir zum ersten Mal Sex miteinander. Er übernachtete bei mir. Am nächsten Morgen hatte ihn die Geilheit im Griff beziehungsweise seine Morgenlatte. Ich habe keine Anstalten gemacht und mich darauf eingelassen. Danach haute er relativ schnell ab. Ich hatte erwartet, dass wir gemeinsam frühstücken. Doch er trank seinen Kaffee zügig und düste los. Immerhin durfte ich ihn noch zur Bushaltestelle begleiten. Zum Abschied gab es einen flüchtigen Kuss. Als ich zu Hause war, warf ich einen Blick auf mein Handy, in Erwartung, eine Nachricht von ihm auf dem Display zu sehen. Aber nein. Nichts. So schaute ich Stunde für Stunde nach, doch kein Lebenszeichen.

Kein „Danke für den schönen Morgen“, „Danke für die schöne Zeit“, „War schön mir dir“. Klar, kamen irgendwo Zweifel in mir hoch. Allerdings kam er ziemlich schnell zum Schuss. Es kann also nur zu gut gewesen sein. Ich kann nichts falsch gemacht haben. Vielleicht schämte er sich dafür.

Meine Eltern fuhren mit mir an dem Tag zur Nordsee, um mich abzulenken. Es war ein wirklich schöner Tag. Als wir am Abend zu Hause ankamen, hatte ich immer noch keine Nachricht von ihm erhalten. Am nächsten Morgen war ich richtig wütend. Fühlte mich ausgenutzt. Ich hasse es, wenn man mich verarscht. Vorher brachte er nämlich zum Ausdruck, dass er an mehr als nur Sex interessiert ist. Ansonsten wäre es in Ordnung gewesen, wenn ich nichts mehr von ihm gehört hätte.

Es fiel mir wirklich schwer, mich bei ihm zu melden und dann auch noch die Ruhe zu bewahren. Daher schickte ich ihm nur ein „?“. Mehr nicht. Zurück kam dann: *Na, hast du dich jetzt die ganze Zeit gefragt, wann ich mich endlich melde? Ich wollte den Spieß mal umdrehen.*

Er konnte froh sein, dass wir uns nicht gegenüber standen. Spätestens dann wäre ich vor Wut explodiert. Er wusste, dass ich vor ihm nur Sex mit meinem damaligen Freund hatte. In mir bildeten sich mehr und mehr Fragezeichen und ich verstand nicht, was diese Aktion sollte. Als Mann will man doch, dass sich die Frau wohl fühlt. Entweder er ist ein Arschloch oder einfach nur dumm oder selbst komplett unsicher. Ich schrieb ihm, dass ich keine Lust auf irgendwelche Spielchen habe und ich die Aktion richtig scheiße fand. Immerhin entschuldigte er sich für sein Verhalten. Wir haben uns noch ein paar Mal getroffen und hatten auch noch mal Sex. Obwohl ich sagen muss, dass nur das erste Mal toll war. Beim zweiten Mal blieb der Kick aus und die Langeweile beherrschte wieder den Akt. Der Kerl war zwar leidenschaftlicher als David, aber richtig geil war ich dennoch nicht. Irgendwas fehlte mir einfach.

Der Spaßfaktor war so gering, dass ich lieber etwas anderes unternommen hätte, anstatt Sex zu haben. Er beendete es nach insgesamt vier Wochen. Er hatte nicht mal die Eier in der Hose, mir ins Gesicht zu sagen, was ihn an mir störte oder fehlte.

Begründete es damit, dass es nun auch unwichtig sei, weil es vorbei ist. Bildet eine schlechte Grundlage, um eine Beziehung zu führen, wenn man nicht offen miteinander redet. Ein Mann, der voreilig ein Urteil fällt und dem Glauben schenkt, ohne es hinterfragen zu lassen ... Mit dem kann ich nichts anfangen. Er besaß dann noch die Frechheit, mich zu fragen, ob wir eine Freundschaft Plus führen wollen, weil ihm der Sex so gut gefiel. Ich konnte darauf getrost verzichten.

Heute bin ich der Meinung, dass er unter noch schlimmerer Unsicherheit litt als ich. Er kam auch aus einer langen Beziehung und wusste dementsprechend gar nicht, wie er auf dem Single-Markt ankommen wird. Ich gehöre nicht zu den Frauen, die einem Mann viele Komplimente macht. Ich bin da sehr zurückhaltend. Er fragte mich oft Dinge, wie, welche Körperteile mir an einem Mann am besten gefallen. Mich hat er wirklich mit kreativen und charmanten Komplimenten überhäuft. Vielleicht hatte er die Hoffnung, dass ich ihm im Gegenzug auch eins machen würde. Meine kühle Art kann als Desinteresse gewertet werden. Aber gerade nach der Trennung fiel es mir schwer, mich zu öffnen.

Er sah jedenfalls überrascht aus, als er meinte, dass er sich nicht mehr daten will und ich darauf enttäuscht reagiert habe und ihm sagte, dass ich es schade finde und ich ihn hätte gerne noch besser kennengelernt. Nach dem Gespräch meinte er, dass es sich hätte eigentlich gut anfühlen müssen, aber dies nicht der Fall ist. Ich war in dem Moment schadenfroh. Für mich war die Sache gegessen. Ein Mann, der nicht über genügend Selbstliebe verfügt und nicht mit mir ehrlich und klar reden kann, ist nichts für mich. Das hätte sowieso nicht funktioniert.

Und jetzt, circa acht Monate später, bin ich auf Liam getroffen. Ein Lichtblick. Vielleicht auch bloß ein sexueller Lichtblick. Damit kann ich mich zufrieden geben.

Ich bin so intensiv meiner Erinnerung nachgegangen, dass die Zeit verflogen ist. In ungefähr fünf Minuten erreiche ich den Hbf. Die Nervosität steigt. Ich schreibe Liam, dass ich gleich da bin und packe dann meine Sachen zusammen. Die Kopfhörer, die beiden Getränkeflaschen und die Kekse stopfe ich in meine Handtasche und ein Buch, welches ich kaum gelesen habe. Die Tasche bekomme ich nicht mehr zu.

Als ich aus dem Bus steige, nehme ich einen tiefen Atemzug, halte kurz die Luft an und atme lange aus. Leider fällt nur ein kleiner Teil der Anspannung von mir ab.

Bevor ich zu unserem Treffpunkt gehe, schaue ich, ob Liam mir bereits geantwortet hat.

Bin in zwanzig Minuten da.

Sicherheitshalber gehe ich bei Mecces auf die Toilette. Ich erschrecke mich, als ich beim Händewaschen in den Spiegel schaue. Ich entferne verschmierte Kajalspuren und hole aus meiner voll gestopften Handtasche meinen Tangle Teezer. Einzige Haarbürste, mit der ich es schaffe, diese verdammten Kletten aus meinen langen Haaren zu bekommen. Dann setzte ich noch meine dünne, graue Mütze auf. Die Haare haben mich schon den ganzen Tag über genervt, weil sie mir ständig ins Gesicht gefallen sind, aber es war zu warm, um eine Mütze zu tragen.

Zehn Minuten muss ich an der Bushaltestelle warten, an der mich Liam mit dem Smart abholt. Bei jedem weißen Smart erschaudere ich, aber jedes Mal fährt dieser an der Haltestelle vorbei. Doch dann wird einer langsamer und ich erkenne Liam durch die Scheinwerfer der anderen Autos, die in seinen Wagen scheinen und sein markantes Gesicht in Licht und Schatten hüllen. Mein Puls erhöht sich schlagartig. Er macht direkt neben mir halt. Als ich die Beifahrertür öffnen will, bleibt diese allerdings verschlossen. Liam grinst und drückt auf einen Knopf und als das Klacken ertönt, probiere ich es erneut und siehe da, ich darf zusteigen.

„Hey!“, begrüßt er mich.

Ich erwidere es mit einem „Hi“.

Er trägt noch seine Arbeitskleidung. Eine dunkelblaue Stoffhose und ein dazu passendes, eng anliegendes, zugeknöpftes Hemd, auf dem oberhalb der Brust gestickt „SWAT“ steht. Steht ihm, diese amerikanische Officer-Kleidung.

Er wartet, bis ich mich hingesetzt habe und angeschnallt bin. Dann lehnt er sich zu mir und ich weiß, was mich erwartet. Vorfreude breitet sich in mir aus. Erst treffen sich unsere geschlossenen Lippen zärtlich, aber da ich ungeduldig bin, öffne ich meinen Mund leicht, um ihm zu zeigen, dass ich mehr will. Ich bekomme mehr. Er greift mit einer Hand an meinen Hinterkopf und drückt mich näher an sich heran. Gleichzeitig dringt er mit seiner Zunge in meinen Mund ein. Ich habe fast das Gefühl, unsere Zungen kämpften miteinander. Es geht wild zur Sache. Meine Halsschmerzen blende ich komplett aus.

Als er sich von meinem Mund löst und den Motor anstellt, weise ich ihn aber nochmals daraufhin, dass ich wohl erkältet bin.

„Ich hoffe, dass du dich nicht ansteckst. Mein Hals brennt nämlich ziemlich."

„Ich habe ein gutes Immunsystem. Mach dir keine Gedanken. Öffne besser meine Hose und nimm meinen Schwanz in den Mund."

Ich zögere, weil mich diese Worte irgendwie erschüttern. Ich dachte, dass er mich nach Hause bringt, um mir einen Gefallen zu tun. Vor allem, weil ich mich nicht gut fühle und trotz, dass er das weiß, verlangt er dies nun von mir? Dann hatte er doch einen egoistischen Hintergedanken. Er holt mich nur ab, damit ich ihm einen lutsche. Wie seine persönliche Hure. Ich bin gekränkt, aber entweder ich zicke rum, was nicht wirklich meine Art ist oder ich sage ihm, dass er bei der nächsten Gelegenheit anhalten soll, damit ich aussteigen kann. Aber dann war's das mit uns und ich kann schauen, wie ich dann nach Hause komme. Seinen Schwanz zu blasen, ist das kleinere Übel. Auch wenn ich darauf gerade keine Lust habe. Aber ich weiß, dass es ihm gefällt und ich es anscheinend gut kann. So öffne ich seine Hose und nehme willig und gleichzeitig aber auch widerwillig seinen halbschlaffen Penis in den Mund. Ich gebe mir nicht viel Mühe. Sein Schwanz scheint dies zu spüren. Er wird zwar steif, aber es ist noch Potenzial nach oben vorhanden.

Der Schmerz in meinem Hals wird immer stärker und ich kann mich nicht auf das einlassen, was ich gerade tue.

Als wir an einer Ampel stehen, will ich den Kopf heben, aber Liam drückt mich herunter.

„Pause kannst du da unten machen. Neben uns steht einer."

Ich lasse seinen Schwanz in meinem Mund, sauge aber nicht an ihm. Mein Mund ist staub trocken. Als er losfährt, verharre ich noch einen Moment so und richte mich dann auf.

„Ich muss was trinken."

„Nicht in Stimmung?"

„Nicht wirklich, mir geht es wirklich nicht gut."

„Findest du den Weg eigentlich oder soll ich das Navi einschalten?"

„Also ab hier kenne ich einen Weg nach Hause. Fahr einfach gerade aus."

„Alles klar.“ Liam beginnt einen Smalltalk. Fragt, wie es in Berlin war.

„Nächste Kreuzung musst du rechts.“

„Okay.“

Als wir an der roten Ampel warten, lächelt er mich finster an und greift dann mit einer Hand in meine Leggings und schiebt mir unsanft einen Finger in meine trockene Pussy.

„Kein Wunder, dass du den Slip nicht reinbekommen hast. Sehr schade. Ich hätte ihn jetzt zu gerne aus dir gezogen.“ Ich antworte mit meinem charmanten Lächeln.

Als die Ampel auf Grün schaltet, fährt er kurz an und setzt dann seine Aktion von eben fort. Er fingert mich zärtlich und ich kann mich nicht dagegen wehren. Ich werde immer feuchter und entspanne mich total.

„Nächste wieder rechts.“, bringe ich schwer atmend hervor. Liam grinst nur. Es scheint ihm zu gefallen, mich aus der Fassung zu bringen. Ich sinke immer tiefer in den Beifahrersitz hinein.

„Zieh deine Hose runter, dann kann ich dich besser fingern.“ *Halleluja.* Ich sitze mit nacktem Arsch auf dem Sitz und merke, wie mir die Feuchtigkeit aus meiner Vagina fließt. Er erzählte mir mal, dass das gar nicht sein Wagen ist. Er hat den nur für eine längere Zeit geliehen bekommen. Jedenfalls markiere ich hier gerade mein Revier. Ich hoffe, dass ich keine Flecken hinterlassen werde. Wenn doch, dann ist es jedenfalls nicht meine Schuld.

Ich lasse mich in seine Finger sinken. Seit einigen Minuten stehe ich nun schon kurz vor meinem Orgasmus, aber ich komme nicht über die Schwelle. Dann reißt mich Liam aus meiner Geilheit heraus.

„Du. Sag mal, hast du mich wirklich richtig geführt?“

„Scheiße. Ich glaube, wir hätten vorhin noch mal abbiegen müssen. Tut mir leid, aber du hast mich total abgelenkt.“

„Haha. Du bist mir eine.“ Wir sind auch schon viel zu lange unterwegs. Das hätte mir wirklich auffallen müssen.

„Eigentlich habe ich einen guten Orientierungssinn. Sorry.“

Ich grinse ihn verlegen an. Er wuschelt mir den Kopf mit der Hand, mit der er eben noch an mir herumgespielt hat. Ich mache ein muksches Gesicht und richte meine Mütze wieder zurecht.

„Du Schussel.“ Immerhin nimmt er es mit Humor und ist nicht böse auf mich. Er fährt auf eine dunkle Auffahrt eines Geländes und hält dort an. Dann fragt er mich nach meiner Adresse und gibt diese in sein Handy ein.

„Okay ... ich weiß nicht wo wir sind. Auf jeden Fall brauchen wir dreißig Minuten bis zu dir."

„Oh, scheiße. Das tut mir echt leid!"

„Alles gut." Dann legt er sein Handy beiseite und schenkt mir seine Aufmerksamkeit. Ich sitze immerhin noch immer ohne Hose und Slip da. Ich halte seinem Blick stand, als er mit seiner Hand meine Vulva berührt und anfängt, meinen Kitzler zu reiben. Und da ist es plötzlich. Das Feuer in seinen Augen, welches mich unglaublich anmacht. Ich atme schwerer und muss mir das Stöhnen verkneifen. Ich weiß gar nicht, wieso ich immer so dagegen an kämpfe. Gönne ich es ihm nicht, dass er mich erregt? Ich weiß es nicht.

Ich packe seinen Schwanz, der aus seiner Hose hängt. Innerhalb weniger Sekunden wird dieser in meiner Hand steinhart und im Gegensatz zu mir, entfleucht ihm ein Stöhnen aus seiner Kehle. Wir schauen uns dabei immer noch tief in die Augen. Er penetriert mich mit seinen Fingern, während ich sein heißes Glied mit meiner Hand bearbeite. Ich drücke fester zu und verlangsame meine Bewegung. Ich kann mich nicht auf beides konzentrieren. Meine Gedanken sind nun darauf fixiert, nicht komplett die Kontrolle zu verlieren. Es kostet mich Kraft, seinem Blick nicht auszuweichen. Seine Augen sind einfach zu schön. Eigentlich stehe ich eher auf dunkelbraune Augen. Aber dieses Blau ... Es ist die perfekte Blaumischung. Nicht zu hell und nicht zu dunkel. Doch bevor ich mich in seinen Augen verlieren kann, reißt mich Liam aus meiner Trance und steckt mir seine beiden Finger in den Mund, die eben noch in meiner Vagina waren. Dann startet er den Motor und wir fahren weiter. Seine Ungeduld ist natürlich eher kontraproduktiv, was meine Lust anbelangt. Seinen Penis, der langsam an Größe verliert, behalte ich aber in der Hand. Hat was Beruhigendes und ihn scheint es auch nicht zu stören, dass ich ihn nur festhalte.

Als er abbiegen muss, um in meine Straße zu kommen, fährt er daran vorbei.

„Du hättest abbiegen müssen.", weise ich ihn darauf hin.

„Ich weiß." Und dann verstehe ich. Er fährt zum Berg. Dort, wo wir das letzte Mal intim geworden sind. Ich möchte eigentlich nur noch nach Hause, weil ich müde bin und mich wirklich krank fühle. Sein Schwanz in meiner Hand wird wieder hart. Wow! Sein Kopfkino ist wohl im vollen Gange.

Wir sind alleine auf dem Parkplatz. Es ist Vollmond. Der Himmel ist frei von Wolken. Das Licht des Mondes spiegelt sich auf dem Wasser wider und obwohl es bereits Nacht ist, wir haben es 0:30 Uhr, wirkt es, als würde die Sonne gleich aufgehen, da der See hell erleuchtet ist. Beim letzten Mal konnte man nur erahnen, dass sich dort ein See befindet.

Er schaut mich an, ich schaue ihn an. Mir gefällt diese Art von Déjá-vu. Ich hoffe, dass seine Küsse irgendwann nicht zu einer gefühlten Gewohnheit werden und somit an Zauber und Feuer verlieren. Er küsst so gut. Vielleicht küsse ich auch gut. Ich muss gut küssen. Wir sind einfach perfekt aufeinander abgestimmt.

Nach einem intensiven Eröffnungskuss, nach dem ich erst mal wieder Wasser trinken muss, weil mich das Brennen in meinem Hals kirre macht, zieht er mir die Jacke aus, meinen Pulli über den Kopf und streift mir gleichzeitig die Träger meines Tops und meines BHs von den Schultern.

„Komm, setz dich auf meinen Schoß."

Als ich auf ihm sitze, starrt er mich bloß an. Schaut mir in die Augen und blickt dann an mir runter und wieder hoch. Ich muss grinsen. Etwas unangenehm ist mir das schon. Ich nehme sein Gesicht zwischen meine Hände, um seinen Blick von meinen Brüsten abzuwenden. Dann zieht er mich an sich. Ich spüre seine großen Hände auf meinem nackten Rücken, während ich meine in seinen Haaren vergrabe. Stundenlang könnte ich ihn küssen.

Er wendet sich von meinem Mund ab, bedeckt meinen Hals mit Küssen, wandert dann zu meinen Schultern und endet bei meinen Brüsten. Ich werfe den Kopf in den Nacken. Wie schade, dass ich meine Leggings nicht ausziehen sollte. Sein steifer Schwanz ragt zwischen meinen Beinen empor. Liam saugt sanft an meinen Nippeln. Ich hätte es nie für möglich gehalten, dass mir das dermaßen gefallen könnte. Ich packe sein Glied und lasse ihn durch meine geschlossene Hand gleiten. *Wie gerne würde ich ihn in mir spüren!*

„Öffne das Handschuhfach und gib mir das, was du darin findest." Ich beuge mich rüber und öffne es. Was ich darin vorfinde, sind die Klammern. Die mit den Krokodilzähnen und den anhängenden Gewichten. Ich lege sie in seine Hand. Er blickt mich finster an. Und am liebsten möchte ich „Nein!" rufen, weil ich in seinen Augen sehen kann, was er vorhat.

„Angst?", fragt Liam mich schelmisch. Und somit ist klar, dass ich auf jeden Fall nichts dagegen sagen werde. Aber ich lüge auch nicht.

„Schon etwas."

„Ich mache die Gewichte ab. Das war für das erste Mal vielleicht ein bisschen zu viel für dich.“ Er zwinkert mir zu. Nachdem er die Gewichte auf den Beifahrersitz geworfen hat, bewegt er sich mit den Klemmen auf meine Brustwarzen zu und ich zucke reflexartig zurück.

„Doch mehr Angst?“

„Vielleicht.“, antworte ich schüchtern. Meine Coolness ist verfolgen. Da ich am liebsten meine Arme vor meinen Brüsten verschränken möchte, halte ich mich an seinem Penis fest. Liam lacht laut auf.

„Haha, du bist mir eine.“ Und dann gibt er jedem Nippel, bevor er die Klemmen befestigt, einen Kuss. Ich ziehe scharf Luft ein, als er den ersten dran macht und halte sie an, bis auch der zweite Nippel abgeklemmt ist. Dann atme ich sehr langsam aus. Mit dem Ausatmen setzt der Schmerz ein. Er übertönt sogar den Schmerz in meinem Hals. Ich muss meine Anspannung ableiten und festige den Griff um seinen Schwanz.

Ihm scheint der Anblick meines schmerzverzerrten Gesichtsausdrucks zu gefallen. Ein Lächeln umschmiegt seine Lippen. Ich verstehe nicht, was ihm daran gefällt. Mich turnt es jedenfalls nicht an. Vielleicht gefällt ihm, dass ich in dem Moment verweichlicht und wehrlos wirke. Ich weiß es nicht. Ich mag ihn auch nicht fragen. Ich fange an, nervös auf meiner Lippe zu kauen.

„Geht es noch?“

„Hmm.“, bringe ich nur hervor. Mein Fokus liegt auf dem Ausblenden des Schmerzes.

„Noch drei Minuten?“ *Oh ein Spiel auf Zeit? Wie motivierend …*

„Ok.“ Ich wende den Blick von ihm ab. Mein Blick wandert von links nach rechts, nach unten auf sein Glied, wieder nach oben an das Dach des Smarts. Dann greift er zärtlich in mein Haar und beginnt mich genauso zu küssen. Für einen Moment vergesse ich den brennenden Schmerz in meinen Brustwarzen. Doch dann überkommt mich ein Rachegefühl und ich beiße ihm in seine Unterlippe. Damit hat er nicht gerechnet. Er blickt böse drein. Und dann brennen nicht nur meine Nippel und mein Hals, sondern auch meine Wange. Schneller als ich denken kann, scheppert er mir eine Ohrfeige ins Gesicht. Mein Ohr pfeift leicht.

„Mach das nie wieder!“, fauche ich ihn an.

„Mein Gehör ist mir heilig!“

„Brauche ich nicht, wenn du aufhörst, ungezogen zu sein!" Oh, ich muss mir also alles gefallen lassen. So soll es laufen? Das wird nicht funktionieren. Früher oder später verliere ich meine Beherrschung und dann passieren solche Dinge eben. Ich denke nicht nach, sondern handle einfach.

„Schlag mich!"

„Was?", frage ich irritiert.

„Schlag mich ins Gesicht. Verpass mir eine Ohrfeige."

„Wieso?"

„Tu es einfach. Hör auf nachzudenken."

Ich hebe meine Hand, aber habe solche Hemmungen ihm ins Gesicht zu schlagen, dass ich mich nicht traue. Dann schnipst Liam mir gegen eine meiner empfindlichen Nippel und zack, klebt meine Handfläche auf seinem Gesicht. Allerdings war das ein äußerst lächerlicher Versuch einer ernstzunehmenden Ohrfeige.

Ich fühle mich, wie eines dieser Mädchen von damals im Sportunterricht, die beim Brennballspiel, als sie den Ball weit ins Spielfeld werfen sollte, damit sie genügend Zeit hat, um auf die nächste Matte zu springen, kläglich gescheitert ist und der Ball genau in die Arme des Gegenspielers fiel, der direkt vorne steht, um den Ball in den Korb zu werfen.

Liam lacht mich aus.

„Versuch es noch mal. Diesmal mit mehr Pfeffer." Ich probiere es noch mal, aber irgendwas nimmt mir, kurz bevor meine Hand auf seine Wange aufschlägt, sämtliche Energie heraus. Wahrscheinlich die Angst ihm wirklich weh zu tun. Ich weiß nicht, welche Konsequenzen das haben könnte, wenn meine Hand falsch aufkommt.

„Ich kann das nicht."

„Du willst es nicht." Damit könnte er Recht haben.

Er löst die Klemmen von meinen Nippeln, was verdammt weh tut und wirft sie zu den Gewichten auf den Beifahrersitz.

„Dominier mich." Ich habe keine Ahnung, was er jetzt von mir erwartet. Daher tue ich einfach das, was er eben bei mir gemacht hat. Ich vergehe mich an seinen Nippeln.

„Knöpf dein Hemd auf.", befehle ich ihm. Er folgt und grinst mich erwartungsvoll an. Als seine nackte Brust zum Vorschein kommt, lecke ich mir über meine Lippen und werfe ihm einen Lust erfüllten Blick zu. Dann bewege ich mich auf seine Nippel zu. Umspiele erst den einen mit meiner Zunge und dann den anderen. Fange an, abwechselnd an ihnen zu saugen. Liam stöhnt auf. Auf sein Stöhnen antworte ich mit einem leichten Biss in seine rechte Brustwarze.

„Mhh.“ Das war wohl noch nicht fest genug. Ich beiße fester zu. Er zieht scharf Luft ein.

“Ahhh.“, stöhnt er, als ihm die Luft wieder entweicht.

Dreimal steigere ich noch die Intensität meiner Bissfestigkeit und damit den Grad des Schmerzes.

„Mhhh ... Mel, bitte kümmere dich mal um den anderen Nippel.“ Ganz so hart im Nehmen ist er anscheinend doch nicht. Vor allem schreibt er mir jetzt auch noch vor, was ich zu tun habe. Gehört sich das so? Aber bevor er mir wieder Schmerz zufügt, knabbere ich lieber an seinem anderen Nippel herum. Plötzlich greift Liam mir an den Hals. Ich verstehe nicht, was das soll. Reflexartig greife ich in sein Haar und als er seinen Griff um meinen Hals festigt, reiße ich seinen Kopf nach hinten. Er sieht mich finster an und ich funkle böse zurück. Ist das jetzt ein Machtkampf? Oder was passiert hier gerade? Seine Reaktion, die aus dem Nichts kam, ergibt für mich immer noch keinen Sinn. Vielleicht hatte er genug. Aber dominiert habe ich ihn somit meiner Meinung nach nicht. Er kontrolliert mich. Das macht mich wütend. Ich gebe nicht nach.

Ich weiß nicht, wie viele Minuten wir in dieser Position verharren. Nur eines. Mein Hals tut nicht nur von innen weh, sondern auch von außen und ich bekomme schwer Luft. Ich glaube Liam merkt, dass ich nicht aufgeben werde, obwohl er auf jeden Fall im Vorteil ist. Luft abwürgen gegen Haare ziehen. Diesen Kampf würde ich definitiv verlieren, wenn es hart auf hart kommt. Aber er löst seine Hände von meinem Hals und ich versuche, den Sauerstoffmangel von eben auszugleichen, indem ich tief einatme. Gleichzeitig habe ich meine Hand aus seinem Haar gelöst. Seine Frisur war einmal eine Frisur.

Er schaut mich immer noch finster an. Dunkles Feuer glüht zwischen uns. Dann kommt er mit seinem Gesicht auf mich zu und ich weiche zurück, weil ich jetzt definitiv mehr Respekt vor ihm habe. Er ist unberechenbar.

„Angst?“

„Sollte ich?“, erwidere ich.

„Brauchst du nicht.“ Ich entspanne mich und lasse ihn gewähren. Er küsst meinen Hals liebevoll und wandert dann zu meinem Mund, den er geschlossen erst sanft küsst und dann mit seiner Zunge öffnet. Etwas Restanspannung steckt immer noch in meinen Knochen.

„Melina, entspann dich. Genug Schmerz für heute." Anscheinend scheint er dies sogar in meiner Zunge zu spüren. Dann lasse ich ihn die Führung übernehmen und gebe mich seinem Kuss komplett hin.

Danach hilft er mir wieder auf meinen Sitz zurück und ich lege die Klammern an ihren ursprünglichen Platz zurück. Er packt seinen Schwanz in seine Hose ein, der immer noch an genügend Spannung verfügt, um mich zu vögeln.

„Hm ... ich würde dich am liebsten mit zu mir nehmen."

„Ich bin jetzt aber wirklich müde und nicht mehr zu gebrauchen. Mein Hals brennt wie Feuer."

„Sicher? Wenn du bei mir bist und ich schöne Dinge mit dir anstelle, bist du bestimmt wieder topfit."

„Ich bin mir sicher, bring mich bitte nach Hause."

„Ok."

Natürlich würde ich jetzt gerne noch mit zu ihm. Es klingt, als würde ich belohnt werden als Ausgleich für eben. Ich glaube, ihn hat dieser Machtkampf angemacht. Vielleicht möchte er ihn bei sich zu Hause auch fortsetzen und versucht mich nur anzulocken, in dem er mir sagt, dass er mit mir schöne Dinge anstellen möchte. Aber ich kann leider echt nicht mehr. Ich sehne mein Bett herbei. Wir fahren in meine Straße ein und er hält an.

„Bist du wirklich sicher?"

„Ja." Dann probiert er, mich mit einem leidenschaftlichen Zungenkuss vom Gegenteil zu überzeugen. Ich löse mich von ihm und will die Tür öffnen, doch er zieht meinen Kopf erneut zu sich heran und küsst mich wieder inbrünstig. Als ich dann endgültig aussteigen will, verriegelt er die Tür und fährt weiter.

„Hey, halt an!" Immerhin gehorcht er.

„Ich könnte dich jetzt auch einfach mitnehmen. Ich habe ernsthaft Lust mit dir zu spielen und die Nacht zusammen mit dir zu verbringen."

„Es ist ja nicht so, dass ich nicht will ..."

„Ja, dann komm mit.", unterbricht er mich.

„Aber was nützt es, wenn ich die Zeit mit dir dann nicht genießen kann, weil ich mich körperlich total scheiße fühle? Ich war den gesamten Tag auf den Beinen und hab mir eine Erkältung eingefangen. Leider fühle ich mich nach unserem schönen, kleinen Ausflug nicht besser. Mein Akku ist noch leerer als zuvor. Nächstes Mal.", versuche ich, ihn zum Aufgeben zu bringen.

„Alles klar. Enttäuscht bin ich trotzdem."

„Tut mir leid.“ Dann entriegelt er die Tür. Zum Abschied ergreife ich die Initiative und küsse ihn mit all meiner verbliebenen Kraft und Lust, damit er weiß, dass ich es ernst meine, dass ich gerne mitgekommen wäre. Er lächelt immerhin, als ich mich von ihm löse und mich verabschiede. Er fährt los und ich bin traurig und erleichtert zur selben Zeit.

Als ich die Haustür hinter mir schließe, sehe ich, dass meine Eltern noch wach sind. Mittlerweile ist es 1:30 Uhr

„Mel, ihr habt aber lange vom Bahnhof hierher gebraucht.“, stellt meine Mom fest. Eine Meisterleistung der Beobachtung. Ich erzähle von Berlin und dann, dass wir uns meinetwegen verfahren haben und wir noch am See waren. Mehr Informationen brauchen sie nicht zu bekommen. Dann falle ich ohnmächtig ins Bett.

Als ich am nächsten Morgen auf mein Handy blicke, sehe ich, dass ich eine Nachricht von Markus habe. Den Kerl habe ich schon vollkommen vergessen.

Hey, Melina. Sorry, dass ich mich jetzt erst melde. Ich war einige Tage im Ausland und bin seit gestern erst wieder zurück. Freue mich aber sehr, dass du dich bei mir gemeldet hast.

Ich erinnere mich, dass es in unserem Smalltalk um Filme ging. Lass uns da mal anschließen. Was waren deine drei letzten Filme, die du im Kino gesehen hast?

Gesprächiger Typ. Ich denke nach. Mir fallen nur zwei ein. *Fast & Furious 7* und *50 Shades Of Grey.* Ich überlege, ob ich lügen soll, was den zweiten Film anbelangt. Aber ich denke, fast jede Frau hat diesen Film gesehen.

Hey, gar kein Problem. (Hab eh nicht an dich gedacht.) Da musste ich tatsächlich nachdenken, weil ich dieses Jahr noch nicht oft im Kino war. Also das war einmal Fast & Furious 7 und 50 Shades Of Grey. Und bei dir?

Er schreibt ... Hatte gar nicht gesehen, dass er online ist.

Den ersten habe ich nicht gesehen. Aber dafür 50 Shades ... mit meiner Ex. Der Film war ganz in Ordnung. Meiner Freundin hatte er gefallen. Reicher „Bad Boy“ verliebt sich in das Mädchen von nebenan. Welche Frau wünscht sich das nicht? Paar

Szenen fand ich aber nicht in Ordnung. Dank des Filmes gab es tatsächlich einige verletzte.

Ja, die Story ist ganz nett. Jedenfalls hat mir der Film tatsächlich besser gefallen als das Buch. Immer, wenn sie von ihrer „inneren Göttin" sprach, wurde mir schlecht. Welche Szenen meinst du denn? Das klingt ja nicht gut.

Die Bücher habe ich nicht gelesen. Ich bin eigentlich auch nur auf Wunsch meiner damaligen Freundin mit. Ja, in der einen Szene haut er ihr mit dem Flogger auf die Nieren. Das darf man nicht tun. Da sieht man eben die Unwissenheit. Die haben sich nicht gut genug mit dem Thema BDSM auseinandergesetzt. Sag mal, wenn du den Film gesehen und die Bücher gelesen hast, bist du dann auch in dieser Welt?

In dieser Welt? Was meint er damit? Ob ich solche Bücher häufiger lese? Das tue ich. Lovestories mit einem Hauch von Erotik sagen mir auf jeden Fall zu. Sie lenken mich gut vom Alltag ab. Ich schalte ab, während ich in einer emotionalen Fantasiewelt schwebe. Diese ganzen Bücher sind zwar irgendwie alle ähnlich gestrickt, so wie Markus es eben schrieb, aber bei mir zählt der Effekt, während des Lesens. Traumgeschichten laden zum Träumen ein. Da finde ich es irrelevant, wie realistisch die Geschichte ist.

Da hast du auch nichts verpasst. Also die Story hat mich im zweiten Teil dann schon gepackt, aber der Schreibstil an sich hat mir persönlich nicht wirklich zugesagt. Nichts desto trotz sind das drei unglaublich erfolgreiche Bücher geworden, daher mag ich mich darüber nicht negativ äußern. Denn es kommt eben darauf an, wie viele Menschen es anspricht und die Autorin hat damit wohl den Nerv der Zeit getroffen, obwohl es auch einige negative Meinungen gibt. Aber da wo Erfolg herrscht, lassen negative Meinungen nicht lange auf sich warten. Kein Licht ohne Schatten. Wäre ich so eine erfolgreiche Autorin, würde mich das überhaupt nicht jucken. Ja, ich bin in dieser Welt.

Oh, interessant. Und bist du dort Top oder Bottom?

What? Ich glaube ich stehe gerade völlig auf dem Schlauch. Ich weiß nicht, wovon er redet und anscheinend hat er was anderes gemeint als ich dachte. Ich kopiere diesen Satz und schicke ihn Liam. Er behauptet doch, dass er so schlau ist. Ich erläutere ihm noch, dass wir über diesen Film geschrieben haben und er mich gefragt hat, ob ich in dieser Welt bin und, dass ich das schon nicht verstanden habe. Glücklicherweise antwortet er sofort.

Er meint die BDSM Welt und fragt dich, ob du Top, also dominant bist oder Bottom, devot.

Er ist schlau oder ich besonders dumm. Ich bin überrascht. Nicht darüber, dass er das wusste, sondern, dass mich dieser Kerl so was fragt.

Ok, dankeschön.

Wo hast du den kennengelernt?

In der Bahn. Als ich auf dem Weg zum Kino war ... An dem Tag, an dem wir zusammen Fast & Furious 7 geschaut haben.

Hm. Ok.

Dann wechsle ich in den anderen Chat. Aber ich habe keine Ahnung, was ich antworten soll. Daher wechsle ich wieder zu Liam.

Du? Was antworte ich da denn jetzt drauf?

Das fragst du mich?

Ja, das frag ich dich ...

Haha. Schreib ihm, dass du Bottom bist und einen Top hast.

Okay, danke.

Markus scheint auf eine Antwort zu warten.

Na, war das jetzt zu viel gefragt?

Nein. Alles gut. Ich bin in dieser Welt Bottom und ich habe einen Top.

Jetzt tue ich so, als ich hätte ich voll den Plan. Aber falls er noch irgendeine fachbezogene Frage stellt, frag ich einfach Liam.

Oh, wie schade. Ich bin nämlich auch Top. Und als ich dich damals in der Bahn gesehen habe ... Wow. Ich dachte mir, dass ist eine interessante, spannende, aufregende und wunderschöne Frau, die ich gerne kennenlernen und entdecken möchte. So eine wie dir, ist mir vorher noch nie begegnet. Du hast mich mit deiner Aura in deinen Bann gezogen. Dieses Feuer in deinen Augen, als du mit mir gesprochen hast. Dieses Selbstbewusstsein. Äußerst sexy. Du bist eine Frau, für die es sich zu kämpfen lohnt. Deine Hingabe wäre ein unbezahlbares Geschenk. Ich möchte dich unbedingt auf einen Kaffee einladen.

Ich schaue mir sein Profilbild noch mal genauer an. Er trägt einen Anzug, dank 50 Shades könnte man darauf schließen, dass er dominant ist, aber dazu trägt er einen albernen Hut und irgendwie wirkt das wie gewollt und nicht gekonnt. Unauthentisch. Ich konnte mir bei unserer Begegnung schon nicht vorstellen, intim mit ihm zu werden. Aufgrund seiner Ausstrahlung und auch seine Optik löst in mir keine Begierde aus. Ich tue etwas für meinen Körper. Gebe mir Mühe mit meiner Ernährung und mit Sport und er hat eine Wampe. Das weiß ich noch. Ich frage mich, was er für ein Selbstbild hat. Also ich finde es schön, wenn er sich selbst gut leiden kann, aber kann er sich nicht denken, dass ich vielleicht eher den sportlichen Typ Mann bevorzuge? Aber ich habe keine Ahnung, auf welche Männer fitte Mädels in meinem Alter so stehen. Ticken ja nicht alle wie ich und Geschmäcker sind bekanntlich verschieden.

Da er mir nicht gefällt, schmeicheln mir seine Worte eher wenig. Ich schicke den Text an Liam. Gegen ein weiteres Treffen mit Smalltalk hätte ich nichts, aber wenn er ein Top ist ... Ich frage besser Liam nach seiner Einschätzung.

Haha. Der will dich abwerben.

Mich abwerben? Wie das denn?

Wenn du mein Bottom bzw. meine Sub wärest, würdest du mit Haut und Haar mir gehören. Ein anderer Dom darf keinen Anspruch auf dich erheben. Er müsste mit mir in Kontakt treten und dann könnte ich entscheiden, ob ich dich verleihe.

Mich verleihen? Nie im Leben!

Okaaay. Dann sage ich, dass ich nicht interessiert bin. Der will dann wohl nicht nur reden.

Nein, Mel. Der will dich. Da solltest du besser vorsichtig sein. Schreib, dass dein Dom dir den Kontakt zu anderen Tops verboten hat und du den Kontakt deshalb jetzt abbrechen musst.

Ok. Gut.

Markus ist immer noch online. Keine Ahnung, ob er tatsächlich auf meine Antwort wartet oder vielleicht mit seinen hundert anderen Subs schreibt. Ich bilde mir auf seine Worte besser nichts ein.

Ja, wirklich schade, dass du ein Top bist. Meiner hat mir nämlich untersagt mit anderen männlichen Tops Kontakt zu haben.

Und darauf hörst du?

Ganz schön frech der Herr.

Würde dir doch sicherlich auch missfallen, wenn deine Sub nicht auf dich hören würde.

Das stimmt, aber ich würde ihr so was Bescheuertes bestimmt nicht verbieten. Er würde das doch nicht herausfinden, wenn wir miteinander schreiben und gegen ein Treffen spricht doch auch nichts. Vielleicht gefalle ich dir besser? Ich bin ein wirklich fürsorglicher Top. Bei mir wärest du in guten Händen.

Der versucht echt alles. Wenn er denkt, dass ich naiv bin, dann hat er sich getäuscht. Und zwar gewaltig.

Mein Dom ist mehr als fürsorglich. Wieso verbietet er mir wohl den Kontakt zu anderen Tops? Um mich vor Männern wie dir zu schützen. Außerdem muss ich ehrlich sagen, dass er in meinen Augen wesentlich besser aussieht als du.

Vielleicht war das etwas zu ehrlich, aber so bin ich. Wenn er ein gesundes Selbstwertgefühl hat, wird ihn das nicht verletzen.

Darum hätte ich dich sehr gerne gehabt. Dein freches Mundwerk gefällt mir. Du bist keine graue Maus, wie viele andere Devote. Mit dir hätte das Spiel echt Spaß machen können. Du bist eine Herausforderung. Seid ihr denn auch ein Paar? Dachte du seist Single.

Nein, sind wir nicht. Ich bin Single.

Ich bin jedenfalls auch an einer Partnerschaft interessiert. Wenn Liebe im Spiel ist, dann macht das Ganze viel mehr Spaß.

Ich bin daran aber nicht interessiert. Bin froh darüber, wie es ist.

Ok. Da kann ich wohl nichts machen. Schade ist es trotzdem.

Ich antworte nicht mehr. Es ist schon irgendwie merkwürdig, dass ich kurz nach der ersten Nacht mit Liam, auf einen weiteren dominanten Mann treffe und mich dieser dann auch noch in der Bahn anspricht. Hat sich meine Ausstrahlung doch verändert? Ziehe ich jetzt eine andere Art von Männern an? Vielleicht haben die ja ein instinktives Gefühl für Frauen mit BDSM Erfahrung. Allerdings beschränken sich meine Erfahrungen auf eine einzige Nacht. Das ist ziemlich lächerlich.

Leider hat es mich wirklich erwischt und ich liege die nächsten Tage nur im Bett und versuche gesund zu werden, da es in wenigen Tagen nach Frankfurt auf die Musikmesse geht. Ich fahre mit David, seiner neuen Freundin und zwei weiteren Bandkollegen meines Bruders hin. Wir feiern dort in Davids Geburtstag rein. Joshi kann leider nicht mitfahren. Dabei hätte ich ihn und seine Freundin Sophia gerne dabei gehabt. Wäre mit Sicherheit noch mal um einiges witziger geworden.

Die Idee, dass Davids Freundin mitkommt, hatte ich. Ich musste tatsächlich ein paar Mal bei ihm nachhaken, ob er sie nun schon gefragt hat, ob sie mit will. Als wenn er nicht wollte, dass sie mitkommt. Keine Ahnung, ob er denkt, dass ich unfreundlich zu ihr bin oder irgendwas sagen könnte, was deren Beziehung schwächt? Aber nun kommt sie mit, gibt mir somit weibliche Unterstützung und ich kann sie besser kennenlernen. Da wir uns auf den Konzerten immer sehen werden, fände ich es schön, wenn unser Verhältnis locker ist und ich nicht die doofe Ex bin, sondern einfach nur die Schwester seines Drummers. Vergangenheit ist vergangen. Eifersucht ist dementsprechend mehr als unangebracht.

Mit Liam schreib ich fast täglich. Er fragt mich, wie es mir geht und möchte mich nachts immer abholen kommen, aber ich kann nicht und es fällt mir schwer ihm abzusagen. Ich hoffe, dass er das nicht zu persönlich nimmt. Ich weiß, dass wir uns die ganze nächste Woche definitiv nicht sehen werden. Am späten Donnerstagabend werde ich in Hamburg ankommen, den Freitag brauche ich als Ruhetag und Samstag geht es mit der Band meines Dads nach Husum übers Wochenende. Ich freue mich, weil da Joshi und Sophia mitkommen. Das kann nur gut werden. Umso trauriger wäre es, wenn ich jetzt nicht schnell wieder fit werde. Ich denke, dass Liam das verstehen kann. Meine Halsschmerzen sind leider zu Husten mutiert. Ich hasse Husten. Eigentlich bin ich eine Kandidatin für Schnupfen und Kopfschmerzen. Damit würde ich wesentlich besser zurechtkommen.

Als es am Mittwochmorgen losgeht, habe ich nur zwei Stunden geschlafen und bin immer noch angeschlagen. Ich kuriere Krankheiten lieber aus, aber für den Notfall habe ich Aspirin eingepackt.

Ich brauche eine Stunde bis zum Hauptbahnhof und dann steht mir eine siebenstündige Busfahrt bevor. Alle sind pünktlich, auch der Busfahrer und somit klappt alles wie am Schnürchen.

Die Busfahrt an sich verläuft auch entspannt. Ich versuche zu schlafen, aber irgendwie bin ich einfach nicht müde genug.

Angekommen in Frankfurt, bin ich erschrocken, wie warm es ist. Und da wir uns dafür entschieden haben, den einen Kilometer zum Hostel zu Fuß zu gehen, bin ich komplett platt, als wir dort ankommen. Es ärgert mich, dass ich krank bin.

Unser gemeinsames Hostelzimmer ist total groß. Zwei Zweistockbetten und ein Doppelbett. Ein Badezimmer mit Dusche und in dem anderen befindet sich das Klo. Also kann man in Ruhe duschen. Das Doppelbett nimmt natürlich unser Pärchen. Ich nehme mir das eine untere Bett, welches sich geschützt in einer Ecke befindet. Gott sei Dank, brauchen die anderen auch eine Pause. Somit chillen wir erst einmal eine Stunde, bevor wir uns auf den Weg in die City machen, um uns etwas zu Essen suchen. Da ich immer noch nicht schlafen kann, nutze ich die Zeit, um Liam mitzuteilen, dass ich gut angekommen bin.

Hey, wir sind im Hostel in Frankfurt angekommen.

Gut und wer sind wir?

Mein Ex Freund, seine Neue und noch zwei Bandkollegen. Die drei spielen mit meinem Bruder in einer Band.

Okay. Cool. Und steigt bei euch gleich ne Gang Bang Party?

Versucht er witzig zu sein?

*Ähm. Nein. Wie kommst du darauf? *lol**

Hätte ja sein können.

Klar, mit meinem Ex und seiner Neuen.

Wieso nicht?

Das meinst du nicht ernst.

Ich hätte mal wieder Lust auf ein paar Escort Aufträge. Die bringen gutes Geld und machen Spaß.

Okay, er ist also nicht nur Stripper. Ich weiß nicht, ob ich diese Info über ihn wissen wollte. Aber nehme es locker.

Haha, das glaube ich. Dann musst du dafür Werbung machen.

Ja, ist nicht so leicht. Frauen zahlen eher selten für Sex. Aber vielleicht lasse ich mir mal ein paar Visitenkarten drucken.

Die kann ich für dich erstellen. Hab ein bisschen was drauf, was Grafikkram angeht. Mein Dad spielt auch in einer Band. Ich glaube, bei einigen Auftritten hätte ich Kundschaft für dich akquirieren können. Allerdings 40+.

Haha, cool. Dann wirst du meine Managerin. Das Alter ist mir egal. Hauptsache das Geld stimmt.

Du vögelst also alles?

Für Geld, ja.

Ich weiß nicht, ob mir das gefällt. Also heißt, dass du schon mit vielen Frauen Sex hattest? Ungeschützen Sex?

Ja, mit einigen, aber nie ohne Kondom. Wenn es professionell ist, wird immer verhütet.

Okay, gut. Also muss ich mir keine Sorgen machen?

Nein, Mel. Brauchst du nicht.

Gut. Wir wollen jetzt in die Stadt und heute Abend dann in Davids, mein Ex, Geburtstag reinfeiern.

Na dann mal viel Spaß.

Dankeschön.

Wir gehen durch die City in Frankfurt und entscheiden uns am Ende doch für ein Restaurant, in dem wir vor zwei Jahren schon mal waren.

Denn seit nun sieben Jahren fahre ich zur Musikmesse. Eigentlich mit Joshi und meinem Dad. Irgendwann kam David dann mit und dann deren neu dazugekommene Bandmitglieder. Witzig, wie sich über die Jahre alles verändert.

Bei dem wunderbaren Wetter können wir draußen essen. Auch wenn es etwas laut ist, da wir nicht in einer Fußgängerzone sitzen. Dafür kann ich einige schöne Autos beobachten. Man sieht, dass Frankfurt die Stadt der Banken ist. Das Geld fährt auf der Straße. Mir knurrt heftig der Magen. Ich bestelle mir einen Salat mit Himbeer-Walnuss-Dressing, dazu Knobibrot und Kartoffelscheiben ummantelt mit Speck. Das sollte stopfen. Da alle anderen sich einen Cocktail bestellen, schließe ich mich an. Den gibt es gerade zum Happy Hour Preis. Wir stoßen gemeinsam auf zwei tolle Tage an, die uns bevorstehen und natürlich auf einen lustigen Abend.

Das Essen schmeckt super. Nur rebelliert mein Magen. Während des Essens, bekomme ich Krämpfe und muss mir somit einen Teil einpacken lassen, da ich nicht möchte, dass es weggeworfen wird. Ich versuche, meine Erkältung, so gut wie es geht, zu ignorieren. Wahrscheinlich war es zu früh für Alkohol und deshalb habe ich Schmerzen bekommen. Obwohl es auch daran liegen kann, dass ich den Tag über viel zu wenig gegessen habe. Hoffentlich geht es schnell wieder vorbei.

Nach dem Essen suchen wir einen Supermarkt, um noch ein paar alkoholische Getränke zu kaufen und falls meine Magenschmerzen nicht verschwinden, habe ich David versprochen, mir was aus der Apotheke zu holen. Aber das Gehen tut gut und nach und nach klingen die Schmerzen ab.

Wir spazieren quer durch die City zurück zur S-Bahn Station. Mein eingepacktes Essen werde ich gewiss nicht mehr essen und lege es deshalb neben einem Obdachlosen ab. Ich weiß nicht, ob er berauscht vom Alkohol ist oder nur müde, aber irgendwie scheint er es nicht wirklich mitbekommen zu haben. Ich hoffe, dass er es später wahrnehmen wird und sich dann darüber freut.

Im Hostel zurück, trinken wir vor und wollen später noch in eine Shot Bar, um dort reinzufeiern. Die Stimmung ist ausgelassen und wir haben Spaß. Leider endet dieser Abend für mich nicht sonderlich schön. David hat kurz vor 24 Uhr die stärksten Shots an den Tisch bringen lassen. Nach dem war ich echt gut drauf. Alles prima. Dann stand plötzlich noch ein Shot vor mir und da ich in einem anregenden Gespräch mit einem fremden Kerl war, habe ich nicht nachgedacht, dass es dieselbe Sorte sein könnte. In dem Moment, als der Alkohol meine Speiseröhre herunterlief, wusste ich, dass das nicht gut war. Und dann. Filmriss.

Ich weiß nicht, wie ich zum Hostel gekommen bin. Ab dem Moment, als ich im Hostel über der Kloschüssel hänge, mein gesamtes Essen auskotze und Davids Freundin mir die Schulter mitleidig tätschelt, ab dem Zeitpunkt setzt mein Bewusstsein wieder ein. Obwohl ich natürlich komplett neben der Spur bin. Ich schlafe in den Kotzpausen immer wieder mit meinem Kopf auf der Schüssel liegend ein. Irgendwann tragen mich die anderen ins Bett, obwohl ich nicht will, weil ich spüre, dass mein Date mit der Kloschüssel noch nicht vorbei ist.

Am nächsten Morgen wache ich in meiner Straßenkleidung vom Vortag auf. Neben meinem Schlafplatz liegt eine Papiertüte, die, in der wir gestern die Getränke ins Hostel getragen haben. Mir fällt ein, dass ich mich, nachdem ich von meinen Leuten ins Bett gebracht wurde, ein letztes Mal in dieser Tüte übergeben habe. Ich weiß, warum ich im Bad weiterschlafen wollte. Papier weicht auf, wenn es nass wird. *Na toll …*

Als ich immer mehr zu mir komme, höre ich einen würgenden David.

„Was ist mit David denn los?“, frage ich in den Raum.

„Der kotzt schon den ganzen Morgen. Das hört einfach nicht auf. Mittlerweile kommt da schon gar nichts mehr. Wenn er dann Wasser trinkt, dann kommt das im nächsten Moment wieder hoch. Es bleibt nicht drin.“

„Oh, shit. Warum geht es euch eigentlich so gut?“ Davids Freundin, die übrigens Alina heißt, sieht fit aus und die beiden anderen Jungs auch.

Alina erzählt mir, dass, als David einen weiteren Kamikaze Shot bestellt hat, alle diesen abbestellten und sich einen harmloseren bringen ließen. Somit haben nur David und ich zwei von diesen heftigen Shots getrunken. Immerhin geht es mir einigermaßen gut.

Alina geht in die Apotheke, um für David Medikamente zu besorgen. Seit Stunden übergibt er sich nur. Als sie wieder da ist, beschließen die anderen beiden und ich, frühstücken zu gehen. So hat David sich seinen Geburtstag bestimmt nicht vorgestellt.

Es ist mittlerweile 9 Uhr morgens und wir wollten in einer Stunde auf der Messe sein. Nun wissen wir nicht, ob wir überhaupt gemeinsam gehen können.

Nach einer halben Stunde Suche nach einem Ort, an dem man frühstücken kann, sind wir fündig geworden. Das Brötchen und der Tee, den ich mir bestellt habe, gehen gut rein und ich habe auch nicht das Gefühl, dass es gleich wieder hochkommt. Das ist schon mal ein gutes Zeichen.

Nach dem Frühstück, besorge ich in einem Drogeriemarkt Mülltüten, Lappen und Gummihandschuhe. Den Beutel voller Kotze kann ich leider schlecht im Zimmer lassen. Ich habe schon die Befürchtung, dass wenn wir gleich das Zimmer betreten, es total stinken wird. Gut, dass wir kein beengtes Zimmer bekommen haben.

Merkwürdigerweise riecht es nicht nach Erbrochenem, als wir zurück sind.

David schläft und Alina liegt neben ihm. Sie tut mir etwas leid und gleichzeitig bin ich froh, dass ich frei bin. Ansonsten müsste ich jetzt neben ihm liegen. Darauf hätte ich überhaupt keine Lust, da entferne ich lieber meinen Spuckbeutel. Wahrscheinlich duftet dieser nicht, weil das Schlimmste in der Toilette gelandet ist. Glück im Unglück. Ich bin sehr geruchsempfindlich.

Tüte ist in der Mülltüte verstaut und nachdem ich den Boden gewischt habe, landen Lappen und Gummihandschuhe ebenfalls dort.

Da wir nicht wissen, ob David überhaupt noch in der Lage sein wird, das Bett zu verlassen, begeben wir uns ohne die beiden auf die Messe.

Die ersten Minuten auf der Musikmesse, stelle ich mir die Frage, ob ich nicht besser hätte doch im Hostel bleiben sollen. Ich habe mit Übelkeit und Kreislaufproblemen zu kämpfen, aber versuche mir nichts anmerken zu lassen. Ich trinke ordentlich Wasser und esse einen Schokoriegel. Nach und nach fühle ich mich besser.

Nach gut einer Stunde schreibt David, dass er und Alina auf dem Weg zu uns sind.

Nachdem wir gemeinsam von Halle zu Halle gelaufen sind, beschließen wir, eine Pause zu machen. Wir setzen uns auf die Bänke. Ich nutze die Zeit, um Liam einen kleinen Lagebericht zu schreiben. Da sehe ich, dass er mir schon längst geschrieben hat. Gut, dass ich gestern dermaßen besoffen war, dass ich nicht mehr in der Lage war, mein Handy zu benutzen.

Na, wie geht's?

Soll ich lügen? Nein, ich bin für Ehrlichkeit.

So lala. Hab noch mit meiner Erkältung zu kämpfen und der Abend endete für mich über der Kloschüssel.

Das klingt nicht gut. Zu viel gesoffen?

Nicht wirklich. Es war wohl eher das Falsche und da ich noch erkältet bin und wenig Schlaf hatte ...

Dafür sollte ich dich bestrafen. Dir richtig schön den Arsch versohlen.

Als wenn ich was dafür kann. Das war so nicht geplant.

Hättest es halt nicht trinken dürfen.

Kann ja nicht hellsehen.

Trotzdem selbst Schuld. Kannst dir, wenn du wieder hier bist, eine Strafe aussuchen.

Na, toll.

Nicht so frech, Fräulein.

Das ist nicht fair.

Es muss auch nicht fair sein. ;)

Dabei belasse ich es. Lege das Handy weg und schließe für ein paar Minuten die Augen, weil mich eine unerwartete Müdigkeit überkommt. David schnarcht auch schon neben mir.

Plötzlich schrecke ich hoch. Ich muss auch eingenickt sein und drohte, nach vorne vom Sitz zu fallen. Gut, dass mir diese Peinlichkeit erspart geblieben ist. Die anderen schlafen noch, aber ich möchte weiter und rüttle sie deshalb nacheinander wach.

Der restliche Tag verläuft total entspannt. Ich hatte zwischendurch ein paar Hustenanfälle, was echt genervt hat, aber ansonsten ging es mir den Umständen entsprechend gut. Wir waren Essen und lassen den Tag gemütlich mit einem nächtlichen Spaziergang ausklingen. Wir unterhalten uns hauptsächlich über unseren Besuch in dieser Bar. Der Typ, mit dem ich gesprochen hatte, sah anscheinend merkwürdig aus. Ich kann mich nur daran erinnern, dass er irgendwas mit Sozialwissenschaften studiert. Da ich betrunken war, fiel es mir wahrscheinlich leichter, interessiert zu tun. Jedenfalls hatte er mir eine Rose von einem dieser Männer, die mit ihren Sträußen im Arm von Laden zu Laden gehen, gekauft. Auf dem Weg zur Bahn habe ich sie allerdings missbraucht, um David damit zu verprügeln, weil er mir einen zweiten Shot bestellt hat. Immerhin hatte er die beiden Runden ausgegeben. Hätte ich auch noch Geld dafür bezahlt, hätte es mich wahrscheinlich noch mehr geärgert. Eigentlich hätte er mir auch mein Essen bezahlen müssen. Das war noch nicht vollkommen verdaut. Ich habe einen Hang zur Übertreibung, stelle ich fest.

Der zweite Tag der Musikmesse verläuft wie geschmiert. Wir sind pünktlich auf dem Messegelände. Heute haben wir leider nicht den gesamten Tag Zeit. Gegen 16 Uhr müssen wir los, um uns vorher noch Proviant für die Rückfahrt besorgen zu können.

Als wir auf unseren Bus warten, beschließen Alina und ich, eine bequeme Hose für die Fahrt anzuziehen. Um uns umziehen zu können, ohne von allen angestarrt zu werden, gehen wir in ein Klohäuschen, welches sich auf einem Parkplatz befindet. Es stinkt abartig und wurde wahrscheinlich die letzten Monate nicht ein einziges mal gereinigt. Man kann nicht mal die Tür abschließen. Wir versuchen, möglichst wenig den Boden zu berühren. Ich will nicht wissen, welche Flüssigkeiten dort bis dato gelandet sind. Nach einem rekordverdächtigen Umziehen, fliehen wir aus diesem verdreckten Loch.

Die Rückfahrt verläuft ruhig. Wir schlafen alle viel und ich schreibe kurz mit Liam. Er ist leider ziemlich beschäftigt. Ich trug die tiefe Hoffnung in mir, dass er mich abholt. Heute hätte ich mich fast noch mehr darüber gefreut, als nach meinem Berlin-Trip. Aber nun gut. Dann fahre ich eben mit der Bahn zurück. Wenn der Bus nicht mehr kommt, holt mich mein Dad ab.

Völlig fertig, und mit leichter Verspätung, kommen wir am Hauptbahnhof in Hamburg an. Über eine App habe ich während der Fahrt schon überprüft, ob ich den letzten Bus noch bekomme, aber das wird nichts. In der Woche fährt zwar ein Nachtbus, aber ich habe keine Lust, weitere Stunden unterwegs zu sein. Da wäre ich von der Bahnstation schneller zu Fuß zu Hause. Ich verabschiede mich von David und Alina und gehe mit den anderen beiden zur U-Bahn. Immerhin müssen wir mit derselben Linie fahren. Wir unterhalten uns noch etwas über die beiden aufregenden Messetage und schweigen dann.

Ich habe die Hoffnung aufgegeben, am Wochenende wieder fit zu sein. Ein Tag zum Auskurieren wird nicht reichen.

Mir tut alles weh, als ich mich endlich wieder in mein eigenes Bett lege. Mein Dad hat mich netterweise abgeholt. Kurz bevor ich einschlafe, probiere ich, die verlorenen Gedanken der Partynacht wiederherzustellen. Jedes Mal, wenn das Wort Alkohol vor meinem inneren Auge erscheint, wird mir schlagartig schlecht. Vielleicht lasse ich besser endgültig die Finger davon. Wo ein Schaden ist, ist auch ein Nutzen.

Das Wochenende in Husum war super. Mir ging es glücklicherweise doch um einiges besser. Ich habe nur noch einen Hustenanfall pro Nacht bekommen. Liam habe ich ein paar Bilder von der Nordsee geschickt, weil ich weiß, dass er das Meer und die Natur mag.

Aber viel geschrieben haben wir nicht. Er hat momentan gut zu tun, was mich für ihn freut. Er meinte, dass es Anfang des Jahres immer schwierig ist. Kaum jemand heiratet, daher gibt es keine Junggesellinnenabschiede und der Club, in dem er tanzt, hat bis Anfang Februar Winterpause. Ich frage mich, wann wir uns das nächste Mal sehen werden. Wenngleich wir uns gerade mal eine Woche nicht gesehen haben. Es ist vielleicht gar nicht verkehrt, wenn wir uns nicht oft sehen, damit keine Gewohnheit entsteht.

Die ganze nächste Woche werde ich noch darauf verzichten, ins Fitnessstudio zu gehen, um mich wirklich von der gesamten letzten Woche zu erholen. Am Wochenende feiere ich mit ein paar Leuten in den Mai rein. Die erste Begegnung mit Liam ist tatsächlich schon einen Monat her. Wie die Zeit doch rast. Ich bekomme Bauchkribbeln, wenn ich mir vorstelle, was noch vor uns liegen könnte. Obwohl man nie weiß, was morgen ist. Er könnte schon Morgen genug von mir haben. Aber die Erfahrung nimmt mir keiner mehr. Die bleibt.

Es ist Samstagabend. Ich sitze bei einer Freundin, mit zwei weiteren Bekannten, in ihrem kleinen Zimmer. Als mein Blick durchs Zimmer schweift, bleibe ich an einer Pinnwand hängen, an der mehrere Bilder befestigt sind. Liams Körper fällt mir sofort ins Auge.

„Hey, Lu. Sag mal, wo ist denn dieses Bild von dem halbnackten Kerl entstanden?“

„Ach, das. Da war ich mit ein paar Mädels in einer Men Strip Bar. War ein cooler Abend. Du musst unbedingt mal dorthin. Wird dir gefallen, Mel.“, klärt Luisa mich auf.

Men Strip Bar? Dachte, er arbeitet in einem Club.

Ich stehe auf und fotografiere das Bild ab und schicke es Liam ohne jeglichen Kommentar.

Wir trinken in gemütlicher Runde und schauen uns witzige Videos auf YouTube an. Umso später der Abend, umso skurriler die Videos. Am Ende landen wir auf einer Pornoseite, schauen uns irgendwelche merkwürdigen asiatischen Pornos an und lachen uns weg. Ich habe tatsächlich noch nie zuvor einen asiatischen Porno gesehen. Ich frage mich, ob die Asiaten den ernst nehmen oder ob sie genauso lachen würden wie wir. Ein paar lustige deutsche Pornos, in denen die Dialoge wirklich schlimm sind, tun wir uns auch noch an.

Um circa 23 Uhr beschließen wir, auf die Reeperbahn zu fahren. Immerhin wollen wir in den Mai tanzen.

Auf dem Kiez angekommen, gut angeheitert von den unterhaltsamen Filmchen und den Getränken, obwohl ich mich sehr zurückgehalten habe, was den Alkohol angeht, ich hatte nur einen Drink mit Likör 43 und Milch, landen wir im HeadCrash. Wir tanzen auf dem Mainfloor, mit der Mainstream-Musik. Eigentlich ist das ein Laden für Metalheads. Aber die harte Musik wird nur unten, auf dem kleinen Floor, gespielt. Ab und zu bin ich da ganz gerne. Zu Limp Bizkit, Slipknot, Rammstein und Co. gehe ich richtig ab. Aber dann hätte ich mit anderen Freunden herkommen müssen. Für Luisa ist diese Musik bloß Krach.

Länger und ausdauernder kann man kaum in den Mai feiern. Mittlerweile ist es 4:30 Uhr und ich bin total ausgelaugt. Mir tun die Füße weh und ich will einfach nur noch in mein Bett. Daher schaue ich nach einer angenehmen Verbindung nach Hause, allerdings hat Liam mir in der Zwischenzeit geschrieben und das hat dann doch erstmal Vorrang.

Haha. Wo haste denn das schreckliche Bild her?

Er ist online, daher tippe ich die Antwort, so schnell wie es mir möglich ist mit dieser doofen Handytastatur, ein und drücke auf senden. Immerhin bin ich wieder komplett nüchtern, ansonsten wäre jeder zweite Buchstabe ein anderer als ich eigentlich vorhatte auszuwählen.

Du hängst an einer Pinnwand in dem Zimmer einer Freundin.

Wo bist du gerade?

Wieso will er das wissen?

Auf dem Kiez. Will aber gleich nach Hause.

Ich bin noch unterwegs. Aber du solltest nicht nach Hause fahren. Fahr zu mir.

Wieso soll ich zu dir fahren, wenn du noch nicht mal zu Hause bist?

Weil ich dich vögeln will. Du kannst doch vor der Tür warten. Ich bin ja schon auf dem Heimweg.

Ach, der Herr will mich also vögeln? Seit wann kommt der Knochen zum Hund?

Ich würde auch zu dir fahren, aber das geht ja nicht, weil du nicht alleine wohnst.

Aber vom Kiez abholen kannst du mich nicht?

Ne, aber ich kann dich vom Bahnhof in Harburg abholen.

Sag mal, schreibst du gerade mit mir, während du Auto fährst?

Klar.

Bist du bescheuert? Das ist voll gefährlich!

Für diese Bemerkung müsste es schon eine Ohrfeige geben. Die Bestrafung für dein Besäufnis wartet auch noch auf dich. Ich bin ein routinierter Fahrer. Brauchst dir keine Sorgen machen.

Ich habe keine Lust auf Schmerz. Auf Lust ja, aber irgendwie bin ich auch viel zu müde.

Hm ... ich glaube ich fahre lieber nach Hause.

Ich bin um 6 Uhr in Harburg.

Dann müsste ich mindestens dreißig Minuten vor deiner Tür warten. Und so warm ist es draußen nicht.

Ich sorge schon dafür, dass dir wieder warm wird.

Das glaube ich gerne, aber bis dahin habe ich mir bestimmt wieder die nächste Erkältung eingefangen.

Umso länger wir hier schreiben und diskutieren, umso mehr Zeit vergeht und die Wartezeit vor meiner Tür verringert sich.

Das stimmt, aber ich bin schon auf dem Weg nach Hause. Ich sitze in der Bahn, die in den Norden fährt und nicht Richtung Süden. Ich bin wirklich ziemlich müde und wäre keine gute Bettgefährtin mehr.

In der Zeit habe ich mich schnell von Lu und den anderen verabschiedet und bin schnellen Fußes zur U-Bahn geschritten, um die Bahn noch zu erwischen. Ich brauche nämlich, sage und schreibe, über eine Stunde nach Hause. 5:30 Uhr werde ich erst zu Hause sein.

Zu schade. Aber du könntest noch umdrehen.

Könnte ich. Ich finde, du solltest dich auf das Autofahren konzentrieren.

Jawohl, Madame.

Er scheint zu gehorchen. Ich versuche, die Bahnfahrt über nicht einzuschlafen. Wäre zu doof, wenn ich die Station verpasse, in der ich umsteigen muss.

Das ist mir einmal tatsächlich passiert. Da war ich ziemlich gut betrunken und habe mich mit zwei jungen Männern unterhalten. Der eine hat mir eine witzige Geschichte erzählt. Er war auf einer Hausparty und saß am offenen Fenster im 1.OG. Jemand kam zu ihm und hat ihn bloß angestupst und da er dermaßen breit war, hat er das Gleichgewicht verloren und ist aus dem Fenster gefallen. Glücklicherweise in einen Busch. Die Partygäste riefen aber trotzdem den Krankenwagen, mit dem er dann auch ins Krankenhaus gefahren wurde. Ein paar Stunden später war er jedoch wieder auf der Party. The show must go on. In dem Moment, als er mir das erzählt hatte, fand ich es urkomisch. Im Nachhinein ...

Jedenfalls nahm mich diese Story so ein, dass ich verplant habe, umzusteigen. Und somit bin ich bis nach Barmbek gefahren. Dort habe ich damals gewohnt, daher wusste ich dann auch, dass ich mich beeilen muss, um auf das gegenüberliegende Gleis zu kommen, um die Bahn in die andere Richtung noch zu erwischen. Don't drink and drive with the U-Bahn nach Hause. Aber ich bin immer nach Hause gekommen. Noch nirgends eingeschlafen. Höchstens mal ein Nickerchen im Club. Das ist mir sogar schon zweimal passiert. Tequila macht mich unglaublich müde. Ich schlief auf einem Subwoofer ein. Nicht ganz ungefährlich. Ein komatöser Schlaf, lässt einen zu einem leichten Opfer werden.

Es ist taghell und die Vögel singen, als ich über das Krankenhausgelände gehe. Es ist schön im Sommer feiern zu gehen, wenn es warm draußen ist, aber dass es früh hell und laut wird, ist wirklich ein Nachteil. Obwohl, so müde wie ich jetzt gerade bin, wird mich das eher weniger davon abhalten, einzuschlafen.

Zu Hause angekommen, knurrt mir der Magen. Daher mache ich mir noch ein Schwarzbrot mit Schinken. Während ich genussvoll vom Brot abbeiße – alles schmeckt doppelt so gut, wenn man hungrig ist –, schaue ich, ob Liam sich vielleicht doch noch mal gemeldet hat.

Keine Nachricht. Doch als ich das Handy aus der Hand legen will, vibriert es.

Ich bin zu Hause. Du auch?

Ja, habe mir gerade noch etwas zu essen gemacht.

Ich liege nackt mit meinem harten Schwanz in der Hand im Bett.

Oh.

Darf ich abspritzen?

Ach ... das Spiel will er also wieder spielen.

Nein.

Wie oft soll ich es mir machen, bis kurz bevor ich komme?

Fünf Mal.

Nur?

Na, wenn du mir so kommst, dann hänge eine Zehn dran. Also fünfzehn Mal.

Ok, Herrin.

Mein Brot habe ich aufgegessen. Liam wird erst mal beschäftigt sein. In der Zeit putze ich mir die Zähne, schminke mich ab und ziehe mir meinen Pyjama an.

Als ich im Bett liege, ist Liam schon beim achten Mal. Ich bin total müde und kann kaum die Augen offen halten.

Herrin, was würdet Ihr jetzt am liebsten mit meinen Eiern machen?

Da brauch wohl jemand mehr Kopfkino.

Lutschen.

Was Besseres fällt mir nicht ein.

Mehr nicht?

Ich bin müde. Keine Ahnung. Mir fallen schon die Augen zu.

Vielleicht boxen?

Ja, klingt gut.

Und kneifen?

Ja, das kann ich auch machen. Wie oft musst du noch?

Noch einmal, bis ich kommen darf. Wo soll ich hinspritzen?

Ich schrecke hoch. Mir ist tatsächlich das Handy aus der Hand auf mein Gesicht gefallen. Irgendwie fühle ich mich in der Situation überhaupt nicht dominant. Er übergeht einfach die Tatsache, dass ich müde bin und legt mir alles zurecht, was ich schreiben soll. Kluge Taktik mit seiner Fragerei. Leider habe ich keine Ahnung, was ihm gefällt und wie man sich als dominante Frau verhält. Daher bekommt er eben, was er will. Wenn es ihn glücklich macht. Mich reizt diese Art von Dirtytalk eher weniger.

Auf deinen Bauch.

Soll ich ein Video machen als Beweis oder reicht ein Foto.

Mach ein Video.

Ok, Herrin.

Ich fühle mich alt, wenn er mich Herrin nennt. Gut, dass ich ihn nicht Herr nennen muss. Mein Herr. Das klingt doch total altmodisch. Mein Herr, dürfte ich Ihnen in Ihren Rollstuhl helfen? Ich könnte ihn nicht ernst nehmen. Dann lieber das lateinische Wort Dominus. Ja, mein Dominus. Wie Ihr wünscht, Dominus. Ich tue alles für Euch, Dominus. Dominus. Das ist ein Wort mit Kraft. Da steckt Pfeffer hinter. Allein durch das Aussprechen, verspürt man schon Respekt. Ich „ihrze" auch lieber als zu „siezen". Das mag ich nicht. Ich mag es auch nicht, wenn man mich siezt.

Und wo bleibt mein Video? Beeile dich mal etwas!

Ich will nämlich schlafen!

Verzeiht, Herrin. Es kommt sofort.

Es kommt sofort. Ich schmunzle.

Und dann bekomme ich endlich das Video. Er schleudert seinen Schwanz ziemlich heftig und dann landet eine gute Ladung Sperma auf seinem Bauch. Solch eine Verschwendung.

Fein. Ein bisschen schade um das viele Sperma.

Das hättest du wohl lieber in dir gehabt.

Und schon sind wir wieder beim Du. Interessant.

Ja, ich mag es, wenn der Mann in mir kommt. Dabei entsteht für mich eine gewisse Verbundenheit und Vertrautheit. Ich empfinde es als sehr intim.

Verstehe. Wärest du zu mir gekommen, wäre das jetzt alles in deiner Fotze.

Gut zu wissen. Dann eben beim nächsten Mal. Ich muss jetzt schlafen.

Gute Nacht, Prinzessin.

Gute Nacht, Sir.

Mir bleibt keine Zeit, um über die ausgetauschten Worte nachzudenken. Ich lege das Handy aus der Hand und schlafe schlagartig ein.

Kapitel 3

Mai 2015

Im Laufe des nächsten Tages bekomme ich eine Nachricht von Liam, die mein Herz in Wallung bringt. Er möchte mich unbedingt wiedersehen und da er in nächster Zeit viel unterwegs ist, hat er mich gefragt, ob ich ihn morgen auf seine Jobs begleiten möchte. Wie hätte ich da nein sagen können? Einen Stripper zu begleiten ... Hallo? Was wäre ich für eine Frau, wenn ich diese Gelegenheit ablehnen würde? So kann ich mal einen Blick hinter die Kulissen werfen und ich hege die Hoffnung, Liam noch besser kennenlernen zu können.

Samstagmorgen gönne ich mir eine ausgiebige Dusche. Ich bin ein Glückspilz. Beim Blick in den Spiegel ziert ein großer Pickel mein Kinn. Ich habe schon seit Jahren mit Hautproblemen zu kämpfen. Nach meiner Ernährungsumstellung wurde sie viel besser, aber zufrieden bin ich immer noch nicht. Es ist schwer, jemandem selbstsicher ins Gesicht zu schauen, wenn man sich mit seinem eigenen Spiegelbild eher weniger wohl fühlt, aber ich habe mittlerweile gelernt, es auszublenden und mir nicht zu viele Gedanken darüber zu machen, was ein anderer denken könnte. Liam hat mich nicht über Fotos aus dem Internet kennengelernt, sondern mich live in Farbe gesehen und er wollte mich auch mit nicht perfekter, reiner Haut. Wenn ich mich recht erinnere, fingen die Probleme mit der Einnahme der Pille an. Aber momentan sollte ich sie besser nicht absetzen.

Vorsorglich packe ich mir Abschminktücher, Mascara, Concealer und einen Kajalstift in meine Handtasche. Ich weiß nämlich nicht, ob ich die Nacht bei ihm schlafen werde. Vielleicht lässt er mich wieder am Hauptbahnhof raus oder fährt mich sogar nach Hause.

Als ich von der U-Bahn zur S-Bahn wechsle, wächst die Aufregung. Die Angst vor dem, was mich heute erwarten wird, ist ziemlich anwesend. Ich versuche, mich mit meinem Handy abzulenken. Ich scrolle die Neuigkeiten Seite bei Facebook herunter. Dann teilt mir WhatsApp mit, dass Liam mir ein Bild gesendet hat.

Ich öffne es und erblicke seine abgebundenen Hoden.

Ich freue mich auf deinen Besuch, Mel. Wollen wir heute mal probieren, die Rollen zu tauschen?

Oh, shit. Irgendwie bin ich gar nicht auf die Idee gekommen, gleich nach meiner Ankunft bei ihm intim miteinander zu werden. Ich weiß nicht, ob ich auf Knopfdruck überhaupt geil werden kann. Ich fühle mich unter Druck gesetzt. Vor allem ist seine Erwartung, dass ich ihn dominieren soll, daran schuld. Er weiß doch, dass ich von dem Ganzen keine Ahnung habe. Ich habe keinen Plan, was eine dominante Frau mit einem devoten Mann anstellt, der auch noch maso ist. Hätte ich mich darauf vorbereiten sollen? Aber wie, wenn ich nicht auf die Idee gekommen bin, dass er sich das nun wirklich von mir wünscht und darauf hofft, dass er in mir eine Domina findet. Auch wenn ich im alltäglichen Leben dominant bin, bedeutet das nicht automatisch, dass ich sexuelle Erfüllung darin finde.

Ich mache mich jetzt nicht verrückt und lasse es auf mich zu kommen.

Schöner Anblick. Können wir gerne versuchen, aber erwarte nicht zu viel.

Okay, Herrin. Soll ich ihn schon hart für Sie machen?

Gerne.

Wann kommen Sie hier an?

In ungefähr zwanzig Minuten.

Ok.

Da fehlt ein Wort.

Verzeiht, Herrin.

Geht in Ordnung.

Wollt Ihr meine Eier gleich quälen?

Ich weiß nicht, ob ich das wirklich will. Ich bin schadenfroh, aber jemandem direkt Schmerz zufügen? Ich kann mir schwer vorstellen, dass mir das gefallen wird.

Eigentlich möchte ich, dass er die Führung übernimmt. Außerdem war das nicht abgesprochen. Vereinbart war Sex. Einfach nur Sex. Ich habe mich auf ein leidenschaftliches Liebesspiel mit ihm gefreut und nicht darauf, irgendwelche Dinge mit seinen Eiern anzustellen.

Bist du dir sicher, dass du das willst?

Ja, ich will, dass Sie mit mir machen, was Sie wollen.

Da spiele ich lieber mit deinem Penis „Finde das richtige Loch" als deine Eier zu foltern.

Okay.

Wie lange brauchen Sie noch?

Noch zehn Minuten.

Ich freue mich auf Sie, Herrin.

Die Aufregung wächst mit jedem Schritt, den ich auf seine Wohnung zugehe. In meinem Hals bildet sich ein Kloß.

Ich stehe vor der Eingangstür. Auf dem Klingelschild steht nicht mal sein Name, aber er hatte mir mitgeteilt, wo ich klingeln muss. Durch meine Nase hole ich tief Luft, halte diese kurz an und lasse dann die gesamte Luft aus meinen Mund entweichen. Dann betätige ich die Klingel. Meine Hände sind nass. Ich reibe sie an meiner Hose ab, aber es bildet sich sofort wieder ein feuchter Film auf meinen Handflächen.

Ich habe verdrängt, dass er im obersten Stockwerk wohnt. Oben angekommen, bin ich völlig außer Atem. Der Anblick von Liam, wie er nur mit einer Fahne um seine Hüften an der Tür steht, raubt mir den letzten Hauch an Sauerstoff in meinen Lungen.

„Hey, komm rein." Ich betrete die Wohnung. Er umarmt mich kurz und geht dann in sein Zimmer. Ich schließe die Tür hinter mir, ziehe meine Schuhe aus und lege meine Jacke ab. Mir ist unglaublich heiß. Wie gerne würde ich jetzt kalt duschen.

Ich gehe in sein Zimmer und da sitzt er nackt, mit seinen abgebundenen Eiern, auf seiner Schlafgelegenheit. Sein Körper ist der Wahnsinn. Durchtrainiert von Kopf bis Fuß. Geringer Körperfettanteil, sodass seine Muskeln in der Bauchgegend super zum Vorschein kommen. Ich wünschte, er würde mich packen, mir meine Kleider vom Körper reißen und mit mir unanständige Dinge tun. Keine Ahnung, ob ich schon mal zuvor solche Gedanken gehabt habe. Bei David jedenfalls nicht und bei dem Kerl zuvor mit Sicherheit auch nicht. Nun stehe ich total verunsichert und aufgegeilt im Raum und weiß nicht, was ich tun soll. *Unsicherste Domina der Welt!* Den Preis würde ich definitiv erhalten.

„Komm zu mir.“, weist Liam mich an. Ich setze mich neben ihn und betrachte seine mittlerweile stark angeschwollenen Eier, die ziemlich blau angelaufen sind.

„Sollte dein Schwanz nicht bereit für mich sein?“, kritisiere ich, da sein Penis schlaff an ihm herunterhängt.

„Verzeiht, aber die Schmerzen sind zu groß, um erregt zu bleiben.“

Ich pikse mit meinem Zeigefinger in eines seiner Hoden und gleichzeitig entfährt ihm ein lautes, schmerzerfülltes Zischen.

„Was soll ich mit denen denn machen, wenn du bei der kleinsten Berührung schon dermaßen zusammenzuckst?“

„Sie sind zu lange abgebunden. Wenn Sie gestatten, würde ich das Band gerne lösen.“

„Ich will ja nicht dafür verantwortlich sein, dass deine Hoden absterben. Und höre auf mich zu siezen. Ich will mit „Ihr“ angesprochen werden.“

„Danke, Herrin. Wie Ihr wünscht.“ Immer, wenn er mich Herrin nennt, habe ich das Gefühl, dass er mit einer anderen Person spricht.

Als er mit seiner befreiten Männlichkeit dasitzt, stehe ich auf und knie mich vor ihn hin. Ich sauge zuerst an seinem Schwanz.

„Nimm meine Eier in den Mund.“ Ich löse mich von seinem härter werdenden Glied und schaue ihn böse von unten an.

„Bitte, Herrin.“ Meine Reaktion hat er immerhin richtig deuten können. Ich nehme sein linkes Ei in den Mund und sauge zärtlich an ihm. Liam stöhnt, allerdings höre ich heraus, dass es ihn immer noch schmerzt.

„Bitte..mhhh..bitte nimm beide in deinen geilen Mund.“ Und dann ist mein Mund vollkommen mit seinen Hoden ausgefüllt. Es ist definitiv leichter, an einem zurzeit zu saugen. Mir gefällt das aber. Ich habe zuvor noch nie einem Mann die Eier gelutscht, nur geknetet.

Ich befasse mich noch kurz mit seinem besten Stück und dann entkleide ich mich. Mir ist viel zu warm. Meine Haut kann nicht atmen. Liam legt sich währenddessen auf das Bett und schaut mir dabei zu, wie ich meinen Körper von dem Stoff befreie.

Als ich vollständig nackt bin, winkt er mich zu sich. Ich setze mich auf ihn. Spüre seinen erigierten Penis zwischen meinen Schenkeln, aber führe ihn nicht in mich ein. Ich beuge mich zu ihm. Unsere Lippen berühren sich heute zum ersten Mal. Er schmeckt süßlich. Wahrscheinlich hat er, bevor ich hier ankam, einen Schluck aus der Flasche mit der Cola genommen, die neben seinem Bett steht.

Er drückt sein Becken gegen meines. Sein steifer Schwanz kommt dabei immer und immer wieder in Berührung mit meiner Klitoris.

„Ich denke, dass wir es vorerst bei dem Versuch belassen sollten.“ Kaum ausgesprochen, handelt Liam auch schon. Schneller als ich bis drei zählen kann, liege ich auf dem Rücken und er über mir. Er küsst mich weiter und drückt sein Glied gegen meine feuchte Öffnung. Ich bin zu eng. Er kommt nicht in mich rein.

„Spreiz deine Beine mehr.“ Ich gehorche. Um ihm entgegen zu kommen, hebe ich mein Becken leicht an. Er dringt mit seinem dicken Phallus in mich ein. Ich spüre genüsslich, wie er mich dehnt. Ich liebe dieses Gefühl. Dieses erste Eindringen. Es fühlt sich so schön intensiv an. Liams Rhythmus ist schneller als gewohnt. Ich strecke ihm meinen Kopf entgegen, weil ich will, dass er mich küsst, während er mich fickt. Er gibt mir, was ich will. Ich bin erregt. Aber schon jetzt merke ich, dass es nicht reichen wird, um mich zum Höhepunkt zu bringen. Allerdings macht das nichts. Dieser Moment der innigen Nähe erfüllt mich vollkommen.

Ich bin froh, dass er bis jetzt sein Wort gehalten hat und ich keine Nippelklemmen tragen muss und auch sonst keinerlei Schmerz erleiden musste.

Liam kommt heftig in mir zum Abschuss. Das erste Mal sehe ich sein Gesicht, während er Erlösung verspürt. Ich finde seinen Ausdruck schon sexy, wenn er erregt ist, aber wow ... Davids Gesichtsausdruck, während er abgespritzt hat, mochte ich nicht gerne ansehen.

Liam sieht hingegen aus wie Achilles. Ein Krieger, der gerade eine Schlacht gewonnen hat. Unglaublich männlich. Er bleibt noch in mir, küsst mich und saugt dann an meiner Unterlippe. Erst finde ich das witzig, doch dann fängt es an, weh zu tun. Ich werfe ihm einen bösen Blick zu, aber anscheinend motiviert ihn das eher weiterzumachen. Er packt meine Unterarme und drückt diese in die Matratze, als ich versuche mich zu wehren. Ich lasse nichts unversucht. Womit er wohl nicht gerechnet hat.

Mittlerweile hat er sich aus mir zurückgezogen. Meine Unterlippe hat er nun auch losgelassen, weil er sich darauf konzentrieren muss, mich festzuhalten. Immerhin schaffe ich es, ihn ein paar Male hintereinander anzuheben. Das Training hat sich gelohnt, allerdings sollte ich dennoch überlegen, intensiver zu trainieren.

Ihn scheint dies wirklich zu amüsieren. Ich ergebe mich. Es hat keinen Zweck. Nach jedem Versuch, mich von seinem Griff zu befreien, verliere ich Energie und Kraft. Ich schiele auf meine Unterlippe.

„Das sieht aus, als hätte ich mir Botox spritzen lassen.“, kommentiere ich seine Saugaktion an meiner Lippe.

„Haha. Stimmt. Deine Lippe ist mega angeschwollen.“, er grinst über beide Wangen.

„Bleib so liegen.“ Liam streckt sich zu dem kleinen Tisch hin, der sich neben meinem Kopf befindet. Dann hält er sein Smartphone in der Hand.

„Ich mache ein Foto, damit du es sehen kannst.“

„Okay.“ Ich probiere zu lächeln, aber auf dem Foto sehe ich, dass ich aussehe wie ein beleidigtes Kind, welches sein versprochenes Eis nicht bekommen hat.

„Oh man. Das Bild ist schrecklich. Lösch das bitte wieder.“

„Ich schicke es dir und dann lösche ich es.“

„Na gut.“ Ist ja vielleicht eine witzige Erinnerung. Das Foto darf nur niemand zu sehen bekommen, weil meine Brüste darauf zu sehen sind.

„Du bist nicht gekommen oder?“

„Nein, bin ich nicht. Das ist aber nicht schlimm.“

„Knie dich hin. Mit dem Kopf zur Heizung.“ Will er noch einen Versuch starten? Ich könnte ihm sagen, dass es nicht funktionieren wird, aber ich lasse mich gerne in Doggy-Position von ihm nehmen. Es sei denn, er hat etwas anderes vor und denkt dabei an meine andere Öffnung. Angst macht sich in mir breit. Ich möchte das unter keinen Umständen noch mal erleben. Soll ich was sagen oder einfach abwarten und dann jammern? Allerdings wäre es dann ein bisschen zu spät. Aber ich möchte nichts mit meinen voreingenommenen Worten zerstören. Und schon bin ich dankbar, dass ich meinen Mund gehalten habe.

Er dringt von hinten vaginal in mich ein. Jedoch nicht tief und er vögelt mich auch nicht. Er schiebt seinen halb erigierten Penis immer wieder rein und raus. Ich ahne, was er vorhat. Vorfreude breitet sich in meiner Möse aus. Er massiert mit seinem Glied den oberen Bereich meiner Vagina. Dort liegt vielleicht mein G-Punkt, den David vergeblich gesucht hat. Dieses Gefühl ist mir neu. Es ist unglaublich intensiv und ich bin wirklich anders erregt als gewöhnlich. Diese langsame Massage raubt mir den Verstand. Meine Hände ballen sich zu Fäusten. Es fühlt sich an, als würde ich jeden Moment kommen, aber ohne, dass ich einen Orgasmus bekomme. Mein Körper verlangt es nach Erlösung. Dieses kitzelartige Gefühl in mir möchte aufgelöst werden. Ich kann nicht mehr. Habe das Bedürfnis, laut zu stöhnen und zu schreien, aber ich unterdrücke dieses Verlangen.

Dann zieht er sich zurück und mir bleibt ein kurzer Moment, um zu verschnaufen und zu Atem zu kommen. Ich höre, dass Liam an seinem Schrank zugange ist. Und dann steckt es auch schon in mir. Dieser dicke Dildo, aus diesem weichen Material. Er penetriert mich. Penetriert mich hart. Die Zärtlichkeit von eben ist verflogen. Liam fickt mich härter mit dem Dildo als mit seinem eigenen Schwanz. Ich wünschte, ich könnte den Anblick seiner angespannten Muskeln genießen, während er es mir derartig besorgt.

Ich kann mich kaum auf den Knien halten und auch das Stöhnen nicht mehr unterdrücken, welches jedoch in ein Schreien übergegangen ist. Es ist zu heftig. Ich bekomme kaum noch Luft. Mir rinnen einzelne Tränen mein Gesicht hinunter.

„Ahhh!!! Bitte!!! Liam, bitte höre auf!“

„Nein.“, sagt er trocken.

„Ich will, dass du kommst.“ Ich möchte kommen. Und dann erinnere ich mich an das letzte Mal, wie Liam mir sagte, dass ich loslassen soll. Ich höre auf, dagegen anzukämpfen. Ich nehme diese schmerzerfüllte Lust an. Ich squirte und spüre, wie sich meine Vagina mit Flüssigkeit füllt. Liam zieht den Gummidildo ruckartig aus mir heraus. Wie weit ich diesmal abgespritzt habe, weiß ich nicht. Ich lasse mich auf die Seite fallen. Ich bin durch. Komplett fertig. Mein gesamter Körper zittert. Liam legt sich zu mir, nimmt mich in den Arm und schenkt mir einen Kuss auf die Schläfe.

„Na, das war doch was. Du hast echt heftig gesquirtet.“ Ich kann nicht antworten. Ich schließe die Augen und versuche, meinen Puls zu entschleunigen, indem ich ganz ruhig atme. In der Zeit wischt Liam die Spuren meines Orgasmus weg. Er schrubbt die Matratze. Ich setzte mich auf, um zu sehen, wie groß der Fleck diesmal ist. Das kleine Handtuch reicht gerade eben, um die Stelle abzudecken.

„Wir hätten vielleicht vorher ein Handtuch unterlegen sollen.“, klugscheißere ich.

„Ach, das macht mir nichts. Allerdings hat mich das ziemlich geil gemacht.“ Überrascht schaue ich ihn an. Mein Blick wandert zu seinem Schwanz und erstaunt stelle ich fest, dass er nicht lügt.

Liam geht zum berüchtigten Schrank, in dem die Wundertüte liegt und holt die Augenbinde hervor.

„Knie dich vor mich auf den Boden.“, befiehlt er, nachdem er mir die Binde angelegt hat. Ich taste auf dem Boden nach seinen nackten Füßen. Als ich sie ertaste, knie ich mich auf.

Liam streicht mir liebevoll mein Kinn entlang und öffnet mit seinem Daumen meinen Mund.

„Blas mir einen.“ Sein erigierter Penis findet schnell den Eingang in meinen Mund.

Es ist merkwürdig, währenddessen eine Augenbinde zu tragen. Ich habe die Augen meist eh geschlossen, daher ist es eigentlich überflüssig mir den Sehsinn zu nehmen. Aber vielleicht gefällt ihm der Anblick.

Ich umspiele sein Glied mit meiner Zunge. Als ich beginne, heftiger zu saugen, umklammere ich mit einer Hand seine Eier und knete sie. Ohne sehen zu können, habe ich sie sofort gefunden.

„Geil! Pack richtig zu!“ Liam greift mit einer Hand in mein Haar und drückt meinen Kopf näher an sich, um mit seinem Penis tiefer in meinen Mund eindringen zu können. Das gefällt mir nicht und ich versuche, dagegen zu halten. Liam lässt von seiner Dominanz ab und überlässt mir die Führung. Sein Phallus wird immer praller. An meiner Zunge spüre ich die heraustretenden Adern. Leicht beiße ich in die weiche Haut seiner Eichel.

„Oh, Mel! Du bläst so geil!“ Dann nehme ich meine freie Hand zur Hilfe, mit der ich seinen Schaft umgreife. Meine Lippen umschließen fest sein drittes Bein.

Als er sich in mir ergießt, greift er mir wieder sehr bestimmend ins Haar. Ein wenig traurig bin ich schon, dass ich ihn nicht ansehen konnte, während er kommt. Er nimmt mir die Augenbinde ab.

Ich gehe duschen, willst du mit?“ Mit Mr. Sixpack zusammen duschen gehen? Na logo!

„Ja, gerne.“

Liam dreht das Wasser auf und stellt sich unter den Strahl.

„Komm, die Temperatur ist angenehm.“, er reicht mir seine Hand.

„Autsch, das Wasser ist viel zu heiß!“, schreie ich auf und stelle mich schützend hinter ihn.

„Haha, ach komm. Du darfst auch gerne das Duschgel meiner Mitbewohnerinnen benutzen oder du nimmst meines.“

„Ich nehme gerne deins.“

Die Vorstellung, den restlichen Abend seinen Duft auf meiner Haut zu tragen, berauscht meine Sinne. Ich liebe den Geruch von Männlichkeit. Wenn ein Mann gut riecht, dann kann mich das tatsächlich leicht erregen. Vor allem nach dem Sex. Dieser Schweißgeruch ... Daher liege ich gerne danach Arm im Arm im Bett. Ich versuche, diesen Duft so tief einzuatmen, wie es nur geht. Zu schade, dass Liam jetzt duschen gehen muss. Für seinen Job wäre es doch eigentlich von Vorteil, wenn er nach Sex riechen würde. Aber sein Duschgel riecht auch unheimlich gut.

Er seift sich leider selbst ein. Ich beginne, mich einzuseifen, als er den Schaum von seinem heißen Körper spült. Er dreht mich um, sodass mein Gesäß in seine Richtung zeigt. Von hinten umfasst er meine kleinen Brüste und seift diese liebevoll ein. Seine Hände streifen meinen Bauch entlang. Ich sauge tief Luft ein, als er meine Scham wäscht und mir zwischen die Beine greift. Gut, dass schon alles nass ist, so merkt er nicht, wie feucht ich schon wieder bin. Als meine Vagina genügend eingeschäumt ist, dreht er mich zu sich. Er presst meinen Oberkörper an seinen und widmet sich meinem Po. Wir schauen uns in die Augen. Von mir aus könnten wir jetzt auch gerne etwas mehr zur Sache kommen.

„Mund zu, Melina.“ Und schon wieder habe ich nicht im Bewusstsein gehabt, dass sich meine Lippen geöffnet haben. Liam funkelt mich an. Er presst mich näher an sich. Ich spüre seine Erektion in meinem Schoß.

„Runter mit dir! Wenn du nicht in der Lage bist, deinen Mund geschlossen zu halten, muss ich dir diesen wohl oder übel stopfen.“ *Verdammt!* Das ist unvorstellbar heiß! Ich gehe in der etwas zu klein geratenen Dusche auf die Knie. Vor mir steht sein Prachtstück.

„Hände auf deinen Rücken.“ Ich gehorche.

Das Wasser läuft die gesamte Zeit über. Es ist anregend, zu sehen, wie die einzelnen Wassertropfen Liams Adoniskörper herunterrinnen.

Dann packt er meinen Kopf, dreht ihn zur Seite und drückt meine rechte Wange gegen sein Glied. Daraufhin zieht er mich zurück und ich öffne instinktiv den Mund.

Schon im nächsten Moment rammt er mir sein bestes Stück hinein.

„Los, saug.“ Ich sauge und Liam vergräbt seine Hände in meinen Haaren.

„Halt still.“ Ich bewege meinen Kopf keinen Zentimeter mehr. Er fickt meinen Mund. Diesmal lasse ich ihn gewähren. Denn sein Schwanz ist nicht erigiert genug, um einen Würgereiz auszulösen. Er kommt nicht. Alles andere hätte mich auch gewundert. Er hilft mir auf die Beine und steigt dann aus der Dusche.

„Spül den Schaum von deinem Körper ab. Wir müssen gleich los.“ Ich steige abgeseift, und nach Mann duftend, zu ihm auf die Badematte. Er breitet ein großes Handtuch aus, legt es mir um den Körper und trocknet mich ab. Und da ist sie wieder. Diese Geborgenheit, die ich bei David vermisst habe. Liams Nähe sorgt dafür, dass ich mich wirklich weiblich fühle. Es tut gut in seinen starken Armen zu liegen. Das Gefühl zu haben, man wäre in Sicherheit und müsse mal nicht die Starke sein, die alles alleine auf die Reihe bekommt und auf sich alleine aufpassen kann. Natürlich kann ich das, weil ich es halt muss, aber ich genieße diesen Augenblick, in dem ich mich frei und leicht fühle. Diese Leichtigkeit wünschte ich häufiger verspüren zu können. Schade, dass wir gleich schon los müssen. So hält dieser Moment auch nicht lange an.

Er stylt sich schnell die Haare. Dann gehen wir in sein Zimmer und ziehen uns unsere Klamotten an. Er trägt seine Arbeitskleidung. Schon wieder der Police Officer. Der scheint sehr beliebt zu sein. Liam sieht ziemlich scharf in der Uniform aus. Er stopft sich eine Fahne in seinen Hosenbund, drückt mir seinen Laptop in die Arme und dann geht es zum Auto.

„Du musst leider den Laptop auf deinen Schoß nehmen, da im Kofferraum kein Platz mehr ist. Ich muss nämlich den LED-Anzug mitnehmen. Der nimmt den gesamten Platz ein.“

„Das ist kein Problem. So viel wiegt der nun nicht.“

„Wir werden heute ungefähr 400 km zurücklegen. Erst geht es zu zwei privaten Stripjobs und gegen 1 Uhr müssen wir wieder in Hamburg sein. Da geht es auf eine Party, auf der ich in diesem LED-Anzug tanzen muss. Bis ungefähr 3 Uhr. Ich hoffe, du hast genügend geschlafen, das wird eine lange Nacht.“, klärt er mich auf, als wir uns mit dem Smart in Bewegung setzen.

„Ich bin ein Nachtmensch. Das ist kein Problem für mich.“

„Gut.“

Liam steckt einen USB Stick ein und lässt die Musik, zu der er später strippen wird, laufen.

„Klingt gut.“

„Ja, ist extra für die Polizeishow.“

„Cool.“

Bis zur Autobahn fahren wir mit offenem Dach. Ich freue mich sehr auf die Stunden mit ihm. Ich hatte damit gerechnet, dass ich ihm während der Fahrt einen blasen soll, aber da ich kaum Bewegungsfreiraum habe und seine Lust wohl vorübergehend gestillt ist, sitzen wir wie ganz gewöhnliche Leute brav nebeneinander im Auto. Mir ist das recht. Mein Akku ist leer. Ich habe Hunger und versuche diesen, mit Wassertrinken zu stillen.

Seitdem wir auf der Autobahn sind, hören wir beide ein seltsames Geräusch.

„Vielleicht ist es Kies, der auf der Straße liegt.“

„Nein, halte mal eben das Lenkrad fest.“

„Was???“ Ich kann nicht widersprechen, denn Liam lässt tatsächlich einfach das Lenkrad los. Sofort packen meine Hände das Steuerrad. Wir fahren 120 km/h schnell. Und was tut der Verrückte? Er öffnet seine Tür! Während der Fahrt! Ich habe nicht mal einen Führerschein. Gott sei Dank, ist keine Kurve in Sicht. Ein paar Sekunden später, die sich wie eine Ewigkeit anfühlten, übernimmt Liam wieder die Kontrolle über den Smart.

„Was war los?“

„Meine Fahne war in der Tür eingeklemmt. Das hat das Geräusch verursacht.“ Ich lache laut los und brauche ein paar Minuten, um mich zu beruhigen. Meine Augen tränen vor Lachen.

„Das heißt also, dass die ganze Zeit deine Fahne draußen am Wehen war?“

„So sieht es aus.“ Und wieder pruste ich los. Liam scheint es zu amüsieren, dass ich mich dermaßen über eine eigentlich unlustige Sache schlapplachen kann.

„Geht es wieder?“

„Ja, alles gut."

Liam dreht die Musik lauter. Es läuft der Song *Pony* von *Ginuwine*, den ich aus dem Film *Magic Mike* kenne. Er singt voller Inbrunst mit. Wir verbringen singend und kopfwippend die Autofahrt, bis zum ersten Stop.

Man kann tatsächlich auch auf andere Art und Weise mit ihm Spaß haben. So ernst, wie ich anfangs dachte, ist er nicht. Liam hat eine lockere und alberne Seite an sich.

Das macht ihn sympathischer und ich muss mir eingestehen, dass ich mich wirklich wohl an seiner Seite fühle. Seinem sportlichen Fahrstil bleibt er auch bei dieser Tour treu. Er fährt viel zu schnell in die Kurven rein, was jedes Mal einen Adrenalinkick in mir auslöst. Den Laptop auf meinen Beinen muss ich richtig festhalten, damit dieser nicht durch den Smart fliegt.

„Wir sollten gleich da sein."

„Wo auch immer das sein mag." Wir fahren durch ein verlassen wirkendes Dorf.

„Also die Veranstalterin hat geschrieben, dass deren Junggesellinnen-Abschieds-Party in einer damaligen Bar stattfindet."

„Mitten im Dorf gab es mal eine Bar? Wundert mich nicht, dass die pleite gegangen sein muss."

„Haha, manche Locations sind abenteuerlich."

„So bleibt es spannend."

„Das stimmt. Sag mal, könntest du meinen Auftritt gleich mit deinem Handy filmen?"

„Klar, kein Ding." Cool, ich darf ihn begleiten. Hätte eher damit gerechnet, dass ich im Auto warten muss.

Wir sind angekommen. Tatsächlich steht mitten in diesem Wohngebiet ein verlassenes Gebäude. Gleicht einer Spelunke.

„Sind wir wirklich richtig?"

„Laut Navi ... Ich rufe sie gleich mal an."

„Hast du eigentlich Lampenfieber?"

„Mh ... geht. Kurz vorher ist immer eine leichte Nervosität da. Man hofft eben, dass alles glatt läuft."

„Ja, das kann ich nachvollziehen." Er ist doch menschlicher als er bei dem längeren Gespräch vor ein paar Wochen den Anschein gemacht hat.

Die Freundin der zukünftigen Braut bestätigt am Telefon, dass wir richtig sind. Sie erläutert, durch welche Tür Liam kommen soll und dass es in fünf Minuten losgehen kann.

Ich stehe direkt hinter ihm, mit meinem Telefon in der Hand. Er ist nicht ansprechbar, das spüre ich. Daher folge ich ihm wortlos, als seine Musik, die er der Freundin per Mail hat zukommen lassen, anklingt. Es ist total dunkel in dem Raum. In der Mitte befindet sich ein langer Tisch, an dem ungefähr sieben johlende Frauen sitzen. Am Ende des Raumes steht ein Stuhl, auf dem wohl die Zukünftige sitzt. Hätte eher gedacht, dass es ein achtzehnjähriger Geburtstag ist, da sie sehr jung aussieht und eine sehr zierliche Figur hat. Das wird Liam mit Sicherheit erfreuen.

Ich sehe auf dem Handybildschirm, dass man mit der Aufnahme nichts anfangen kann, da es schlichtweg zu dunkel ist. Zum Schein filme ich aber dennoch weiter.

Liams Show ist wahnsinnig erotisch. Als er sie hinstellt, ihren Rücken nach vorne beugt und mit seinem Gürtel ihren Arsch versohlt, natürlich nur angedeutet, läuft mir ein kalter Schauer den Rücken herunter. Ich bekomme Gänsehaut.

Ich erinnere mich daran, wie er mich ausgepeitscht hat. Irgendwie ist es verdammt sexy ihm zu zusehen und cool, die Frauen dabei zu beobachten, wie ihre Fantasie angeregt wird und zu wissen, dass er für mich nicht nur reine Fantasie ist, sondern pure Realität. Sein nackter Oberkörper wird von den Frauen mit Kreischen kommentiert.

Er gehört aber mir, Ladys. Dieser Gedanke huscht mir plötzlich durch meinen Kopf. Habe ich das gerade tatsächlich gedacht?! *Mel, reiß dich zusammen! Denk diesen Gedanken nie wieder!*

Ich konzentriere mich auf die Show. Und dabei fällt mir auf, dass die Musik viel zu leise ist. Jeder seiner Schritte auf dem Boden übertönt die Musik. Aber die Frauen sind begeistert, obwohl ich das Gefühl habe, dass die Zuschauerinnen mehr Spaß haben als die, die gerade im Mittelpunkt stehen darf.

Als er nach ungefähr fünfzehn Minuten fertig ist, wollen die Mädels noch ein Erinnerungsfoto mit ihm zusammen haben. Nur mit seiner Fahne um die Hüften gebunden, mache ich das Gruppenfoto mit dem Handy, der Frau, die Liam als Überraschung für den heutigen Abend gebucht hat. Dann helfe ich ihm, seine Sachen einzusammeln. Die Freundin bringt uns in einen kleinen Raum, in dem er sich wieder anziehen kann und gibt ihm einen weißen Briefumschlag, in dem sich wahrscheinlich seine Gage befindet. Leider zieht er sich ziemlich hurtig an. Hier einen Quickie zu haben ... Aber ich denke, dass wir sofort weiter zum nächsten Job müssen und vermutlich ist er tatsächlich nicht in Stimmung, wenn er arbeitet. Was irgendwie komisch ist, da sich sein Job um Erotik dreht.

„Hast du gut gemacht.“, lobe ich ihn, als wir im Auto sitzen, auf dem Weg zum nächsten Ziel.

„Danke, die Musik war nur zu leise.“

„Ja, etwas und leider war es auch zu dunkel zum Filmen.“

„Das macht nichts. Beim nächsten Job kannst du nur nicht filmen, weil dort einige Minderjährige vor Ort sein werden. 18. Geburtstag. Zeitlich sollte aber alles passen. Ich muss auf jeden Fall noch tanken fahren.“

„Ach, cool! Dich hätte ich mir auch zum Geburtstag gewünscht.“

„Haha, das ist süß von dir.“ Imaginär klopfe ich mir auf die Schulter. Ich bin total schlecht darin Komplimente zu verteilen, aber bei Liam klappt das irgendwie ganz gut.

An der Tanke angekommen, knurrt mein Magen unüberhörbar laut.

„Willst du dir auch was zu essen holen?“

„Ja, war wohl nicht zu überhören.“

„Nein, war es nicht.“, grinst Liam mich an. Ich grinse zurück. Er kauft sich zwei Energy Drinks und einige Schokoriegel.

„Brauche Kalorien.“

„Verstehe.“, zwinkere ich ihm zu. Ich kaufe mir ein Sandwich und nur einen Schokoriegel. Natürlich braucht er Kalorien und auch Kohlenhydrate, aber etwas gesünder ginge das schon. Ich erinnere mich an unseren Cola-Kuss vor einigen Stunden. Unglaublich, dass er so eine Figur hat, bei dem, was er sich an Nahrung zuführt.

Die Fahrt zum nächsten Job wird ruhiger, aber nicht weniger witzig. Liam öffnet alle fünf Minuten das Fenster, weil er Blähungen von den Energy Drinks bekommt. Ich weiß nicht, ob er sich dafür schämt, er hat das eigentlich ziemlich trocken geäußert. Ich finde es definitiv lustig. Immer, wenn das Fenster herunterfährt, kann ich mir das Lachen kaum verkneifen, aber ich will nicht, dass er sich unwohl fühlt. Ich bin ihm dankbar, dass er frische Luft hereinlässt. In dem Smart könnte man sonst leicht an einer Vergasung zu Grunde gehen.

Die nächste Location lässt auf mehr Action hoffen. Ein Jugendtreff, der außerhalb einer Kleinstadt steht. Als wir anfahren, kommen zwei junge Mädels auf uns zu.

Liam parkt und öffnet die Tür.

„Hey! Bist du der Stripper?“, sagt die etwas reifer Aussehende. Ihr Ausschnitt lässt sehr tief blicken. Ich beobachte Liam, aber er schaut ihr ganz Gentleman-like in die Augen.

„Ja, der bin ich. Du brauchst den USB-Stick mit der Musik für den DJ oder?“

„Ja, genau.“, sagt sie sehr selbstsicher. Die andere steht nur schüchtern daneben.

„Wann soll ich rein kommen?“

„In jetzt genau zehn Minuten.“

„Alles klar. Bis gleich dann.“ Die Mädels ziehen ab. Natürlich wackelt die eine übertrieben mit ihrem Arsch.

„Ganz schön krass die Kleine, was?“, kommentiert Liam ihren Abgang.

„So selbstsicher wäre ich in dem Alter auch gerne gewesen.“

„Ich glaube, dass dir das nicht gut getan hätte, Melina.“

„Mag sein ...“ Dann wäre ich wahrscheinlich früher von David weggekommen. Wohlmöglich wäre ich gar nicht erst mit ihm zusammengekommen, sondern wäre ein Mini-Me von Amber geworden. Nein, ich bin froh, die zu sein, die ich jetzt bin. Ich denke, dass wollte Liam auch mit seinen Worten sagen. Es war wohl ein verstecktes Kompliment seinerseits.

Der Laden ist ziemlich groß und voller Menschen. Im ersten Raum, den wir durchqueren, sind viele Erwachsene und die ganzen kleinen Kinder. Wir kämpfen uns durch eine Masse von Jugendlichen, einige folgen uns. Anscheinend wissen sie, was jetzt kommt.

Im dritten Raum steht ein Stuhl, auf dem bereits das Geburtstagskind sitzt. Ein DJ steht in der Ecke und spielt zum perfekten Zeitpunkt die Musik ab. Alle stellen sich um den Stuhl herum im Kreis auf, lassen genügend freie Fläche. Neben mir steht ein Kerl, der etwas mehr auf den Hüften hat und ich bin gespannt, ob er irgendwelche abwertenden Kommentare von sich geben wird oder ob er es locker nimmt.

Liam beginnt mit seiner Show und anstatt, dass er wie bei dem vorherigen Job seine Sachen einfach auf den Fußboden fallen lässt, reicht er mir jedes einzelne Stück. Ich fühle mich wie seine persönliche Assistentin. Der Typ neben mir schaut mich komisch an. Es ist doch offensichtlich, dass ich nicht zu der Partymeute gehöre. Ich ignoriere ihn und warte darauf, dass Liam sich weiterentkleidet.

„Ey, gehörst du zu uns oder zu dem?“, quatscht er mich von der Seite an.

„Zu ihm.“

„Cool!“ Spätestens jetzt wird er in meiner Nähe wohl nicht anfangen, schlecht über den Auftritt zu reden. Und Tatsache. Er fängt an, seiner Kollegin, die neben ihm steht, zu erzählen, wie krass er Liams Akrobatikeinlagen findet. Er betont noch, dass er aber definitiv nicht schwul ist. Ich muss schmunzeln.

Liam reicht mir seine Hose. Wir kommen zum Finale. Nicht nur die Frauen scheinen beeindruckt zu sein, sondern auch die männlichen Zuschauer. Nach seiner Show wollen selbst die Kerle mit ihm ein Foto machen. In der Zeit hebe ich seine Unterwäsche auf und packe sie zu den anderen Sachen auf meinen voll bepackten Arm.

Die Vollbusige von vorhin bringt uns zu den Toiletten, da leider kein freier Raum mehr zur Verfügung steht, in dem er sich hätte ankleiden können. Als wir uns durch die teils echt gut betrunkenen, jungen Menschen drängen, wird Liam sogar von jemandem erkannt, der seine Show gerade verpasst hat.

„Hey, du bist doch das Magic Mike Double aus Hamburg!" Liam nickt ihm nur freundlich zu und verschwindet dann einfach auf dem Männer WC.

„Warte! Ich kann da nicht rein!"

„Ich glaube, die Jungs stört das nicht."

„Mich aber." Einer der Feierwütigen mischt sich ein.

„Magst du keine pissenden Schwänze sehen?"

„Von Kindern auf jeden Fall nicht."

„Wie alt bist du denn?"

„Ich bin 24."

„Oh."

„Ja, oh. Außerdem bist du ja nicht am Pissen.

Ich glaube nicht, dass du in der Lage bist, für die anderen Kerle zu sprechen." Er sagt nichts und geht.

Ich stelle mich an den Türrahmen und reiche Liam nach und nach sein Zeug rein. Die Polizeimütze will er nicht haben. Er holt sein Geld von der kleinen Bitch ab, die heftigst mit ihm flirtet und dann gehen wir zurück zum Auto.

Auf dem Weg dorthin höre ich noch, wie einer zu einem anderen sagt: „Hey, sieh mal. Der nimmt eine mit!" *Volltrottel.* Noch einer, der wahrscheinlich die Hälfte der Partygäste nicht zu kennen scheint.

Als wir im Wagen sitzen, setze ich die Mütze auf, die mir viel zu groß ist. Ich kann kaum aus den Augen schauen.

„Steht dir.", sagt Liam lachend.

„Nächstes Mal gehen wir als Polizistenteam. Dann haben die Kerle auch ihren Spaß." Er sagt das in einem Ton, den ich nicht einschätzen kann. Meint er das nun ernst oder witzig?

„Ich kann leider nicht so tanzen wie du.“, entgegne ich nur.

„So schwer ist das gar nicht. Brauchst ja auch nicht zu turnen. Als Frau reicht es, wenn du ein bisschen mit den Hüften schwingen kannst und mit dem Arsch wackelst.“

„Hahaha! Ich glaube, etwas mehr gehört da schon zu.“

„Wenn du in der oberen Liga mitspielen willst, dann ja. Die meisten können sich aber nicht mal richtig bewegen. Von den männlichen Strippern will ich gar nicht erst anfangen zu reden ...“

„Oha, hätte ich nicht erwartet. Dann scheinst du ja wirklich ein Ausnahmetalent zu sein.“

„Ich bin bloß fleißig und habe halt eine Akrobatikausbildung gemacht.“

„Wow, das ist beeindruckend.“

„Geht.“, spielt er meine Begeisterung herunter.

„Wir haben noch knapp eineinhalb Stunden bis zum nächsten Job und wir brauchen mit Sicherheit knapp über eine Stunde zurück nach Hamburg.“ Ich setze die Mütze ab.

„Dann mal los.“

Auf dem Rückweg nach Hamburg wendet Liam einmal heftig, da er dem Navi falsch gefolgt ist. Dann fahren wir eine lange Zeit auf einer Panzerstraße durch die Wallapampa. Liam fährt viel zu schnell. Kein anderes Fahrzeug ist in Sicht. Es ist, als seien wir vollkommen alleine auf dieser Straße unterwegs. Wie bei *The Walking Dead*. Jeden Moment könnten Beißer von links und rechts aus dem dunklen Wald auf die Straße torkeln. Meine Fantasie geht mit mir durch. Jedoch lenkt sie mich von meiner Angst ab. Die Wahrscheinlichkeit, dass uns Wild vor das Auto läuft, ist nicht zu unterschätzen. Ich habe zu viele Ängste. Anstatt einfach mal den Moment zu genießen ...

Ich liebe schnelles Fahren. Wenn ich das Motorengeräusch eines Lamborghinis oder eines Audi R8’s aufheulen höre, springt mein Herz in die Luft. Liam hat alles unter Kontrolle, versuche ich mich selbst zu beruhigen. Am Straßenrand sehe ich zwei weiße Punkte aufblitzen. Wahrscheinlich Pupillen eines Fuchses, die durch das Scheinwerferlicht reflektieren.

Plötzlich hört die breite Landstraße auf und wir befinden uns wieder in der Zivilisation.

Auf der Autobahn gibt Liam weiterhin ordentlich Gas. Er scheint wirklich unter Zeitdruck zu stehen. Und dann das. Er bremst den Smart stark herunter. Stau.

„So eine scheiße!“, flucht er.

„Nachts Stau, habe ich auch noch nie erlebt."

„Kann denn niemand mehr richtig Auto fahren? Warum müssen diese Vollidioten immer Unfälle bauen?!"

„Immerhin fahren wir noch."

„Scheiße! Wenn ich auf der rechten Spur stehen würde, würde ich auf dem Seitenstreifen vorbeifahren."

Gut, dass wir das nicht tun. Eins weiß ich jetzt ganz genau. So, wie Liam sich ärgert, kann er kein Autist sein. Dazu ist er viel zu emotional.

Beide Spuren werden auf den Seitenstreifen umgeleitet.

„Boah, die fahren jetzt aber auch übertrieben langsam. Wahrscheinlich gaffen sie alle.", ärgere ich mich, aber versuche dennoch, ruhig zu bleiben und mich nicht von Liams Stress anstecken zu lassen.

„Das nervt unglaublich!"

„Allerdings."

Ein Wagen ist in die Leitplanke gefahren und sieht Schrottplatz reif aus.

Wir fahren wieder Vollgas die Autobahn entlang. Dass es so langsam voran ging, lag tatsächlich an den gaffenden Autofahrern.

Liam nimmt sein Handy in die Hand und versucht, einen der Verantwortlichen der Veranstaltung zu erreichen, um ihm mitzuteilen, dass wir wahrscheinlich etwas später ankommen als geplant. Aber er erreicht ihn nicht.

„Weißt du, wo das Terrace Hill ist?"

„Klar, dass ist der Bunker an der Feldstraße."

„Feldstraße? Schnucki, ich kenne nur die Strecke von Harburg zum Kiez. Ansonsten kenne ich mich in Hamburg nicht aus."

„Ja, fahr in die Richtung. Der Bunker steht am Heiligengeistfeld."

„Was ist das denn?"

„Diese groooße Fläche bevor man zum Kiez reinfährt. Auf der rechten Seite. Da, wo der Hamburger Dom stattfindet."

„Ah, okay. Und da ist das?"

„Ja, da in der Nähe. Fahr Richtung Kiez und dann navigiere ich dich hin."

„Gut, ich muss nämlich Akku sparen, daher mache ich das Navi jetzt aus. Hoffentlich bringst du uns wirklich hin und verkackst das nicht wie beim letzten Mal.", Liam wirft mir einen provozierendes Lächeln zu.

„Jetzt bin ich ja nicht abgelenkt.“, kontere ich und zwinkere ihm frech zu.

„Der Punkt geht an dich. Dann vertraue ich dir mal.“

„Das kannst du.“ Und ich behalte Recht. Wir sind nur zehn Minuten zu spät vor Ort.

Er holt den Koffer mit dem Anzug aus dem Kofferraum und dann gehen wir in den Bunker. Drinnen stoßen wir auf eine etwas längere Schlange, die vor dem Fahrstuhl wartet. Liam geht selbstsicher an ihnen vorbei. Ich dackel ihm hinterher. Die Leute schauen ihn leicht verdutzt an, was vielleicht an seiner Officerkleidung liegen mag, die er immer noch trägt.

Vor dem Fahrstuhl stehen zwei Leute, eine Frau und ein breiter Kerl. Sie kassiert den Eintritt und er schiebt wache.

„Ich bin einer der Tänzer, die für heute Abend gebucht worden sind.“

„Okay und wie ist dein Name?“, fragt die Frau.

„Liam Smith.“ Die Frau mustert mich kurz und schaut dann auf ihrem Zettel nach.

„Dein Name steht hier nicht.“

„Ich wurde von Daniel beauftragt. Ich soll hier heute im LED-Anzug tanzen.“

„Hm ... und nu?“

„Ja, lassen Sie mich und meine Begleitung rein.“ Liams Ton wird rauer. Sie sollte seine Geduld besser nicht auf die Probe stellen. Das scheint sie zu spüren.

“In Ordnung. Frank, gib den beiden einen Stempel.“

„Danke sehr.“ Wir drängeln uns in den Fahrstuhl vor. In dem steht einer, der anscheinend Fahrstuhldienst hat.

„Schönen guten Abend.“ Wir erwidern seine Begrüßung im Chor. Liam beginnt einen Smalltalk mit dem Fahrstuhltyp.

„Das ist ja auch ein toller Job. Bist du Model und wurdest extra für heute Abend gebucht, um die Fahrt angenehmer zu gestalten?“ Der Kerl ist tatsächlich ziemlich gut aussehend. Komisch ... Normalerweise checke ich Männer sofort ab, aber sein gutes Aussehen habe ich gar nicht wahrgenommen. Entweder es liegt an der Müdigkeit oder ich bin geblendet von Liams Anwesenheit.

„Da liegst du richtig. Ich bin Model. Explizit für Parties.“

„Aber hier im Fahrstuhl lernt man mit Sicherheit viele Menschen kennen.“

„Durchaus. Aber zwischendurch ist es wirklich hart langweilig." Liam lacht. Ich mag sein Lachen. Dann sind wir im obersten Stockwerk angekommen.

„Viel Spaß noch.", verabschiedet er sich vom Fahrstuhlmodel.

„Ebenso!"

Da wir nicht wissen, wo wir hin müssen, gehen wir zur Bar, um einen Verantwortlichen ausfindig zu machen.

Mein Blick schweift über die Partygäste. Ich zupfe an Liams Hemd.

„Du, irgendwie sind hier außergewöhnlich viele Männer."

„Das fällt dir ja früh auf, du Schlaukopf."

Da geht mir ein Licht auf.

„Ist das eine Schwulen-Party?!"

„Ja, gut erkannt." Er lächelt mich kurz an, aber dann nimmt sein Gesicht wieder diesen genervten Ausdruck an. Ich glaube, dass er gerade nicht gut drauf ist. Die Sache unten beim Eingang hat ihn wohl zusätzlich abgenervt. Ich freue mich, von so vielen Männern umgeben zu sein und das Coole ist, dass sich keiner für mich interessiert. Nach und nach wird es immer offensichtlicher, dass dies eine Homo-Party ist. Die Outfits mancher Männer sind äußerst gewöhnungsbedürftig. Aber sie haben alle Spaß und das ist schön anzusehen. Die Musik ist gut, der Sound ist nur leider ätzend. Schade. Trotzdem habe ich Lust zu tanzen.

Nachdem wir zehn Minuten warten mussten, bringt uns jemand hinter die Bühne, wo Liam sich umziehen kann.

Backstage sind noch drei andere Tänzer. Oberkörperfrei. Einer von ihnen wird von einem anderen Kerl bemalt. Schaut nach UV-Licht Farbe aus. Liam und ich verziehen uns in die hinterste Ecke. Es gibt keine Tische und keine Stühle. Heißt, dass ich mindestens zweieinhalb Stunden nur stehen werde.

In fünf Minuten soll er schon auf die Bühne und die erste Viertelstunde tanzen. Insgesamt muss er dreimal auf die Bühne. Die Pausen, die mit dreißig Minuten angelegt sind, werden die Nacht in die Länge ziehe. Er hatte Recht, als er meinte, dass das eine lange Nacht werden wird.

Ich helfe ihm beim Anziehen. Dieser Anzug ist verkabelt und alleine eine echt Herausforderung.

„Die Handschuhe mit den Lasern, dürfte ich hier eigentlich gar nicht tragen. Die Location ist viel zu klein."

„Wieso?"

„Wenn ich dir damit direkt ins Auge ziele, ist die Gefahr groß, dass du erblindest."

„Okaaay. Das ist krass. Dann heb bitte deine Hände nicht in meiner Nähe.“, sage ich lachend.

„Keine Angst.“, zwinkert er mir zu.

„Hilf mir bitte mit der Kopfbedeckung.“

„Klar.“ Von Liam ist nichts mehr zu sehen. Er ist vollkommen in schwarz gehüllt. Nur die Lichter leuchten und machen seine Umrisse deutlich. Dann geht er auf die Bühne. Ich folge ihm, bleibe aber neben dem DJ-Pult stehen, sodass man mich nicht sehen kann. Zu der Musik, die gerade läuft, ist es schwierig sich zu bewegen, aber er macht seinen Job gut. Die Partygäste in der ersten Reihe schenken ihm jedenfalls Beachtung. Der Rest der Meute tanzt und starrt eher die beiden Mädels und den Kerl, die erhöht auf einem Podest in der Mitte der Tanzfläche tanzen, an. Wohl auch gebuchte Models. Die eine kommt mir ziemlich bekannt vor. Ich glaube, dass sie mal bei Germany’s Next Topmodel mitgemacht hat. Hm ... und nu, tanzt sie halbnackt auf einer Homo-Party. Auch nicht schlecht. Der Typ ist ein Hübscher, aber wirkt wie ein Player. Nicht ganz mein Fall.

„Ich brauche frische Luft.“, sagt Liam mir, als er von der Bühne kommt und seinen Helm abnimmt. Ich folge ihm. Nach hinten durch ist eine Tür, die auf die Dachterrasse führt. Der Ausblick ist der Hammer. Links daneben ist der Bereich für die Gäste, der durch eine Trennwand abgeteilt ist.

„Ich zeig dir was.“ Liam zielt mit seiner Hand auf den Kirchturm des Michels.

„Wow! Das ist heftig!“ Der Laser reicht tatsächlich bis zur Kirche. Man sieht einen blauen Punkt auf der Uhr des Turms.

„Jup. Daher ist das eigentlich nicht in Ordnung, in so einem Raum mit diesen Lasern zu tanzen. Aber die Verantwortung liegt nicht bei mir. Ich habe den Anzug geliehen bekommen von dem Auftraggeber. Einer seiner Jungs musste kurzfristig absagen und ich bin für ihn eingesprungen.“

„Oh, ach so. Na ja mehr Geld für dich und du stehst erhöht, von daher sollte da nichts passieren.“

„Ich passe natürlich auch auf.“

„Leute, geht wieder rein. Ihr dürft da nicht stehen.“, werden wir plötzlich von der anderen Seite angewiesen. Hinter dem abgetrennten Bereich spricht einer der Securitymänner zu uns.

Wir gehen wieder rein. Die frische Luft hat aber gut getan. Drinnen ist es knalle heiß. Liam muss eingehen in diesem Anzug. Immerhin kommt einer der Verantwortlichen und bringt ihm eine Dose Energy Drink.

Als er wieder tanzen muss, nutze ich die Chance, um mein Bedürfnis zu befriedigen. Ich liebe es zu tanzen. Ich fühle mich losgelöst. Denke über nichts und niemanden nach. Lausche den Klängen der Musik und fühle den Beat.

In seiner Pause gehen wir zusammen zu den Toiletten. Er geht natürlich aufs Männerklo und ich gehe zu den Ladies. Keine Warteschlange, keine Frauen, die die Waschbecken blockieren, weil sie ihr Make-up auffrischen müssen, kein Klopapier auf dem Boden und keine vollgepinkelten Klobrillen. Ein Traum. Als ich fertig bin, warte ich vor dem WC auf ihn. Männer gehen rein und kommen vor Liam wieder raus. *Vielleicht hat er Probleme mit seinem Anzug, wenn er groß muss?* Weitere Minuten vergehen. Kein Liam. Dann lasse ich meinen Blick über die tanzende Menge schweifen und ganz am Ende, hinten am DJ-Pult, entdecke ich ihn. Er steht neben dem Discjockey und scheint etwas zu suchen. Da geht mir ein Licht auf. Nicht nach etwas, sondern anscheinend nach mir. Sein Blick durchlöchert die Menge, aber hier hinten wird er mich schwer sehen können. Anstatt direkt zurückzugehen, bleibe ich hier, bewege mich nur ein Stückchen weiter auf die Tanzfläche und tanze zwischen den ganzen Männern. Mir gefällt dieser Moment, dass er sich angeblich um mich sorgt, zu gut, dass ich ihn direkt auflösen möchte. Wenn ich mit jemandem gemeinsam aufs WC gehe, dann warte ich immer. Dass er nach mir Ausschau hält und sich fragt, wo ich stecke, hätte ich nicht erwartet.

Ich warte noch zwei Songs ab, bis ich über die Bühne zurück nach hinten gehe.

„Hey, wo warst du denn?“, empfängt er mich.

„Ich wollte ein bisschen zwischen den vielen Männern tanzen.“, erzähle ich ihm nur die halbe Wahrheit.

„Ok. Verstehe.“ In der Zeit, bis zu Liams letzten fünfzehn Minuten Arbeit, hatten die drei Tänzer ihren Auftritt. Dank des Films *Magic Mike* und Liams Darbietung, bin ich wohl verwöhnt oder habe vielleicht zu hohe Ansprüche entwickelt. Ich bewerte deren Leistung als besonders schwach. Zwei von den Dreien sind total steif. Da bewegt sich ein Ast im Wind mehr. Aber die nackte Haut macht das wieder wett. Die Zuschauer scheinen jedenfalls angetan zu sein. Danach kommt eine Live-Darbietung im Bereich Gesang. Als die ersten paar Töne gesungen werden, erkenne ich die Stimme.

„Die Sängerin kenne ich, die war bei Popstars und hat sogar gewonnen. Die Band, in der sie gesungen hat, mochte ich.“

„Sagt mir gar nichts. Klingen tut das auf jeden Fall nicht gerade schön.“

Das ist wahr. Schiefer kann man kaum singen. Sie sieht heiß aus in ihrem kurzen, engen schwarzen Kleid und den High Heels. Ich glaube ihr Name ist Gabby. Ihr Gesang scheint keinen Anklang zu finden. Die Buhrufe der Gäste werden immer lauter und schon nach zwei Songs wird sie von der Bühne gewunken. Das muss frustrierend sein.

Während Liams letzter Tanzeinlage, gesellt sich das eine tanzende Male-Model zu mir.

„Hier ist ja mehr Stimmung als bei den beiden Mädels. Stört es dich, wenn ich hier mit dir tanze?“

„Nein, überhaupt nicht.“ Ich bin leicht geschmeichelt. Auch wenn er nicht mein Typ ist, ist er ein Augenschmaus. Dennoch konzentriere ich mich mehr auf Liam.

Nach getaner Arbeit, verstaut er den Anzug im Koffer und gehen dann zur Bar.

„Willst du was trinken?“

„Ja, ich hätte gerne ein Wasser.“ Er ordert mir ein Wasser und sich eine Cola. Dann müssen wir wieder auf einen der Verantwortlichen warten, der für die Gage zuständig ist. Nach zehn Minuten wird Liam hinter die Bar gerufen. Dort geht er eine Treppe hoch. Ich warte alleine und überbrücke die Zeit mit Tanzen. Allerdings hatte ich erwartet, dass er relativ schnell wieder da ist, aber irgendwie kommt er nicht zurück. Hoffentlich gibt es keinen Streit.

Ein ziemlich betrunkener Kerl stellt sich neben mich, tanzt aber nicht, sondern steht nur da und glotzt mich merkwürdig an. Ich beschließe, ihn einfach zu ignorieren. Er quatscht mich nicht an. Ignoranz scheint zu wirken. Gott sei Dank, erblicke ich dann endlich Liam. Er nimmt den Koffer, auf den ich aufgepasst habe und schreitet Richtung Fahrstuhl. Ich muss fast laufen, um mit ihm Schritt halten zu können. Im Fahrstuhl ist seine schlechte Stimmung wie weggeblasen. Jedenfalls unterhält er sich wieder äußerst freundlich mit dem Fahrstuhlmodel. *Das ist doch ein Scheißjob.* Der fährt seit Stunden hoch und wieder runter. Wir wünschen ihm beide noch einen schönen Abend. *Den wird er mit Sicherheit haben* ... Innerlich schmunzle ich.

Im Auto sitzend, flucht Liam erst einmal ordentlich ab.

„So eine unterirdisch schlecht organisierte Party! Das war doch ein kompletter Reinfall. Nie im Leben werden die die Kosten gedeckt bekommen.“

„Hat denn alles mit deiner Gage geklappt?"

„Ja, aber der wollte mich tatsächlich herunterhandeln, weil sie eben zu wenig eingenommen haben."

„Das ist wirklich eine Frechheit. Immerhin hast du deine Leistung erbracht und dafür musst du auch anständig entlohnt werden."

„So sieht es aus." Liam öffnet den Umschlag und zum Vorschein kommen 250 Euro.

„Das ist nicht schlecht.", entfährt es mir.

„Na ja ... mit den Stripjobs habe ich im Verhältnis mehr verdient. Vor allem geht von dem Geld noch Provision ab."

„Oh, okay." Er öffnet die anderen Umschläge und zählt das Geld. Für mich ist das auf jeden Fall eine ordentliche Summe für einen Abend. Er erzählt mir allerdings, welche Kosten er diesen Monat noch hat und dann denke ich, dass zwei Jobs mehr heute Abend nicht schlecht gewesen wären.

Liam verstaut das Geld in seinem Portmonee und startet den Motor. *Fragt er mich gleich, ob ich nach Hause oder noch mit zu ihm will?* Er sagt nichts, sondern fährt einfach los. Als wir uns auf der einen Hauptstraße befinden, weiß ich, dass ich die restliche Nacht mit ihm verbringen darf. Ich freue mich wie ein kleines Kind. Aber natürlich nicht sichtbar. Meine coole Fassade halte ich selbstverständlich aufrecht.

Er fährt die Fenster herunter und in den Wagen dringt die frische Morgenluft. Die Sonne geht langsam auf. Aus den Lautsprechern ertönt *See You Again* von *Wiz Khalifa*. Liam singt lautstark mit und ich schließe mich ihm an. Bilder von unserem gemeinsamen Kinobesuch tauchen in meinen Gedanken auf. In diesem Moment bin unendlich glücklich. Ich genieße seine Anwesenheit und zum ersten Mal wird mir bewusst, dass man mit ihm auch außerhalb des Betts Spaß haben kann. Trotz seiner genervten Momente, hatte ich einen wirklich mehr als schönen Abend. Ich sauge diesen Augenblick so intensiv wie es nur geht auf. Über all meine Sinne. Den Song, der in meinen Ohren widerhallt, wie auch der Klang seiner Stimme. Den Duft des Morgens und der leeren Energy Dosen, der in meiner Nase liegt. Das Gefühl auf meiner Haut. Die Wärme, die Liams verschwitzter Körper ausstrahlt und den Anblick, wie er wieder einmal viel zu schnell fährt und mit Leidenschaft diesen Song mitsingt. Mit aller Macht versuche ich, all diese Eindrücke in mein Gedächtnis einzubrennen.

Die Straßen sind leer. Bis nach Harburg haben wir freie Fahrt. Dann müssen wir an ein paar Ampeln halten und Liam lässt sich darüber aus, wie bescheuert es ist, nachts die Ampeln an den Kreuzungen anzulassen. Man würde viel Strom sparen, wenn ab einer gewissen Uhrzeit die Regeln der Straßenschilder gelten würden. Ich stimme ihm zu.

In seiner Wohnung angekommen, bin ich total erledigt. Wenn man zur Ruhe kommt, merkt man erst, wie fertig man eigentlich ist. Ich nehme schnell noch meine Pille, die ich vorsichtshalber eingepackt habe. Denn natürlich habe ich die Hoffnung gehegt, dass ich bei ihm bleiben darf. Liam war auf Klo und entkleidet sich. Zeit zu schlafen. Ich ziehe mich neben ihm stehend aus, bis auf meinen String. Liam ist komplett nackt. Welch reizender Anblick. Und dann nehme ich seinen Blick wahr, mit dem er mich ansieht. Verlangend. *Der ist doch jetzt nicht ernsthaft geil nach diesem Abend?!* Er schnappt nach meinen Hüften, zieht mir meinen String herunter. Dermaßen brutal, dass ich befürchte, dass er ihn zerreißt.

Er schubst mich vorwärts auf das Bett. Ich kann mich gerade noch mit meinen Händen abfangen. Dann probiert er bestimmend in mich einzudringen. Aber ich bin nicht bereit. Ich bin staubtrocken. Mein Eingang hält die Türe geschlossen.

Ich höre, wie er auf seinen Schwanz spuckt. Er dringt unliebevoll in mich ein. Normalerweise liebe ich das erste Eindringen, aber diesmal fühlt es sich unangenehm an, was dafür sorgt, dass ich mich verkrampfe. Ich habe keine Kraft mehr, mich auf den Beinen zu halten. Mein Körper kann nicht mehr. Jegliche Bemühungen, mich zu erregen, würden fehlschlagen. Wahrscheinlich ist er sich dessen bewusst und bemüht sich daher gar nicht erst. Ich hoffe, dass er seinen Spaß hat und schnell fertig wird. Diese Gedanken sind bemitleidenswert. Sie fühlen sich falsch an, aber ich fühle mich nicht schlecht, sondern verspüre eher eine Gleichgültigkeit. Nach ein paar Minuten hört Liam auf. Er ist noch nicht gekommen.

„Bist du zu müde?“, fragt er mich, weil er wohl endlich gemerkt hat, dass ich nicht in Stimmung komme.

„Ja, ich kann leider nicht mehr. Tut mir leid.“

„Macht nichts.“ Liam legt sich ins Bett.

„Komm, leg dich zu mir.“ *Endlich!*, schreit meine Sehnsucht nach Nähe. Liam schnarcht schon nach wenigen Sekunden. Obwohl es eher ein lauteres Atmen ist. Arm in Arm schlafen wir ein.

Ich werde ein paar Male von Liams Küssen auf meinen Mund und meine Schultern geweckt. Erst denke ich, dass ich träume, aber als ich realisiere, dass er das wirklich getan hat, durchfährt ein merkwürdig warmes Gefühl mein Herz, gefolgt von meinem gesamten Körper. Ich kann es nicht einordnen, aber es fühlt sich gut an und so schlafe ich mit einem Lächeln auf den Lippen wieder ein.

„Aufwachen du Schlafmütze.“, er streicht mir liebevoll den Arm entlang. Ich bekomme nur ein Grummeln heraus.

„Haha, du bist echt eine Pennerin.“

„Selber oder bist du etwa schon seit Stunden wach?“

„Nö, aber länger als du.“ Ich öffne vorsichtig meine Augen und denke mir, dass ich jeden Morgen mit diesem Anblick erwachen könnte. Er sieht irgendwie überhaupt nicht kaputt aus.

„Wie spät ist es denn?“, frage ich.

„Es ist zwölf Uhr.“

„Oh.“

Liam schlingt seine Arme um mich und drückt mich an sich. Ich liege mit meinem Po an seinem nackten Penis. Diese Position ist so gemütlich, dass ich glatt wieder einschlafe.

„Melina, wir sollten jetzt wirklich aufstehen. Es ist mittlerweile 13:30 Uhr.“ Ich schrecke auf.

„Oh, verdammt!“

„Hast du noch was vor heute?“

„Nein, glücklicherweise nicht, aber trotzdem verschlafe ich nicht gerne den gesamten Tag.“

„Ich sehe, wie deine Nase größer wird.“ Ich haue ihn gegen seinen starken Bizeps, was mir wahrscheinlich mehr wehgetan hat als ihm. Er drückt mich an sich.

„Okay, wenn du nichts vorhast, können wir noch etwas liegen bleiben. Sag mal, hast du diesem Kerl aus der U-Bahn noch mal geschrieben oder hat er sich bei dir gemeldet?“

„Ähm. Nein. Ich habe ihm nicht mehr geantwortet.“, antworte ich, etwas überrascht über seine Frage.

„Schön. Gibt nichts Schlimmeres als Doms, die versuchen, eine Sub abzuwerben. Aber dann hat er es wohl eingesehen und verstanden.“

„Eingesehen nicht wirklich. Ich war jedoch sehr deutlich. Ich habe ihn spüren lassen, dass es hoffnungslos für ihn ist. Ist dir das etwa schon einmal passiert, dass dir eine Sub abgeworben wurde? Hattest du schon mal eine richtige Sub?“ Meine Neugierde ist geweckt.

„Abgeworben wurde mir noch nie eine. Ich hatte bisher allerdings erst eine langfristige Sub. Ansonsten waren es eher kurze Nummern. In der Szene sind nicht viele junge, attraktive Frauen, die richtig devot sind und auch noch eine masochistische Ader haben. Devot an sich, sind die meisten. Aber nicht in Bezug auf BDSM.“

„Erzähl mir mehr über deine Sub.“

„Da ist wohl jemand neugierig.“

„Etwas.“, gebe ich zu.

„Na gut. Es ist ungefähr drei bis vier Jahre her. Wir hatten anfangs normalen Sex miteinander. Aber nach einiger Zeit habe ich gespürt, dass sie äußerst devot ist. Ich habe es angesprochen und sie hat sich mir geöffnet und mir ihre Wünsche und Fantasien anvertraut. So wurde sie dann meine Sub. Ich habe ihr dann auch per SMS Aufgaben geschrieben, die sie zu erledigen hatte. Also haben wir nicht nur gespielt, wenn wir uns gesehen haben. Sie hatte die gesamte Zeit zu gehorchen und das zu tun, was ich ihr auftrug. Auch, als sie in der Schule im Unterricht saß. Sie musste dann zum Beispiel ihren Lehrer bitten, auf die Toilette gehen zu dürfen. Dort musste sie es sich selbst besorgen und für mich ein Video aufnehmen, was sie mir dann bei unserem nächsten Treffen zeigen musste.“

„Oh. Wow. Das ist interessant.“

„Ja, hätte mal wieder Lust auf eine Sub.“

„Aber noch mehr auf eine dominante Frau.“

„Schon, allerdings ist dies noch schwieriger. Ich gehe hin und wieder in ein Dominastudio, wenn ich Geld über habe. Dort kann mein Verlangen gut gestillt werden.“

„Aber das ist mit Sicherheit nicht gleichzustellen mit einer Frau, die dies, ohne Geld zu nehmen, gerne tut.“

„Nein, aber wie gesagt ... in der Szene sind wenig attraktive Menschen. Die hübschen sind entweder verheiratet oder machen das professionell.“

„Wieso hattest du noch keine feste Freundin?“, platzt es aus mir heraus. Liam lacht.

„Mel, weil ich nicht mal einen Blick auf meine eigenen Gefühle werfen kann, ohne eine Depression zu bekommen. So, jetzt lass uns mal aufstehen.“

Liam drückt mir einen Kuss auf den Mund und bewegt seinen äußerst knackigen Arsch ins Badezimmer.

Mit einer derartigen Antwort habe ich nicht gerechnet. Seine Seele ist krank und er scheint nichts dafür zu tun, um dies zu ändern. Es wirkt, als hätte er sich damit abgefunden.

Als er zehn Minuten später wiederkommt, zieht er sich frische Klamotten an. *Schade.* Dann geht er kommentarlos in die Küche. Ich beschließe, ins Bad zu gehen, um mich frisch zu machen. Als ich in den Spiegel schaue, erschrecke ich mich. Dieser verdammte Pickel von gestern Morgen ist präsenter denn je. Gut, dass ich meine Kosmetikartikel aus meiner Handtasche mit ins Bad genommen habe. Ich wasche mein Gesicht und überdecke dann diesen Pickel. Jetzt fällt er nicht mehr sofort ins Auge. Wundert mich, dass Liam keinen doofen Spruch gebracht hat. Entweder wollte er mich nicht in Verlegenheit bringen oder es ist ihm schlichtweg egal. Nachdem ich mich frisch gemacht habe und meine Klamotten vom Vortag übergezogen habe, geselle ich mich zu Liam in die Küche. In einer Pfanne stockt ein Omelett und in einem Topf daneben kocht gerade die Milch hoch. Er nimmt den Topf von der Kochstelle und schüttet Haferflocken hinzu. *Mh ... Oatmeal.* Man sieht, dass hier ein Sportler am Herd steht. Er schüttet eine gefühlte Tonne Zucker ins Porridge. Ich gebe nie Zucker hinzu.

„Wieso packst du da so viel Zucker rein?“

„Energie. So kriege ich schneller meine Kalorien voll. Ich muss im Überschuss essen.“

„Okay. Verstehe.“

„Möchtest du auch was haben?“

„Klar, gerne.“

Er reicht mir eine kleine Schüssel mit dem überzuckerten Oatmeal und vom Omelett trennt er gut Eindrittel ab, lässt es aber auf demselben Teller.

Der beste Koch ist er nicht. Mein Oatmeal ist definitiv leckerer. Aber das Omelett ist nicht schlecht. Ein bisschen zu viele Zwiebeln für meinen Geschmack. Ich würde ihm gerne mal Frühstück machen. Eigentlich nicht meine Art. Ich bekoche nicht mal mich selbst gerne. Ich bevorzuge es, Essen zu gehen, aber Frühstück ist die beste Mahlzeit des Tages. Damit würde ich ihn gerne mal beglücken. Vor allem habe ich das Gefühl, ihm etwas zurückgeben zu müssen, weil die Zeit mit ihm total toll war und ich dankbar bin, dass er mich gestern mitgenommen hat.

„Mel, du bist so ruhig. Erzähl mal was.“

„Oh ... äh ...“, stammle ich.

„Gibt es nichts Interessantes zu erzählen über dich?“

„Ähm ... weiß nicht."

„Na gut." Diese Situation ist mir total unangenehm. Ich war dermaßen in meine Gedanken vertieft. Mir fällt tatsächlich nichts ein, über das ich mit ihm reden könnte. Das löst ein negatives Gefühl in mir aus. Gestern, während der Fahrt, haben wir uns gut unterhalten, aber wenn ich daran zurückdenke, hat er die meiste Zeit gesprochen und die Gespräche geleitet. Meine Unsicherheit nimmt mich ein. Ich versuche mir irgendetwas auszudenken, womit ich eine Konversation starten könnte, um nun nicht als schüchternes, zurückhaltendes Mädchen dazustehen. Aber wahrscheinlich ist es schon zu spät und Liam hat mich in eine Schublade gesteckt. Vielleicht sollte ich es einfach dabei belassen. Wie sich das eigene Empfinden in Sekundenschnelle verändern kann. Eben noch, habe ich mich wirklich wohl gefühlt in seiner Nähe und nun fühle ich mich komplett Fehl am Platz. Habe die Zeit mit ihm so für mich im Stillen genossen, dass ich das Stille ausgestrahlt haben muss. Dabei kann ich die totale Labertasche sein und schüchtern bin ich normalerweise nicht. Ich mache viele Späße und bin auch gerne frech.

Was ich mich bei ihm aber tatsächlich nicht traue zu sein. Unsere erste gemeinsame Zeit hat einen bleibenden Eindruck bei mir hinterlassen.

Nachdem wir aufgegessen haben, wäscht er ab. Ich stehe auf und schnappe mir ein Handtuch, um das Geschirr abzutrocknen.

„Ich wasche immer alles direkt danach ab. Kann das nicht leiden, wenn der ganze Dreck herumsteht. Meine Mitbewohnerinnen haben es leider nicht sonderlich mit Ordnung und Sauberkeit. Ich bin der Einzige, der immer Klopapier und Putzmittel nachkauft."

Vor meinem inneren Auge tauchen die Bilder seines Zimmers auf, als ich dieses zum ersten Mal betreten habe. Okay, diesmal war es wirklich sauber, aber das letzte Mal hatte ich das Gefühl, ein Messi lebe dort.

„Ich war, bevor wir uns das erste Mal gesehen haben, einige Wochen unterwegs. Dann kann es schon vorkommen, dass es bei mir nicht ordentlich ist, aber das ist dann eine Ausnahme." Er muss in meinen Kopf geschaut haben.

„Ja, das ist verständlich. Aber krass ... Von Mädels denkt man ja eigentlich, dass sie sehr reinlich sind."

„Ha, Frauen sind da teilweise schlimmer als Männer." Das lasse ich besser so stehen und äußere mich nicht weiter zu diesem Thema.

Er fegt danach noch den Küchenboden und dann fallen mir erst die ganzen leeren Rum- , Vodka- und Weinflaschen auf.

„Das sind nicht alles deine oder?“, sage ich lachend und zeige in die Ecke.

„Auf jeden Fall nicht! Die trinken gerne mal Alkohol und lassen die Flaschen monatelang stehen. Ich trinke keinen Alkohol.“

„Das ist gut.“ Da fällt mir ein, dass er mich doch eigentlich bestrafen wollte, weil ich in Frankfurt besoffen war, obwohl es wirklich ein Unfall war und somit finde ich eine Bestrafung dafür komplett ungerechtfertigt. Anscheinend hat er es aber vergessen und ich werde bestimmt nicht dumm sein und ihn darauf hinweisen. Glücklicherweise stolpert er nicht darüber, trotz, dass ich das Thema Alkohol angeschnitten habe.

Er geht ins Zimmer und ich folge ihm. Dort räumt er seine Klamotten, die auf dem Boden herumliegen, ordentlich in den Schrank ein und wirft die dreckige Kleidung auf einen Stapel.

Ich setze mich in der Zeit auf das Schlafsofa und beantworte ein paar WhatsApp Nachrichten. Liam gesellt sich zu mir, als er fertig ist und beschäftigt sich dann auch mit seinem Handy. Mir fehlt unser Körperkontakt. Irgendwie fühlt es sich kühler zwischen uns an. Und er bestärkt mein Gefühl kurz danach.

„Bei Facebook hat mich eine Rumänin angeschrieben. Sie ist Dolmetscherin. Schau mal. Ist ne ganz Hübsche.“ Widerwillig schaue ich mir ihr Profilbild an. Um ehrlich zu sein, macht ihr Bild eher den Eindruck, als hätte jemand „sexy Lady“ bei Google Bilder eingegeben, aber meine Vermutung, dass Liam mit einem Fake schreibt, behalte ich für mich.

„Hübsche Frau. Definitiv.“

„Bisher ist sie auch ganz cool drauf.“

„Das ist doch schön.“ *Sollte mich das interessieren? Will er mir irgendwas mitteilen?*

„Es ist schon spät. Ich sollte wohl mal nach Hause fahren.“ Ich will nach Hause, bevor meine Stimmung noch schlechter wird.

„Okay, gut. Den Weg findest du?“

„Klar, die Station ist um die Ecke.“

„Dann begleite ich dich noch zur Tür.“

„Jetzt willst du mich aber schnell loswerden.“, gebe ich lachend von mir.

„Ich würde vorher gerne noch nach einer guten Verbindung schauen.“

„Haha, alles klar.“ Ich gebe die Station in der App ein.

„Habe Glück. Wenn ich jetzt losgehe, dann bekomme ich die Bahn noch.“

Er begleitet mich zur Tür, ich ziehe meine Schuhe an und lege mir die Handtasche und meine Jacke über den Arm. Die Sonne scheint, daher gehe ich davon aus, dass es warm draußen ist.

„Danke, für den schönen Abend.“, verabschiede ich mich bei ihm. Er drückt mir einen Abschiedskuss auf den Mund und kneift mir in den Po.

„Gerne doch. Bis dann. Lass dich nicht ärgern.“

Die Haustür fällt ins Schloss. Als ich aus der Eingangstür trete und in die Richtung der Bahnstation gehe, habe ich mit meinen Tränen zu kämpfen. Es fühlt sich an, als würde ich Liam nie wiedersehen. Es ist Trennungsschmerz gepaart mit Sehnsucht. Ich vermisse ihn. Vermisse ich ihn? Oder vermisse ich es, wie ich mich gestern mit ihm zusammen gefühlt habe? Es fühlt sich an, als hätte ich für einen Tag Prinzessin sein dürfen und nun holt mich die Realität ein, die mich wieder zum Aschenputtel werden lässt. Ein kompletter Kontrast zu dem, wie ich mich noch vor einigen Stunden gefühlt habe. Erst nachdem ich auf der anderen Seite der Elbe bin, fange ich mich wieder.

Die Traurigkeit ebbt ab. Die restliche Bahnfahrt lasse ich das Geschehene Revue passieren. Irgendwas stimmt nicht mit mir. Irgendwie ist genau das eingetreten, wovor ich anfangs Angst hatte. Meine Befürchtung ist Realität geworden. Ich hänge emotional zu sehr an Liam. Oder vielleicht auch an dem, was er in mir auslöst. Ich weiß es nicht. Die Verwirrung ist vollständig. Mein Kopf ist überfordert und macht dicht.

Zu Hause angekommen, gehe ich als erstes ins Arbeitszimmer und berichte meinen Eltern von dem Abend. Als Selbstständiger ist man selbst und ständig und arbeitet sogar an einem Sonntag.

„Mel, du machst aber keinen besonders gut gelaunten Eindruck, dafür, dass es anscheinend ein toller Abend war.“, stellt meine Mom fest.

„Ja, irgendwie ... irgendwie war es beim Frühstück schon komisch. Wir kamen nicht ins Gespräch. Aus einem unerklärlichen Grund weiß ich auch nicht, worüber ich mich mit ihm unterhalten soll. Ich kann nicht freiheraus mit ihm reden und ich weiß nicht woran das liegt.“

„Entweder, weil ihr nicht zusammen harmoniert und zu wenig gemeinsame Interessen habt oder weil du vielleicht befürchtest, etwas zu sagen, was ihm wohlmöglich nicht gefällt. Ich kenne dich doch. Wenn du jemanden anfängst zu mögen, gehst du auf Nummer sicher."

„Aber ich will doch gar nichts von ihm. Das macht doch keinen Sinn. Es kann mir doch egal sein, was er über mich denkt. Er hat mich eh schon als schüchternes Mädchen abgestempelt."

„Denk darüber nach. Und belüge dich nicht selbst."

„Mom, er ist doch gar nicht mein Typ."

„Das hat bei dir überhaupt nichts zu sagen. David war auch nicht dein Typ."

„Ja und du weißt, was daraus geworden ist."

„Heißt nicht, dass es mit Liam auch so kommen muss. Höre auf dein Bauchgefühl."

Ihre Worte hallen in meinem Kopf wider. Vielleicht hat sie gar nicht so Unrecht und ich mache mir etwas vor? Ich bin bestimmt nicht der Typ Frau, der sich schnell in jemanden verknallt. Dazu muss ich jemanden eigentlich schon besser kennen. Liam und ich sind viel zu unterschiedlich. Der Sport verbindet uns vielleicht und die Leidenschaft. Aber ansonsten? Er ist im Erotik-Business zugegen und ich? Ich wohne und arbeite brav zu Hause mit meiner Familie zusammen. Habe noch kaum etwas von der Welt gesehen. Mir wird bewusst, dass Liam mir bei unseren bisher wenigen Zusammentreffen doch schon einiges von sich erzählt hat. Von mir weiß er so gut wir gar nichts. Er weiß, was ich arbeite und dass ich fotografiere und, dass mir meine letzte Beziehung nicht sonderlich gut getan hat. Was sich jetzt auch wieder zeigt. Ich bin übervorsichtig. Ich traue mich gar nicht mehr mich jemandem zu öffnen und zu zeigen, wer ich bin, aus Angst, abgelehnt zu werden. Nicht gewollt zu werden. Ich will mich nie wieder dermaßen verletzt fühlen. Die Situation, nachdem Liam und ich uns vorhin verabschiedet haben, hat einiges in mir aus der Vergangenheit getriggert. Das war der Grund, weshalb ich mich richtig mies gefühlt habe. Mein Magen knurrt. Es gilt ein Grundbedürfnis zu befriedigen.

Die nächsten Tage höre ich nicht viel von Liam. Ich schaue morgens als erstes auf mein Handy, um zu checken, ob er mir geschrieben hat.

Nach fast einer Woche gibt es Aussicht auf ein Wiedersehen.

Hey, Mel. Wie geht's dir? Sag mal, deine Eltern machen doch Buchhaltung, wenn ich mich recht erinnere. Könnte ich nächste

Woche mal vorbeikommen? Ich hätte da ein paar Fragen zu meinen Belegen.

Hey! Mir geht's gut und dir? Ja, das ist richtig. Ich werde sie gleich mal fragen, wann sie Zeit haben. Wann genau passt es dir denn?

Mir auch. Cool. Mir würde es Montag gut passen.

Ich laufe hoch ins Büro und setze meine Eltern in Kenntnis.

„Klar, er kann gerne vorbeikommen, dann lernen wir ihn mal kennen." Mit der Antwort meines Vaters hätte ich auch gerechnet.

„Montag passt uns. Du kannst ihm vorschlagen gegen 15 Uhr vorbeizukommen.", bringt sich meine Mom ein.

„Toll!" Ich strahle über beide Ohren. Ich kann es nicht kontrollieren. Ich freue mich, dass ich ihn wiedersehen werde, auch wenn er eigentlich nur geschäftlich zu uns kommt und nicht unbedingt, um mich zu sehen.

Also Montag, 15 Uhr würde passen.

Alles klar. Dann sehen wir uns Montag!

Bis Montag.

Als ich Montagmorgen auf mein Handy schaue, sehe ich, dass Liam mir geschrieben hat. Die Befürchtung kommt in mir auf, dass er absagt. Aber sie bleibt unbegründet.

Mel, wäre es in Ordnung, wenn ich früher komme. So um 14 Uhr? Dann haben wir noch ein bisschen Zeit für uns.

Mein Herz macht einen Sprung vor Freude. *Er will mich also doch sehen!*

Nein, das trifft sich gut, da meine Eltern vorher noch unterwegs sind.

Sie müssen noch Getränke besorgen und mein Vater hat darauf bestanden, Apfelstrudel und Vanille Eis zusammen zu essen. Ich wollte das nicht, weil ich nicht möchte, dass es den Charakter eines Ich-stelle-euch-meinen-neuen-Freund-vor-Treffens bekommt. Aber da muss ich nun durch. Ich hoffe, dass es nicht peinlich wird.

Die Zeit vor 14 Uhr bekomme ich nichts Produktives zu Stande. Ich bin total nervös und zappelig. So kenne ich mich selbst nur vor einer Mathe-Klausur oder vor einem Referat. Und das ist nun wirklich schon einige Jahre her.

Es klingelt an der Tür.

„Ich gehe schon!“, rufe ich zu Joshi hoch, der wahrscheinlich eh nicht hört, dass es geklingelt hat, da er in seinem Zimmer am Zocken ist und Kopfhörer auf hat. Ich drücke den Summer. In welchen Stock er zu gehen hat, weiß er, da ich es ihm vorhin noch mitgeteilt habe. Ich hasse es nämlich, durch die Sprechanlage zu reden.

Da tritt er durch die Tür, die zum Laubengang führt. Mein Herz bleibt für einen Augenblick stehen.

„Hey.“, begrüßt er mich, als er direkt vor mir steht.

„Hi.“, erwidere ich. Er nimmt mich in den Arm und schenkt mir einen Begrüßungskuss. *Wow ...*

„Komm doch rein.“, sage ich, als er schon längst in unserem kleinen Flur steht. *Jetzt konzentriere dich mal, Mel!* Er stellt seine Tasche, in der sich seine Unterlagen befinden müssen, im Wohnzimmer ab.

„Schön habt ihr es hier.“

„Danke.“ Er kramt zwei Bananen aus seiner Tasche.

„Ich muss regelmäßig essen und ernähre mich jetzt auch wieder gesünder. Möchtest du einen Apfel?“ Irgendwie komisch, dass er mir in meiner eigenen Wohnung etwas zu essen anbietet, aber ich kann ihm nichts abschlagen.

„Ja, gerne.“ Er reicht mir einen roten, großen Apfel. Als er die Bananen aufgegessen hat, nehme ich ihm die Schalen ab und werfe sie in den Bio-Müll.

„Wollen wir in mein Zimmer gehen, bis meine Eltern kommen?“

„Das wäre das nächste, was ich dich gefragt hätte. Will ja sehen, wie du wohnst.“ Er folgt mir die Treppen hoch.

„Gemütlich hast du es.“

„Ja, es ist nicht sehr groß, aber es reicht mir.“

„Du, schau dir mein Zimmer in der WG an. Da ist dein Zimmer größer als meins.“

„Das ist wohl wahr.“

Liam geht zu meinem Bett, welches am Ende des Raumes am Fenster steht und legt sich darauf. Ich setze mich auf meinen Bürostuhl und knabbere an dem Apfel weiter.

„Mel, das ist nicht dein ernst."

„Was denn?"

„Leg gefälligst den Apfel weg und komm her." In mir steigt sofort Hitze auf. Keine Ahnung, warum ich ihm direkt gehorche. Das ist überhaupt nicht meine Art. Ich lege den Apfel auf dem kleinen Nachttisch neben meinem Schlafsofa ab und lege mich zu ihm. Er nimmt mich in den Arm. Das fühlt sich gut an. Ich habe seine Nähe vermisst. An unserem letzten gemeinsamen Morgen, war er so kalt zu mir gewesen und dann war da ja noch die Sache mit dieser Frau, mit der er schreibt oder geschrieben hat. Jedenfalls liegt er jetzt hier bei mir im Bett und ich sollte keine Gedanken an irgendwelche anderen Frauen verschwenden.

„Dein Bett ist etwas zu klein für mich. Ich kann mich gar nicht ganz ausstrecken. Hast du schon mal überlegt deinen Fernseher an die Wand anzubringen? Dann könnte das Regal am Fußende weg und man hätte mehr Platz für seine Füße."

Warum schlägt er mir so was vor?

„Nein, mir gefällt es ziemlich gut wie es ist. Außerdem schlafe ich entweder quer über das Bett ausgestreckt oder in Embryo-Haltung. Ich brauche das Regal, um mein Zeug zu verstauen."

„Wenn ich hier mal übernachten sollte, dann wird das für mich jedenfalls eine ziemlich unbequeme Nacht." *Er hat den Gedanken, bei mir zu übernachten?*

„Ach komm. So groß bist du nun auch nicht.", trieze ich ihn. Er zwickt mir in meinen Oberschenkel. Was ein Leichtes für ihn ist, da ich meine zerrissene Jeans trage und er somit schnell eine nackte Stelle findet.

Dann öffnet er plötzlich seine Hose. Mein Blick fällt auf die offen stehende Zimmertür. Liam scheint dies nicht zu stören. Ganz entspannt holt er seinen schlaffen Schwanz aus seiner Jeans. Er sagt nichts. Er schaut mich nur an. Es ist offensichtlich, was er will und ohne großartig darüber nachzudenken, habe ich seinen Penis in meinem Mund. Es dauert nicht lange, bis er an Härte gewinnt. Dass Josh uns in flagranti erwischen könnte, ist mir gerade total egal. Liams Gelassenheit steckt mich an.

Sein Schwanz pulsiert an meiner Zunge. Wie ich dieses Gefühl liebe. Ich sauge fester, führe sein Glied, so tief wie ich kann, in meinen Mund ein. Ihm entfährt ein leises Stöhnen aus seiner Kehle.

Da ich intuitiv spüre, dass er kurz vor seinem Höhepunkt steht, beiße ich fest in seinen erregten Schwanz und schaue ihm dabei finster in seine Augen, die sich schlagartig verengen. *Oh, oh!* Er reißt meinen Kopf nach hinten.

„Wag das nicht noch einmal, Mel!“ Er lässt mich los. Ich hätte damit gerechnet, dass er mir eine Ohrfeige verpasst. Nicht, dass ich das gewollt hätte. Ich weiß selbst nicht, was in mich gefahren ist. Aus einem Grund, den ich mir nicht erklären kann, wollte ich nicht, dass er jetzt schon zu seinem Orgasmus kommt.

Der Schmerz hat seiner Erregung nichts abgetan. Liam drückt mir sein Becken entgegen, um mit seinem besten Stück tiefer in mich einzudringen. Ich versuche mich zu wehren, da ich nicht würgen will. Er greift jedoch mit einer Hand nach meinem Kopf, sodass ich nicht mehr hochkommen kann.

Was zur Folge hat, dass ich würgen muss. Schlagartig schrecke ich hoch. Gott sei Dank, lockert er in dem Moment seinen Griff.

„Hahaha.“

„Hör auf mich auszulachen.“, keife ich ihn an. Ich finde das überhaupt nicht witzig. Mit meinem Handrücken wische ich mir Tränen aus meinem Gesicht.

„Kommt nicht noch mal vor. Versprochen. Irgendwie musste ich dich ja für eben bestrafen.“

„Ich dachte, du stehst auf Schmerzen.“, rechtfertige ich meine Aktion.

„Tu ich auch. Aber ich habe dich nicht darum gebeten.“ Ich bringe besser schnell zu Ende, was ich angefangen habe, bevor mir die Lust gänzlich vergeht. Ich sauge fest an seinem Phallus. Umspiele seine Eichel mit meiner Zunge. Nachdem ich genug gespielt habe, lasse ich sein Glied in einem schnellen Rhythmus immer wieder in meinen Mund gleiten. Er pulsiert zunehmend heftiger und länger, bis sich Liam endlich in meinem Mund ergießt. Ich schlucke die volle Ladung herunter. In Stimmung dafür war ich nicht, aber ich finde es ziemlich unsexy, das Sperma danach auszuspucken. Er hält seinen Schwanz aufrecht und schaut mich fordernd an. Es hängt noch Saft an seiner Eichel. Ich beuge mich zu ihm und lecke seine Spitze sauber. Dann packt er seinen besten Freund wieder in seiner Hose ein. Er nimmt mich in den Arm und ich lege meinen Kopf auf seiner Brust ab. *Und was ist mit mir?* In diesem Moment fühle ich mich ausgenutzt. Kuscheln schön und gut, aber der Gedanke, dass er nur früher hergekommen ist, damit ich ihm Befriedigung verschaffe, lässt mich nicht los. Ich befreie mich aus seiner Umarmung, setze mich auf, greife nach dem Apfel, der auf der Kommode auf mich gewartet hat und esse ihn weiter.

„Alles gut?"

„Ja, klar. Ich kann nur in dieser Position nicht mehr liegen.", lüge ich.

„Okay.", hakt er nicht weiter nach.

Ich bin enttäuscht. Vor allem wenn ich daran denke, wie sehr ich mich auf seinen Besuch gefreut habe. Ich verstehe nicht, was mit mir los ist. Diese Achterbahnfahrt meiner Gefühle macht mich schwindelig. Ich verliere die Kontrolle. Wenn es etwas gibt, was ich hasse, dann ist es Unklarheit. Unklarheit in jeglicher Hinsicht.

Die Haustür fällt laut ins Schloss.

„Wir sind wieder da!", ruft meine Mom.

Guter Zeitpunkt.

„Dann stelle ich dir jetzt mal meine Eltern vor.", versuche ich, es so locker wie es nur geht, klingen zu lassen.

„Dann mal los." Kann sein, dass ich mir das einbilde, aber es wirkt, als sei Liam plötzlich angespannt und leicht nervös.

Die Begrüßung ist überstanden. Meine Eltern sind halt sympathisch und locker, da kann man sich gar nicht unwohl fühlen. Wir setzen uns an den Esstisch im Wohnzimmer. Ich sitze natürlich neben Liam, während meine Eltern uns gegenüber sitzen.

„Liam, ich hoffe du magst Apfelstrudel?", fragt mein Dad ihn.

„Eigentlich bin ich auf Diät." *Siehste, Dad. Hab doch gesagt, dass das eine doofe Idee ist.*

„Eigentlich ...", bringt meine Mom zu Wort.

„Ja, okay. Ein Stück werde ich wohl vertragen können." *Aus Höflichkeit.* Mein Vater fragt ihn gar nicht, ob er Eis dazu will. Er schmeißt Liam einfach zwei Kugeln Vanille Eis auf den Teller. Ich schaue zu ihm, aber er lächelt nur angespannt. Plötzlich so gesund? Das nehme ich ihm nicht ab. Während wir den warmen Apfelstrudel essen, unterhalten sie sich über das Geschäftliche. Keine Ahnung, was heute mit mir los ist. Jedoch vermisse ich schon wieder seine Nähe. Ich setze mich so hin, dass sich unsere Knie leicht berühren.

Mel, das ist wirklich albern. Halt die Klappe! Jetzt fange ich sogar schon an, mit mir selbst zu streiten.

Ich weiß nicht, wer angefangen hat, aber seit ungefähr einer halben Stunde ist der Inhalt des Gespräches rein privater Natur.

Mein Dad erzählt von seiner Vergangenheit und welche Jobs er damals hatte. Von seiner Zeit als Musiker ...

Und dann beginnt Liam. Er erzählt, dass er mal Dachdecker war, von seiner Ausbildung, seinen zahlreichen anderen Jobs, dass er obdachlos war und dann nach Fuerte geflogen ist, um dort als Animateur zu arbeiten. Dann erzählt er, wie viele Autos er in seinem Leben schon gefahren ist. Er hört gar nicht mehr auf, von sich zu erzählen. Meine Ohren bekommen eine Pause, als ihm der Kaffee auf die Blase schlägt.

„Der redet ja mehr als ich.“, stellt mein Dad fest.

„Und er kann nicht mehr Autos gehabt haben als ich in meinem Leben. Das ist unmöglich.“

„Psst. Er kommt bestimmt gleich wieder.“ Und da hört man auch schon die Klospülung. Allerdings nicht das Geräusch des Wassers, was aus dem Wasserhahn geflossen kommt. Wahrscheinlich gilt bei ihm die Regel: Nur nach dem großen Geschäft werden die Hände gewaschen. Lecker.

Er setzt sich zurück an den Tisch und redet weiter. Das Thema wechselt von Jobs und Autos zur Beziehung seines Vaters. Da ist meine Mom ganz Ohr. Ich bin überrascht über seine Offenheit und seine Redseligkeit. Er erzählt, dass sein Vater ihn über den Tisch gezogen hat und von ihm 5.000 Euro eingefordert hat. Seine Eltern sind seit einigen Jahren geschieden und er hat keinen Kontakt mehr zu seinem Erzeuger, wie er ihn nennt.

Es bleibt beim Thema Beziehung.

„Meine Eltern haben eine unromantische Ehe geführt. Ich bin da komplett anders. Ich habe mal ein Picknick als Überraschung organisiert. Mit Champagner und Rosen. Oder auch mal spontan irgendwo in die Natur zu fahren, finde ich schön. Dort dann einfach zu bleiben, sich nachts den Sternenhimmel anzuschauen und im Auto zu übernachten. Das sind Dinge, die man in einer Beziehung mal tun sollte.“ *Ach du heilige ...* Ich sollte das wahrscheinlich süß finden, aber was er da raus haut, ist mir gerade zu viel. Meine Mom übergibt sich innerlich. Das kann ich ihr ansehen. Rosen und Champagner. Romantik ist schön, aber wenn es anfängt kitschig zu werden, dann laufe ich schreiend davon. Und ehrlich gesagt, weiß ich nicht, für wen Liam gerade diese Show abzieht. Will er mich beeindrucken oder meine Eltern? Und wieso sollte er das tun? Wir sind nicht zusammen und ich denke auch nicht, dass er vorhat, mit mir eine ernste Beziehung zu führen. Daher sollte es ihm doch egal sein, welchen Eindruck er hinterlässt. Vor allem durchschauen meine Eltern unauthentische Menschen sofort.

Ich schäme mich leicht fremd, aber es kommt sogar noch besser.

„Da meine Familie für den Arsch war, möchte ich unbedingt eine eigene Familie gründen. Am liebsten wären mir zwei Kinder. Eine Tochter und ein Sohn. Mit einem eigenen Haus in der Natur. Vielleicht sogar in den Bergen."

Da hat der Herr Stripper aber ziemlich spießige Träume und Wünsche. Davon bin ich nicht ausgegangen. Über Kinder und Co. denke ich jetzt jedenfalls noch überhaupt nicht nach. Ich will erstmal leben und dann mal sehen, ob es sich irgendwann ergeben wird. Aber mein Kinderwunsch hält sich in Grenzen. Unsere Zukunftspläne scheinen nicht übereinzustimmen. Er meinte zwar zu mir, dass er schon viel erlebt hat, aber trotzdem macht er auf mich nicht den Eindruck, als könnte er jetzt schon sesshaft werden.

Nach drei Stunden verabschieden sich meine Eltern von Liam. Sie wollen eine Runde mit unserem kleinen, süßen Hund raus. Wahrscheinlich brauchen sie einfach frische Luft.

„Wenn du willst, Liam, dann bleib gerne noch zum Essen.", bietet meine Mom ihm an.

„Mal sehen. Eigentlich muss ich heute noch zum Sport. Danke für das Angebot."

Meine eine Stimme in mir würde sich freuen, wenn er bleibt. Ich glaube sie hat Hoffnung geschnuppert, dass Liam vielleicht doch für etwas Ernstes zu haben ist. Sie will einen Mann an ihrer Seite. Das spüre ich gerade sehr präsent. Meine Stimme der Freiheit ruft aber von der anderen Seite entgegen, dass Kinder und Co. nicht auf unserer Lebenszielliste stehen. In mir herrscht ein Konflikt. Ein hin und her. Als würde Teufelchen gegen Engelchen kämpfen. Ich weiß nur nicht, wer hier wer ist. Obwohl ich meiner Stimme der Sehnsucht nach etwas Ernstem, den Teufel zu schieben würde. Ich bin eine freie und unabhängige Frau. Ich brauche keinen Mann an meiner Seite.

„Ich würde mich freuen, wenn du noch zum Essen bleiben würdest.", platzt es aus mir heraus. *1:0 für den Teufel.* Verflucht! Das kam unkontrolliert und am liebsten würde ich mir die ausgesprochenen Worte zurück in den Mund stopfen.

„Ich muss wirklich noch zum Training. Aber ich bleibe noch zehn Minuten." Liam setzt sich auf die Couch und ich geselle mich zu ihm.

„Deine Eltern sind wirklich nett."
„Das sind sie. Ich glaube, sie finden dich auch sympathisch."
„Wissen sie eigentlich, dass du meine Sklavin bist?"
„Davon weiß ja nicht mal ich was. Aber ja, sie wissen so einiges."
„Gut, dass du mir das erst hinterher erzählst."
„Wieso? Ist dir das etwa unangenehm?"
„Ein wenig schon."
„Wow. Hätte ich nicht gedacht."
„Na ja ... es sind immerhin deine Eltern."
„Ja, aber die sehen das nicht eng. Also entspanne dich." Plötzlich bekomme ich einen schmerzhaften, elektrischen Schlag an meinem Arm zu spüren. Liam hat unsere elektrische Fliegenklatsche entdeckt.
„Ahhh. Bist du behindert?"
„Hahaha. Süß, wie du schreist." Ich springe vom Sofa auf. Eigentlich hatte ich auf zehn Minuten liebevollen Körperkontakt gehofft. Also der Teufel in mir hoffte darauf.
Liam kommt auf mich zu, mit der Klatsche in der Hand. Ich schreie, bevor er überhaupt versucht mich damit zu treffen. Und zack, schlägt er mir volle Kanne auf meinen Arsch. Verdammt noch mal! Selbst durch die Kleidung tut das weh. Obwohl es eher der Schlag an sich war. Er trifft mich nochmals am Arm. Ich haue ihn mit voller Kraft gegen die Schulter, dann klammere ich mich ganz fest an ihn und vergrabe mein Gesicht in seiner muskulösen Brust, in der Hoffnung, dass er einem scheuen Reh, was sich offensichtlich ergeben hat, keine weiteren Schmerzen zufügt. Er legt die Fliegenklatsche aus der Hand.
„Tut das so doll weh?"
„Ja!"
„Oh, sorry." Ich löse mich von ihm.
„Das tut dir doch überhaupt nicht leid."
„Stimmt.", gibt er trocken zu.
„Ich werde mal losgehen."
„Okay.", ein leichter Hauch von Enttäuschung schwingt in meiner Stimme mit. Teufelchen hat Überhand genommen.
Als wir an der Tür stehen, drückt er mir einen Schmatzer auf den Mund.
„Wir schreiben. Lass dich nicht ärgern, Kleine."
„Nur von dir." Er zwinkert mir zu und dann sehe ich dabei zu, wie sich sein knackiger Arsch von mir entfernt.
Meine Eltern sind überrascht, dass er gegangen ist.

„Ich hätte gedacht, dass er zum Essen bleibt.“, sagt mein Dad.

„Ja, weil du eine Einladung nie abschlagen würdest. Nicht kochen müssen und dann auch noch kostenlos essen ... Das Angebot abzulehnen, ist für mich auch schwer nachvollziehbar. Anscheinend nimmt Liam seine Ernährung und seinen Sport sehr ernst gerade. Aber er muss eben auch fit sein. Mit Wampe wäre seine Strip-Karriere wohl schnell vorüber.“

„Das ist verständlich. Liam ist aber ein netter Kerl. Macht einen anständigen Eindruck.“

Diese Worte aus dem Mund meines Vaters überraschen mich ein wenig, aber ich freue mich, dass er ihn akzeptiert.

„Ich finde, er hat etwas übertrieben. Also als er damit anfing, was er alles für eine Frau tun würde. Wollte er den perfekten Schwiegersohn vorspielen? Oder willst du uns vielleicht noch etwas erzählen, Mel?“

„Nein, Mom! Ich war genau wie du total schockiert, was da auf einmal für Worte aus ihm herausbrodelten. Bis auf das gemeinsame Sternegucken, habe ich noch nicht viel von seiner romantischen Seite kennengelernt. Dass er Kinder will, war mir auch neu.“

„Nichts desto trotz ist er ein netter, gut aussehender, junger Mann.“

„Danke, Mom.“

Wir essen gemeinsam mit Joshi und Sophia Abendbrot. Danach gehe ich in mein Zimmer und lege mich auf mein Bett. Dort, wo vorhin noch Liam lag, platziere ich meine zwei Kuscheltiere, die ich, bevor er kam, versteckt habe. Meine ganzen Bücher werfe ich auch wieder auf die leere Bettseite. Nun schaut es wieder wie ein vernünftiges Bett eines Singles aus.

Die nächsten Tage höre ich nur wenig von Liam. Er fragt morgens ab und zu, wie es mir geht. Mehr nicht.

Aus den Tagen werden Wochen. Um genau zu sein, sind mittlerweile zwei Wochen seit unserem letzten Treffen vergangen. Ich frage mich, ob er das Interesse an mir verloren hat.

Mein Teufelchen ist still. Um so lauter spricht mein Engelchen zu mir. *Lass es auslaufen. Lohnt sich nicht, Mel. Du warst vor Liam doch glücklich.* Das stimmt. Dennoch verletzt es mich, dass er kein weiteres Treffen vorschlägt. Mein Ego hat sich schlichtweg daran gewöhnt. Anfangs wollte er mich ständig sehen und nun ...

Vielleicht hat er mittlerweile eine Neue für Spaß gefunden. Vielleicht eine, die BDSM mit ihm auslebt. Vielleicht die rumänische Dolmetscherin?

Ich überlege hin und her, ob ich ihn fragen soll, wann wir uns wiedersehen.

Dass ich überhaupt so viel über Liam nachdenke, sollte mir ernsthaft zu denken geben.

Da meldet sich mein innerer Teufel, der meiner Meinung nach, an diesem Durcheinander Schuld ist. *Du brauchst einen Mann an deiner Seite. Liam ist männlich. Nicht so ein Junge wie David. Liam ist begehrenswert. Liam ist leidenschaftlich. Fürsorglich. Er würde sich um dich kümmern, er würde auf dich aufpassen. Könnte dich beschützen. So jemanden hast du dir doch an deiner Seite gewünscht. Einen richtigen Kerl.* Aber er lässt mich doch gar nicht an sich heran. Ich glaube außerdem, dass er mich nicht will. *Ja, weil er nicht weiß, was du über ihn denkst. Er weiß nicht, welche Gefühle er in dir auslöst. Mel, du lässt genauso wenig jemanden an dich heran. Du machst dicht. Wenn er jedes Mal nach einem Treffen fragen muss, dann ist es doch klar, dass er das Interesse verliert, weil er denkt, dass du nicht interessiert bist. Du musst ihm entgegenkommen. Männer machen sich nicht unnötig zum Affen.* Verdammt! Wie kann ich erwarten, dass er Gefühle für mich entwickelt hat, wenn er kaum etwas über mich weiß? Wenn ich ihm gegenüber oftmals eher kalt war. Ich habe ihm anfangs gesagt, dass ich nicht mehr will. Vielleicht will ich es jetzt ja doch?

Wenn ich an unseren Kinobesuch denke, als er seinen Arm um meine Taille gelegt hat ... Das hat sich unglaublich gut angefühlt. Der ganze Besuch an sich war, wie ich es mir in einer Beziehung wünschen würde.

Mir fällt die Situation in der Disco ein, als Liam und ich gemeinsam zum Klo sind und ich vergeblich auf ihn gewartet habe. Wie er nach mir Ausschau gehalten hat.

Mein erster gemeinsamer Urlaub mit David ging damals nach Lloret de Mar. Viele konnten das nicht nachvollziehen, dass man als Pärchen dort Urlaub macht, aber es war Saisonende und wir beide gingen gerne feiern. Ich erinnere mich an eine Situation in einer Disco dort. David ging los, um neue Getränke zu besorgen. Ich hatte schon gut einen im Tee. Ein viel zu kurzes Kleid an, mit nur einem String darunter. Ich war gefundenes Fressen und blieb somit auch nicht lange alleine. Ein Schwede tanzte mich an, nahm meine Hände und legte sie auf seinen Rücken ab. Er fragte mich, in welchem Hotel ich schlafe. Ich antwortete höflich. Zu höflich. Er versuchte mich zu küssen. Ich drehte meinen Kopf immer weg, sodass er nur meine Wangen traf. Seine Hände rutschten zu meinem Po herunter, der mittlerweile entblößt und für alle sichtbar war, weil ich keine Hand frei hatte, um das Kleid, was immer hoch rutschte, wieder herunterzuziehen. Als er dann zwischen meine Beine wollte, habe ich, Gott sei Dank, reagieren können. Ich nahm meine Hände von ihm, riss seine von meiner Pussy weg und richtete mein Kleid zurecht. Ich lag wie ein verlorener Pudel in seinen Armen. Nach gefühlten Stunden kam David wieder. Mit zwei neuen Getränken. Eigentlich hatte ich definitiv genug.

Er stand neben uns und blickte doof drein. Ich machte Gesten mit meinen Augen. Sie riefen förmlich nach Hilfe. Dann flüsterte er dem Schweden etwas ins Ohr. Dieser zuckte aber nur mit den Schultern und gab mich nicht frei. David stand hilflos da. Nach zwei Minuten verschwand er wieder und ließ mich mit dem Schweden alleine, der noch einige weitere Kussversuche startete, die ich abblocken konnte. Dass David wie ein Waschlappen zuschaute, ging nicht in meinen Kopf. Dass er mich dann wieder alleine ließ, ergab für mich gar keinen Sinn. Ich weiß noch, dass ich in diesem Moment darüber nachdachte, vielleicht doch mit dem Schweden zu verschwinden, aber dann hatte ich die Hoffnung, dass David vielleicht einen Türsteher um Hilfe bat, was natürlich übertrieben peinlich gewesen wäre.

Aber er kam dann irgendwann wieder, nahm meinen Arm und zog mich weg. Am nächsten Tag habe ich ihn gefragt, was das sollte, wieso er mir nicht direkt geholfen hat. Er meinte, dass er dachte, dass ich mit dem Kerl tanzen wollte und er wollte dann nicht weiter stören. Eine derartige Antwort wünscht man sich nicht von seinem Partner.

Selbst wenn mein nach Hilfe suchender Blick aufgrund des Alkohols nicht offensichtlich erkennbar war, man lässt seine Freundin nicht betrunken alleine mit einem fremden Kerl tanzen. Wohl angemerkt: er sah nicht mal gut aus.

Ich weiß, dass Liam völlig anders reagiert hätte. Den Schweden hätte er in seine Schranken gewiesen, mich den gesamten Abend nicht mehr aus den Augen gelassen und Alkohol hätte es für mich definitiv nicht mehr gegeben.

Hätte, hätte, Fahrradkette. Mein Engelchen hat gute Argumente. *Mel, mal ernsthaft. Du bist gar nicht bereit für eine neue Bindung. Du solltest deine Freiheit genießen und die Zeit nutzen, um zu dir zu finden.* Dieser innere Monolog zerrt an meinen Nerven. Normalerweise hätte ich spätestens jetzt Amber angerufen und nach ihrer Meinung gefragt. Bevor diese Diskussion weiter an Ausmaß annimmt, beschließe ich, zu handeln.

Ich frage Liam, ob er Zeit für mich hat. Das Handy liegt in meiner Hand, doch ich tippe nichts ein. Ein komisches Gefühl macht sich in meiner Magengegend breit. Sollte ich ihn doch besser nicht fragen und ihn mir einfach aus dem Kopf schlagen? Wenn es am schönsten ist, soll man doch bekanntlich aufhören. *Schisshase! Du hast nur Angst davor, dass er keine Zeit hat oder dich einfach nicht sehen will.* So langsam geht mir dieser kleine Teufel auf die Eierstöcke. Aber ich muss mir selbst eingestehen, dass es wahr ist. Das Grummeln in meinem Magen lässt sich auf das Gefühl der Angst zurückführen.

Los! Du kannst nur gewinnen! Schlimmer als jetzt, kann es nicht werden. Sofort kontert mein Engelchen. Ich weiß, dass es mich beschützen will. *Doch es kann sehr wohl schlimmer werden! Abgelehnt zu werden tut weh. Erinnere dich daran, wie du dich damals gefühlt hast, als David dich als die Schwester von Josh vorgestellt hat und nicht als seine Freundin. Es tut höllisch weh, nicht gewollt zu werden.* Diese Erinnerung hat gesessen. Das war der Zeitpunkt, an dem ich die Beziehung hätte beenden müssen. Dann wäre mir einiges an seelischem Leid erspart geblieben und ich wäre jetzt nicht derartig verkorkst. Aber nein, ich bin bei ihm geblieben. Ich will mich nie wieder so fühlen, aber ich will auch nicht in dieser Minderwertigkeit bleiben. Wenn Liam nein sagt, dann werde ich das überleben. Mit David habe ich Schlimmeres erlebt und ich stehe immer noch und lebe mein Leben und das recht glücklich und zufrieden. Wenn er mich nicht sehen will, dann weiß ich, woran ich bin und habe Klarheit.

Hey, wie geht es dir? Hoffe, es ist alles gut bei dir. Hättest du vielleicht bald mal Zeit? Wir haben uns ja schon länger nicht gesehen.

Gesendet.
Mein Herz klopft.

Gut. Viel zu tun. Wie geht's dir? Stimmt. Ja, klar. Sehr gerne. Wann hast du denn Zeit?

Vor Freude springe ich von meinem Bett hoch! Ja! Er will mich sehen! Er hat viel zu tun, daher hat er bestimmt kein Treffen vorgeschlagen. *Siehst du. Du hast noch Chancen ihm zu zeigen, dass du ihn magst.* Und das werde ich auf jeden Fall tun. Ich werde mich ihm öffnen. Wie schnell Gefühle umschlagen können. Die Dopaminausschüttung ist aktiv. Das Grummeln in meinem Magen ist zu einem Kribbeln mutiert.

Freut mich. Mir geht es auch gut. – Seit deiner Antwort so was von gut! – *Passt es dir am Dienstag?*

Schön. Ja, Dienstag hätte ich Zeit.

Das ist gut. Was wollen wir machen?

Lass mal vor Planten un Blomen treffen. Dann können wir etwas Spazieren gehen.

Alles klar. Ich freue mich!

Bis Dienstag dann.

Freut er sich etwa nicht? Na ja. Er hat bestimmt viel um die Ohren und ist deshalb kurz angebunden. Schon schön, dass er sich überhaupt Zeit für mich nimmt. Noch drei Tage, bis wir uns endlich wiedersehen werden und ich ihm dann endlich zeigen kann, wer Melina Stevens überhaupt ist. Diese Vorsicht und Zurückhaltung muss ein Ende haben.

Voller Vorfreude fahre ich zu unserem Treffpunkt. Das Kribbeln in meinem Magen ist nicht abgeklungen. Es wurde sogar noch stärker. Ich fühle mich, als würde ich zu dem ersten Date mit meinem Schwarm fahren. Das letzte Mal, dass ich solch ein Gefühl in mir hatte, war in der Grundschule.

Ich stelle mir vor, wie wir beide gleich Hand in Hand durch Planten un Blomen spazieren werden. Vielleicht holen wir uns ein Eis, setzen uns auf eine Bank, reden über Gott und die Welt und lachen viel zusammen. Egal was kommt, ich sollte ihm heute meine Gefühle offen legen. Für mich haben sich die Dinge geändert. Ich könnte mir mehr vorstellen und ich würde ihn gerne richtig daten, um ihn besser kennenzulernen.

Ich stehe auf dem kleinen Platz an der befahrenen Kreuzung, vor dem Eingang des Parks. Liam ist nicht zu sehen. Ich schaue auf mein Handy. Er hat mir eine Sprachnachricht geschickt, in der er sagt, dass er fünf Minuten später kommt, da er noch keinen Parkplatz gefunden hat. Ich atme tief ein. Meine Hände sind feucht und ich kann nicht auf einer Stelle still stehen bleiben. Ich bin nervös. Da ich nicht weiß, aus welcher Richtung er kommt, blicke von links nach rechts, drehe mich um, um hinter mir nachzuschauen. Dann sehe ich, wie er an der gegenüber liegenden Ampel steht, über die Straße geht und auf mich zukommt. *Oh. Mein. Gott. Sieht er gut aus!* Er sticht aus der Menge an Menschen, die mit ihm die Straße überqueren, heraus.

Sein Blick ist streng. Doch als er mich wahrnimmt, beginnt er zu lächeln.

„Na Kleine, wie geht's dir?", begrüßt er mich und schenkt mir eine Umarmung, aber leider keinen Kuss, den es beim letzten Mal noch gab. Diese Begrüßung verunsichert mich leicht.

Er hat mich schon in der Öffentlichkeit geküsst. Wieso jetzt nicht?

„Gut und dir?"

„Auch, auch. Viel zu tun in letzter Zeit."

Liam erzählt von seinen Jobs und von seinem Feuer-Fotoshooting, welches er mit einem Kumpel hatte. Die Bilder hatte ich auf seiner Facebook Seite gesehen. Professionell sehen die nicht aus. Das hätte ich definitiv besser gemacht. Wir halten kein Händchen, während wir auf der Suche nach einer schönen Sitzmöglichkeit sind.

„Ich möchte auch gerne mal ein Fotoshooting mit dir machen." Im April hatten wir tatsächlich schon einen Termin vereinbart, weil er professionelle Bilder brauchte, um sich als Stripper besser verkaufen zu können, aber er war mit seiner Form noch nicht zufrieden und das Wetter war an dem Tag total schlecht. Leider kam kein neuer Termin zu Stande.

„Werden wir auch noch machen ..." Ich warte auf das „Aber".

Wir haben eine freie Bank, mit Ausblick auf den See, gefunden.

Wir setzen uns. Genießen ein paar Minuten das Schweigen und lassen uns die Sonne ins Gesicht scheinen. Die Wärme auf der Haut tut gut. Ich freue mich auf den Sommer. Dieses Jahr möchte ich die schönste Jahreszeit ausgiebig genießen. Hoffentlich mit Liam zusammen. So schön dieser Moment auch ist, ich sollte ein Gespräch anfangen, um ihm zu zeigen, dass ich definitiv redselig bin. Außerdem möchte ich mehr über ihn in Erfahrung bringen. Doch Liam kommt mir zuvor. Sein Aber löst diesen schönen Moment in Luft auf. Von einer Sekunde auf die andere ist alles anders.

„Aber ich bin jetzt erstmal weg." Mir verschlägt es die Sprache. *Was!? Wie weg!? Wohin!? Wann!?* In meinem Kopf schreie ich ihn an, aber es dringt kein Ton nach außen.

„Wie?", frage ich zaghaft und leise.

„Ich ziehe für vier Monate nach Österreich. Habe dort einen Job als Animateur bekommen. In einem Club-Hotel. Bin tagsüber für sportliche Aktivitäten zuständig. Bekomme halt gut Geld und habe in der Zeit keine Kosten. Und wenn es gut läuft, dann geht es im November wieder für vier Monate hin."

„Ich dachte, du hast genügend Jobs."

„Ja, aber ich muss auch mal wieder raus hier. Ich liebe die Berge einfach und das Hotel ist abseits der Zivilisation. Liegt tausend Meter über der Meereshöhe.

„Klingt gut.", sage ich bedrückt.

„Och, Mel. Nicht traurig sein."

„Ich freue mich für dich." Das ist knallhart gelogen.

„Werde dich trotzdem vermissen."

„Komme ja wieder."

„Das will ich auch hoffen." Dann wechselt Liam das Thema. Er redet über Fitness und Ernährung. Für mich war das eben wie ein Schlag ins Gesicht. Ich höre ihm gar nicht zu. Lächle ihn an und nicke mit dem Kopf, um ihm zu suggerieren, dass ich ihm zuhöre. In meiner Kehle hat sich ein riesiger Kloß gebildet. Es sind angestaute Tränen. Als die Worte aus seinem Mund in meine Ohren drangen, hätte ich schlagartig losweinen können. Ich muss mich immer noch zusammenreißen, um die Tränen zurückhalten.

Ich realisiere das gar nicht.

„Wieso hast du mir nicht davon erzählt, dass du dich dafür beworben hast?", unterbreche ich ihn.

„Ich bin jemand, der erst von Dingen erzählt, wenn sie feststehen. Beworben habe ich mich schon im Februar. Die Zusage habe ich tatsächlich erst gestern bekommen und ich fange schon im Juni an. Ende Mai verlasse ich Hamburg. Ich habe noch zwei Wochen, um alles zu regeln. Mein WG-Zimmer will ich loswerden, damit ich keine Mietkosten habe."

„Wow. Das geht dann ja wirklich schnell."

„Ja, aber ich freue mich sehr auf die Zeit.“ Mein Traum von den Dates mit ihm und davon, ihn besser kennenzulernen, ist schneller geplatzt als erwartet. Vier Monate keinen Sex. Vier Monate keine schöne Zeit mit ihm. Vier Monate, in denen viel passieren kann. Vielleicht verliebt er sich und bleibt dann dort. Wenn er hier alles auflöst, dann hält ihn hier doch nichts. Ich muss mich unglaublich beherrschen. Am liebsten würde ich ihn ohrfeigen und weinend nach Hause laufen. Weg von ihm. Aber ich will nicht weg von ihm. Mir graut es jetzt schon davor, mich verabschieden zu müssen. Ich will es nicht wahrhaben. Hege die Hoffnung, dass alles bloß ein schlimmer Alptraum ist und ich jede Sekunde aufwache und erleichtert feststelle, dass das alles nicht real ist und ich immer noch die Möglichkeit habe, ihn zu treffen. Aber nein. Er geht. Liam verlässt Hamburg. Das Zurückhalten der Tränen wird beim Denken dieser Gedanken immer schwieriger. Ich verdränge es. Schiebe es ganz weit weg, dass wir heute vorerst den letzten gemeinsamen Tag verbringen werden. Und ich weiß nicht mal, wie viel Zeit ich heute noch mit ihm haben werde.

Deshalb versuche ich, mir sein Gesicht genau einzuprägen. Während er weiterhin fachsimpelt und mir von unerfolgreichen Kraftsportlern erzählt, speichere ich jedes Detail seines markanten Gesichts in der visuellen Schublade meines Gehirns ab. Ich will sein Gesicht vor meinem inneren Auge abrufen können. Will diesen Anblick nicht vergessen. Mir wird bewusst, weshalb es keinen Kuss und kein Händchenhalten gab. Er hat mich eindeutig auf Abstand gehalten, weil er natürlich wusste, dass es nicht mit uns weitergehen wird. Auf der einen Seite schätze ich das an Liam, auf der anderen schützt er damit vielleicht auch einfach nur sich selbst. Die Nähe zu ihm hätte ich gerne gehabt, obwohl ich mir vorstellen kann, dass ich mich am Ende verarscht gefühlt hätte. Er hat alles richtig gemacht. Trotzdem ist die Enttäuschung groß. Ich hasse es, wenn man mich vor vollendete Tatsachen stellt. Ich wusste nicht mal, dass er von hier weg möchte.

Hättest du ihm mal früher Zeichen gegeben, wie sehr du ihn magst. Vielleicht hätte er sich dann gegen diesen Job entschieden und wäre bei dir geblieben! Halt die Klappe, du Teufel! Du hast mir diesen Schmerz doch erst eingebrockt! Ich bin froh, dass ich Liam nichts von meinen Gefühlen preisgegeben habe und das werde ich auch nicht mehr tun. Diese Peinlichkeit erspare ich mir. Hätte er ernsthaftes Interesse an mir, würde er nicht gehen. Er wird die gemeinsame Zeit nicht vergleichsweise genossen haben wie ich es tat. In Österreich findet er bestimmt schnellen Ersatz für mich. Ich bin eine von vielen. Damit sollte ich mich abfinden. Ich nehme, was ich kriegen kann und gut ist. *Es war klar, dass es so weit kommen musste, als du sein Angebot vor zwei Monaten angenommen hast. Du hast zu viele Gefühle investiert. Hast dich von ihm einlullen lassen. Bist auf seine geheimnisvolle Art hereingefallen. Hast dich blenden lassen. Hast dich von seinem heißen Körper, seinem schönen Glied, betören lassen. Mel, du bist schwach geworden. Das bist nicht du. Reiße dich gefälligst zusammen! Du brauchst ihn nicht.*

2:1. Engelchen liegt im Rückstand, aber diese Runde geht an sie. Ich bin blind geworden. Ich werde darüber hinwegkommen. Es gibt noch andere Männer auf diesem Planeten.

„Mel, hast du Hunger?"

„Ich könnte etwas essen." *Lüge.* Ich habe überhaupt keinen Appetit.

„Super, dann lass uns mal losgehen. Ich weiß wohin." Wir verlassen Planten un Blomen und gehen wie gute Freunde nebeneinander her. Wie David und ich damals. Es wiederholt sich. Vor ein paar Tagen habe ich mich wie ein junges, verknalltes Mädchen gefühlt, als Liam mir mitteilte, dass er mich treffen möchte und jetzt fühle ich mich komplett abgelehnt. Das Verdrängen funktioniert nur halbwegs. Diese negativen Gedanken holen mich immer wieder ein. Liam quatscht irgendwas von der Architektur der Gebäude, an denen wir vorbeigehen. Ich antworte nur mit „Ja" oder „Schön". Mein Vorhaben, mehr zu reden, habe ich bisweilen nicht in die Tat umgesetzt. Allerdings sehe ich auch keinen Sinn mehr darin. Ich brauche Liam nichts von mir zu erzählen. Vor allem nicht davon, wie verletzt ich mich in diesem Moment fühle und wie unendlich traurig ich bin, dass er den ganzen Sommer weg sein wird. Die Ideen, die ich für zukünftige Dates gesammelt habe, lösen sich einfach in Luft auf. Wie gerne wäre ich mit ihm zusammen ins Freibad gegangen oder an den Elbstrand. Ich dachte, dass dieser Sommer mein Sommer wird. Ein Sommer voller Spaß und Leidenschaft. Den letzten habe ich mit einer tiefen Depression verbracht. Spaß und Freude waren Fehlanzeige. Mein Leben hatte keinen Sinn mehr. Da war nur eine unendliche Leere. Den verpassten Spaß wollte ich dieses Jahr nachholen. Liam war in der Hinsicht ein Lichtblick. Es fällt mir gerade schwer, überhaupt dankbar für die Zeit und Erfahrungen mit ihm zu sein. Ich darf bloß nicht wieder in dieses Loch fallen. Es kostet sehr viel Kraft, wieder ans Licht zu klettern.

„Boah. Frauen, die rauchen sind ekelhaft.“, flucht Liam plötzlich und reißt mich somit aus meiner negativen Gedankenschleife. Ich wedele den Rauch mit meiner Hand vor meinem Gesicht weg.

„Nicht nur Frauen.“, kommentiere ich seine Aussage.

„Das stimmt. Aber vor allem Frauen. Wenn ich zum Beispiel an einer Bushaltestelle vorbeigehe, an denen rauchende Frauen stehen, verziehe ich immer das Gesicht und schaue sie angeekelt an. Bisher kam noch nie ein Spruch. Aber sie haben es zur Kenntnis genommen.“

„Sehr erwachsen.“ Ich lache.

„Aber um ehrlich zu sein ... ich mache es ganz genauso. An Bushaltestellen stelle ich mich meistens woanders hin. Aber in anderen Situationen lasse ich die Raucher schon merken, dass mich das anekelt.“

„Wieso stellst du dich weg? Die können sich doch umstellen. Das ist absolut asozial! Du stehst und wartest auf den Bus. Schön an der frischen Luft. Und dann stellt sich ein asozialer Mensch neben dich und qualmt dich voll! Das ist doch eine Frechheit!“

Liam ist richtig in rage. Immerhin hat er mich damit ein wenig von meinen Gedanken abgelenkt. Doch die Enttäuschung sitzt tief. So tief, dass ich keine anderen Emotionen fühlen kann.

„Ja, ich stimme dir da zu. Allerdings habe ich keine Lust auf unnötige Diskussionen. Klar, es kann sein, dass der oder diejenige dann die Kippe ausmacht. Genauso gut kann es aber auch sein, dass ich mir was anhören darf und penetrant weitergeraucht wird. Daher gehe ich dem Ganzen komplett aus dem Weg. Meine Haare nehmen den Gestank des Rauchs sofort auf. Ich hasse das, wenn ich selbst rieche, als würde ich rauchen. Das kann ich gar nicht haben.“

„Mel, du musst mal mutiger werden. Konfrontationen gehören im Leben dazu.“

Diese Worte lasse ich unkommentiert stehen. Wir sind am Gänsemarkt und ich frage mich, wo er denn nun mit mir Essen gehen will. Dann bleibt er plötzlich stehen. Vor Subway.

„Ich habe noch ein Menü frei. Ich sammle nämlich Punkte. Da es in Österreich bestimmt kein Subway gibt, jedenfalls nicht in der Nähe des Hotels, dachte ich mir, dass wir die jetzt einlösen können. Bin hier häufiger mal nach dem Training. Du bist natürlich eingeladen.“

„Ja. Okay, cool. Dann lass mal reingehen.“

Yeah, ich bin zu einem Sub eingeladen! Mein Sarkasmus und meine Ironie sind noch vorhanden und nicht unter dem Deckmantel der Enttäuschung verschwunden. Als er meinte, dass er mit mir Essen gehen will, dachte ich da an eine andere Speisekarte. Ich bestelle mir nur einen kleinen Sub mit Hänchenfleisch. Das war's. Mehr bekomme ich eh nicht runter. Liam nimmt ein großes Menü. Wir setzen uns mit unseren fertig belegten Sandwichs ans Fenster. Dort stehen drei Hocker, der Tisch gleicht einer größeren Fensterbank aus Holz.

„Willst du meinen Keks? Den darf ich nicht essen. Der Sub ist schon eine Ausnahme." Wie kann man diesen Cookie nicht essen wollen?!

„Auf jeden Fall. Her damit!" Kekse gehen immer. Scheiß auf Diät. Kekse gehen auch, wenn man keinen Appetit hat oder dermaßen satt ist, dass man das Gefühl hat, zu platzen. So ist das auch mit Kuchen und Eiscreme. Geht einfach immer. Liam ist wirklich merkwürdig.

Ob es eine Anspielung ist, dass wir nun bei SUBway sitzen? Ich denke nicht, dass Liam so viel Humor hat. Den Gedanken mit der Anspielung finde ich dennoch witzig und ich kann mir ein Lachen nicht verkneifen.

„Was ist so lustig?", fragt Liam mich gerade, nachdem er von seinem Sandwich abgebissen hat. *Ausrede ... Ausrede wo bist du?* Ich krame in meinen Gedanken nach einer Lüge, um nicht die Wahrheit erzählen zu müssen.

„Äh ... du hast da Soße an deiner Wange. Daher musste ich lachen." *Mel, das kannst du besser.* Vor allem hat er dort nicht mal Soße. Wieder muss ich lachen. Liam wischt sich nämlich mehrere Male mit seinem Handrücken die Wange sauber. Und jedes Mal klebt keine Soße an seiner Hand.

„Wo denn genau? Mach mal bitte weg."

Instinktiv streiche ich ihm mit meinem Zeigefinger über seine Wange, stecke diesen sofort in meinen Mund und tue so, als würde ich die Soße von meinem Finger lutschen, damit er nicht mitbekommt, dass ich gelogen habe. Ich schaue ihm dabei intensiv in seine Augen. Er lacht allerdings nur.

„Lachst du mich etwa aus?"

„Sorry, Süße. Unter anderen Umständen hätte ich das wahrscheinlich sogar heiß gefunden, aber ich bin im Augenblick mit meinen Gedanken ganz woanders."

„Das sollte jetzt auch gar keine Anspielung sein ...", verteidige ich mich.

„Nicht?“

„Nein. Ich habe die Soße an deiner Wange mit meinem Finger weggewischt und diesen dann sauber geleckt. Mehr nicht. Keine Ahnung, was du da interpretierst.“, sage ich todernst.

„Wenn das so ist ...“

Ich esse an meinem Sub weiter. Seinen hat er unvorstellbar schnell verschlungen. Mit Schnell-Essern zusammen Essen zu gehen, macht mir keinen großen Spaß. David gehört dazu. Dann saß er da zehn bis zwanzig Minuten und hat auf mich warten müssen. Die Mahlzeit kann ich kaum genießen, da ich mich unter Druck gesetzt fühle. Vor allem weiß ich, dass Liam ziemlich ungeduldig ist.

„Willst du was trinken?“ Er reicht mir seine Cola.

„Ne, danke. Ich habe immer Wasser dabei. Cola trinke ich gar nicht.“

„Okay. Boah. Hast du die eine eben gesehen?“

„Wie? Wo? Was?“, frage ich irritiert.

„Ging gar nicht. Die hatte einen Gang wie eine Ente und ihre Klamotten sahen aus ...“, lästert er und glotzt dabei weiter aus dem Fenster. Mir war nicht aufgefallen, dass er die Menschen auf der Straße beobachtet. Ich weiß auch nicht, weshalb er heute abwertend über andere Leute reden muss. Hat er bisher jedenfalls kaum getan.

„Nein, ist mir nicht aufgefallen. Ich bin mit meinem Essen beschäftigt.“

„Oder schau dir die mal an. Wie unweiblich kann man sich nur kleiden?“ Ich schaue an mir herunter.

„Na ja. Ich laufe nun auch nicht in Stöckelschuhen und Kleidchen durch die Gegend. Das passt nicht zu mir und wenn diese Frau sich in ihrer alternativen Kleidung wohl fühlt ...“

Liam schaut mich an als wäre ich nicht ganz dicht.

„... Ähm. Aber ja, weiblich sieht das nicht aus. Da hast du Recht. Entspricht auch nicht meinem Geschmack.“

So weit ist es schon gekommen. Anfangs konnte ich noch wunderbar eigener Meinung sein und jetzt habe ich das Gefühl, dass ich das sagen muss, was er hören möchte. Es ist doch eh egal, was er über mich denkt. Er geht. Vielleicht sehen wir uns heute sogar zum letzten Mal und das Thema Liam wäre somit abgeschlossen. Emotional wäre ich frei. Was mir gut tun würde. Es dreht sich momentan viel zu viel um ihn. Aber auf der anderen Seite weiß ich ganz genau, dass ich ihn vermissen werde und ich mich nicht von heute auf morgen frei fühlen werde.

„Du isst echt langsam.“, sagt er, aber ohne eine Anspielung darauf, dass er los will.

„Ja, ich habe nun mal einen kleinen Mund und ich muss genügend kauen.“

„Ich finde deine Klappe ziemlich groß.“

„Das meinst du nicht ernst oder?“

„Doch. Ich habe deinen Mund immerhin schon mit meiner Zunge und meinem Schwanz erkunden können.“ Ich drehe mich kurz um, um zu überprüfen, ob uns hätte jemand hören können, aber wir sind immer noch alleine.

Jedenfalls scheint Liam nicht die Redensart gemeint zu haben. Er nimmt halt fast alles wörtlich.

„Wenn du das sagst, dann wird es wohl stimmen.“

„Klar, ich habe immer Recht.“ Ich schmunzle ihn nur an und nicke leicht. Kann sein, dass ich langsamer esse als sonst, weil ich die Befürchtung habe, dass nach dem Essen der Abschied ansteht. Als ich aufgegessen habe, bringt Liam den Müll weg. Ich schnappe mir den Keks und esse an dem weiter.

„Den kannst du doch auch draußen essen.“ Also will er doch schon los.

„Ja, natürlich.“

Anstatt sich von mir zu verabschieden, geht er zurück Richtung U-Stephansplatz. Ich folge ihm einfach.

„Hast du noch was vor heute?“, fragt er mich.

„Nein. Hab mir frei genommen.“ Etwas Produktives würde ich heute eh nicht mehr zustande bekommen. Den Keks habe ich ratzfatz verschlungen.

„Das ist gut.“

Hoffnung kommt auf, dass er sich noch nicht verabschieden möchte. Wir biegen links in eine Straße ein und dann sehe ich auch schon den weißen Smart in der Ferne stehen.

„Keine Ahnung, was wir hier noch machen können. Dachte, wir fahren jetzt einfach zu mir.“

„Ja, finde gut.“ *Sehr gut sogar!*

Im Smart sitzend, warte ich auf die Anweisung, seine Hose zu öffnen. Aber es scheint, dass Liam tatsächlich nicht in Stimmung ist. Er öffnet das Dach und wir fahren ganz gemütlich zu ihm in die WG nach Harburg. In mir kommen die Erinnerungen hoch. An die erste Fahrt mit ihm. Wie ich zum ersten Mal seinen Schwanz gelutscht habe. Und ich denke an die anderen aufregenden Autofahrten mit ihm. Besonders an die vor zwei Wochen, als wir im Morgengrauen, nach zurückgelegten vierhundert Kilometern, die Straßen entlang gerast sind, zu ihm nach Hause. Wie wir zusammen gesungen haben.

Scheiße! Verflucht noch mal! Ich werde ihn vermissen. Ich will nicht, dass es vorbei ist. Auch wenn wir ziemlich unterschiedlich denken, fühle ich mich wohl an seiner Seite. Es ist für mich nicht erklärbar. Es ist einfach so. Mit ihm kann ich was erleben. Etwas, was ich mit David nicht konnte. Die letzten beiden Monate waren aufregender für mich, als die letzten sechs Jahre mit meinem Ex-Freund. Der Kloß in meinem Hals meldet sich zurück. Ich darf nicht weinen. Ich atme tief ein und lasse beim Ausatmen alle meine Gedanken los.

Bei ihm angekommen, setzten wir uns beide auf sein Bett alias Couch.

„Boah, ich könnte schon wieder essen. Aber ich habe meine Kalorien schon voll." Sein Magen knurrt.

„Wie kann das sein? Also ich bin noch satt."

„Ich bin halt ein großer, starker Mann."

„Haha, das bist du tatsächlich.", bestätige ich ihn. Liam geht in die Küche und kommt mit einer Schüssel Erdbeeren zurück. Er bietet mir keine einzige an. Wenn ich sehr hungrig bin, dann teile ich allerdings auch nicht. Darum frage ich nicht, ob ich mir eine nehmen darf. Ein paar Sekunden später, die Erdbeeren wurden gnadenlos verschlungen, ein Genießer ist er nicht, öffnet er den Laptop und geht ins Internet.

„Willst du das Hotel sehen, in dem ich arbeiten werde."

„Ja, unbedingt!"

Es ist eine Clubanlage. Für mich eher nicht ansprechend. Mitten in den Bergen. Mitten im Nirgendwo. Für diese Hotelkette hatte er damals auch in Fuerte gearbeitet, daher hat er sich dort beworben. Fuerte hätte ich Österreich nur vorgezogen. Liam erzählt, dass deren Fitnessraum überschaubar ist und das nächste Studio eine gute Stunde Fahrt entfernt liegt. Die Bilder überzeugen mich nicht. Berge finde ich auch schön. Aber dort sind nur Wiesen und die wirken auf den Bildern nicht mal blumig und grün, sondern eher abgegrast und grau. Die sandigen Wege und die nackten, felsigen Berge im Hintergrund wirken nicht einladend. Das Haus an sich wirkt trostlos. Nach spätestens zwei Wochen würde ich in eine Depression fallen. Da bin ich mir sicher. In mir kommt die Hoffnung auf, dass Liam es dort nicht lange aushalten wird. Abwarten. Die Saison beginnt erst in der zweiten Juniwoche. Vorher stehen die Proben für die abendlichen Vorführungen und Spiele an. Vielleicht bringen ihn die Gäste dermaßen auf die Palme, dass er sofort seine Sachen packt und zurück nach Hamburg kommt. Allerdings gibt er sein Zimmer frei. Er kann nicht einfach zurückkommen, da er keine Bleibe hat.

Er zeigt mir bei Google Maps den Standort. Ohne Auto kommt man dort nicht hin. Also werde ich ihn auch nicht besuchen können. Meine Stimmung ist betrübt.

Doch dann lenkt Liam mich ab. Ich weiß nicht wieso, aber wir verfolgen Flüsse, die durch Deutschland fließen. Er zoomt richtig nah heran. Damit verbringen wir tatsächlich eine gesamte Stunde, aber wir lachen viel. Die Donau endet an einem Aldi-Süd Markt. Ein Fakt für eine neue Ausgabe unnützes Wissen. Nachdem wir genug von Geografie haben, startet Liam einen Film. Elysium. Guter Film, den ich jedoch schon gesehen habe. Er legt den Laptop auf meinen Schoß ab, steht auf und zieht sich, bis auf seine Boxershorts, aus. Ich liebe diesen Anblick. Eigentlich bin ich nicht leicht zu erregen. Ungewohnter Weise macht mich sein nackter, trainierter Körper ziemlich an. Er legt sich zu mir.

„Willst du dich auch eben ausziehen?"

„Ja, ist gemütlicher." Er nimmt mir den Laptop ab und beobachtet mich nicht beim Ausziehen. Ich lege meine ausgezogene Kleidung auf dem Boden ab. Mit Enttäuschung muss ich feststellen, dass er nicht gelogen hat, als er heute Nachmittag meinte, dass er mit seinen Gedanken woanders ist und deshalb nicht in Stimmung ist. Und das natürlich gerade jetzt, wo ich Lust habe. Ich befürchte, dass das die schlimmste Nacht seit langem werden wird. Wir liegen gemeinsam unter der Decke. Halbnackt. Meine Unterwäsche habe ich anbehalten. Liam kuschelt sich an mich. Verkehrte Welt. Der Laptop auf meinen Beinen wird ziemlich warm, daher streiche ich etwas von der Decke zur Seite. Mir ist eh schon heiß genug. Ich versuche, mich auf den Film zu konzentrieren, aber meine Gedanken schweifen immer wieder ab. Meine Pussy pulsiert. Ich stelle mir vor, wie ich nach seinem Schwanz greife. Ihn hart mache. Ihn mit meinem Mund verführe, sodass er Lust auf mich bekommt. Wie seine Finger dann meine Schenkel entlang streifen. Hoch und wieder herunter. Ich fast verrückt werde, weil ich mich nach intimer Berührung sehne. Ich könnte die Initiative ergreifen. Nur der Laptop auf meinem Schoß behindert mich. Ich will Erlösung. Mein Slip ist mittlerweile nass. Triefend nass. Meine Vagina brennt vor Verlangen. Ein seltener Moment, dass ich geil werde, ohne, dass der Mann aktiv wird und dann liegt Liam einfach nur da. Dies ist unsere letzte gemeinsame Nacht. Vorerst zumindest. Die Hoffnung stirbt bekanntlich zuletzt. Ich will seinen Penis noch ein letztes Mal in mir spüren. Einen Abschiedsfick. Warum habe ich solche Hemmungen? Ich könnte den scheiß Laptop zur Seite legen und mich auf ihn stürzen. Aber nein, ich liege wie ein Fels mit einer plätschernden Tropfsteinhöhle neben ihm. Ich glaube, ich habe Angst. Angst davor, dass ich von Liam abgewiesen werden könnte. Ich würde mir unglaublich dumm vorkommen und mich beschissener fühlen als jetzt. Wenn er jedoch anbeißt, könnten diese letzten Stunden die heißesten Stunden seit unserer ersten gemeinsamen Nacht werden. Will ich das Risiko eingehen? Meine Pussy schreit laut JA. Mein Ego hält mich zurück.

Mel, mal ehrlich. Du wirst ihn vier Monate nicht sehen. Besser du gewöhnst dich sofort daran, dass körperliche Nähe in naher Zukunft Mangelware in deinem Leben sein wird. Genieße das Kuscheln mit ihm und schätze dich glücklich, dass du überhaupt noch die Möglichkeit hast, eine Nacht mit ihm zu verbringen. Sei nicht so gierig. Außerdem soll die letzte Nacht doch positiv in Erinnerung bleiben. Liam hat gesagt, dass er nicht in Stimmung ist. Akzeptiere das!

Frustriert blicke ich zu Liam. Mein Ego wird bestätigt. Liam atmet laut und seine Augen sind geschlossen. Er ist eingeschlafen. In den ersten fünfzehn Minuten des Films. Bedeutet, dass ich, wie mit David damals, den Film alleine zu Ende schauen darf. Ich werde negativ getriggert.

Oft wollte David einen Film sehen, bevorzugt Horrorfilme, die ich definitiv nicht gerne sehe und vor allem nicht alleine und jedes Mal ist er nach zehn Minuten weggenickt. Da wir Filme noch ganz altmodisch aus einer Videothek ausliehen, quälte ich mich durch den Film. Das Geld war mir zu schade, um dann einfach nur TV zu schauen. Ich brauche abends auch Zeit, um müde zu werden. Allerdings haben die Horrorfilme für solche Adrenalinkicks gesorgt, dass ich wacher war als vor dem Film.

Liam schaut so unschuldig aus, wenn er schläft. Meine Pussy will ihn wecken. Es lechzt sie nach seinem Glied. Ich schiebe den Laptop weiter nach unten, sodass mein Schoß zugänglich wird. Dann gleite ich mit meiner rechten Hand unter die Decke in meinen String und beginne, meine Klitoris zu massieren. Ganz langsam und sanft. Dieses kitzelnde Gefühl lässt mein Verlangen fast explodieren. Ich muss masochistisch sein, weil ich mich selbst quäle. Obwohl dies auch bedeuten würde, dass ich gleichzeitig sadistisch bin. Ich weiß, dass ich augenblicklich zum Orgasmus kommen könnte, wenn ich mehr Druck ausüben würde.

Aber ich tue es nicht. Ich zögere meinen eigenen Höhepunkt hinaus. Meine Nässe rinnt meinen Pobacken hinunter. Würde er jetzt aufwachen, wäre ich mehr als bereit, um von seinem Schwanz gefickt zu werden. Die Vorstellung, dass er mich beim Selbstbefriedigen erwischen könnte, erschwert es mir, den Orgasmus zurückzuhalten. Ich stelle mir vor, wie er ohne Schwierigkeiten mit vier Fingern in mich eindringt und dann sagt: „Mhhh ... Mel. Wie feucht und geil du bist." Wie er sich über mich legt, mir seine Finger in meinen Mund steckt, ich jeden einzelnen ablutsche, er mich dann intensiv küsst, seinen Schwanz aus seiner Boxershorts befreit und mit einem harten Stoß in mich eindringt.

Liam rekelt sich neben mir und schnaubt einmal laut. Augenblicklich halte ich inne, reiße meine Augen auf und werfe einen Blick zu ihm. Seine Augen sind geschlossen. Er ist also nicht aufgewacht. In meiner Fantasie hat es sich ziemlich geil angefühlt, wenn er mich dabei erwischen würde. Die Realität sieht anders aus. Es wäre mir total unangenehm. Ich hole meine Hand unter der Decke hervor und wische sie an ihr trocken. Den Laptop lege ich wieder auf meinen Schoß.

Die letzte Stunde des Films schaue ich mir an, ohne an irgendwas zu denken. Es ist wie eine Meditation. Meine Vagina hat sich mittlerweile beruhigt. Erlösung werde ich mir verschaffen, wenn ich wieder in meinem eigenen Bett liege. Ich klappe den Laptop zu und lege ihn ans Bettende auf den Boden. Liam schläft immer noch seelenruhig. Ich bin wach und ich habe auch nicht vor zu schlafen. Mir bangt es vor dem morgigen Abschied. Ich will nicht, dass die Zeit vorübergeht. Er muss morgenfrüh zu einem Termin. Ich darf hier weiterschlafen, bis er wiederkommt. In fünf Stunden muss er hoch. Also verbleiben mir nur noch wenige Stunden mit ihm. Ich schaue aus dem Fenster in den sternenklaren Himmel. Mir rinnen Tränen meine Wangen hinunter. Ich will nicht weinen. Ich versuche sie aufzuhalten, aber es geht nicht. Es haben sich einfach zu viele Tränen über den gesamten Tag angestaut. Ich weine aus tiefstem Herzen. Muss mir das Schluchzen verkneifen. Wenn Liam mich so sieht, wäre mir das auf jeden Fall unangenehmer als hätte er mich vorhin erwischt, als ich mich angefasst habe. Ich spüre einen stechenden Schmerz in der Brust. Wie konnte ich es soweit kommen lassen? Wie konnte ich es zulassen, dass ich mich verknalle? Ich ärgere mich über mich selbst und muss nur noch mehr weinen.

Als die letzte Träne geweint ist, geht die Sonne langsam auf. Am liebsten, würde ich mich an ihn klammern. Ihn umschlingen. Ihn mit Küssen überdecken. Ich schmiege mich an ihn, schließe die Augen und versuche an nichts mehr zu denken. Den Kampf gegen die Zeit verliere ich eh. Ich werde sie nicht aufhalten können. Wie sehr ich dieses Zimmer, dieses Bett und dieses Gefühl die Nacht mit ihm zu verbringen, vermissen werde. Wahrscheinlich werde ich dieses Zimmer nie wieder betreten. Der Raum, in dem ich Anal entjungfert wurde und die spannendste Nacht meines Lebens hatte. Und auch, wenn ich mich gegen BDSM entschieden habe, liege ich nun hier neben Liam und ich frage mich, wie er es geschafft hat, mich dermaßen für sich einzunehmen. Nachdem er mir sein Angebot für Blümchensex gemacht hat, dachte ich, dass wir uns ab und zu einfach zum Vögeln treffen und dass die Leidenschaft, die ich in unserer ersten Nacht verspürt habe, nicht ansatzweise erreicht werden würde. Doch die Zeit mit ihm war besonders. Jedes Mal. Selbst, wenn wir uns nicht gesehen haben. Ich wollte mir meinen verfluchten String in meine Vagina stopfen, weil er es von mir verlangt hat. Ich denke nicht, dass ich das probiert hätte, wenn mir jemand anderes das aufgetragen hätte. Es muss an seiner Dominanz liegen. Die hat mich vollkommen um den Finger gewickelt. Sofort an dem ersten Abend, als er aufgestanden ist, mir seine Hand reichte, mich an sich zog und mich bedenkenlos küsste. So viel Feuer, wie in diesem Moment entfacht wurde, hätte den gesamten Laden abfackeln müssen. Ich kann mir nicht vorstellen, dass irgendein anderer Mann auf dieser Welt den Mut gehabt hätte, sich einfach zu nehmen, was er will, ohne, dass Frau Anzeichen gemacht hat, dass sie dasselbe will wie er. Diesen Mann kann ich nicht einfach gehen lassen, aber ich bin machtlos.

Und dann schlafe ich doch noch ein und wache erst wieder auf, als ich spüre, wie Liam versucht, seitlich hinter mir liegend, in mich einzudringen. Schlagartig bin ich erregt und mein Pussy öffnet sich für seinen harten Penis.

„Mhhh ...“, stöhne ich leise, noch im Halbschlaf. Diese Stellung gefällt mir. Ich spüre sein Glied ganz genau. Wie er immer wieder langsam in mich eindringt. Dann dreht mich Liam auf den Rücken und führt seinen Phallus in Missionarsstellung in mich ein. Ich bin wach und habe gleichzeitig das Gefühl, als würde ich schlafen und das Geschehen nur träumen. Und bevor die Leidenschaft in mir erst richtig in Fahrt kommt, ist es auch schon wieder vorbei. Nach gefühlten drei Minuten zieht sich Liam aus mir zurück und steht auf. Er ist nicht gekommen und als er sich die Boxer hochzieht, sehe ich, dass sein Schwanz an Härte verloren hat. Er geht ins Badezimmer, ohne ein Wort zu sagen. Ich weiß nicht, ob ihm diese Situation nun unangenehm ist. Jedenfalls bin ich enttäuscht. So sehr habe ich mir gewünscht, dass wir noch ein letztes Mal Sex haben, aber dieser kurze Abschiedsfick zählt für mich nicht. Liam hat mich heiß gemacht und nun eiskalt mit meiner unbefriedigten Pussy liegen lassen. Meine Sehnsucht und mein Verlangen ist nicht gestillt, sondern provoziert worden und mir wird der Abschied jetzt nur noch schwerer fallen. Es wäre besser gewesen, wenn er seine Morgenlatte im Badezimmer vergeblich bearbeitet hätte, als es mit mir zu probieren.

„Mel, aufwachen.", weckt mich Liam eher unliebevoll. Ich muss direkt wieder eingeschlafen sein. Immerhin habe ich noch drei Stunden Schlaf bekommen.

„Beim Amt hat alles geklappt, aber ich muss gleich noch ein paar Dokumente kopieren gehen und zu meiner Krankenkasse. Die ist um die Ecke. Willst du mit?"

„Ja, ich mache mich eben frisch."

„Gut." Ich kann es nicht glauben, dass die Nacht schon vorbei ist. Es war furchtbar. Aber die vergossenen Tränen haben gut getan, denn der Druck in meiner Kehle ist verschwunden.

Beim Blick in den Badezimmerspiegel sehe ich glücklicherweise keine Spuren meiner Trauer. Normalerweise habe ich rot unterlaufene Augen und dicke Augenringe, wenn ich viel geweint habe. Ich spritze mir kaltes Wasser ins Gesicht und trinke einen Schluck direkt aus dem Wasserhahn. Ich befürchte nämlich, dass es heute kein gemeinsames Frühstück geben wird. Mein Magen knurrt schon. Hoffentlich kann das Wasser meinen Magen ein wenig beruhigen. Ich starre mir selbst in die Augen. Mein Blick ist leer. Es gleicht meinem Gefühl. Ich fühle nichts. Rein gar nichts. Ich bin wie ein Vampir aus der Serie *Vampire Diaries*, die in der Lage sind, ihre Gefühle auszuschalten. Allerdings werden diese zu wirklichen Monstern. Liebe wandelt sich bloß in Hass und Gleichgültigkeit um. Aber ich spüre nicht mal Gleichgültigkeit. Ich fühle mich innerlich tot.

„Und los?"

„Klar.", sage ich mit einer unauthentischen Freude in meiner Stimme. Dies scheint Liam nicht aufzufallen. Ich bin eine Meisterin darin, glaubwürdig authentisch zu sein, obwohl ich es nicht bin. Das Geheimnis ist, sich in diesem Moment selbst anzulügen. Man glaubt das, was man sagt und wieso sollte das ein anderer in

Frage stellen? Und da die Grundlage meiner Stimmung gerade mehr als neutral ist, kann ich selbst entscheiden, wer ich sein will. Also bin ich die gut gelaunte Mel, die sich voll für Liam freut, dass er einen tollen, neuen Job in Österreich bekommen hat.

Wir gehen zuerst zur Krankenkasse, die tatsächlich um die Ecke liegt. Danach zum Copy Shop, der nur wenige Meter weiter oben steht. Dort gibt es ein paar technische Probleme, aber Liam ist unglaublich entspannt und total gut drauf. Ungewohnt. Normalerweise macht er Stress, wenn er seiner Zeit beraubt wird. Er scheint sich wirklich auf Österreich zu freuen. Für meinen Geschmack etwas zu sehr. Er erzählt selbst dem Copy-Shop-Besitzer von seinem neuen Job. Er bezahlt mit sehr viel Kleingeld und meint zu dem Besitzer, dass er den Rest behalten darf. *Welch großzügiges Trinkgeld.* Mein Sarkasmus hat mich wenigstens immer noch nicht verlassen.

Zurück in seiner Wohnung, setzen wir uns auf das Bett. Er wirft den Laptop an.

„Bisher hat ja alles bestens geklappt. Ich muss jetzt noch dieses Zimmer inserieren."

„Alles klar." Obwohl wir nebeneinander sitzen, habe ich das Gefühl, dass uns eine Betonmauer trennt. Ich nehme seine Wärme nicht mal mehr wahr. Eigentlich ist das Folter, was hier gerade geschieht. Ich hätte gestern, nachdem er gesagt hat, dass er geht, selbst gehen sollen. Warum habe ich mir das alles, und vor allem diese letzte Nacht, angetan? Ich sitze hier neben ihm und zähle die letzten gemeinsamen Stunden. Mittlerweile sind es vielleicht auch nur noch Minuten. Das Loch der Leere wächst und wächst. Liam strahlt über beide Ohren. Wenn er zu mir sieht, reiße ich meine Mundwinkel nach oben und lächle zurück. Schaut er mich nicht an, lasse ich die Maske fallen. Ein Dauergrinsen würde sich nur verkrampfen und mit Sicherheit negativ auffallen.

Er schreibt das Inserat, während ich neben ihm sitze und schweige. Am liebsten würde ich seine Rechtschreibung korrigieren, aber Liam hat mir schon von seiner Rechtschreibschwäche erzählt und ich denke, es wäre unangebracht ihn ungefragt zu korrigieren.

„So, das sollte reichen. Ich mache noch eben zwei Fotos von dem Zimmer."

„Okay, dann gehe ich mal besser in den Flur." Die Fotos lädt er hoch und dann geht die Anzeige online. Bald schon, wird jemand anderes hier wohnen.

„Ich muss noch in die Stadt zur Bank und danach will ich zum Training. Ich kann dich mitnehmen."

„Ja, das ist gut. Von dort habe ich es nicht so weit nach Hause."

„Ich packe eben meine Sporttasche und dann können wir los."

Ich verabschiede mich innerlich von diesem Raum. Lasse meinen Blick noch einmal schweifen. Dann ziehe ich meine Schuhe an und wir verlassen die Wohnung. Mit dem Klicken der Haustür, die ins Schloss fällt, durchfährt ein Stechen mein Herz. Jede einzelne Treppenstufe nehme ich bewusst wahr. Ich erinnere mich, als sei es gestern gewesen, wie ich vor zwei Monaten diese Treppen kaum hinter Liam hinaufgelaufen kam. Nur mit Rock und Stiefeln untenherum bekleidet, Strumpfhose und Slip in der Hand haltend. Zu dem Zeitpunkt noch unwissend, welchen Schmerz ich durch die Bekanntschaft zu diesem Mann durchleiden werde. Was würde ich jetzt geben, um die körperlichen Schmerzen dieser Nacht gegen diesen seelischen Schmerz eintauschen zu können. Auch wenn ich den Schmerz gerade nicht fühle, ich weiß, dass er wiederkommen wird.

Auf dem Weg zum Smart, drehe ich mich noch ein letztes Mal um, schaue zu dem auf kipp stehenden Fenster hoch, durch das einige Stöhnlaute meinerseits gedrungen sind. *Bye bye.*

Das Wetter ist sommerlich und das, obwohl wir erst Mai haben. Liam öffnet das Dach und wir fahren ein letztes Mal zusammen die Schnellstraße entlang. Wir schweigen die gesamte Fahrt über. Am liebsten würde ich meine Augen schließen, um die Sonne intensiv auf meiner Haut spüren zu können und gleichzeitig den Fahrtwind, der meine Haut mit leichter Kühle streichelt. Als wir uns dem Ziel nähern, dringt Angst in mir hoch.

Meine Hände werden feucht und in meiner Magengegend breitet sich Übelkeit aus, die durch den Hunger verstärkt wird. Er parkt direkt vor der Bank, die nur wenige Meter von der U-Bahn und seinem Fitnessstudio entfernt ist. Ich mache mich auf, um auszusteigen. Nehme Jacke und Handtasche in die Hand.

„Wartest du eben?"

„Okay.", sage ich leicht verwirrt.

„Sollte nicht zu lange dauern. Ich lass das Fenster geöffnet." Das Dach schließt er. Ich beobachte ihn, bis er in dem Bankgebäude verschwunden ist.

Wieso soll ich jetzt hier warten? Will er mich noch länger quälen? Elender Sadist! Ich will es nur noch hinter mich bringen. Ich hasse Abschiede. Minuten um Minuten verstreichen. Mein Herz schlägt immer schneller, denn er könnte jede Sekunde zurückkommen und dann steht der Abschied bevor. Die Autofahrt war unsere letzte gemeinsame Zeit und ich habe sie mit Schweigen verbracht. Ich hätte ihm so viel erzählen können. Hätte ihm sagen können, dass ich nicht will, dass er geht. Auch wenn ich weiß, dass das nichts an der Tatsache, dass er geht, ändern würde, aber er wüsste es. Er wüsste, dass er mir etwas bedeutet. Die Leere füllt sich, neben der Angst, mit Wut auf mich selbst. Ich schaue auf mein Handy. Liam ist bereits seit zehn Minuten weg.

Doch dann geht plötzlich die Fahrertür auf.

„Sorry, hat doch länger gedauert als gedacht."

„Alles in Ordnung.", antworte ich.

Nein! Nichts ist in Ordnung! Du Idiot!

Liam startet den Motor. Wo will er denn jetzt hinfahren? Meine Verwirrung bleibt bestehen. Doch nach wenigen Metern weiß ich es. Er parkt wieder. Diesmal vor dem Fitnessstudio. Das war unnötig. Mehr als unnötig. Er hat meine Zeit verschwendet und die Angst vor dem Abschied in die Länge gezogen. Aus welchen Gründen auch immer. Entweder liegt tatsächlich eine sadistische Tat dahinter oder er mag auch keine Abschiede und will sich dieser Situation nicht stellen.

Ich steige aus. Er steigt aus. Wir stehen uns gegenüber. Ich weiß nicht, wie ich mich verhalten soll, doch dann geht alles ganz schnell. Kurz und schmerzlos. Liam umarmt mich. Hält mich aber nicht lange in seinem Arm fest. Es gleicht einer freundschaftlichen Umarmung. Einen Kuss gibt es nur auf die Wange.

„Pass auf dich auf, Kleine. Und lass dich nicht ärgern."

„Komm gut in Österreich an und viel Spaß."

„Wir schreiben."

„Alles klar. Tschau."

„Bye, bye." Dann geht er in Richtung Gym und ich in Richtung Bahn. Die Angst ist wie weggefegt. Die Leere sucht mich wieder heim. Sie bleibt den ganzen Heimweg bestehen. Als ich mein Zimmer betrete, werfe ich Jacke und Tasche auf den Boden und schreite zu meinem Bett, auf das ich mich einfach fallen lasse. Und dann bricht er aus. Der Schmerz. Es fühlt sich an, als würde er mich innerlich zerreißen. Als würde mein Herz in tausend Teile zerspringen. Ich schluchze. Tränen strömen mir aus den Augen. Ich nehme mein Handy, stecke mir meine Kopfhörer in die Ohren und starte die Musik. Ich bin definitiv sadistisch und gleichzeitig maso. Es muss richtig wehtun und dafür sorge ich jetzt. Ich wähle den Song *Nie vergessen* von *Glasperlenspiel* aus. Die Akustikversion.

... Ich bin Schuld, habe vieles falsch gemacht, vielleicht haben Träumereien uns zu Fall gebracht ... – Wohl eher mich – *... und wenn ich schlaf, seh ich dich im Traum. Will wieder aufwachen und dir in die Augen schaun. Will nur dich wieder hier bei mir, nur bei dir kann ich mich verlieren ...*

Ich singe in meinen Gedanken den Songtext mit und bei jedem Wort schmerzt es nur noch mehr.

... Werd dich für immer vermissen, ich werd dich nie vergessen ... Noch nicht vorbei, vielleicht ist es noch nicht vorbei. Ich wünschte, es wäre noch nicht vorbei. Unsre schöne Zeit ...

Ich reiße mir die Kopfhörer aus den Ohren und werfe sie neben mich aufs Bett. Ich drehe mich um, sodass ich mit dem Rücken auf der Unterlage liege und mein Blick sich an der weißen Decke festbeißen kann. Es rinnen nur noch vereinzelte Tränen meine Wangen herunter. Ich atme tief durch. Dann spricht plötzlich mein Engelchen zu mir. Lange war es still. *Komm schon, Mel. Du wirst doch nicht wieder in ein dunkles Loch fallen. Nicht wegen eines Kerls, der dich doch eh nicht verdient hat. Du bist viel zu gut für ihn.* Es hat Recht. Ich darf denselben Fehler nicht noch einmal machen. Es wiederholt sich. Auch wenn ich damals für den Abschied gesorgt habe, da ich mich von David getrennt habe. Trotzdem hatte ich daran zu beißen. Ich hatte keinen Liebeskummer – wenn das hier überhaupt Liebeskummer sein sollte. Meine Zukunft stand in den Sternen und damit konnte ich nicht umgehen. Alle meine Pläne basierten auf David. Und genau den Fehler habe ich wieder begangen. Ich habe Pläne gemacht, habe mir vorgestellt, wie ich mit Liam den Sommer verbringen werde.

Aber Mel, denk daran, wie es eben in dem Song hieß ... vielleicht ist es noch nicht vorbei. Liam wird wiederkommen. Bestimmt. Vielleicht kommt er sogar deinetwegen zurück?

Der Teufel hat auf der freien Seite meiner Schulter Platz genommen und flüstert mir Worte voller Hoffnung ins Ohr. Diese Worte fühlen sich äußerst gut an. So viel besser als der Schmerz des Verlustes und ich fange an, ihnen Glauben zu schenken. Liam hat selbst gesagt, dass er zurückkommen wird. Ich sehe wieder Licht am Ende des Tunnels.

Die nächsten Tage verlaufen alltäglich. Von Liam höre ich nur wenig. Sein Zimmer ist bis dato noch nicht weitervermietet worden. Er meinte, dass er es vielleicht doch behält. Das Geld hätte er über, aber es würde ihn dennoch ärgern, wenn er weiterhin Miete zahlen muss, obwohl er das Zimmer nicht bewohnt.

Er versucht es, nur für die vier Monate unterzuvermieten, allerdings scheint dies wohl schwieriger zu sein als erwartet.

Heute ist der letzte Tag. Ab morgen ist Liam in Österreich. Es war ein komisches Gefühl, zu wissen, dass ich ihn nicht mehr sehe, obwohl er noch in Hamburg ist. Mittlerweile hab ich mich aber damit abgefunden.

Da ich mich am Nachmittag mit einer Freundin in der City treffe, habe ich geplant, vorher noch in den Fitness-Shop meines Vertrauens zu fahren. Mein Proteinpulver ist nämlich aufgebraucht. Die Welt ist sehr klein, denn der Top-Verkäufer des Ladens ist sehr eng mit Liam befreundet, aber auch mit David. David und ich haben ihn damals oft im Shop besucht und dort einige witzige Stunden verbracht. Seit der Trennung fahre ich allerdings hauptsächlich alleine hin oder mit Josh.

Der Laden befindet sich auf der Reeperbahn, nur einige Meter von der Bar entfernt, in der ich Liam nähergekommen bin beziehungsweise er mir nähergekommen ist.

„Hey, Fabian!"

„Ja, moin! Schön dich hier zu sehen. Du kommst bestimmt, um Liam zu verabschieden. Der sollte in zehn Minuten hier eintreffen."

Was!? Das kann kein Zufall sein, aber es muss ein Zufall sein. Was mich allerdings noch mehr verwirrt, ist die Tatsache, dass Fabian mich darauf hinweist, dass Liam im Anmarsch ist. Ich war mit ihm nie hier. Fabian kennt mich nur über David. Es sei denn, Liam hat mit ihm über mich gesprochen? Ich bin verwirrt.

„Oh ... äh ... ne, davon weiß ich nichts. Ich wollte nur Proteinpulver kaufen. Liam und ich haben uns schon voneinander verabschiedet."

„Ach so. Was für Pulver willst du denn?"

„Wie immer. Entweder Vanille oder Cookies."

„Wir haben leider nur noch Vanille und das auch nur von einer anderen Firma, aber es schmeckt auch gut."

„Ich schau mich einfach mal um."

„Tu das. Wenn du Fragen hast, frag mich." Fabian ist cool. Er ist super krass trainiert und irgendwie erinnert er mich an Ken. An einen gut gebauten Ken. Ich glaube, dass wenn man ihn auf der Straße sieht, man ihn komplett falsch einschätzt. Selten so einen herzlichen, offenen Menschen kennengelernt und was er an Wissen hat, ist unglaublich. Dank ihm habe ich total viel über einen gesunden Lebensstil dazugelernt.

„Heeey, da ist ja mein Mann!", ruft Fabian. Liam betritt den Laden. Als er mich sieht, schaut er leicht erschrocken aus. Er begrüßt zuerst Fabian.

„Hey, was machst du denn hier?", begrüßt er mich mit einer kurzen Umarmung.

„Ich wollte Proteinpulver kaufen. Ich wusste nicht, dass du herkommst."

„Woher auch? Das ist ja ein lustiger Zufall."

„Allerdings."

„In einer Stunde muss ich nur schon wieder los. Es kommt jemand, um das Zimmer zu besichtigen."

„Ich habe eh nicht erwartet, dich hier zu treffen. Ich bin auch noch verabredet und muss auch in spätestens einer Stunde hier weg."

„Dann passt das ja."

„Ja." Ich bin aufgewühlt. Als Liam mit Fabian ins Gespräch kommt, versuche ich zu zuhören, aber ich kann mich nicht darauf konzentrieren. Meine Gedanken lenken mich ab. Warum zur Hölle treffe ich ihn hier? Ich wollte ihn unbedingt noch mal sehen, auch wenn ich diesen Wunsch verdrängt habe, weil ich dachte, dass er eh nicht in Erfüllung gehen würde. Und jetzt stehe ich hier neben Liam. Ist das ein Zeichen? Ziehen wir uns universell an? Das kann kein Zufall sein. Ich hätte nämlich auch heute Abend vorbeikommen können. Genau wie Liam. Warum kommt er exakt zehn Minuten nach mir hier an? Und wenn er Fabian von mir erzählt hat, dann habe ich vielleicht doch einen Eindruck bei ihm hinterlassen und bin ihm gar nicht vollkommen egal. Vielleicht besteht wirklich Hoffnung, dass er mich doch mehr mag als ich denke.

Die Stunde vergeht wie im Flug, ohne, dass ich ein einziges Wort gesagt habe. Liam verabschiedet sich von Fabian. Und dann bin ich dran.

Das Beste kommt eben zum Schluss. Diese Umarmung hält länger an und ist intensiver als unsere letzte Abschiedsumarmung. Es gibt aber wieder nur einen Kuss auf die Wange. Was mich jetzt auch nicht sonderlich überrascht. Vor Fabian würde er mich wahrscheinlich eh nicht küssen.

„Wir schreiben. Ich schicke dir auf jeden Fall Bilder aus Österreich."

Diese Verabschiedung klingt besser als die letzte. Er will also den Kontakt zu mir aufrechterhalten.

„Darüber würde ich mich freuen. Fahr vorsichtig! Und schreib mir, wenn du angekommen bist."

„Das werde ich machen. Tschau!"

„Tschüss, mein Lieber!", ruft Fabian ihm noch hinterher. Liam dreht sich noch einmal um und winkt uns zu. Jetzt ist es endgültig. Dass ich ihn noch mal sehen werde, ist höchst unwahrscheinlich. Aber ich muss ihm etwas bedeuten. Das hat mir dieses kurze Aufeinandertreffen klargemacht. Ich verabschiede mich von Fabian und mache mich gut gelaunt zu dem Treffen mit meiner Freundin auf.

Kapitel 4

Juni 2015

Die ersten Juni Tage höre ich rein gar nichts von Liam. Ich weiß nicht mal, ob er gut in Österreich angekommen ist. Bei Facebook und Instagram war er auch nicht aktiv. Ich war auf einem Konzert von *Limp Bizkit* mit David, Alina und dem Sänger der Band von Josh und David. Alina stand die ganze Zeit nur herum. Ich habe meine komplette Energie im Mosh Pit abgeladen und war nach dem Konzert vollkommen durchnässt. Das tat unglaublich gut. Am Wochenende spielt deren Band ein Konzert. Noch mehr Ablenkung. Ich hoffe, dass ich bis dahin ein Lebenszeichen von Liam erhalten werde.

Tag Sieben. Liam lebt und ist gut in Österreich angekommen. Er hatte kein Internet und konnte sich deshalb nicht bei mir melden. Auf die Idee, mir eine SMS zu schicken, ist er natürlich nicht gekommen. Aber er hat mir schon Bilder von sich geschickt, wie er am Wandern ist. Oberkörperfrei. Damit er braun wird. Die landschaftliche Aussicht ist somit wortwörtlich in den Hintergrund gerückt. Ich vermisse ihn.

Die kommenden Tage höre ich eher wenig von ihm. So gut wie gar nichts und ich spiele mit dem Gedanken, dass unsere Freundschaft, oder wie man das zwischen uns auch immer nennen sollte, diese Entfernung nicht überstehen wird. Doch an einem Sonntagmorgen, nachdem ich völlig übermüdet aufwache, da ich am Abend zuvor eine Hochzeit fotografiert habe, erscheint eine Nachricht von Liam auf meinem Smartphone. Er hat mich wohl doch noch nicht vergessen.

Hey Mel! Wie geht's dir?

Gut und selbst? Läuft alles?

Danke, auch gut. Ja, sind in den Proben. In wenigen Tagen kommen die Gäste. Endlich.

Sind die Kollegen nervig?

Jaein, aber es ist doch schon etwas langweilig ohne Gäste hier im Hotel.

Kann ich verstehen.

Google mal bitte 24/7 TPE.

Okay.

Meine Neugierde ist geweckt. Was das wohl sein mag?

Oh! 24/7 steht in der BDSM-Szene dafür, eine d/s-Beziehung (Dom/Sub-Beziehung) nicht nur zu führen, wenn man sich speziell dafür trifft beziehungsweise die Zeiten der Sessions abspricht, sondern rund um die Uhr. Und TPE (Total Power Exchange) bedeutet, dass der dominante Part die komplette Kontrolle übernimmt. Also auch in den Alltag eingreift.

Warum will Liam, dass ich das google?

Ich weiß jetzt, was das bedeutet.

Interessiert?

Woran? An so einer Art von Beziehung?

Ja. Mit mir. Dann würdest du mir gehören. Ich weiß, dass dich SM nicht losgelassen hat. Ich habe gesehen, wie du reagiert hast, als ich dir von meiner ersten langfristigen Sub erzählt habe.

Mist ... Ich bin in einer Zwickmühle. Mein Teufelchen freut sich gerade einen Ast ab, aber mein Engelchen sagt mir, dass ich dafür meine Freiheit aufgeben müsste. Aber immerhin würde dann eine gewisse Bindung zwischen Liam und mir entstehen, was besser ist als gar nichts und vielleicht ergibt sich daraus eine feste Beziehung, wenn er wieder hier in Hamburg ist. Wenn ich mich gut anstelle, dann entwickelt er möglicherweise tiefere Gefühle für mich. Mit Sicherheit würde ich es bereuen, wenn ich sein Angebot ablehne. Ich würde mich immer fragen, was gewesen wäre, wenn ...

Okay. Dann gehöre ich ab jetzt dir.

Schön. Das freut mich. ;)

Dann wirst du dich jetzt als erstes auf www.darkroom.com anmelden. Dort kannst du dich mit anderen austauschen. Außerdem wirst du mich dort als deinen Top angeben. Ich heiße cbtsklave. Gib mir Bescheid, wenn du dein Profil angelegt hast. Ach ja und zukünftig wirst du mich nur noch mit Sir ansprechen. Verstanden?

Ja, Sir.

Brav.

Sein Nickname klingt alles andere als dominant. Ich gebe die Webadresse ein und komme auf eine altmodisch gestaltete Seite. Finde mich dort aber relativ schnell zurecht. Bei meinem Nicknamen muss ich nicht lange überlegen. Ich nenne mich *MrsPain*. Den Namen hatte ich damals in einem Online-Spiel. Dort war mein Charakter eine Kriegerin und diese habe ich damals Mrs. Pain getauft. Damals wie heute passend.

Vor allem ist er zweideutig.

Könnte bedeuten, dass ich Schmerzen mag, aber auch, dass ich gerne Schmerzen zufüge. Dabei ist beides nicht meins, aber das muss ja niemand erfahren.

Man kann dort seine Erfahrungen und Neigungen angeben.

KV, NS, Anilingus, Fisting, Nadeln, Analkoitus, Auspeitschen, Wachs, Plug, Anspucken, Sinnesentzug, Orgasmuskontrolle, Genitalfolter, Facesitting, Atemkontrolle, Striemen, Vergewaltigungsspiele, Keuschhaltung …

Die Liste ist unglaublich lang. Hinter den meisten Begriffen steht passiv oder aktiv. Diese Angaben überspringe ich, auch wenn ich schon Erfahrung mit einem Plug gemacht habe oder auch mit Brustfolter, falls das schon als solche zählen sollte. Auspeitschen und Striemen … da kann ich auch mit reden.

Viele der Begriffe muss ich googeln, da ich sie zum ersten Mal höre.

Als nächstes gebe ich an, wie alt ich bin, wie viel ich wiege, wie groß ich bin und so weiter und so fort. Und dann wähle ich ein Profilbild aus. Ich nehme eines, auf dem ich eher streng aussehe. Alles andere als devot. Es gefällt mir. Viele der Bilder hier sind sehr freizügig oder es wird Fetischkleidung getragen. Meines wird aus der Masse herausstechen.

Beziehungsstatus? Single. *Wofür bin ich hier?* Gedankenaustausch. *Neigung?* Gute Frage ... Liam wird erwarten, dass ich devot angebe, daher tue ich dies auch.

Registriert als? Sub. *In welchem Alter hast du es gewusst?* 24 Jahre.

Das Nötigste habe ich angegeben.

Ich gehe auf Liams Profil. Und tatsächlich. Er ist dort auch als Sub registriert. Mal sehen, ob wir auf dieser Plattform überhaupt ernst genommen werden. Er hat sogar ein Bild hochgeladen. Sein Rücken ist bedeckt mit Striemen. Sieht schmerzhaft aus. Und auf einem Bild präsentiert er seine Brust- und Bauchmuskeln, sein Gesicht ist nicht zu erkennen. Er hatte Brustwarzenpiercings.

Wow! Liam! Jetzt weiß ich, weshalb er erst eine richtige Sub hatte. Er war vorher wohl eher mit Dominas in Kontakt. Drei Stück sind sogar mit seinem Profil verknüpft. Ich schaue mir ihre Profile an. Eine ist echt heiß und verheiratet. Die anderen beiden sind stark übergewichtig und alt. Ich ekele mich etwas und hoffe, dass Liam nicht persönlich auf diese Damen getroffen ist. Ich gebe ihn als meinen Top an. Nun muss er dies nur noch bestätigen.

In meinen Posteingang sind schon die ersten Nachrichten gelandet.

Hallo MrsPain,
viel Spaß hier und lass dich nicht von den verrückten Vögeln abschrecken.

Herzlich Willkommen MrsPain,
Lust auf einen Erfahrungsaustausch?

Verehrte MrsPain,
ich möchte Sie herzlich willkommen heißen.

Liebe MrsPain,
welch wunderschöner Anblick. Liebe Grüße

Durchweg nette Nachrichten, von höflichen Männern.
Doch dann entdecke ich eine Nachricht von einer weiblichen Person. Von *bondagegirl*.

Hey MrsPain,

cooler Nickname! Ich heiße Antonella. Ich bin auch 24 Jahre alt. Habe gesehen, dass du noch kaum Angaben zu Erfahrungen und Neigungen gemacht hast, was mich darauf schließen lässt, dass du ganz neu in der Szene bist. Woher kommst du denn? Vielleicht können wir uns etwas austauschen?

Sie ist tatsächlich die einzige Frau, die mir geschrieben hat. Klingt sehr sympathisch. Ihr Profil verrät nicht viel über sie. Sie scheint eine sehr gute Figur zu haben. Ihr Körper ist fast nackt und nur mit Seilen bedeckt. Daher ihr Nickname.
Ich schreibe ihr zurück.

Hey Antonella,

danke für deine Nachricht! Ja, das stimmt. Für mich ist das alles sehr neu. Ich habe da wen kennengelernt und er ist gerade im Ausland und hat vorgeschlagen, eine Beziehung auf 24/7-TPE-Basis zu führen. Ich weiß noch gar nicht, was auf mich zukommen wird.

Ich komme aus Hamburg und du?
Liebe Grüße, Melina

Es folgt wenige Minuten später eine Antwort.

Wie cool! Ich komme auch aus Hamburg! Hast du vielleicht Lust dich nächste Woche real mit mir zu treffen. Das klingt bei dir ja etwas komplexer. Würde mich freuen, wenn du Zeit und Lust hast. LG Toni

Das riecht ja förmlich nach einem Amber-Ersatz. Ich habe ein richtig gutes Gefühl bei ihr. Ich glaube, wir schwingen auf der gleichen Welle und wenn wir uns in der Öffentlichkeit treffen, dann muss sie echt sein. Ich kann das gar nicht fassen.

Ja, super gerne! Vielleicht gleich morgen? Wir könnten ins Sands am Dammtor Bahnhof gehen. LG Mel

Klasse! Klingt super. 20 Uhr? Ich habe hier zwar kein Bild von meinem Gesicht drin, aber ich spreche dich dann einfach an.

Perfekt. Dann haben wir ein Date. Bis morgen. Ich freue mich!

Ich mich erst!

Liam erzähle ich vorerst nichts von dieser Bekanntschaft. Obwohl ich nicht weiß, ob das eventuell Schwierigkeiten mit sich bringen könnte.

Liam, Sir. Ich habe mich als MrsPain angemeldet.

Habe ich schon gesehen. Und schon Nachrichten bekommen?

Ja, ziemlich viele sogar.

Als hübsche, junge Frau wird man halt überschwemmt. Als Mann sieht es anders aus.

Ja, so ist das halt. Kann aber auch gut nerven. Ich werde nicht alle Nachrichten beantworten können.

Sei froh. Als Frau ist man da wirklich im Vorteil. Kannst frei wählen.

Ist er etwa neidisch auf uns Frauen?

Nur brauche ich nicht wählen. Ich habe dich.

Das ist wahr. Und hör auf mich zu duzen. Ab jetzt nur noch Sie!

Verzeihen Sie, Sir.

Ich hasse siezen. Aber damit muss ich mich abfinden. Ich möchte nicht gleich am Anfang dagegen stänkern. Das wäre nicht klug.

Ich möchte, dass du dir ein Halsband aussuchst. Ich bin jetzt bei den Proben.

Okay, Sir. Viel Spaß.

Ich gehe auf Amazon, denn dort bekommt man in der Regel alles. Allerdings gefällt mir keines der dort angebotenen Halsbänder. Nicht mal die preislich hochwertigeren.

Ich beschließe, die Suche auf einen späteren Zeitpunkt zu verlegen. Das hat ja keine Eile.

Den restlichen Tag verbringe ich mit Sport und mit Bildbearbeitung. Ich muss die Fotos von der Hochzeit fertigstellen. Über tausend Bilder warten darauf, von mir gesichtet zu werden. Um meine Augen etwas abzulenken, gehe ich auf Facebook. Und mich trifft der Blitz! Liam hat angegeben, dass er in einer komplizierten Beziehung ist! Das kann kein Zufall sein. Sind wir jetzt zusammen, ohne, dass ich davon weiß? Ich bin verwirrt.

Zum Glück treffe ich mich morgen mit Antonella. Vielleicht hat sie eine hilfreiche Meinung dazu. Die Kommentare darunter sind jedenfalls gemischt. Manche machen sich über seinen Status lustig.

Bist du mit deiner rechten Hand in einer komplizierten Beziehung oder was ist bei dir los?

Liam scheint sehr nette Freunde zu haben. Ein paar Glückwünsche gibt es aber auch. Obwohl ich mich frage, was es bei einer komplizierten Beziehung zu beglückwünschen gibt?

Ich mache mich zu dem ersten Treffen mit Antonella auf und bin total gespannt wie sie aussieht, wie sie redet und ob sie natürlich so sympathisch ist, wie vermutet.

Etwas Nervosität macht sich in mir breit. Sie scheint noch nicht da zu sein. Aber ich bin auch ein wenig zu früh an unserem Treffpunkt. Dann tippt mir jemand von hinten auf die linke Schulter. Ich drehe mich reflexartig um. Und da steht sie und strahlt mich an.

„Hey, Mel! Ich bin Toni. Freut mich dich persönlich kennenzulernen."

„Hi, Toni. Freut mich genauso. Du hast mich ganz schön erschreckt."

„Sorry, das war nicht meine Absicht. Ich war vorher noch im Kino und hab dort eine Freundin besucht, um mit ihr ihre Pause zu verbringen. Daher komme ich aus der Richtung."

„Ah. Cool. Wollen wir draußen sitzen?"

„Das Wetter bietet das wohl an."

„Super!" Ich gehe vor und suche einen ruhigen Platz aus. Toni sieht wirklich umwerfend aus. Sie trägt einen frechen Kurzhaarschnitt, der sie keinesfalls männlich wirken lässt. Er umschmeichelt ihr schmales, sanftes Gesicht. Helle Haut, naturschwarze Haare und grüne Augen. Ihre Nase schmückt ein kleiner Nasenring. Ihr Klamottenstil ähnelt meinem. Sportlich.

Ihre Nägel sind in einem dunklen Grünton lackiert, passend zu ihrer Augenfarbe.

„Dass ich so schnell jemanden auf dieser Plattform kennenlerne ... Davon bin ich wirklich nicht ausgegangen.“, fange ich das Gespräch an.

„Ich muss zugeben, dass ich zuvor auch noch nie ein Mädel dort angeschrieben habe. Aber irgendwie ... ich weiß auch nicht. Ich weiß nicht mal mehr, wie ich überhaupt auf dein Profil gestoßen bin. Das kann nur Schicksal sein. Übrigens bist du in Natura noch schöner als auf deinem Foto.“ Ich werde rot.

Komplimente bekomme ich höchstens von Männern und bei denen weiß man nie, ob sie es ernst meinen oder einen Plan verfolgen und eine andere Absicht haben als einem einfach nur eine Freude zu machen.

„Wow. Dankeschön. Du hast mich auch total überwältigt. Du bist wunderschön. Außerdem hast du einen ziemlich sportlichen Körper. Trainierst du?“

„Danke dir.“, sie lächelt mich zuckersüß an.

„Ich habe mal Kampfsport gemacht. Aktiv mache ich momentan keinen Sport. Aber ich achte generell schon auf meine Ernährung. Wie du vielleicht gesehen hast, liebe ich Bondage. Genauer gesagt, liebe ich Shibari.“

„Was ist Shibari?“, hake ich nach.

„Shibari kommt ursprünglich aus Japan. Es ist eher eine Kunst, aber kann auch für sado-masochistische Praktiken angewandt werden. Bisher bin ich aber nur mit der Kunstform in Berührung gekommen.“

„Daher hattest du auf dem Bild auch noch etwas an oder?“

„Ja, genau. Ich hoffe aber darauf, dass ich einen Mann, der diese Kunst beherrscht, dort finden kann und, dass ich dann auch intimere Erfahrungen machen kann. Mit einem Fremden möchte ich das nicht. Das reizt mich nur mit jemandem, der mich liebt und den ich liebe. Dann kann eine Schrittfesselung schon sehr heiß werden.“

„Das kann ich nachvollziehen. Ich drücke dir auf jeden Fall die Daumen.“

„Dankeschön. Wahrscheinlich habe ich dich damit jetzt verwirrt, dass ich einen Mann suche, weil ich auf meinem Profil angegeben habe, dass ich bisexuell bin.“

Diesen Aspekt habe ich wohl ausgeblendet.

„Nein, gar nicht. Du wirst schon deine Gründe haben. Warst du schon mal mit einer Frau in einer Beziehung?“

„Ja, war ich. Also es ist tatsächlich nicht nur rein sexuell. Ich mag Frauen wirklich.“

„Interessant."

Mehr fällt mir dazu nicht ein. Ich will mir darüber auch keine weiteren Gedanken machen. Ich spüre nämlich, wie meine Pussy, auf der ich sitze, beginnt, zu pulsieren und ich weiß zur Hölle nicht, wieso sie das tut. Ich wechsle das Thema.

„Heißt das, dass du ansonsten nichts mit SM am Hut hast? Also dich reizt nur Bondage?"

„Das ist korrekt. Mich interessiert auch der andere Teil des SM's, aber ich konnte bisher keine Leidenschaft dafür entwickeln. Umso spannender finde ich es, falls ich dir sympathisch sein sollte, dich begleiten zu dürfen. Für dich da sein zu dürfen, falls du eine Freundin mit einem offenen Ohr brauchst. Ich bin nicht voreingenommen. Ich könnte dein Nordpol sein. Deine Schweiz."

„Wow. Ich bin wirklich dankbar, dass ich dich kennenlernen darf. Meine beste Freundin ist nämlich, seitdem ich Liam kenne, nicht mehr meine Freundin. Es würde gut tun, zu wissen, dass jemand da ist, dem ich mich anvertrauen kann. Du kommst zum perfekten Zeitpunkt."

„Ich sag ja. Schicksal."

Wir beide lachen und bestellen uns erstmal einen Cocktail. Für mich gibt es nur einen alkoholfreien. Und dann erzähle ich ihr die ganze Geschichte von Liam und mir. Und bis auf ein paar Fragen, die sie mir zwischendurch stellt, lauscht sie mir total aufmerksam. Es ist, als würden wir uns schon ewig kennen. Ich spüre eine tiefe Verbindung zu diesem Mädchen.

„Und glaubst du, dass das mit seinem Facebook-Beziehungsstatus auf mich bezogen ist?"

„Klar, dass kann kein Zufall sein. Du glaubst doch nicht, dass er dort unten so schnell jemanden gefunden hat? Der Zeitpunkt passt. Kompliziert ist daran die Art der Beziehung. Obwohl sie ja nicht kompliziert sein muss, sie ist eben anders. Wahrscheinlich versucht er, das auf diese Weise auszudrücken. Du solltest ihn einfach fragen, was es damit auf sich hat. Dann hast du Sicherheit."

„Das ist wohl das Beste. Ich möchte mich nur nicht zum Volltrottel machen."

„Machst du nicht. Musst ihn ja nicht fragen, ob er dich meint. Frag einfach, was es damit auf sich hat."

„Du hast Recht. Ich denke schon wieder zu kompliziert."

Das Gespräch mit Toni tat unheimlich gut. Zum Abschied umarmen wir uns innig. Sie hat mir ihre Nummer gegeben und somit können wir uns über WhatsApp austauschen.

Abends im Bett liegend, denke ich über Antonella nach. Darüber, dass sie auch auf Frauen steht. Ich müsste lügen, wenn ich behaupten würde, dass mich diese Information über sie nicht anmacht. Das tut es sogar jetzt in diesem Augenblick. Meine Vagina sehnt sich nach einer Berührung. Sie pulsiert und umso mehr ich darüber nachdenke, umso heißer wird sie. Mein Kopfkino beginnt, einen Film abzuspielen.

Ich stelle mir vor, wie wir uns im *Sands* gegenüber sitzen. Wie wir uns in die Augen schauen und uns mit unseren reinen Blicken die Kleider vom Leib reißen. Antonella steht auf, greift meine Hand und zieht mich in Richtung WC. Wir sperren uns in eine Kabine ein. Wir entkleiden uns gegenseitig, während wir uns heiß und innig küssen. Sie schmeckt süß und ich will wissen, ob ihre Pussy genauso schmeckt. Als wir beide komplett nackt sind, umschlingen wir uns und reiben uns gegenseitig unsere Vagina. Sie ist feucht, ich bin es auch. Ich löse mich von ihr und drücke ihre Schultern herunter, um ihr zu suggerieren, dass sie sich auf den geschlossenen WC-Sitz setzen soll. Ich hebe ihre Beine auf meine Schultern. Sie ist glatt rasiert und ihre Pussy hat die Farbe eines saftigen Stücks Roastbeef. Ich fahre mit meiner Zunge ihre nasse Spalte entlang. Sie stöhnt laut auf. Dann umspiele ich mit meiner Zunge ihren Kitzler. Ganz zärtlich. Treibe damit ihre Erregung noch mehr an. Gleichzeitig schiebe ich zwei Finger in ihre nasse Höhle und beginne, ihren G-Punkt zu massieren. Ich spüre an meinen Fingern, wie sie kommt. Das Zucken macht mich wahnsinnig an. Ich ziehe meine Finger aus ihr heraus und lutsche sie von ihrem Saft sauber. Sie schmeckt hervorragend. Sie nimmt ihre Beine von meinen Schultern, beugt sich zu mir und flüstert mir ein *Danke und jetzt bist du dran* ins Ohr. Wir tauschen die Plätze. Sie nimmt meine feurige Pussy ganz in ihren Mund auf und zum ersten Mal werde ich vom Mund einer Frau gefickt. Sie saugt zärtlich an ihr, steigert langsam die Intensität. Dann schiebt sie drei Finger in meine Fotze. Mit der anderen Hand reibt sie meinen Kitzler. Ich habe das Gefühl, gleich zu explodieren. Und dann bekomme ich meinen Höhepunkt. Der Gedanke, innen wie von außen, von Antonella penetriert zu werden, hat mich zum Orgasmus gebracht. Ich schlafe erschöpft und etwas enttäuscht, dass dies nur in meiner Fantasie stattgefunden hat, ein.

Am nächsten Morgen schäme ich mich leicht für meine Gedanken in Bezug auf Toni. Ich hoffe, dass diese bei unserem nächsten Zusammentreffen nicht zwischen uns stehen werden. Vielleicht sollte ich ihr einfach davon erzählen? Komplett mit offenen Karten spielen? Aber so cool bin ich nicht. Das würde ich mich doch nicht trauen.

Glücklicherweise hat mir Liam geschrieben, der dafür sorgt, dass ich mich wieder auf die männliche Energie einlasse.

Hey, Mel. Wie geht's dir? Hast du schon ein Halsband gefunden?

Guten Morgen, Sir. Mir geht es gut und Ihnen? Nein, ich habe noch keines gefunden, was mir gefällt.

Das freut mich. Mir geht es auch gut. Okay. Das hat auch keine Eile.

Deine erste Aufgabe, die du bis Freitag zu erfüllen hast, lautet, dass du all deine Kleidungsstücke angezogen abfotografierst. In jeglichen Kombinationen. Ich möchte bestimmen, was du anziehst und wie du das Haus verlässt.

Verstanden, Sir.

Oh, Gott. Die Aufgabe wird bestimmt mehrere Stunden in Anspruch nehmen. Leichter Stress kommt in mir hoch. Diese Woche habe ich noch einiges zu tun, aber ich werde das schon schaffen.

Ich nehme all meinen Mut zusammen und frage ihn, was das mit seinem Facebook Status auf sich hat.

Sir? Was hat Ihr Beziehungsstatus auf Facebook zu bedeuten?

Er schreibt.

Den habe ich schon wieder entfernt, da den zu viele in den falschen Hals bekommen haben. Also damit wir uns richtig verstehen. Du bist meine Sklavin, nicht meine Freundin.

Autsch. Das hat gesessen. Das war mehr als eindeutig. Allerdings war ich mir dessen bewusst. So stelle ich mir nämlich keine Beziehung vor. Jedenfalls keine Liebes-Beziehung. Trotzdem haben mich diese Worte getroffen.

Das ist mir klar, Sir. Hätte ja sein können, dass Sie eine Freundin haben. Dann hätte ich allerdings diese Bindung sofort aufgelöst. Also geben Sie mir bitte Bescheid, wenn dieser Fall eintreten sollte.

Nein, ich bin Single. Ich würde dir das schon mitteilen.

Ich gehe offline und fange an, seine Aufgabe zu erledigen. Nach drei fotografierten Outfits vergeht mir die Lust und ich beschließe, Toni zu schreiben.

Hey, Toni. Bist du online?

Hey, Mel. Was gibt es?

Ich habe Liam gefragt ... Er hat ziemlich uncool reagiert. Von wegen, dass er den Status schon wieder entfernt hat und dass mir hoffentlich klar ist, dass ich seine Sklavin bin und nicht seine Freundin.

Okaaay. Mich hätte das auf die Palme gebracht. Mich als Sklavin betiteln zu lassen ... Never ever! Klingt total abwertend. Aber er hat es ja super geschafft, nicht genau darauf einzugehen.

Ja, ich mag das Wort Sklavin auch nicht. Sub klingt irgendwie etwas annehmbarer.

Mich erinnert das total an David, mein Ex. Der war auch nicht ehrlich, was seine Gefühle und Gedanken angeht. Aber vielleicht konnte er es nur nicht kommunizieren.

Aus Liam werde ich halt immer noch nicht schlau.

Ist wirklich merkwürdig. Mal sehen, was noch kommen wird. Hast du Lust, Samstag mit mir feiern zu gehen? Ich würde gerne mal diese Men-Strip-Bar auschecken.

Ich frage Liam, aber da das sein Arbeitsplatz ist, wird er wohl nichts dagegen haben.

Wenn er dir Spaß haben verbietet, dann solltest du überlegen, ob dieses TPE etwas für dich ist. Das klingt schon ein wenig krankhaft.

Hahaha, Toni ... Keine Sorge. Ich kriege das schon hin. :)

Ich zähle auf dich, Mel!

Liam wird mir doch nicht verbieten feiern zu gehen oder? Ein bisschen zweifle ich schon. Ich frage ihn besser sofort und nicht erst Samstag.

Sir? Darf ich Samstag mit einer Freundin feiern gehen? Wir wollen Ihren Arbeitsplatz besichtigen.

Ihn zu siezen nervt mich immer mehr.

Ja. Darfst du.

Yes! Gott sei Dank, hat er zugesagt. Er hat wohl gute Laune. Ich nutze die Gelegenheit und bitte ihn um noch etwas.

Danke, Sir. Ich hätte da noch eine Bitte. Dürfte ich Sie „ihrzen"?

Wenn es sonst nichts weiter ist.

Dankeschön! Sir.

Am Donnerstag verbringe ich drei ganze Stunden damit, alle meine Outfits abzufotografieren.

Liam hat die Aufgabe nicht noch einmal angesprochen und ich frage mich, ob er es vielleicht vergessen haben könnte.

Den Freitag warte ich vergeblich auf eine Ermahnung seinerseits. Es kommt nichts. Auch am Abend nicht. Und auch nicht in der Nacht von Freitag auf Samstag.

Von mir aus habe ich ihm nichts zugeschickt, weil ich testen wollte, ob er selbst daran denkt und vielleicht wollte ich auch eine Bestrafung provozieren. Mein Plan ist nicht aufgegangen. Samstagnachmittag meldet er sich endlich bei mir.

Mel, schick mir ein Bild von dir, bevor du später das Haus verlässt.

Er scheint es wirklich vergessen zu haben. Bevor ich losgehe, sende ich ihm ein Bild von mir. Er segnet es ab und ich freue mich auf den Abend mit Antonella.

„Wow, Toniii. Du siehst toll aus!“, begrüße ich meine neue Freundin.

„Hey, danke! Aber schau dich an!“ Wir umarmen uns und drücken uns gegenseitig einen Schmatzer auf die Wange.

„Würde es dir etwas ausmachen, wenn wir vorher einen Abstecher in die Boutique machen? Liam will, dass ich mir ein Halsband aussuche.“

„Liegt auf dem Weg. Von daher ... Wir haben doch Zeit.“

„Prima!“

Auf dem Weg zur Boutique erzähle ich ihr von der ersten Aufgabe, die ich zu erledigen hatte und dass Liam nicht mehr daran gedacht hat.

„Nicht dein ernst? Er hat es vergessen? Und du machst dir die ganze Arbeit. Oh man. Finde ich aber gut, dass du das Risiko eingegangen bist. Da sieht man mal, wie ernst er das nimmt. Ich denke, ein richtiger Dom hätte sich eine Notiz gemacht, wenn er von sich weiß, dass er vergesslich ist.“

„Liam sagt tatsächlich von sich selbst, dass er vergesslich ist. Aber okay. Ich will das alles auch gar nicht zu ernst nehmen.“

„Das ist gut, aber irgendwie ist es ja doch ganz schön, wenn man weiß, woran man ist und eine derartige Beziehung braucht nun mal Verlässlichkeit. Sonst verfehlt es ihren Sinn.“

„Ja, da hast du nicht unrecht. Wenn ich ehrlich bin, dann weiß ich nicht mal, was der Sinn einer solchen Beziehung ist. Ich möchte neue Erfahrungen machen und Liam nicht verlieren. Daher bin ich auf seinen Vorschlag angesprungen.“

„Ich hätte wahrscheinlich genauso gehandelt. Ich selbst bin zu unerfahren. Du solltest schauen, dass du dich auf der Website mit Leuten austauschst, die Erfahrungen mit D/s-Beziehungen haben.“

„Das werde ich morgen mal machen. Ich war die ganze Woche nicht online dort. Mein Postfach wird wahrscheinlich explodieren.“

„Da hast du ordentlich was zu tun.“, sagt Toni lachend. Ich höre eine leichte Schadenfreude mitschallen.

In der Boutique schreiten wir sofort die Treppen in die Fetischabteilung hinunter. Damals war ich hier hin und wieder mit Amber. Allerdings haben wir uns über diese ganzen Sachen lustig gemacht. Vor allem über die Analplugs und über die Fetischkostüme.

Mein Blick auf das Sortiment hat sich verändert. Ich betrachte alles mit wesentlich mehr Faszination.

Die Auswahl der Halsbänder ist bescheiden. Mir gefällt keines so wirklich, aber um die Aufgabe zu erfüllen, fotografiere ich ein weißes, dickeres Lederhalsband ab, welches ich Liam später schicken werde. Jetzt möchte ich erstmal Spaß haben.

Die Men-Strip-Bar ist tatsächlich eine kleine, dunkle Bar. Wie Amber damals auf den Begriff Club gekommen ist, ist für mich unverständlich. Unter den Gästen befinden sich nur Frauen. An der Bar bedienen oberkörperfrei, gut gebaute Männer und neben den wenigen Sitzmöglichkeiten ist im hinteren Teil der Bar ein rundes Podest aufgestellt. Dort findet gerade eine Strip-Show statt. Bis auf einen, entsprechen die tanzenden Männer eher weniger meinem Geschmack. Toni macht ein Foto von mir und meinem Favoriten. Sie hat ein paar Dollar besorgt. Sie ist wirklich ein offenherziger Mensch. Frech steckt sie den Dollar zwischen ihre runden Brüste und lässt sich diesen mit dem Mund des einen Tänzers aus ihrem Ausschnitt ziehen. Er funkelt sie an. Den Job würde ich auch lieben, wenn nur alle Frauen so attraktiv wären wie Antonella. Das ist hier leider nicht der Fall. Viele rauchen und sind einige Jahre älter. Und manche sind einfach viel zu besoffen. Ein durchgemischter Hühnerhaufen. Aber alle haben Spaß. Es gibt keinen Stress, wie es in anderen Lokalitäten der Fall ist. Die Atmosphäre ist wirklich angenehm.

Um vier Uhr morgens machen wir uns auf den Heimweg.

„Danke, für den tollen Abend.“, verabschiede ich mich bei Toni. Wir gehen getrennte Wege. Sie wohnt leider nicht bei mir um die Ecke. In der Bahn sitzend, schicke ich Liam das Foto, aber bekomme keine Antwort, was mich darauf schließen lässt, dass er schon schläft.

Am nächsten Morgen beziehungsweise Mittag, habe ich eine Antwort erhalten.

Das gefällt dir? Hast du es gekauft?

Nein und nein. Aber damit könnte ich leben.

Suche weiter. Und ich will, dass du mir schreibst, wie lange du normalerweise schläfst. Es ist schon 13 Uhr!

Ihr wisst doch, dass ich gestern feiern war ...

Das ist mir egal! Schreib mir, wie viel du schläfst.

Dieser Liam ist mir nicht sonderlich sympathisch. Er ist wie ausgewechselt.

Um die sieben Stunden.

Bist du sicher?

Na ja ... Eigentlich acht bis neun Stunden, aber ich muss ihm nun nicht bestätigen, dass ich eine Schlafmütze bin.

Ja, Sir. Ich bin mir sicher.

Na gut.

Liam geht offline. Ich dusche, frühstücke und logge mich dann auf *www.darkroom.com* ein.

Zwanzig neue Nachrichten. Ich gehe alle nach und nach durch. Eine interessiert mich besonders. Der Herr ist 33 Jahre alt und ist vom Beruf Psychologe.

Hey,
danke, für deine Nachricht. Du bist also Psychologe und dominant? Ich bin ganz neu dabei und ich habe tatsächlich einige Fragen. Wahrscheinlich erwartest du Fragen anderer Art. Diese sind eher an dich als Psychologen gerichtet und nicht an dich als Dom. Bist du dominant, weil du irgendwelche Probleme kompensierst? Also muss in der Kindheit irgendwas schief gelaufen sein, was die devote oder dominante Neigung auslöst? Vor allem in Bezug auf Schmerz finde ich das schon recht merkwürdig, dass einen das erregt. Oder braucht es dafür keinen Grund? Ich weiß, dass mein Dom keine leichte Kindheit hatte. Und er braucht auch den Schmerz. Er geht regelmäßig zu professionellen Damen.
LG MrsPain

Dann habe ich noch eine Nachricht von einem jungen Schweizer bekommen. Er ist sogar in einer Beziehung. Dem antworte ich auch.

Ansonsten sind die restlichen Nachrichten zwar alle höflich formuliert, aber in den meisten steht nur etwas wie „schade, dass du schon jemandem gehörst“ oder „schönes Profilbild“.

Zehn Minuten später habe ich eine Antwort des Psychologen.

Hey MrsPain,

interessante Fragen, die du da hast. Es gibt tatsächlich Menschen, die ihre Probleme mit BDSM kompensieren. Allerdings ist das nicht bei allen der Fall. Meine Kindheit war wunderbar und man sagt zwar, dass Psychologen alle einen an der Klatsche haben und wer behauptet keine zu haben, hat gleich zwei, aber bei mir hat sich diese Neigung ganz natürlich entwickelt. So mit Anfang der Pubertät. Bei den Doktorspielchen mit der Nachbarin hat sich das schon deutlich gezeigt. Ich habe ihr zum Beispiel befohlen, sich selbst anzufassen. Ich bin nicht sadistisch. Allerdings bin ich auch da der Meinung, dass es keinen Grund dafür geben muss. Es ist einfach da. Man sucht sich ja auch nicht aus pädophil oder homosexuell zu sein. Man ist es nun mal. Das wird einem mitgegeben.

Das Wichtige ist, dass man keinen anderen Menschen schadet und glücklicherweise gibt es Masochisten. Ich hoffe, ich konnte dir weiterhelfen.

Bisschen enttäuscht bin ich schon. Ich hätte mich über eine psychologische Erklärung gefreut. Ich sollte mein Vorurteil, dass alle BDSMler einen Knick weg haben, über Bord werfen. Mich selbst hat es nun auch nicht losgelassen. Obwohl ich mir nicht sicher bin, ob ich psychisch ganz gesund bin. Die Beziehung zu David hat einiges bei mir zerstört. Jedoch war meine Sexualität schon recht früh sehr ausgeprägt. Mit drei Jahren fing ich wohl schon an mich selbst zu befriedigen. Natürlich war mir das nicht bewusst. Meine Eltern sind sogar mit mir zu einem Arzt gefahren, weil sie dachten, dass ich einen Pilz habe und deshalb an meinem Geschlecht herumreibe. Aber der Arzt hat ihnen gesagt, dass bei manchen Kindern die Sexualität früh ausgeprägt ist und ich vollkommen gesund bin. Was zur Folge hat, dass ich mich nicht daran erinnern kann, wann ich mich zum ersten Mal selbst angefasst habe und an meinen ersten Orgasmus kann ich mich auch nicht erinnern. Selbstbefriedigung gehört für mich schon immer zum Leben dazu. An manche meiner Fantasien kann ich mich allerdings noch erinnern. Wenn ich darüber nachdenke, dann könnte man diese sogar in Zusammenhang mit BDSM bringen. Meistens waren es Fantasien, in denen ich entführt und benutzt wurde. Oftmals auch vor Augen anderer Männer, die dann wie in einem Verhörraum hinter einer blickdichten Scheibe zuschauten. Gewalt war aber nie mit dabei. Der attraktive Mann, der mich nahm, wie es ihm gefiel, hat mich immer gut behandelt. Da war immer Wertschätzung zu spüren, trotz Kontrollverlust und dem Ausgeliefertsein. Ich habe diesen etlichen Fantasie keine Aufmerksamkeit geschenkt. Sie waren da, erfüllten ihren Zweck, indem sie mich zum Höhepunkt brachten. In der Beziehung mit David lösten sich die Fantasien nach und nach auf. Irgendwie ist das alles unheimlich. Warum werde ich mir dessen jetzt erst bewusst?

Gegen 24 Uhr bekomme ich eine Nachricht von Liam.

Mel, du solltest ins Bett gehen und schlafen. Morgen stehst du um 7 Uhr auf! Und wenn ich um 7 Uhr noch nichts von dir gehört habe, gibt es Ärger!

Was zum Teufel? Ich bin noch hellwach! Aber ich widerspreche ihm nicht.

Okay, Sir. Mache ich.

Gute Nacht.

Gute Nacht, Sir.

Den Wecker habe ich mir gestellt. Mein Handy spackt in letzter Zeit. Es stürzt hin und wieder ab. Wahrscheinlich ist das eine verschleppte Krankheit des Klounfalls vor einigen Monaten. Daumen drücken, dass der Wecker in ein paar Stunden klingelt.

Gegen zwei Uhr schlafe ich ein und pünktlich um sieben Uhr weckt mich mein Handy. Meine Augen bekomme ich kaum auf. Halb schlafend, halb wach, schreibe ich Liam.

Bin wach.

Gut und du bleibst wach! Verstanden?

Ja, Sir.

Drei Sekunden später schnarche ich laut.

Ich schrecke hoch. *Scheiße!!!* Das Handy zeigt zehn Uhr an und unzählige Nachrichten von Liam.

Melina, ich will, dass du ins Büro gehst und arbeitest.
Kapiert?
Hallo?
Sag mal ... bist du wieder eingeschlafen???
Mel???
Die Konsequenz wirst du erfahren, wenn du wach bist. Dann schreibst du mir sofort!

Verzeiht mir, Sir! Ich weiß auch nicht, wie das passieren konnte. Ich bin einfach wieder eingeschlafen.

Du brauchst dich gar nicht erst rechtfertigen. Die nächste Nacht wirst du auf dem Boden schlafen. Decke gewähre ich dir. Es sei denn, du vergeigst noch eine der heutigen Aufgaben. So und nun gehst du arbeiten. Bis 14 Uhr. Dann darfst du frühstücken.

Verstanden, Sir.

Ich ärgere mich. Spaß habe ich keinen. Irgendwie hatte ich mir das anders vorgestellt. Das ist Folter. Bevor ich arbeiten gehe, putze ich mir die Zähne. Ich bin viel zu müde, um zu arbeiten. Alle dreißig Sekunden muss ich gähnen. Meine volle Konzentration ist gefordert. Ich darf keine Fehler machen. Als meine Eltern gegen zwölf Uhr ins Büro kommen, freuen sich beide, mich am Arbeitsplatz zu sehen. Ich glaube, Liam versucht sich indirekt bei meinen Eltern einzuschleimen.

„Mel, muss ich mir Sorgen machen?“, fragt meine Mom nach.

„Nein. Ich habe ein „Spiel“ mit Liam am Laufen. Er hat mir befohlen zu arbeiten.“ Beide lachen.

„Ich mag Liam. Ist ein guter Kerl.“, äußert sich mein Dad zu der Sache.

Meine Laune sinkt und sinkt. Daran ist natürlich die Müdigkeit Schuld, aber noch viel mehr mein knurrender Magen. Nach dem Frühstück werde ich mir ein kleines Nickerchen gönnen, denn die nächste Nacht wird ein Horror werden.

Um vierzehn Uhr schicke ich Liam ein Bild von meiner Leistungserfassung als Beweis.

Eine Antwort bekomme ich, als ich in der Küche stehe, um mir etwas zu Essen zu machen.

Schick mir ein Foto von deiner Pussy. JETZT SOFORT!

Was geht denn mit ihm? Was ist, wenn jemand in die Küche kommt? Ohne länger Zeit mit Nachdenken zu vergeuden, ziehe ich Hose und Slip herunter und mache ein Bild für Liam. Meine Pussy ist nicht perfekt gestutzt, was mir etwas unangenehm ist.

Sehr gut. Hätte nicht erwartet, dass du dem so schnell nachkommst beziehungsweise, dass du es überhaupt machst. Ich will, dass du morgen früh ein Bild von deiner Pussy machst. Aber du schreibst vorher darauf „Ich bin die Sklavenschlampe von meinem Herrn" und das lädst du dann in der Community hoch. Damit alle wissen, dass du und deine Pussy mir gehören.

Nein ... das mache ich nicht. Das kann ich nicht machen. Meine Antwort fällt jedoch anders aus.

Ok, Sir.

Ich glaube nicht, dass ich mich morgen früh dazu überwinden kann. Ich überlege, ob ich Toni davon in Kenntnis setzen soll und fragen soll, was sie davon hält. Jedoch kenne ich ihre Antwort darauf. Sie würde mir den Vogel zeigen. Ich denke, dass ich das mit mir selbst ausmachen muss. Auf der einen Seite beschämt mich der Gedanke, auf der anderen Seite zeigt es aber auch, dass ich zu Liam gehöre und das fühlt sich verdammt gut an.

Am Abend versuche ich, gegen 24 Uhr zu schlafen, da ich wieder um sieben Uhr aufstehen soll. Mein Laminatboden ist kalt und hart, was mir Probleme macht, einzuschlafen. Aber irgendwie gelingt es mir.

Am nächsten Morgen wache ich von selbst auf. Das ist kein gutes Zeichen. Ich drücke den Menüknopf meines Smartphones. Nichts passiert. Der Bildschirm bleibt dunkel. *Das ist doch jetzt nicht wahr?! Das ist ein böser Traum!*

Ich drücke den An-Knopf. Daraufhin startet mein Handy. Es ist elf Uhr. Als mein Handy hochgefahren ist, fliegen auch schon die Nachrichten von Liam ein.

Mel, willst du mich eigentlich verarschen???!!!

Um ihn nicht noch mehr zu verärgern, werde ich seine Aufgabe von gestern besser erfüllen. Ich schnappe mir einen Kugelschreiber und schreibe eins zu eins die Worte über meine Vagina, die er mir aufgeschrieben hat. Dann mache ich ein Foto davon. Irgendwie erregt es mich doch ein wenig. Ich lade das Bild über mein Handy hoch.

Nun ist es sichtbar auf meiner Seite. Gestern Abend habe ich mich beim Duschen extra noch rasiert.

Nein, Sir. Es tut mir leid, aber mein Handy muss in der Nacht abgestürzt sein. Mein Wecker hat nicht geklingelt.

Das ist mir egal. Fakt ist, dass du wieder nicht um 7 Uhr aufgestanden bist. So funktioniert das nicht, Mel. Was soll ich bloß mit dir machen?

Aber ich habe das nicht extra gemacht. Ich habe auf dem Boden geschlafen, wie Ihr es befohlen habt und ich habe eben auch das Bild online gestellt.

Geh an deinen Kleiderschrank und schnapp dir einen Gürtel. Dann wirst du mir ein Video schicken, wie du dir mit dem Gürtel die Luft abschnürst.

Will er mich jetzt ernsthaft für etwas bestrafen, für das ich nichts kann? Wie soll das weitergehen, wenn ich seinen Aufgaben jetzt schon nicht gerecht werden kann? Die Luft werde ich mir definitiv nicht selbst abschnüren! Das kann er vergessen!

Ich lege mir einen schmalen, schwarzen Gürtel um meinen Hals und schicke ihm ein Bild davon.

Kein Bild! Ein Video!

Ich spüre durch die bloßen geschriebenen Worte, wie er mich anschreit.

Sir! Ich kann das einfach nicht tun. Ich habe Angst zu ersticken.

Na gut. Dann schick mir ein Video, wie du zehn Sekunden die Luft anhältst. Schaffst du das?

Ja, Sir.

Ich bin froh über diesen Kompromiss. In meinen Gedanken zähle ich herunter. *Zehn, neun, acht ...* Geschafft.

Ich freue mich über das Video und darüber, dass du das Bild online gestellt hast. Dann geh jetzt arbeiten. Bis 15 Uhr. Ach und ich werde dir einen Trainingsplan schreiben. Ich schick dir nachher den ersten Teil. Du wirst später noch ins Gym fahren.

Danke, Sir.

Während der Arbeit höre ich Musik. Und auf irgendeine Art und Weise berührt mich diese. Die Songs gehen mir nahe. Ich verspüre ein ungewohntes Gefühl in meinem Herzen.

Feel you closer now
Closer than you've been
But I need you in my arms, my eyes, my soul,
my sunlit skies
Yeah I need you in my arms now
Closer than you've been
I need you in my life, my eyes, my soul, my sunlit skies ...

Den Song *Panther* von *Made In Heights* höre ich in Dauerschleife.

Dieser Song löst eine starke Sehnsucht nach Liam und seinen Berührungen in mir aus. Vielleicht erschaffen wir über den Sommer eine engere Bindung durch dieses Spiel. Das würde ich mir sehr wünschen. Und irgendwo scheint er doch auch eine Frau an seiner Seite haben zu wollen. Was sollten sonst das Einschleimen bei meinen Eltern und der Beziehungsstatus auf Facebook? Das ergibt alles keinen Sinn.

Morgen soll das Wetter sehr gut werden. Ich werde Liam fragen, ob ich ins Freibad gehen darf. Auch wenn ich heute wieder verschlafen habe, aber ich denke, er hat verstanden, dass das nicht meine Schuld war und ich mich selbst geärgert habe.

Sir? Darf ich morgen ins Freibad gehen? Das Wetter soll sehr gut werden.

Ja, darfst du. Muss jetzt arbeiten. Hier ist der erste Teil deines Trainingsplans:

Beinpresse 4 x 8-10
Beinbeuger 4 x 8-10
Squats 4 x 8-10
Ausfallschritte 4 x 8-10

Ich verlasse mich darauf, dass du hingehst. Ergebnisse werde ich hoffentlich sehen, wenn ich wieder da bin.

Danke, Sir! Ich freue mich darauf.

Wie cool! Ein eigener Trainingsplan. Auf das Zirkeltraining hatte ich eh keine Lust mehr. Ich möchte richtig trainieren und mehr Muskeln aufbauen. Mein Leben lang war ich bloß schlank. Mein Ziel ist es, trainiert auszusehen.

Der Trainer soll mir später die Geräte richtig einstellen. Squats und Ausfallschritte kenne ich. Ich schaue mir aber besser noch ein paar Videos auf YouTube an, damit ich keine Fehler in die Ausführung einbaue.

Bevor ich ins Gym fahre, logge ich mich in der Community ein. Ich habe vier Kommentare zu meinem Pussybild erhalten.

Du bist nicht nur eine Schlampe, sondern noch eine dumme dazu! Es heißt: von meinem Herren.

Wut kocht in mir hoch! Ich hasse es, wenn ich mich ungerecht behandelt fühle. Ich weiß, dass es falsch ist! Ich wollte es nur nicht korrigiert aufschreiben, da ich Liam nicht verärgern wollte. Er weiß, dass er eine Rechtschreibschwäche hat. Ich dachte, dass er mir das hätte anhängen können, würde ich ihn korrigieren. Die anderen Kommentare machen sich auch über mich lustig. Das schmälert den positiven Eindruck dieser Seite. Ich antworte nur: *Wenn man jemanden ungefragt korrigiert, dann in einem angemessen Ton.* Ich nehme mir vor, neue Kommentare gar nicht erst anzuschauen. Ignorieren wird mir besser bekommen.

Dem Ärger werde ich gleich beim Sport Luft machen. Ich schaue mir auch die neuen Nachrichten nicht weiter an. Ich packe meine Sporttasche und fahre ins Fitnessstudio.

Den Weg nach Hause beschreite ich auf wackligen Beinen. Das Training war sehr intensiv. Ich fühle mich ausgelastet und gut. Erschöpft falle ich ins Bett, in der Hoffnung, dass mein Handy mich wenigstens morgen weckt.

Gegen sieben Uhr reißen mich die Klänge meines Smartphones aus der Tiefe meines Schlafes. Eben noch in der Traumwelt unterwegs, wird einem die knallharte Realität bewusst. Leider war alles nur ein Traum. In dem waren Liam und ich nämlich ziemlich glücklich zusammen. Allerdings war er irgendwie anders als ich ihn kenne. Er war perfekt, ohne die negativen Eigenschaften, die mir bisher aufgefallen sind. Keine Ahnung, was in meinem Unterbewusstsein abgeht. Vielleicht schleicht sich mein kleiner Teufel nachts in meine Träume und manipuliert diese.

Ich schreibe Liam, dass ich wach bin. Ich soll bis dreizehn Uhr arbeiten und darf dann ins Freibad gehen. Es fühlt sich an, als sei Liam meine Mom.

Aber mal sehen, was noch kommen wird. Ich kann mir nicht vorstellen, dass es dabei bleibt, dass ich ihn fragen muss, ob ich mit Freunden weggehen darf und dass ich ihm hin und wieder Bilder meiner Pussy schicken muss.

Den Trainingsplan für heute, hängt er noch an seiner Nachricht an. Heißt, heute Abend wieder ins Gym. Rücken trainieren und Bizeps und im Anschluss soll ich noch ein zwanzig Minuten langes Cardiotraining an der Rudermaschine absolvieren. Im Intervall. Eine Minute Power, eine Minute Ruhe. Ich werde sterben. Danach werde ich ein Sauerstoffzelt benötigen. Ausdauer ist nicht meine Stärke.

Im Schwimmbad angekommen, suche ich mir ein ruhiges, sonniges Plätzchen.

Wenn man von Ruhe überhaupt reden kann. In meinen Ohren hallt das Kreischen und Lachen kleiner, spielender Kinder wider. Aber ich habe Kopfhörer dabei und werde diese unschönen Töne gleich mit Musik übertönen.

Die Sonne, die auf meiner Haut brennt, tut unendlich gut. Mir tun die Muskeln vom gestrigen Training weh. Am Ende der Woche werde ich mich wahrscheinlich gar nicht mehr schmerzfrei bewegen können. Das war mit Sicherheit Liams Plan.

Ich stelle mir vor, wie es wäre, wenn er nun neben mir liegen würde. Mit seinem durchtrainierten Körper würde er einige Blicke auf sich ziehen. Er würde die zahlreichen Mütter davon abhalten, auf ihre Kinder ein Auge zu werfen. Es ist wohl gut, dass er nicht hier ist. Aber mit ihm zusammen im Wasser zu spielen ... Die Vorstellung macht mich glücklich und gleichzeitig auch traurig. Da ich gerade an ihn denke, beschließe ich, ihm einfach zu schreiben.

Hey, ich bin jetzt im Freibad. Schade, dass Ihr nicht hier seid. Ihr würdet einige Blicke auf Euch ziehen. Heiße Männer sind hier Mangelware.

Es ist nicht meine Art, einem Mann Komplimente zu machen, aber ich kann nicht anders. Ich musste es ihm schreiben.

Ich will gar nicht auffallen. Das stört mich. Viel Spaß im Freibad.

Na, das Kompliment scheint ja angekommen zu sein. Nicht. Um ehrlich zu mir selbst zu sein ... ich hatte die Hoffnung, dass so etwas kommt wie: *Danke, Süße. Ich wäre jetzt gerne mit dir im Freibad.* Aber nein, Liam zerstört wieder alles mit seinen Worten. Darin ist er sehr talentiert. Warum ist er Stripper, wenn er gar nicht gerne im Mittelpunkt steht? Er macht sich doch nur selbst etwas vor. Ich verlasse WhatsApp und öffne Tinder.

Die App habe ich mir nach der Trennung von David geholt, um mein Ego zu pushen. Ich musste wissen, ob ich auf dem Markt ankomme und auch, wie der Markt überhaupt ausschaut. Ich hatte nur den einen Kerl getroffen, mit dem es nach vier Wochen Dating dann auch wieder vorbei war. Nun verwende ich sie entweder, wenn ich abends Langweile habe oder wie jetzt, wenn ich einen Kick für mein Ego brauche.

Ziemlich schnell habe ich ein Match und dieser scheint auch noch online zu sein, denn ich erhalte sofort eine Benachrichtigung, dass er mir geschrieben hat.

Hey, wie geht's dir? Gut, schaust du aus.

Hi, danke! Gut und selbst?

Auch. Sag mal, hast du Samstagabend schon etwas vor?

Ich hatte überlegt zu dieser Project Y Party in der großen Arena zu gehen. Ich schreib ihm das, weil ich keine Lust habe, mich mit ihm zu treffen. Liam würde das wohl auch nicht befürworten.

Ja, ich will eigentlich auf diese Project Y Party gehen. Wieso?

Das trifft sich ja gut! Zufällig veranstalte ich diese Party in Hamburg mit. Hast du schon Tickets?

Ach nein! Wie cool! Nein, habe ich noch nicht.

Ich gebe dir mal die Nummer meines Vorgesetzten. Schreib ihm einfach bei WhatsApp an, dann bekommst du kostenlos ein VIP-Ticket von ihm.

Ernsthaft?? Einfach so?

Ja, er mag schöne Frauen. Musst vielleicht etwas flirten, aber du bekommst zu hundert Prozent ein Ticket.

Wie cool! Dankeschön!

Kein Ding. Vielleicht sieht man sich dann ja dort.

Bestimmt.

Bestimmt nicht.

Ich schreibe die Nummer an. Bei WhatsApp hat derjenige ein Foto von Lena Gerke drin. Schade, da ich so nicht sehen kann, wie er aussieht.

Ich bin aber auch ein Glückskind.

Na ja, noch habe ich die Karte nicht. Aber ein VIP-Ticket zu bekommen, wäre ein Traum. Liam müsste ich dann nur um Erlaubnis fragen, aber selbst wenn er nein sagt, würde ich hingehen.

Hey, hier ist Melina. Ich habe die Nummer von Philipp. Er meinte, dass ich über dich ein VIP-Ticket bekommen würde für die Project Y Party.

Oh, hey. Schönes Profilbild hast du da. Wie alt bist du denn und woher kommst du?

Danke, gleichfalls. Lena ist ziemlich heiß. ;) Ich bin 24 Jahre alt und komme aus Hamburg.

Das stimmt, ich vergöttere Lena. Ah, okay. Dann also für diesen Samstag. Du siehst aus, als hättest du einen schönen, schlanken Körper. Zeig mir den mal.

Oh nee ... so einer. Ich schicke ihm ein Foto von mir im Bikini. Praktisch, dass ich gerade im Freibad bin. Ich will unbedingt dieses Ticket haben.

Wow, sehr hot! Bist du Single?

Ja, grundlegend schon. Allerdings bin ich gerade in einer D/s-Beziehung. Für mehr bin ich also nicht zu haben.

Hoffentlich war das nun nicht zu ehrlich.

Na ja, aber du bist ja Single. Was ist eine D/s-Beziehung?

Ich habe einen Dom. BDSM ...

Oh, interessant! Gib mir mal deine Mail Adresse, dann schick ich dir das Ticket zu.

Cool. Dankeschön!

Und tatsächlich ... Wenige Minuten später habe ich eine neue Mail im Posteingang. *Wow!* Das Ticket hat einen Wert von 140 Euro! *Jackpot!*

Gerne. Nenn mir noch deinen Facebook Namen, damit ich dich als Freund hinzufügen kann und dann lade bitte alle deine Facebook Freunde zu der Veranstaltung ein.

Wenn es sonst weiter nichts ist.

Klar, Melina Stevens. Echt cool von dir!

Man sieht sich bestimmt dort. Und vielleicht kannst du mir dann mehr über BDSM erzählen oder sogar zeigen? Ich habe ein schickes Hotelzimmer.

Wir werden sehen.

Ich schaue mir sein Facebook Profil an. Er sieht gar nicht schlecht aus. Aber er ist nicht mein Typ. Okay ... Liam ist auch nicht mein Typ. Das hat also nichts zu sagen.

Ich genieße noch eine weitere Stunde im Freibad, ohne einmal schwimmen gegangen zu sein. Ich bin zweimal unter die eiskalte Dusche, das hat mir gereicht.

Zu Hause angekommen, chille ich kurz auf meinem Bett, bevor es zum Sport geht.

Ich schreibe Toni.

Hey, du! Ich habe gerade ein VIP-Ticket für die Project Y Party am Samstag geschenkt bekommen. Hattest du nicht schon ein Ticket für die Party? Vielleicht können wir zusammen hingehen?

Wie geil ist das denn? Die Story musst du mir Samstag dann genauer erzählen. Ich habe noch kein Ticket, aber wollte unbedingt hin. Ich besorge mir gleich eines. Wollen wir uns in der City treffen? Würde gerne an der Alster vortrinken. Du kannst dir ja dein Wasser reinziehen. ;)

Haha. Ja, können wir gerne machen. Ich freue mich. Dann haben wir Samstag unser nächstes Party-Date. :)

Bis Samstag, Süße!

Ich erzähle Liam kurz und knackig davon. Er ist gerade ein kleines bisschen gestresst und hat eh nicht viel Zeit für mich. Daher wird er bestimmt nichts dagegen haben.

Hey, Sir. Ich habe für eine Party am Samstag ein VIP-Ticket geschenkt bekommen. Darf ich auf die Party gehen?

Er antwortet nicht. Er hat also wirklich viel zu tun.

Nach dem Sport mache ich mir etwas zu essen und falle dann wieder tot ins Bett. Aus den zwanzig Minuten Ausdauertraining ist nichts geworden. Ich habe nur zehn Minuten geschafft. Das war definitiv Folter! Liam will mich umbringen. Aber er will mir keinen Spaß verbieten. Seine Antwort, auf meine Frage lautet „Ja". Vorfreude durchfährt meinen Körper. Ich hoffe nur, dass ich bis dahin wieder ausschlafen darf. Die sieben Stunden Schlaf hängen mir in den Knochen. Ich brauche mehr. Vor allem nach einem Trainingstag.

Pünktlich um sieben Uhr klingelt mein Handywecker. Täglich grüßt das Murmeltier.

Auch heute soll ich wieder bis vierzehn Uhr arbeiten. Ich bin so gut wie fertig mit meiner ganzen Arbeit. Es gibt nichts mehr zu tun. Der Trainingsplan für heute klingt jedenfalls entspannter. Brust, Schulter und ein Bauch-Workout stehen an.

Sir? Ich habe ab heute erstmal keine Arbeit mehr. Es ist alles erledigt. Muss ich trotzdem noch früh aufstehen?

Ja, natürlich musst du das. Bis Freitag noch. Ab dem Wochenende darfst du wieder ausschlafen. Dann mach Hausarbeiten. Frag deine Mom, was du für sie tun kannst.

Okay, Sir. Werde ich machen.

So ein Schleimer. Was soll das? Ich habe mir das wirklich anders vorgestellt.

Am nächsten Morgen mache ich sauber. Ich staubsauge und räume die Küche auf.

Meine Eltern freuen sich einen Keks und wissen gar nicht, wie sie Liam dafür danken sollen. Ich habe ihnen gesagt, dass sie ihm gar nicht danken brauchen und, dass sie sich nicht daran gewöhnen sollten, da das kein Dauerzustand werden wird. Das fanden sie nicht sonderlich lustig. Aber man soll ja keine falschen Hoffnungen schaffen. Die mache ich mir selbst schon genug. Obwohl ich dafür mein Teufelchen verantwortlich mache. Ich weiß immer noch nicht, wieso ich mich zu Liam hingezogen fühle. So einiges geht mir gegen den Strich, was ihn angeht. Manche Gefühle sind nun mal unerklärlich. Sie sind einfach da.

Wahrscheinlich liegt es auch daran, dass wir Menschen nicht dafür gemacht sind, alleine zu sein. Dennoch bin ich der Meinung, dass ich auch alleine gut klarkomme. Ich bin eine Einzelgängerin. Ich brauche keinen Mann.

Ach komm, Mel. Also ob. Du brauchst keinen Mann? Ist klar. Du willst dein Leben lang ohne Sex leben? Ohne jegliche körperliche Nähe? Du willst anderen Menschen dabei zu sehen, wie sie sich verliebt ansehen und wie sie sich gegenseitig glücklich machen? Das glaube ich dir nicht. Mein Teufel hat gesprochen.

Das ist die eine Seite der Medaille. Selbst wenn das doch dein tiefster innerer Wunsch sein sollte, meinst du wirklich, dass Liam der Mann an deiner Seite sein sollte?

Ich spüre, wie der Konflikt in mir zu brodeln beginnt.

Liam ist männlich im Gegensatz zu David. Er könnte auf dich aufpassen und würde sich gut um dich kümmern. Ihm wäre es nicht egal, wie du nachts von einer Party nach Hause kommst. Er würde sich sorgen. Außerdem musst du Liam nicht gleich heiraten. Du musst nicht mit der Erwartung in die Beziehung gehen, dass es für immer ist. Wäre doch einfach schön, neue Erfahrungen zu sammeln und wenn es dann zu Ende geht, dann geht es zu Ende. Damit würdest du klarkommen. Mit Schmerz kannst du mittlerweile umgehen. Außerdem ... stell dir doch mal Davids Blick vor, wenn du Arm in Arm mit einem heißen Stripper durch die Straßen gehst und ihr trefft euch zufällig in der Stadt. Und er hat ein Auto. Er ist mobil. Ihr könnt gemeinsam in den Urlaub fahren oder Ausflüge machen. Denk dran, wie viel Spaß du dabei hast, mit ihm mitzufahren. Die ganzen Abenteuer, die ihr erleben könntet. Vor allem die sexuellen. Mit Liam wird es definitiv nie langweilig werden.

Diese Gedanken fühlen sich ganz gut an. Ich sollte aufhören, an meinen Gefühlen, die ich für Liam empfinde, zu zweifeln. Den perfekten Partner gibt es doch eh nicht. Mit seinen Ecken und Kanten würde ich schon zurechtkommen.

Mel, es gibt den perfekt passenden Menschen. Du zweifelst, das sollte dir zu denken geben, äußert sich mein Engelchen. Ach, halt endlich die Klappe! Liam ist ein spannender Mensch und ich könnte sein Leben genauso bereichern, wie er meines. Ich könnte ihm zeigen, wie es sich anfühlt, geliebt zu werden. Denn ich habe die Befürchtung, dass er das in seiner Kindheit nicht erfahren hat und da er noch nie in einer Beziehung war ... Ich werde Liam für mich gewinnen. Das steht fest!

Du willst ihm Liebe schenken?! Sicher, dass du dazu in der Lage bist? Immerhin hast du David nur dafür geliebt, dass er dich geliebt hat und als du gemerkt hast, dass seine Liebe zu dir abnimmt, hast du alles Erdenkliche getan, um für ihn liebenswert zu sein.

Du solltest deine Flügel schwingen und einen Abflug machen! Ich liebe mich mittlerweile selbst. Ich bin auf die Liebe eines anderen nicht mehr angewiesen und Liam ist nicht David. Ich bin sehr wohl in der Lage, einen Mann zu lieben!

Obwohl er dich nicht liebt? Selbst wenn du es schaffen solltest, dass Liam sich dank dir geliebt fühlt ... du tust es nicht bedingungslos. Deine Absicht ist doch, dass er es deinem alten Ich gleichtut und dich nur dafür liebt, dass er sich durch dich geliebt fühlt. Mel, das ist nicht die aufrichtige Art von Liebe, die du dir tief in deiner Seele wünschst. Du wünschst dir einen Mann, der dich wirklich sieht. Häng dich nicht zu sehr an ihn. Spiele, so lange du spielen willst, aber Liam ist nicht gut genug für dich. Du hast einen Mann verdient, der deine Qualitäten und deine wahre Schönheit erkennt und schätzt. Nicht bloß deine körperliche ...

Ich fühle mich ertappt. Aber ich kann mir doch nicht schon wieder alles nur eingeredet haben. Rede ich mir die gesamte Situation mit Liam schön? Hänge ich mich vielleicht tatsächlich an ihm auf, weil ich befürchte, keinen anderen Mann abzubekommen, obwohl ich doch glücklich alleine bin?

Quatsch! Hör nicht auf die! Höre auf mich. Die Gefühle sind echt, die redest du dir nicht ein. Mel, lerne zu vertrauen. Liam wird nicht grundlos in dein Leben getreten sein.

Mein Engelchen will zum Konter antreten, doch der Teufel schwingt seine Mistgabel und somit verstummt es. Plötzlich ist es ruhig und leer in meinem Kopf. Jedoch hält dies nicht lange an.

Mel, ich will, dass du mir alle dreißig Minuten ein Bild schickst, von dem, was du gerade machst!

Mir fällt die Kinnlade herunter, als ich einen Blick auf mein Handy werfe. Wie soll ich das denn einhalten? Das ist doch total unrealistisch!

Ich habe zwar vor einer Stunde zuletzt den Staubsauger betätigt, aber er steht noch im Wohnzimmer. Ich nehme ihn in die Hand und mache davon ein Foto, was ich Liam direkt schicke.

Das wurde aber auch Zeit!

Verzeiht, Sir. Soll ich wirklich den ganzen Tag über so oft ein Bild schicken? Wenn ich nachher im Fitnessstudio bin, wird das schwierig, weil ich mein Handy nie mitnehme.

Wer redet nur von heute? Das wirst du jetzt immer machen, damit ich genau weiß, was du machst und ob du auch meine Aufgaben erledigst. Heute ist Ausdauertag, da wirst du dein

Handy schon mitnehmen können. Dann kann ich auch überprüfen, ob du sechzig Minuten auf dem Crosstrainer bist.

Keine Möglichkeiten mehr, zu schummeln. Ich bezweifle, dass ich alle halbe Stunde daran denken werde.

Verstanden, Sir.

Die ersten zwei Stunden komme ich seinem Befehl nach. Doch dann werde ich fahrlässiger und schicke ihm in unregelmäßigeren Abständen Bilder zu. Eines schicke ich ihm, als ich meine Sportklamotten packe. Eines, im Bus sitzend und eines aus der Umkleide. Während ich auf dem Crosstrainer bin, mache ich kein Foto. Ich habe es schlichtweg vergessen. Auf dem Heimweg schicke ich ihm noch eines von meinen Füßen und dem Asphalt. An der Anzahl der Bilder wird er definitiv sofort erkennen, dass ich ihm nicht alle dreißig Minuten ein Bild zugeschickt habe. Und vor allem an den Zeitpunkten, zu denen er die Fotos erhalten hat. Ich habe mich bemüht, aber wusste von vornherein, dass ich diese Aufgabe keinen Tag lang ordentlich durchführen werde. Ich mag gar nicht mehr auf mein Handy schauen. Ich fürchte mich vor seinen Worten und vor der Bestrafung. Wahrscheinlich ist er selbst davon ausgegangen, dass ich es nicht schaffen werde, nur, um mich bestrafen zu können. Nachdem ich zu Abend gegessen habe, sehe ich, dass mein Handy grün aufblinkt.

Ich entsperre den Bildschirm. Liam hat geschrieben. Ich schlucke einen fetten, großen Kloß an Anspannung herunter.

Mel, ich bin sauer! Und enttäuscht, dass du nicht mal diese leichte Aufgabe auf die Reihe bekommst! Du hast mir höchstens stündlich ein Bild geschickt. Du ziehst dir jetzt sofort deinen Slip aus und stopfst ihn dir in deine Fotze! Du behältst ihn drin, bis ich dir erlaube ihn zu entfernen!

Ich überlege kurz, ob ich offline gehe, ohne zu antworten, mein Handy ausschalte und erst morgenfrüh wieder anschalte. Ich könnte ihn ignorieren. Aber wahrscheinlich würde ihn das nur noch mehr enttäuschen. Er könnte das zwischen uns beenden und das will ich auf gar keinen Fall.

Ich gehe ins Badezimmer. Ziehe meine Hose und meinen String aus. Glücklicherweise trage ich einen String und keine Panty. Obwohl ich mit Sicherheit geschummelt hätte und mir einen String aus meiner Schublade genommen hätte, weil ich weiß, dass alles andere zu viel Stoff wäre. Mit Mühe und Kraft stopfe ich mir meinen Slip in meine Vagina. Diesmal klappt es sogar. Allerdings muss ich mir selbst eingestehen, dass ich erregt bin. Diese Bestrafung macht mich heiß und am liebsten würde ich es mir selbst besorgen, aber ich reiße mich zusammen. Als der String fast komplett in mir drin ist, ziehe ich meine Hose wieder an.

Sir, es tut mir leid. Ich trage nun meinen Slip in mir.

Gut, und wo bleibt das Foto? Du glaubst doch nicht, dass ich dir vertraue?

Ich haue mir mit der flachen Handfläche gegen meine Stirn. Natürlich nicht.

Ich stehe wieder von meinem Schreibtisch auf, um die Zimmertür zu schließen. Dann ziehe ich die Hose bis zu meinen Kniekehlen herunter und mache ein Selfie von meiner Pussy und dem in ihr steckenden Slip. Das erregt mich nur noch mehr. Zu schade, dass Liam tausende von Kilometern entfernt ist und später nicht vorbeikommen kann, um mir den String eigenhändig aus meiner Vagina zu ziehen und mich danach ... Ich gehe den Gedanken nicht weiter nach.

Als ich mich wieder an meinen Schreibtisch setze, tue ich dies ganz langsam, da das Hinsetzen wirklich unangenehm ist. Der trockene Stoff, der aus meiner Pussy ragt, drückt und scheuert gegen meine empfindlichen Schamlippen. Der restliche Stoff wird mittlerweile feucht sein. Ich sende Liam das Bild und lösche es direkt danach aus meiner Galerie.

Das sieht gut aus.

Mir wird immer heißer.

Ich schreibe dir, wenn du ihn entfernen darfst und wehe du berührst dich selbst!

Mir stockt der Atem. Kann dieser Mann vielleicht tatsächlich Gedanken lesen?

Werde ich nicht, Sir.

Ich lenke mich ab, indem ich Musik anmache und mich auf *darkroom.com* anmelde.

Der vergebene Schweizer ist online und hat mir geschrieben.

Hey Mel,
da es wirklich persönlicher ist, wenn man den richtigen Namen kennt ... Ich bin Alex.

Für dich ist das alles neu und dann startet ihr gleich mit 24/7 TPE? Das ist ja schon heftig.
Also für mich persönlich ist das nichts. Es hat schon was Heißes, wenn man das Spiel auch mal mit in den Alltag integriert, aber das machen Alice und ich nur an Wochenenden.

Meistens dominiere ich sie. Sexuell auf jeden Fall. Aber manchmal gibt sie auch mir Aufgaben. Letztens musste ich nackt die Küche sauber machen. Aber richtig gründlich. Sollte auch den ganzen Kühlschrank ausräumen und putzen. Sie hat mir dabei zugesehen und hinterher überprüft, ob ich alles ordentlich gemacht habe. Bevor ich mit dem Saubermachen angefangen habe, habe ich mir selbst noch einen Plug anal eingeführt. Ich war die ganze Zeit erregt. Das hat sich unglaublich angestaut. Und dann weißt du, du musst noch dies und das putzen und darfst deine Freundin nicht einfach vernaschen.

Ich bin halt Switcher und sie ist mehr devot als dominant, aber ich freue mich, dass sie immerhin etwas auf mich eingeht. Obwohl das auch zu keinem Problem werden wird, da wir eine offene Beziehung führen. Ich bin hier natürlich auch, um Gedankenaustausch zu betreiben, aber ich habe die Hoffnung, eine Domina zu finden.

So, das war es dann erstmal. Freue mich von dir zu hören, schöne Mel.

Welch charmanter Kerl. Ich kenne niemanden, der eine offene Beziehung führt. Ich kann mir gar nicht vorstellen, dass das funktioniert. Die Beziehung zu David ist dadurch endgültig in die Brüche gegangen. Obwohl ich die Entscheidung, eine offene Beziehung zu führen, kein Stück bereue. Denn letztendlich war sie mein Befreiungsschlag. Uns hat dieses Beziehungskonzept nicht gerettet, aber mich.

Ich spiele schon länger mit dem Gedanken, mal ein Buch über all die Geschichten zu schreiben, die ich mit David erlebt habe.

Das nenne ich dann „Die Horror-Beziehung“ oder „Sechs Jahre schlechter Sex“ oder „Ein Trauerspiel“.

Ich antworte Alex.

Hey Alex,
danke für deine ausführliche Antwort. Das freut mich, dass du mir so offen schreibst.

Ja, ich weiß auch noch nicht, ob dieses 24/7 TPE etwas für mich ist. Allerdings mag ich Liam eben sehr und irgendwie habe ich das Gefühl, dass es uns zusammenschweißt, trotz der Entfernung. Und ich bin neugierig, was noch kommen wird. Auf der einen Seite versetzt mich das alles in Stress, aber irgendwie will ich eben mehr. Gerade habe ich zum Beispiel meinen eigenen Slip in mir. Das macht mich schon an. Die vorherigen Aufgaben haben mich sexuell eher weniger erregt, daher hab ich auch nicht verstanden, was das bringen soll. Ich dachte, bei solchen Spielchen geht es nur um die sexuelle Erregung. Obwohl ich mir von Anfang an hätte denken können, dass es mich nicht erregt, da ich eh der Meinung bin, dass ich hier gar nicht herpasse. Ich würde von mir nicht behaupten, dass ich einen Fetisch habe und Latex, Lack und Leder sind nun auch nicht meins. Aber genug von mir. Mich interessiert eure offene Beziehung. Wie händelt ihr das? Ich kann mir vorstellen, dass Eifersucht da schon zum Problem werden kann.

Und was ist passiert, als du fertig mit der Küche warst? Verzeih meine Neugierde.
Viele liebe Grüße
Mel

Ich muss pinkeln. Ich trage den Slip seit gut einer halben Stunde in mir. Mittlerweile spüre ich ihn kaum noch. Mit der Zeit gewöhnt man sich an alles.

Liam... Sir ... Ich muss pinkeln.

Dann trägst du ihn jetzt noch weitere dreißig Minuten. Dann darfst du aufs Klo gehen.

Aber das schaffe ich nicht.

Das ist mir egal. Dann pinkelst du dich eben ein. Du gehst nicht aufs Klo! Verstanden?

Ja, ich habe verstanden.

Meine Erregung ist abgeschwappt. Meine Blase drückt und schreit nach Erlösung. Ich zähle die Minuten. Ich muss mich auf mein Bett legen, da ich nicht mehr sitzen kann.

Liam anzuflehen, wird mit großer Wahrscheinlichkeit erfolglos bleiben. *Mel, wie behindert bist du eigentlich? Ziehst du die dreißig Minuten ernsthaft durch? Du könntest auch einfach pinkeln gehen. Das kann Liam doch eh nicht kontrollieren.* Mein Verstand ist selbstverständlich im Recht. Allerdings möchte mein Stolz unbedingt dieses Spiel gewinnen. Klar, könnte ich Liam anlügen, aber irgendwie würde es den Sinn dieser Beziehung doch verfehlen. Den Sinn habe ich zwar noch nicht wirklich gefunden, aber mein Ziel ist es, ihn zu finden. Ich möchte meinen Horizont erweitern. Um den Kontakt zu Liam zu halten, könnte ich natürlich lügen und mich durchschummeln, aber dazu finde ich das Ganze zu aufregend.

Auf die Minute genau, renne ich zum Klo. Ich schaffe es gerade eben noch, die Hose herunterzuziehen und den Slip aus meiner Vagina zu entfernen, was nicht gänzlich ohne Schmerzen von Statten geht.

Es tut so gut. Das Wasserlassen, wie das Gefühl, eine Aufgabe gemeistert zu haben.

Stolz schreibe ich Liam.

Ich habe die weiteren dreißig Minuten durchgehalten, Sir.

Sehr gut.

Immerhin ein kleines Lob.

Ab sofort schreibst du mir jeden Abend einen Gefühlsbericht.

Interessiert er sich also doch mehr für mich als erwartet? Über Gefühle schreibe ich wirklich gerne. Mir gefällt dieser Befehl. Somit kann er mich besser kennenlernen und wir schaffen eine engere Bindung. Obwohl ich zugeben muss, dass ich so einen Bericht auch gerne von ihm haben wollen würde. Ich weiß überhaupt nicht, was er eigentlich von mir denkt und von mir hält. Findet er mich vielleicht nur sexy und bin bloß ein nettes Mädel für ihn, die ihm in den langweiligen Momenten in Österreich von

Nutzen ist? Oder bedeute ich ihm mittlerweile etwas? Ich weiß es nicht. Ich kann nur interpretieren. Es wäre ein Leichtes ihn zu fragen, aber ich habe wieder einmal Angst vor der Antwort. Angst davor, was diese ihn mir auslösen könnte.

In Bezug auf die Aufgaben oder allgemein?

Beides. Es wird nicht jeden Tag eine Aufgabe geben, da ich manchmal echt im Stress bin. Ich will einfach wissen, wie du dich fühlst. Deine Stimmung einschätzen können und auch wissen, wie es dir mit den Aufgaben geht.

Verstanden, Sir.

Gut, ich warte auf den ersten Bericht. Ein bisschen Zeit bis 24 Uhr bleibt dir ja noch.

War ja klar. Ich setze mich sofort an den Bericht.

Heute war ich überwiegend gut drauf. Ich habe mich gefreut, dass ich mit einer Freundin Samstag auf die Party gehen darf. Die Aufgabe mit dem Slip hat mich doch ein wenig erregt. Davon bin ich nicht ausgegangen. Bis zu dem Zeitpunkt, als ich auf die Toilette musste. Aber ich war stolz auf mich, dass ich für Euch so lange ausgehalten habe.

Ich sende es ab, nachdem ich es dreimal durchgelesen habe. Das muss für heute reichen. Von Liam kommt keine Antwort, daher beschließe ich, mich schlafen zu legen.

Heute ist es endlich soweit. Partytime mit Toni. Ich wollte eigentlich meine kurze Jeansshorts anziehen, aber das Wetter in Hamburg ist leider nicht sommerlich genug. Daher entscheide ich mich für meine zerrissene Jeans. Dazu trage ich ein bauchfreies, luftiges, weißes Top. Das Top zieren in einem used Look die amerikanische Flagge und ein großer Adler. Noch die rote Cap aufgesetzt und der Look ist perfekt für eine Party mit roten Plastikbechern.

Antonella und ich sitzen gechillt an der Alster. Sie trinkt ihr Bier, während ich mir einen Eistee gönne. Wir reden selbstverständlich hauptsächlich über Jungs. Sie hat jemanden über Tinder kennengelernt. Jemand, der rein gar nichts mit BDSM zu tun hat. Und nun ist sie hin- und hergerissen, ob sie sich mit ihm treffen soll oder nicht. Als gute Freundin habe ich ihr geraten, sich mit ihm zu treffen, wenn sie ihn sympathisch findet und es sein zulassen, wenn sie der Meinung ist, dass ihr Interesse nicht ehrlich genug ist. Über Liam haben wir nur wenig gesprochen. Ich brauche einen Liam freien Abend und habe auch entschieden, dass ich ihm erst morgen schreibe, falls er sich überhaupt noch melden sollte. Den gesamten Tag habe ich nichts von ihm gehört. Ich habe ihm auch kein Bild von meinem Outfit zugeschickt. Mein Bauchgefühl sagt, dass ihm das eh egal ist und es keinen Ärger dafür geben wird.

Zu der Location brauchen wir eine halbe Ewigkeit. Die Arena befindet sich am westlichen Stadtrand. Ich stelle mich mit Toni am Haupteingang an, obwohl es einen extra Eingang für VIP-Ticket-Besitzer gibt. Aber ich möchte sie nicht gerne alleine lassen und so viele Menschen stehen hier auch nicht, dass ich nicht eben mit ihr warten könnte. Ohne sie feiere ich eh nicht los. Als wir dann endlich dran kommen, werde ich allerdings fast komplett auf die andere Seite der Arena geschickt, sodass Toni dann letztendlich auf mich warten muss.

„Fräulein ... ihr Ticket geht nicht.“, weist mich der Security-Kerl am VIP-Eingang darauf hin.

„Das kann nicht sein. Das wurde eben schon gescannt. Kann das daran liegen?“

„Kann gut möglich sein, aber ich kann dich so nicht reinlassen.“

„Das ist jetzt ein schlechter Scherz oder?“ Ich setze mein Ich-bin-ein-unschludiges-liebes-Ding-Blick auf und blinzle den Security-Mann an.

„Ich fürchte nicht, aber ich schau, was ich machen kann.“

„Dann wären Sie mein Held. Meine Freundin ist nämlich schon drin und wir wollten heute gemeinsam richtig die Sau rauslassen.“, funkle ich ihn an und schenke ihm ein süßes Lächeln.

„Ich spreche mal eben mit jemandem und frage, was ich da machen kann.“, er zwinkert mir zu, während er das sagt. Der Kerl, von dem ich die Karte habe, hat mich doch nicht etwa angelogen. Vielleicht ist das der Grund, weshalb er sich nicht mehr gemeldet hat. Er hat mir ein Fake-Ticket zugeschickt. Aber das sieht verdammt echt aus. Ich glaube, dass der Scancode nicht mehr funktioniert ist, nachdem er einmal am anderen Eingang gescannt worden ist.

„So Mädchen, du kannst durchgehen. Viel Spaß mit deiner Freundin." Ich strahle ihn an.

„Geil, vielen Dank!"

„Kein Ding.", ruft er mir cool hinterher, denn ich bin sofort zu Garderobe geflitzt.

Toni, wo bist du? Ich kam eben fast nicht rein. Hoffe, du hast nicht ohne mich angefangen?

Bin in der Halle. Stehe an einem Würstchenstand und warte auf dich.

Würstchenstand. Kaum zu verfehlen.

„Was war denn bei dir los?"

„Keine Ahnung. Der Scancode ging nicht, aber ich glaube, dass das daran lag, dass das Ticket am falschen Eingang gescannt worden ist. Aber der Kerl hat eine große Sache daraus gemacht. Man hat ja gesehen, dass das Ticket echt ist."

„Ansonsten hättest du den Typen ja anschreiben können. Der müsste heute anwesend sein, nicht wahr?" Toni streckt mir frech die Zunge entgegen.

„Hätte ich im Notfall auch getan. Das würde dir wohl gefallen. Gut, dass du auch auf Frauen stehst, dann könnte ich dich als mein Alibi missbrauchen."

„Ach, dann wäre ich also gut genug für dich? Aber für einen Kuss mit dir, wäre es mir das wohl wert. Ich werde meine Augen nach diesem Kerl offen halten."

Ich hau ihr mit der Faust gegen die Schulter.

„Flirtest du etwa mit mir?"

„Nur ein kleines bisschen. Heiße Kerle und heiße Frauen habe ich hier noch nicht entdeckt, also muss ich mich mit dir zufriedengeben."

„Madame, Sie sind heute ganz schön frech zu mir. Vielleicht sollte ich Sie hier stehen lassen und mich alleine im VIP-Haus vergnügen."

„Das wäre äußerst schade." Wir lachen und stürzen uns ins Getümmel auf die Tanzfläche.

Antonella ist wirklich eine Erscheinung. Sie trägt im Gegensatz zu mir einen tiefen Ausschnitt. Mehr Haut zeigt sie aber nicht. Sie macht Lust auf mehr. Es dauert auch nicht lange, bis sich ein paar Kerle um uns scharren. Toni funkelt mich an und ich funkle zurück. Dann kommt sie einen Schritt auf mich zu. Ich beende schlagartig meinen Tanz, als ihre Hände mein Gesicht berühren. Ich lege meinen Kopf zur Seite und dann drückt Antonella mir einen Kuss auf den Mund. Ich spüre, wie sich ihre Lippen langsam öffnen und tue ihr gleich. Mein Puls erhöht sich. Ich habe zuvor noch nie eine Frau geküsst. Unsere Zungenspitzen berühren sich ganz zärtlich und schüchtern. Sie schmeckt nach Pfefferminzkaugummi. Es ist mir unangenehm, aber dennoch gefällt es mir. Ich versuche, die Unsicherheit, die mich durchfährt, nicht in unserem Kuss spürbar zu machen. Unsere Körper schmiegen sich aneinander. Es geht heiß her. Ich weiß nicht, ob Toni einfach nur die um uns stehenden Männer geil machen möchte oder ob sie vielleicht auf mich steht. Aber sie weiß, dass ich auf Männer abfahre und vor allem auf Liam. Sie löst sich von meinen Lippen und leckt sich über ihre. Sie lächelt mich verrucht an und beugt sich zu mir.

„Schau, wie die Affen alle starren. Männer sind einfach nur Schwanz gesteuerte Tiere. Du schmeckst mir, Mel."

Ich werde knallrot. Erst dachte ich, dass ersteres zutrifft, aber ihr letzter Satz lässt darauf schließen, dass höchstwahrscheinlich beide Punkte zutreffen. Ich bin sprachlos und grinse sie bloß willenlos an. Wir tanzen weiter. Sie drückt mir ihren prallen Arsch entgegen. Sie will es wohl wirklich darauf anlegen. Toni spielt gerne mit dem Feuer. Ich gebe aber zu, dass ich Spaß daran habe. Ich bin wie sie, eine Schwanzneckerin. Was gerade ziemlich offensichtlich ist. Von den anderen Mädels bekommen wir abwertende Blicke zu geworfen, aber das ist mir vollkommen egal. Ich möchte einfach nur Spaß mit meiner neuen, besten Freundin haben. Mit Bewunderung stelle ich fest, dass die Kerle wirklich nur schauen und keine Anstalten machen, mit uns zu tanzen. Tanzt man alleine, ist man meist nicht lange alleine und hat irgendeinen Typen hinter sich.

Ich bekomme Durst und frage Toni, was sie trinken möchte. Ich gehe in das VIP-Haus, in das ich mit meinem roten VIP-Bändchen um mein Handgelenk auch ohne Weiteres reingelassen werde. Mir hole ich ein Wasser und ihr Vodka mit Sprite.

Wir verlassen die laute Halle und gehen in den Vorraum, in dem es Sitzmöglichkeiten gibt und selbst dort legt ein DJ auf und ein paar wenige Menschen tanzen auf einer kleinen, freien Fläche. Wir beobachten sie, während unser erhöhter Puls vom Tanzen langsam herunterfährt. Doch dann reißt mir jemand von hinten meine Cap vom Kopf. Ich springe auf, verschütte dabei fast mein Wasser. Da steht hinter mir ein ziemlich großer Kerl, in einer schwarzen Hose, mit einem weißen Hemd und schwarzen Hosenträgern. Trägt man so was heutzutage noch? Er sieht aus, als würde er mit einem Zirkus reisen. Schlecht schaut er nicht aus, aber er ist ganz klar nicht mein Typ. Vor allem schätze ich, dass er fast zehn Jahre älter ist als ich. Mit dem Schalk im Nacken und meiner Cappy in der Hand, grinst er mich an. Ich reiche Toni meinen roten Becher.

„Gib mir sofort meine Cap zurück.“, sage ich in einem strengen Ton und funkle ihn böse an, was ihn aber nur noch mehr zu amüsieren scheint.

„Nö, mir gefällt deine Cap. Ich glaube, ich werde sie einfach behalten.“ Ich spüre, wie der Vulkan in mir zu brodeln beginnt. Ich springe über die Sitzbank, direkt auf ihn zu und stolpere ihm fast in die Arme, aber ich kann mich im letzten Moment noch fangen. Bevor er die Arme nach mir ausstreckte, warf er meine Mütze über mich. Auf der anderen Seite steht sein Freund, der nun der Glückliche ist, der meine Cappy in den Händen trägt. War eine richtig doofe Idee, mir eine Kappe aufzusetzen. Der lange Typ, nimmt seine Arme runter, als er enttäuscht feststellen muss, dass ich gerade noch mal die Kurve bekommen habe und doch nicht gestolpert bin. Ich schaue ihn grimmig an. Ich versuche, meine Haare zu richten.

„Deine schöne Mähne kommt ohne Cap doch viel besser zur Geltung.“

„Normalerweise vielleicht. Aber heute Abend mit Sicherheit nicht mehr, daher möchte ich bitte meine Cappy wiederhaben.“

„Oh, wie war das?“

„Was meinst du?“

„Habe ich ein Bitte gehört?“

„Ja, das werde ich auch kein zweites Mal sagen!“

„Oh, Fräulein kann auch anders.“

Antonella beobachtet das Schauspiel amüsiert von außen. Sie macht keine Anstalten, mich zu unterstützen. Das mit der besten Freundin, sollte ich mir noch einmal überlegen. Ob sie sich diesen Status wirklich verdient hat? Ich wende mich seinem Freund zu und laufe ihm hinterher. Damit hat er nicht gerechnet. Ich schnappe ihn an seinem T-Shirt, aber da ist schon der Riese am Start und nimmt ihm die Cap wieder ab. Ich habe überhaupt keine Lust auf dieses Katz und Maus Spielchen. Das ist total albern. Ich setze mich zu Antonella, die mir sofort mein Wasser reicht. Ich überlege, ob ich dem Kerl mein Wasser ins Gesicht kippen soll, aber ich will dem gar keine Aufmerksamkeit mehr schenken. Ich ignoriere die beiden einfach.

„Willst du deine Cap so schnell aufgeben?“, fragt Toni.

„Du hast mir ja auch super dabei geholfen, sie zurückzubekommen.“

„Ach, sei nicht so. Der Anblick war herrlich. Du hättest das Ganze auch erstmal von außen beobachtet.“, sie lacht laut auf.

„Gut, dass ich mich gegen eine Cap entschieden habe. Der Große ist doch ganz niedlich. Vielleicht ein bisschen alt.“

„Definitiv. Ich weiß auch nicht, was er damit erreichen will. Ergebnis ist, dass ich jetzt genervt bin.“

„Ach, Schätzchen. Lass dich nicht von solchen Vollspasten ärgern.“, Toni streicht mir durch die Haare und rettet, was zu retten ist. Ich muss aussehen wie eine Vogelscheuche. Dass mit dem Ignorieren scheint zu funktionieren. Der kleinere Freund setzt sich neben Toni und ich spüre, wie der Typ sich neben mich setzt. Ich drehe mich aber nicht um. Dann flüstert er mir von hinten ins Ohr.

„Willst du deine Cap echt nicht wieder haben? Schade, dass du so schnell aufgegeben hast. Fing gerade an, Spaß zu machen.“

Ich drehe mich schlagartig um und reiße ihm meine Kopfbedeckung aus der Hand. Mit offenem Mund starrt er mich an. So schnell konnte er nicht gucken und schon gar nicht reagieren. Mit festem Griff behalte ich sie auf meinem Schoß.

„Wow. Respekt, damit habe ich wirklich nicht gerechnet. Ich bin Lars. Wie heißt du?“

Er reicht mir eine Hand und ich frage mich, ob das ein Trick ist, um mir die Cap wieder zu entreißen.

„Ich bin Melina.“, antworte ich, ohne ihm die Hand zu reichen.

„Okay, das mit dem Vertrauen habe ich wohl mächtig in den Sand gesetzt.“

„Gut erkannt.“ Ich drehe mich kurz zu Toni um, aber sie führt einen Smalltalk mit seinem Kumpel.

„Ich finde dich wirklich heiß und spannend. Du hast eine anziehende Ausstrahlung.“ Er kommt mir näher. Für meinen Geschmack zu nahe. Aber ich bleibe wo ich bin und schaue ihm selbstsicher in seine Augen.

„Ich finde dich aber überhaupt nicht anziehend.“ Manchmal bin ich über meine eigene Ehrlichkeit überrascht. Leider scheint ihn das nur noch mehr zu beeindrucken. Ich an seiner Stelle, hätte das akzeptiert und wäre gegangen.

„Mir gefällt dein freches Mundwerk. Das ist irgendwie sexy. Sagst du im Bett auch so freche Dinge.“ Jetzt geht er echt zu weit.

„Ich würde behaupten, dass dich das nichts angeht und, dass du das auch nie herausfinden wirst.“

„Na schön. Das akzeptiere ich. Dennoch werde ich definitiv um einen Kuss kämpfen. Ein Kuss und dann gehe ich.“

„Und wieso gehst du nicht ohne? Glaubst du etwa, dass der mich vom Gegenteil überzeugen wird?“ *Vorsicht, Mel. Du warst ihn doch fast los, wieso fängst du an, zu flirten?* Weil ich es kann und ich gerade Lust darauf habe, ihm unnötig Hoffnung zu machen. My bitch-mode is on. Die Rache ist mein.

„Enttarnt. Du bist ein Fuchs, Melina. Du gefällst mir immer mehr.“ Ich lächle ihn nur an. Dann bewegt er sich auf mich zu und kurz bevor er mich küssen will, drehe ich den Kopf zur Seite, sodass er bloß meine Wange trifft und diese ansabbert. Der Kerl wollte also gleich in die Vollen gehen. Aber ich konnte ihn zum wiederholten Male austricksen.

„Hey! Das ist nicht fair! Komm schon. Nur ein Kuss.“

„Du Arsch, wolltest mich auf Zunge küssen!“ Ich höre, wie Toni sich neben mir vor Lachen kaum noch einkriegt.

„Wir sind doch keine zwölf Jahre mehr alt. Für mich gehört das zu einem Kuss dazu. Wie sollte ich dich ansonsten verführen? Doch nicht mit einem einfachen, trockenen Kuss auf den geschlossenen Mund.“

„Das ist ein Argument. Aber selbst wenn ich den Kuss gut finden sollte, würde da nicht mehr laufen.“

„Wieso nicht? Bist du etwa vergeben?“

„Sozusagen, aber ich bin trotzdem Single.“ „Also führt ihr eine offene Beziehung?“

„Nein, es ist komplexer.“

„Ich will das wissen. Mich interessiert das sehr.“

„Warum? Ein Nein sollte doch ausreichend sein.“

„So eine aufregende Frau lasse ich mit Sicherheit nicht kampflos gehen.“

„Solltest du aber.“

Ich setze mir meine Cap wieder auf, aber ich halte sie mit einer Hand fest, indem ich sie mir auf den Kopf presse.

„Manchmal muss man im Leben unvernünftige Dinge tun.“

„Es ist nur eine nette Geste von mir. Ich weiß, dass du unnötig deine Zeit verschwendest.“

„Ach, für mich ist es nicht unnötig. Auch nicht, wenn ich doch alleine nach Hause gehen sollte. Mit dir zu reden, ist schon eine Freude.“ Wie tief will er mir denn noch in den Arsch kriechen?

„Komm schon. So krass kann die Story auch schon nicht sein, ansonsten hättest du es gar nicht erst erwähnt. Wieso kann ich dich nicht haben?“ *Du, da fallen mir gleich mehrere Gründe ein.* Damit muss ich ihn loswerden. Ich glaube nicht, dass er irgendwas mit SM zu tun hat. Das wird ihn abschrecken.

„Ich führe eine D/s-Beziehung.“

„Mädchen, wie viel aufregender willst du denn noch werden? Aber was bedeutet das genau?“

„Dass ich auf BDSM stehe und mich normaler Sex langweilt.“

„Boah, muss mich gerade zusammenreißen, keinen Steifen zu kriegen.“ *Sein ernst?* Ich kann es nicht glauben. Meine Worte haben das komplette Gegenteil von dem bewirkt, was sie bewirken sollten. Sie sollten ihn abschrecken. Ich versuche, mich aus dieser verzwickten Situation zu befreien.

„Bist du etwa SMer?“

„Nein, bin ich nicht. Aber die Vorstellung, dich zu beißen, dir schmutzige Worte zu zuwerfen, dir den Arsch zu versohlen ... Das macht mich gerade unheimlich an.“

„Das erregt mich aber nicht. Ich habe einen Dom und dem bleibe ich treu. Hättest du Ahnung von SM, dann wüsstest du, dass man von vergebenen Subs die Finger lässt. Und BDSM bedeutet nicht, dass man jemanden kacke behandelt beim Sex. Darauf stehe ich definitiv nicht.“

„Du wärst meine kleine Bitch. Ich behandle dich schon nicht schlecht. Wir würden eine Menge Spaß miteinander haben.“

Und in dem Moment schafft er es, mir die Cappy wegzunehmen. Ich war kurz unkonzentriert und habe die Hand auf meinem Kopf locker gelassen. Er stellt sich vor mir auf und wedelt mit der Mütze vor meiner Nase herum. Ich stehe auf und will nach ihr greifen, aber ich komme nicht ran. Wenn er seine Arme hoch streckt, ist er mit Sicherheit über zwei Meter groß. Da habe ich keine Chance und gebe somit gleich wieder auf. Dann rennt er vor mir weg. Wenn er es so will. Ich renne ihm hinterher und nach ein paar Runden über die Tanzfläche, bekomme ich ihn an seinem einen Hosenträger zu fassen. Er bleibt nicht stehen. Ich laufe weiter hinter ihm her und dann beschließe ich, dass nicht mit mir machen zu lassen. Ich ziehe seinen Hosenträger richtig auf Spannung und lasse dann schlagartig los.

„Autsch, du fiese Schlange!“ Ich lache gehässig.

„Verdient, würde ich mal sagen." Er macht sich vor mir groß. Seine Hände verschränkt er hinter seinem Rücken. Ich spiel sein Spiel erst mit und probiere, hinter seinem Rücken nach meiner Cap zu greifen, aber ich bleibe erfolglos. Er bekommt nur das, was er will und zwar Körperkontakt. Ich breche meine Versuche ab. Er lächelt mich an. Die Freude in seinem Gesicht grinst mich gefällig an. Meine sadistische Ader pulsiert. Wer nicht hören will, muss eben fühlen. Ich zwicke ihn in einen seiner Nippel. Dadurch verliert er leicht die Fassung und ich schaffe es tatsächlich, meine Kopfbedeckung zurückzugewinnen. Ich laufe zu Toni und weise sie mit einem Blick zur Halle an, mir zu folgen. Sie deutet meine Mimik richtig und folgt mir. Vor dem VIP-Haus mache ich halt.

„Dürfte meine Freundin mit rein? Da sind zwei Kerle, die uns ziemlich nerven."

„Selbstverständlich. Ist ja eh kaum etwas los." Der Wachmann winkt uns herein.

„Vielen Dank!"

„Boah, Mel. Richtig geile Aktion! Jetzt müssen wir nur darauf hoffen, dass wir hier nicht auf deinen Tinder-Kerl treffen."

„Schlimmer kann es ja kaum noch werden. Das hat richtig genervt."

„Aber bisschen witzig war es schon."

„Ja, okay ein bisschen lustig war es.", stimme ich ihr zu. Ich besorge uns etwas zu trinken und dann lassen wir uns in zwei riesige Sitzkissen plumpsen und schauen zwei Kerlen beim Bierpong spielen zu.

„Mel, irgendwie wird es hier langsam öde.", bringt Toni nach einer guten Stunde hervor.

„Dann lass noch ein bisschen tanzen gehen.", schlage ich vor.

„Gute Idee."

„Mit ein wenig Glück sind die beiden Kerle weg."

„Bestimmt! Vorher muss ich aber noch mal auf das Klo." Toni geht aufs WC, während ich vor der Tür warte. Da entdecke ich den Riesen. Sofort flüchte ich ins Frauen-WC, um mich zu verstecken.

„Musstest du doch?"

„Nein, der nervige Typ und sein Freund sind doch noch da. Ich verstecke mich hier nur."

„Hahaha. Du bist echt zu geil, Mel. Ich gucke mal, ob die Luft rein ist." Toni wäscht sich die Hände, steckt diese dann in den Lufttrockner und öffnet dann die Tür einen Spalt.

„Ich glaube sie sind weg. Lass uns tanzen gehen." Antonella greift mein Handgelenk und zieht mich mit sich durch die kleine Vorhalle. Sie hat gelogen. Mr. Ich-bin-so-cool steht dort und er sieht aus, als würde er jemanden suchen. Wahrscheinlich mich. Aber Toni scheint es eilig zu haben. Demnach will sie mich also nicht den Hunden zum Fraß vorwerfen. Wir bleiben unentdeckt und gehen in die Mitte der Tanzfläche. Entspannt tanzen wir in der übrig gebliebenen Menge von Menschen. Die meisten sind ziemlich besoffen und bewegen sich wie schlafende Zombies.

„Toni, es ist schon drei Uhr morgens. In der Vorhalle war eine Ladestation für Smartphones. Mein Akku ist fast tot ..."

„Ja, lass hingehen."

Toni setzt sich auf einen Stuhl, der an der Ladestation steht. Ich bleibe stehen und passe besser auf mein Handy auf. Zu uns gesellt sich eine kleine Gruppe von Typen, die uns die Wartezeit etwas versüßen. Der eine scheint von Toni sehr angetan zu sein. Jedenfalls steckt er ihr einen Zettel zu, auf dem er seine Nummer notiert hat. Als die Jungs weg sind, schaut Antonella nach, wie wir gut nach Hause kommen. „Wir müssen bis zum Jungfernstieg fahren. Meine s-Bahn kommt eher als deine U-Bahn. Du müsstest zwanzig Minuten warten." „Damit kann ich leben." Plötzlich umarmt mich jemand von hinten und drückt mich ziemlich fest. Mein Herz bleibt stehen. Tonis Gesichtsausdruck sieht angewidert und gleichzeitig amüsiert aus. Schwer zu deuten.

„Na, hast du mich vermisst?" *Danke liebes Universum. Was bin ich doch für ein Glückspilz ...*

"Um ehrlich zu sein ... Nein! Würdest du mich jetzt bitte loslassen?"

„Du schuldest mir noch einen Kuss." Er dreht mich zu sich herum, legt seine Hände auf meinen Po ab und drückt mich fest an sich. Diese Nähe ist mir unangenehm und langsam bildet sich Aggression in mir. Aber als ich versuche, mich aus seinem Griff zu befreien, merke ich schnell, dass ich keinerlei Chance habe. Er ist zu groß und zu kräftig.

„Wo wohnst du?"

„Ich komme aus dem Norden von Hamburg.", sage ich mit einem angepissten Unterton in meiner Stimme.

„Du bist bestimmt müde. Ich wohne gleich um die Ecke."

„Das glaube ich kaum, denn hier um die Ecke sind keine Wohnungen, sondern nur Industriegebiet. Und so müde bin ich nicht."

„Das ist gut. Ich wohne wirklich nur ungefähr fünfzehn Minuten entfernt. Wir könnten noch gemeinsam Spaß haben und dann morgenfrüh gemeinsam aufwachen und frühstücken gehen.“ *Ohhh ... jetzt versucht er es auf die romantische Schiene. Zieht aber nicht.*

„Du darfst mir auch gerne wieder in meine Nippel kneifen.“, probiert er mich weiter zu überzeugen.

„Danke für dein wirklich tolles Angebot, aber leider, leider muss ich es ablehnen.“

„Ach komm. So wie du mir in die Augen schaust, sehe ich, dass du mich genauso sehr willst wie ich dich. Das Feuer ist kaum zu übersehen. Du musst die erotische Anziehungskraft doch auch spüren.“

Wahrnehmungsstörung. Ich lache laut los. Er schaut mich irritiert an.

„Ich glaube, du lässt mich jetzt besser los.“

Ich höre, wie Toni sich von ihrem Stuhl erhebt. Sie hat das Spielchen wohl auch lang genug mit angesehen. In dem Blick des Typen sehe ich, dass er ihre Geste registriert hat. Kurz darauf lässt er mich los.

„Bekomme ich wenigstens deine Nummer.“

„Um was damit zu tun? Sie an deiner Kühlschranktür mit einem Magneten zu befestigen?“

„Dir zu schreiben. Das mit deinem Dom wird bestimmt nicht für immer sein.“

„Ich würde dir nicht antworten.“ Und dann ist das Glück doch noch auf meiner Seite.

„Ladys ... ich muss euch bitten zu gehen. Die Party ist zu Ende.“, weist uns ein Security-Mann freundlich an. Ich stöpsle mein Handy ab und wir beide lassen den Kerl stehen. An der Garderobe ist kaum etwas los, dementsprechend schnell bekommen wir unsere Jacken ausgehändigt. Wir stratzen zu den Shuttle-Bussen. Ich drehe mich um, der Kerl ist nirgends zu sehen.

Im Bus sitzend, atme ich erleichtert durch.

„Der Typ ist schon ordentlich rangegangen. Anfangs fand ich es noch witzig, aber er hat den Bogen wirklich überspannt.“

„So etwas passiert mir wirklich selten. Ich glaube, dass ist mir noch nie passiert. Normalerweise wird ein zweites Nein akzeptiert.“

„Komischer Kerl.“

„Vor allem hat es mich wirklich wütend gemacht, dass er der Meinung war, dass ich auf ihn stehe. Sah ich so aus?"

„Definitiv nicht!"

„Gut." Wir grinsen uns an und lachen aus voller Seele los.

„Das war soooo creepy!", schreit Toni lachend durch den gesamten Bus. Nach einigen verstrichenen Minuten kriegen wir uns wieder ein. Ich wische mir Tränen aus den Augenwinkeln. Mein Bauch schmerzt, aber ich fühle mich glücklich wie schon lange nicht mehr. Der Abend wird mir auf jeden Fall im Gedächtnis bleiben.

Am nächsten Morgen wache ich mit starken Kopfschmerzen auf. Und das, obwohl ich nichts getrunken habe, außer Wasser. Ich werfe einen Blick auf mein Phone.

Fünf neue Nachrichten von Liam.

Guten Morgen, Mel.
Wie war es gestern auf der Party?
Schläfst du noch??
Hast du mit jemandem gefickt???
Hallo??

Merkwürdige Reaktion seinerseits. Ist er eifersüchtig? Wieso sollte er das sein? Ich antworte besser, bevor seine Emotionen noch völlig mit ihm durchgehen.

Guten Mittag, Sir.
Ich war erst um 6:30 Uhr zu Hause. Habe fast zwei Stunden nach Hause gebraucht.
Und nein, ich habe mit niemandem gefickt. Interessiert Euch das etwa? Darf ich mit keinem anderen schlafen?

Ich bin neugierig, wie er darauf reagieren wird. Ich habe Glück und brauch nicht auf eine Antwort warten.

Schön. Mir ist das egal, was du machst. Hab nur gefragt.

Das glaube ich ihm nicht, aber ich weiß, dass es nichts bringen wird, nachzuhaken.

Falls er so meint, dann hat er mit seinen Nachrichten komplett übertrieben.

Ok.

Ich will, dass du heute Brennnesseln sammeln gehst. Mindestens sieben Stränge.

Und dann?

Das sage ich dir später.

Okay, Sir.

Mein Kopf beginnt zu rattern. Soll ich mir selbst Tee zubereiten? Das wäre allerdings ziemlich merkwürdig. Oh Gott! Vielleicht will er, dass ich die rohen Brennnesseln esse!? *Mel, entspanne dich. So schlimm wird es schon nicht. Außerdem musst du es ja nicht machen, wenn es zu krass ist.* Es ist eine tolle Eigenschaft, wenn man sich selbst beruhigen kann. Ich genehmige mir erstmal eine ausgiebige Dusche, in der Hoffnung, dass die Kopfschmerzen aufhören und ich wieder klar denken kann.

Nach dem Frühstück, erkunde ich mich, ob Toni gut angekommen ist und ich frage sie, ob sie eine Idee haben könnte, was Liam mit den Brennnesseln bezwecken will. Gemeinsames Brainstorming macht mehr Spaß, als wenn ich mir alleine den Kopf zerbreche.

Toooni. Lebst du?

Zehn Minuten später vibriert mein Handy.

Ich bin unter den Lebenden. Wie sieht es mit dir aus?

Dito. Kopfschmerzen trotz antialkoholischer Getränke, aber ansonsten bin ich fit. Ich wurde heute Mittag mit wunderbaren Nachrichten von Liam empfangen.

Klingt ironisch. Das heißt?

Erstmal hat er mich gefragt, ob ich gefickt habe. Das waren seine Worte. Ich habe noch geschlafen, als er mir geschrieben hat. Somit konnte ich nicht sofort antworten, aber er hat dann noch ein „Hallo???“ hinterhergeschickt. Geduld ist wirklich nicht seine Stärke. Und meine heutige Tagesaufgabe ist es Brennnesseln zu sammeln.

Oookay. Ist der Herr eifersüchtig? Hast du ihn darauf angesprochen? Und was sollen bitteschön die Brennnesseln? Sollst du dir einen frischen Tee zubereiten? :D

Der Meinung bin ich auch. Er hat es abgestritten und meinte, dass es ihm egal ist, was ich mache. Laut dem Motto „Du gehst mir am Arsch vorbei". Sehr charmant. Das war auch mein erster Gedanke, aber ich glaube, dass das zu absurd und einfach ist. Ich dachte daran, dass ich es vielleicht essen muss.

Definitiv hat er gelogen. Er ist eifersüchtig und will dich nicht teilen. Klar, dass er das nicht zugeben will. Er will ja keine Beziehung mit dir. Aber am liebsten wäre es ihm, wenn du ihm gehörst, während er alle Freiheiten behalten darf. Er kennt dich gut genug, um zu wissen, dass das mit dir aber nicht möglich ist.

Brennnesseln essen? Hm ... vielleicht musst du sie dir auch in die Socken stecken oder mit ihnen im Bett schlafen.

Das klingt logisch, was du da schreibst. Er kennt einen Teil der Geschichte mit David. Daher sollte er wohl wissen, dass ich auf Gleichberechtigung aus bin. Wenn er vögeln darf, darf ich es auch. Allerdings tue ich es ja nicht.

Toni, deine Ideen sind nicht schlecht, aber gefallen tun sie mir nicht. :/

Die liebe Mel ist selbst in einer Freundschaft plus treu ... Soll das mal einer verstehen. Aber ich verstehe dich. Dir ist Intimität heilig und du brauchst es einfach nicht, dich mit hundert fremden Männern auszutoben. Wenn dir diese D/s-Sache gefallen sollte, wird es eh schwierig jemand Passendes zu finden. Ich bin vielleicht zu pessimistisch, aber ich glaube, dass Liam dich zwar mag, aber irgendwo ähnelt er David zu sehr. Er würde dir nicht treu bleiben. Und ich denke, dass wir uns überraschen lassen sollten, was Liam mit den Brennnesseln vorhat. Wenn du keinen Bock darauf hast, dann lässt du es eben.

Antonella glaubt also nicht an eine Zukunft mit Liam und mir. *Ich mag sie*, flüstert mein Engelchen leise. Da hat es also eine

Komplizin gefunden. Mein Teufelchen sucht und sucht nach Gegenargumenten. Als ich genügend parat habe, antworte ich.

Ich glaube, dass sich Liam in seinem Leben schon sehr ausgelebt hat und er wünscht sich eine eigene Familie. Klingt für mich schon danach, dass er sich gerne festlegen möchte.

Ich werde dir nachher auf jeden Fall berichten, was ich mit den Brennnesseln anstellen muss.

Kann sein. Das wird sich zeigen. Ich glaube, dass zusammenkommt, was zusammengehört. Ich werde jetzt die Wohnung aufräumen. Wir schreiben später.

Ich hoffe, dass bei Liam und mir das der Fall sein wird. Ich entdecke meine Sexualität gerade neu. Es wäre zu schade, wenn Liam plötzlich kein Teil mehr davon wäre. Mit einem Fremden BDSM zu leben, kann ich mir gerade in diesem Moment überhaupt nicht vorstellen. Auf *darkroom.com* habe ich bisher nur ältere, unattraktive Männer gesehen und wurde auch nur von solchen angeschrieben, bis auf ein paar Ausnahmen, aber meinen Geschmack trafen diese auch nicht.

Bevor es zu dunkel wird, gehe ich nach draußen, um Brennnesseln zu sammeln. Ich nehme eine Plastiktüte und Latexhandschuhe mit.

Meine Mom steht in der Küche, als ich mir die Utensilien hole.

„Hey, ich gehe gleich spazieren."

„Prima! Dann nimm doch den Hund bitte mit. Der muss auch mal wieder an die Luft."

„Ähm. Das geht leider nicht. Ich kann Benny nicht mitnehmen."

„Wieso das denn nicht?", fragt sie irritiert und ich weiß nicht, ob ich lügen soll oder die Wahrheit sagen soll. Ich entscheide mich für die Wahrheit, aber lasse Details außen vor.

„Weil ich Brennnesseln sammeln gehe und da würde der Hund nur bei stören."

„Was willst du mit Brennnesseln?" Gott schuf die Neugier und nannte sie Mutter.

„Tee machen. Zum Beispiel."

„Wir haben Brennnesseltee im Schrank ..." Ich unterbreche sie.

„Aaaaber der ist nicht so richtig frisch."

„Na dann ... viel Spaß." Wirklich glauben tut sie mir das nicht, aber da ich selbst nicht mal weiß, was ich mit den Brennnesseln tun soll, wird sie selbst wohl kaum darauf kommen.

Es ist schwerer als gedacht, welche zu finden. Viele sind sehr schwer zu erreichen oder sehen nicht aus, als würde ich sie überhaupt anfassen wollen. Nach einem längeren Spaziergang werde ich aber endlich fündig. Eine ganze Hecke voller Brennnesseln. Ich packe die Stängel weit unten in Bodennähe an und probiere, die ganze Wurzel mit herauszuziehen. Es bleibt bei den höheren Pflanzen beim Versuch. Die kleineren bekomme ich mit einem Ruck aus der Erde gezogen. Nach dieser Aktion bin ich fix und fertig. Ich habe statt sieben Pflanzen, nur sechs gepflückt. Ich hoffe, dass Liam nicht nachfragen wird, wie viele ich gesammelt habe oder ein Beweisfoto verlangen wird. Obwohl ich bezweifle, dass er mir ohne Beweis vertraut. Eigentlich sollte ich es ihm selbst sagen, aber eine kleine Chance besteht, dass ich damit durchkommen werde.

Zu Hause angekommen, gehe ich mit meiner Beute schnurstracks in mein Zimmer und schließe meine Tür ab.

Sir? Ich habe die Brennnesseln. Was soll ich jetzt damit anstellen?

Sehr gut. Ich habe gerade Pause. Du bindest sie zu einem Strauß zusammen. Und dann wirst du dich selbst auspeitschen. Ich will, dass du mir ein Video davon schickst. Zehn Schläge auf die Brust, fünf Schläge auf deine Fotze und zehn Schläge auf den Arsch. Vor 24 Uhr will ich das Video haben!

Jesus, Maria und Josef ...

Ich soll mir selbst Schmerzen zufügen?! Wieso? Wieso sollte ich das tun? *Äh ... weil er ein verdammter Sadist ist vielleicht?!* Gutes Argument. Aber ich bin nicht masochistisch. Er weiß das. *Kann aber möglich sein, dass er glaubt, dass du masochistisches Potenzial hast? Mel, tu es für ihn.*

Der Teufel hat das letzte Wort gesprochen. Ich sollte nicht darüber nachdenken, sondern es schlichtweg tun. Nur weiß ich noch nicht, wie ich mich dabei anständig filmen soll.

Handy in der einen Hand und den Brennnesselstrauch in der anderen wird nicht funktionieren oder vielleicht doch?

Ich hole die Stränge aus der Tüte und mit einem kurzen, lauten, hohen Schrei lasse ich sie direkt auf den Boden fallen. Der eine Strauch ist komplett mit schwarzen, kleinen Läusen bedeckt. Mit Fingerspitzen fasse ich ihn an und werfe ihn zurück in die Tüte.

Mein Boden lebt. Die Läuse sind das kleinste Übel. Ameisen laufen verstreut über meinen weißen Laminatboden, zwei größere Spinnen, eine Raupe und ein paar kleine Käfer. Ich spüre, wie der Stress in mir aufsteigt. Ich atme tief durch und versuche cool zu bleiben. Eine Packung Taschentücher liegt auf dem Nachttisch. Ich greife nach ihr und hole gleich die gesamten Tücher aus der Packung. Die Ameisen töte ich und mir blutet das Herz. Die Spinnen waren schnell in den Ecken verschwunden. Die kleine Raupe werfe ich zurück in die Tüte. Ein paar kleine Käfer müssen noch daran glauben und dann ist das Blutbad auch schon beendet. Wäre es nicht so spät, hätte ich diese Invasion mit dem Staubsauger beseitigt, aber ich möchte keine Aufmerksamkeit auf mich ziehen. Um diese Uhrzeit saugt nämlich niemand in unserer Familie. Als mein schlechtes Gewissen abebbt, nehme ich ein Haargummi zur Hand und binde die restlichen Brennnesseln aneinander und schüttle den Strauch daraufhin in der Tüte aus, in der Hoffnung, dass kaum noch Tiere an den Nesseln hängen. Die muss ich nun nicht gleich alle auf meinem Körper haben. Ich entkleide mich, mache laut *Bestrafe mich* von *Rammstein* an. Auf der einen Seite schenkt mir die Musik Mut und auf der anderen finde ich es witzig, den Song mit in dem Video zu haben. Ich weiß, dass Liam solche Musik nicht mag, aber sie ist passend.

Ich lege mich flach auf den Boden. In der einen Hand den Strauch, in der anderen mein Smartphone. Ich drücke den Aufnahmeknopf. Der erste Schlag folgt nicht sofort. Ich zögere kurz. Habe Hemmungen, aber will es gleichzeitig hinter mich bringen. Ich halte das Handy hoch, auf meine Brust gerichtet und schlage, mit dem Strauch in meiner anderen Hand, zu. Es tut gar nicht so weh, wie ich es mir vorgestellt habe. Der erste Schlag war zu sanft. Liam wird nicht zufrieden sein, daher vollziehe ich die weiteren Schläge mit mehr Power. Da ich keine Schmerzen habe, fahre ich sofort mit meinem Geschlecht fort. Ich richte mich etwas auf. Stütze meinen Elbbogen ab, um die Aufnahme nicht zu sehr zu verwackeln. Und dann peitsche ich mein Geschlechtsteil aus. Nie hätte ich erwartet, dass mich das anmachen wird, aber tatsächlich erregt es mich ein wenig, meine Vagina mit dem Strauch Brennnesseln auszupeitschen und mich dabei zu filmen. Vielleicht ist es auch nur der Gedanke daran, dass Liam sich das ansehen wird. Es fühlt sich an, als würde er mir dabei zu sehen, obwohl er mehrere tausend Kilometer von mir entfernt ist. Ich weiß nicht, was genau mich daran anmacht. Auf jeden Fall bekommt meine Vulva einen Peitschenhieb mehr ab, als Liam mir aufgetragen hat. Ich knie mich hin. Halte mein Handy nach hinten und hole blind mit der anderen Hand aus, in der Hoffnung meinen Po zu treffen. Er bietet genügend Fläche und ich spüre, wie die Blätter auf meiner Haut auftreffen.

Ich beende die Aufnahme, schmeiße den Strauch, ohne das Haargummi, zurück in die Tüte, knote die Tüte zu und schaue mir dann die Aufnahmen an. Ausreichend. Liam wird erkennen, dass ich die Aufgabe erfolgreich erfüllt habe. Besonders gut gefällt mir die Musik, die im Hintergrund läuft.

Ich blicke an mir herunter. Meine Brust ist übersät mit roten Punkten, genau wie der Vorhof meiner Vagina. Ich fahre mit meinen Fingern über meinen Po und merke leichte Erhebungen. Ich war definitiv zu naiv, was den Schmerz anbelangt. Das Brennen setzt Stückchen für Stückchen ein. Wie eine Welle, die sich langsam im Meer aufbaut und dann am Strand zerbricht. Mein Körper brennt. Brennt unangenehm. Und ich weiß, dass ich es nicht abwaschen kann und somit nur lernen kann, es zu ertragen. Ich schließe die Augen und fokussiere mich auf den Schmerz. Dann sauge ich tief Luft ein, halte diese kurz an und öffne beim Auslassen des Sauerstoffs aus meinen Lungen wieder die Augen. Währenddessen empfinde ich das Brennen als nicht ganz so unangenehm. Von Minute zu Minute gewöhne ich mich an das Feuer auf meiner Haut. Ich sende Liam das Video zu. Auf dem Bett liegend, warte ich auf seine Reaktion.

Mhhh ... sehr gut! Habe es mir gleich mehrere Male hintereinander angeguckt. Tut es sehr weh?

Danke, Sir.

Ich werde rot und freue mich über seine Worte. Sie lösen ein Kribbeln in mir aus.

Das Brennen lässt sich gut aushalten. Was schlimmer war, waren die ganzen Krabbelviecher, die an den Brennnesseln hingen.

Hahaha. Daran hatte ich gar nicht gedacht.

Ich auch nicht, Sir.

Denke an deinen Bericht.

Ja, Sir.

Punkt 23:30 Uhr schicke ich ihm meinen Bericht zu. In dem steht, dass ich mich unwohl dabei gefühlt habe, mir selbst Schmerz zuzufügen und ich zuerst Hemmungen hatte. Dass es mich im Enddefekt doch leicht erregt hat, aber ich nicht festmachen konnte, ob es am Schmerz lag oder an der Tatsache, mir Schmerz für das Video zuzufügen, was ich für ihn aufnahm. Ich erwähne nicht, dass ich mich doof dabei fühle, ehrlich zu ihm zu sein und so gut wie nie eine Reaktion auf meine Berichte zu erhalten.

Das Brennen ist abgeklungen, nervt aber dennoch. Daher beschließe ich, schlafen zu gehen. Hoffentlich sind die Schwellungen und das Zwiebeln verschwunden, wenn ich erwache.

Erleichtert wache ich auf. Ich spüre meine Haut nicht mehr. Bis ... bis auf den Bereich meiner Brust. Dieser ist immer noch rot gepunktet. Und es juckt. *Fuck!*

Unter der Dusche schrubbe ich meine Haut, aber es hilft einfach nicht. Es scheint eine allergische Reaktion zu sein. Ich versuche, es positiv zu sehen. Immerhin ist es nur der Bereich meiner Brust und nicht meine Intimzone oder mein Arsch.

Nach dem Frühstück gehe ich auf *darkroom.com*. Eine Antwort von Alex liegt im Postfach.

Hi Mel,

deine offene und ehrliche Antwort hat mir sehr gefallen und sehr gerne antworte ich dir auch ehrlich und offen. Ich muss zugeben, dass es mich nicht gänzlich kalt gelassen hat, die Vorstellung, dass du deinen eigenen Slip in dir trägst, als du mir geschrieben hast. Das ist schon ziemlich heiß. Rrrr ...

Also führst du diese Beziehung nur ihm zuliebe? Aber wenn dich diese Aufgabe schon erregt hat, dann ist es vielleicht doch was für dich.

Ich selbst stehe auch nicht auf Lack, Leder und Latex. BDSM ist vielfältig. Menschen haben nun mal unterschiedliche Neigungen. Probiere es einfach aus. Erst danach wirst du wissen, was dir gefällt und was nicht. Hast du schon Erfahrungen mit

Analplugs machen können? Ich liebe es Alice Analplugs einzuführen und sie dann zu vögeln. Nach der Aktion in der Küche, habe ich es ihr besorgt. Mit dem Plug in meinem Arsch bin ich richtig heftig gekommen.

Eifersucht ist bei uns natürlich ein Thema. Es wäre gelogen, wenn ich behaupten würde, dass es mich kalt lässt, wenn sie mir erzählt, dass sie einen anderen geküsst hat. Wenn einer von uns mit jemandem anderen Sex haben will, dann sprechen wir das vorher ab. Spontane One-Night-Stands gibt es nicht.

Freue mich darauf, wieder von dir zu lesen!

LG

Alex

Hey Alex,

nicht ganz. Also ich bin schon neugierig gewesen, wie so eine Art von Beziehung aussieht. Ich habe das Gefühl, dass ich die letzten Jahre einiges verpasst habe und nun habe ich eine Möglichkeit, was nachzuholen.

Ich bin tatsächlich positiv überrascht. Ich hätte nicht erwartet, dass die Leute hier derartig sympathisch sind. Dachte echt, hier wären nur Freaks.

Ja, in unserer ersten Nacht hat er meinen Po ohne mich zu fragen entjungfert. Eigentlich wollte ich, dass mein Arsch Jungfrau bleibt. Aber nun kann ich es auch nicht mehr rückgängig machen.

Das ist echt cool. Scheint zu funktionieren bei euch. Wie lange seid ihr denn mittlerweile zusammen?

Viele Grüße

Mel

Ich sehe, dass er online ist und stöbere deshalb weiter auf der Seite herum. Vielleicht bekomme ich gleich eine weitere Antwort von ihm.

Ich schaue mich im Forum um. Dort finde ich witzige Fragen. Ein erwachsener Mann fragt, ob wir meinen, dass er mit einer Windel bekleidet zum Arzt gehen kann. Über einige Antworten bin ich leicht erschüttert. Er wird als krank bezeichnet und sein Fetisch wird nicht toleriert. Andere nehmen seine Frage ernst und raten ihm dazu, auf den Arzt Rücksicht zu nehmen und besser keine Windel zu tragen. Toleranz hätte ich auf dieser Plattform schon erwartet.

Alex hat geantwortet.

Na,

dann bist du also noch dabei. Erzähl mal ein bisschen von dem, was du bisher erlebt hast.

Klar, Freaks gibt es hier auch, aber die meisten sind ganz normale Leute, wie du und ich.

Wir haben eben nur spezielle Vorlieben.

Und wie hat es dir gefallen? Wie hat es sich für dich angefühlt, als du anal entjungfert wurdest? Wir sind seit vier Jahren zusammen. Eine offene Beziehung funktioniert also. Denke wir sind ein guter Beweis.

LG

Alex

Hi,

viel gibt es da noch nicht zu erzählen. Gestern musste ich mich mit Brennnesseln auspeitschen. Die Brust, den Intimbereich und meinen Po. Es hat echt gezwiebelt, aber es war auszuhalten. Das mit dem Analplug bzw. Analsex hat mir persönlich nicht sonderlich zugesagt.

Es hat wehgetan. Der Gedanke, dass es in meinen Augen eigentlich moralisch verwerflich ist, hat die Situation für mich ein wenig reizvoller gestaltet. Okay, das ist tatsächlich schon eine lange Zeit. Beeindruckend.

Liebe Grüße

Mel

Ich gehe offline. Liam hat mir geschrieben. Meine nächste Aufgabe wartet auf mich.

Heute wirst du es dir im Laufe des Tages fünfzig Mal selbst machen, aber immer kurz vor dem Höhepunkt aufhören. Ich will zehn Bilder, an zehn verschiedenen Orten. Du sollst nicht nur im Bett liegen.

Verstanden, Sir.

Ich bin den halben Tag bei Toni. Ich habe keine Ahnung, wie ich die zehn Bilder hinbekommen soll. Ich mache das erste Bild bei uns im Badezimmer. Sichere Sache.

Ich reibe nur ein wenig an mir herum. In meinem Zimmer bringe mich bis kurz vor den Orgasmus.

Liam kann eh nicht kontrollieren, wie oft ich es mir wirklich bis zum Höhepunkt gemacht habe und fünfzig Mal finde ich komplett übertrieben. Als wenn er will, dass ich an dieser Aufgabe scheitere. Die zehn Bilder wird er wahrscheinlich nicht bekommen, aber ich werde es definitiv spätestens heute Abend im Bett schaffen mich so oft kurz vor den Orgasmus zu bringen, ohne zu kommen. Ich habe mich sehr gut unter Kontrolle.

Toni öffnet mir Freude strahlend die Tür.

„Hey, komm rein. Ich muss dir etwas erzählen!"

„Na, das klingt ja äußerst positiv. Ich bin gespannt." Wir pflanzen uns gemütlich auf ihr Sofa, nachdem sie mir ihre Wohnung gezeigt hat. Klein, aber fein. Ihre Wohnung könnte für einen Ikea Katalog abgelichtet werden. So lässt es sich definitiv gut wohnen.

„Dann schieß mal los.", fordere ich sie auf, da meine Neugierde zu platzen droht.

„Ooookay. Also. Den Samstag, als wir auf der Party waren, da habe ich doch eine Handynummer bekommen ..."

„Ja, daran kann ich mich erinnern."

„Gut. Mit dem Kerl habe ich mich getroffen, aber es hat überhaupt nicht gepasst. Es war vielleicht auch nicht klug von mir, gleich beim ersten Treffen von meiner Vorliebe für Bondage zu erzählen, aber er hat einen Kumpel ..."

„Und dieser hat nicht etwa auch eine Vorliebe dafür?", unterbreche ich sie. Sie haut mir mit ihrer Hand auf mein Knie.

„So sieht es aus! Er interessiert sich sehr für Bondage. Wir haben bisher nur miteinander geschrieben, aber wir wollen uns demnächst treffen."

„Das ist aufregend! Ich freue mich für dich. Wie erfahren ist er denn?"

„Wie gesagt ... er interessiert sich sehr dafür. Hat dementsprechend noch nicht viel Erfahrung, aber um ehrlich zu sein, stört mich das überhaupt nicht. Wir können zusammen lernen und auch Workshops besuchen, wenn alles andere zwischen uns passen sollte. Die Vorraussetzungen sind jedenfalls schon mal gegeben. Aber genug von mir. Was gibt es bei dir Neues? Wie läuft es mit Liam?"

„Ja, ich weiß nicht. Ich vermisse ihn. Aber meist nur, wenn ich am Arbeiten bin und währenddessen Musik höre. Vielleicht lasse ich mich von den Songs emotional zu sehr beeinflussen?

Obwohl das ziemlich bescheuert wäre. Seine Aufgaben stressen mich reichlich. Teilweise erregen sie mich zwar, aber den Sinn darin, sehe ich immer noch nicht. Die Aktion mit den Brennnesseln zum Beispiel. Er weiß, dass ich Schmerzen eigentlich nicht mag und trotzdem will er, dass ich mir welche zufüge. Ich wünschte, ich könnte seine Nähe mal wieder spüren. Nach dieser Aufgabe wäre es unglaublich schön gewesen, hätte er mich in den Arm genommen und die brennenden Stellen mit Küssen bedeckt.“ Ich kratze meine Brust, da diese immer noch höllisch juckt.

„Oh man. Total toll klingt das ja nicht. Was sind das für rote Punkte in deinem Dekolletee?“

„Allergische Reaktion. Die Brennnesseln sind wohl daran schuld. So ekelhaft! Du glaubst gar nicht wie viel kleine Viecher daran hingen. Vielleicht kommt das auch von diesen Läusen. Ich habe keine Ahnung. Ich will es gar nicht wissen und hoffe einfach, dass ich damit nicht zum Arzt muss und es in ein paar Tagen abgeklungen ist.“ Toni lacht.

„Das ist nicht witzig.“

„Ach, komm. Ein wenig schon. Mir tut das echt leid, aber du bist wirklich selbst daran schuld.“

„Ja, ich weiß. Hätte ich das gewusst ...“

„... hättest du es selbstverständlich nicht gemacht.“

„Richtig.“

„Und? Gibt es schon eine neue, stressige Aufgabe?“

„Allerdings.“ Ich schweige. Ich weiß nicht, ob ich ihr von dieser Aufgabe erzählen soll. Sie ist schon recht intim. Vielleicht habe ich auch bloß Angst vor ihrer Reaktion.

„Erzähl.“, stichelt sie nach. Ich blicke zu Boden.

„Mel, willst du mir nicht davon erzählen? Dann sag das doch einfach. Obwohl ich dachte, dass wir über alles reden können.“

„Keine Ahnung, warum ich gerade solche Hemmungen habe, dir von dieser Aufgabe zu erzählen. Vielleicht möchte ich auch nicht, dass du denkst, dass Liam komplett bescheuert ist oder ... ich weiß auch nicht.“

„Schieß los. Ich verspreche dir, dass ich die Schweiz bin. Ich bewerte es nicht. In Ordnung?“

„Okay, aber ich glaube, dass dir das nicht leicht fallen wird. Ich soll es mir heute fünfzig Mal selbst besorgen und kurz vor dem Höhepunkt aufhören. Ich muss zehn Bilder, an zehn verschiedenen Orten machen, als Beweis.“

„Wow. Gut, ich bewerte es doch. Das ist nämlich ganz schön oft. Aber irgendwie finde ich das ziemlich heiß. Und wann darfst du dir Erlösung verschaffen?"

„Das hat er nicht gesagt."

„Mhh ... das wird bestimmt ein explosiver Orgasmus werden."

„Toni!"

„Ist doch wahr! Wenn du willst, dann kannst du mein Badezimmer für die Aufgabe missbrauchen. Und mein Schlafzimmer. Und wir können auch noch in den Keller gehen. Ich passe auf, dass niemand kommt."

„Dann hätte ich insgesamt immerhin schon fünf Bilder. Ich schaffe die zehn Bilder nie."

„Hm ... hier auf dem Sofa ginge es auch noch. Bei dir zu Hause geht es schlecht oder?"

„Geht gar nicht. Nur in den Räumen, die ich abschließen kann und das sind nur die Badezimmer und mein eigenes Zimmer."

„Aber sechs Bilder sind besser als keine. Er sieht, dass du dich wenigstens bemüht hast."

„Wenn er das wenigstens anerkennen würde."

„Wird er schon. Los, ab mit dir ins Bad. Ich warte hier und dann gehen wir zusammen in den Keller."

„Du bist die Beste." Ich werfe ihr einen Luftkuss zu.

„Ich weiß.", zwinkert sie mir zu.

Im Badezimmer mache ich, wie gewohnt ein Bild von meiner Pussy mit einem Finger auf meiner Perle. Ich bringe mich viermal kurz vor meinen Orgasmus. Ich bin erregt. Traue mich gar nicht, das Badezimmer zu verlassen, denn Antonella wird dies mit großer Wahrscheinlichkeit nicht entgehen. Aber bevor ich zu lange hier verweile, überwinde ich mich, öffne die Tür und kehre zurück zu ihr ins Wohnzimmer.

„Und? War's gut?", grinst sie mich frech an. Ich werde rot.

„Können wir jetzt in den Keller gehen?"

„Klar." Selbes Spiel wie eben. Nur mit dem Unterschied, dass Toni diesmal direkt vor der Tür steht und ich mich nur zweimal hintereinander anfasse.

„Irgendwie turnt mich das ja schon etwas an, zu wissen, was du da hinter der Tür treibst. Und zu wissen, dass deine Pussy mit Sicherheit schon schön am Pulsieren ist." Ich starre sie nur fassungslos an.

„Kamen diese Worte eben ernsthaft aus deinem Mund?"

„Was schaust du mich so an? Du weißt, dass ich auch auf Frauen stehe und du bist nun mal kein unattraktiver Mensch. Außerdem hatte ich schon länger keinen Sex mehr. Da darf mich das wohl ein wenig scharf machen.“

„Schon gut. Ist nachvollziehbar. Lass es uns am besten schnell hinter uns bringen.“

Das Gefühl, auf ihrem Bett zu liegen und sich anzufassen, obwohl sie im Raum neben an ist, ist merkwürdig. Ich liege hier. Auf dem Bett meiner besten Freundin und fasse mich an. Liege mit meinem nackten Arsch auf ihrer Decke. Später werde ich Liam ein Bild davon schicken. Er wird sich wahrscheinlich fragen, zu wem dieses Bett gehört.

Toni sitzt auf dem Sofa. Meine letzte Station. Später muss ich es mir immer noch über dreißig Mal selbst machen. Antonella steht nicht auf.

„Ich würde dann hier weitermachen.“, winke ich mit dem Zaunpfahl.

„Ich weiß.“, sagt sie cool und macht keine Anstalten, aufzustehen.

„Ich würde dir gerne dabei zu sehen.“ Mir fällt die Kinnlade herunter. Gleichzeitig schießt mir die Nässe in meinen Slip, der eh schon feucht genug ist.

„Toni ...“ Sie unterbricht mich.

„Ja, ich weiß, dass das viel verlangt ist, aber wir sind doch richtig gute Freunde. Andere Freundinnen üben zusammen küssen. Ich will doch nur zusehen. Ich habe vor deiner Pussy schon genügend andere gesehen. Bisschen Kopfkino für später wäre einfach ein tolles Geschenk von dir. Bitte.“, fleht sie mich an. Ich weiß nur nicht, ob ich es aushalte, nicht zum Orgasmus zu kommen, da mich diese Situation total anmacht. Auf der anderen Seite ist es mir unangenehm und ich weiß nicht, worauf das noch hinauslaufen könnte.

So eine Art von Freundschaft hatte ich noch nie. Amber und ich sind ab und zu mal gemeinsam in der Sauna gewesen. Mehr ist aber nie passiert.

Wir haben uns immerhin schon geküsst. Ob sie mir wirklich nur zusehen wird? Ich entblöße mich vor ihr. Obenrum bleibe ich angezogen. Sie schaut sich meine Pussy an und leckt sich über ihre Lippen. Ich triefe vor Nässe. Ich setze mich nicht direkt neben sie, spreize meine Beine, nehme mein Handy zur Hand und will ein Foto machen.

„Warte. Ich mache das Foto für dich." Ich schiebe einen Finger in meine feuchte Höhle. Das wird Liam mit Sicherheit gefallen.

„Danke." Sie lächelt mich an und setzt sich etwas näher an mich heran. Ich beginne, meinen Kitzler zu reiben und stöhne bei der ersten Berührung auf. Dermaßen empfindsam war er bisher noch nie. Ich reibe langsam weiter und übe etwas stärken Druck aus. Zu viel Zärtlichkeit wäre in diesem Moment kontraproduktiv. Ich blicke zu Antonella, die fixiert auf meine Vagina ist. Plötzlich zieht sie sich die Hose und ihren Slip bis zu den Kniekehlen herunter und beginnt, ebenfalls ihre Pussy zu berühren. Ich kann meinen Blick nicht von ihr abwenden. Sie ist wunderschön. Sie glänzt in einem zarten Rosa. Sie stöhnt. Allein ihr Stöhnen lässt meinen Körper mit einem Schauer durchfahren. Ich muss wohl aufgehört haben, mich selbst zu streicheln.

„Mach weiter, Mel. Tut mir leid, aber du bist so unglaublich heiß. Ich halte es nicht bis heute Abend aus."

„Was soll ich denn sagen? Ich darf nicht kommen. Ich kann nicht weitermachen."

„Hast du schon mal eine Pussy geleckt?" Das Kitzeln breitet sich in meinem gesamten Körper aus. Meine Brustwarzen sind steinhart.

„Nein, ich habe zuvor noch nie eine andere Scheide berührt, außer die meine."

„Dann komm her und leg' eine Pause ein." Wie paralysiert bewegt sich mein Mund auf ihr Geschlecht zu. Passiert das gerade in der Realität oder träume ich? Ich bin sehr gespannt, wie es sich anfühlt, eine Frau zu lecken. Sie nimmt ihre Hand weg und gewehrt mir freien Spielraum. Bevor ich mit meiner Zunge das unbekannte Terrain erkunde, beginne ich, mit meinen Fingern an ihr zu spielen. Ich reibe ihren Venushügel und führe mit der anderen Hand zwei Finger in ihre klitschnasse Fotze ein. Das fühlt sich unbeschreiblich gut an. Meine Erregung nimmt zu, anstatt abzuklingen. Vor allem, als ich sehe, wie sie sich unter meinen Berührungen windet. Sie sieht noch heißer aus, wenn sie erregt ist. Ich lege meine Hände auf ihren Oberschenkeln ab und berühre mit meiner Zungenspitze ihren Kitzler. Ich umspiele ihn zärtlich.

„Oh Gott! Mel, du bist ein Naturtalent."

Dabei mache ich es nur so, wie ich selbst gerne geleckt werde. Ich umfahre leicht ihre äußeren Schamlippen und dann die inneren.

„Du treibst mich noch in den Wahnsinn. Leg bitte endlich richtig los! Bitteeee!"

Wie gewünscht, Madame. Ich nehme ihre Pussy vollständig in meinen Mund auf und sauge immer schneller und fester an ihr. Wenige Sekunden später spüre ich, wie Antonella erzittert und endlich erlöst ist. Worauf ich noch warten darf.

„Oh man. Mel. Danke."

Sie zieht sich wieder an. Ich mich auch, denn ich weiß, dass, wenn ich mich jetzt noch mal berühre, ich explodieren würde. Ich könnte es. Liam müsste es nicht erfahren, aber aus Gründen, die ich nicht kenne, möchte diese Aufgabe, so gewissenhaft wie es nur geht, erledigen. Außerdem hätte ich das Gefühl, ihn zu betrügen. Wenn ich das nicht schon getan habe. *Mel, du bist Single. Du weißt nicht, was er da unten in Österreich mit den weiblichen Gästen unternimmt.* Das ist wahr. Ich sollte deshalb auf gar keinen Fall ein schlechtes Gewissen haben.

„Ich mache mich jetzt besser auf den Heimweg."

„Okay. Aber zwischen uns ist alles cool?"

„Definitiv. Wir schreiben."

Ich gebe ihr ein Küsschen auf die Wange und fliehe fast aus ihrer Wohnung.

Es fühlt sich immer noch surreal an. Ich kneife mich in meinen rechten Arm. Das Ganze ist passiert, denn mein Arm schmerzt.

Ich liege in meinem Bett. Es ist kurz vor Mitternacht. Ich schicke Liam die Bilder und schreibe ihm, dass ich leider zeitlich nicht mehr geschafft habe und es mir jetzt noch dreißig Mal besorgen werde. Ich lege das Handy weg und fange an. Ich merke mir die Uhrzeit. Ich bin gespannt, wie lange ich dafür brauchen werde. Ein paar Pausen muss ich auf jeden Fall machen. Meinen Kopf halte ich bewusst leer, um mir die Sache nicht selbst zu erschweren. Vierzig Minuten später habe ich es geschafft und bin stolz auf mich. Ich nehme das Handy zur Hand, um Liam von meinem Erfolg mitzuteilen. Doch meine Stimmung wird schlagartig gedrückt.

Wo sind die anderen vier Bilder? Und wir haben nach Mitternacht. Wenn ich dir eine Aufgabe gebe, dann hast du die gefälligst am selben Tag zu erfüllen! Und keine Zeit zählt nicht als Begründung. Du weißt, worauf du dich eingelassen hast.

Na toll. Ich habe die dreißig Mal durchgezogen. Die Zeit hätte ich mir also auch sparen können. Ich war verabredet. Hab bei einer Freundin ein paar Bilder gemacht. Mehr Räume hatte sie leider nicht. Dann hätte ich also die Verabredung absagen müssen?

In welchem Ton redest du mit mir? Erstens hättest du mich fragen müssen, ob du sie sehen darfst und zweitens ist das nicht mein Problem, wenn du es nicht schaffst, dich an die Regeln zu halten.

Dann kann ich mich ja jetzt auch zum Orgasmus bringen. War ja total sinnlos die ganze Aktion.

Mel! Was ist los? Deinen Bericht hast du mir auch nicht zugeschickt.

Du verlangst zu viel. Mich stresst das alles total. Ja, ich weiß. Ich hätte dich fragen müssen, aber ich habe schlichtweg nicht daran gedacht. Habe es komplett vergessen. Ich gebe mir total Mühe, alles richtig zu machen, aber du meckerst nur. Das ist nicht gerade motivierend.

Okay. Schreibe mir bitte noch den Bericht und dann bekommst du morgen deine nächste Aufgabe und du kommst nicht zum Höhepunkt.

Das wars? Mehr fällt ihm dazu nicht ein? Ich bin enttäuscht. Habe das Gefühl, als wäre er gar nicht in der Lage vernünftig auf mich einzugehen. Ich warte die nächste Aufgabe ab.

Ok, Sir.

In meinen Bericht erwähne ich noch einmal den ganzen Frust von eben. Und, dass ich mir wünschen würde, dass er mehr auf meine Bedürfnisse eingeht. Mal sehen, ob er dem nachkommen wird.

Mitten in der Nacht wache ich auf. Bin aber nicht ganz bei Bewusstsein. Meine Hand wandert zu meinem Geschlecht und schenkt mir Erlösung.

Am nächsten Morgen bin ich mir nicht sicher, ob ich es mir in der Nacht tatsächlich besorgt habe oder, ob ich es nur geträumt habe. Ich habe keine Ahnung. Jedenfalls konnte ich es nicht kontrollieren. Mit Spannung auf meine nächste Aufgabe, öffne ich WhatsApp.

Guten Morgen. Heute wirst du dir eine Zucchini besorgen und es dir am Abend mit dieser selbst machen. Du wirst meinen Namen rufen, wenn du kommst und du wirst dich dabei filmen und mir das Video schicken.

Eine Aufgabe nach meinem Geschmack. Bis auf die Tatsache, dass ich seinen Namen stöhnen soll. Dies bereitet mir ein wenig Kopfweh, denn ich wohne hier nun mal nicht alleine. Aber das sollte ich in dem Moment ausblenden können. Ich bin mir sicher, dass Liam sich dessen bewusst ist, dass mich das Überwindung kosten wir. Die Aufgabe soll mein Schamgefühl herausfordern.

Im Supermarkt suche ich mir eine kleine, dicke Zucchini aus. Beim Kauf muss ich grinsen. Vor allem, weil ich nur diese eine Zucchini kaufe und ansonsten nichts auf dem Band liegt.

Man hat das Gefühl, alle um einen herum wüssten, was man mit diesem Gemüse vorhat.

Ich gehe früher als sonst ins Bett. Das Handy bringe ich auf meinem Nachttisch in Position. Ich heize mich an, bevor die Zucchini zum Einsatz kommt, denn ich weiß, dass ich manchmal länger brauche, um zum Orgasmus zu kommen. Vor allem der Druck, dass das Ganze aufgenommen wird und ich definitiv zum Höhepunkt kommen muss, könnte es erschweren.

Als ich feucht und geil bin, starte ich die Aufnahme. Erstmal streichle ich nur mit der Spitze meine benetzte Spalte, bis ich dann das dicke Gemüse langsam und vorsichtig in mich hineinschiebe. Mit ein wenig Nachdruck führe ich die komplette Zucchini in mich ein. Die Oberfläche fühlt sich hart und rau an. Ganz anders als ein warmer Schwanz. Neues auszuprobieren, macht mich an. Ich brauche tatsächlich nur zwei Minuten, bis ich zu einem außergewöhnlich intensiven Orgasmus komme und mehrere Male hintereinander Liams Namen stöhne. Das ist mir wesentlich leichter gefallen als gedacht. Keinerlei Scham hat mich daran gehindert. Meine Lust hat meinen Verstand auf stand by gesetzt und dafür gesorgt, mich vollkommen gehen zu lassen. Ich werfe das Kürbisgewächs in den Mülleimer und sende Liam das Video zu. Dann mache ich mich an den Bericht. Er wird kurz, denn er beinhaltet nur das positive Feedback zu dieser Aufgabe. Erlöst falle ich in den Schlaf.

Täglich grüßt das Murmeltier.

Guten Morgen! Ich hoffe, du hast Kerzen im Haus. Ansonsten wirst du dir welche besorgen müssen. Ich will, dass du dir Wachs auf die Nippel, deine Vagina und auf deinen Anus träufelst. Und ich will ein Video davon. Bis 24 Uhr. Ach ja und das Video von gestern hat mir sehr gefallen.

Alles klar, Sir. Dankeschön.

Es ist merkwürdig, da man Kerzenwachsspiele normalerweise zu zweit macht. Und das Ganze auch noch zu filmen, stellt mal wieder eine weitere Herausforderung dar. Ich google, ob man dafür spezielle Kerzen braucht oder ob Teelichter auch funktionieren.

Man muss aufpassen, dass man sich nicht verbrennt und soll die Teelichter etwas höher halten, damit das Wachs nicht direkt auf die Haut trifft, sondern ein bisschen abkühlen kann. *Wenn ich mir die Haut verbrenne, dann kann Liam was erleben!*

Heimlich entwende ich drei Teelichter aus dem Wohnzimmerschrank. Bis auf die Aktion mit den Brennnesseln, hat meine Familie keinen Wind davon bekommen, was ich hinter meiner geschlossenen Zimmertür treibe. Meine Mom fragte mich vor kurzem, wie es mit Liam läuft. Ich habe ihr erzählt, dass wir immer noch diese spezielle Art von Beziehung führen, aber die Aufgaben nicht mehr so harmlos sind wie am Anfang. Sie meinte, dass sie ihm mal schreiben wird, da das Badezimmer sauber gemacht werden muss. An das frühe Aufstehen meinerseits und meinen Fleiß im Haushalt, haben sich meine Eltern wirklich zu schnell gewöhnt.

Ich hole mir ein großes Handtuch aus dem Badezimmer, damit das Wachs nicht direkt auf meine Bettdecke läuft. Ein Feuerzeug liegt in meinem Nachttisch.

Ich lege mich nackt mit dem Rücken auf das Handtuch, zünde das Teelicht an und warte, bis das Wachs flüssig ist. Dann nehme ich mein Handy in die rechte Hand und drücke auf Aufnahme. Mit der linken Hand nehme ich das brennende Teelicht. Ich puste die Kerze aus, halte sie ungefähr dreißig Zentimeter über meiner Brust und muss nur noch eine kippende Bewegung machen. Leichter gedacht, als getan. Meine Gedanken geben den

Impuls weiter, aber meine Nerven reagieren nicht. Meine unterbewusste Angst vor dem Schmerz blockiert mich. Dazu noch der Druck, dass ich bereits aufnehme. *Ich muss das jetzt durchziehen! Andere machen mit Wachs erotische Spiele. So schlimm kann es also nicht sein.* Und dann ist endlich die Blockade unterbrochen und das heiße Wachs fällt auf meine Nippel.

„Scheiße, ist das heiß!", entfährt es mir. Ich stoppe die erste Aufnahme. Ich bin froh, dass ich mich vorher schlau gelesen habe und nicht einfach naiv das Wachs direkt auf meine Nippel gekippt habe. Das hätte zu Verbrennungen führen können. Ich zweifle leicht daran, dass ich Liam zu hundert Prozent vertrauen kann.

Das Wachs ist hart geworden. Ich pule es noch nicht ab, sondern zünde das nächste Teelicht an, um es meiner Vagina zu widmen. Selbes Spiel, nur, dass ich diesmal noch größere Hemmungen habe, da mein Venushügel wesentlich empfindsamer ist als meine Brustwarzen. Ich zähle innerlich bis drei und gieße dann das gesamte Wachs auf meine Vulva. Ich beiße mir auf die Lippen. Gott sei Dank, schwappt das Brennen nach einigen Sekunden ab. Die erste Berührung ist jedoch verdammt unangenehm und schmerzt. Für die letzte Aufgabe muss ich mich verrenken. Immer noch bequem auf dem Rücken liegend, der halbe Körper mit gehärtetem Wachs bedeckt, strecke ich die Beine in die Luft, um irgendwie an meinen Anus zu kommen. Ich führe die Arme außerhalb der Oberschenkel entlang. Die Aufnahme habe ich schon vorher gestartet. So sollte es gehen. Ohne lange zu überlegen, gieße ich das Wachs des letzten Teelichts auf mein Poloch. Die gesamte Masse, damit ich auch treffe. Das Gefühl ist kaum zu beschreiben. Der Schmerz fühlt sich anders an, als der bisherige. Definitiv erregender. Mir läuft das heiße Wachs die Pobacken entlang auf das Handtuch. Ich bin froh, dass ich es untergelegt habe. Dass das eine derartige Sauerei werden wird, habe ich nicht erwartet.

Ich schicke Liam die Videos zu und probiere, das Wachs von meinem Körper zu pulen. Das gesamte Tuch ist voller Wachsstückchen, aber es wird kein Weg an einer Dusche vorbeiführen. Ich nehme das Handtuch mit und flitze schnell ins Badezimmer. Ich schütte es über der Badewanne aus und versuche, es dann per Hand sauber zu bekommen. So kann ich das Handtuch auf gar keinen Fall in die Wäsche tun. Meine Mom würde mich nur mit unangenehmen Fragen löchern. Das Zeug will und will aber nicht abgehen. Ich lasse knall heißes Wasser auf das Handtuch laufen, in der Hoffnung, dass sich das Wachs einfach auflöst. Der Plan geht nicht ganz auf. Ein paar Reste bleiben hängen. Meine Geduld ist am Ende und ich beschließe, das nasse Beweismaterial vorerst in meinem Zimmer verschwinden zu lassen. Ich brauche eine gefühlte Ewigkeit unter der Dusche, um das Wachs von meinem Körper zu bekommen. *Das mache ich nie wieder!* Erst die nervigen Viecher in den Brennnesseln und jetzt widerspenstiges Kerzenwachs, welches sich nicht von meiner Haut lösen will. Meine Haut ist rot und leicht gereizt vom vielen Schrubben.

Müde falle ich ins Bett. Das Handtuch ist in einer dunklen Ecke verstaut. Ich schaue nicht mehr nach, ob Liam auf die Videos reagiert hat.

Ich schrecke aus dem Schlaf. *Mist! Ich habe den Bericht vergessen zu schreiben!*

Liam scheint noch keine Zeit gehabt zu haben, sich die Videos anzuschauen. Ich schreibe schnell meinen Bericht, in der Hoffnung, dass ihm die Uhrzeit entgeht.

Mein Bericht:

Die Aufgabe mit dem Kerzenwachs war machbar für mich. Auch wenn ich Hemmungen hatte, mir das Wachs selbstständig auf den Körper zu gießen. Die Schmerzen waren erträglich. Erregung habe ich leicht verspürt, als ich mir das Wachs auf den Anus gegossen habe. Hinterher hat mich die Sauerei jedoch ziemlich genervt. Das Handtuch, welches ich untergelegt habe, muss ich wahrscheinlich wegwerfen oder in die Waschmaschine stecken, wenn niemand zu Hause ist. Per Handwäsche ging es nicht sauber. Außerdem habe ich das Wachs kaum von meinem Körper bekommen. Das Abschrubben hat fast mehr wehgetan als die Berührung mit dem heißen Wachs.

Senden.

Den gesamten Vormittag höre ich nichts von Liam. Wahrscheinlich ist er total im Stress. Die Hochsaison ist im vollen Gange. In mir kommt Unsicherheit und Angst hoch. Was ist, wenn er keine Zeit oder keine Lust mehr auf unser Spiel hat? Er könnte es von heute auf morgen beenden. Vielleicht hat er dort eine tolle Frau kennengelernt, mit der er spielen kann. Mir wird klar, dass ich von Tag zu Tag abhängiger von ihm werde und ich mich viel zu schnell an das ganze Aufgaben erfüllen gewöhnt habe. Wenn das von heute auf morgen wegfällt, dann falle ich in ein Loch. Eine Leere wird entstehen, die es wieder zu füllen gilt. Nur habe ich keine Ahnung, mit was ich sie füllen soll. Ich will Liam. Ich will, dass er ein Teil meines Lebens ist. Seit ich ihn kenne, ist mein Leben endlich mal aufregend. Seelischer Schmerz bestimmte meine letzten Jahre und nun ist da jemand, dank dem ich meinen Horizont erweitern kann. Apropo Horizont erweitern. Gestern Nachmittag lag eine interessante Nachricht von einem devoten Mann in meinem Posteingang auf *darkroom.com.*

Hallo wunderschöne Mrs.Pain,

dein Profil ist mir unglaublich positiv ins Auge gefallen und ich hoffe, dass du an Gedankenaustausch mit mir interessiert bist. Ich suche hier eigentlich eine Frau für eine Beziehung, die meine Neigungen mit mir teilt. Allerdings sind meine Neigungen recht speziell und dementsprechend ist es nicht einfach, eine passende Dame zu finden. Ich habe gesehen, dass du in festen Händen bist. Daher ist das hier kein Anmachversuch. Du wirkst auf mich nur unheimlich sympathisch und ich hoffe darauf, dass sich mein Eindruck bestätigt. Würde mich freuen, von dir zu lesen.

LG Timo

Hey Timo,

danke für deine nette Nachricht. Ich bin auf jeden Fall an Gedankenaustausch mit dir interessiert. Jemanden mit speziellen Neigungen habe ich hier bisher noch nicht getroffen. Die meisten Männer sind dominant und haben versucht mich abzuwerben. Dann ist da noch ein Pärchen, welches eine offene Beziehung führt. Ich schreibe mit dem männlichen Part der Beziehung und einem jungen Mann aus der Schweiz, der devot ist, aber mit dem tausche ich mich überwiegend über Alltägliches aus. Erzähle mir gerne von deinen Neigungen. Ich habe ein offenes Ohr.

LG
Melina

Ich bin sehr gespannt, um welche Neigungen es sich handelt. Ich werde heute Abend wieder online gehen, um hoffentlich seine Antwort im Postfach vorzufinden.

Am frühen Nachmittag fahre ich mit meinen Eltern Sushi essen. Wir hauen uns die Bäuche voll und ich erzähle etwas von meinen Sorgen in Bezug auf Liam. Es tut gut darüber zu reden. Eigentlich sollte ich Toni davon mitteilen, aber seit unserem letzten Treffen habe ich nichts von ihr gehört. Vielleicht erwartet sie von mir, dass ich mich bei ihr melde. Ich werde ihr spätestens morgen schreiben.

Auf dem Heimweg, erhalte ich endlich ein Lebenszeichen von Liam.

Wo bist du gerade?

Ich sitze im Auto. War gerade Essen mit meinen Eltern.

Ab sofort wirst du mir jedes Mal mitteilen, wo du bist, wenn du das Haus verlässt. Verstanden?

Ja, verstanden. Sir. Werde ich zukünftig machen.

Keine Antwort mehr von Liam. Keine Reaktion auf meine Videos, keine Reaktion auf den verspäteten Bericht.

Am Abend gehe ich wieder auf *darkroom.com* online. Timo hat mir geschrieben. Ich öffne seine Nachricht.

Hallo Melina,

ich freue mich sehr über deine Nachricht. Viele Frauen antworten hier überhaupt nicht.

Ich weiß gar nicht, wie ich anfangen soll, ohne dich zu verschrecken.

Ich stehe auf NS und auch auf KV. Falls dir die Begriffe nichts sagen sollten, erläutere ich sie dir gerne. NS ist in der Szene gängiger, aber KV wird selbst von vielen aus der Szene verachtet. Die wenigstens Dominas machen dies. Auch wenn es Damen gibt, zu denen ich gehen könnte. Das ist vom Gefühl einfach nicht zu vergleichen. In dem Moment würde ich eine Dienstleistung in Anspruch nehmen und das gefällt mir nicht. Das erfüllt den Sinn nicht.

Freue mich, wieder von dir zu hören.

LG Timo

Er ist online. Mit etwas Glück antwortet er direkt auf meine Antwort. Ich weiß, was NS ist, da Liam mich mal gefragt hat, ob ich das mit ihm machen würde. Aber ihn anzupinkeln ... Nein, das geht mir persönlich zu weit. KV ist noch extremer. Ich kann nicht wirklich nachvollziehen, wieso man sich anpinkeln oder anscheißen lassen möchte. Vielleicht, weil das erniedrigend ist? Timo kann mich da bestimmt aufklären. Ich werde jedenfalls einen Teufel tun und ihn als kranken Perversling abstempeln. Er scheint total sympathisch zu sein und sich alleingelassen zu fühlen, was seine Neigung angeht. Es wird ihm mit Sicherheit gut tun, wenn ihn jemand mal nicht verurteilt, sondern mit Offenheit begegnet.

Hey Timo,

das klingt spannend und wirklich sehr speziell. Ich persönlich kam damit noch nicht in Berührung und weiß auch nicht, ob ich es jemals ausprobieren will. Aktiv wie auch passiv. Ich wüsste nicht, was es mir geben könnte. Was gefällt dir denn daran? Es scheint ja nicht die Aktion an sich zu sein, wenn du nicht zu einer Professionellen gehen möchtest.

Oh, schön. Du bist online. Dann können wir uns mal direkt austauschen. Laut deiner Profilangaben bist du sehr frisch dabei. Da hätte es mich auch gewundert, wenn du Erfahrungen damit gemacht hättest. Das hast du richtig erkannt. Mir geht es nicht darum, den Urin zu trinken. Also, wenn du mir einen Becher mit Urin hinstellen würdest, dann würde ich ihn nicht trinken. Das gibt mir gar nichts. Das, was mir daran gefällt, ist das Vertrauen. Und der Angebeteten zu zeigen, wie sehr ich sie verehre. Also reizt mich nur das direkte Aufnehmen der Körperflüssigkeit. Mit KV habe ich selbst noch keine Erfahrungen machen können, aber ich würde mit einer Frau, bei der die Gefühle stimmen, gerne Schritt für Schritt mit ihr das erleben. Ich weiß, dass das für die Frau auch einiges an Überwindung kostet. Vor allem, weil man in unserer Gesellschaft über das große Geschäft ja nicht redet. Unter Männern redet man wahrscheinlich noch offener darüber als unter Frauen. Das ist ein Tabuthema. Aber für mich wäre das ein unglaublich großer Vertrauensbeweis und ich glaube, dass die gemeinsame Bindung nach so einer

Erfahrung sehr stark ist. Das wünsche ich mir sehr für die Zukunft. Ich wäre schon froh über eine Frau, die bereit für NS wäre. Es wäre mir eine Ehre, ihren Urin direkt in meinem Mund zu empfangen. Ihr zeigen zu können, wie sehr ich sie wertschätze und verehre. Ich hoffe, dass du nun nicht denkst, dass ich krank bin und ich dich nicht verschreckt habe.

Wow ... Das hätte ich nie gedacht. Ich kann nachvollziehen, was er empfindet. Vor einiger Zeit noch, hätte ich Menschen mit solch einer Neigung als krank und ekelhaft abgestempelt. Ich spüre förmlich, wie Empathie und Toleranz in mir wachsen. Das ist ein unglaublich gutes Gefühl.

Nein, das hast du definitiv nicht. Danke, für deine tolle Erläuterung. Ich kann verstehen, wie du dabei empfindest und finde das beeindruckend. Hattest du dieses Verlangen schon immer oder gab es einen direkten Auslöser? Ich finde es auch schade, dass das Thema ein Tabu ist. Dabei kackt doch jeder. Auch Frauen. Ich kann das nicht verstehen. Das gehört nun mal dazu. Und deine Neigung fügt doch niemandem Schaden zu. Ich drücke dir auf jeden Fall die Daumen, dass du die Richtige dafür findest.

Deine Worte berühren mich gerade sehr. Danke, Melina. Ich hoffe, dass wir den Kontakt hier halten können. Habe hier noch nie einen derartigen toleranten Menschen getroffen. Diese Neigung kam mit der Pubertät. Da fing es an, dass ich zu Frauen aufgesehen habe und ich sie von Kopf bis Fuß vergöttern wollte. Frauen sind schlichtweg die schönsten Wesen auf diesem Planeten.

Bin wirklich überrascht, wie offen du auch mit dem Thema Klogang umgehst. Gerade als Frau in deinem Alter. Das bewundere ich zutiefst. Das ist tatsächlich ein gesellschaftliches Problem. Damals gab es keine einzelnen, verschließbaren Kabinen, in denen jeder privat für sich sein Geschäft verrichtet hat. Es gab öffentliche Gemeinschaftstoiletten. Während des Verrichten des Geschäfts, hat man sich mit anderen über das Wetter unterhalten. Da war es das Normalste der Welt. Aber es verändert sich eben alles. Das Normalste wird plötzlich zu einem Tabuthema. Sehr schade. Magst du mir deine Geschichte erzählen, wie du zum SM gekommen bist? Das interessiert mich sehr.

Liebe Grüße
Timo

Was man hier nicht alles lernen kann. Komplett öffentliche Toiletten gab es? Heute unvorstellbar. Ich antworte Timo noch einmal und erzähle ihm meine Geschichte. Dann gehe ich offline.

Liam hat mir endlich geschrieben. Es wartet doch noch eine Aufgabe auf mich.

Du wirst dir einen beliebigen kleineren Gegenstand anal einführen und einen größeren vaginal. Ich will ein Foto davon. Du hast wieder bis 24 Uhr Zeit.

Ich soll mir selbst einen Gegenstand anal einführen? So ein kleines Ding finde ich nicht. Vaginal habe ich mir schon mal eine Deoflasche eingeführt. Das ist kein Problem. Ich blicke mich in meinem Zimmer um. Durchsuche sämtliche Schränke. Ich könnte einen Kugelschreiber nehmen, aber die Oberfläche gefällt mir nicht und wahrscheinlich wird Liam das nicht akzeptieren. Immerhin war sein Schwanz schon in meinem Hintereingang und dessen Umfang gleicht definitiv nicht dem eines Kugelschreibers.

Meine Suche hat ein Ende. Einer meiner wenigen Lippenstifte verfügt über eine gute Kappe. Sie ist vorne abgerundet und hat einen schmaleren Umfang als der restliche Stift. Das sollte funktionieren. Aus der Küche besorge ich mir einen Latexhandschuh. Damit werde ich den Lippenstift schützen. Den möchte ich danach nämlich noch verwenden. Ich schlauer Fuchs. Bevor ich mir die Gegenstände einführe, versuche ich mich anzuheizen, denn ich habe kein Gleitgel im Haus. Meine eigene Flüssigkeit muss genügen. Als ich mich selbst berühre, kommen mir die Bilder von Antonellas Pussy in den Sinn. Schlagartig bin ich feucht. Ich nutze diesen Moment und führe den im Latexhandschuh eingewickelten Lippenstift vaginal in mich ein. Rein und wieder raus, bis der Handschuh von außen reichlich befeuchtet ist. Dann nehme ich noch ein wenig Feuchtigkeit mit dem Finger auf und reibe damit meine Rosette ein. Mein Puls erhöht sich. Seit dem Kinobesuch mit Liam, hatte ich nichts mehr in meinem Po stecken. Ich erinnere mich nur noch daran, dass das Gefühl sehr unangenehm ist. Obwohl ich weiß, dass ein Fünkchen Erregung durch die anale Penetration ausgelöst worden ist. Ich atme aus und versuche mich zu entspannen. Ganz langsam und behutsam stecke ich mir den Lippenstift in den Po. Es schmerzt leicht, ist aber auszuhalten.

Mel, alles gut. Nichts wird kaputt gehen. Wenn dein Darm Analsex überlebt hat, wird es auch diesen winzigen Lippenstift überstehen, versuche ich mich selbst zu beruhigen. Mein Unterbewusstsein schiebt nämlich Panik. Es hat Angst, dass ich mein restliches Leben eine Windel tragen muss. Dabei stellen Menschen noch ganz andere Dinge mit ihrem Po an. Diese Gedanken schiebe ich sofort zur Seite. Das hier soll mir Spaß machen. Ich verspüre ein kleines Erfolgserlebnis, als der Lippenstift in mir versunken ist. Das Ende des Handschuhs guckt hervor. Wie die Schnur bei einem Tampon. Ich brauche nur daran ziehen, um den Stift wieder zu entfernen. Das Gefühl ist drückend. In den Momenten, in denen ich es schaffe, mich zu entspannen, ist es aber durchaus ein geiles Gefühl. Ich schiebe die Deoflasche in mein freies Loch und schicke Liam ein Bild, wie ich komplett ausgefüllt bin. Somit wäre die Aufgabe eigentlich erledigt. Aber ich bin geil. Sehr geil. Und in den Jahren meiner Selbstbefriedigung habe ich so etwas noch nie getan. Das hier ist eine Premiere. Ich lehne mich entspannt an die Wand und schiebe die Flasche hin und her. Ganz langsam. Mit der freien Hand berühre ich zärtlich meinen Kitzler. Als ich beginne ihn schneller und intensiver zu reiben, entferne ich das Deodorant. Dafür ziehe ich den Lippenstift zur Hälfte aus meinem Anus und schiebe diesen vor und wieder zurück.

Oh mein Gott!!! Ich stehe kurz vor meinem Orgasmus. Ein ganzes neues Gefühl durchdringt meinen Körper. Kaum zu beschreiben. Als ich explodiere, beiße ich mir auf die Unterlippe, um nicht laut loszuschreien.

Was war das denn?! Solch einen Orgasmus hatte ich in meinem gesamten Leben noch nicht. Ich sollte Liam wirklich dankbar sein. Nie wäre ich auf die Idee gekommen, mir anal einen Gegenstand einzuführen. Das war der Wahnsinn. Ich überlege, ob ich Liam in meinem Bericht von diesem Erlebnis berichten sollte, aber ich behalte es für mich. Völlig entspannt falle ich in einen tiefen Schlaf.

Guten Morgen, Mel. Schöne Fotos von gestern. Besorg dir drei verschieden große Analplugs, bis ich wieder zurückkomme. Und ich möchte, dass du täglich deinen Anus dehnst. In einer Woche sollten vier Finger hineinpassen. Schick mir jedes Mal ein Foto davon. Heute sollst du spazieren gehen. Hast du einen Mantel, der über deine Knie geht? Und hast du dir schon ein Halsband besorgt?

Jetzt hat er es wohl auf meinen Arsch abgesehen. Ich bin zwiegespalten. Vier Finger halte ich für unrealistisch. Ich befürchte, dass er mich fisten möchte, wenn er wieder da ist. Zum Glück habe ich ihm nicht geschrieben, wie sehr mir das gestern wirklich gefallen hat. Dann wäre er wohlmöglich auf ganz andere Ideen gekommen.

Guten Morgen, Sir. Danke sehr. Werde ich tun. Nein, ich habe noch kein Halsband. Danach werde ich aber auch schauen. Ich habe einen Mantel. Aber der ist nur mittellang. Reicht bis zur Mitte der Oberschenkel.

Tu das. Genügend Zeit, um alles zu besorgen, hast du. Na gut. Dann ziehe dir noch einen Rock an. Ansonsten wirst du, nur mit Schuhen bekleidet, so spazieren gehen. Nehme deinen Hund mit. Ich will fünf Fotos von dir. Du sollst immer irgendein Körperteil entblößen.

Wieder fange ich an, an der ganzen Sache zu zweifeln. Stress steigt in mir hoch und mein Hals verengt sich. Er will mich erniedrigen und bloß stellen. Aber ich lasse mich nicht erniedrigen. Mir ist das egal, wenn mich jemand nackig sehen sollte. Ich lebe zum Glück nicht in einem Dorf. Hier kennt man mich höchstens vom Sehen her. Dass ich meine direkten Nachbarn beim Spaziergang im Wald treffen werde, ist eher unwahrscheinlich.

Ich ziehe den schwarzen Rock an, den ich auch an unserem ersten Abend getragen habe, ziehe den Mantel über meine ansonsten nackte Haut und schlüpfe in meine Stiefelletten. Ich sehe scheiße aus. Derartig gekleidet, würde ich nie das Haus verlassen. Jedenfalls nicht freiwillig, obwohl ich das gleich tun werde. Zwingen kann Liam mich nicht. Jedoch zwingt mich mein Stolz dazu, es zu tun. Mein Ego ist nicht gut darin, nachzugeben. *Was soll's? So schlimm sehe ich nun auch wieder nicht aus*, rede ich mir positiv zu. Ich gehe selbstsicher mit meinem Hund Gassi. Meiner Familie konnte ich gut aus dem Weg gehen.

Die hätten definitiv unangenehme Fragen gestellt. Zu den Frauen, die auf hohen Schuhen mit ihrem Hund durch den Wald spazieren, gehöre ich definitiv nicht.

Die unzähligen Jogger, denen ich begegne, müssen denken, dass sich ein Paris Hilton Verschnitt im Wald verlaufen hat. Der Gedanke bringt mich zum Grinsen.

Als ich der Meinung bin, alleine zu sein, öffne ich meinen Mantel, sodass meine nackte Brust zum Vorschein kommt. Ich befehle dem Hund, stehen zu bleiben und mache hurtig ein Bild von meiner entblößten Brust, welches ich Liam direkt über WhatApp schicke. Das Gefühl nackt zu sein, gefällt mir nicht. Vor allem stört es mich, keinen BH zu tragen. Ich trage gerne Stoff. Das gibt mir ein gewisses Gefühl von Sicherheit und Geborgenheit. Nackt unter diesem Mantel, fühle ich mich ausgeliefert. Vielleicht wollte Liam, dass ich mich so fühle. Vielleicht ging es nicht um Erniedrigung. Das Gefühl ausgeliefert zu sein, reizt mich. Jedoch nicht in dieser Situation. Es wäre auf jeden Fall anregender, wenn Liam neben mir ginge und zwischendurch Hand an mir anlegen würde. Mir den Reißverschluss bis zu meinem Bauchnabel öffnen würde, mit seiner Hand zärtlich an der Knospe meiner Brust spielt. Wenn er sich vor mich stellen würde und mit seiner warmen Hand in meinen Rock gleitend, meinen Körper zum Beben bringen würde. Das würde mir gefallen. Solch eine Situation möchte ich gerne mit ihm erleben. Wieder einmal finde ich den sexuellen Bezug zu dieser Aufgabe nicht. Meine Lust bleibt dabei auf der Strecke. Kann natürlich sein, dass Liam das erregend findet und in seinem Zimmer Spaß mit meinen Bildern hat. Aber ich weiß nicht mal, ob das der Fall ist. Wenn es so wäre, würde das dem Ganzen einen Sinn geben. Dann tue ich es für seine Befriedigung. Es kann jedoch möglich sein, dass er sich nur denkt, Aufgabe gut erfüllt oder unbefriedigend erfüllt. Nicht mehr und nicht weniger. *Frage ihn doch in deinem abendlichen Bericht. Dann bekommst du Klarheit*, rät mir mein Engelchen. Es will Gewissheit, ob ich mehr für Liam bin oder nur ein Spielzeug, um ihm seine Zeit zu vertreiben. Aber ich habe zu große Angst vor seiner Antwort. Ich warte besser ab. Es wird sich schon alles von selbst ergeben.

Gute dreißig Minuten bin ich unterwegs. Jedes Mal, bevor ich ein Foto mache, warte ich mehrere Minuten, um vollkommen sicher zu sein, dass niemand kommt. Bis mir klar wird, dass egal wie lange ich warte, es trotzdem sein kann, dass plötzlich jemand vorbeiläuft. Das Risiko bleibt bestehen und wächst mit meinem Zögern bloß.

Als ich die fünf Bilder erfolgreich versendet habe, beflügelt mich das Gefühl von Erfolg.

Ich bin stolz auf mich, dass ich es gemacht habe. Wofür auch immer. Ich sollte sowieso aufhören, immer alles zu hinterfragen und Dinge einfach mal tun. Egal, ob sie Sinn ergeben oder nicht. Spontaneität und Flexibilität gehören nicht zu meinen Stärken. Dank Liams Einfluss auf mich, könnte sich das ändern.

Zu Hause ziehe ich mir sofort Unterwäsche an, ordentliche Klamotten darüber und chille mich auf mein Bett.

Hast du gut gemacht. Bin gerade abgenervt von dem Ganzen hier.

Was ist los? Nerven die Gäste oder deine Kollegen?

Beides. Aber gerade mehr die Kollegen. Vor allem mein „Chef". Ich hasse es, wie er mit mir spricht. Als wäre er der King und alle anderen sein dreckiges Gesindel.

Hm ... Dachte, dass er auf Autoritäten abfährt und er gerne erniedrigt wird. Wäre sein Chef weiblich ...

Das tut mir leid.

Tut es überhaupt nicht. Von Anfang an dachte ich, dass er zwar die Berge liebt, aber ihm mit Sicherheit die gesamte Situation auf den Sack gehen wird. Er ist dort in einem kleinen Hotel, komplett abgelegen. Hat kaum Freizeit. Er braucht seine Freiheit. Daher arbeitet er auch nur am Wochenende in der Strip-Bar und ist ansonsten selbstständig. Selbst in der Bar ist er flexibel. Wenn er andere Jobs hat, macht er die anderen Jobs. Nun muss er sich an ein festgesetztes Animationsprogramm halten. Das kann einen überfordern. Des Weiteren hat das Hotel kein ordentliches Fitnessstudio. Vor Österreich war sein Plan, zehn Kilo an Muskelmasse zuzunehmen. Ich bin gespannt, wie er aussehen wird, wenn er wieder in der Stadt ist.

Muss es nicht. Alles gut.

Ich schreibe Toni. Hoffentlich ist sie nicht sauer auf mich.

Hey, du. Ist alles gut bei dir? Wollte mich nur mal melden.

Drei Minuten später bekomme ich eine Antwort von ihr.

Ich freue mich, dass du mir schreibst. Hatte schon die Befürchtung, dass unsere Freundschaft nicht mehr existent ist.

Ich habe doch gesagt, dass alles bestens ist. Trotzdem solltest du dich dringend mit dem Bondage-Typen treffen. ;)

Haha. Das habe ich sogar schon. Es lief sehr gut. Wir hatten Sex und stehen noch in Kontakt. Ihm muss es also auch gefallen haben. Du. Zu einer anderen Sache. Ich muss weg hier! Ich brauche einen Tapetenwechsel. Hast du Lust auf Urlaub mit mir? Ich dachte an Spanien. Lloret de Mar?

Das klingt wirklich viel versprechend! Witzig, dass du Lloret vorschlägst. Dort habe ich meinen ersten und einzigen Urlaub mit David verbracht. Wird Zeit, die negativen Erinnerungen zu diesem Ort durch positive zu ersetzen! Ich bin dabei! Wann geht es los?

Wow! Wie spontan und flexibel ich doch plötzlich bin. Mit Antonella wegzufliegen, würde mir richtig gut tun. Okay. Ich weiß nicht, was Liam davon hält. Aber, wenn er mir das verbieten sollte, dann ist das Ganze vorbei. Selbst wenn es mich innerlich verletzen würde. Ich kann nur hoffen, dass ihm bewusst ist, dass er mit einem Verbot in den Urlaub zu fliegen, eine Grenze überschreiten würde. Jedoch denke ich, dass diese Abhängigkeit nur einseitig besteht. Würde ich ihm von heute auf morgen sagen, dass ich kein Interesse mehr an ihm habe, wäre ihm das mit großer Wahrscheinlichkeit egal.

Dachte an Mitte August. Passt dir das?

Ich bespreche das mit meiner Family, aber grundsätzlich passt es. Kümmerst du dich um den Flug und ich suche uns eine Unterkunft?

Und was ist mit Liam? Ihn musst du wohl auch fragen oder gibt es irgendwelche Neuigkeiten? So machen wir das. Lass uns morgen Abend am besten telefonieren.

Ihm gebe ich nur Bescheid. Soweit kommt es noch, dass er über meinen Urlaub entscheiden darf! Aber ansonsten ist alles gut zwischen uns. Er fühlt sich nicht mehr ganz wohl in Österreich. Klingt nach einem guten Plan!

TPE, Mel. Eigentlich müsstest du ihn um Erlaubnis bitten. Aber um ehrlich zu sein, schätze ich dich auch nicht so devot ein. Du hast Feuer unterm Hintern. Wundert mich eh, dass du dem zugestimmt hast. Du musst echt in Liam verknallt sein. Und mal sehen. Vielleicht ist er zurück in Hamburg, wenn wir beiden Süßen frisch gebräunt aus dem Urlaub kommen. Lustig wäre es schon.

Du hast Recht. Im Alltag habe ich tatsächlich lieber die Macht über alles. Aber auf der anderen Seite verspüre ich dadurch eben eine Bindung zwischen ihm und mir. Ohne das, hätten wir bestimmt nicht viel Kontakt. Ich weiß noch, dass ich anfangs befürchtet habe, dass unser Kontakt komplett abbricht. Daher konnte ich sein Angebot nicht ablehnen. Es war die Sicherheit, um in Verbindung zu bleiben. Ein kleines Fünkchen Hoffnung, dass er doch früher zurückkommt, habe ich tatsächlich. Jedoch verdient er sehr gut dort. Lassen wir uns überraschen. Bis morgen, Süße!

Es tut gut, sich mit Toni auszutauschen. Müsste ich diesen ganzen Gefühls- und Gedankenhaufen alleine tragen, würde ich wohl darunter zusammenbrechen.

Der Punkt, dass ich nicht devot bin, gibt mir zu denken. Vielleicht ist das der Grund, weshalb sich das Erfüllen der Aufgaben oft falsch anfühlt. Ich handle gegen meine eigentliche Natur. Aber da sind noch meine Fantasien aus der Jugend. Die waren nicht dominant. Ich war ausgeliefert, hatte nichts zu sagen. Ich war devot und es hat mich angemacht. Ein Gefühlskarussell beginnt sich in mir zu drehen. Mir wird schwindelig, da ich mich selbst nicht verstehe. Ich weiß nicht, welchen Platz ich in dieser BDSM-Welt habe. Ob ich überhaupt hineinpasse oder ob ich mich selbst anlüge, mir etwas vormache. Alles eine Heuchelei ist, nur um Liam zu gefallen? Um ihm zu imponieren? Immerhin bin ich nicht auf ihn zugekommen und habe ihn gebeten seine Sub zu werden. Er drängt mich in eine Richtung, in die ich möglicherweise gar nicht gehöre. Er zieht mich in seine Welt hinein. Es ist wie ein Sog, dem ich mich nicht entziehen kann. Was ist, wenn ich vollkommen mit drinstecke? Wenn es zu spät ist, umzukehren? Was passiert dann mit mir? Bin das dann noch ich? Nimmt

Liam schlechten Einfluss auf mich? Wird meine Familie merken, dass ich mich verändere? Oder ist es rein sexueller Natur?

Das geht tiefer. Es betrifft einen Kern in mir. Ich kann das alles nur nicht deuten. Ich möchte nur nicht, dass aus mir ein sexbesessener Mensch wird. Dass BDSM einen zu großen Teil meines Lebens einnimmt. Dass sich alles nur noch um Dominanz und Unterwerfung dreht und alles andere zur Nebensächlichkeit wird. Dass ich plötzlich in Latexkleidung am Wochenende auf irgendwelchen Fetischparties abhänge. Das bin ich nicht. Das möchte ich nicht werden. Dennoch reizt mich einiges. Mein Kopf droht zu explodieren. Ich gehe ins Badezimmer und klatsche mir kaltes Wasser ins Gesicht. *Mel, beruhige dich. Du bist eine starke Persönlichkeit. Du wirst dich finden. Du wirst die Klarheit in dir finden.*

Normalerweise komme ich aber zu einer schnellen Erkenntnis. Auf die meisten der Fragen habe ich keine Antwort und dementsprechend bleibt ein eindeutiges Ergebnis aus. Ich schwebe. Hänge in der Luft und weiß nicht, auf welcher Wolke ich landen werde. Oder falle ich wieder gänzlich zurück?

In ein Leben, in dem nur Vanillasex mit Stinos – Stinknormalen – in Frage kommt? Ich kann mir gerade überhaupt nicht vorstellen, gewöhnlichen Sex mit einem Mann zu haben, der über keinerlei dominante Eigenschaften verfügt. Die Frage, ob ich auf der devoten Wolke landen werde oder vielleicht doch auf der dominanten, bleibt offen. Auf *darkroom.com* werde ich ständig von Männern gefragt, auf welcher Seite ich mich befinde. Auch wenn es offensichtlich sein sollte, da Sub in meinem Profil steht. Jedoch stalken einige Liams Profil und wundern sich, dass er ebenfalls Sub angegeben hat. Selbst wenn ich antworte, dass ich Switcher bin, wollen die meisten hören, welche Seite überwiegt. Ich weiß es nicht. Ich weiß nicht, was ich bin. Erschlagen von meinen eigenen Gedanken, falle ich in den Schlaf.

Kapitel 5

Juli 2015

Ich sitze beim Mittagessen mit meinen Eltern in einem asiatischen All-You-Can-Eat-Restaurant und haue mir den Bauch mit leckerem Sushi voll. Toni und ich fliegen Mitte August nach Lloret de Mar. Ich habe uns ein Apartment direkt am Strand klargemacht und den Türsteher, den ich damals kennengelernt habe, über Facebook kontaktiert. Somit haben wir auf jeden Fall in einen Club freien Eintritt. Liam weiß noch nichts von meinem Urlaubsplan. Ich befürchte, dass dies alles zwischen uns beenden könnte.

Gedanklich packe ich schon meinen Koffer. Eine Auszeit wird mir gut tun. Ich blicke auf mein Handy. Eine Nachricht von Liam.

Hey, wo bist du gerade?

War gerade mit meinen Eltern essen und sind jetzt auf dem Heimweg.

Du hast mir nicht Bescheid gegeben, dass du das Haus verlassen hast. Mel, was soll ich nur mit dir machen? Du denkst auch nie selbstständig mit. Du solltest noch mal darüber nachdenken, was TPE bedeutet. Das wirst du heute in deinen Bericht mit einbringen.

Außerdem wirst du mir, wenn du gleich zu Hause bist, ein Video schicken, wie du dir fünf Ohrfeigen gibst. Und nicht zu zaghaft zuhauen! Zukünftig will ich wissen, wenn du das Haus verlässt! Ich bin enttäuscht!

Aber du hast nicht gesagt, dass ich dir immer Bescheid geben soll!

Jetzt widersprichst du mir auch noch?! Fang nicht an, mit mir zu diskutieren! Mach, was ich sage!

Das ist unfair!

Das reicht. Zusätzlich wirst du heute Abend ein Eisbad nehmen. Dreißig Minuten lang! Mit Eiswürfeln!

Ich denke, dass jedes weitere, aufmüpfige Wort es nur noch schlimmer machen wird.

Deshalb schlucke ich meinen Frust herunter und lege meinen Stolz beiseite.

Verstanden, Sir.

Geht doch.

In mir drin brodelt es. Die letzte Woche ging es ruhig zu, da Liam sehr im Stress war und seine Stimmung es nicht zugelassen hat, sich um mich zu kümmern. In der Zeit habe ich dennoch weiterhin brav meine abendlichen Berichte geschrieben und ihm zugeschickt, obwohl ich dachte, dass es unnötig sei, ihm die zuzusenden, wenn es keine Aufgabe gab. Jetzt bin ich froh, dass ich es getan habe. Ansonsten wäre die Bestrafung mit Sicherheit noch härter ausgefallen. Ich habe nicht damit gerechnet, dass er wie aus dem Nichts sich bei mir meldet und mit dem Spiel fortfährt. Vor allem haben wir uns die gesamte letzte Woche geduzt. Morgens fragte er mich oft, wie es mir geht und wir haben ein wenig Smalltalk gehalten. Umso mehr überrascht mich seine jetzige Reaktion. Ich fühle mich ungerecht behandelt, da ich gar nicht weiß, wie ich mich ihm gegenüber zu verhalten habe. Es gibt keine klaren Regeln. Dazu kommen noch seine ständigen Stimmungsschwankungen. Dass macht es mir als Sub nicht leicht. Insbesondere nicht, wenn ich nicht mal meine Meinung kundtun darf. Alles läuft nach seiner Nase. Dies könnte ich in meinen Bericht mit einfließen lassen. Obwohl er wirklich empfindlich auf Kritik reagiert. Vielleicht lasse ich es doch besser bleiben.

Zu Hause angekommen, gehe ich mit meinem Smartphone auf unser Gäste-WC. Ich starte die Aufnahme. Grinse frech in die Kamera und dann schlage ich mir selbst ins Gesicht. Obwohl es eher ein Streicheln ist. Die Hemmung, sich selbst Schmerz zuzufügen und vor allen Dingen, sich selbst ins Gesicht zu hauen, hat die Kraft aus dem Schlag genommen. Das wird ihm nicht genügen. Die vier weiteren Schläge fallen derber aus. Er weiß, dass ich Ohrfeigen nicht dulde, daher gebe ich mir reine Backenpfeifen. Das zwiebelt genug.

Ich komme mir dumm dabei vor, mich selbst zu bestrafen. Das ist eine Sache, die ich definitiv für mich behalten werde. Niemand wird je davon erfahren.

Seine Antwort auf das Video folgt sofort. Er ist unzufrieden. Aber nicht wegen der Intensität der Schläge, sondern wegen meines Grinsens in die Kamera anfangs.

Da grinst sie mich direkt an. Findest du das Ganze etwa witzig? Bevor du nachher baden gehst, wirst du dich nackt hinknien und mir ein Video mit folgenden Worten senden: Ich bin eine dumme Sklavenschlampe und ich entschuldige mich bei meinem Herr für mein Vergehen. Ich werde ihm in Zukunft mehr Respekt erweisen.

Und wage es ja nicht deinen Blick zu erheben!

Ich schlucke schwer. In der Vergangenheit bin ich oft über meinen Schatten für ihn gesprungen, um ihm zu gefallen. Aber ich habe das Gefühl, dass er das nicht sieht und wohl nie anerkennen wird. Stattdessen demütigt er mich weiter und ich muss mein stolzes Ego zügeln, damit es mir nicht all die Arbeit in unsere Beziehung von heute auf morgen kaputt macht. Das kostet mich unheimlich viel Energie. Mein Teufelchen flüstert mir motivierend zu. *Mel, halte durch. Es wird sich lohnen für dich. Du wirst sehen. Liam wird es noch erkennen. Er wird es merken, dass du ihn sehr magst.*

Mein Ego und mein Engelchen widersprechen dem.

Wach auf! Liam interessiert sich nur für sich selbst. Er hat ernsthafte Probleme. Die wirst du nicht lösen können. Du verschwendest deine Zeit und deine Energie. Du verpasst die Möglichkeit, einen wirklich tollen Mann kennenzulernen, wenn du dich weiterhin auf ihn fokussierst. Gib dich nicht wieder auf. Du weißt, wie das mit David geendet ist. Aber diese Gefühle für ihn kommen doch nicht von ungefähr? Ich glaube, dass Liam und ich glücklich zusammen werden könnten. Ich sehe vor meinem inneren Auge, wie er mir mein noch nicht vorhandenes Halsband umlegt. Wie wir gemeinsam unvergessliche Stunden erleben. Ich werde noch nicht aufgeben. Ich weiß, was ich will. Ich will uns. Daher werde ich mir mehr Mühe geben, ihm eine gute Sub zu sein.

Das kalte Wasser läuft in die Badewanne ein. Ich habe keine Eiswürfel und wollte auch nicht extra welche kaufen gehen. Wieder mal erfülle ich seine Aufgabe nicht zu hundert Prozent. Ich hoffe, dass es ihm nicht auffallen wird. Meine Kleider liegen auf dem Boden. Ich bin nackt. Knie mich auf die Fliesen. Das Handy in der Hand haltend. Als ich auf den Aufnahmeknopf drücken will, muss ich grinsen. Es fällt mir unheimlich schwer, ernst zu bleiben. Ein leichtes Gefühl von Erniedrigung spüre ich in der Magengegend. Wirklich wohl fühle ich mich nicht dabei. Volle Konzentration. Ich versuche, mich in die Rolle einer unterwürfigen Frau, die sich schämt, hineinzuversetzen. Die Aufnahme läuft, mein Blick ist gesenkt.

„Ich bin eine dumme Sklavenschlampe und ich entschuldige mich bei meinem Herr für mein Vergehen. Ich werde ihm in Zukunft mehr Respekt erweisen."

Diese Worte sind mir leichter über die Lippen gegangen, als ich erwartet habe. Take one und ich bin zufrieden damit. Ich schicke es Liam zu. Mittlerweile ist die Badewanne halbvoll. Da ich ungeduldig bin, steige ich in die Badewanne ein und lasse das Wasser weiterlaufen. Es ist unglaublich kalt. Meine Atmung beschleunigt sich, als ich mich hinknie und meine nackte Haut das eisige Nass berührt. Langsam lege ich mich hinein. Ich werfe einen Blick auf die Uhr. Eine halbe Stunde muss ich das nun überstehen. Aus meinem Handy dringen entspannende Worte und eine leise Hintergrundmusik. Es läuft eine Meditation, die mich dabei unterstützen soll, die Zeit schnell hinter mich zu bringen. Alle fünf Minuten schaue ich auf die Uhr. An das kalte Wasser habe ich mich gewöhnt. Jedoch fühlt sich mein gesamter Körper taub an. Ich rede mir immer wieder ein, dass das gesund ist und ich mein Immunsystem stärke. Meine Augen sind geschlossen und meine Gedanken lasse ich schweifen. Ich lausche den Worten der Meditationsführerin. Entspannt fühle ich mich nicht.

„Nehme deine Gliedmaßen bewusst wahr. Spüre den Po, auf dem du gerade sitzt oder liegst."

Ich spüre rein gar nichts.

„Und nun fühle in dein Herz. Welcher Person möchtest du gerne deine Liebe zu senden? Von wem glaubst du, dass er deine Liebe gerade braucht?"

Welcher Name mir in dem Moment durch den Kopf schießt, ist wohl klar. Ich bin mir sicher, dass Liam in seiner Vergangenheit viel zu wenig Liebe erfahren hat. Manche Eltern sind nicht in der Lage, ihren Kindern zu zeigen, dass sie sie lieben. Was die Befürchtung in mir wachsen lässt, dass Liam selbst nicht in der

Lage ist, wirklich zu lieben. Mit seinen 24 Jahren hatte er noch nie eine feste Partnerin. Auch wenn er es so darstellt, als wäre er alleine glücklich, glaube ich, dass er sich im Inneren eine Freundin wünscht. Die Aktion mit dem Facebook-Status wies doch daraufhin. Genau wie das Gespräch mit meinen Eltern, als er meinte, dass er gerne eine eigene Familie aufbauen möchte. Er fühlt sich definitiv einsam. Habe ich mir mit meiner Nachricht damals, in der stand, dass ich keine Beziehung will, etwas verbaut? Auf der anderen Seite meinte er, dass er noch nie eine Freundin hatte, weil er sich keiner Frau zumuten möchte. Ich hoffe, dass es reicht seine Aufgaben gewissenhaft zu erfüllen. Ich hoffe, das zeigt ihm genug, dass er mir wichtig ist.

Was ist, wenn Liam sich durch SM-Beziehungen Liebe holt? Wenn er die fehlende Liebe in seiner Kindheit dadurch kompensiert? Eine Sub gibt sich ihm völlig hin. Schenkt ihm die gesamte Kontrolle. Ihren Respekt, ihre Wertschätzung ihm gegenüber. Nur ist er Switch und auch masochistisch.

Natürlich! Ihm fehlt genauso die Liebe zu sich selbst. Er hat nicht zu spüren bekommen, wie es ist, geliebt zu werden und somit auch nicht lernen können, sich selbst zu lieben.

Daher braucht er es, erniedrigt zu werden und Schmerz zugefügt zu bekommen. Er meint, dass er es verdient hat und gleichzeitig bekommt er viel Aufmerksamkeit von der Domina. Sie kümmert sich um ihn und ist für ihn da. Morgen werde ich auf *darkroom.com* gehen. Ich muss Alex schreiben. Ich möchte seine Meinung zu diesen Gedanken wissen.

Die letzten zehn Minuten muss ich ohne Klänge, in Stille, ausharren.

Als ich die Badewanne verlasse, schlottere ich. Ich lege ein großes Handtuch um mich, gefolgt von meinen Armen. Schöner wäre es, wenn Liams Arme mich wärmen würden. Als ich im Bett liege, schreibe ich ihm den Bericht.

Bericht:

TPE bedeutet, dass mein Herr das komplette Sagen hat und ich seinen Worten Folge leiste. Ohne Wenn und Aber. Ich habe ihm zu gehorchen und ihm gegenüber Respekt zu erweisen. Ich bin ihm dankbar, dass er sich meiner annimmt.

Das Video zu drehen, stellte für mich kein Problem dar. Das kalte Bad war wirklich nicht einfach durchzuhalten, aber ich habe es geschafft. Ich hätte mir nur gewünscht, dass Ihr da ge-

wesen wäret, um mich danach mit einem Handtuch abzutrocknen und um mich zu wärmen.

So, wie er es getan hat, als wir zusammen bei ihm geduscht haben. Es war ein wirklich schönes Gefühl, wie er das Handtuch um mich legte, mich in seine Arme nahm und mich trocken rubbelte. Ohne seine Nähe sind diese ganzen Aufgaben komplett reizlos. Aber das werde ich ihm definitiv nicht schreiben.

Am nächsten Morgen habe ich eine Antwort erhalten.

Guter Bericht. Und ja, das hätte ich auch gerne getan, aber es geht nun mal gerade nicht.

Seine Worte lösen Freude und gleichzeitig Sehnsucht in mir aus. Die Vorstellung, wie ich Aufgaben erfülle und danach mit Geborgenheit seinerseits belohnt werde, lässt mich lächeln. Jedoch wird es noch einige Zeit dauern, bis dies Realität werden kann. Wir haben Juli und er kommt erst im September zurück nach Hamburg.

Auf *darkroom.com* habe ich wieder einige Nachrichten erhalten. Jedoch werde ich zuerst Alex schreiben.

Hey Alex,

ich hoffe dir und deiner Besten geht es gut. Ich musste gestern ein eiskaltes Bad nehmen und dabei kam mir der Gedanke, dass Liam mit SM die fehlende Liebe in seiner Kindheit kompensiert. Was meinst du dazu? Ich weiß, dass es bei dir auch keinen direkten Auslöser für deine Neigungen gab, aber bei ihm ist es denke ich anders.

Viele liebe Grüße
Mel

Ich lese mir meine anderen Nachrichten durch. Ein Dom, der mich unbedingt kennenlernen will, versucht mich mit seinem teuren Wagen und einem Sommerurlaub, zu dem er mich natürlich einladen würde, von sich zu überzeugen. Aber er ist 20 Jahre älter als ich und käuflich bin ich schon mal gar nicht. Von Timo liegt eine neue Nachricht vor. Ich öffne sie.

Liebe Mel,

das ist ja spannend, was du in der Nacht erlebt hast. Und seid ihr jetzt ein Paar oder wie läuft das zwischen euch? Was gefällt dir besonders am SM? Was ist es, was für dich den Reiz ausmacht? Und hattest du davor schon Fantasien oder ist das alles wirklich komplett neu für dich? Verzeih mir meine Neugierde und sag ruhig, wenn ich zu viele Fragen stelle. Ich erwarte nicht, dass du sie beantwortest, würde mich aber freuen. Ich tausche mich gerne mit dir aus. Du bist eine interessante und offene Frau. Das schätze ich unheimlich, weil das hier sehr selten ist. Würde mich freuen, wenn der Kontakt wirklich bestehen bleibt.

LG
Timo

Das sind wirklich viele Fragen. Fragen, die ich nicht direkt beantworten kann. Nebenbei läuft der Song *Feel me* von *Mecca Kalani.*

Ich vermisse Liam. Würde ich ohne ihn weiterhin BDSM ausleben wollen? Mein Bauchgefühl beantwortet die Frage mit „Ja". Auch wenn ich mir nicht vorstellen kann, mit einem neuen Mann an meiner Seite, neue Erfahrungen zu machen. Aber irgendwo hat es schon seinen Reiz. Da mir einige dominante Männer geschrieben haben, weiß ich, dass es bei den meisten anders läuft als bei Liam. Es gibt feste Regeln, die Frau zu befolgen hat. Bricht sie diese, wird sie bestraft. Und dennoch steht die Lust der Frau im Vordergrund. Es geht nicht darum, sie in einer Tour zu bestrafen und ihr Leid zuzufügen, sondern darum, sich in die Hände des Doms fallen zu lassen. Das ist das, was die meisten Männer erregt. Die Kontrolle über die Lust der Frau zu haben. Sie in den Wahnsinn zu treiben. Im positiven Sinne natürlich. Nun läuft *Breathe* von *of Verona* und mich durchdringt ein starkes Gefühl der Sehnsucht. Dieser Song passt einfach perfekt, ich kann mich mit ihm identifizieren.

Look into this mirror tell me
What do you see?
Beautiful can't begin to describe you
Or what you mean to me
Come a little closer to me

Let me see you spin
Want to get inside of your mind
I'll make you let me in

Open your eyes
To the possibilities
Take it there love the fear
You'd be surprised
How good it feels
To just let go

And breathe, breathe with me
Breathe, breathe with me

Shadows fall onto our bodies
From a winter sun
Lace on lace in strawberry shades
As we both come undone

Open up your world
Show me the deepest secrets
I would I'd understand
Watching us burn
Into a million pieces
One touch of your hand

Breathe, breathe with me
Breathe, breathe with me

You can have me
Touch me slowly
Kiss me softly
Take me under
Wisper loudly
Push into me
Mark my body
Lose control now
Take me over
...
Breathe with me

Ich versuche, mich an den Moment zu erinnern, als wir nachts von seinem Job zu ihm nach Hause gefahren sind. An den Geruch seines schwitzenden Körpers und der leeren Energy Dosen. Ich habe mich unglaublich sicher und gleichzeitig frei gefühlt. Vielleicht sollte ich Liam mitteilen, dass ich ihn vermisse. Damit er weiß, dass das Ganze mehr als nur ein Spiel für mich ist. Ich will ihn haben. Und wenn er wieder da ist, werde ich um ihn kämpfen. Ich weiß, dass es nicht einfach werden wird. Vor allem, weil Antonella probieren wird, mich im Urlaub von Liam abzulenken, indem sie mir die ganzen heißen Spanier auf den Hals hetzt. Das Mädchen nimmt kein Blatt vor den Mund und peinlich ist ihr leider auch nichts. Gewiss ist, dass sie damit auf Granit stoßen wird. Stur ist mein zweiter Vorname. Ich antworte Timo.

Hey mein Lieber,
ich beantworte deine Fragen gerne, denn du bist mir genauso sympathisch. Ich muss aber zugeben, dass ich etwas darüber nachdenken musste. Also erstens: Wir sind kein Paar. Es ist eine reine D/s-Beziehung. Allerdings wünsche ich mir, dass mehr zwischen uns wäre. Auch, wenn ich am Anfang definitiv nicht mehr wollte. Aber so ist es immer bei mir. Ich lehne etwas komplett ab und dann will ich es plötzlich doch. Anfangs dachte ich, dass SM darin bestünde, dass Menschen brutal miteinander umgehen und sich in komische Kostüme stecken. Aber ich habe hier tatsächlich noch niemanden kennengelernt, der wirklich auf diesen Hardcore-SM steht, wenn man das überhaupt noch SM nennen kann. Jedenfalls reizt mich die Tiefsinnigkeit, die ich anfangs nicht erkannt habe. Dass es bei einer D/s-Beziehung um Werte wie Vertrauen, Verantwortung, Respekt und Wertschätzung geht. Hingabe, das ist ein wunderbares Geschenk. Ich konnte mich meinem Dom noch nicht hingeben. Unsere Beziehung basiert momentan auf einer Fernbeziehung, was das Ganze nicht leicht macht. Es ist irgendwie ziemlich oberflächlich, aber ich hoffe, dass wenn er wieder da ist, wir eine richtige Beziehung dieser Art führen können. Ohne TPE und 24/7. Ich würde es sicherlich erstmal vermissen, aber ich brauche die Kontrolle über mein Leben. Hoffentlich entfaltet sich dann die Leidenschaft zwischen uns und es entsteht diese Bindung, wie es sein sollte. Momentan besteht eher die Angst, dass er keine Lust mehr auf mich hat und alles von heute auf morgen beendet. Ich weiß eben überhaupt nicht, wie er über mich denkt und ob er Gefühle für mich hat. Diese Ungewissheit belastet mich, aber auf

der anderen Seite habe ich Angst davor, Klartext zu reden. Beziehungsweise ich habe Angst vor der Konsequenz, die das mit sich bringen könnte. Daher lasse ich es einfach weiterlaufen, in der Hoffnung, dass es ein Happy End für uns geben wird. Richtige Fantasien in Bezug auf SM hatte ich nicht, aber unterwürfige Fantasien waren vorhanden. Ich weiß jetzt aber definitiv, dass BDSM die Lösung dafür ist, wieder Freude an der Sexualität zu haben. Der Sex mit meinem Ex war äußerst langweilig. Es war kein Fünkchen Leidenschaft vorhanden. Der Akt an sich befriedigt mich nicht. Nach der Trennung hatte ich einige Monate mein gefühltes erstes Mal. Das erste Mal mit einem anderen Mann Sex zu haben, war wirklich aufregend. Trotz, dass es eine kurze Nummer war, war ich erregt. Die wenigen Male, die wir dann noch Sex hatten, empfand ich wieder als langweilig. Er war wesentlich leidenschaftlicher als mein Ex, dennoch blieb der Kick aus. Das zeigt mir, dass Sex sich bei mir im Kopf abspielt. Bei mir steht nicht die physische Stimulation im Vordergrund, sondern die psychische. Und das hat mein Dom ziemlich früh erkannt. Er hat erkannt, dass ich darauf stehe, wenn der Mann mich begehrt und mir das Gefühl gibt, wertvoll für ihn zu sein. Leider handelt er nicht nach dieser Erkenntnis. Aber ich nehme alle Erfahrungen mit, die ich mitnehmen kann. Und in der momentanen Situation ist das auch schwer umsetzen. Jetzt habe ich dich total zugetextet. Das tut mir leid. Ich danke dir, für deine Fragen! Die haben dafür gesorgt, dass ich mich hinterfrage. Das war wirklich wichtig für mich und hat Klarheit geschaffen, die ich dringend gebraucht habe. Danke!

Liebe Grüße
Mel

Ich bin dankbar, ein Teil dieser Community zu sein. Die Menschen hier sind gut darin, einem den Spiegel vorzuhalten. In der Zwischenzeit hat Alex es geschafft, mir zu antworten.

Hi Mel,

freut mich wieder von dir zu lesen. Uns geht es sehr gut. Wir haben gerade unseren Urlaub gebucht. In zwei Wochen geht es ans Meer. Surfen. Mal vom Alltag und dem ganzen Stress abschalten. Das habe ich richtig nötig. Momentan nervt mich hier alles wieder. Daher kommt der Sex auch zu kurz. Habe den Kopf dafür nicht frei.

So. Nun zu deiner Vermutung. Ich kann mich natürlich nur oberflächlich dazu äußern, da ich Liam nicht kenne. Aber ich denke, dass du über eine gute Menschenkenntnis verfügst. Nur, wenn es so ein sollte, was würde dies zwischen euch ändern? Es gibt eben Menschen, die Probleme haben und das leider versuchen, mit BDSM zu kompensieren. Manche verfallen anderen Süchten. Wesentlich schlimmeren. Von daher ist dies nicht die schlechteste Methode, um mit seinen Problemen leben zu können. Und ja, ich bin definitiv schon pervers auf die Welt gekommen. Hatte schon als kleiner Junge die perversesten Fantasien und habe einiges ausprobiert. Ich wünschte auch, dass es keine Menschen geben würde, die irgendwas mit ihrer Sexualität kompensieren, da wir natürlich alle in eine Schublade gesteckt werden. Wir müssen alle einen an der Waffel haben, wenn wir auf BDSM stehen. Wurden als Kinder geschlagen oder whatever. Traurig, dass unsere Neigungen nicht einfach akzeptiert werden können. Wir schaden niemandem damit. Höchstens uns selbst, was dann unser eigenes Problem sein sollte. Aber Menschen zerreißen sich nun mal gerne über andere Menschen das Maul. Ist angenehmer über das Leben anderer zu urteilen, als sich mal das eigene Leben genauer anzuschauen. Reine Ablenkung. So, das war es dann erstmal von mir. Ich hoffe, ich konnte dir ein wenig weiterhelfen. Bis die Tage!
Fühl dich gedrückt,
Alex

Hi Alex,

danke für deine schnelle Antwort! Urlaub, das klingt wunderbar. Ich fliege auch bald mit einer Freundin weg. Dann können wir hinterher Urlaubsbilder austauschen. Das wäre doch was. Und ja, du hast Recht. Es würde nicht viel ändern. Es ist eben meine Art. Ich analysiere gerne und brauche für alles eine Erklärung. Ich hatte bei unserem ersten Zusammentreffen gespürt, dass er anders ist als andere und das hat ihn für mich unglaublich interessant gemacht. Andere Menschen sind sehr leicht zu durchschauen und bei ihm merkt man, dass er sein wahres Ich hinter einer Maske versteckt. Und ich weiß auch, dass ich ihn nehmen sollte, wie er ist. Dennoch ist er mir wichtig und wenn er unter seiner Vergangenheit leidet, dann kann ich ihm vielleicht helfen. Man kann Probleme auch auflösen und braucht sie nicht zu verdrängen. Mit dem Rest stimme ich dir zu. Ich finde es auch traurig, dass viele Menschen Vorurteile haben, obwohl ich mich davon nicht ausschließe. Umso dankbarer bin ich, dass ich vom Gegenteil überzeugt worden bin. Das prägt mich. In Zukunft werde ich Vorurteile abbauen. Ich bilde mir erst eine Meinung, wenn ich mich mit einem Thema wirklich auseinandergesetzt habe. Werde nicht mehr naiv sein und Dinge durch Hörensagen leichtsinnig glauben. Man lernt nie aus.

LG
Mel

Ich gehe die letzten Nachrichten durch. Vielleicht antwortet Alex in der Zeit noch mal.

Ein Dominik hat mir eine interessante Nachricht geschrieben.

Na,

ich bin eben zufällig über dein Profil gestolpert und du kommst mir unheimlich bekannt vor. Kennen wir uns? Kommst du auch aus Hamburg?

LG
Dominik

Ich schaue mir sein Profil an. Tatsächlich. Mir kommt er auch ziemlich bekannt vor. Aber ich weiß, dass ich ihn nicht persönlich kennen kann. Ich krame in den alten, hinteren Akten meines Gehirns. Da geht mir ein Licht auf!

Hi Dominik,

du kommst mir auch sehr bekannt vor. Dein Profilbild scheint schon ein paar Jahre älter zu sein, nicht wahr? Wir kennen uns von einer anderen Plattform. Das muss aber mindestens zwei Jahre her sein, dass wir miteinander geschrieben haben. Wie klein die Welt doch ist.
LG Mel

Ja, jetzt erinnere ich mich. Ich wollte mich mit dir treffen und du hattest immer eine Ausrede parat und jetzt finde ich dich auf so einer Seite wieder? Das kann ja kein Zufall sein. Deine Nummer habe ich nicht mehr. Ich glaube wir haben mal über WhatsApp geschrieben. Wollen wir unser Gespräch dort fortsetzen?

Ich gebe Dominik meine Handynummer. Mich interessiert es brennend, was er auf *darkroom.com* macht. Ich lese mir noch Alex Antwort durch und gehe dann offline.

Hi Mel,

ich kann dich durchaus verstehen. Aber denke daran, dass Menschen selbst erkennen müssen, dass sie ein Problem haben. Viele wollen auch gar nicht, dass man ihnen hilft. Ich will nur nicht, dass du dich da in etwas verrennst und am Ende unglücklich bist. Pass auf dich auf, Süße! Wir schreiben die Tage wieder. Muss jetzt noch fleißig sein.

Alex

Ist irgendwo süß, dass er sich um mich sorgt, obwohl wir uns kaum kennen. Und ich weiß, dass er Recht hat, aber ich kann nicht anders. Ich habe ein Helfersyndrom. Ich bin niemand, der sich aufdrängt. Ich bin so manipulativ, dass ich Liam dahin lenken kann, dass er von ganz alleine erkennt, dass er tief in sich drin unglücklich ist und das dies nicht so bleiben muss. Aber das bräuchte definitiv Zeit.

Ich schaue, ob Dominik mir bei WhatsApp geschrieben hat. Hat er, aber nicht nur er, sondern auch Liam. Ich öffne allerdings zuerst das Chatfenster mit Dominik.

Hey, ich bin's. Und du hast also nun den BDSM für dich entdeckt? Wie kam es dazu?

Das wollte ich ihn zuerst fragen, aber nun gut. Ich schreibe ihm die Story von dem eigentlichen One-Night-Stand und der jetzigen Situation.

Da hast du ja richtig was erlebt. Das heißt, dass du einen Dom hast?

Ja, genau. Ich habe einen Dom. Und wie ist es bei dir? Hast du damals über die andere Plattform Subs gesucht?

Dominant bin ich tatsächlich schon immer gewesen, genau wie sapiosexuell. Dort eine passende Sub zu finden, ist wie die Nadel im Heuhaufen zu finden. Demnach bin ich normalem Sex nun auch nicht abgeneigt.

Also wolltest du damals nur Sex von mir?

Wahrscheinlich ja. Kann ich mich nicht mehr dran erinnern.

Dafür hast du allerdings ziemlich lange nicht locker gelassen. Daran kann ich mich noch erinnern. Ein Nein hast du nicht akzeptiert.

Na ja ... Frauen, die nicht leicht zu haben sind, üben eben einen gewissen Reiz auf mich aus. Ich gebe selten auf. Eigentlich nie. Ich bekomme immer das, was ich will.

Immer anscheinend nicht. Kann mich nicht daran erinnern, dass ich dir zugesagt habe. Ich denke eher, dass ich einen Korb nach dem anderen verteilt habe.

Nur, weil du Angst hattest. Du machst auf mich jetzt einen viel selbstsicheren Eindruck. Kaum zu glauben, dass ich mit derselben Person schreibe.

Wäre ja traurig, wenn ich mich nicht weiterentwickelt hätte. Ich war damals nicht Single, daher hattest du keinerlei Chance.

Und jetzt bist du es aber?

Ja, aber dennoch sind andere Doms tabu.

Den Begriff sapiosexuell musste ich googeln. Diesen Begriff habe ich noch nie zuvor gehört. Es bedeutet, dass man auf Menschen mit Intelligenz und Geist steht. Ich sollte mich also geschmeichelt fühlen.

Aber gegen ein Treffen spricht doch nichts. Ich würde dich wirklich gerne mal real kennenlernen.

Mal sehen. Noch vertraue ich dir nicht.

Das lässt sich ja ändern. Und? Was gefällt dir denn am SM?

Die Tiefsinnigkeit gefällt mir daran. Dass man Befriedigung über die Psyche erfahren kann und es nicht, wie beim normalen Akt, nur um die physische Befriedigung geht. Da ist das Hauptziel der Orgasmus und das ganze Drumherum fällt gerne komplett in den Hintergrund beziehungsweise ist nur Mittel zum Zweck.

Es ist komisch, sich plötzlich bewusst zu sein, was BDSM für einen selbst bedeutet, ohne es exakt so erlebt zu haben. Ich habe nun eine klare Vorstellung davon, wie ich es ausleben will und ich hoffe, dass dies mit Liam möglich sein wird. Diese neue gewonnene Klarheit fühlt sich unbeschreiblich gut an. Nicht der Orgasmus ist das, was den Sex zu etwas Schönem macht, sondern die Nähe und die Bindung zwischen zwei Menschen. Das Rollenspiel darf sich nicht geschauspielert anfühlen. Es muss authentisch sein. Und ich denke, dass es das ist, was es unglaublich schwer macht, einen passenden Partner zu finden. Daher darf ich Liam nicht verlieren. Nicht jetzt, wo ich die Besonderheit und Schönheit des SM's erkannt habe.

Gut getroffen. Welche Praktiken sagen dir am meisten zu?

Ich schreibe dir gerade, dass für mich das Zwischenmenschliche das Ausschlaggebende ist und du fragst mich, welche Praktiken ich mag? Die Praktiken sind doch total nebensächlich.

Ja, aber daran muss dir doch trotzdem irgendwas gefallen.

Hä? Nein. Sagen wir mal, ich stehe auf Keuschhaltung. Dann reizt mich nicht die Keuschhaltung an sich, sondern dass ER mich keuschhalten will. Verstehst du das?

Hm. Ok. Ja, das verstehe ich wohl. Und wie läuft es sonst mit deinem Dom? Alles gut zwischen euch? Eine Fernbeziehung zu führen, ist mit Sicherheit nicht leicht. Befriedigt dich das?

An sich ist alles gut zwischen uns. Ich muss ihm täglich einen Bericht schreiben, wie es mir geht. Klar, die Aufgaben an sich reizen mich nicht alle, aber erstens kickt es mich irgendwo, Dinge zu tun, von denen ich gedacht hätte, dass ich sie nie tun würde und zweitens tue ich es für ihn. Eine gewisse Befriedigung verspüre ich nach den Aufgaben schon. Auch wenn es nicht unbedingt sexueller Natur ist. Es ist eben die psychische Befriedigung. Das Gefühl von Erfolg. Demgegenüber steht natürlich auch der Misserfolg. Ich habe ihn schon oft enttäuscht. Ich bin eben keine perfekte Sub. Ich habe meinen eigenen Kopf.

Stört deinen Dom das etwa, dass du deinen eigenen Kopf hast? Ich finde nichts langweiliger als eine Sub, die zu allem Ja und Amen sagt. Ich finde es heiß, wenn sie sich auch mal wehrt und Gegenwind bietet. Wenn ich sie dann über meinen Schoß lege, ihr den Arsch versohle und sie danach ganz still ist. Das ist ein herrliches Gefühl.

Ich glaube, er fühlt sich dann nicht ernst genommen. Er gibt mir auch sadistische Aufgaben, ohne, dass ich etwas falsch gemacht habe. Bei uns ist das nicht klar gegliedert. Außerdem muss ich mich selbst bestrafen.

So zufrieden klingst du aber nicht.

Die Situation ist eben nicht einfach. Ist nicht so, dass ich seine Nähe nicht vermissen würde. Er fehlt eben.

Das tut mir Leid, Süße. Also, wenn du einen physisch anwesenden Dom brauchst ... Ich stehe dir zur Verfügung. So eine wie dich, würde ich auf Händen tragen. Und Schmerz gibt es bei mir nur bei einer Bestrafung. Ansonsten höchstens Lustschmerz. Ich stelle es mir äußerst reizvoll vor, dir Nippelklemmen anzubringen und deine Brüste abzubinden.

Meine Brüste würdest du nicht abbinden können. Die sind zu klein dafür.

Mhh. Kleine Brüste sind besonders schön. Die haben oft sehr schöne Brustwarzen. Zeigst du mir deine?

Warum sollte ich das tun?

Erstens, weil ich sie einfach sehen will und zweitens, weil ich mit dir wette, dass sie gar nicht so klein sind, wie du selbst denkst.

Und was habe ich davon?

Du hast einem Mann eine Freude gemacht und wahrscheinlich will ich dich danach nur noch mehr. Ich lösche das Bild direkt wieder.

Ich weiß zur Hölle nicht wieso, aber ich schicke ihm ein Bild von meiner entblößten, linken Brust. Ich denke, dass die Schwanzneckerin in mir für einen kurzen Augenblick die Kontrolle übernommen hat, denn kurz nachdem ich es gesendet habe, fühle ich mich total schlecht. Ich mache solche Dinge eigentlich nicht. Was ist los mit mir? Vielleicht braucht mein Ego Bestätigung, die es von Liam zu wenig bekommt. Nun ist es nicht rückgängig zu machen. Schande über mein Haupt.

Sehr heiß. Mel, du bist wirklich eine attraktive Frau. Dein Dom sollte sich glücklich schätzen.

Ich verlasse unseren Chat. Liams Nachrichten haben sich vermehrt. Ich schaue besser nach.

Mel, mir fällt gerade ein ... Wo sind die Beweisbilder von der Analdehnung? Hast du das etwa vergessen? Habt ihr Tabasco im Haus?
Hallo?
Antworte mir gefälligst! Ich sehe, dass du die ganze Zeit online bist.
Mit wem schreibst du noch?

Oh shit!

Verzeiht, Sir. Ich habe es tatsächlich vergessen und werde es selbstverständlich sofort nachholen und auch in den nächsten Tagen daran denken. Ja, den haben wir zu Hause.
Ich habe nur mit einer Freundin geschrieben.

Das will ich auch hoffen. Du schickst mir sofort einen Screenshot deiner WhatsApp Liste. Sofort! Ansonsten wird dir die Strafe nicht gefallen. Sie basiert nicht auf Schmerz. Ich werde härtere Konsequenzen ziehen.

So ein Mist! Ich mache einen Screenshot. Er wird sehen, dass ich gelogen habe. Schlimmer kann es kaum noch kommen. Ich befürchte nämlich, dass er ansonsten den Kontakt zu mir abbrechen wird.

Ok. Und deine Freundin heißt Dominik? Wer ist das?

Einer, den ich in dem Portal, welches du mir empfohlen hast, kennengelernt habe.

Schick mir sofort Bilder von eurem Chatverlauf!!! Und du hast mich nicht mit Du anzusprechen!

Dachte ich gerade, dass es nicht schlimmer kommen kann? Ich habe mich geirrt.

Ich lösche das Bild, welches ich Dominik geschickt habe und mache einen Screenshot ab dort, wo ich behaupte, dass meine Brüste zu klein sind. Ich werde Liam sagen, dass wir vorher auf *darkroom.com* geschrieben haben, falls er mir nicht glauben sollte, dass das alles ist.

Ich warte!!!

Mein Internet hatte gerade einen Hänger. Das Bild lädt.

Das will ich auch hoffen!

Das wird gleich ziemlich peinlich für mich enden.

Du schickst fremden Männern Bilder von deinen Titten? Ich bin wirklich enttäuscht von dir. So eine Sub will ich nicht. Ich will eine Frau mit Niveau. Was soll ich jetzt von dir halten? Ich dachte, du bist eine Lady und kein billiges Flittchen.

Ich schlucke heftig. Das schmerzt. Diese Worte zerreißen mich innerlich. Ich bin selbst enttäuscht von mir. Warum musste das gerade jetzt passieren? Ich habe bisher nur Liam intime Aufnahmen von mir geschickt. Dann schicke ich einmal einem anderen ein bisschen nackte Haut und sofort fliege ich auf? Das ist nicht fair. Liams gute Meinung über mich gehört nun der Vergangenheit an. Ich kann das nicht mehr rückgängig machen.

Damit muss ich mich abfinden.

Es tut mir leid. Ich weiß nicht, was da in mich gefahren ist. Ich schwöre, dass ich das zuvor noch nie gemacht habe!

Ist das so? Du wirst den Kerl löschen. Genau wie den Typen, der als viertes in deiner Liste zu sehen ist. Der passt mir vom Bild her auch nicht. Sofort blockieren!

Ja, Sir.

Der andere Kerl ist von Tinder. Kein großer Verlust. Ich schreibe Dominik.

Mein Dom hat mich erwischt. Er hat gesehen, dass ich die ganze Zeit online bin und ihm nicht antworte und jetzt wollte er, dass ich ihm Screenshots zuschicke. Er ist enttäuscht von mir. Und ich soll dich blockieren.

Oh. Das ist natürlich nicht schön gelaufen. Habe ich ja Glück gehabt, dass ich den Genuss kommen durfte ein wenig von dir zu sehen. Aber du musst mich doch nicht blockieren. Lösche einfach die gesamte Unterhaltung, wenn er noch mal nach einem Beweis verlangen sollte. Wir sind uns dort bestimmt nicht zufällig begegnet. Würde mich gerne noch ein wenig mit dir austauschen. Ich bringe dich auch nicht wieder in eine unangenehme Situation. Versprochen.

Hm ... In Ordnung. Solltest du es dennoch tun, werde ich dir nicht mehr antworten.

Ich fühle mich ein wenig schlecht dabei, Liam zu hintergehen, aber andererseits finde ich, dass er überreagiert. Ich entscheide, mit wem ich schreibe. Und seine Eifersucht schmeichelt mir zwar, aber dennoch ist er mein Dom und nicht mein fester Partner. Das waren seine eigenen Worte. Um mein schlechtes Gewissen ein wenig zu besänftigen, werde ich mir nun den Finger in den Po stecken und ihm einen Beweis schicken, damit er weiß, dass ich das zwischen uns ernst nehme. Ich entblöße mich unten herum und knie mich auf mein Bett. Ich befeuchte meinen Zeigefinger und lasse diesen in meine hintere Öffnung gleiten. Es überrascht mich, dass es ohne Mühe gelingt und es sich gut anfühlt. Ich mache ein Foto und nachdem ich mich angezogen und meine Hände gewaschen habe, sende ich es Liam zu, der sofort antwortet.

Mehr als einen Finger bekommst du nicht rein? Morgen will ich ein Foto von drei Fingern in deinem Arsch haben.

Hätte ich mir denken können, aber ich hatte Angst davor mir einen zweiten einzuführen. Da frage ich mich, wie ich drei Finger schaffen soll. Darüber mache ich mir besser erst morgen Gedanken. Es folgt eine weitere Aufgabe.

Heute Abend wirst du dir Tabasco auf deinen Kitzler und auf deinen After träufeln. Natürlich wieder mit Videobeweis. Bis heute Abend.

Klingt nach einer weiteren Bestrafung.

Ich entwende den Tabasco heimlich aus der Küche und verstaue diesen in meinem Nachtschrank.

Am späten Abend bereite ich mich seelisch auf die Aufgabe vor.

Im Hintergrund läuft *Ich Tu Dir Weh* von der

Band *Rammstein*. Ich setze mich nackt auf meinen weißen Laminatboden.

In der einen Hand den Tabasco, der widerlich riecht und in der anderen halte ich mein Handy fest. Ich weiß gar nicht, wie viel ich davon darauf träufeln soll und hoffe, dass Liam online ist, um mir meine Frage zeitnah beantworten zu können.

Sir? Wie viel von dem Tabasco soll ich denn verwenden?

Ich bekomme sofort eine Antwort.

Vier Tropfen. Ich freue mich auf das Video und nicht abwischen!

Ich öffne die Kamera meines Handys und nehme auf, wie ich mir den Tabasco auf mein Geschlecht laufen lasse. Es tut gar nicht weh. Ist nur ein bisschen kühl. Dann hebe ich mein Becken an, um besser an meinen After zu kommen. Als ich fertig bin, verschließe ich sofort die Flasche, wische den Boden sauber und schicke Liam das Video. Und dann trifft mich der Schlag! Ich dachte, der Tabasco sei harmloser als die Brennnesseln. Ich habe mich geirrt. Und wie ich mich geirrt habe! Ich bekomme einen Schweißausbruch. Reiße mir noch ein Stück Papier von der Küchenrolle ab, um den Tabasco von meiner Haut zu wischen, aber es wird nicht besser. Es brennt wie Feuer. Ich habe das Gefühl, dass meine Haut verbrennt. Dass sich Brandblasen bilden. Ich gehe mit dem Handy in der Hand in meinem Zimmer auf und ab und schreibe Liam.

Ich verbrenne! Was habe ich mir da angetan? Ich habe dir vertraut!!!

Nach den Worten gehe ich offline. Ich gebe bei Google „Tabasco Haut verbrannt“ ein und tatsächlich kann Tabasco die Haut verbrennen beziehungsweise verätzen.

Der Schmerz kann über sieben Stunden anhalten. Das kann ich nicht ertragen. Ich werfe mich auf mein Bett und versuche, den Schmerz auszublenden. Aber es gelingt mir nicht. Am liebsten würde ich schreien. Nicht Hauptsächlich wegen des Schmerzes, sondern weil Liam unverantwortlich gehandelt hat und ich so doof bin und ihm blind gehorcht habe. Letztendlich ist es meine eigene Schuld, dennoch bin ich tief enttäuscht. Solch eine Aufgabe hätte er mir in seiner Anwesenheit geben können, um mich hinterher aufzufangen. Nun stehe ich ganz alleine da. Mit meiner Wut und mit meinen brennenden Intimstellen. Die Panik, dass dieser Schmerz nicht abklingen wird und für mehrere Stunden anhält, dramatisiert die Situation ungemein. Ich sehe mein Handy aufleuchten. Liam ruft mich an. Ich hebe nicht ab. Als er aufgibt mich zu erreichen, sehe ich, dass ich einige Anrufe in Abwesenheit von ihm habe. Ich öffne WhatsApp.

Mein Schwanz kam selbst schon mit Tabasco in Berührung. Ich würde dir nie eine Aufgabe geben, die dich ernsthaft verletzen würde. Wenn es dir zu heftig ist, dann schmiere dir Olivenöl auf die Stellen.

Mach endlich die Musik leiser und geh an dein verdammtes Handy!

Nö! Du kannst mich mal!

Ich liege in embryonaler Haltung auf meinem Bett. Mein Nervensystem gewöhnt sich langsam an den Schmerz, sodass ich ihn nicht mehr so klar wahrnehme wie anfangs.

Ich ziehe mir einen Pyjama über und schlafe ein, ohne mich bei Liam zu melden und ihm meinen Bericht zu schicken. Ich hoffe, dass ihn sein Gewissen quält und er sich schlecht fühlt. Wenn ihm etwas an mir liegt, ich ihm nicht völlig egal bin, dann sollte das der Fall sein.

Am nächsten Morgen wache ich schmerzfrei auf. Aus unerklärlichen Gründen verspüre ich ein schlechtes Gewissen, weil ich mich nicht mehr bei ihm gemeldet habe.

Als ich auf mein Smartphone schaue, habe ich eine ungelesene Nachricht von Liam.

Mel? Ist alles okay bei dir? Melde dich!

Eigentlich habe ich keine Lust ihm zu schreiben. Mir ist immer noch nach Schmollen zumute. Aber ich will auch kein großes Drama aus der Sache machen.

Ja, mir geht es gut.

Das freut mich. Ich erwarte deinen Bericht.

Immerhin meckert er mich nicht an. Aber ein paar entschuldigende oder liebevolle Worte hätten meinem Ego gut getan. Ich schreibe brav meinen Bericht, bevor ich duschen gehe. Der Tabascogeruch liegt mir immer noch schwer in der Nase.

Mein Bericht:

Die gestrige Aufgabe hat mir nicht gefallen. Ich hätte nicht mit einer solchen Intensität an Schmerz gerechnet. Ich bin traurig darüber, dass Ihr mir so eine Aufgabe gegeben habt, obwohl diese in meinen Augen erstens einer zu harten Strafe gleicht und zweitens wäre mir Eure Anwesenheit dabei äußerst wichtig gewesen. Ich habe mich allein gelassen gefühlt und wusste nicht, was ich tun soll. Ich war auch nicht in der Lage, zu telefonieren. Ich war viel zu aufgebracht. Ich bin enttäuscht von Euch.

Ich bin gespannt, wie Liam auf die Kritik an ihn als Dom reagieren wird. Bisher hatte ich das Gefühl, dass er kein Mensch ist, der Kritik annehmen kann. Für ihn sind alle anderen schuld. Eine Gemeinsamkeit, die er mit David teilt. In meinen Augen ist das eine Charakterschwäche.

Ok. Heute gebe ich dir einen Tag frei.

Das war alles? Ich will keinen Tag frei! So habe ich mir das nicht vorgestellt. Aber ich bedanke mich bei ihm, weil ich denke, dass er das von mir erwartet.

Der restliche Tag ist mit Leere gefüllt. Am Abend weiß ich nichts mit mir anzufangen, daher schreibe ich Toni.

Hey, bist du gerade online?

Bin ich, ist irgendwas passiert?

Nicht wirklich. Ich langweile mich gerade zu Tode.

Nichts zu erledigen heute? Ist alles gut bei Liam und dir?

Die Aufgabe gestern war mir zu viel und daher habe ich heute einen freien Tag bekommen.

Das ist doch richtig süß von ihm!

Hm ... Ich weiß nicht. Irgendwie schon, aber irgendwie fühlt es sich nicht gut an.

Mel, wie willst du denn den Urlaub im August mit mir genießen, wenn dich ein Tag ohne eine seiner Aufgaben schon fertig macht? Du solltest aufpassen, nicht in eine vollkommene Abhängigkeit zu verfallen. Es wird nicht für immer so weitergehen. Das ist dir bewusst oder?

Du hast Recht. Ich weiß, dass es nicht für ewig ist. Ich glaube, dass es genau das ist, was mich nervt. Ich habe Angst davor, dass er unsere Bindung von heute auf morgen plötzlich auflöst. Hätten wir vorher einen bestimmten Zeitraum bestimmt, in dem wir diese Art von Beziehung führen, dann hätte ich mich darauf einstellen können. Ich wüsste, wann es zu Ende ist. So ist es psy-

chische Folter. Ich kann mich nicht entspannen und auf ihn verlassen kann ich mich auch nicht. Vor allem nicht mit dem Wissen, dass er jemand ist, der Stimmungsschwankungen hat und auch danach handelt.

Das ist wirklich eine verzwickte Situation. Gut, du hättest es selbst klarer kommunizieren können, aber ich verstehe auch, wieso du dich nicht getraut hast. Er macht schon den Eindruck, als dürftest du keine Anforderungen an ihn stellen. Kopf hoch. Wenn es aus ist, weißt du ja, dass ich dich ablenken werde. Spätestens im Urlaub wird eine Liam freie Zeit herrschen. Versprochen?

Du bist die Beste! Ja, ich werde mir keine Aufgaben für den Urlaub geben lassen. Versprochen!

Heute ist die Abi-Zeugnisvergabe von Joshs Freundin Sophia. Da ihre Familie einige hundert Kilometer entfernt wohnt, werden wir ihr heute zu jubeln.

Bevor es losgeht, schreibe ich Liam. Ich hatte die Hoffnung, dass er sich nach meinem freien Tag bei mir meldet, aber bis jetzt habe ich noch nichts von ihm gehört. Ich werde da weitermachen, wo wir aufgehört haben. Zu den Regeln gehört nämlich, dass ich ihm Bescheid gebe, wenn ich vorhabe das Haus zu verlassen.

Guten Morgen, Sir. Ich hoffe, Ihr habt gut geschlafen. Ich wollte nur Bescheid geben, dass ich heute zu der Zeugnisvergabe von der Freundin meines Bruders gehen werde.

Alles klar. Du wirst dir ein schickes Kleid anziehen und hohe Schuhe. Deine Haare wirst du zu einem strengen Zopf binden und dein Make-up bleibt dezent und natürlich.

Seine schnelle Antwort überrascht mich.

Schickes Kleid? Ich habe nur ein Kleid, was definitiv overdressed wäre und die anderen beiden sind Sommerkleider. Da ich nicht direkt dagegen reden möchte, schicke ich ihm ein Bild von den beiden Kleidern, die zur Auswahl stehen.

Ich habe nur diese beiden Sommerkleider, Sir. Welches davon soll ich anziehen?

Insgeheim hoffe ich, dass er sich für das Korallfarbene entscheidet. Das weiße Kleid ist nämlich ziemlich alt und der Stoff ist nicht komplett blickdicht und sehr luftig.

Das farbige Kleid. Und dir ist klar, dass du keinen Slip tragen wirst?

Einen Blick für Qualität hat er, aber sieht er nicht, wie kurz das Kleid ist? Dennoch werde ich ihm nicht widersprechen. Ich weiß, dass er Widerspruch nicht akzeptieren würde. Und nach der Sache mit dem Tabasco, habe ich das Gefühl, dass unsere Beziehung einen leichten Knacks davon getragen hat.

Ja, Sir. Das ist mir klar.

Gut. Viel Spaß. Und heute Abend erwarte ich einen Bericht.

Danke, Sir. Den bekommt Ihr.

Nachdem ich mich zurecht gemacht habe, meine Haare zu einem strengen Zopf zu bekommen, war eine wirkliche Herausforderung, ziehe ich mir das Kleid über. Dazu trage ich meine beigefarbenen Pumps, die meine Beine länger und schlanker erscheinen lassen. Wäre es zu viel, wenn ich behaupten würde, dass ich umwerfend aussehe? Meinen Slip trage ich noch. Ich drehe mein Gesäß zum Spiegel hin. Der Stoff des Kleides ragt ganz knapp über meine Pobacken. Selbst nur mit einem Slip darunter, würde ich so nicht aus dem Haus gehen. Ich werde definitiv eine Shorts darunter anziehen. Aber den String lasse ich weg. Er hat gesagt, dass ich keinen tragen darf. Tue ich also nicht. Von daher erfülle ich damit seine Aufgabe und brauche kein schlechtes Gewissen haben. Ich ziehe den Slip aus und ziehe mir dafür eine meiner knappen, engen Jeansshorts an. Liam sende ich noch ein Selfie von mir, damit er sieht, dass ich mich auch wirklich schick gemacht habe.

Im Auto merke ich, dass die Shorts untenherum viel zu eng sitzt. Es zwickt. Mein Geschlechtsteil schmerzt und hat keine Luft zum atmen. Ich frage mich, wie ich die nächsten Stunden sitzend aushalten soll. Um mich abzulenken, schaue ich auf mein Handy, in der Hoffnung, dass ich eine positive Reaktion auf mein Bild von Liam bekomme. Aber ich werde enttäuscht.

Und wo bleibt mein Beweisfoto, dass du untenherum nackt bist?

Verzeiht, Sir. Aber von nackt habt Ihr nicht gesprochen. Ich habe keinen Slip an, trage aber eine Shorts drunter.

Willst du mich zum Narren halten? Dass ich wollte, dass du nackt unter dem Kleid bist, sollte dir wohl klar gewesen sein!

Du wolltest mich also wirklich so unter die Leute schicken? Wolltest, dass ich vor meiner Familie und der gesamten Schule nackt dastehe? Was hast du davon, wenn du nicht mal an meiner Scham und Schande teilnehmen kannst? Warum willst du, dass ich mich schlecht fühle?

Jetzt übertreib mal nicht, Mel!

Ich untertreibe noch! Liam, ganz ehrlich. Ich kann es dir doch gar nicht Recht machen! Hätte ich dir geschrieben, dass ich so nicht rausgehen will, hättest du bestimmt nicht gesagt „Gar kein Problem, zieh dir was drunter".

Ich erwarte nun mal von meiner Sub, dass sie das tut, was ich sage und dass sie über ihre Grenzen für mich geht. Wenn du das nicht kannst, dann bist du für mich nicht geeignet. Eine Sub, die an allem etwas auszusetzen hat und die Aufgaben nur zur Hälfte erfüllt, will ich nicht. Und wenn sie dann noch ihren eigenen Kopf durchsetzt und meint alles besser zu wissen. Dann hat das wirklich keinen Sinn.

In meiner Kehle bildet sich ein wachsender, riesiger Kloß voll mit Enttäuschung. Unter Schmerzen probiere ich ihn herunterzuschlucken, ansonsten würde ich hier gleich in Tränen ausbrechen und ich möchte Sophia nicht den Tag verderben, das wäre nicht fair. Ich habe mich also ganz umsonst unbequem angezogen. Draußen ist es windig und regnerisch. Ich fühle mich gerade unglaublich unwohl in meiner Haut. Ich packe die Ballerinas aus, die ich vorsichtshalber mitgenommen habe.

Wieso sollte ich mich in hohen Schuhen quälen, wenn es Liam eh nicht mehr interessiert. *Mel, kämpfe! Lass ihn nicht einfach ziehen!*, schreit mir mein Teufelchen ins Ohr. Es hat Recht! Ich will Liam als meinen Dom nicht verlieren!

Aber ich bin für dich über meine Grenzen gegangen. Nie im Leben hätte ich gedacht, dass ich die Dinge, die ich bisher getan habe, jemals für jemanden tun würde. Einiges hat mir gefallen, aber das meiste hat mich total viel Überwindung gekostet. Und oft hatte ich das Gefühl, dass ich die Einzige bin, die stolz auf mich ist. Wolltest du mich überhaupt oder war ich nur ein netter, aber irgendwie lästiger Zeitvertreib für dich und du hast nur darauf gewartet, es endlich beenden zu können? Und was sind wir jetzt, wenn du nicht mehr mein Dom sein willst? Wars das jetzt?

Melina. Beruhig dich. Wir hatten unseren Spaß, aber wie gesagt, ich will eine Sub, die sich mir vollkommen hingibt und keine, die nicht tut, was ich auftrage, weil es ihr unangenehm ist. Für mich zählen Umstände eben nicht. Ich bin nun mal ein harter und konsequenter Dom. Das ist für dich für den Anfang wahrscheinlich zu viel. Aber was anderes kann ich dir als Dom nicht bieten. Wir sind Freunde. Das sind und bleiben wir.

Aber ich will dich.

Das kam unüberlegt und war mir für meinen Geschmack zu ehrlich. Aber gesendete Worte kann man genauso wenig zurücknehmen wie ausgesprochene.

Du hast mich. Als guten Freund. Wir schreiben später. Genieße jetzt die Veranstaltung.

Liam ist offline. Autsch. Da schreibe ich ihm Worte, die mir die ganze Zeit schon auf der Seele lagen und dann werde ich mit ein paar wenigen Worten abserviert.

Ich will in mein Bett. Will schreien und weinen. Die negativen Emotionen in mir sind viel zu mächtig, sodass ich es nicht schaffen werde, mir meine Maske mit einem Lächeln und guter Laune aufzusetzen. Da meldet sich mein Engelchen zu Wort.

Ernsthaft? Du lässt dir wegen eines Vollidioten die Laune vermiesen? Sei froh, dass der Cut nun endlich passiert ist. Unterbewusst wusstest du doch, dass dieser Tag früher oder später kommen würde.

Ja, ich wusste es. Aber er kam zu früh! Definitiv! Die paar Wochen D/s-Beziehung sind lächerlich. Liam kommt erst in zwei

Monaten zurück. Ich glaube kaum, dass unser Kontakt halten wird. Es wird sich verlaufen.

Es ist besser so! Er tut dir nicht gut. Und ein guter Dom ist er auch nicht. Er ist viel zu egoistisch und was hältst du von egoistischen Männern? Nichts!

Ich versuche, diesen Gedanken Glauben zu schenken und erstmal meinen Frieden mit der Situation zu schließen. Und dann gelingt es mir doch die gute-Laune-Maske aufzusetzen und es fühlt sich sogar nicht gänzlich schlecht an.

Als ich in der Schul-Aula Platz nehme, bin ich dankbar, dass ich nicht auf Liam gehört habe. Natürlich wusste ich, dass er wollte, dass ich untenherum komplett entblößt bin, aber wenn er zu dumm ist, sich richtig auszudrücken, ist das sein Fehler und nicht meiner. Aber den konnte er sich natürlich nicht eingestehen.

Mr. Ich-liege-immer-richtig. Ich hätte ansonsten mit meinem nackten Arsch und meinen Schamlippen direkt auf dem Stuhl gesessen, weil das Kleid zu kurz ist, um als Unterlage zu dienen. Wahrscheinlich hätte ich mir dann noch einen Pilz eingefangen. Liam handelt unverantwortlich. Irgendwas stimmt echt nicht mit ihm. Dass er so darauf verharrt, dass Frau wirklich genau das tut, was er will, ohne selbst darüber nachzudenken. Wie kann man so etwas erwarten? Welcher Mann will eine Frau, die selbstlos alles für ihn tut? Solche Frauen haben dann doch kein eigenes Leben. Kein Wunder, dass er noch nie in einer Beziehung war. Das wird nicht nur an seinen Depressionen liegen.

Die Veranstaltung war unterhaltsam. Danach waren wir noch gemeinsam essen, um Sophias bestandenes Abi zu feiern.

Am Abend habe ich noch immer nichts von Liam gehört. Ich bin hin- und hergerissen. Soll ich ihm nun schreiben oder es einfach dabei belassen? Mir wird der Alltag ohne seine Aufgaben dermaßen leer und grau vorkommen. Ich hatte die Hoffnung, dass es nicht innerhalb weniger Wochen vorbei ist. Diese Enttäuschung muss ich verdauen. Mein Handy vibriert und mein Herz schlägt schlagartig schneller. Doch es ist keine Nachricht von Liam. Dominik hat mir geschrieben.

Hey, Kleine. Wie geht es dir?

Soll ich ehrlich sein? Oder soll ich lügen? Eigentlich ist Toni die Person, der ich mich anvertraue, aber ich denke, dass er mich in diesem Moment besser verstehen kann beziehungsweise mir eher helfen kann, da er ein Mann ist und darüber hinaus dominant. Antonella werde ich später von meiner Enttäuschung berichten.

Hey, gerade nicht so gut. Wie geht es dir?

Mir geht es gut. Wieso? Was ist los bei dir?

Mein Dom hat das zwischen uns heute beendet.

Was? Einfach so?

Ich habe mal wieder eine seiner Aufgaben nicht nach seiner Vorstellung ausgeführt. Aber er hatte sich auch nicht klar ausgedrückt.

Okay. Was für eine Aufgabe war das? Aber das ist kein Grund, eine Beziehung aufzulösen. Ich hoffe darauf, dass Sub Aufgaben nicht rechtmäßig erfüllt, damit ich sie bestrafen kann. Manchmal stelle ich extra Aufgaben, die offensichtlich nicht erfüllbar sind. Es ist niedlich mit anzusehen, wie sie sich dennoch die größte Mühe gibt, um nicht bestraft zu werden und dann trotzdem scheitert. Dennoch gefällt es ihr, weil sie weiß, dass ich große Lust darauf habe, sie zu bestrafen.

Er nimmt es halt persönlich, wenn man seine Aufgaben nicht nach seinem Willen erledigt. Er sieht das anders als du. Er braucht keinen Grund, um mich zu bestrafen. Das ist eben TPE. Er macht, was er will. Was ich will, steht nicht zur Diskussion. Ich sollte ein kurzes Kleid ohne Slip zu einer Zeugnisvergabe anziehen. Das Kleid ziehe ich normalerweise aber nicht mal ohne Shorts an, weil es wirklich zu kurz ist. Ich bin immer noch erschüttert darüber, dass er erwartet hat, dass alle, einschließlich meiner Familie, mich entblößt gesehen hätten.

Keine Unterwäsche ist wirklich heiß, aber erstens hat Mann doch nichts davon, wenn Mann nicht dabei ist und zweitens will man seine Sub in der Regel nicht fremden Augen ausliefern. Also Auslieferung ist eine feine Sache, aber da suche ich vorher die Männer für aus. Sei froh, dass du ihn los bist. Du hast etwas Besseres verdient. Einen Dom, der dich zu schätzen weiß.

Einen Dom wie dich? Das willst du mir damit sagen oder?

Ich bin tatsächlich der Meinung, dass ich dich wesentlich besser behandeln und auch befriedigen könnte.

Mag sein, dass du der bessere Dom bist, aber leider völlig unattraktiv.

Und wie sieht für dich die Befriedigung der Frau aus?

Indem ich sie fessle und ihr dann multiple Orgasmen verschaffe. Bis sie mich anfleht, dass ich aufhören soll.

Ungenügend. Nicht überzeugend. Gerade von einem Sapiosexuellen habe ich mehr erwartet als das.

Wieso meinen so viele Männer, dass es beim Sex schlichtweg um den Orgasmus geht? Sex ist doch kein Mittel zum Zweck, um das Ziel des Orgasmus zu erreichen. Ich weiß nicht, ob ich zu romantisch ticke. Jedoch finde ich den Orgasmus völlig überflüssig. Er schafft für wenige Sekunden ein Gefühl der Erlösung. Die paar Sekunden bewirken nicht, dass ich mich vollständig erfüllt fühle. Ich brauche keine Orgasmen, um mich gut zu fühlen. Was ich brauche, ist das Gefühl, während zwei Menschen intim miteinander sind. Ich bin Liam sehr dankbar, dass er an mir dran geblieben ist und mich nicht hat fallen lassen, als ich mich gegen BDSM mit ihm entschieden habe. Denn dank ihm, und auch den Männern auf *darkroom.com*, ist mir einiges bewusst und klargeworden. Es sind Leidenschaft, Vertrauen, Macht, Hingabe, Geborgenheit, Ungewissheit, Kontrollverlust, Verlangen, Begehren und Wertschätzung, die ausschlaggebend für meine Erfüllung sind. Psychisch basierend und nicht physisch. Daher löst Dominiks Beschreibung rein gar nichts in mir aus.

Hätte er Folgendes geschrieben, hätte er trotz seines, in meinen Augen, unattraktiven Aussehens, mein Interesse wecken können.

Die Befriedigung der Frau steht nicht im Vordergrund. Ich werde mit ihrer Lust spielen. Sie sanft in mein Bett legen, ihre Handgelenke festbinden, damit sie mir komplett ausgeliefert ist. Ihr den Sehsinn rauben, damit sie ungewiss ist, was ich mit ihr anstellen werde und sie jede einzelne Berührung intensiv empfinden wird. Der Anblick ihrer Hingabe und das Vertrauen zu mir, wird in mir das Verlangen nach ihr auslösen, aber ich wer-

de mich beherrschen. Ich werde mich in ihren Kopf verankern, sodass sie, sollte sie sich später selbst befriedigen, an mich denken wird.

Hätte seine Nachricht ähnlich ausgesehen, wäre ich neugierig geworden. Ein Dom, der nur auf Praktiken aus ist und die Tiefe einer Dom-Sub-Bindung nicht erkennen kann, reizt mich überhaupt nicht. Ich weiß, dass es schwer ist, jemanden zu finden, der nicht nur über emotionale Intelligenz verfügt, sondern auch attraktiv ist. Ich will Liam. Ich will ihn zurück als meinen Dom. Und wenn ich das schaffen sollte, dann bekomme ich ihn vielleicht sogar dahin, wo ich ihn haben will. Klingt unmöglich. Dennoch werde ich es probieren.

Hm ... Also damit erreichst du mich nun nicht. Ich möchte meinen Ex Dom zurück. Ich will weitere Erfahrungen mit ihm sammeln. Ist mir egal, dass er nicht perfekt ist. Über die Ferne SM zu leben ist nicht das Gelbe vom Ei, daher muss ich ihn zurückgewinnen, sodass wir weitermachen können, wenn er wieder in Hamburg ist.

Das ist äußerst schade. Hättest du trotzdem mal Lust, mit mir Essen zu gehen? Ich lade dich auch ein.

Ja! Das ist es! Ich werde mich mit ihm treffen und Liam dann später davon berichten, damit er sieht, dass ich es ernst meine. Dass ich mich tatsächlich nach einem neuen Dom umgesehen habe, weil ich einen brauche und will. Natürlich bin ich mir schon sicher, dass das Treffen eh ein Reinfall werden wird, aber das muss Liam nicht erfahren. Ich werde ihm schreiben, dass es enttäuschend war und ich nun weiß, wie toll er als Dom ist und ich ihn in Zukunft mehr schätzen werde. Ich bin ein Genie. Ein manipulatives Genie.

Gegen ein Essen spricht nichts. Allerdings werde ich definitiv nicht deine Sub werden. Du bist nämlich überhaupt nicht mein Typ! Daher ist es bloß ein Treffen.

Okay, das ist angekommen. Aber ich darf dich einladen und bestimmen, was du bestellen wirst?

Wenn es dich glücklich macht. Bitteschön.

Wann hast du Zeit?

Übermorgen. Nach dem Sport.

Um wie viel Uhr wäre das dann? Ich würde dich gerne ins Block Haus am Alstertaler Einkaufszentrum ausführen.

Ich könnte gegen 16 Uhr dort sein.

Prima. Ich freue mich.

Die Freude liegt ganz auf meiner Seite.

Ich grinse schelmisch. In wenigen Tagen wird Liam wieder mir gehören. Besser gesagt: Ich werde ihm gehören.

Am nächsten Morgen habe ich, statt von Liam, eine Nachricht vom Dominik auf meinem Handy. Ein wenig traurig bin ich schon. Mein Ego sollte sich freuen direkt Aufmerksamkeit eines anderen Mannes zu bekommen, der im Gegensatz zu Liam, ernsthaft an mir interessiert ist. Dieses Interesse beruht nur leider nicht auf Gegenseitigkeit. Dominik ist ein netter Kerl und das Treffen wird mit Sicherheit auch nett werden. Ein schlechtes Gewissen habe ich nicht, obwohl ich ihn irgendwo schon ausnutze, aber ich habe ihm klar und deutlich gesagt, dass nie mehr zwischen uns laufen wird und es scheint, als wenn ich ihm mit dem einen Treffen eine Freude bereite. Von daher sollte mein Karma keine Punkte abgezogen bekommen.

Guten Morgen, Süße! Ich hoffe du hast gut geschlafen. Wie geht es dir heute?

Hey, mir geht's gut und dir?

Er antwortet nicht sofort, daher beginne ich meinen Tag und lege mein Smartphone beiseite.

Als ich unter der Dusche bin, fällt mir ein, dass ich Toni nicht mehr geschrieben habe. Ich muss mich dringend bei ihr melden. Wir haben zu lange nichts voneinander hören lassen und in wenigen Wochen fliegen wir schon gemeinsam weg. Sie würde sich darüber freuen, wenn es zwischen Liam und mir so bleiben würde. Da bin ich mir sicher. Von dem Treffen mit Dominik erzähle ich ihr besser nichts. Sie würde es mir bloß ausreden wollen.

Hey, Toni. Ich hoffe bei dir ist alles klar. Bei mir sieht es gerade nicht wirklich rosig aus. Liam und ich sind nur noch Freunde. Und ich will und kann mich damit nicht abfinden.

Sie kommt sofort online, nachdem ich die Nachricht gesendet habe.

Bei mir ist alles paletti. Das klingt ungut. Brauchst du Ablenkung? Wollen wir uns treffen? Ich hätte heute Abend Zeit. Irgendwie kam das nun doch recht unerwartet und sehr plötzlich.

Danke, aber ich denke, dass mich das Training am besten ablenken wird. Ich will heute Abend ins Gym. Ich wollte dich nur eben auf den neusten Stand bringen.

Was ist denn passiert? Erzähl.

Um mir nicht die Finger wund zu tippen, schicke ich ihr eine Voicemail.

Der spinnt doch!!! Das kann man doch von keiner Frau erwarten! Meinte er zu dir nicht mal, dass er eine Lady zur Sub will und kein billiges Flittchen? Was wäre das denn gewesen, wenn du halbnackt in der Öffentlichkeit durch die Gegend läufst? Vor allem auf einer Familienveranstaltung, auf der mit Sicherheit auch viele Kinder waren. Da sind ihm doch sämtliche Lichter durchgebrannt.

Ich glaube, er hat einen Vorwand gesucht, um mich loszuwerden. Obwohl er auch ohne Grund hätte schreiben können, dass er keine Lust mehr hat. Also war ihm das vielleicht doch ernst? Ich weiß es nicht. Ich werde nicht schlau aus ihm.

Mir tut das auf jeden Fall leid, Mel. Im BDSM ist es mega wichtig, jemanden zu haben, auf den man sich wirklich verlassen kann. Und dann triffst du auf einen Affen. Dennoch muss ich zugeben, dass ich auch neugierig bin, wieso er tickt, wie er tickt.

Anfangs war ich noch motiviert und voller Hoffnung, hinter seine Maske blicken zu können. Langsam denke ich, dass er nicht so toll und aufregend ist, wie er sich selbst präsentiert hat. Dieses Geheimnisvolle ist wahrscheinlich nur eine Fassade. Dahinter verbirgt sich nur ein Kerl, der sich sein Leben selbst schwer macht.

Aber es ist schon heftig, wie er es geschafft hat, dich um den Finger zu wickeln. Du warst am SM noch nicht mal interessiert. Eigentlich nur an seiner Person. Und jetzt? Ich habe schon in unseren letzten Gesprächen gemerkt, dass es dich doch ganz schön eingenommen hat und dich diese ganze Materie ziemlich interessiert. Wenn du weitere Erfahrungen sammeln möchtest, wirst du bestimmt jemanden finden, der dir zeigt, wie wahrer SM zu sein hat. Hinter Liams Maske kannst du auch schauen, wenn ihr nur befreundet seid.

Glaube mir. Ich hätte mein gesamtes Hab und Gut darauf verwettet, dass BDSM nie zu meiner Leidenschaft werden wird. Um ehrlich zu sein, hege ich noch Hoffnung, dass er der Dom sein kann, den ich mir wünsche. Ich bin total durcheinander. Auf der einen Seite weiß ich, dass er ein Idiot ist, auf der anderen mag ihn sehr. Der Gedanke an einen neuen Dom fühlt sich für mich nicht gut an.

Dann musst du ihn zurückgewinnen. Es wenigstens versuchen. Du weißt, was ich von ihm halte, aber letztendlich weißt du am besten, was das Richtige für dich ist.

Ich hab dich lieb. Wir sollten uns am Wochenende treffen.

Ich dich auch. Das sollten wir.

In der Zwischenzeit hat Dominik mir geantwortet.

Mir geht es prächtig. Hm ... Würdest du mir noch eine Freude bereiten?

Die sehe wie aus?

Würdest du deine schönen, langen Haare morgen zu einem Zopf binden?

Ich trage einen Zopf eigentlich nur während des Trainings, aber wenn es sonst nichts weiter ist ...

Eine Sache wäre da noch. Einfach, um das Essen ein wenig spannender zu gestalten. Ich denke, dass dir das eh zu weit gehen würde beziehungsweise du dich gewiss nicht trauen wirst. Mich überrascht es ja schon, dass du dich überhaupt mit mir treffen willst. Ich kann mich noch daran erinnern, dass du mich damals immer versetzt hast. Du hattest immer eine Ausrede, wieso du keine Zeit hast.

Das ist aber schon ein paar Jahre her. Was verlangst du denn noch von mir?

Bisschen neugierig bin ich schon, was in seinem Kopf vorgeht. Ich bin definitiv nicht abgeneigt, unser Essen interessanter zu gestalten, so lange es keine sexuellen Berührungen beinhaltet. Das sollte ihm wohl klar sein.

Wie wäre es, wenn ich dir befehlen würde, auf das WC zu gehen, dir dort deinen Slip auszuziehen und mir den dann am Tisch zu überreichen?

Ich nehme mir einige Minuten Bedenkzeit. Moralisch könnte man es als verwerflich bewerten. Allerdings finde ich persönlich, dass da nichts bei ist. Mir ist es egal, ob es ihn anmacht. Ich brauche einfach mal wieder einen Kick. Liams Aufgaben haben mich nicht sexuell befriedigt, aber sie haben Schwung in mein Leben gebracht. Und jetzt ist es mir ziemlich klar. Ich vermisse diesen Kick, den ich dabei verspüre etwas zu tun, was ich normalerweise nie tun würde beziehungsweise, was andere schockieren würde, weil sie nie von mir denken würden, dass ich solche Dinge mache. Das Gefühl, dass dich andere gar nicht durch und durch kennen, obwohl sie dies glauben, das fühlt sich für mich verdammt gut an. Eine geheimnisvolle Seite an sich zu haben, von der niemand weiß. Neues auszuprobieren, von dem man glaubt, dass es einem überhaupt nicht gefallen würde. Das ist Nervenkitzel. Dominik hat mein Nicht-Antworten anscheinend verunsichert. Was ihn noch unattraktiver macht, denn was will Sub mit einem unsicheren Dom?

Das geht dir zu weit, nicht wahr? Ich entschuldige mich für diesen Vorschlag und hoffe, dass du unser Treffen nun nicht absagen willst.

Alles in Ordnung. Können wir gerne so machen. Hab kein Problem damit. Insofern, dass du mir meinen Slip am Ende wiedergibst.

Oh, okay. Das freut mich sehr. Selbstverständlich bekommst du ihn wieder.

Damit sich meine Eltern keine Sorgen machen, weshalb ich länger wegbleibe als gewöhnlich, habe ich ihnen gesagt, dass ich mich nach dem Training noch mit jemandem treffe und wir gemeinsam Essen gehen. Schon schlimm genug, dass ich Toni nicht von diesem Treffen erzählt habe. Ich habe tatsächlich ein schlechtes Gewissen deswegen, was äußerst selten vorkommt. Als ich fertig mit dem Beintraining bin, schaue ich auf mein Handy, bevor ich unter die Dusche gehe.

Wie sieht es aus? Bist du beim Sport?

Ich bin schon fertig. Muss nur noch duschen und dann fahre ich los.

Wehe, du duschst länger als drei Minuten.

Was dann? Ich dusche so lange ich will. Keine Sorge. Ich bin immer pünktlich.

Ich lege das Handy in den Spint zurück und gehe duschen.

Was denkt er sich?

Sein kläglicher Versuch mir etwas zu befehlen, ist definitiv gescheitert. Hegt er doch mehr Hoffnung? Falls ja, wird ihm diese ziemlich schnell vergehen. Er wird sehen, dass ich keine devote Frau bin. Dass ich nicht vor jedem knie, der von sich behauptet, dominant zu sein. Wenn sein Ego derartig riesig ist, wird es nach unserem Treffen um einige Meter geschrumpft sein. Ich bin stur und konsequent. Wenn er ein guter Dom ist, dann sollte er sich gefälligst an unsere Absprachen halten.

Erst, als ich im Bus sitze, werfe ich wieder einen Blick auf mein Smartphone.

Dass du einen Zopf tragen sollst, hat seine Gründe. Das ist gut. Ich erwarte Pünktlichkeit.

Dann hoffe ich, dass du genauso pünktlich bist. Ich mag es nicht, wenn man mich warten lässt.

Keine Antwort. Ich fahre mit gemischten Gefühlen zu dem Treffen. Wären seine dummen Anspielungen nicht, wäre alles in bester Ordnung. Ich hoffe, dass er diese beim Essen unterlassen wird, ansonsten werde ich sehr schnell aufessen und zur Not meinen Teil der Rechnung selbst übernehmen. Obwohl ich es schon ziemlich geil finde, nicht bezahlen zu müssen. Abwarten.

Pünktlich am Treffpunkt angekommen, ist von ihm keine Spur zu sehen. Ich habe die Hoffnung gehegt, dass er schon da ist, wenn ich ankomme.

Es nieselt leicht und ich habe keinen Regenschirm dabei. Ich setze mich auf eine freie Bank.

Vielleicht hat er mir geschrieben, dass er sich verspäten wird. Hat er nicht. Meine Stimmung kippt. In mir kommt der Gedanke hoch, in den nächsten Bus zu steigen und nach Hause zu fahren. Ich lasse meinen Blick über die Fläche vor mir und über die andere Straßenseite schweifen. Dass ich nicht weiß, aus welcher Richtung er kommt, macht mich ein wenig nervös. Das ist meinem Drang nach Kontrolle zuzuschreiben. Neue Situationen sind nicht zu kontrollieren, daher bin ich damals Neuem aus dem Weg gegangen. Es sollte alles bleiben, wie es ist. Ich treffe mich das erste Mal vorsätzlich mit einem fremden Dom. Vielleicht hätte ich Antonella doch Bescheid geben sollen. Vielleicht wäre es sogar gut gewesen, wenn sie mitgekommen wäre. Nach weiteren fünf Minuten greife ich zum wiederholten Male zu meinem Handy. Und siehe da. Eine Nachricht von Dominik.

Ich sehe dich und ich wette, dass du dich gleich nach mir umsehen wirst.

Ich lasse meinen Blick konsequent auf dem Display haften. So langsam habe ich das Gefühl, dass er mich extra hat warten lassen und schon länger an einem Punkt steht, an dem ich ihn gar nicht sehen kann, er aber mich.

Ziemlich lustig, dich zu beobachten, wie du da am Warten bist.

Könntest du Gedankenlesen, wüsstest du, dass ich keine weiteren fünf Minuten auf dich warten werde. Du wolltest dich mit mir treffen. Ich habe kein Problem damit, das Ganze abzublasen.

Ach, komm. Ist doch nur Spaß. Ich stehe an der Ampel. Bin gleich da.

Ich finde es nicht witzig, wenn man meine Zeit vergeudet. Bis gleich.

Meine Stimmung ist im Keller. Wenn ich hungrig bin, ist mit mir nicht gut Kirschen essen.

Ich erblicke ihn erst, als er kurz vor mir steht. Dabei ist sein Äußeres definitiv auffällig und hebt sich von der Masse ab. Seine dunklen Haare sind zu einem kurzen Zopf gebunden. Die Seiten sind geschoren. Er trägt einen langen, schwarzen Mantel und schicke Schuhe. In der Gesamtausstrahlung wirkt er auf mich homosexuell. Sein Blick ist wenig dominant, sondern eher eitel und ein Stückchen Arroganz spiegelt sich wider. Die Bilder von ihm bestätigen demnach meine Meinung. Nicht mein Typ. Er umarmt mich zur Begrüßung und gibt mir rechts und links einen Kuss auf die Wange. Auf diese Weise hat mich noch nie ein heterosexueller Mann begrüßt. Sein Duft steigt mir in die Nase. Er riecht nach: Ich-versuche-mit-Parfum-den-Rauchergeruch-loszuwerden. Eher abstoßend als anziehend.

„Na, Kleine. Wie geht es dir?“ Während er das sagt, lässt er meinen langen Zopf durch seine Hand gleiten.

„Ganz gut soweit und dir?“

„Auch. Wollen wir?“ Er hebt seinen Arm. Eine Einladung mich bei ihm einzuhaken.

„Ja, langsam wird mir nämlich kalt. Wie du weißt, stehe ich schon eine Weile im Regen.“

„Das tut mir natürlich leid.“, sagt er offensichtlich sarkastisch.

„Los, hake dich bei mir ein.“

Widerwillig folge ich seinen Worten.

Im Restaurant angekommen, schiebt er mir den Stuhl nach hinten, damit ich mich bequem setzen kann. Ich nehme diese Geste zur Kenntnis, aber sie beeindruckt mich nicht. Als er seinen Mantel ablegt, sehe ich, dass er teure Markenkleidung trägt.

Er legt viel wert auf sein äußeres Erscheinungsbild. Mir gefällt seine Kleidung nicht. Zu schicki-micki. Ich stehe auf den sportlichen Stil. Sportlich ist er definitiv nicht. Unter seinem Pullunder sieht man eindeutig ein Bäuchlein hervorblitzen. Er hatte mir geschrieben, dass er zugenommen hat und gerade dabei ist, wieder abzunehmen. Ich sollte ihm ein Fitnessstudio empfehlen.

Uns werden zwei Karten gebracht. Ich lasse meine geschlossen, da er für mich bestellt.

„Hast du großen Hunger?"

„Einigermaßen."

„Du hattest mir ja geschrieben, dass du viel isst, um aufzubauen."

„Das stimmt. Aber ich versuche dennoch, das Richtige zu essen."

„Gut, ich weiß, was ich dir bestellen werde."

„Du wirst es mir wahrscheinlich nicht vorher verraten, nicht wahr?"

„Richtig. Das hast du gut erkannt.", zwinkert er mir zu. Der Kellner kommt, um unsere beziehungsweise Dominiks Bestellung aufzunehmen. Er bestellt mir ein stilles Wasser und eine Fitnesspfanne. Sich selbst bestellt er eine Cola Zero, innerlich schmunzle ich, da Cola ohne Zucker dennoch ungesund ist, und ein Steak. Ich hätte auch lieber ein Steak gehabt, als ein bisschen Gemüse mit ein paar Rinderstreifen. Aber er hat halt keine Ahnung, was für Nahrung mein Körper braucht. Und da er bezahlt, werde ich mich auch nicht beschweren. Er schaut mich an, als erwarte er nun ein „gut gemacht" von mir. Ich schaue zurück und sage nichts. Dann beginnt er ein Gespräch, welches überraschend gut verläuft. Wir können total locker miteinander reden. Er erzählt mir von seinen sozialen Projekten. Er engagiert sich für junge, aidskranke Menschen. Das finde ich bewundernswert. Wir tauchen dabei tiefer in das Thema Sexualität ein. Und meine gute Menschenkenntnis wird bestätigt. Er hatte bisher tatsächlich schon homosexuelle Erfahrungen gemacht. Er ist also bisexuell. Vielleicht ist er auch in einer Findungsphase, denn auf mich macht er einen sehr weiblichen Eindruck.

„Bevor das Essen kommt. Du weißt, was ich jetzt von dir verlange.", reißt er mich aus meinen Gedanken. Ich werfe ihm ein kurzes, verschmitztes Lächeln zu und mache ich mich auf den Weg ins WC. Das Adrenalin breitet sich langsam in meinen Adern aus. Wie ich dieses Gefühl vermisst habe. Leise öffne ich die Tür zur Damentoilette. Niemand da. Erstmal entleere ich meine Blase. Die drückt schon eine ganze Weile. Danach ziehe ich meine Schuhe aus, gefolgt von meiner Jeanshose. Die Tür der Klokabine ragt nicht bis auf den Boden. Würde nun jemand hereinkommen, könnte man sehen, dass Schuhe und Hose nicht an ihrem Besitzer sitzen. Ich beeile mich. Das Gefühl die Hose ohne Slip anzuziehen, ist unangenehm. Vor allem, weil die Naht der Jeans ziemlich eng an meinem Geschlecht sitzt. Beim Verlassen des WC's merke ich, dass diese Naht leicht an meinen Schamlippen scheuert. Wäre der Mann, mit dem ich Essen bin, attraktiv, könnte mich das tatsächlich erregen. Aber ich finde ihn dermaßen abturnend, dass mich diese Situation völlig kalt lässt. Den Slip habe ich in meine Hosentasche gestopft. Bevor ich mich setze, überreiche ich ihn Dominik. Da das Restaurant nicht gut besucht ist, bekommt dies niemand mit. Er versucht, mir einen sexy, verruchten Blick zuzuwerfen, als er meinen String in seiner Hosentasche verschwinden lässt. Ich muss mich zusammenreißen, nicht loszulachen. Bisher war er sehr nett, daher möchte ich ihn nicht vorführen. Ich lächle nur freundlich. Wenige Minuten später kommt unser Essen.

„Sieht gut aus. Brokkoli mag ich nur nicht, den lege ich beiseite."

„Oh, das wusste ich nicht.", entschuldigt er sich.

„Du hast auch nicht gefragt. Ich esse allgemein nicht gerne gekochtes Gemüse."

„Ich dachte, du ernährst dich gesund."

„Ausgewogen. Gemüse hat Mikronährstoffe, aber ich brauche auch Makronährstoffe. Ein Steak, wie auf deinem Teller, wäre um einiges produktiver gewesen nach einem Trainingstag."

„Du wirst es trotzdem aufessen."

„Natürlich. Bis auf den Brokkoli.", funkle ich ihn an.

„Ich hätte tatsächlich erwartet, dass du um einiges devoter bist. Auf deinen Bildern wirkst du ziemlich sanft. Mir hat noch nie eine Sub durchgehend in die Augen geschaut, wenn ich mit ihr geredet habe. Die Frauen vor dir sind immer mal mit ihren Blick ausgewichen. Das tust du nicht. Du bist ziemlich selbstsicher."

„Ich bin nun mal auch keine Sub."

„Für deinen ehemaligen Dom warst du es aber schon."

„Weil ich es wollte. Und es hat ja auch einen Grund, weshalb ich nicht mehr seine Sub bin. Ich bin eben zu dominant. Letztendlich entscheide immer ich, ob ich seine Aufgabe machen will oder nicht. Devotes Verhalten kann man das nicht nennen."

„Hm ... Ich würde dich gerne züchtigen und erziehen."

„Wie willst du das anstellen? Einen Menschen, dessen Natur eine ganz andere ist, wirst du nie so formen können, wie du ihn haben willst. Es sei denn, er oder sie spielt das Spiel mit. Aber authentisch ist es dann auch nicht."

„Irgendwas Devotes muss in dir stecken, ansonsten würdest du jetzt nicht hier sitzen."

„Das ist deine Interpretation. Ich habe tatsächlich meine Gründe, weshalb ich hier sitze, aber ich werde nie deine Sub sein."

„Du bist eine Herausforderung, die ich gerne annehme."

„Verbrenne dir nicht die Finger an mir."

„Ich mag Frauen mit Feuer." Ich lache nur und esse dann weiter.

Nachdem wir aufgegessen haben, lässt er noch mal die Karte kommen.

„Bereit für den Nachtisch?", er lässt es zweideutig klingen.

„Ich bin eigentlich ziemlich satt, aber bestell ruhig.", antworte ich trocken. Mich stört es, dass er sich trotz eindeutiger Worte Hoffnung macht. Mir ist bewusst, dass meine freundliche und offene Art oft als Flirtversuch bewertet wird, daher gebe ich mir große Mühe nicht zu nett zu ihm zu sein. An einer Freundschaft könnte ich interessiert sein, da man sich wirklich gut mit ihm unterhalten kann, aber wenn er etwas anderes im Kopf hat, dann ist das aussichtslos.

Ich bin froh, dass wir keine unangenehmen Pausen haben. Hätten wir uns die ganze Zeit über nur angeschwiegen, hätte ich den Nachtisch definitiv abgelehnt und mich auf den Heimweg gemacht. Der Kellner bringt mir einen Kakao und das warme Schokoladen-Soufflé mit flüssigen Schokoladenkern und dazu eine Portion Sahne. Den Kakao hätte ich mir auf jeden Fall nicht bestellt. Besser wäre ein Tee gewesen. Zu viel Zucker. Das wird mir nicht gut bekommen. Sich hat er einen Kaffee und drei Kugeln Eis bestellt und ich bekomme die volle Dröhnung Schokolade. Dabei esse ich schon länger kaum noch süße Sachen. Andere wären für diesen Nachtisch gestorben und ich habe das Gefühl, währenddessen zu sterben. Ich spüre wie mein Herz immer schneller schlägt. Ich bin nach dem Soufflé schon übermäßig überzuckert. Den Kakao würge ich mit Mühe herunter, damit er nicht noch länger auf mich warten muss. Dominik hat sein Eis nämlich verschlungen.

„Wollen wir noch einen Abstecher ins AEZ machen?"

„Können wir von mir aus machen."

Dann kannst du mir meinen Slip wiedergeben und du wirst mich nie wiedersehen.

Er bezahlt und dann schlendern wir ins Einkaufszentrum. Wieder hat er darauf bestanden, dass ich mich bei ihm einhake. Unser Größenunterschied sorgt dafür, dass es nicht bequem ist, eingehakt nebeneinander zu gehen. Aber wenn es ihn glücklich macht, sei es ihm gegönnt. Immerhin hat er ordentlich Geld ausgegeben für das Essen. Im Center erzählt er mir, dass er dort hin und wieder mit einem Infostand steht und dann fängt er an, von Markenkleidung zu reden. Zu dem Thema kann ich mich nicht äußern und antworte bloß mit „Ah", „Ok" und „Ja.".

„Möchtest du noch einen Tee von Starbucks? Dann können wir uns noch kurz hinsetzen und ein wenig weiter plaudern, bis die schließen."

„Ein Tee wäre tatsächlich eine gute Sache. Ich nehme einen Grünen, wenn ich entscheiden darf." Er zwickt mir in den Arm.

„Autsch. Wofür war das denn?"

„Deine Antwort war frech. Aber du bekommst deinen grünen Tee.", zwinkert er mir zu. Das war kein sanfter Kniff. Mein Arm brennt und ich habe sogar das Gefühl, dass ich blute. Das sollte er besser nicht noch mal wagen. Mutig ist er. Aber Übermut tut selten gut. Wir setzen uns. Mein Tee ist jedoch zu heiß, um ihn trinken zu können. Während er mich weiterhin zu sabbelt, puste ich in meinen To-Go-Tee.

„Ist der zu heiß?"

„Nein. Ich puste nur zum Spaß hinein. Ist so ein Tick von mir.", reagiere ich mit Sarkasmus. Dabei muss ich an Liam denken, der nicht mal Ironie versteht. Ihm gegenüber sarkastisch zu sein, habe ich mich nie getraut. Auch wenn ich mich mit Dominik besser unterhalten kann, wünschte ich, dass Liam mir gegenüber säße. Mit ihm ist Schweigen sogar schöner als eine nette Unterhaltung mit Dominik. Er ist so gewöhnlich. Hat nichts Interessantes an sich. Ich schaue in seine Augen und sehe, dass nichts dahinter verborgen liegt.

Dominiks Handy klingelt. Er entschuldigt sich kurz und nimmt dann das Gespräch an. Dem Inhalt der Konversation kann ich entnehmen, dass an der anderen Leitung seine Mutter ist. Die Milch ist alle.

„Ja, Mama. Ich schaffe es heute aber wahrscheinlich nicht mehr zum Einkaufen. Ich besorge die Milch dann morgen.", versucht er sie abzuwürgen.

Ihm ist wahrscheinlich bewusst, dass das bei einer möglichen, zukünftigen Sub nicht gut ankommt, wenn der Dom mit seiner Mutter telefoniert. Ich finde es niedlich. Immerhin habe ich auch einen guten Draht zu meinen Eltern. Würde er allerdings als Dom in Frage kommen, weiß ich nicht, ob mir das gut gefallen hätte. Ich brauche dieses Bild in meinem Kopf. Dieses Bild vom dunklen, starken Mann. Mit dem Wissen, dass er eine weiche Seite hat, die aber im Verborgenen liegt und nur zum Vorschein kommt, wenn ich sie brauche.

Generell mag ich Männer, die sich ihrer Gefühle bewusst sind und keine Angst davor haben, über sie zu reden, weil sie meinen, dass es ihre Männlichkeit schwächen könnte. Die Selbstsicherheit mit der sie es tun, ist ausschlaggebend dafür, dass ich sie als stark und männlich wahrnehme. Ein Mann, der Angst davor hat, seine Gefühle zu zeigen oder sich derer nicht bewusst ist, ist in meinen Augen nicht stark. Es sei denn, er steht zu seiner Angst.

Selbstsicherheit, Selbstbewusstsein, Authentizität, Ehrlichkeit, Klarheit und Empathie bilden die Grundpfeiler für meine Definition von Dominanz. Und einen dominanten Mann empfinde ich als männlich und anziehend. Es ist nicht sein Handeln, es sind sein Wesen und sein Geist, die in mir Verlangen und Begehren auslösen. Auf lange Sicht. Wie man sieht, hat Liam es durch reines Handeln geschafft, mich zu verzaubern. Allerdings waren diese Erfahrungen und Gefühle neu für mich.

Jetzt, wo ich mir immer klarer darüber werde, was ich brauche und will, wird es immer schwieriger für mich, mich mit dem zufrieden zu geben, was ich habe. Mir wird immer bewusster, dass Liam meiner Definition von Dominanz nicht gerecht wird. Er hat zu viele Probleme mit sich selbst. Ich bin kein gutes Vorbild. Denn ich bin mir meiner Gefühle in Bezug auf ihn überhaupt nicht klar und hatte bis dato selbst Angst, Liam komplett ehrlich gegenüber zu sein. In meinen Gefühlsberichten habe ich sehr viel von mir preisgegeben, aber von diesem Durcheinander in mir, bekommt er nichts mit. Allerdings bin ich mir sicher, dass sich mein Verhalten bloß spiegelt. Ich kann einfach nicht zu hundert Prozent authentisch und ehrlich sein, wenn es mein Gegenüber nicht ist. Ich zweifle gerade sehr daran, dass wir die Ebene unserer oberflächlichen Bindung je verlassen werden, um uns auf eine tief gehende Reise zu begeben. Auf Dauer wird mich das mit Liam mit Sicherheit nicht erfüllen können. Trotz dieser Erkenntnis, möchte ich ihn für mich gewinnen. Ich mache sein Spiel zu meinem eigenen. Dominik hat aufgelegt.

„Verzeih. Das war meine Mutter."
„Kein Problem."
„Wollen wir draußen noch spazieren gehen? Die machen schon sauber und werden uns bestimmt gleich rauswerfen."
„Von mir aus."
„Du bist echt frech, Fräulein."
Er zwickt mich wieder. Ich zwicke zurück.
„Hör auf mich zu kneifen.", fauche ich ihn an.
„Du bist ein hartes Stück Arbeit."
„Ich verstehe dich nicht. Meiner Meinung nach, habe ich mich vor unserem Treffen klar und deutlich ausgedrückt und daher muss ich mir gar nichts gefallen lassen."
„Mir gefällt deine kecke Art."
Langsam bekomme ich das Gefühl, dass er in einer Wunschblase lebt und die Tatsache, dass ich kein Interesse an ihm habe, schlichtweg ignoriert. Beim Spaziergang wird er mir hoffentlich endlich meinen String wiedergeben und dann werde ich nach Hause fahren. Mit gemischten Gefühlen. Auf der einen Seite war das Reden mit ihm sehr angenehm, aber auf der anderen Seite der Medaille ist seine Nähe unangenehm. Sein Sticheln und auf Krampf versuchtes flirten missfallen mir.
Als wir das Einkaufszentrum verlassen, erwartet er wieder, dass ich mich bei ihm einhake. Den halbvollen Teebecher werfe ich in den nächsten Mülleimer. Das Risiko, gleich auf die Toilette zu müssen, gehe ich nicht ein.
„Wohnst du noch zu Hause?"
„Nicht wirklich. Meine Mutter und ich wohnen nur im selben Haus. Demnach sehe ich sie oft und wir essen regelmäßig zusammen."
„Das ist doch schön."
„Ja. Ich will nicht weiter über meine Mutter reden."
„Worüber denn?"
„Ich hab noch etwas, was dir gehört."
Wir sind gerade ein paar Meter in einen Park gegangen, der ziemlich unbesucht wirkt. Er bleibt prompt stehen, blickt sich kurz um und kommt mir dann sehr nahe. Ich mag nicht, wie er riecht. Er bewegt seinen Mund zu meinem Ohr hin. Mein Körper spannt sich schlagartig an.
Gib mir einfach nur meinen verfickten String wieder und mach daraus keine Theaterszene!, schießt es mir durch den Kopf. Die Sympathie, die ich für Dominik empfand, entwickelt sich gerade zu einer Antipathie.

„Mel, ich weiß, dass ich dich will. Und ich kriege alles was ich will."

Während die Worte aus seinem Mund in mein Ohr gleiten, schiebt er seine Hand in meine Stretchjeanshose und ich wünschte, ich hätte eine Hose an, die nicht nachgibt.

Ich bin so geschockt, über sein Handeln und seinen Übermut, dass ich es einfach zulasse. Dabei müsste ich ihm heftig eine scheppern.

Melina! Schlag ihn! Schubs ihn weg von dir! Mein Verstand schreit mich an. Mein Körper reagiert nicht. Er berührt meinen Kitzler und meine Schamplippen. Mein Nervensystem muss ausgefallen sein, denn ich fühle rein gar nichts.

Als er einen Finger in meine Vagina schiebt, bleibt diese trocken. Ich starre ihm dabei völlig emotionslos in seine Augen. Sein Mund umschlingt ein leichtes Lächeln. Er gibt sich Mühe, aber seine Berührungen gleichen einer Untersuchung beim Frauenarzt.

„Ist dein Arsch noch Jungfrau?", flüstert er mir fragend ins Ohr. Als ich nicht antworte, löst er sich von meinem Ohr. Ich ziehe meine linke Augenbraue und meinen rechten Mundwinkel hoch. Das sollte als Antwort genügen. In dem Moment steckt er mir seinen Finger in den Po. Da dies ohne großen Nachdruck geht, sollte damit seine Frage beantwortet sein. Ich verziehe immer noch keine Miene.

„Schade.", mehr bringt er nicht hervor. Dachte diese wirklich naive Sorte von Mann tatsächlich, ihm wäre die Ehre zuteilgeworden, mich Anal mit einem Finger zu entjungfern? Dominik enttäuscht mich immer mehr. Nur weil jemand sapiosexuell ist, bedeutet dies wohl nicht automatisch, dass derjenige über emotionale Intelligenz verfügt. Des Weiteren ist er nicht in der Lage, meine Körpersprache zu lesen. Schon vorher muss er sie völlig fehlinterpretiert haben, denn ansonsten wären wir jetzt nicht in dieser Situation. Meine Coolness überrascht mich selbst. Aber vielleicht ist es der Schock und wenn ich zu Hause bin, bricht die Fassade in sich zusammen. Er zieht seine Hand aus meiner Hose zurück und wischt seinen Finger an meinem Hosenbund ab. Dann holt er meinen String hervor und seine Hand gleitet erneut in meine Hose. Er probiert tatsächlich, mir meinen Slip vaginal einzuführen. Er scheitert daran. Meine Pussy heißt ihn nicht willkommen. Sie bleibt eng und trocken. Anstatt es dabei zu belassen, öffnet er meine Jacke und fährt mit seiner kalten Hand unter mein Shirt und schiebt mir meinen BH hoch. Seine zweite

Hand holt er auch noch dazu. Er spielt mit meinen Nippeln. Zwirbelt und zwickt sie. Ziemlich fest. Es brennt und das einzige, was ich fühle, ist Schmerz. Der Impuls zu meiner Pussy bleibt aus. Normalerweise ist solch eine Situation ziemlich prickelnd. Man könnte jeden Moment erwischt werden. Das ist mir in diesem Moment völlig egal und kickt mich überhaupt nicht. Ich gewähre Dominik weiterhin den Zugang zu meinem Körper. Merkwürdigerweise fasziniert es mich irgendwo, dass es mich vollkommen kalt lässt. Denn eigentlich passiert das gerade gegen meinen Willen. Aber seine Verzweiflung zu sehen und wie von Berührung zu Berührung seine Selbstsicherheit und Hoffnung schwindet, bereitet mir ungemeine Genugtuung. Ich fühle mich ihm überlegen, weil ich ihm zeige, dass er keine Macht über mich hat. Dass er rein gar nichts in mir auslöst. Ich führe ihn mit meiner Emotionslosigkeit vor.

„Regt sich bei dir nichts? Gefällt dir das nicht?“

„Ich spüre nichts. Ich bin null erregt. Meine Erregung liest im Keller Zeitung.“

Ich grinse ihn finster an. Was ihn zu provozieren scheint. Er gibt nicht auf. Er zieht heftig an meinem Zopf und mein Kopf wird zur Seite gerissen. Mein linkes Ohr liegt auf meiner linken Schulter. Er löst den Griff nicht und sein Mund nähert sich meinem Hals. Ich erwarte eine zärtliche Berührung. Aber werde wieder enttäuscht. Er beißt mir mit seinen spitzen Zähnen brutal in den Hals. Ich gebe keinen Laut von mir, obwohl es höllisch weh tut. *Das wirst du bereuen!* Als er meinen Zopf und Hals frei lässt, blicke ihn böse an.

„Das scheint dir auch nicht gefallen zu haben. Ich dachte, du stehst auf dominante Männer.“

Seine emotionale Dummheit macht mich langsam wütend! Hatte ich ihm nicht geschrieben, dass ich psychische Befriedigung brauche? Da sollte es wohl logisch sein, dass rein physische Handlungen nichts bewirken, wenn mich der Mann überhaupt nicht reizt. Oder ist Dominik der Meinung, dass er erfolgreichen Mindfuck betrieben hat? Meine Empathie stößt an ihre Grenze. Ich habe keine Ahnung, was sich dieser Junge gerade dabei denkt.

Als Antwort erntet er bloß einen fassungslosen Blick, gefolgt von einer rachsüchtigen Handlung.

Ich greife nach seiner Hand und kneife ihn mit meinen Fingernägeln so stark in seine Haut, dass er zu bluten anfängt.

„Au! Was sollte das denn?!“

„Jammerst du etwa?“, frage ich ihn provozierend. Noch nie zuvor habe ich meine Dominanz dermaßen anwesend in mir wahrgenommen und gefühlt. Er greift meinen Kopf, hält diesen fest und beißt mir in meine Nasenspitze. Sofort schießen mir Tränen in die Augen. Aber ich sage keinen Ton. Nach ein paar Sekunden gibt er auf. Ich lasse die Tränen in meinen Augen stehen, denn ich habe keine Zeit sie wegzuwischen. Auf seinen Biss folgt eine Ohrfeige meinerseits. Darin habe ich, dank Liam, immerhin ein wenig Übung.

„Okay. Ich habe es verstanden. Du stehst anscheinend nicht auf Schmerzen. Ich hätte dich nur zu gerne Jammern und Flehen gehört.“

Ich stehe einfach nicht auf dich ... Diese Worte bleiben in meinen Gedanken. Als ich nichts sage, geht Dominik weiter. Wir gehen nebeneinander her, ohne jeglichen Körperkontakt.

„Ich muss zugeben, dass ich echt Lust auf dich habe, Melina.“

„Ja...das ist mir wohl nicht entgangen.“

„Da vorne ist eine Bank. Wollen wir uns setzen und noch ein wenig quatschen?“

„Bisschen Zeit habe ich noch, aber ich muss bald nach Hause.“

„Okay. Schade, aber damit gebe ich mich zufrieden.“, zwinkert er mir zu und setzt sich auf die alte, morsche Bank, die durch den Regen nicht zum Sitzen einlädt.

„Ich möchte meine Hose nicht dreckig machen. Ich bleibe stehen.“

„Du kannst dich auf meinen Schoß setzen.“

„Ich bin aber nicht so leicht, wie ich aussehe.“, versuche ich mich herauszureden.

„Ach, Quatsch. Sehe ich denn so schwach aus?“

Mel, wenn du dich jetzt auf ihn drauf setzt, wird er seine Griffel nicht von dir lassen. Dessen bin ich mir bewusst. Deshalb zögere ich. Ich will mich nicht auf ihn setzen. Doch mein Körper tut es einfach. Ich spüre sein willenloses Grinsen in meinem Nacken.

„Setz dich mal seitlich hin, damit ich dir in die Augen schauen kann. Ich möchte mich ungern mit deinem Hinterkopf unterhalten.“

„So besser?“

„Perfekt.“ Und dann nimmt er meinen Kopf in seine Hände und presst seine Lippen auf meine. Wieder wurde ich überrumpelt. Meine innere Stimme wusste, dass er nicht locker lassen wird. Mein Mund bleibt verschlossen, bis er sich mit seiner Zunge durch meine Lippen drängt. Zuvor habe ich fünf Männer in meinem Leben auf Zunge geküsst. Alle waren akzeptabel bis gut. Irgendwann musste der Moment kommen. Der Moment, in dem ich einen unglaublich schrecklichen und widerlichen Zungenkuss bekomme. Lieber wäre mir eine Wasserschlacht aus Speichel als diese nach Tabak schmeckende Zunge in meinem Mund zu haben. Noch nie habe ich während eines Kusses gehofft, dass er hoffentlich schnell vorbei sein wird. Der kalte Rauchgeschmack bleibt, obwohl sich Dominiks Zunge aus meinem Mund zurückgezogen hat. Dann nimmt er meine Hand und legt sie auf seinen Schritt.

„Fühlst du, wie geil ich auf dich bin?"

Das hat er nicht ernsthaft getan und nicht wirklich gesagt? Wie schön es wäre, wenn ich jeden Moment aufwachen würde und alles nur ein Alptraum war.

„Ähm. Nein, ich fühle da kaum was."

Natürlich habe ich diese Worte aus böser Absicht gewählt.

„Ich würde dich am liebsten dort drüben, zwischen den Bäumen, von hinten vögeln. Deine Hände gegen die raue Rinde des Baumes gestützt. Deinen prallen Arsch mir entgegen gestreckt."

„Das ist ja schön und gut. Aber ich habe keinen Bock auf dich."

In diesem Augenblick greift er wieder in mein Shirt an meine Brust.

„Sicher, dass du keine Lust hast?"

Plötzlich kommt ein Jogger vorbeigelaufen und Dominik zieht seine Hand aus meinem Oberteil zurück. Die Gelegenheit ergreife ich und zupfe meinen BH wieder zurecht, sodass er nicht mehr leicht an meine Brüste kommt.

„Du hast wirklich einen schönen Busen. Passt perfekt in meine Hand."

Das Kompliment aus seinem Mund bedeutet mir rein gar nichts.

„Du, das wird nichts mit uns. Du reizt mich nicht und ich werde jetzt nach Hause gehen. Danke für das Essen und die anfangs nette Unterhaltung."

Ich stehe auf. Länger hätte ich nämlich auch nicht sitzen bleiben können, da mein String unangenehm gegen meine Schamlippen drückt.

„Da bin ich anscheinend machtlos. Ich begleite dich noch zur Bushaltestelle."

„Die finde ich auch alleine.“, sage ich in der Hoffnung, ihn endlich loszuwerden.

„Nein. Das ist nicht meine Art. Ich bringe dich hin. Keine Widerworte.“

„Ok.“

Die paar Minuten werde ich auch noch überstehen. Auf dem Weg zur Erlösung, reden wir nicht mehr viel. Er sagt mir, dass ihm der Nachmittag wirklich sehr gut gefallen hat. Worauf ich bloß mit einem „freut mich“ reagiere.

„Mein Bus kommt in fünf Minuten.“

„Alles klar.“

Er macht keine Anstalten sich von mir zu verabschieden. Er holt eine Packung Zigaretten aus seiner Manteltasche hervor.

„Wenn du rauchen willst, dann verabschiede ich mich jetzt von dir.“

„Wir sind doch draußen. Ich habe heute extra noch nicht geraucht.“

„Die paar Minuten ohne Zigarette wirst du auch noch aushalten können.“

„Ja, ist gut.“

Als der Bus vorgefahren kommt, nimmt Dominik mich in den Arm und möchte mir einen Abschiedskuss verpassen. Da ich damit gerechnet habe, drehe ich geschwind meinen Kopf zur Seite, sodass sein Kuss auf meiner Wange landet.

„Hat mich gefreut, Mel. Auf ein Wiedersehen.“

„Tschau, tschau.“ Er wartet nicht, bis der Bus losfährt. Seiner Körperhaltung zu urteilen nach, probiert er sich gerade eine Zigarette anzuzünden. Er geht in leicht nach vorne gebeugter Haltung davon. *Wir werden uns nie wiedersehen.*

In der Zeit im Bus versuche ich mir klar zu werden, was für eine Art von Treffen das war. Ein wenig bedauere ich es, dass Dominik, wie so viele Männer, von seinem Schwanz gesteuert wurde. Man konnte sich wirklich sehr gut mit ihm unterhalten. Schon länger wünsche ich mir einen guten Kumpel. Aber immer wieder funkt der Schwanz des Mannes dazwischen. Dabei gehöre ich nicht mal zu der Sorte der Weibchen, die sich ihrer Reize bewusst sind und diese gezielt einsetzen. Meiner Meinung nach gehöre ich schon eher zu den Frauen, die einen super Kumpeltypen abgeben. Entweder ich bin schlichtweg zu nett und meine Freundlichkeit wird immer fehlinterpretiert oder es liegt an etwas, dessen ich mir nicht bewusst bin. Oder es ist doch nur die

Schuld der Schwänze, die eine Frau nicht bewerten. Frau ist Frau. Loch ist Loch.

Aber dennoch muss es auch intelligente Schwänze geben. Denn Freundschaft zwischen Mann und Frau existiert. Demnach komme ich zu dem Entschluss, dass ich bisher kein Glück hatte. Nachdem ich den Gedankengang abgeschlossen habe, frage ich mich, wie es mir gleich gehen wird, wenn ich zu Hause in meinem Bett liegen werde. Wenn mein Geist und mein Körper zur Ruhe kommen. Denn immer noch verspüre ich keinen Ekel, keine Übelkeit, keine Tränen. Eher verspüre ich einen Hauch von Triumph. Leichten Stolz. Als wäre mein Ego gewachsen, statt geschrumpft zu sein und sich ausgenutzt zu fühlen. Ja, ich bin stolz auf mich, dass ich cool reagiert habe. Und mir hat es gefallen, ihn auflaufen zu lassen. Er wollte mich, hat mich begehrt, aber er konnte mich nicht haben. Hätte er mich nicht berührt und geküsst, wäre er noch der Meinung, dass er mich vom Gegenteil überzeugen hätte können, weil er seine Fähigkeiten nicht unter Beweis stellen konnte. So habe ich ihm direkt gezeigt, dass er mich absolut kalt lässt. Hätte ich mich gedemütigt gefühlt, wäre meine Demütigung ein Gewinn für ihn gewesen. Ich habe es geschafft, den Spieß umzudrehen. Vielleicht hat Liam Recht und in mir liegt doch eine Domina verborgen. Allerdings hat es mir nur gefallen ihn zu demütigen, da er meinen Worten keinen Respekt erwiesen hat und allgemein kann ich Männern, die von ihrem Schwanz kontrolliert werden, nichts abgewinnen. Er hat es nicht anders verdient.

Als ich zu Hause bin, gehe ich als erstes meine Zähne putzen, um diesen kalten Tabakgeschmack aus meinem Mund zu bekommen. Im Spiegel erblicke ich einen Bluterguss an meinem Hals und man sieht eindeutig, dass es sich dabei um keinen Knutschfleck handelt. Danach lege ich mich direkt in mein Bett.

Meine Mom kommt in mein Zimmer. Normalerweise rufe ich laut „Hallo“, wenn ich wieder da bin. Das habe ich vergessen.

„Na, wie war dein Tag? Wie war das Essen?“, fragt sie mich, während sie sich zu mir auf das Bett setzt.

„Training lief super. Das Essen war in Ordnung. Ich wurde eingeladen.“

„Mit wem warst du denn verabredet?“

„Du weißt ja, dass Liam das, was zwischen uns ablief, beendet hat.“, fange ich mit der Geschichte an.

Ich bin froh, tolerante Eltern zu haben. Ich habe ihnen ein wenig von der D/s-Beziehung erzählt. Gänzlich verstanden haben sie es glaube ich noch nicht, aber sie respektieren es und verurteilen mich nicht dafür. Das nehme ich nicht als selbstverständlich hin.

„Auf dieser einen Seite hatte mich dieser Kerl angeschrieben. Wir hatten vor ein paar Jahren mal auf einer anderen Plattform miteinander geschrieben. Er wollte sich damals schon unbedingt mit mir treffen. Und da wir uns ganz gut verstanden hatten, dachte ich, dass nichts dagegen spricht. Eigentlich wollte ich mich bloß mit ihm treffen, um somit Liam zurückzugewinnen. Das Treffen ist schlechter verlaufen, als ich es vorher erwartet habe."

„Das klingt ganz nach einem durchdachten Melina-Plan."

„Ich bin ein wenig über mich selbst verwundert." Ich zeige ihr die Bisswunde an meinem Hals.

„Was hat er mit dir gemacht?! Das sieht nicht gut aus." Sie blickt mich fragend an.

„Es tut wirklich weh. Er hat mich angefasst, obwohl ich ihm vorher geschrieben hatte, dass er nicht mein Typ ist und es wirklich nur ein Essen ist. Ich habe es aber einfach zugelassen. In dem Moment war es mir total egal und das ist die Tatsache, die ich nicht verstehe. Normalerweise müsste ich mich schlecht fühlen. Anfangs dachte ich, dass ich vielleicht unter Schock stehe. Tue ich nicht. Mich macht dieser Biss am Hals eher wütend."

„Oh man, Melina. Du machst Sachen. Sei froh, dass du dich seelisch nicht missbraucht fühlst. Und wie willst du Liam nun zurückgewinnen?"

„Ich wusste von Anfang an, dass Dominik kein Mann ist, der es schafft, mich von sich zu überzeugen. Um nicht lügen zu müssen, habe ich mich eben mit ihm getroffen. Mein Gedanke ist, dass ich Liam erzähle, dass ich mich mit einem dominanten Mann getroffen habe, aber ich nun weiß, was ich an ihm habe und Dominanz nicht gleich Dominanz ist. Ich hoffe, dass sein Ego darauf anspringt."

„Würde mich wundern, wenn es nicht klappt. Halte mich auf dem Laufenden.", sie gibt mir einen Kuss auf die Stirn und geht. Ich schalte den TV an, denn ich kann die Ruhe nicht länger ertragen und beschließe, Toni eine Sprachnachricht zu schicken, bevor ich Liam schreibe.

Ich könnte jetzt beleidigt sein. Aber du lagst völlig richtig. Ich hätte dir von diesem Treffen abgeraten. Und letztendlich wirst du am besten wissen, was richtig ist. Und wenn es nicht richtig war, dann hast du dazu gelernt. Mit diesem Dominik solltest du dich aber nicht wieder treffen. Hauptsache dir geht es gut. Wollen wir eigentlich einen reinen Strand- und Partyurlaub machen?

Sie bleibt einfach die Beste.

Hab ich auch nicht vor. Er hat mir allerdings gerade geschrieben. Ich schaue gleich nach und melde mich dann wieder bei dir. Und zu unserem Urlaub: ein Tag Barcelona wäre schön. Ansonsten bin ich damit zufrieden.

Ich hatte es befürchtet, dass er mich nicht in Frieden lassen wird.

Hey, Kleine. Bist du gut nach Hause gekommen?

Das bin ich.

Das freut mich. Mh ... Ich würde dich jetzt gerne wieder küssen. Du küsst wirklich außerordentlich gut.

Er scheint es nicht verstanden zu haben. Oder er ignoriert die Tatsache, dass ich seine Berührungen nicht genossen habe. Oder aber, er steht darauf von mir gedemütigt zu werden. Was stimmt mit diesem Kerl nicht? Er hat noch nicht genug. Dann bekommt er mehr.

Im Gegensatz zu dir. Ich hoffe, dass ich dich nie wieder küssen muss. Das war mit Abstand der schrecklichste Kuss meines Lebens.

Du bist echt unverschämt frech.

Ich bin nur ehrlich. Damit muss man als Raucher leben können. Deine Zunge schmeckt nach Tabak. Da hilft auch kein Kaugummikauen.

Keine Antwort.

Ich denke, ich bin ihn nun endgültig losgeworden.

Für mich ist das nicht nachvollziehbar. Man spürt doch, ob jemand von einem angetan ist oder nicht.

Anscheinend nicht. Keine Ahnung, was in seinem Kopf vorgeht. Er weiß jetzt, dass mir sein Kuss missfallen hat. Also wieso sollte ich dann mit ihm Sex haben wollen, wenn mir nichts gefallen hat? Ich hoffe, dass es bei ihm angekommen ist.

Du erlebst Sachen. Unglaublich. Ich werde noch ein wenig lesen und mich dann ins Traumland verabschieden.

Was liest du gerade?

Momentan haben es mir die Bücher von Linda Mignani angetan. Kann ich nur weiterempfehlen. Gute Nacht, Süße.

Dann sollte ich mir das mal anschauen. Schlaf gut und schöne Träume.

Sofort schaue ich im Internet nach und tatsächlich sprechen mich die Klappentexte an. Bei einer Beschreibung bleibe ich hängen und bestelle mir daraufhin *Touch of Pain*. Ich kann es kaum abwarten, das Buch in meinen Händen zu halten. Einige erotische Romane habe ich schon gelesen, aber noch keinen, in dem es wirklich um BDSM geht.

Ich schaue noch ein wenig Fernsehen und probiere zu schlafen. Von Liam habe ich nichts gehört und er auch nicht von mir. Meine Gedanken schweifen um die Worte, mit denen ich meinen Ex-Dom davon überzeugen möchte, mich wieder als seine Sub anzunehmen.

Irgendwann nicke ich ein.

Nachdem ich ausgiebig gefrühstückt habe, nehme ich mein Handy zur Hand. Ich muss Liam schreiben, noch bevor ich zum Training fahre. Eigentlich müsste ich nicht mehr so oft ins Fitnessstudio fahren. Die Regelung ist mit der Beendigung unserer Beziehung aufgehoben. Aber ich habe mich daran gewöhnt und irgendwie hat mich der Ehrgeiz richtig gepackt. Obwohl meine Motivation viel zu erreichen, darin bestand, Liam zu gefallen. Wenn er mich vier Monate nicht gesehen hat, würde ihm hoffentlich meine neue Form auffallen. Nun wäre das nur ziemlich irrelevant. Wenn wir bloß Freunde sind, brauche ich ihn auch nicht mehr zu beeindrucken.

Genau, Mel! Also brauchst du Liam auch gar nicht versuchen zurückzugewinnen. Dein Leben ist ohne ihn wesentlich entspannter, meldet sich mein selbstsicheres Engelchen zu Wort und schafft es tatsächlich, mich zu verunsichern. Doch bevor ich mir darüber Gedanken machen kann, ob dieser kleine Blondschopf, mit seiner weißen Robe, vielleicht Recht haben könnte, nimmt mein Teufelchen auf der freien Seite meiner Schulter Platz und mischt sich ein.

Melina. Menschen die aufgeben, bekommen nie, was sie wollen. Du willst ihn. Du wolltest ihn von der ersten Minute an. Auch wenn es dir nicht bewusst war und das naive Blondchen dir etwas anderes eingeredet hat. Hör auf mich! Sei kein Feigling! Ab dem Kuss in der Bar, wollte ich ihn wirklich. Obwohl ich ihn auch nicht wollte. Völlig egal! Das Treffen mit Dominik darf nicht umsonst gewesen sein. Wenn ich es nicht mal probiere, werde ich es mir wahrscheinlich ewig vorhalten.

Hey du! Wie geht es dir? Alles gut?

Zuerst sollte ich schauen, in welcher Stimmung er ist. Wenn er mir überhaupt antwortet. Fünf Minuten starre ich, fast ohne zu blinzeln, auf mein Smartphone. Keine Antwort. Allerdings war er auch nicht online. Um meine Ungeduld zu übergehen, beschließe ich, ins Fitnessstudio zu fahren.

Das Training war eine erfolgreiche Ablenkung und ich habe das Gefühl, wieder klar denken zu können. Als ich zu Hause bin, werfe ich meine Trainingstasche in die Ecke und schmeiße mich auf mein Bett. Ich zittere leicht vor Aufregung, als ich mein Handy anmache. Hoffentlich bin ich gleich nicht enttäuscht. Meine Befürchtung war überflüssig. Liam hat mir geantwortet.

Na. Ganz gut soweit. Mittlerweile pisst mich hier nur einiges an. Aber immerhin läuft das Training gut. Hab schon ordentlich an Masse zugelegt. Wie geht es dir?

Oh ... Das ist natürlich doof. Aber umso besser, dass es mit dem Training klappt. Hm ... Geht so. Also eigentlich eher nicht gut. Ich hatte gestern ein Treffen mit einem Dom.

Ich gehe taktisch vor. Erst einmal warte ich seine Reaktion auf die Tatsache, dass ich mich mit einem anderen Dom getroffen habe, ab.

Wenn ich direkt alle Karten offen auf den Tisch lege, könnte er mein Vorhaben durchschauen. Es ist die umgekehrte Version von eifersüchtig machen. Hätte ich ihm geschrieben, dass es mir prächtig geht und ich einen neuen Dom habe, hätte das definitiv nicht gezogen.

Er ist online!

Dein ernst? Du hast dich mit einem anderen Dom getroffen? Was ist denn passiert, wenn es dir nicht gut geht?!

Der Fisch hat den Köder gefressen und hängt an meiner Angel.

Ja, du wolltest mich ja nicht mehr. Da dachte ich, dass ich mich ganz unverbindlich mal mit einem anderen Dom treffe. Nachdem unsere Bindung nicht mehr existiert hat, hat mir etwas gefehlt. Da war plötzlich eine Leere.

Ich habe mich verloren gefühlt. Dem Typen hab ich geschrieben, dass, wenn wir uns treffen, wir erst mal nur reden. Ich habe mich dann dazu überreden lassen, meinen String während des Treffens auszuziehen und ihm zu überreichen. Also wir waren gemeinsam Essen. Dass man sich mit einem Fremden nicht bei ihm zu Hause trifft, weiß ich. Daher habe ich mich auch sicher gefühlt. Nun bin ich um eine Erkenntnis schlauer. Draußen bist du auch nicht sicher. Er hat mich angefasst, als wir in einem Park spazieren gegangen sind. An Stellen, an denen er mich nicht hätte anfassen dürfen. Dazu kommt noch, dass er mir überhaupt nicht gefallen hat. Vom ersten Moment an dachte ich, dass er etwas Feminines an sich hat und während unseres Gesprächs hat er dann auch erwähnt, dass er bisexuell ist. In meinen Augen fehlte ihm jegliche Männlichkeit. Seine Berührungen haben mich kalt gelassen. Das hat ihn provoziert. Nun schmückt mein Hals ein Bluterguss von seinem Biss.

Dass du dich mit einem anderen Dom triffst, hätte ich ehrlich nicht erwartet. Dir scheint es wohl doch ernst zu sein. Tja, es gibt halt viele Männer, die rein sexuell dominant sind und sich einbilden, sich Dom nennen zu dürfen.

Eine leichte Enttäuschung macht sich in mir breit. Ein paar aufmunternde und mitfühlende Worte hätte mein Ego schon gerne gehört. Hätte ich einen Platz in seinem Herzen, hätte ihn das berühren müssen, aber es lässt ihn anscheinend kalt.

Was daran liegt, dass du nur Mittel zum Zweck bist und er dich nicht in seinem Herzen trägt, du Dummchen.

Halt die Klappe! Langsam geht mir das Gerede meines Engels in meinem Kopf auf die Nerven. Männer sind komisch und manchmal wissen sie eben nicht, dass sie etwas für eine Frau empfinden, weil sie mit ihren Gefühlen überfordert sind und dann reden sie es sich selber tot. Dementsprechend hätten diese Worte sehr wohl etwas in ihm auslösen können. Vielleicht hätten sie ihm bewusst gemacht, dass ihm irgendwas an mir liegt. Meine Enttäuschung hat seine Berechtigung. Jetzt kommt der abschließende Teil. Und wenn ihn diese Worte kalt lassen, habe ich verloren.

Das ist mir auch jetzt erst richtig klargeworden. Dom ist nicht gleich Dom. Und ja, mir ist es ernst. Nur, weil ich nicht alle Aufgaben zu deiner Zufriedenheit erfüllt habe, heißt das nicht, dass es für mich nur ein Spiel ist. Und ja, ich weiß jetzt erst, was ich an dir hatte. Aber ich hatte nun mal keinen Vergleich und konnte somit nicht wissen, dass du etwas Besonderes bist und wie viel Glück ich mit dir hatte.

Wenn er darauf nicht anspringt, wars das. Und ich bin mir wirklich im Klaren, dass ich so schnell keinen neuen Dom finden werde. Auf *darkroom.com* haben mir etliche Doms geschrieben und keiner hat mich angesprochen. Sei es optisch, noch von der Wortwahl. Jetzt, wo ich mir gerade erst bewusst geworden bin, dass ich in mir eine Neigung habe, die mit SM zu erfüllen ist, wäre ich äußerst traurig, wenn ich diese nicht näher erforschen kann. Ich habe Angst, dass ich die Verbindung zum SM verliere. Die Tür zuschlägt, bevor ich gänzlich eingetreten bin.

Das klingt ja fast danach, als würdest du mich anflehen, dich zurückzunehmen.

Anflehen? Ich würde ihn nie anflehen. Dazu bin ich viel zu stolz. Aber es scheint, als wäre ich auf dem Siegesweg. Der Fisch liegt in meinem Boot und zappelt. Nun muss ich darauf hoffen, dass er nicht wieder zurück ins Wasser springt.

Würdest du mich denn zurücknehmen, Sir?

Selbst drücke ich mir die Daumen. Liam. Bitte. Bitte schreib das, was ich lesen will.

Du spielst nach meinen Regeln. Verstanden?

Ich springe von meinem Bett auf und gebe mir ein geistiges High-Five!

Liam ist back! Er gehört wieder mir und ich gehöre ihm.

Verstanden, Sir.

Obwohl ich bezweifele, dass ich nach seinen Regeln spielen werde. Denn eigentlich spielt er schon längst nach meinen. Aber ich werde mich definitiv bemühen, denn das alles soll nicht umsonst gewesen sein.

Du wirst dir dreimal täglich einen Porno anschauen. Ich will von jedem Porno den Link zugeschickt bekommen und wehe, du fasst dich selbst an! Nur gucken.

Wird gemacht, Sir.

Er antwortet nicht mehr. Ich überlege, ob ich ihn noch frage, ob ich ihm weiterhin einen abendlichen Gefühlsbericht zuschicken soll. Lasse es aber sein. Hatte eh das Gefühl, dass dieser Bericht seinen Zweck verfehlt hat. Liam setzt seinen Willen durch. Was jucken ihn also meine Gefühle und Gedanken? Wenn er meinen Bericht vermissen wird, wird er mich schon darauf hinweisen.

Ich verkünde Antonella die positive Nachricht. Sie war tatsächlich überrascht, dass mein Plan aufgegangen ist.

Ich öffne den Internetbrowser meines Handys und gebe eine Pornoseite ein, die Liam mir mal genannt hat. Da er sich den Porno anschauen wird, den ich mir angucke, wähle ich besser einen, der mich anmacht als einen x-beliebigen. Ich entscheide mich für einen Lesbenporno. Die sind wenigstens schön anzusehen. Es wäre eine Lüge, würde ich behaupten, dass mich der Anblick kalt lässt. Dennoch halte ich mich daran. Ich bleibe keusch.

Am nächsten Tag bekommt Liam von mir drei weitere Links, in denen nur Frauen zu sehen sind. Dass ich ihm gestern Abend keinen Bericht mehr zugeschickt habe, ist ihm nicht aufgefallen oder er legt selbst keinen wert mehr darauf.

Sag mal, warum schickst du mir nur Pornos mit Frauen? Macht dich das so an?

Ja, Sir. Ansonsten würde ich Euch nicht diese Links schicken. Ich mag mir Männer in Pornos nicht gerne anschauen. Finde Frauen schöner.

Hm. Ok. Ab morgen wirst du dir nur kinky Pornos anschauen.

Okay, Sir.

Hatte er erwartet, dass ich mir Pornos mit SM Bezug ansehe? Hoffentlich wirke ich nun nicht unglaubwürdig. Die Videos, die Liam mir zugeschickt hat, waren alle mit unästhetischen Menschen, was ich mir freiwillig nie ansehen würde. Vielleicht finde ich welche mit schönen Menschen.

Sollen mir die Filme denn überhaupt gefallen oder soll ich sie mir bloß angucken?

Natürlich sollen sie dir gefallen.

Die Videos, die Ihr mir bisher zugeschickt hattet, fand ich aber eher weniger anregend. Die meisten Männer und Frauen sind nicht schön anzusehen. Ich lege hohen Wert auf Ästhetik. Wenn mir die Leute nicht gefallen, gefallen mir die Aktionen im Film definitiv nicht.

Du wirst schon etwas finden, was dir gefällt. Du gehst hoffentlich noch regelmäßig zum Sport?

Tue ich, Sir.

Gut, dann wirst du nun drei Tage nicht duschen.

Was? Wieso das denn?

Mel, fang nicht schon wieder an! Meine Regeln. Hast du das etwa nach einem Tag schon wieder vergessen? Überleg mal. Ich erwarte eine richtige Antwort. Was hast du falsch gemacht? Irgendwie muss ich dich mal erzogen bekommen. Sonst lernst du es nie. Für jede falsche Antwort gibt es eine weitere Bestrafung.

Verdammt. Ich lese mir alles noch mal Wort für Wort durch. Und es kann nur eines sein. Er hat meine Anmerkung mit der Ästhetik als Widerworte gewertet.

Ich war frech, weil ich Eure Aufgabe nicht hingenommen habe, sondern eine Anmerkung von mir gegeben habe.

Gut erkannt, Mel. Eine Sache hast du allerdings vergessen. Schreib mir morgen, bevor du ins Gym fährst.

Darf ich wenigstens erfahren, was es war, Sir?

Du kannst dir bis morgen Gedanken machen. Wenn du nicht darauf kommst, dann wird das mit den Bestrafungen so weitergehen.

Ok, Sir.

Das werden die drei schlimmsten Tage überhaupt. Ich frage gar nicht erst nach, ob ich einen Tag Sport verschieben darf. Drei Tage hintereinander Sport treiben, ohne hinterher zu duschen. Mal sehen, wie viele Deodosen ich aufbrauchen werde. Die Bestrafung bekomme ich auch nur, weil über tausende Kilometer zwischen uns liegen. Falls mein Gestank am dritten Tag nicht doch bis nach Österreich reichen sollte. Gönnen würde ich es ihm. Und ich weiß, dass ich so bescheuert sein werde und es durchziehen werde, obwohl Liam diese Bestrafung nicht kontrollieren kann. Viel mehr mache ich mir Sorgen über die weitere Bestrafung und sollte mir nicht bis morgen klargeworden sein, was ich noch falsch gemacht habe, wird es weitere Bestrafungen hageln. Gefühlte hundert Mal lese ich mir den Verlauf durch. Ich komme einfach nicht darauf und beschließe daher, die Augen zu schließen und ins Traumland zu gleiten. Hoffentlich suchen mich keine Alpträume heim, denn ich schlafe mit einem Kopfkino voll von Bestrafungen ein.

Die Nacht habe ich einigermaßen gut überstanden. Ich weiß, dass ich irgendwas geträumt habe, aber ob es nun gut oder schlecht war, weiß ich nicht mehr. Das Buch, welches ich mir bestellt habe, war heute im Briefkasten. Am liebsten würde ich mich sofort wieder ins Bett legen und anfangen zu lesen, aber erst die Arbeit und dann das Vergnügen.

Bevor ich in den Tag starte, schicke ich Liam den Link zu einem Porno. Ich möchte ihn ein wenig ärgern. Da ich weiß, wie sehr er sich nach einer dominanten Frau sehnt, habe ich mir einen Film ausgesucht, in dem eine Frau CBT bei einem Mann durchführt. Sie boxt ihn mit viel Schmackes gegen seine prallen Hoden, aber nicht so sehr, dass ich denke, dass es gefährlich für ihn sein könnte. Erregen tut mich der Anblick nicht, aber Lust hätte ich dennoch, das mal auszuprobieren. Mein Grinsen war mir beim Ansehen sehr bewusst. Meine Schadenfreude ergötzt sich an solchen Bildern. Mein Verstand sagt mir, dass ich mich dafür schämen sollte, weil man sich nicht am Leid anderer erfreuen darf. Aber was soll ich dagegen tun? Wenn andere auf der Straße hinfallen, muss ich nun mal lachen. Ich selbst bin auch schon mal ziemlich übel auf die Fresse gefallen. Das Karma schlägt irgendwann zurück. Obwohl ich es ungerecht finde, da ich mir nun mal nicht ausgesucht habe, schadenfroh zu sein. Eigentlich wäre es eine schöne Möglichkeit das bei einem masochistischen Mann auszuleben, denn ihm würde das ja gefallen. Dementsprechend bräuchte ich überhaupt kein schlechtes Gewissen dabei verspüren, denn ich befriedige sein Bedürfnis und wiederum würde es meines befriedigen. Mir gefällt der Gedanke, mit Leid Lust bei einem Mann auszulösen.

Gegen Mittag schicke ich ihm einen weiteren Link. Diesmal von einer nackten Frau, die gefesselt, was wirklich beeindruckend aussieht, auf einem kalten Steinboden liegt. Ihre Beine sind gespreizt. Der Mann ist vollkommen bekleidet. Er beugt sich zu ihr und spielt an ihrem Geschlecht herum. Dann geht er und kommt mit einem wirklich großen Vibrator zurück und hält diesen an ihren Kitzler und das ziemlich lange. Sie kommt immer wieder zum Höhepunkt. Sie weint schon und muss vollkommen fertig sein. Körperlich wie auch seelisch. Auf der einen Seite finde ich dieses Aufgeliefert sein unglaublich erregend, aber ich denke, dass es mir in meiner Fantasie besser gefällt als es in der Realität der Fall wäre. Mir würde die Verbindung zum Dom fehlen. Er lässt sie einfach liegen. Er schenkt ihr keine zärtlichen Berührungen und ich habe keine Beule in seiner Hose erkennen können.

Gut, es kann sein, dass sein Penis so klein ist, aber ich denke, dass er nicht erregt war. Das würde mir komplett missfallen. Mich erregt es nämlich zu wissen, dass es den Mann geil macht, wenn ihm mein Körper gehört und er meine Lust kontrollieren darf. Ich bin gespannt, was Liam dazu sagen wird. Er scheint gut zu tun zu haben, da er heute noch nichts geschrieben hat. Hoffentlich hat er Zeit, wenn ich nachher zum Sport fahre.

Gegen Abend schreibe ich ihm. Den Tag über ist mir klargeworden, was Liam noch gegen den Strich ging. Ich habe seine Bestrafung hinterfragt. Das hätte ich nicht tun dürfen.

Sir? Ich würde jetzt gerne zum Sport fahren.

Die Links muss ich mir später ansehen. Schick mir nur noch einen heute. Ich habe momentan kaum Zeit mir die anzuschauen. Du wirst aber weiterhin keusch bleiben.

Und bevor du losfährst, wirst du dir Tabasco auf die Rosette schmieren und mir ein Beweisvideo davon zuschicken. Und du wirst mir jetzt sagen, wieso ich dich noch bestrafen werde.

Okay, Sir. Ich denke, dass ich noch eine Bestrafung verdient habe, weil ich die gestrige Bestrafung hinterfragt habe. Verzeiht mir, Sir.

Geht doch. So will ich das hören. Nach den drei Tagen nicht duschen, wirst du ausschließlich kalt duschen gehen. Jetzt schick mir das Video!

Das mit dem Tabasco finde ich nicht gut. Gefällt mir ganz und gar nicht. Ich gehe in die Küche und nehme den Tabasco mit in das Gäste-WC. Mein Handy stelle ich auf der Ablage über dem Waschbecken ab. Als die Aufnahme läuft, träufle ich zwei Tropfen auf meinen Zeigefinger und führe diesen dann vorsichtig zu meinem Anus. Die Hose habe ich mir vorher schon heruntergezogen. Das Einreiben tut nicht weh, aber aus Erfahrung weiß ich, dass der Schmerz nach spätestens einer Minute einsetzen wird. Ich schicke Liam das Video zu.

Beim nächsten Mal nimmst du mehr. Jetzt fahr zum Training.

Ganz bewusst habe ich nur zwei Tropfen genommen. Mein Poloch brennt, aber es ist nicht so schlimm wie erwartet. Meine

Entscheidung weniger zu nehmen, war richtig. Es brennt auf eine angenehme Weise. Beinahe zu angenehm. Hoffentlich lenkt mich das Brennen nicht vom Training ab.

Als ich im Bus sitze, ist der Schmerz noch nicht abgeklungen. Um mich abzulenken, nehme ich mein Handy zur Hand. Liam hat mir zwei Bilder geschickt. Von sich. Halb nackt. Im Bett liegend und eines scheint nach dem Training entstanden zu sein. Sein Körper sieht unbegreiflich heiß aus. Er hat definitiv an Muskelmasse zugelegt. Wirkt noch männlicher als zuvor. Langsam finde ich die Sache mit der Keuschhaltung nicht mehr witzig. Ich antworte bloß mit unserem Lieblingsemoji. Der verruchte Blick des Emojis wird ihm schon sagen, dass ich den Anblick äußerst heiß finde. Er schickt einen Knutschabdruck zurück. Hm.

Mel, interpretiere da besser nicht zu viel hinein. Besser ist es wohl. Nach dem Emoji, folgt noch eine Frage.

Na, vermisst du meinen Schwanz?

Ich schmunzle. Da braucht wohl jemand Bestätigung. Die soll er bekommen.

Nicht nur den Schwanz, sondern auch den Mann, an dem er hängt. ;)

Haha.

Mehr fällt ihm dazu nicht ein.

Das Training verläuft gut, bis zu dem Zeitpunkt, als ich mich auf die Vibrationsplatte stelle und mich durchrütteln lasse. Mein brennendes Poloch spüre ich noch intensiver und das löst ein Kribbeln in meiner Pussy aus, die durch die vibrierenden Impulse, die durch meinen Körper fließen, nur noch stärker erregt wird. Das waren quälende zehn Minuten. Mein Training ist beendet. Durch die Erregung kam ich mehr ins Schwitzen als sonst. Nichts wäre mir nun lieber als eine kalte Dusche. Ich ziehe mir frische Unterwäsche an und bevor ich meine Alltagskleidung anlege, sprühe ich mich komplett mit Deo ein. Die verschwitzen Sportklamotten stopfe ich in meine Tasche. Ich schaue mich um. Ein paar Frauen sind mit mir in der Umkleide, aber keine scheint sich dafür zu interessieren, dass ich nicht dusche und sofort hinausstratze.

Obwohl das nur meine Gedanken sind. Viele Frauen duschen hier nicht, sondern wahrscheinlich erst zu Hause. Ich mag das nicht. Ich muss direkt nach dem Training duschen. Wenn man mit dem Auto fährt, geht das noch, aber ich fahre mit dem Bus nach Hause. Da müffelt es oft schon schlimm genug. Vor allem im Sommer. Ich fühle mich so unwohl in meiner Haut, dass die Erregung verflogen ist. Ich mag mich nicht selbst anfassen, wenn ich nicht gewaschen bin. Toni werde ich nichts von dieser Aufgabe erzählen. Die wird mir nur den Vogel zeigen. Da schießt mir durch den Kopf, dass ich meine Haare mit Sicherheit auch nicht waschen darf. Obwohl ich die jeden morgen wasche. Dafür gehe ich nicht jedes Mal unter die Dusche. Grauzone. Liam meinte, dass ich nicht duschen darf. Von Haare waschen, ohne zu duschen, hat er nichts gesagt. Also wasche ich meine Haare wie gewohnt.

Am Abend schicke ich ihm den letzten Link zu. Das Video zeigt eine Spankingsession eines Sklaven und seiner Domina. Etwas Besseres habe ich nicht gefunden.

Ich liege im Bett, esse und schaue TV. Ich bin völlig fertig vom Training. Als mein Handy beginnt zu blinken, freue ich mich, denn ich erwarte, dass Liam sich zu den Pornos äußert. Aber ich werde enttäuscht. Es ist Dominik, der mir geschrieben hat.

Hey, Kleine. Wie geht es dir? Alles im Lot? Ich muss zugeben, dass ich dich ein wenig vermisse.

Ist das sein ernst?!

Mir geht es super. Habe meinen Dom wieder. Könnte also nicht besser gehen. Bist du nicht auch der Meinung, dass es so sein sollte, dass die Sub beim Dom angekrochen kommt und nicht andersherum? Ein Dom sollte es sich gar nicht wert sein, es immer wieder bei einer Sub zu versuchen, die ihm regelmäßig einen Korb gibt.

Oh. Na dann ... herzlichen Glückwunsch. Da kann er sich glücklich schätzen. Ich kämpfe halt um das, was ich haben will.

Danke. Man sollte aber auch wissen, wann man verloren hat. Mann kann nicht jeden Kampf gewinnen. Du machst dich bloß lächerlich. Es sei denn, in dir ist eine verborgene devote Seite, die es eben mag, sich selbst zu demütigen.

Ich bin durch und durch dominant. Das kannst du mir glauben, Süße.

Dann bist du für mich eben kein attraktiver Dom. Dir fehlen die nötigen Eigenschaften, die ich reizend an einem dominanten Mann finde und damit ist diese Unterhaltung für mich auch beendet.

In der Zwischenzeit hat Liam mir geschrieben.

Mel, du bist online. Mit wem schreibst du da?

Dieser Dom, mit dem ich mich getroffen hatte, hat mir wieder mal geschrieben. Er macht sich unnötige Hoffnung. Ich lasse ihn immer wieder abblitzen. Ich weiß, dass ich ihn auch einfach blockieren könnte, aber irgendwie macht es mir Spaß, ihn immer wieder zu zeigen, dass er mich nicht haben kann.

Haha, in dir scheint doch eine kleine Domina verloren gegangen zu sein. Das haben mir auch die Filmchen gezeigt, die du mir geschickt hast. Du solltest dich zügeln. Denn ich bin dein Herr und wenn ich wieder da bin, dann wirst du das an deinem ganzen Leib zu spüren bekommen.

Und mit diesen Worten entflammt Liam die angestaute Lust in meiner Pussy. Zur Hölle mit ihm. Er weiß ganz genau, wie er es schafft, mein Kopfkino zum Laufen zu bringen. Ich stelle mir vor, wie er nackt mit seinem Adoniskörper über meinem entblößten Körper liegt, meine Handgelenke über meinem Kopf festhält, sich dann näher zu mir beugt und mich mit seinem Kuss verwöhnt. Wie er meine Lust ins Unermessliche steigert, bis er meiner Keuschhaltung endlich ein Ende setzt. Diesen Gedanken will ich gar nicht ausbauen. Es quält mich zu wissen, dass Liam erst in sechs bis sieben Wochen zurück ist. Hoffentlich will er mich nicht bis dahin keuschhalten.

Ich freue mich schon sehr auf das Wiedersehen mit Euch.

Ich freue mich auch darauf.

Er geht offline. Er freut sich auf mich. Ein warmes Gefühl legt sich um mein Herz.

Vor dem Schlafengehen fange ich an, das Buch zu lesen, auf das ich mich den gesamten Tag gefreut habe. Ich hoffe, dass es nicht gleich mit purer Erotik beginnt, denn das würde das Fass zum Überlaufen bringen. Doch es passiert Gegenteiliges. Ich weine.

Einige Worte berühren mich in der Tiefe. Sie reißen mich zurück in die Vergangenheit. Wie eine Gummipuppe habe ich mich auch oft bei David gefühlt und ich weiß noch, wie oft ich mir selbst Erlösung verschafft habe, wenn er ins Badezimmer gegangen ist. Die ausbleibenden Orgasmen waren gar nicht das Problem. Mir hat das Prickeln gefehlt. Es war von Anfang an keine Leidenschaft zwischen uns vorhanden. Und ich war überzeugt davon, dass es an mir liegen muss. Was aus jetziger Hinsicht kaum nachvollziehbar ist, denn immer dann, wenn ich mich selbst befriedigt habe und meine Fantasie ihren freien Lauf genommen hat, habe ich dieses Prickeln verspüren können. Also war ich immer dazu in der Lage.

Ich bin ein leidenschaftlicher Mensch. Brauche aber den passenden Gegenspieler. Gegensätze ziehen sich an. In diesem Fall könnte man behaupten, dass es fast stimmt. Sie ziehen sich nicht an, sie bleiben direkt angezogen. Aber diese Erfahrung war wichtig. Daher bereue ich keine einzige Sekunde davon. Ich wünsche mir für die Zukunft einen Partner, mit dem es im Bett stimmig ist. Mit Liam könnte das der Fall sein, ganz sicher bin ich mir mittlerweile auch nicht mehr. Ob es zwischenmenschlich harmonisch wäre, kann ich zu diesem Zeitpunkt nicht sagen. Ich weiß nicht, ob wir emotional wirklich zusammenpassen. Und wenn ich in mein Herz horche, ist mir dies auf jeden Fall wichtiger als guter Sex. Er wäre nicht der Partner für das gesamte Leben, aber eine sexuell befriedigende Beziehung für eine geraume Zeit, würde ich nun auch nicht ablehnen. Irgendwann würden sich unsere Wege eben trennen. Moralisch sind diese Gedanken für mich verwerflich. Mit einem Menschen eine Bindung einzugehen, nur weil der Sex gut ist? Normalerweise halte ich überhaupt nichts von Zweckbeziehungen und Beziehungen, die nur dazu dienen, sich gegenseitig die Bedürfnisse zu erfüllen. Ich habe mir geschworen, erst wieder eine Beziehung einzugehen, wenn ich mir sicher bin, dass dieser Mann mein Wegbegleiter sein kann.

Aus dieser Perspektive habe ich Liam und mich noch gar nicht betrachtet. Es war bisher eine naive Ansicht. Ein Träumen. So, wie ich mir eine Beziehung zu Liam vorstelle, wird die Realität nicht aussehen. Und dennoch ist da irgendwas zwischen uns. Ich habe Gefühle für ihn. Ich weiß nur noch nicht, woher sie kommen. Mit Sicherheit kann ich sagen, dass ich ihm gerade in diesem Moment unglaublich dankbar bin. Ohne ihn hätte ich mich nicht mit meiner Sexualität auseinandergesetzt und ich wäre mir nicht im Klaren, dass ich sehr wohl viel Feuer in mir trage und dass es die Jahre über nur von einem kalten Wind im Zaun gehalten worden ist.

Nachdem ich noch weitere Seiten gelesen habe, merke ich, wie ein Widerspruch in mir entsteht. Es ist eindeutig, dass die Protagonistin devot ist und ich kann mich gut mit ihr und ihren Gefühlen identifizieren. Doch einiges, was mit ihr in dem Roman passiert, würde ich definitiv nicht mit mir machen lassen. Mein Stolz steht mir da vollkommen im Wege.

Beim Lesen der Zeilen fiebere ich richtig mit. Ich lasse mich emotional völlig mitreißen.

Die Frage, ob ich vielleicht doch zu dominant bin, um wirklich devot zu sein, taucht immer wieder in mir auf. Aber die Vorstellung, einen devoten Mann in seine Schranken zu weisen und über seinen Schwanz zu bestimmen, erregt mich nicht. Solche Fantasien hatte ich nie. Der Gedanke, dass ein dominanter Mann etwas mit mir tut, was mir missfällt und ich diesem dann zeige, wer der Boss ist und ihn dafür bestrafe, wie er mit mir umgegangen ist, macht mich schon eher an. Aber welcher dominante Mann würde sich von einer Frau dominieren lassen? Vor allem auch noch gegen seinen Willen? Unfreiwillig? Und ich müsste geschickt vorgehen, denn körperlich werde ich mit hoher Wahrscheinlichkeit immer unterlegen sein. Warum kann ich nicht ganz klar das eine oder das andere sein? Wieso müssen beide Seiten in mir miteinander verschmolzen sein? Das macht alles unglaublich kompliziert. Wie schön wäre es, wenn ich mich selbst mal klar in eine Schublade einsortieren könnte, aber ich denke, dass wird nie der Fall sein. Ich bin zu komplex und zu vielseitig. Ein einziger Widerspruch in sich. Und das, wo ich doch Klarheit brauche. Klar ist, dass ich lernen muss, mich anzunehmen. Mit all meinen unterschiedlichen Facetten. Auf *darkroom.com* habe ich verschiedenen Männern, die unterschiedlichsten Dinge erzählt und alles stimmt, aber jeder wird ein anderes Bild von mir haben. Hätte ein Mann alle Informationen, würde er mich schon ziemlich gut kennen, aber er wäre mit großer Sicherheit unglaublich verwirrt. Wie soll ein anderer mich durchschauen, wenn ich selbst ein Problem damit habe, mich zu verstehen.

Ich lege das Buch aus der Hand. Ich bin dermaßen mit meinen eigenen Gedanken beschäftigt, dass ich gar nicht mehr bewusst mitbekomme, was ich da gerade lese. Das viele Denken hat mich müde gestimmt. Morgen ist ein neuer Tag. Der Tag des Stinktieres. So taufe ich diesen Tag.

Nach den drei Tagen ohne Dusche, ist es ein Geschenk des Himmels, das kalte Wasser auf der Haut spüren zu dürfen. Es kostet mich unglaubliche Überwindung, mich unter das kalte Wasser zu stellen und lieber würde ich lauwarm duschen, aber Regel ist Regel und noch länger würde ich mich gar nicht ertragen können.

Der mit Deo überdeckte Schweißgeruch hängt mir beißend in der Nase. Meine Nippel sind steinhart, als das kühle Nass meinen verschmutzten Körper umschlingt.

Meine Muskeln sind angespannt. Ich rede mir ein, dass es gesund ist, kalt zu duschen. Gut für das Immunsystem, wie das eiskalte Bad damals. Außerdem werde ich mich danach wie neugeboren fühlen. Und so ist es auch. Als ich aus der Dusche steige, fühle ich mich wie ein neuer Mensch. Die Aufgabe war wirklich unangenehm. Obwohl sie mir geholfen hat, die Keuschhaltung bis jetzt durchzuhalten. Ich habe mich selbst dermaßen angewidert, dass ich gar kein Bedürfnis hatte, mich selbst anzufassen.

Heute muss ich einen Spaziergang machen. Im Wald. Ich soll mich splitternackt ausziehen und Liam ein Foto davon schicken.

Das wird mich viel Überwindung kosten und mal wieder wünschte ich, dass er dabei sein würde. Das würde einen viel größeren Reiz ausmachen.

Es wäre von Vorteil, ein Kleid anzuziehen. Allerdings ist es nicht sehr warm draußen und ich habe keine Lust, den ganzen Zecken freien Zugang zu meinem Blut zu gewährend. Daher ziehe ich mir meine Lieblingsjeans an und ein blaues T-Shirt. Wasserflasche und Handy werfe ich in meine Handtasche.

Beim Betreten des Waldes, bekomme ich eine Gänsehaut. Das dichte Kleid der Bäume lässt kaum Sonne durch, sodass es wesentlich kühler ist als eben noch auf dem sonnigen Weg hierher. Als ich den Waldweg entlang schreite, komme ich mir doof vor. Familien mit Kinderwagen kommen mir entgegen, etliche Jogger und Hundebesitzer mit freilaufenden Hunden, die angeleint sein müssten, da dieser Wald unter Naturschutz steht.

Meine Unsicherheit wächst. Ich habe nicht vermutet, dass dermaßen viele Menschen in der Woche einen Spaziergang durch den Wald unternehmen. So bin ich nun schon eine gute halbe Stunde unterwegs. Langsam treffe ich immer seltener auf andere Menschen. Ich beschließe, den Hauptweg zu verlassen. Eigentlich wollte ich mich am Wegesrand in einem Gebüsch verstecken, aber dieser Plan geht nicht auf. Dieser Wald bietet zu wenige Büsche und außerdem ist hier sehr viel Moor. Ich biege rechts auf einen schmaleren Weg ab. Ein paar Meter gehe ich weiter, dann verlasse ich den offiziellen Weg und betrete den weichen, mit Blättern bedeckten Waldboden. Ich kann nur hoffen, dass ich hier nicht auf Moor treffe. Vor mir befindet sich eine kleine, freie Fläche. In der Mitte steht ein Baumstumpf. Die Oberfläche ist glatt, also wurde dieser Baum gefällt. Ein paar Meter weiter treffe ich auf eine aus Ästen gebaute Hütte. Anscheinend spielen hier ab und zu Kinder. Der Baumstumpf wäre praktisch gewesen, um meine Klamotten darauf abzulegen. Der Boden lebt. Es wimmelt nur so von Käfern und Spinnengetier. Ich mache einen angeekelten Gesichtsausdruck. Die Vorstellung, mit meinen nackten Füßen auf diesen Blättern zu stehen, lässt mich erschaudern. An eine Decke habe ich natürlich nicht gedacht.

Rechts von mir stehen viele kleine, nackte Bäumchen nebeneinander. Ich entscheide mich, dort hineinzugehen. Man könnte mich zwar sehen, aber nur, wenn man genau in meine Richtung blickt. Hier werde ich immerhin nicht direkt auf jemanden treffen. Sollte mich jemand aus der Ferne sehen, dann müsste derjenige damit leben. Den Anblick nackter Haut würde er wohl eher verkraften als die Tatsache, dass sich eine junge Frau mitten im Wald entkleidet. Mir wäre das ziemlich unangenehm und wahrscheinlich würde ich rot werden, obwohl ich selten rot anlaufe. Falls es dazu kommen sollte, dass ich mich rechtfertigen muss, werde ich einfach so tun, als sei ich unglaublich esoterisch und wolle mich bloß mit der Mutternatur verbunden fühlen.

Ich kämpfe mich durch die kleinen Bäumchen. Als ich denke, dass ich tief genug drin bin, lasse ich es in meinen Gedanken still werden und halte die Luft an. Mein ganzer Fokus liegt auf meinem Gehör. Ich höre Vögel, die sich lebhaft unterhalten, Flugzeuge, die die Landung anstreben, fernes Hundegebell und das Rauschen der Blätter, die mit dem Wind tanzen. Nach und nach sucht mich das Gefühl heim, alleine zu sein. Auch, wenn sich das natürlich jeden Moment ändern könnte. Ich könnte hier Stunden stehen und abwarten. Aber ich werde mir nie zu hundert Prozent sicher sein, dass niemand vorbeikommt und mich sieht. Ich glaube, dass es Liam genau darum geht. Auf der einen Seite gibt mir diese Situation den Adrenalinkick, den ich brauche und auf der anderen könnte es mich jedoch demütigen und beschämen, sollte ich erwischt werden. Und er erwartet von mir, dass ich über meine Grenze für ihn gehe. Denn ohne seine Aufgabe, wäre ich nie auf die Idee gekommen, mich nackt im Wald auszuziehen. Mein Ego will das auch gar nicht tun. Es hat Angst, dass seine Würde verletzt werden könnte, wenn es erwischt werden würde. Langsam löse ich mich immer mehr von der Meinung, dass es beim BDSM um reine sexuelle Befriedigung gehen muss. Es geht um viel mehr. Dass diese Situation für mich eher wenig erregend ist, sollte Liam klar sein. Er weiß, dass ich nicht exhibitionistisch bin.

Da es mich langsam beginnt zu jucken, beschließe ich, mich zu beeilen. Die Handtasche stelle ich auf dem Boden ab. Ich schlüpfe aus meinen Schuhen, die Socken lasse ich vorerst an, ziehe meine Hose und meinen Slip aus und versuche, diese auf meiner Handtasche abzulegen. Dann ziehe ich mir das Shirt über den Kopf und streife mir den BH ab. Als letztes packe ich die Socken in die Schuhe. Es ist schade, dass ich innerlich nicht die Ruhe habe, diesen Moment zu genießen. Ich war noch nie mitten in der Natur nackt. Das Laub unter meinen Fußsohlen fühlt sich weich und kratzig zugleich an. Dass Spinnen und andere Viecher auf meiner nackten Haut an mir hochkrabbeln können, blende ich aus. Die leichte Brise umschmeichelt meine entblößten Brüste und kitzelt an meiner Vagina. Ich krame mein Handy vorsichtig aus der Tasche hervor und mache dann ein ungünstiges Foto von mir.

Die Perspektive und die Belichtung sind gruselig, aber ich bin so gestresst und möchte mich schleunigst wieder anziehen. Daher nehme ich mir nicht die Zeit, um ordentlich zu posen und darauf zu achten, dass das Licht stimmt. Wahrscheinlich hat Liam auf ein sexy Foto gehofft, welches sein Glied erfreuen lässt. In Windeseile bin ich wieder angezogen. Meine ganze Haut juckt und ich habe das Gefühl, dass tausende Käfer an mir kleben. Vorsichtig schleiche aus meiner Ecke. Ich setzte mich auf dem Baumstumpf, um erstmal wieder herunterzukommen. Ich ziehe die Hosenbeine hoch und sehe, dass ich ziemlich übel von Mücken zerstochen wurde. Und meine schlimmste Befürchtung trifft auch noch ein. Ich finde Zecken auf meinem Bein. Zum Glück suchen diese noch eine Stelle, an der sie sich festsaugen können. Ich schnipse sie weg und will gar nicht wissen, an welchen Körperstellen sich noch welche befinden könnten. Selbst auf meiner Hand entdecke ich eine. Ich erhebe mich von dem Stumpf, weil ich befürchte, dass dort nur noch mehr auf mich lauern.

Als ich mich auf dem Rückweg mache, schicke ich Liam das Foto. Zu wissen, dass ich nun noch mindestens vierzig Minuten nach Hause brauche, lässt meine Stimmung etwas sinken. Nach der Aktion war ich ziemlich mit Stolz erfüllt. Hoffentlich geht es Liam genauso und ist zufrieden mit dem Foto.

Zu Hause angekommen, stratze ich ins Badezimmer. Ich ziehe meine Hose aus und schüttle diese über der Badewanne aus. Drei Zecken. An meiner Hosen hingen tatsächlich Zecken. Ich suche meinen Körper ab. Finde allerdings keine. Da ich nicht überall hinkomme, rufe ich meine Mom und bitte sie meinen Rücken abzusuchen.

„Wo warst du?", fragt sie nach.

„Ich war im Wald spazieren.", fällt meine Antwort knapp aus.

„Einfach so?"

„Eher weniger. Es hat etwas mit Liam zu tun."

„Okay, heißt, dass ich das gar nicht genau wissen will.", stellt sie fest.

„Richtig."

„In Ordnung. Hast du Lust ein Eis mit mir essen zu gehen? Die anderen sind alle weg und alleine habe ich keine große Lust."

„Wie könnte ich zu Eis nein sagen?" Es wird mich ablenken. Ansonsten warte ich wieder nur darauf, dass Liam endlich auf meine erfüllte Aufgabe reagiert.

Am Abend schaue ich auf mein Handy und leichte Enttäuschung breitet sich in mir aus.

Liam hat geantwortet.

Das Foto ist wirklich nicht der Burner. Das hast du gut erkannt.

Mehr hast du nicht zu sagen? Kein „ich bin stolz auf dich"?!

Wenn Ihr Euch an dem Foto aufgeilen wolltet, dann tut mir das leid. Irgendwo habe ich erwartet, dass Ihr stolz auf mich seid. Ich war es jedenfalls. Diese Aufgabe hat mich Überwindung gekostet. Ich verstehe nicht, was so schwer daran ist, das auch mal anzuerkennen. Ist das tatsächlich zu viel verlangt, Sir?

Ich weiß, dass das gleich wieder Ärger geben wird, aber ich kann das nicht einfach herunterschlucken. Gleichzeitig fühle ich mich schlecht dabei, weil ich weiß, dass ich keine gute Sub bin, aber würde ich ihm das nicht mitteilen, würde ich mich auch schlecht fühlen. Er kann ruhig wissen, was ich denke. Ich muss lernen, zu mir zu stehen.

Endlich. Langsam merkst du es von selbst! Wenn Liam dich mag, dann wird er den Kontakt zu dir nicht abbrechen, nur, weil du nicht nach seiner Nase tanzt.

Ich möchte meinem Engelchen nicht zu viel Aufmerksamkeit schenken, aber ich weiß, dass es Recht hat. Wie immer, schaltet sich mein Gegenpol ein und gibt seinen Senf dazu.

Alles schön und gut. Aber du solltest wissen, dass dein Verhalten Konsequenzen haben wird. Du weißt selbst, dass du eine grausige Sub bist.

Warum gibst du ihm ständig Gegenwind, wenn du weißt, dass er das nicht haben kann?

Willst du ihn sofort als Dom wieder verlieren? Mit der D/s-Beziehung hast du eine größere Chance, Liam an dich zu binden. Also reiß dich gefälligst zusammen!

Ich hätte nicht gedacht, dass ich an den Punkt komme, an dem ich mich auf die Seite des Blondschopfes stelle. Der Teufel sorgt nur dafür, dass ich dieselben Fehler wie mit David mache. Der Schatten darf mich nicht wieder einhüllen.

Es kann sein, dass er Recht hat und ich auf diese Weise Liam emotional an mich gebunden bekomme. Aber welchen Preis würde ich dafür zahlen? Wieder komplett unglücklich zu werden, weil ich mich selbst verstelle, meine Bedürfnisse in den Hintergrund stelle, nur, um dem Mann zu gefallen und ihn an mich zu binden? Nein. Das muss aufhören. Ich gebe dem Teufel Gehör, werde seine Worte zur Kenntnis nehmen, aber ihm keinen Glauben mehr schenken.

Richtig so, Mel! Du hast Liam an der Angel. Wäre das nicht der Fall, hätte er dich nicht zurückgenommen. Vertraue mir!, jubelt mein Engel mir zu. Und ich kann es kaum glauben, als ich Liams Antwort lese.

Ich bin stolz auf dich. Und daher werde ich dich jetzt auch für die ganzen erfüllten Aufgaben belohnen. Morgen darfst du den Tag über, über mich bestimmen. Du hast die Kontrolle und ich bin dein Sklave.

Wahnsinn. Was ist mit Liam passiert?

Also entweder habe ich ihn plötzlich tatsächlich an meiner Angel oder er braucht es nur mal wieder, dominiert zu werden. Egal. Seine Reaktion überrascht mich positiv. Morgen wird ein spannender Tag.

Danke, Sir. Ich freue mich auf morgen.

Ich überlege, was ich ihm morgen für eine Aufgabe geben werde. Auf jeden Fall möchte ich einen Gefühlsbericht von ihm haben. Vielleicht kann ich etwas Neues über ihn in Erfahrung bringen.

Lasse ich ihn morgen leiden? Ich könnte ihm auftragen, dass er kleine Steine sammeln soll, die er dann auf seiner gesamten Matratze verteilen soll. Würde eine unbequeme Nacht für ihn werden. Das ist zu gemein. Immerhin muss er arbeiten. Ich sollte ihn besser noch fragen, ob er Grenzen hat.

Was sind Eure Tabus?

Ich habe keine. Ich mache, was du sagst.

Wirklich alles? Wenn ich verlange, dass du den ganzen Tag nackt sein musst, würdest du es tun?

Na ja. An sich schon. Wärest du meine Domina und könntest dich um mich kümmern, eben auch finanziell, würde ich das machen, aber da du nicht genügend Geld hast und ich dementsprechend von dem Job abhängig bin ...

Okay, also würdet Ihr doch nicht alles machen und es gibt sehr wohl Tabus.

In dem Fall schon.

Das werde ich mir merken, weil es keine klare Antwort auf meine Frage war.

Haha. Alles klar. Schlaf gut, Mel. Bis morgen. Ich bin gespannt.

Gute Nacht, Sir.

Durch das helle Licht der Sonne, welches durch mein Fenster scheint, werde ich wach. Ich bekomme die Augen kaum auf. Hätte ich am Abend bloß das Rollo heruntergelassen. Nach und nach gewöhnen sich meine Augen an das Licht und als ich mich nicht mehr ganz so geblendet fühle, greife ich nach meinem Handy. Heute bin ich dran. Heute ist mein Tag.

Gestern Abend bin ich mit einer Idee in den Schlaf gefallen. Dementsprechend brauchte ich nicht nach Inspiration googeln. Brav, wie Liam ist, hat er mir schon eine Nachricht hinterlassen.

Guten Morgen, Herrin. Wie geht es Euch heute?

Als erstes wird er mich nicht mehr Herrin nennen dürfen. Ich kann dieses Wort nicht leiden. *Gebieterin, Göttin, Angebetete, Königin* ... Alles zu übertrieben. *Miss Melina?* Hm. Etwas Besseres fällt mir nicht ein.

Könnte mir kaum besser gehen. Herrin wirst du mich nie wieder nennen. Ab sofort bin ich Miss Melina für dich. Verstanden?

Verzeiht, Miss Melina. Was soll ich heute für Euch tun?

Du wirst dir mindestens zehn Mal einen runterholen. Ich verlange fünf Beweisbilder, auf denen deutlich zu sehen sein muss, dass du zum Orgasmus gekommen bist. Heute Abend möchte ich einen Gefühlsbericht. In der Art, wie du es von mir verlangt hast.

Euer Befehl ist mir ein Vergnügen, Miss Melina.

Die Strafe für die gestrige Unklarheit ist allerdings noch nicht mit inbegriffen. Eine Portion Sperma wirst du trinken. Wann du das tust, steht dir frei, selbst zu entscheiden.

Ok, Miss Melina.

Das missfällt ihm. Da bin ich mir sicher. Ein Tag ist wirklich kurz, aber besser als gar nichts. Ich denke auf Dauer würden mir die Ideen ausgehen. Er ist nun mal nicht so frei, wie ich es bin. Liam hat wesentlich mehr Spielraum mit mir.

In seiner Mittagspause schickt er mir das erste Bild. Allerdings sehe ich kein Sperma.

Wo ist das Sperma?!

Ich bin noch nicht soweit, Miss Melina. Würdet Ihr mir vielleicht Unterstützung leisten?

Definitiv nicht! Bring dein Kopfkino gefälligst selbst in die Gänge. Heute spiele ich dir nicht zu. Kein topping from the bottom.

Schade ...

Schade, was?

Schade, Miss Melina.

Beeil dich besser.

Nach fünf Minuten bekomme ich ein Bild von einer Pfütze

Sperma, die auf seinem durchtrainierten, schlanken Bauch schwimmt. Ich lasse es unkommentiert.

Im Laufe des Tages landen, mit ungefähr zweistündigem Abstand, die restlichen vier Bilder auf meinem Smartphone. Ich glaube nicht, dass er die Aufgabe gewissenhaft erfüllt hat. Wahrscheinlich hat er es sich tatsächlich nur die fünf Male selbst gemacht. Aber das ist mir egal. Vielleicht kann ich das in Zukunft noch in Erfahrung bringen. Wenn wir uns real wiedersehen und ich den dominanten Part übernehmen sollte.

Das Kino in meinem Kopf beginnt, einen Film abzuspielen. Liam vor mir kniend. Nackt. Auf den Boden blickend. Ich frage ihn, ob er meine erste Aufgabe erledigt hat. Er antwortet mit „Ja, Miss Melina“. Ich schenke seinen Worten keinen Glauben.

„Beweis es mir gefälligst!“, sage ich laut, streng, aber nicht schreiend.

„Wie?“, bringt er verzweifelt hervor. Ein leichter Schlag mit der Gerte landet auf seinem nackten Oberarm.

„Ist das mein Problem oder deines?“, frage ich ihn.

„Meines, Miss Melina.“ Er küsst mir die Füße. Es ist offensichtlich, dass er überfordert ist und nicht weiß, was ich von ihm will. Ich weiß, dass er lügt. Er kann mich nur zufriedenstellen, indem er mir die Wahrheit sagt und dahin werde ich ihn bringen.

„Hätte ich doch alles dokumentieren müssen, Miss Melina?“

„Wäre einfacher für dich gewesen. In der Zeit, in der du dir Gedanken machst, werde ich deinem Arsch ein wenig Farbe schenken. In Position mit dir."

Er stellt sich hin. Seinen Rücken mir zugewendet.

„Vielleicht kannst du dich dann besser konzentrieren."

„Ja, Miss Melina.", stimmt er mir zu. Ab dem zehnten Aufprall auf seinen leicht geröteten Po, beginnt er nach jedem Schlag leise zu wimmern. Ich hoffe, dass ich mich nicht irre und der Damm bald bricht. So oder so wird er danach von mir belohnt. Egal wie es ausgehen wird. Sein Vertrauen mir gegenüber setze ich nicht aufs Spiel.

Ich zähle den zwanzigsten Schlag.

„Immer noch keine Idee?"

„Nein, Miss Melina."

„Dann sollte ich dir mal zu etwas mehr Motivation verhelfen."

Sechs harmlose Schläge landen auf der hinteren Seite seines Oberschenkels, direkt unter seinen Pobacken.

„Glaubst du, das wird heute noch etwas mit dir oder darf ich vergeblich warten?"

„Ich weiß nicht ..."

Falsche Antwort. Ich gieße mehr Benzin in das Flammenmeer auf seinem Po.

Nach weiteren fünf Schlägen habe ich mein Ziel erreicht.

„Bitte aufhören, Miss Melina. Es tut mir leid. Ich habe gelogen! Aber bitte hört auf!"

Er sinkt auf die Knie. Ich beuge mich zu ihm und nehme ihn in den Arm.

„Danke.", sage ich und gebe ihm einen Kuss auf seine Schläfe.

„Ich danke Euch." , erwidert er.

Von meinem Tagtraum weiche ich ab. Darf Top sich bei Sub bedanken? In dem Buch, welches ich gerade lese, muss sich die Sub nach einer Bestrafung bei ihrem Dom dafür bedanken. Es kostet definitiv Überwindung und macht einem seine Position deutlich. Man muss seinen Stolz beiseite legen. Verliert Dom den Respekt, den man ihm gegenüber verspürt, wenn er sich jedoch bei seiner Sub bedankt? Würde ich es tun? Ich fühle mich in diese Vorstellung hinein und komme zu dem Entschluss, dass ich mich gut fühlen würde, wenn er es tun würde. Es würde Stolz in mir auslösen und wiederum auch Dankbarkeit, dass er meine Hingabe anerkennt. Mit Schwäche hat das nichts zu tun.

Am Abend warte ich sehnlichst auf seinen Gefühlsbericht. Vergeblich. Um 23:55 Uhr schreibe ich ihm.

Wo bleibt mein Bericht?!

Verzeiht. Ich weiß nicht, was ich da schreiben soll. Heute ist nicht so viel passiert.

Aber von mir täglich einen Bericht erwarten? Das macht ja Sinn ... Wie ist es dir heute ergangen?

Ich bin enttäuscht, aber irgendwo hab ich auch erwartet, dass er nicht in der Lage ist, derartig gute Berichte zu schreiben, wie ich es tue. Es macht den Anschein, dass er große Probleme mit seiner eigenen Gefühlswelt hat. Seine Antwort beweist dies nur.

Also mit den Gästen und der Crew war soweit alles okay. Ein paar der Gäste haben mich genervt. Und ja ... Die Aufgabe hat mir gut gefallen. Fand es geil, es sich machen zu müssen.

Kurz überlege ich, ob ich nachhake und frage, warum er genervt von den Gästen ist. Noch habe ich die Macht, aber seine Antwort wäre wohl, genau wie diese, eine Ernüchterung.

Ok. Dann bin ich ab jetzt wieder die Eure. Es ist 24 Uhr, Sir.

Mel, das hast du gut gemacht. Wenn ich wieder da bin, dann sollten wir diese Seite an dir vielleicht mal genauer unter die Lupe nehmen. Morgen schickst du mir ein schönes Foto von dir und ich will, dass du deep throating übst. Täglich! Kauf dir eine Gurke oder Ähnliches. Und schiebst du dir täglich deine Finger in den Po und dehnst fleißig?

Fuck ...

Wird erledigt, Sir. Ähm ... nicht täglich und mehr als zwei Finger wollen einfach nicht rein, Sir.

Weil du nicht täglich dehnst!

Aber innerhalb von drei bis vier Tagen bekomme ich nicht die ganze Faust rein! Ich kann auch nicht innerhalb einer Woche einen Spagat erlernen!

Du lernst es nicht. Widersprichst schon wieder.

Liam schickt mir Bilder. Als sie fertig geladen sind, sehe ich, dass er mir drei verschiedene Beispiele für Kurzhaarfrisuren zugesendet hat. Das kann nicht sein ernst sein. Das verlangt er nicht von mir ...

Morgen gehst du zum Friseur. Such dir eine aus. Mir gefällt die letzte Frisur am besten.

Ja, weil die Frau auch heiß aussieht und ihr diese Frisur steht und sie perfekt gestylt ist. Das mache ich nicht. Das kannst du dir direkt aus dem Kopf schlagen. Mich verletzt es, dass du mich optisch entstellen willst. Dann gehe ich zum Friseur, lasse mir meine langen Haare, die ich seit Jahren wachsen lasse, für dich abschneiden und dann lässt du mich fallen, weil ich dir optisch nicht mehr gefalle und ich stehe alleine mit meiner hässlichen Kurzhaarfrisur da und leide wie ein Hund, während du dich mit der nächsten vergnügst.

Mel, das ist doch Schwachsinn. Als würde ich dich deshalb fallen lassen. Du verletzt mich mit deinen Widerworten. Gerade wenn du das für mich tun würdest, würde ich dich noch mehr schätzen. Du würdest mir damit zeigen, dass du alles für mich tun würdest. Das ist das, was ich will und was ich brauche.

Ich verstehe ihn. Ich habe nur das Gefühl, dass er mich nicht versteht oder nicht verstehen will. Mir wird immer klarer, dass Liam Liebe von außen braucht. Und es reicht nicht, ihn einfach zu lieben. Nein, er braucht krasse Liebesbeweise. Warum er das braucht, werde ich nie von ihm erfahren. Da bin ich mir sicher. Vielleicht, wenn ich ihm die Liebe geben könnte, die er meint zu brauchen, aber dazu bin ich nicht in der Lage. So wird immer eine Mauer zwischen uns bestehen bleiben. Er wird die Maske nie ganz ablegen. Seine Geheimnisse werden im Schatten verborgen bleiben.

Das verstehe ich. Aber dazu liebe ich mich selbst zu sehr. Ich kann mich nicht komplett für dich aufgeben. Vor allem nicht nach der Sache mit David. Dann finge ich wieder von vorne an. Würde denselben Fehler erneut machen. Auch wenn die Situation an sich eine andere ist. Das Ergebnis wäre dasselbe. Ich würde dir so gerne das geben, was du brauchst, aber ich kann es nicht. Es tut mir leid.

Ich schlucke schwer. Es tut gut, ehrlich zu sein. Aber ich weiß, dass Liam und ich gleich der Vergangenheit angehören könnten. Das schmerzt, aber alles andere hat keinen Sinn. Mein Engelchen würde es mir nie verzeihen, wenn ich unauthentisch werden würde. Wenn ich mich verstelle, nur um Liam zu gefallen. Das habe ich anfangs getan. Mittlerweile erledige ich die Aufgaben, weil ich wissen will, was sie in mir auslösen. Ich brauche Liam, um meine Sexualität besser kennenzulernen. Er gibt mir die nötigen Impulse. Daher hoffe ich, dass er uns nicht aufgibt. Dass er es einfach akzeptiert, dass ich seine Bedürfnisse nicht zu seiner Zufriedenheit erfüllen kann. Wenn seine Antwort negativ ausfällt, werde ich kämpfen. Wenn er so devot ist, wie er meint, soll er mir gefälligst die Möglichkeit geben, weitere Erfahrungen machen zu können. Zu meiner Zufriedenheit.

Ist gut. Dann geh morgen nicht zum Friseur. Alles andere wird erledigt.

Danke, Sir.

Erleichterung durchfährt mich. Vielleicht bin ich ihm doch wichtiger geworden als ich bisher vermutet habe. Wenn er dermaßen nach Liebe aus ist, dann wird es ihm bestimmt geschmeichelt haben, dass ich ihn als Dom zurückhaben wollte. Ich lese mir meine Nachricht von eben noch einmal durch. Der Satz, dass ich ihm gerne geben würde, was er braucht, war gut gewählt. Intuitiv muss ich ihm das richtige Gefühl gegeben haben. Ohne zu manipulieren. Bloß mit meiner reinen Ehrlichkeit. Ich fühle mich anders als zu Anfang unseres Zusammenkommens. Sicherer.

Bevor ich zu Bett gehe, berichte ich Toni von meinen neuen Erkenntnissen.

Der gemeinsame Urlaub steht vor der Tür.

Glücksgefühle durchströmen meinen Körper und sorgen dafür, dass ich zwei Stunden brauche, um in die Welt der Träume einzutauchen.

Guten Morgen, Sir. Ich hoffe, Ihr habt gut geschlafen. Anbei das Foto, welches Ihr gewünscht habt. Sollte es Euch nicht gefallen, schicke ich schnellstens ein neues nach.

Ich frage mich, was er mit dem Foto vorhat. Traue mich aber nicht, nachzuhaken. Nicht nach gestern. Wohlmöglich nimmt er das nur als weiteren Widerspruch auf.

Bevor ich ins Badezimmer gehe, versuche ich, meinen Anus zu dehnen. Bei Finger Nummer Zwei ist Schluss. Vielleicht sollte ich mir tatsächlich Analplugs kaufen und es damit probieren. Wenn Liam zurück ist, wird er überprüfen, ob ich dieser Aufgabe nachgegangen bin. Zwischen seinen Zeilen lässt sich gut lesen, dass es mein Problem sein wird, wenn ich nicht gedehnt sein sollte. Wird er mir unliebevoll einen zu großen Analplug einführen, kann er sich aber sicher sein, mich nie wiederzusehen.

Das Foto ist gut. Danke.

Hat er sich gerade bedankt?

Anstatt in den Supermarkt zu gehen, schaue ich im Internet nach Tipps, wie man den Würgereiz umgehen kann. Ich glaube kaum, dass ich mir freiwillig eine Gurke tief in den Hals schieben kann. Das verhält sich wie mit der Aufgabe, mir selbst die Luft abzuschnüren. Es gibt Grenzen, die nicht verschoben werden können. Eine Prostituierte schreibt, dass man seinen Daumen fest drücken soll, um nicht würgen zu müssen. Diesen Tipp speichere ich in meinem Gedächtnis ab. Nach weiterer Recherche verstehe ich den Sinn der Aufgabe gar nicht mehr, da gerade auch das Würgen sich gut für den Mann anfühlen soll.

Am späten Nachmittag mache ich mich auf ins Fitnessstudio. Immerhin steht bald der Urlaub an. Auf die Bikinifigur gebe ich nichts, aber ich weiß, dass ich das Training vermissen werde. Trotz, dass es nur eine lächerliche Woche ausfallen wird. Außerdem möchte ich noch einiges reißen in dem letzten Monat, bevor Liam wiederkommt.

Als ich am Abend im Bett liege, vibriert das Handy.

Willst du gar nicht wissen, wofür ich das Foto brauche?

Nein. Überhaupt nicht ...

Ich wollte Eure Aufgabe nicht in Frage stellen, Sir.

Haha. Ok. Ich habe es an eine Bekannte geschickt. Und du gefällst ihr. Wenn ich wieder in Hamburg bin, dann können wir drei uns mal treffen. Ich denke, das könnte äußerst heiß werden. Keine Sorge. Sie ist definitiv attraktiv.

Diese Information verschlägt mir ein klein wenig die Sprache. Freudige Erregung gemischt mit Angst spüre ich in meinem Bauch. Liam ist doch aufmerksamer als gedacht. Die Pornos mit den Frauen müssen ihm diesen Impuls gegeben haben. Allerdings kann ich mich mit einer Frau einfach besser identifizieren und ich sehe mir nicht gerne Penisse von fremden Männern an. Aber ja, einen Dreier zu haben ist eine Erfahrung, die ich gerne mal machen wollen würde.

Ich wäre nicht abgeneigt, Sir.

Davon bin ich ausgegangen. Gib mal Queensnake im Internet ein und schau es dir an.

Ich öffne die Website und bin geschockt. Nach diesem Entgegenkommen habe ich erwartet, dass Liam mir etwas Schönes zeigen will. Das Gegenteil ist der Fall. Ich schau mir nur die ersten drei Minuten eines der vielen Videos an. Mir läuft ein Schauer den Rücken herunter. Dieser Anblick wird mich ein Leben lang verfolgen. Das hat für mich rein gar nichts mit Erotik zu tun. Ich gehe zurück zu WhatsApp.

Wenn du nicht gehorchst, weißt du, was dich erwartet.

Ich möchte den netten Liam zurück! Das geht definitiv zu weit!

Wenn du das mit mir machst, wird das unser letztes Treffen gewesen sein und du wirst nie wieder etwas von mir hören!

Mel, beruhige dich. Du weißt, dass ich nie etwas mit dir machen würde, was gegen deinen Willen geschieht und ich würde auch nie von Null auf Hundert gehen. Ich freue mich darauf, deine Grenzen auszukosten und du weißt, dass du mir vertrauen kannst.

Und warum soll ich mir das dann ansehen und wieso schreibt er mir, dass er das mit mir machen wird, wenn ich unartig bin? Findet er das etwa lustig? Das, was diese Frau mit anderen Frauen macht, ist vaginale Folter. Dass man einen derartigen Schmerz braucht, dafür reicht mein Verständnis nicht aus.

Ich bin mir nicht sicher, ob ich dir vertrauen kann, wenn du willst, dass ich mir solche Dinge ansehe und du mir dann auch noch schreibst, dass du so was mit mir anstellen wollen würdest.

Willst du ein Safeword haben? Denk dir eins zu morgen aus. Wenn du dieses Wort sagst, höre ich sofort auf.

In Ordnung.

Jetzt sollte der passende Moment sein, ihm mitzuteilen, dass ich in den Urlaub fliege. Er geht auf mich ein. Warum er das plötzlich tut, weiß ich nicht. Aber ich bin mir sicher, dass er das zwischen uns nicht wieder von heute auf morgen beenden wird.

Sir. Ich fliege in zwei Wochen nach Lloret de Mar mit einer Freundin.

Und das sagst du mir erst jetzt? Gehe in die Küche und träufle dir fünf Tropfen Tabasco auf die Zunge.

Ohne lange zu überlegen oder eine Diskussion zu starten, springe ich mit dem Handy in der Hand aus dem Bett und laufe die Treppen hinunter in die Küche. Hole den Tabasco aus dem Schrank, schraube den Deckel ab, mache das Handy aufnahmebereit und träufle mir dann mit der rechten Hand den Tabasco auf die Zunge. Nach wenigen Sekunden geht meine Zunge in Flammen auf. Was allerdings noch schlimmer ist, ist der Geschmack. Mir wird schlagartig übel. Ich lege das Handy weg und reiße die Kühlschranktür auf. Mein Fokus liegt auf der Packung Milch, zum Glück ist noch welche da. Drei volle Gläser kippe ich hintereinander herunter. Lasse aber kurz die kalte Milch im Mund, um das Brennen zu mindern.

Mel, wo bleibt mein Video? Es sind schon fünf Minuten vergangen.

Als ich wieder im Bett liege, schicke ich es ihm.

Verzeiht, Sir. Aber ich musste danach erstmal einen Liter Milch trinken.

Morgen wirst du dir Rasierklingen kaufen. Und für jeden Widerspruch und für jede unerfüllte Aufgabe, gibt es einen Schnitt.

Was? Das ist nicht fair! Narben gehören zu meinen Tabus!

Davon wusste ich nichts. Kommt jetzt etwas spät. Auf jeden Fall darfst du dir dann direkt einen zwei Zentimeter langen Schnitt zulegen. Auf dem Oberschenkel.

Das ist also seine Reaktion darauf, dass ich in den Urlaub fliege. Gönnt er mir das nicht?

Ich antworte nicht mehr. Ich schaue drei Folgen einer Serie und schlafe danach direkt ein.

Am nächsten Tag gehe ich nach dem Training in einen Drogeriemarkt. Nachdem ich dort keine Rasierklingen gefunden habe, versuche ich es im Supermarkt. Fehlanzeige. Ich hatte eh nicht vor, mich damit zu schneiden, aber ich bin dennoch erleichtert, keine gefunden zu haben. Jetzt muss ich nur hoffen, dass Liam mir das auch glauben wird.

Sir? Ich habe keine Rasierklingen gefunden. Es gibt nur Rasierer und Rasierköpfe. Ein Safeword habe ich mir auch überlegt. Ich nehme Tapout.

Du warst im Drogeriemarkt?

Ja und im Supermarkt.

Hm ... such weiter. Ansonsten trage ich die Striche eben nach, wenn ich wieder da bin. Und du bist dir sicher? Tapout?

Ja, Sir. Ich bin mir sicher.

Na gut. Duschst du noch kalt? Und ich habe eine andere Art von Aufgabe für dich. Die soll auch entlohnt werden. Du bist doch gut in Gestaltung oder?

Ich habe das Gefühl, dass ich bisher den Großteil seiner Aufgaben nicht erfüllt habe. Als TPE 24/7 kann man diese Beziehung gar nicht mehr bezeichnen. Aber tatsächlich habe ich es mir angewöhnt, kalt zu duschen. Ich freue mich, dass er eine Aufgabe hat, die er mir bezahlen wird.

Ja. Bin ich, Sir. Was soll ich für Euch machen?

Wenn ich wieder in der Stadt bin, will ich mich mehr als Stripper vermarkten. Meinen Künstlernamen kennst du. Ich möchte T-Shirts drucken lassen. Ich brauche also ein cooles Design. Der Name an sich muss gut aussehen und ich hätte gerne ein Logo. Ich habe doch diese Kette mit dem Flügel. Ich stelle mir einen Diamanten mit Flügeln gut vor. Der Diamant hat etwas Hochwertiges, etwas Anmutiges und Edles und die Flügel passen einfach zu mir. Sie suggerieren Freiheit. Beide Shirts sollen mit V-Ausschnitt sein. Eins in schwarz und eins in weiß mit goldener Schrift. Glaubst du, das geht?

Gehen tut das bestimmt. Ich weiß nur nicht, ob ich dir ein professionelles Logo gestaltet bekomme. Das braucht nämlich zeichnerisches Talent und ich bin besser im Umgang mit Typografie. Dementsprechend entwerfe ich dir erstmal einen Schriftzug. In ein paar Tagen schicke ich dir Beispiele zu.

Okay. Cool. Stress dich bloß nicht. Sind ja noch ein paar Wochen Zeit. Weißt du, wo ich das dann drucken lassen kann? Ach und ich hätte gerne am Kragen bzw. Ausschnitt noch das Wort Stripper stehen.

Kein Problem. Auf jeden Fall im Internet, aber ich würde damit zu einer Druckerei vor Ort gehen. Müsste ich aber selbst im Internet suchen.

Ach, darum kümmere ich mich dann später. Aber cool, dass du das machst! Wie gesagt, bekommst dann auch Geld von mir.

Gerne.

Endlich kann ich wieder kreativ werden. In meinem Kopf beginnt der Kessel mit der Kreativitätssuppe ordentlich zu brodeln. Einige Ideen scribble ich sofort aufs Papier.

Ausgeschlafen stehe ich in der Dusche. Ich starre den Wasserhahn an. Er steht mittig, auf lauwarm gestellt. Ich beuge mich vor und stelle den Hahn nach rechts, nehme die Brause in die Hand und halte sie in die Richtung des Abflusses. Ich stelle das Wasser an und ein druckvoller Strahl landet auf meinen Füßen. Das Wasser ist so kalt, dass ich befürchte, dass meine Füße nach wenigen Minuten blau anlaufen werden.

Langsam führe ich den Strahl meine Beine hoch. *Warm, warm, warm ... Ich liege in der Sonne und schwitze.* Mit Gedanken versuche ich, mir die Situation schön zu reden. Meine Muskeln spannen sich ganz von alleine an. Mein Kiefer ist verspannt. Würde ich locker lassen, würden meine Zähne aufeinander klappern. Okay ... Auf drei ist der Rest des Körpers dran. Ohne zu zählen, richte ich die Brause direkt auf meinen Oberkörper. Mir entfährt ein Quieken. Ich stelle das Wasser ab, seife mich ein und spüle den Schaum schnellstmöglich von meiner Haut herunter. Als ich aus der Dusche aussteige, merke ich, dass meine Haut total gut durchblutet ist. Ich fühle mich frisch und munter. Ich bin zuversichtlich, dass ich das kalte Wasser irgendwann gar nicht mehr als dermaßen kalt empfinden werde.

Nachdem ich mich angezogen habe und meinen Magen gefüllt habe, schaue ich, ob ich eine neue Aufgabe von Liam bekommen habe.

Guten Morgen. Ich will ein Foto von deinem nackten Rücken. Dein Po soll auch zu sehen sein. Aber nicht nackt. Mit Slip.

Er will ein Foto von mir? Das schmeichelt mir. Sofort habe ich eine Idee, dieses Bild niveauvoll umzusetzen.

„Josh. Ich brauche deine Hilfe.“, sage ich bestimmend zu meinem Bruder, während ich meinen Kopf durch den Türspalt in sein Zimmer stecke.

„Jetzt?“, fragt er voller Unlust.

„Ja, bitte jetzt.“

„Na schön. Was muss ich machen?“

„Ich brauche ein Foto von mir. Ich gebe dir gleich meine Kamera. Du brauchst dann nur auf den Auslöser drücken. Ich stelle mich in den Türrahmen und du versuchst, mich einfach nur mittig im Bild zu haben. Musst aber erstmal weggucken. Das soll nämlich ein Foto mit freiem Rücken werden. Ich sage dir dann, wann du deine Augen aufmachen kannst. Will meinen kleinen Bruder ja nicht verstören.“, sage ich lachend.

„Und wofür ist das?“

„Für Liam.“

„Okay, ich verstehe.“, zwinkert er mir zu.

Das Ergebnis kann sich sehen lassen. Am PC habe ich es nachbearbeitet. Das Bild entsättigt, die Helligkeit und den Kontrast erhöht. Ich schicke Liam drei verschiedene Posen zu.

Welches Bild gefällt Euch am besten, Sir?

Das letzte. Nimm das als Profilbild. Sieht sehr gut aus.

Was zur Folge hat, dass mich plötzlich Männer anschreiben, zu denen ich sehr lange keinen Kontakt hatte. Hätte Liam gewusst, was das loslöst, hätte er mit Sicherheit nicht gewollt, dass ich dieses Motiv als Profilbild wähle. Aber ich freue mich über das Kompliment von ihm, da es eine Seltenheit ist, dass er mir etwas Nettes schreibt. Mein Handy vibriert in einer Tour.

Wow, Mel. Sehr sexy ... Hat Liam etwas damit zu tun?

Hey, Toni. So offensichtlich? Ja, das war seine Idee.

Ziemlich. Aber mir gefällt es. Sehr hübsch. Und schon eine Packliste geschrieben? Nur noch zwei Wochen!

Ich sollte wohl mal anfangen. Bekommst du alles ins Handgepäck?

Klar, ein Buch und kurze Klamotten nehmen nun kaum Platz ein. Bikini kann man zur Not auch schon unterziehen. Die flüssigen Pflegeprodukte kaufen wir einfach vor Ort. Das können wir uns dann teilen.

Das stimmt. Das ist eine gute Idee. Ich bin schon ganz aufgeregt.

Sorge aber dafür, dass Liam dir keine Aufgaben erteilt.

Wird gemacht, Sir.

Sir? Lady, bitteschön.

Verzeiht, Lady Antonella.

Braves Mädchen.

Ich lache und lege das Handy beiseite.

Kapitel 6

August 2015

In den letzten Tagen wurden die Aufgaben weniger und die Unterhaltungen mit Liam persönlicher. Ich habe ihn gefragt, ob er mit mir zusammen ein Shooting machen wollen würde, da ich gerne ästhetische Bilder von mir und einem gut gebauten Mann haben möchte. Tatsächlich hatte ich Angst, dass er darauf keine Lust hat, aber er hat zugesagt und möchte auch gerne Fotos von sich aufgenommen haben. Er hat eine leicht narzisstische Vorstellung. Ich soll ein Foto von ihm und seinem erigierten Schwanz machen, welches in einem Hotelzimmer aufgenommen werden soll. Und dieses Foto möchte er in seiner eigenen Wohnung, die er noch nicht mal hat, aufhängen. Das Liam merkwürdig ist, war mir von Anfang an klar. Vielleicht möchte er auch nur, dass ich dieses Motiv fotografiere, um dann aus dem Shooting ein erotisches Spiel zu machen. Kreativ ist er.

Hey, wie geht's dir?

Mir geht es sehr gut. Bin dabei eine Packliste zu schreiben. Immerhin geht es nächste Woche nach Spanien.

Das freut mich. Übrigens ist deine Keuschheit aufgehoben. Du darfst es dir wieder selbst machen. Und sei artig.

Ist das jetzt ein Zufall?

Wieso so plötzlich? Und artig sein in Bezug auf Alkohol oder Männer? ;)

Einfach so. Sei vorsichtig. Lass dich nicht abfüllen und dich dann von Typen überreden oder zwingen lassen ...

War klar, dass er den eigentlichen Grund nicht nennen wird. Ich bin mir aber ziemlich sicher, dass er nicht möchte, dass ich notgeil in den Urlaub fliege. Seine eifersüchtigen Züge hat er mir in der Vergangenheit gezeigt. Irgendwie ist er echt besitzergreifend, aber auf der anderen Seite ist es ihm doch egal, ob und mit wem ich was mache. Meinte er jedenfalls mal. Das ergibt alles keinen

Sinn. Vielleicht gehört diese Eifersucht und Sorge nur zum Spiel? Ich werde wahrscheinlich nie schlau aus ihm werden.

Okay. Ich trinke eh kaum Alkohol. Vertrags immer noch nicht. Wie geht es Euch denn?

Geht so.

Wieso nur geht so? Was ist los?

Will darüber nicht reden.

Das war vorhersehbar. Aber ich lasse nicht locker. Ich greife in meine psychologische Trickliste.

Dachte ich mir zwar schon, aber ich wollte gerne Gewissheit haben. Mir gefällt es nicht, wenn es Euch nicht gut geht und wäre ich in irgendeiner Art und Weise mit dafür verantwortlich gewesen, hätte ich halt die Möglichkeit gehabt, eventuell etwas daran zu ändern. Aber gut, dann gehe ich davon aus, dass Ihr meint, dass ich Euch eh nicht helfen kann und gebe Euch natürlich die Ruhe, die Ihr braucht.

Damit sollte ich die Information bekommen, die ich haben will.

Nein. Es hat nichts mit dir zu tun. Ich vermisse nur meine Freiheit, meine Freunde, Hamburg, den Sport. Hier geht mir alles auf den Sack.

Geht doch. Er hat also Heimweh. Hab ich nicht damals gesagt, dass er es dort nicht aushalten werden wird? Anscheinend lag ich vollkommen richtig. Menschen müssen dennoch ihre eigenen Erfahrungen machen. Ich hätte ihn nicht davon abhalten können, nach Österreich zu gehen. Kein Argument der Welt hätte ihn hier gehalten.

Oh, das tut mir leid. Wenn ich irgendwas für dich tun kann ... Dich irgendwie aufheitern kann, dann sag Bescheid.

Ich habe ihn ganz bewusst geduzt. Ich denke, es ist langsam an der Zeit, die 24/7 Bindung aufzulösen.

Das ist lieb. Aber ich werde hier abhauen. Ich kann hier nicht mehr bleiben. Bleibe noch eine Woche. Nächsten Freitag fahre ich zurück nach Hamburg.

Mein Herz springt mir fast aus der Brust. Er kommt tatsächlich früher zurück. Und natürlich gerade einen Tag, bevor ich eine Woche in den Urlaub fliege. Ich kann ihn also erst nach dem Urlaub wiedersehen, sollte er mich überhaupt noch treffen wollen, aber davon gehe ich aus. Hoffentlich kann ich meinen Urlaub genießen und denke nicht die ganze Zeit daran, dass er in Hamburg sitzt und endlich wieder für mich physisch erreichbar ist.

Oh, damit habe ich nicht gerechnet. Geht das denn? Hast du eine Unterkunft, wenn du zurückkommst?

Halb gelogen. Gerechnet habe ich damit schon, aber nun ist es schon August und ich bin davon ausgegangen, dass er die paar Wochen auf jeden Fall noch durchziehen wird.

Ja, ich spreche morgen mit dem Chef, aber die können mich hier nun mal nicht festketten. Bekomme natürlich weniger Geld. Aber das ist mir gerade egal. Ich werde erstmal bei einem Kumpel übernachten. Und dann hab ich Zeit mich neu aufzustellen.

Sein Zimmer in Harburg existiert also nicht mehr.

Dann ist dein einziges Hab und Gut das, was in den Smart passt?

So sieht es aus. Zur Not würde ich auch im Auto schlafen.

Das könnte ich nicht zulassen. Zur Not würde er bei mir schlafen, aber das schlage ich ihm nicht vor.

Wird schon werden. Hauptsache, du hast ein Dach über dem Kopf, wenn du hier ankommst. Alles andere wird sich ergeben.

So sieht es aus. Und du wirst deinen Urlaub genießen.

Das werde ich. Trotzdem hätte ich dich gerne sofort wiedergesehen.

Das ist süß von dir, aber wir sehen uns dann, wenn du zurück bist.

Ich bin erleichtert. Er hat vor mich zu treffen. Dann waren das hoffentlich auch keine leeren Worte, was das Fotoshooting betrifft.

Toni! Liam kommt nächste Woche schon zurück. Einen Tag, bevor wir fliegen.

Ernsthaft?! Dann hast du Recht behalten. Du wirst aber dann bitte nicht jeden einzelnen Tag bis zum Rückflug zählen oder?

Nein, ich werde die Zeit mit dir auf jeden Fall genießen.

Dann bin ich beruhigt.

Was in Lloret passiert, wird dort definitiv bleiben.

Das ist mein Mädchen. Wir hören die Tage voneinander. Ich muss heute noch einiges erledigen. Tschau, Süße!

Bis die Tage!

Die Tasche ist gepackt. Antonella und ich sind auf dem Weg zum Flughafen. Um sechs Uhr startet der Flieger nach Girona. Und bei meinem Glück, bin ich erkältet.

Liam ist gestern den ganzen Tag durchgefahren. Nur mit kurzen Pausen. Ich wollte es nicht, aber ich habe mir Sorgen gemacht. Nun kann ich jedoch beruhigt nach Spanien fliegen, da er mir gerade mitgeteilt hat, dass er in Hamburg angekommen ist.

Bin in Hamburg angekommen. Schreib mir, wenn du gelandet bist. Und im Flugzeug weißt du was zu tun ist ...

Das freut mich und werde ich. Ich hoffe, dass ich dort WLAN habe. Was soll denn zu tun sein?

Auf der Bordtoilette ... Komm schon, Melina. Du weißt, was ich will.

Sorry Liam, aber ich bin jetzt im Urlaub. Außerdem bin ich erkältet. Ich will den Flug über schlafen.

Oh. Gute Besserung. Und guten Flug.

Dankeschön.

Bitte.

Ich stecke das Handy weg.
„Liam wollte tatsächlich, dass ich im Flugzeug etwas für ihn tue.“, berichte ich Toni.
„Das überrascht mich nicht. Aber du sitzt am Fenster und ich werde dich einfach nicht durchlassen.“
„Er hat es hingenommen, dass ich das nicht tun werde. Ohne Drama.“
„Er lernt dazu. Hast ihn gut erzogen.“, lacht sie und kneift mir in die Schulter.
Trotz verstopfter Nase, habe ich den Hinflug gut überstanden. Als ich das letzte Mal nach Lloret geflogen bin mit David, war ich auch erkältet. Der Hinflug war ein Horrortrip. Bei der Landung hatte ich solche Ohrenschmerzen und ich konnte einfach keinen Druckausgleich machen. Die Schmerzen wurden so schlimm, dass ich Panik bekommen habe und mein ganzer Körper anfing zu kribbeln. David musste bei einer der Stewardessen eine Spucktüte organisieren, weil ich dann auch noch mit Übelkeit zu kämpfen hatte. Allerdings musste ich nur würgen. Glück im Unglück.
Toni klärt alles mit dem Taxifahrer ab. Dank des Luftdruckunterschieds, höre ich sehr schlecht. Während der Fahrt zum Apartment, knackt es ein paar Male in meinem Ohr und die Taubheit ist verschwunden. Nachdem der Taxifahrer dreimal um den Block gefahren ist, weil er das Apartment nicht findet, haben wir ihn gebeten uns aussteigen zu lassen. Da es noch früh ist, ist es noch nicht so heiß, aber ich bin definitiv nicht fit genug, um mit meiner schweren Tasche und meiner Jacke im Arm stundenlang durch die Gegend zu laufen.
„Wie sollen wir die Anmeldung finden, wenn das nicht mal der Taxifahrer findet?“
„Mel, wir sind nicht dumm. Wir finden das. Außerdem hast du doch eine Karte ausgedruckt. Ich denke, ich weiß wo wir lang müssen. Folge mir einfach.“

Im Kartenlesen ist Toni wirklich gut. Zehn Minuten später stehen wir vor dem Büro der Apartmentvermietung. Das Formelle ist schnell geklärt und unser Apartment glücklicherweise nur fünf Gehminuten entfernt. Am Himmel braut sich etwas zusammen.

„Wir sollten einen Zahn zu legen. Nicht, dass wir in das Gewitter geraten."

„Das schaffen wir locker. Voll cool, dass wir uns gleich am ersten Tag ein Gewitter über dem Meer ansehen können.", sage ich voller Begeisterung.

„Du bist so herrlich optimistisch."

Unser Apartment ist im 5. Stock. Schöner als erwartet. Wir setzen uns mit unserem restlichen Proviant auf den Balkon und schauen uns das Spektakel über dem Meer an. Die Blitze schlagen am Horizont ein. Wir beide genießen diesen Moment in voller Ruhe. Der Strand ist vollkommen verlassen. Dieser Anblick ist eine Besonderheit in der Hochsaison.

„Mel ... ich muss dir etwas erzählen.", unterbricht Toni die Stille dieses magischen Moments. Die Luft riecht nach Sommerregen und trotz des Gewitters, ist es kaum kühler geworden.

„Ist es etwas Schlimmes?"

„Ich habe keine Ahnung, wie du es aufnehmen wirst, aber ich wollte unbedingt warten, bis wir hier angekommen sind und ich denke, dass es den perfekten Moment eh nicht geben wird, um es dir zu erzählen."

„Jetzt bin ich neugierig. Hau raus."

„Ich habe geforscht. Wenn man es so nennen kann. Ich wollte etwas über Liam herausfinden. Um dir Klarheit zu verschaffen. Ich weiß, dass das nicht meine Angelegenheit ist, aber irgendwie konnte ich es nicht sein lassen. Und außerdem bin ich fündig geworden. Ich habe etwas herausgefunden, was dir helfen könnte, ihn besser zu verstehen. Hinter seine Maske zu blicken." Ich bin sprachlos.

„Damit hätte ich nie gerechnet. Was hast du denn herausgefunden? Hat er Kinder? Ist er verheiratet gewesen?"

„Nichts dergleichen. Ich habe eben probiert, eine WLAN Verbindung herzustellen, aber die Läden mit free Wifi sind zu weit entfernt."

„Also brauchst du Internet, um es mir zu zeigen?"

„Richtig. Ich habe nämlich eine alte Website von ihm gefunden. Dort hat er einige interessante Informationen über sich preisgegeben. Seine Rechtschreibung ist allerdings echt eine Katastrophe. Lässt ihn nicht sehr helle wirken."

„Ja, er hat eine Rechtschreibschwäche. Das weiß er selbst. Ich weiß gar nicht, was ich denken soll ... Bei BK gibt es free Wifi. Wenn es aufgehört hat zu regnen, sollten wir dorthin gehen. Ich muss eh allen noch Bescheid geben, dass wir gut angekommen sind. Und danach sollten wir dringend einkaufen gehen. Das Wasser kann man hier nicht aus der Leitung trinken. Du trägst die zwei Liter Kanister und ich den restlichen Einkauf, da ich krank bin."

„Hast ja eine wunderbare Ausrede. Aber geht klar. Der Plan ist gut."

Als die ersten Sonnenstrahlen die Erde berühren, füllt sich der Strand in Windeseile. Toni und ich werden aber erst gegen späten Nachmittag zum Strand gehen, während die anderen in ihren Hotels zum Essen sind.

Wir setzen uns vor BK auf eine abgerundete Mauer, die die Straße vom Bürgersteig trennt. Hier sitzen einige mit ihren Smartphones in der Hand.

„Irgendwie war die Verbindung vor ein paar Jahren stabiler."

„Ich bekomme überhaupt keine Verbindung.", stellt Toni fest. Ich stehe auf und trete zur Eingangstür. Dort klebt ein Schild.

„Man bekommt einen Code, wenn man etwas zu essen bestellt. Free war mal."

„Ich kaufe mir ein Eis. Ist kein Problem. Heute Abend können wir ja mal an der Promenade entlang gehen. Vielleicht finden wir dort freies WLAN."

„Ansonsten wäre das ziemlich scheiße."

„Weil du dann nicht mit Liam schreiben kannst? Ich bin froh darüber, dass ich mal nicht erreichbar bin."

„Ja, ich weiß. Ich sollte das genießen."

„Solltest du wirklich."

Wir bleiben drinnen sitzen, da es dort klimatisiert ist. Langsam gewinnt die Sonne an Kraft. Antonellas Eis würde sehr schnell dahin schmelzen.

„Ich lade dir seine Website. Schau es dir an, während ich dieses leckere Eis verspeise. Ich hoffe, dass es dich nicht zu sehr schockiert. Ich will dir den Urlaub nicht vermiesen."

„Uns kann nichts den Urlaub vermiesen. Bis auf meine doofe Erkältung."

„Wir kriegen dich schon fit. Heute sollten wir es ruhig angehen. Ich bin selbst ziemlich fertig." Toni reicht mir ihr Handy. Als ich den Titel der Website lese, muss ich schmunzeln. Klingt definitiv nach BDSM mit einem kleinen Touch von Gothik. Ich öffne das Menü. *Startseite, Escort, Master Liam, Mein Leben als Sub, Tagebuch, Poesie, Galerie Liam, Kontakt, Gästebuch, Terminkalender, Impressum.*

„Was hast du hier gefunden? Das ist ja eine Goldgrube."

„Tja. Kannst mal sehen, zu was ich fähig bin."

„Ich bin beeindruckt Madame Antonella."

Sie lächelt mir stolz zu, während sie genüsslich ihr Eis verspeist. Ich öffne zuerst die Poesie Seite. Denn ich kann mir gar nicht vorstellen, dass Liam schreibt. Ich bin fassungslos. Liams Rechtschreibung ist fürchterlich und wahrscheinlich gab es zu der Zeit, als er diese Website erstellt hat, noch keine Autokorrektur, denn wenn ich mit ihm schreibe, halten sich die Fehler in Grenzen. Nie im Leben bin ich davon ausgegangen, dass Liam derartig tiefsinnig ist. Dass er Worte wie „Seele" und „die Wärme deiner Liebe" benutzt. Ich lese mir die Texte einige Male durch, da ich sie inhaltlich schwer verstehe. Manches ergibt für mich Sinn und einiges verstehe ich überhaupt nicht. Was zeigt, dass wir beide zwar emotionale Menschen sind, dennoch in komplett unterschiedlichen Welten leben und eine andere Sprache sprechen. Dann widme ich mich seinem Tagebuch. Es bestätigt den narzisstischen Eindruck, den ich von ihm habe. Er schreibt über die Leichtathletik, das Tanzen und das Bodybuilding, aber immer im Bezug auf seinen Körper.

Der Rest des Textes ist hingegen unglaublich aufschlussreich. Ich frage mich, warum er so ein Geheimnis um sich macht, aber im Internet aus dem Nähkästchen plaudert. Ich weiß nun, dass er als Kind alles dafür getan hat, um die Aufmerksamkeit seiner Eltern zu erlangen, sie jedoch nie erhalten hat. Er fühlt sich gleichgültig. Ungeliebt. Ich glaube, er benutzt den BDSM, um Selbstsicherheit und Selbstvertrauen zu gewinnen. Daher will er, dass ich als Sub alles für ihn tue. Dadurch fühlt er sich gestärkt. Er fühlt sich gewollt. Er fühlt sich gebraucht. Und wahrscheinlich habe ich das durch die Aktion mit Dominik geschafft. Ich habe den passenden Schlüssel für sein Schloß gefunden. Daher will er mich nicht mehr gehen lassen. Daher konnte ich die letzten Aufgaben nicht erfüllen, ohne, dass er den Kontakt zu mir abbricht. Mir wird einiges klar.

Toni ist aufgestanden, um sich ein weiteres Eis zu holen. Ich finde es toll, dass sie schweigt und mir die Zeit gibt, um mich meinen Gedanken nachgehen zu lassen. Außerdem bin ich gerade unheimlich dankbar, dass sie eine kleine Stalkerin ist. Als nächstes interessiert mich brennend, was er über sich als Sub geschrieben hat. Für Liam hat der SM tatsächlich eine tiefgründige Bedeutung, wie für mich auch. Es geht ihm nicht nur um den Schmerz, sondern um die psychische Befriedigung. Er findet sie im Stolz. Wäre ich seine Domina, müsste ich also dafür sorgen, dass er an seinen Grenzen wächst. Dies müsste mich dann mit Stolz erfüllen. Das würde ihm Befriedigung verschaffen. Würde es mich mit stolz erfüllen, wenn er Aufgaben erledigt, die ich ihm erteile? Es wäre mir egal. Auf dieser Ebene habe ich keinen Bezug zu ihm.

Der letzte Satz beinhaltet, dass er sich selbst als etwas Besonderes sieht. Und da jeder meint, etwas Besonderes zu sein, gilt dies zu beweisen, aber unter der Überschrift folgt keine Erklärung. Wahrscheinlich ist er sich gar nicht bewusst, was ihn besonders macht. Ich kenne das. Ich weiß, dass ich anders bin. Ich habe schon immer anders gedacht. Aber könnte nun auch nicht in Worte fassen, was mich besonders macht. Hoffentlich ist er nicht arrogant und meint, dass er besonderer ist als andere. Das ist er nicht. Er ist schlichtweg anders.

Ich gehe auf die Seite, auf der er sich als Master vorstellt. Dort steht geschrieben, dass er sehr intensiv auf die Wünsche und Vorlieben seiner Sub eingeht. Ich muss schmunzeln. Das Gefühl habe ich nicht. Aber um ehrlich zu sein, habe ich auch nie wirklich Wünsche geäußert, weil ich selbst noch nicht mal weiß, was mir gefällt. Ich weiß, welche Emotionen ich brauche, aber ich weiß nicht, welche Praktiken dies nun auslösen würden. Wahrscheinlich gar keine. Es liegt an Liam. Erst der Mann gibt dem Ganzen eine Bedeutung und ein Gefühl. Über die Art, wie er mit mir schreibt, bleibt das Gefühl jedoch aus.

Er verabscheut Unpünktlichkeit, Respektlosigkeit und freche, ungezogene Bemerkungen. Ups. Obwohl ich nun nie respektlos war. Nur ein bisschen frech vielleicht. Seine Strafen folgen sofort und sind gnadenlos. Bei mir folgt eine Strafe nach der anderen. Im nächsten Absatz steht, dass wenn man sich traut, sich ihm zu unterwerfen, man seine Liebe und vollendete Zuneigung erfährt, welche ein Gefühl von Geborgenheit auslöst. Doch wenn man ihm widerspricht, ungehorsam ist oder ihn gar warten lässt, lernt man dies nie wieder zu tun. Er spielt mit deinem Verstand. Du wirst ihn brauchen, ohne ihn hilflos sein. Er lässt dich einfach fallen. Doch bevor du daran zerbrichst, fängt er dich behutsam auf und gibt dir die Geborgenheit, nach der du dich so sehnst.

Das dich Fallenlassen wird dich in deine Position leiten, du wirst dich mehr und mehr in ihn verbeißen, denn er ist dein Master und du sein Eigentum.

Was Liam nicht weiß, ist, dass ein Mann erst einmal solch eine Bedeutung für die Frau erkämpfen muss. Von sich zu sagen, er sei dominant und ach so toll, reicht nicht, um eine Frau abhängig von einem zu machen. Obwohl ich mich eh frage, welcher Mann eine Frau haben will, die abhängig von einem ist. Wo ich wieder am Anfang bin. Er sucht Liebe und Aufmerksamkeit. Wahrscheinlich holt er sich über den SM die Emotionen, die seine Seele heilen könnten. Aber er weiß nicht, dass keine Frau der Welt diese Wunden auf Dauer heilen kann. Das kann nur er selbst. Nur glaube ich nicht, dass er dies je erkennen wird. Selbst wenn ich es ihm sagen würde, würde er es doch nicht verstehen. Ich werde mir die Tage am Strand Gedanken machen, was das zwischen mir und Liam ist und wohin ich wünsche, dass unsere Reise oder vielleicht auch meine Reise alleine im BDSM führt.

Der letzte interessante Punkt ist der Escortservice, den er anbietet. Seine Preise sind sehr gering für einen Escort. Es scheint, als wäre das schlichtweg ein bezahltes Hobby seinerseits. Einmal hatten wir darüber geschrieben, aber Frauen zahlen eben nicht gerne für Sex. Ich würde auch nie auf die Idee gekommen, dafür zu bezahlen. Ich würde mich eher bezahlen lassen. Was wohl auch der Grund ist, weshalb das kein lukratives Geschäft ist. Ich gebe Toni ihr Handy zurück.

„Danke, das war sehr aufschlussreich."

„Für meine Freunde tue ich fast alles. Ich fand es auch sehr interessant. Und? Was wirst du mit diesem Wissen jetzt anfangen?"

„Weiß ich noch nicht. Wenn wir in der Sonne brutzeln, werde ich mir Gedanken machen."

„Du brichst den Kontakt nicht ab?"

„Nein."

„Aber er lässt sich für Sex bezahlen ..."

„Das wusste ich schon. Außerdem tut er es momentan ja nicht.", unterbreche ich sie.

„Oh. Ich hätte gedacht, dass das ein Problem für dich ist."

„Wieso?"

„Willst du mit einer männlichen Hure eine Beziehung führen?"

„Ich will ihn nicht bewerten und nicht dafür verurteilen. Ich weiß gerade nicht, was ich genau will. Nur, dass ich den Kontakt nicht abbrechen will. Nicht jetzt, wo ich das Gefühl habe, dass ich ihm nicht völlig am Arsch vorbeigehe. Meine Verknalltheit ist vorüber, was bedeutet, dass ich nicht mehr in Gefahr gerate, abhängig von ihm zu werden. Ich denke, ich werde es einfach laufen lassen."

„Du weißt schon, was du tust. Ich kann dich eh nicht vor dem Leid der Welt beschützen."

„Süß, dass du es aber gerne würdest. Erfahrungen lassen uns weiser werden. Ich könnte den sicheren Pfad gehen und es einfach beenden, aber ich würde mich mein Leben lang fragen, was gewesen wäre, wenn ..."

„Da hast du wohl Recht. Und du weißt, dass ich dich immer auffangen werde."

„So, wie ich dich."

„Genug von den Rührseligkeiten. Lass uns in unsere Bikins schlüpfen und ab an den Strand."

„Jawohl, Lady."

Wir schreiben unseren Leuten, damit niemand vor Sorge umkommt und erledigen schnell unseren Einkauf.

Nach zehn Minuten in der Sonne liegen, schlafe ich ein. Die Erkältung hängt mir in den Knochen, wie auch der zu kurz gekommene Schlaf. Als die Sonne am Untergehen ist, wache ich auf. Neben mir liegt eine schnarchende Toni. Ich lasse sie noch ein wenig schlafen. Der Strand ist kaum noch besucht. Das Meer beruhigt sich langsam von den vielen Kindern, die im Wasser gespielt haben und nach dem Abendessen bestimmt erschöpft ins Bett fallen werden. Mein Blick schweift über den Ozean zum Horizont hin. Will ich eine feste Beziehung mit Liam haben? Wenn ja, wieso? Ich lasse die Fragen in mir wirken. Schließe die Augen und lausche den leichten Wellen des Meeres, den Vogellauten der Möwen und dem Schnarchen von Toni. Als ich die Augen öffne, ist es mir klar. Es ist nicht die Sehnsucht nach Nähe und Geborgenheit, die in mir den Wunsch nach einer Beziehung auslöst. Es ist das Gefühl von Sicherheit, welches mir fehlt und ich mir durch einen Partner an meiner Seite erhoffe zu verspüren. Nur wäre ich dann auch wieder von einem anderen Menschen abhängig. Ich muss mir die Sicherheit selbst aufbauen. Ansonsten wird die Angst, ihn wieder zu verlieren, in mir herrschen. Das ist der falsche Weg. Das mit Liam kann ich nur auf mich zu kommen lassen. Ich wecke Antonella, da mein Magen beginnt, sich zu Wort zu melden. Er hat Hunger.

Wir kochen uns ganz anspruchslos Nudeln mit Tomatensauce. In Barcelona werden wir dann auf jeden Fall Essen gehen, wie auch an unserem letzten Abend in Lloret.

Wir legen uns früh ins Bett. Ich weiß nicht, wie meine Freundin das anstellt, aber nach wenigen Minuten ist sie eingenickt. Mich plagt mein Husten. Als ich spüre, dass ich einen Anfall bekomme, lege ich mich ins andere Bett im kleinen Zimmer nebenan. Ich möchte ihre Bettruhe nicht stören. Fünf Minuten lang bin ich nur am Husten. Ich liege wach auf der sehr harten Matratze. Ich kann nur auf der linken Hälfte liegen, da die andere durchgelegen ist und mir eine kaputte Feder in den Rücken pikst, während mein Po in einem Loch liegt. Nachdem ich dreißig Minuten wach liege und gegen die graue Decke starre, entscheide ich mich, mir Internet zu kaufen. Die fünf Euro habe ich dann auch noch über. Das sollte für drei Tage ausreichen. Die WhatsApp Nachrichten trudeln nach und nach auf meinem Smartphone ein.

Meine Familie freut sich, dass ich gut angekommen bin. Von Liam habe ich bereits auch eine Nachricht auf meinem Handy.

Schön, dass du gut angekommen bist. Was habt ihr denn heute so gemacht?

Er ist online. Gott sei Dank. Hoffentlich antwortet er mir. Ansonsten sterbe ich vor Langeweile.

Heute haben wir nicht viel gemacht. Am Strand gelegen und geschlafen. Jetzt musste ich mich gerade ins kleine Gästezimmer legen, weil ich voll den Hustenanfall bekommen habe und Toni nicht wecken wollte.

Wer ist Toni? Und vernünftig, dass du dich ausruhst.

Oh ... Wahrscheinlich denkt er, dass Toni ein Kerl ist.

Antonella, meine Freundin. Ja, heute noch. Aber morgen Abend wollen wir in ein paar Clubs gehen. Ich kenne den einen Türsteher noch vom letzten Urlaub. Sein eigener Club hat leider dicht gemacht, aber dafür ist er jetzt der Boss unter den Türstehern in einem anderen angesagten Club.

Ach so. Dachte schon, du hättest wen kennengelernt. Vor dem Türsteher solltest du dich besser hüten. Und wenn du krank bist, gehst du nicht feiern. Hast du mich verstanden?

Ja, Papa.

Ja, ist gut. Der Türsteher hat damals die Finger von mir gelassen und das wird er heute auch tun. Das ist ein netter Kerl. Ich bin dem viel zu jung.

Ich sag ja nur. Schlaf jetzt. Wir schreiben morgen.

Okay. Du auch. Gute Nacht.

Gute Nacht.

Es fühlt sich ungewohnt an, dass Liam sich anscheinend in irgendeiner Form um mich sorgt. Ich schließe die Augen. Stelle mir vor, wie ich in seinen starken Armen liege. Die Wärme der Geborgenheit durchströmt meinen Körper. Was die eigene Vorstellungskraft auslösen kann, ist für mich immer noch ein Wunder. Trotz seiner physischen Abwesenheit fühle ich mich gerade geliebt und beschützt. Das wohlige Gefühl lässt mich sanft in den Schlaf gleiten.

„Mel, aufwachen!“, klopft es laut an der Tür.

„Komm rein und hör auf, Dellen in die Tür zu schlagen.“, sage ich mit leiser, verschlafener Stimme.

„Sorry. Wollte deine Privatsphäre nicht stören.“

„Hast du nicht. Ist gut, dass du mich weckst. Will nicht den ganzen Tag verschlafen.“

„Ich dachte, du seist schon wach und hast vielleicht Frühstück auf dem Balkon vorbereitet.“

„Nein. Tut mir leid. Ich habe gestern einen Hustenanfall bekommen und wollte dich nicht wecken. Und dann konnte ich nicht einschlafen.“

„Ach, das ist ja ätzend. Doof, dass du gerade jetzt krank werden musstest. Wie geht es dir denn sonst?“

„Körperlich fühle ich mich ganz gut, aber die Nase ist immer noch zu und mein Hals fühlt sich auch immer noch trocken an.“

„Wir machen einfach das Beste daraus. Dann geh du mal ins Bad und ich kümmere mich ums Frühstück.“

„Du bist ein Schatz."
„Ich weiß."
Als ich mit meinen nassen Haaren aus dem Bad trete, ruft Toni mich zum Essen.
„Ist das nicht ein Traum? Wir sitzen hier bei Sonnenschein, mit diesem wunderschönen Meerblick und frühstücken gemeinsam."
„Daran könnte ich mich definitiv gewöhnen. Danke, dass du das alles so schön vorbereitet hast. Morgen bin ich an der Reihe."
„Und die restlichen Tage machen wir einfach gemeinsam Frühstück."
„Deal."
Wir grinsen uns an und genießen dann den Ausblick. Langsam füllt sich der Strand mit Badegästen.
"Wir sollten direkt losgehen, wenn wir fertig sind, damit wir noch ein gutes Plätzchen bekommen.", schlage ich vor.
„Ja, die kommen alle viel zu früh aus ihren Löchern gekrochen. Hier sind doch mehr Familien als ich gedacht habe. Dachte, der Strand sei voller junger Leute."
„Dass es nicht so ist, wie es im TV gerne dargestellt wird, hätte ich dir sagen können."
„Ist wohl besser so. Bei zu viel Auswahl bin ich nur überfordert."
Ich verschlucke mich fast an meinem Brötchen.
„Oh man, Toni. Existiert dein Bondagekerl eigentlich noch?"
„Ja, aber ich darf mich amüsieren. Ich habe eine Wild Card bekommen."
„Willst du das denn wirklich? Ich hatte den Eindruck, dass es doch ernster werden könnte zwischen euch."
„Wenn er mir schon sagt, dass ich meinen Spaß haben soll ... Mel, dann will er keine Beziehung mit mir. Von daher werde ich mir hier definitiv keinen Keuschheitsgürtel umlegen."
„Aus der Perspektive habe ich es nicht betrachtet. Wäre ja auch zu schade um die schönen Spanier."
„Und Spanierinnen.", zwinkert sie mir zu.
„Die Spanier hier sind sehr katholisch. Vielleicht solltest du lieber nach Schwedinnen Ausschau halten."
„Ach, wer kann mir schon widerstehen?"
„Niemand.", grinse ich sie an.
Ich ziehe mir meinen weißen Bikini an, da der dunkle die Sonne zu sehr anzieht und der Reisverschluss am Oberteil ko-

chend heiß wird. Daran habe ich natürlich nicht gedacht, als ihn gekauft habe.

Der Tag verläuft total entspannt. Wir planschen etwas im Meer und trocknen uns dann in der Sonne. Wenn wir getrocknet sind, geht es wieder ins Wasser. Nach dem Abendessen, duschen wir und bereiten uns für die Partynacht vor. Toni hat sich etwas zum Vorglühen gekauft. Ich trinke ein Bier und bleibe ansonsten bei alkoholfreien Getränken. Ich hatte Liam zwar gesagt, dass ich daheim bleibe, aber ob seine Sorge ernst gemeint war, sei mal dahin gestellt. Außerdem bin ich erwachsen und treffe meine eigenen Entscheidungen.

Gut gelaunt gehen wir zu dem Club, dessen Türsteher ich kenne.

„Das ist so genial nachts rausgehen zu können, ohne eine Jacke dabei haben zu müssen."

„Ja, das ist Lebensqualität.", stimme ich ihr zu. Wir beide haben nur eine kurze Jeansshorts an und ein Croptop. Sie ein schwarzes und ich ein weißes.

„Wir haben echt schon gut Farbe bekommen."

„Tatsache. Dabei mag ich meine blasse Haut zu meinen schwarzen Haaren so gerne."

„Sag das mal den Mädels, die ständig ins Solarium laufen."

„Mel, das werde ich machen. Gute Idee."

Toni hat schon leicht einen im Tee. Es ist gut, dass ich bei klarem Verstand bin.

So kann ich ein Auge auf sie werfen. Wären wir beide total dicht, könnte man mit uns Hangover 4 drehen.

„Hey, Javier! Ich hatte dich bei Facebook angeschrieben."

„Ach, die Hamburgerin. Wie schön! Und das ist?"

Erst umarmt er mich und gibt mir rechts und links ein Küsschen und dann nimmt er Toni in den Arm.

„Meine Freundin Antonella."

„Wie schön. Und ihr wollt heute Abend die Sau rauslassen?"

„Jawohl, Sir. Das ist der Plan!", lallt Toni.

„Na dann. Ich besorge euch eben eine VIP-Karte, dann könnt ihr die Woche, ohne Eintritt zahlen zu müssen, hier feiern gehen."

„Das ist super! Vielen Dank."

„Kein Ding. Hübsche Frauen sieht man immer gerne auf der Tanzfläche.", zwinkert er mir zu und verschwindet dann im Club.

„Ey, Mel. Wir kommen umsonst rein?"

„Ja, das hast du richtig verstanden."

„Geil! Heißt mehr Kohle für Drinks."

„Schätzchen, was habe ich von dir gelernt? Wir kaufen unsere Drinks nicht selbst. Unser Charme lässt kaufen."

„Ja, vollkommen richtig."

„Aber du solltest erstmal eine Stufe ausnüchtern, bevor du weiter trinkst. Ansonsten wirst du eine reine Blamage und dann wars das mit den kostenlosen Drinks für uns beide."

„Ich geh gleich einmal pissen und dann passt das schon." Ich lache.

„Na, hoffentlich."

„Wirst schon sehen. Bin mit dem Betätigen der Spülung wieder nüchtern."

Javier kommt mit zwei Karten zurück.

„Die braucht ihr nur hier vorne vorzeigen und dann könnt ihr direkt durchgehen."

„Du bist der Coolste!"

„Wir Hamburger eben."

„Danke, Javier.", Toni schenkt ihm einen dicken Schmatzer auf die Wange.

„So, rein mit euch. Viel Spaß." Ich reiße Antonella mit. Erster Stop ist das WC. Und tatsächlich. Als sie aus der Kabine kommt, wirkt sie viel klarer. Sie sagt nichts. Wirft mir nur einen Ich-habes-dir-doch-gesagt-Blick zu. Die Tanzfläche bietet noch genügend Platz, um extrovertiert zu tanzen.

„Ey, Toni.", schreie ich ihr ins Ohr, aber die Musik ist dermaßen laut, dass sie nichts versteht. Ich winke in Richtung Bar. Sie nickt und wir drängen uns durch die Menschen. Langsam wird es gemütlich.

„Hast du Durst, Mel?"

„Ja, aber eigentlich wollte ich dich fragen, ob du nicht auch findest, dass die Kerle hier alle wie Anfang Zwanzig aussehen?"

„Ähm. Ja. Das ist mir auch aufgefallen und deshalb brauche ich jetzt definitiv einen Drink. Von den Kerlen, denen gerade mal Haare an den Eiern wachsen, werde ich mir nichts ausgeben lassen."

„Du ... Ich glaube, dass sie sich von ihrem Taschengeld gerade mal selbst eine Cola leisten können."

Wir lachen herzhaft. Wahrscheinlich würde uns so oder so niemand einen ausgeben, weil wir in deren Augen schon beinahe Milfs sind.

Der restliche Abend verläuft spaßig. Ein paar witzige Flirtversuche auf der Seite der Jungs heitern uns mächtig auf, aber es ist auch einfach schön mit seiner Freundin ausgelassen tanzen zu können. Als wir zurück im Apartment sind, schminken wir uns nicht ab, sondern gehen sofort ins Bett. Ich vertröste Antonella, da ich lieber alleine schlafen möchte. Ich befürchte, dass der nächste Hustenanfall bevor steht, wenn mein Körper zur Ruhe kommt. Sie gibt mir einen Kuss auf die Wange und wünscht mir eine gute Nacht. Für den nächsten Morgen stelle ich mir den Wecker, um das Frühstück rechtzeitig vorbereiten zu können. Bevor ich die Augen schließe, schallte ich das Internet an. Ich will wissen, ob Liam sich gemeldet hat. Hat er. Doch bevor ich antworten kann, sucht mich der Hustenanfall heim. Ich bekomme kaum Luft und bin völlig am Ende, als es vorbei ist.

Und? Wie geht es dir heute? Was steht an?

Mir ging es besser. Daher sind wir feiern gewesen. Aber die Bestrafung kam eben. Schon wieder einen Hustenanfall gehabt. Morgen müssen wir es also wieder ruhig angehen.

Ich schalte das Handy in den Flugmodus und schlafe erschöpft ein. Als mein Handywecker mich am nächsten Morgen weckt, checke ich zuerst, ob Liam geantwortet hat. Ich bin froh, dass mein Smartphone sich wieder gefangen hat. Es stürzt wesentlich seltener ab als noch vor ein paar Wochen.

Mel. Du enttäuschst mich. Ich sage dir, dass du und deine Gesundheit mir wichtig sind und du gehst trotzdem feiern.

Autsch. Damit hätte ich tatsächlich nicht gerechnet

Es tut mir leid. Das war auch unvernünftig. Aber ich wollte Antonella nicht alleine losziehen lassen.

Ich gehe offline und bereite das Frühstück vor.

Der Tagesablauf ist der gleiche wie am Tag zuvor. Frühstück, Strand, Einkaufen, Abendessen.

Als Toni am Strand schläft, schreibe ich heimlich mit Liam und erfahre, dass er einen Job bei mir im Krankenhaus bekommen hat und sich jetzt eine Wohnung in meinem Stadtteil sucht. Ich weiß nicht, ob das ein Zufall ist und ich bin mir unsicher, ob ich Toni davon erzählen soll, aber sie würde es früher oder später eh erfahren.

Weil wir keine Lust haben, den Abend im Apartment zu verbringen, kaufen wir uns jeweils einen Drink und setzen uns an den Strand und blicken übers dunkle Meer. Wir quatschen über alles Mögliche. Zwischendurch werden wir von irgendwelchen Männern angesprochen, die uns Drogen verkaufen wollen, aber nachdem wir gefühlte hundertmal Nein gesagt haben, sind sie weitergegangen.

„Lass uns morgen mal nach Barcelona fahren.", schlägt Toni vor.

„Gute Idee."

„Du bist fit genug oder?"

„Ja, das passt schon. Dann sollten wir heute zeitig ins Bett gehen."

„Definitiv."

„Ich muss dir noch etwas erzählen."

„Okay. Dann leg mal los. Langsam wird mein Po nämlich kalt."

„Ja, ich beeile mich. Ich schreibe mit Liam. Ich habe ein paar Euro ausgegeben. Ganz ohne Internet konnte ich nicht."

„Beziehungsweise ganz ohne Liam."

„Denk, was du willst. Darum geht es jetzt nicht. Liam hat einen neuen Job."

„Schön für Liam."

„Warum bist du denn jetzt so zickig?"

„Weil ich dachte, dass du dir im Urlaub mal eine Liamauszeit nimmst."

„Du hast doch schon dafür gesorgt, dass sich meine Gedanken um ihn drehen, als du mir von dieser Website erzählt hast."

„Vielleicht war das auch ein Fehler."

„Vielleicht war dann auch dieser Urlaub mit dir ein Fehler." Ich stehe auf und will gehen, aber Antonella greift mein Handgelenk und zieht mich zurück.

„Nein, lass uns bitte nicht streiten. Es tut mir leid. Es ist nur ... du weißt, dass ich dich sehr mag. Vielleicht bin ich ein klein wenig eifersüchtig, weil sich deine Gedanken um Liam drehen und nicht um mich."

„Was?", ich schaue sie fassungslos an.

„Schau mich nicht so an. Ich bin nur ehrlich."

„Aber du bist nicht verliebt in mich oder?"

„Nein. Ich war es. Wahrscheinlich ist es ähnlich wie mit dir und Liam. Ich habe mir da irgendwas schön geredet."

„Toni, ich bin mit dir hier im Urlaub und nicht mit Liam."

„Aber hättest du die Wahl gehabt ...“ Ich lasse sie nicht aussprechen.

„Erstens hatte ich die nicht und zweitens wäre ich dann trotzdem mit dir hergeflogen. Alleine, weil mir unsere Freundschaft wirklich etwas bedeutet. Und klar, habe ich mir vorgestellt wie es wäre, wenn Liam neben mir in Badehose am Strand liegen würde und mit mir im Meer planschen würde, aber diese Vorstellung fühlt sich besser an als es in der Realität der Fall wäre. Mit dir ist es viel schöner hier. Liam würde doch nur über die untrainierten Menschen herziehen. Also mach bitte diesen Urlaub nicht durch deine Minderwertigkeitskomplexe kaputt. Das hast du nicht nötig.“

„Tut mir leid. Du hast absolut Recht. Ich sollte mein Problem nicht zu deinem machen. Vergiss es einfach und erzähl mir, was du erzählen wolltest.“

„Ist schon vergessen. Also. Liam wird im Krankenhaus arbeiten, welches nur ein paar Meter von meiner Wohnung entfernt liegt. Und er will sich in meinem Stadtteil eine Wohnung suchen. Was sagst du dazu?“

„Das ist merkwürdig. Kann natürlich Zufall sein, aber anderseits ... Es ist ja nicht das einzige Krankenhaus in Hamburg. Komisch ist es schon. Ich würde da aber nicht zu viel hineininterpretieren.“

„Stimmt. Er hat ja nicht geschrieben, dass er dort arbeiten will, weil ich da wohne.“ „Eben. Lass uns jetzt ins Bett gehen. Langsam wird's doch frisch.“

„Ist gut.“

Am nächsten Morgen sitzen wir im Bus auf dem Weg in die schöne Stadt Barcelona.

Es ist ziemlich bewölkt, was perfekt ist, da es nicht so warm ist und man angenehm durch die Stadt schlendern kann, ohne sich alle fünf Minuten hinsetzen und trinken zu müssen. Unser erstes Ziel ist der Markt. Ich erinnere mich an die leckeren Säfte, die es dort gab und ich denke, dass es Toni dort auch sehr gefallen wird.

„Boah. Ich hole mir noch einen zweiten Saft. Die sind unglaublich lecker.“ Ich wusste es und hole mir selbst auch noch einen.

Wir gehen die Straße entlang, Richtung Meer, als wir plötzlich von einer jungen Frau angesprochen werden.

„German?“, fragt sie uns. Hätte nicht gedacht, dass man uns das so sehr ansieht.

„Yes.“, antwortet Toni.

„Wollt ihr ins Erotik Museum? Ihr bekommt kostenlos Sekt heute.“, fragt sie uns mit einem süßen Akzent. Ich sehe Toni an, dass sie Bock darauf hat.

„Wird bestimmt lustig. Wieso nicht?“

„Ich bin auch dafür.“ Wir folgen der Dame. Es geht einige Treppen hoch. Oben angekommen, sehe ich den Ticketpreis.

„Günstig ist das aber nicht.“, merke ich an.

„Wir sind im Urlaub. Die paar Euros haben wir über. Wir sparen das Geld doch schon durch unsere VIP-Club-Karte.“

„Das ist ein gutes Argument.“ Wir beide kippen den Sekt in einem Rutsch herunter und er steigt mir sofort zu Kopf.

„Bist du auch so angeheitert?“

„Nein. Ich merke gar nichts.“

„Na super. Pass bitte auf, dass ich mich hier nicht gleich total albern benehme.“

„Was soll denn schon passieren?“ Ich zeige auf eine Statue mit einem Penis. Toni prustet los.

„Okay, langsam verstehe ich, was du meinst. Ja, ich passe auf, dass du hier nichts missbrauchst.“

„Vielleicht sollte ich besser deinen Klotrick anwenden.“

„Dann suchen wir jetzt das WC auf.“

Welches tatsächlich sehr versteckt liegt. Aber der Raum ist unglaublich cool. Hier könnte ich mich Stunden drin aufhalten. Die ganzen Wände sind beklebt und voll geschrieben. Dieser Raum an sich ist schon ein Ausstellungsstück.

„Mel, alles in Ordnung bei dir?“, ruft Toni, die draußen wache steht.

„Ja, alles bestens. Bin gleich fertig.“

„Lass dir ruhig Zeit, wenn du kacken musst.“

Ich öffne die Tür und klatsche ihr meine Hand mitten ins Gesicht.

„Hab Hände nicht gewaschen.“

„Bäh. Du bist so eklig.“

„Sag die, die laut ruft, dass ich mir Zeit beim Kacken lassen soll.“

„Ja ja. Ich habe es verstanden.“

Wir schlendern durch die Ausstellung. Ein Raum gefällt mir besonders. Alte BDSM-Foltergeräte sind dort ausgestellt und andere interessante Dinge. Ich fotografiere sie und schicke sie Liam. Hier gibt es nämlich free Wifi. Er ist online und antwortet sofort.

Cool. Mel, sei mir nicht böse, aber schick mir so was bitte nicht mehr.

Ich kräusle die Stirn. Mit einer derartigen Reaktion habe ich nicht gerechnet.

Okay und wieso nicht?

Ist doch offensichtlich. Ich freue mich für dich, dass du eine schöne Zeit hast, aber mir geht's gerade scheiße. Ich fange bei Null an. Ich kann mir nichts zu essen leisten und bin obdachlos. Da kann ich das gerade einfach nicht ertragen.

Du. Ich kann mit meinen Eltern sprechen, wenn es dir so mies geht. Dann pennst du bei mir im Zimmer die Zeit über und verhungern musst du auch nicht.

Das ist lieb, aber ich komme schon klar. Genieße mal deinen Urlaub.

„Mel, was ist los? Du ziehst ja ein Gesicht."

„Ich habe Liam eben Bilder geschickt und seine Reaktion darauf war mega uncool."

„Was hat er gesagt?"

„Dass ich ihm so was nicht schicken soll und es ihm gerade richtig schlecht geht. Er kein Dach über dem Kopf hat und kaum Geld hat, um sich etwas zu essen zu kaufen."

„Das ist nicht dein Problem. Du musst ihm nicht helfen. Geh offline."

„Du hast Recht. Ich darf mir die Zeit hier jetzt nicht vermiesen lassen. Außerdem habe ich ihm Hilfe angeboten und er hat sie abgelehnt."

„Na also, dann geht es ihm auch gar nicht so schlecht."

Am Ende der Ausstellung ist noch ein kleiner Souvenir Shop mit Dingen, die man nicht braucht.

„Irgendwie hatte ich mir das Ganze doch geiler vorgestellt.", stellt Toni enttäuscht fest.

„Ja, so dolle war das nicht."

Aber der Rest des Tages verläuft super. Ich mache viele schöne Fotos und wir haben einen kleinen, aber wirklichen tollen

Churros Laden gefunden. Dort sitzen wir eine ganze Stunde lang, weil die Atmosphäre unglaublich schön ist.

Als wir im Bus sitzen, auf dem Weg zurück nach Lloret, schläft Toni direkt ein. Ich nutze die Zeit, um meiner Familie zu schreiben. Ich erzähle meiner Mom von den Neuigkeiten, die es von Liam gibt und von dem super Tag in Barcelona. Kurz bevor ich das Internet ausmachen will, bekomme ich eine Nachricht von Liam.

Sorry, wegen vorhin. Bin gerade nur etwas verzweifelt.

Kein Problem. Das kann ich verstehen. Deine Situation ist nicht leicht. Aber mehr als meine Hilfe anzubieten, kann ich nicht tun. Meine Eltern würden dir auf jeden Fall helfen.

Das ist super süß von dir. Das weiß ich zu schätzen, aber ich möchte denen trotzdem nicht zur Last fallen. Zur Not wird Fabian mir wohl helfen.

Okay, dann bin ich beruhigt.

Ja, kannst du sein. Das wird schon wieder. Wenn du zurück bist, reden wir miteinander.

Mein Herz springt auf und ab. Er schickt noch diesen Knutschabdruck Emoji hinterher. Er will mit mir reden? Über was? Über uns? Uns beide? Am liebsten würde ich Antonella wachrütteln. Aber sie würde auch nicht wissen, was das zu bedeuten hat. Kann sich Liam doch mehr vorstellen? Hab ich es doch geschafft, sein Herz zu berühren? Ich bin unglaublich aufgeregt und da ich diese vorfreudige Aufregung genießen möchte, will ich noch kein Licht ins Dunkle bringen und löchere ihn deshalb nicht mit meinen Fragen.

Ja, das können wir gerne.

Ich freue mich darauf, dich wiederzusehen.

Fortsetzung folgt …

Passwort für den Leserbereich:
Lederhalsband

Über die Autorin / Nachwort

Katie Pain, geb. im November 1990, lebt in Hamburg und heißt eigentlich Katharina.

Ich kann nicht in dritter Person über mich schreiben.
Daher versuche ich es auch gar nicht weiter.

Falls du noch irgendwelche Fragen hast, sollte der Leserbereich sie nicht beantworten können, trete gerne mit mir in Kontakt. Entweder über die Social Media Plattformen oder auch gerne per Mail. Die Daten findest du alle vorne im Impressum.

Bis dahin! <3

32948887R00237

Printed in Poland
by Amazon Fulfillment
Poland Sp. z o.o., Wrocław